JN174297

音に出会った日

ジョー・ミルン

加藤洋子 訳

Breaking the Silence

辰巳出版

Breaking the Silence

by Jo Milne

Bookdesign albireo

本書を祖父に捧げます。

孫たちにたっぷりの愛情を注ぎ、いつも笑みを絶やさず、
お腹の底から笑うおじいちゃんで、
言語療法を受けるわたしに惜しみなく時間を割いてくれました。
正しい指導と支援が与えられれば、
どんな子どもも、能力を無限に伸ばすことができるし、
自分にもなにかができるという自信がえられる、
というのが祖父の持論でした。
わたしが自分以外の人たちの個性を尊重し、
聖書の言葉「己の欲するところを人に施せ」を
実践できるようになれたのは、
ひとえに祖父のおかげです。

「人にやさしくするのはいいものだ」

祖父、ウィリアム・エドワード・ムーア
一九一三年～二〇〇〇年

祖父の思い出に加えて、本書をそとからは見えない障害を持つ人びと、
とくに感覚障害者とアッシャー症候群を思う人びとに捧げても、
祖父はけっして文句を言わないでしょう。

「やさしさとは、
耳の聞こえない人も聞くことができて、
目の見えない人にも見ることのできる言語だ」

――マーク・トウェイン

contents

アンとアルの結婚式、1968年3月。双方の両親と記念写真。（ジェイムズとメアリー・ミルン、ドリスとウィリアム・ムーア）

わたしが家族の一員に。1974年7月

アン・ムーアとアレグザンダー・ミルン。ニューカッスル・アポン・タインのバイカーにて。1963年

ベリック=アポン=トウィードで休暇をすごす。1982年

はじめてのスクール写真。

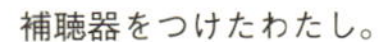

補聴器をつけたわたし。

リンディスファーン学校の聴覚障害児クラス、1980年。後列左から二人目がジャクソン先生、後列右から二人目がマクレラン先生。

裏庭のブランコで。アラーナは祖母の膝にだっこ。

姉妹で大晦日を祝う。1986年

スペインのサロウで休暇をすごす。1986年8月

祖父と最後の写真。

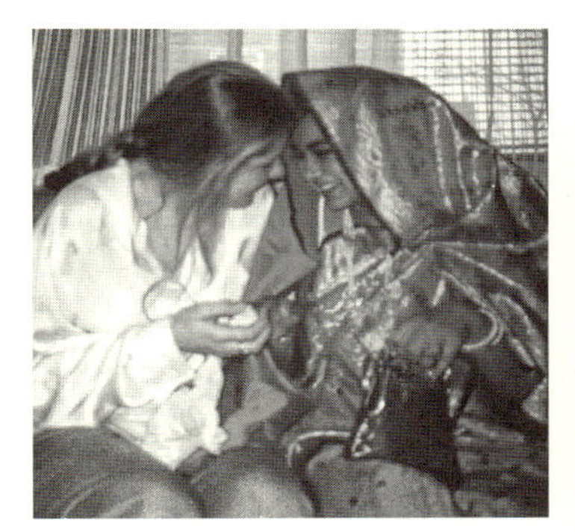

16歳のころ。親友のアシュフィヤと。

姉のジュリーとカヴォスで休暇をすごす。1991年

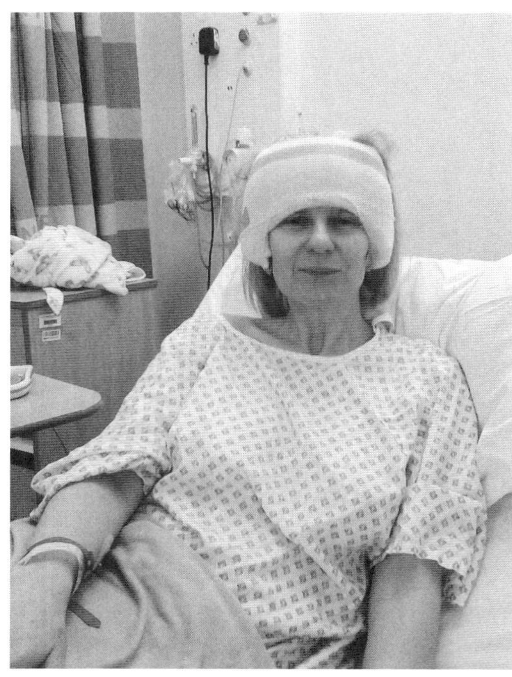

手術後数時間。バーミンガムのクイーン・エリザベス病院で。2014年2月

盲導犬のマットと寄付金集めのトレッキング。ピーク・ディストリクト公園。2013年9月

わたしの人生の1年に1曲、合計39曲を網羅したプレイリストを作ってくれたトレメインと。

ヒヤリング・ファンドUKの祭典で。
一緒に写っているジェフとマシュー
とルークは小耳症。9歳の2人の
少年はヒヤリング・ファンドの援助
で音楽教育を受けている。

母とメリル・オズモンドと
一緒に。

聴覚障害者や視聴覚障害者への関心
を深めてもらうためスピーチをするわたし。

バス停に立っていると、女性がちかづいて来てわたしに話しかけた。その声は必要以上に大きく、不明瞭な母音を長く伸ばす大げさな発音だった。

言いたいことがわたしに通じていないことを知りながら、彼女は諦めようとしない。身ぶり手ぶりも交え、自分の耳を指差して「耳が聞こえません」と口の動きで伝えようとした。

彼女の目を見れば、なにかして欲しがっているのはわかったが、わたしは理解できない自分が決まり悪く、顔を真っ赤にするだけだった。だから肩をすくめ、その場から去った。

バス停から離れてはじめて、彼女が時刻を知りたがっていたのだと気付いた。袖口をめくって腕時計を見せてあげればすむことだった。申し訳なさでいっぱいになったが、わたしはそのまま歩きつづけた。

著者の母の体験、一九六九年

音に出会った日

Prologue

プロローグ

いまわたしは混雑したバスの座席に座っている。あなたがわたしに気付いたとしても、わたしがそのことに気付く可能性はほとんどない。

たとえあなたが、わたしの隣の席に座ろうかどうしようか迷って目の前を通り、けっきょくべつの席を選んだとしても、わたしは気付かない。

外から見えるわたしは、白い杖を持ち、盲導犬を連れた女だが、わたしにはちかづいて来る足音も、去って行く足音も聞こえない。

聞こえず見えない世界、それがわたしの住む世界だ。ときおりホワイトノイズに邪魔される静寂の世界、周囲が黒く中央の一点だけがくっきり見える世界だ。

真っ暗闇の中で前方に炎が輝いている光景を想像してみてほしい。それがわたしの見ているものだ。前方に輝く光。あるいは郵便受けから外を覗いたときの光景に似ているかもしれない。それとも、双眼鏡を逆から覗いたときの光景——景色が遠くにくっきりと見える。

わたしが世界を見ている窓は日に日に小さくなり、日に日に暗くなっている。トンネルがどんどん狭くなってゆく。あす目が覚めたら、なにも見えなくなっているかもしれない。

いまのところ、下のものを見たければ顔を下に向ければいい。ほら、床が見える。右を見れば、椅子からさがって揺れている脚を見ることができる。子どもだ。顔をあげれば膝が見える。もっちりした腕が、ポニーテールにした髪が見える。子どもは笑っている。むろんわたしには聞こえない。

バスの隣の席に人が座ると、体の感触と顔に当たる冷たい風に物思いの邪魔をされる。わたしは体が触れるのを感じるが、その人の顔を見ることも声を聞くこともできない。その人は闇の中にいる。わたしの闇の中に。男、それとも女？　なにか手掛かりがなければ判別がつかない。

その人が手に持った新聞をめくれば、振動が伝わってくる。コーヒーの香りがしたら、気をつけないとと思う。隣の人が熱い飲み物を持っているかもしれないのだから。腕に触れるその人の腕は力が抜けている。体のぬくもりがコートを通して伝わってくる。

その人は話しかけてきた？　わたしにはわからない。返事をせずにいたら、無礼な奴だと思われるかもしれない。並んで座る二人の姿を頭の中で思い描いてみる。

床に目をやると茶色の革靴が目に入った。男物の靴、つまり隣の人は男だ。

前を向き、視界に映る断片をつなぎ合わせ、バスの乗客たちの全体像を作り上げる。足元の床では盲導犬のマットが身じろぎしている。

甘い香水のきつい匂いがする。本人は携帯でおしゃべりするのに夢中か、隣の席の人のように新聞を読むのに忙しくて気付かないだろう。にこやかに座っているだけのわたしが、頭の中でまわりの光景の空白部分を埋める作業をしているとは思ってもいないだろう。刑事がつぎの手掛りを待つのとおなじだ。

香水をつけた女性はきっと恋人に会いに行くところだ。はじめてのデートかもしれない。顔をあげたりさげたり、左右を見回したりしたところで、香水の主を見分けられるとはかぎらないが、香水をつけた女性がバスに乗っていることはたしかだ。

そこに音が入ってくるが、健聴者が聞く音とはちがう。馴染みのホワイトノイズとはちがう、低い振動音だ。補聴器が拾ってくれる〝音〟のひとつ、低いうなりだ。わたしがお腹の底から湧いてくる笑い声が好きなのはそのせいなのだろう。わたしに聞き取れる音のひとつだからだ。

その声の持ち主を思い描いてみる。目じりにしわを寄せ、お腹を抱え肩を震わせて笑いを堪えている。おもしろい本でも読んでいるの？　携帯で子どもと電話しているの？

ホワイトノイズとはちがう低いうなりが、わたしに話しかけた人の声だとしても、わたしにはわからない。

これが聾盲（ろうもう）の女の生活だ。バスに乗り合わせた人みんなとおしゃべりができたらどんなにいいだろう。目を合わせてほほえみを交わせたら、とりとめのない世間話ができたらどんなにいいだろう。でも、わたしは暗い静寂の世界に閉じ込められ、郵便受けから外を覗くだけ…。

だが、じきにすべてが変わるかもしれない。手術まであと一カ月だ。人工内耳移植がわたしの症状に効果があると、外科医は自信を持っている。お腹の底から湧いてくる笑い声を、幼い女の子のクスクス笑いをほんとうに聞くことが、いつかできるかもしれない。香水を振りかけた娘が、友達と携帯でする男性の噂話を立ち聞きする日がくるかもしれない。
どんな気分だろう？　静寂の世界がいろんな音で満ち溢れるのは、どんな感じ？　手術ははたしてうまくいくだろうか？
四十歳にして突然世界が音に満ち溢れたら、わたしはどうなるのだろう？　おなじぐらい怖いのが、手術が失敗することだ。ずっと頼りにしてきたホワイトノイズさえ聞こえなくなったら、どうすればいい？
そんな恐怖はひとまず棚上げにして、わたしはバスの窓に顔を向けた。ガラス越しに射し込むあかるい日射しが、わたしの狭まった視界を白い光でいっぱいにする。

Chapter 1
わたしの耳

わたしはそのとき生後十六カ月、居間の暖炉の前に座っていた。茶色のパイルラグ・カーペットの毛が裸足の爪先に当たる感触が好きだった。くすぐったいものだから、太った足指に挟まる毛をつかもうとして手を伸ばすと、足まで動いてよけいにくすぐったく、クククッと笑い出した。
その部屋のことはよく憶えている。オレンジ色とコーヒー色の毛足の長いカーペット、七〇年代に流行った煉瓦作りの暖炉、壁は二面がそれぞれ灰緑色と濃いオレンジ色に塗ってあった。わたしが生まれる七年前に両親がこの家に越してきたとき、母が自分で塗ったそうだ。両親は結婚と同時に生まれ故郷、イングランド北東部の港湾都市ニューカッスルを出て、川の向こうのゲイツヘッドにできた新興住宅地に新居を構えた。絵に描いたような美しい田園地帯で、急勾配の道の両側には茶色い煉瓦作りの二軒一棟の家がずらっと並んでいた。テラスハウスが並ぶ通りで育った二人にとって、そこはまばゆいほどの新世界だったことだろう。そしていまも両親はこのチャウデン団地に住んでいる。通りにはイギリス南部の海辺の町の名前――ウェイマス、ダートマス、フルーム、クローマー――がつけられ、道の両側には桜の若木が植えられ、玄関先にも裏手にも庭があって、白いモーリス（かつて存在したイギリスの自動車メーカー）がおさまるガレージまでついていた。

　子育てに適した場所ということで、陰気な港湾都市を抜け出し、緑豊かな丘が幾重にも連なるこの土地に移って来た若いカップルはほかにも大勢いた。彼らは――わたしの両親と同様――新婚の数年間は子どもを作らず、六〇年代から七〇年代初頭に流行った娯楽を大いに楽しんだ。ニューカッスルのマジェスティック・ホールにビートルズを聴きにゆき、週末は友人たちとライヴハウスに繰り出してギグを楽しみ、家にはエルビス・プレスリーやクリフ・リチャード、エヴァリー・ブラザーズのレコードがずらっと並んでいた。

　両親は六〇年代の申し子、ロックンロール世代だ。二人が出会ったのはマジェスティック・ホールで、どちらも踊りに来ていた。母は大きな紫の花を縫い付けた、手製の白いマリー・クワント風ドレス、あかるいブロンドの髪は、ヘアスプレーをこれでもかと吹きかけてビーハイヴ（ドーム形に高く結った髪型）にしていた。造船所の金属板工だった父と恋に落ちたいきさつを、母はわたしたち姉妹に繰り返し語ってきかせてくれたものだ。七〇年代の人気ポップグループ、シャワディワディを真似た、ベルベットで縁取ったブルーのドレープスーツ（細身のロングジャケットにタイトなパンツ）に、ヘアクリームで前髪をふくらませたリーゼントヘアの父を、母はとてもハンサムだと思ったそうだ。若くて屈託がなくて、ノリがよくてトレンディーな二人は、さぞかっこよかっただろう。
新居の値段は三千六百ポンド——当時は大金——だった。二人の稼ぎを合わせても週十ポンドに満たない中から、せっせと貯金して頭金六百ポンドを作った。母は化学会社の秘書をしており、父は家からほどちかいキャタピラー社に転職した。

この家がじきに賑やかになる。ロックンロールの時代は過ぎ去り、つぎに通りを席巻したのが子作りだった。それは両親が庭に植えたロベリア並みの繁殖力を持っていた。母が隣人に妊娠を告げたすぐあとで、二軒先からもおなじ嬉しい知らせがもたらされるといった具合だ。七〇年代にはいると、団地の坂道を、大きなお腹を抱えた女たちがさかんに行き交うようになる。レコードプレーヤーから流れるロックンロールは、赤ん坊の泣き声に取って代わられた。いっせいに子作りに励んだ結果、どの家の物干し綱にも真っ白なおしめが並んだ。

その当時、父はめったに家にいなかった。セラフィールドやスコットランドのトーネスの原子力発電所で、電気ケーブルを敷設する仕事をしていたからだ。実入りはよいが犠牲を強いられる。家族と過ごせるのは週末だけだった。

父親代わりをしてくれたのが、母方の祖父のビルだ。祖母はわたしが生まれる前に亡くなっていたので、祖父は毎週月曜日、母が作るミンス・アンド・ダンプリング（挽肉の炒め物に小麦粉の団子を混ぜた料理）を食べにやって来た。母がわたし用の離乳食を作るあいだ、祖父はわたしを膝に乗せてあやしながら、姉のジュリーの読み書きを手伝った。当時、わたしは一歳と数カ月、ジュリーは四歳だった。姉とわたしは、髪の色からなにからよく似た姉妹だった。わたしはよく姉のおさげ髪をぐいっと引っ張った。すると姉は怒って目を吊り上げる。それがおもしろくてじっと見つめたものだ。姉がおどけて居間を走り回り、踊り回るのを見るのも楽しかった。姉が毛足の長いカーペットに足を取られて転ぶとなおのこと、わたしはケラケラと笑った。

いま、姉はスキップしながら裏庭に出て行く。わたしの背後のフワフワのソファーには両親が座っていた。数分前に、わたしはカーペットの上に座らされたのだ。背中を向けてはいても、両親がそこにいることはわかっていた。話し声が聞こえるからではない。足がカーペットを擦る振動を感じているからだ。そういったささやかな信号を感じ取ることが、わたしの習性になっていたのだ。無意識にと言ってもいい。

背後で両親が実験を行っているとは露知らず、わたしは暖炉の前に置かれたスティックルブリック（いろんな形のパーツを組み立て作る幼児向け玩具）をつかもうと必死だった。

両親はまずわたしの名前を呼ぶ。「ジョアン……」

つぎはもっと大きな声で。「ジョアン！」

むろん、わたしは振り返らない。

つぎに両親は手を叩く。やはり反応なし。今度は思い切り叩く……やはりわたしは振り返らない。

母がソファーから身を乗り出し、わたしの耳元で手を叩く。まず左、それから右の耳。わたしは顔をしかめることすらしない。父も手を叩く。手が大きい分音も大きい。反応なし。わたしはあいかわらず色とりどりのスティックルブリックを見つめていた。青に緑に赤。不安げに見交わす両親を尻目に、わたしは色から色へと視線をさまよわせた。母が頭を抱え、前から変だと思っていたのよ、と父に告げても、わたしは知らん顔だ。お隣のミセス・ケインに、お宅のお子さん、耳が聞こえないんじゃない、と言われてようやく、母は父に話す気になり、週末に父が帰って来るのを首を長くして待った。

父がもう一度、手を叩いた。反応なし。

この子はジュリーより言葉を覚えるのが遅いと思っていたのよ、と母は父に言う。子どもによって成長の度合いがちがうのは当然だ、と父。そんなことわかってるわ。でも、それとこれとはちがうでしょ。先週だって、〝エレファント〟という言葉を言わせようとしたけど、何度繰り返しても、この子は音を捉えることができなかったのよ。母はそう反論した。わたしはそのとき、母の口の動きを真似て、〝レ〟の音を出そうと舌を突き出したが、その言葉がどういう音なのかまるでわからなかった。

〝エレファント〟なんて、大人だって発音するのはむずかしいぜ、と父は言った。

そんなことわかっている、と母が言い返す。でも、感じでわかるの。なにかがおかしいって。理屈じゃないわ。

それは数日前のことだった。お隣のミセス・ケインが庭にいるわたしに向かって、お菓子をあげるわよ、と柵越しに声をかけた。ところがわたしは知らん顔だった。この年頃の子どもなら、よちよちと歩いてお菓子をもらいにいくのに。

「おたくのジョアンは耳が聞こえないんじゃないかしら」彼女は母に言った。母が抱いていた怖れがそれで裏付けられた。よその人から指摘されたのははじめてだった。
黄色のスティックルブリックをしゃぶるわたしのかたわらで、両親は話し合ってこう結論づけた。名前を呼んで歌いかけ、就寝時に読み聞かせをしてきたが、この子にはまったく聞こえていなかったのだ、と。わたしがにっこりするのは、指差された本の絵がおもしろかったからだ。嬉しそうにするのは、腕に抱かれてぬくぬくと気持ちがよいから、親の関心をひとり占めしているからだ。むずかってもあやされるうちにクスクス笑い出すのは、やさしい声になだめられたのではなく、親の顔が好きだから、生き生きとした目の表情が好きだからだ。
どうりできみの姿が見えなくなるとこの子が泣き出すわけだ、と父は言った。キッチンで母が動き回る音や、料理をしながらかける声も、わたしには聞こえない。母親がお茶を淹れに隣の部屋に行っても、たいていの赤ん坊が不安に駆られないのは、物音でそこに母親がいるとわかるからだ。わたしはちがう。母親は消えてしまう。安心させようとかける声も、授乳用のミルクを作りながらハミングする声も、わたしには聞こえないのだから。わたしは静寂の中に取り残される。人生から色彩が抜けてゆく。ベビージャンパに入り、ぽっちゃりした脚で床を蹴って揺れながら笑うわたしに、ソファーからほほえみかけてくれて、爪先をくすぐってくれる母がいなくなったとたん、あたたかかった部屋が寒くなる。
母はジュリーに、テレビの音を小さくしなさい、と言ったが、わたしにはどうでもいいことだ。わたしにとってテレビは、目の前でおもしろい絵が飛んだり跳ねたりするものにすぎない。ジュリーがドタバタと家中を走り回っても、この子がぐっすり眠っていたわけがようやくわかった

――両親が口にするそんな言葉も、わたしにはまったく聞こえていなかった。それにしても、わたしが静寂の世界にいることに、母も父もどうしていままで気付かなかったのだろう？

いま振り向けば、母の顔に刻まれた不安を読み取ることができるはずだ。なぜもっと前に気付かなかったのという思いが、目の表情から窺えるだろう。二人目だから、つい気を抜いていた？どうしてわからなかったの？　母と子の絆は言葉だけで成り立つのではない。愛は無言の仕草にも表われる。見つめ合う目と目、分かち合う笑顔。視線を一瞬交えるだけで安心し合えるなにかがそこにはある。母猫と仔猫がゴロゴロと喉を鳴らし合うように。

いま、両親はわたしを専門医に診せようと話し合っていた。巡回保健師に相談すべきだろうか？そんなこととは知らず、わたしはカーペットの上の赤いスティックルブリックに手を伸ばし、取り上げて口に持っていった。

祖父は軍人だった。祖父の父――わたしの曾祖父――もそうだ。だから、いつもきちんとしていた。白髪はきちんと七三に分けてある。服にはぴしっとアイロンがかかっていた。祖父の匂いは石鹸の匂いだ。靴は磨いてあり、上着に抜け毛がついていたためしがない。訪ねてくるのは、食卓にミンス・アンド・ダンプリングが出る月曜だけだが、身だしなみには一分の隙もなかった。三つ揃いの背広を着込み、帽子と手袋をダイニング・テーブルのいつもの場所に置く。天気の悪い日でも、トレードマークの笑顔を絶やしたことがなかった。幸せそうな丸顔。孫たちを見るとほころぶ目もと。祖父に抱き上げられてぎゅっと抱き締められると、わたしはぬくもりと安心感に満たされた。祖父は質素な暮らしをしていても、かならずチョコレートバーをお土産に持って来てくれた。孫たちの笑顔と笑い声が祖父の喜びの源だった。妻に先立たれた祖父にとって、孫たちがすべてだった。

祖父の父、ウィリアム・ムーアは、南アフリカ共和国でボーア戦争の後始末をする駐留軍の兵士だったとき、未来の妻となるジョアナ・フォン・ウィックと出会った。彼女はアフリカーンス語（十七世紀のオランダ系移民の言語から発達した南アフリカ共和国の公用語）しか話せなかった。祖父の故郷ニューカッスルの女たちを彷彿とさせる、気が強くて真面目一方の女性だった。一途な性格で英語をあっという間に覚え、十九の年に曾祖父と結婚した。

祖父は一九一三年、ケープタウンで生まれた。曾祖父がヨハネスバーグに転属になってから、弟と妹が生まれている。その後、ジブラルタルに移ると、曾祖父は要塞の大砲手となり、そこでもう一人娘を授かった。子どもたちはいずれも、オランダ人である母親譲りのブロンドにブルーの瞳だった。わたしやジュリーもそれを受け継いでいるのだから、ジョアナ・フォン・ウィックの遺伝子はそれだけ強かったのだ。

祖父は父親とおなじ軍人の道に進み、特務曹長の位まで昇った。六十歳で退役し、毎週月曜日はわが家で過ごした。チーク材のテーブルを家族で囲むダイニング・ルームは、冬になると赤ワイン色のカーテンが引かれた。姉のジュリーは小児用の椅子に座るわたしの横で、スプーンいっぱいのマッシュポテトをかいがいしくわたしの口に運んでくれたが、うまくいったためしがなく、マッシュポテトはわたしの顎を汚すばかりだった。

母が祖父を歓迎していたことは、幼いわたしにもわかった。祖父はわたしたちにとって、仕事で帰って来られない父の代役を務めてくれる大事な存在だった。率直な物言いだがやさしい祖父に、みんなが頼り切っていた。その祖父がいまここにいる。茶色の背広に眼鏡をかけて、床に座って遊ぶわたしを見守っている。わたしが本に手を伸ばすと、祖父が手渡してくれた。数分もすると、わたしの興味は、母が置いてくれたクレヨンと紙に移った。

この男性――ミスター・エドガー――がなぜここにいるのか、わたしにはわからない。彼は母になにやら話していた。質問をしているようだ。彼の唇が動くのは見えても、なにを言っているのかわからない。だが、母の不安は感じられる。彼がわたしを鑑定するあいだ、母は大きなため息をつき、腕を組んだりほどいたりしていた。キッチンで忙しくしていようと思っても気になって仕方がないらしく、布巾を握り締めて様子を見に戻って来る。祖父は落ち着いたものだ。嵐の中の救命浮輪のように頼もしかった。

わたしは注意を集めていることなど気にもとめずに遊んでいた。わが家のリビング・ルームに、役人然としたこの男がいることもべつに気にならない。巡回保健師の要請を受け、彼は訪ねてきたのだ。この数日前、両親からの電話を受けた巡回保健師が、ミスター・エドガーをここに送り込む手筈を整えた。

彼の役割は、わたしがほんとうに耳が聞こえないかどうか判断することだった。彼に名前を呼ばれても、わたしは気付かない。彼はほかにも手を叩いたり、テーブルに物をぶつけたりしたのだろう。茶色のブリーフケースからなにか取り出し、わたしの注意を引こうとしたのかもしれない。だが、わたしは静寂の中、カーペットの上の絵本に夢中でなにも気付かなかった。彼はいつの間にか部屋からいなくなっていた。

母が玄関で彼を見送る。彼の顔をじっと見つめる母の姿は目に入ったが、母がすがる思いで彼の返事を待っているなど、わたしには知る由もなかった。お子さんはたしかに耳が聞こえません、と彼は言った。母は打ちのめされたにちがいないが、顔には出さなかった。たとえわたしの耳が聞こえたとしても、内心の動揺を母の声から聞き取ることはできなかっただろう。

彼を見送ったあと、母は祖父とキッチンにこもった。ジュリーはキッチンに駆け込み、すぐに出て来ると、リビング・ルームでわたしと一緒にテレビを観はじめた。わたしはソファーにつかまり立ちして、二歩、三歩と横にずれた。まだ一人で歩けないからキッチンまで行けない。不安げな母を祖父がなだめる姿を見ることはなかった。もしその場にいたら、母の目に浮かぶ恐怖をわたしは見て取ったにちがいない。母と娘はたがいが発するシグナルを読み取ることに長(た)けているからだ。この先どうなるの、と母は祖父に不安をぶつけた。学校はどうすればいいの？　友達はできるのかしら？　だが、祖父はいつもながらどっしりと構え、心配はいらない、あの子ならちゃんとやっていく、と言った。神さまがお与えくださったものなのだから、受け止めるしかない。ほかに選択肢はないんだ。

母はうなずいた。祖父は思いやりがあるが、厳しくもあった。大騒ぎすることではない、と祖父に言われると、母はまたうなずいた。ジョアンはジュリーとどこもちがわない。目がよく見えなければ眼鏡をかける。それとおなじだ。ジョアンの耳が聞こえないなら、補聴器をつけるだけのこと。母はさぞほっとしたことだろう。恐怖で大きく上下していた胸の動きがおさまり、肩の力が抜け、夕食の支度をはじめることができたにちがいない。頭の中であれやこれや考えてはいても、祖父の言うとおりだと納得した。与えられた試練には正面から向き合い、乗り越えていくだけのことだ。

そんな大人同士の会話に煩わされることもなく、わたしはソファーから手を離した。カーペットの真ん中であぐらをかいてテレビを観ているジュリーに向かって、よちよちとちかづいて行ったものの、途中でドスンと尻餅をついた。衝撃を和らげてくれたのは、濡れたおしめだった。

わたしはたくさんのビー玉を前に座っている。二歳になっていた。ガラスのビー玉は色の宝庫だ。黄色や青や緑が渦を巻いている。ひとつ取って見入る。指で挟んで回すと、青みがかった硬いガラス玉の中で、色の筋が捻れて回って踊り出す。窓から射す光が、ガラスの中の小さな気泡を輝かせる。わたしはうっとりと見つめた。幼いわたしは、ビー玉を口に放り込みたくなる。かわいらしく煌(きら)めくビー玉は飴玉そのものだから、口に入れずにいるほうが難しかった。

だがそこで、マシアス先生がわたしの前にひざまずいた。背広を着て、にこやかな笑みを浮かべている。目の前にいるので口の動きがよく見える。むろん声は伴わない。彼は目でわたしを励ました。テーブルからビー玉をひとつ取り上げ、自分の耳を指差してから、ビー玉を容器に入れる。うなずいてほほえむ。彼が言うことをわたしが理解したかどうか、探るような目でわたしを見つめている。

わたしは横に立つ母を見上げた。母の装いは、ライラック色のフレアースカートにぴったりした赤いTシャツだった。けさ、わたしは母が着替えるのを眺めていた。母の目には、見たことのない表情が浮かんでいた。遠くを見るような目つきだった。振り向いた母はわたしにほほえみかけた。目と目で交わす会話に無理やり区切りをつけようとするかのように。

ドライデン・ロード小児病院に着くと、母はわたしの手をいつもよりきつく握り、赤煉瓦の古い建物に入った。わたしの手を引いて、母は足早に言語病理学科へと向かった。

幼いわたしの目にはすべてが巨大に見えた。ヴィクトリア様式の高い天井、まっすぐに延びる廊下。大きな上げ下げ窓、頭上にさがる白熱球の金属の傘までが巨大だった。消毒薬の匂いが鼻をつく。廊下を歩くあいだ、大勢の人とすれちがった。わたしより大きな子どもがギプスをつけて車椅子に乗り、真っ白な制服姿の看護師が車椅子を押していた。どちらも無表情だった。

目の前にいるマシアス先生はちがう。にこやかな笑みを浮かべている。母が屈んでべつのビー玉を取り上げる。マシアス先生がやったように、母も耳を指差してうなずき、ビー玉を容器に入れた。わたしにおなじことをしてほしいのだ。そのとき、わたしの耳になにかが起きた。手を伸ばす。でも、柔らかな耳たぶが触れるはずの場所には、硬いものがあった。重たい黒のヘッドフォンをつけられたのだ。重みで前のめりになり、首が痛くなる。肩にずしりと重みを感じた。

いやでたまらず体をもじもじさせた。ヘッドフォンを取りたい。だが、母とマシアス先生に押さえ付けられた。二人してさっきとおなじことを繰り返す。ビー玉を取り上げ、わたしの耳を指差してうなずき、容器に入れる。そんなふうにして検査がはじまった。聴力を調べる検査だということを、むろんわたしは知らなかった。遊びだと思っている。ヘッドフォンからは大音量の騒音が出ており、わたしのかたわらに立つ母にも聞こえるほどだった。

このとき顔をあげていれば、母が騒音を聞くたび頭をちょっと倒すのが見えていただろう。さあ、聞こえるでしょ、ビー玉を容器に入れて、と促すために。だが、テーブルの上のビー玉は手つかずだった。わたしがビー玉に手を伸ばすとしたら、それは色に魅入られたせいで、なにかが聞こえたせいではない。ほら、見て、この黄色いビー玉、中に小さな茶色の点々があるよ。わたしはビー玉を掲げて母に見せた。

そのとき、なにかが起きた。耳に、頭になにかが入って来た。とても低いうなり――これがそうなの？　問いかけるように母を見上げる。それから、何度も繰り返された指示を思い出した。ビー玉を容器に入れる。母が、えらいわね、とほほえんだ。母の緊張がほぐれるのがわかった。母を喜ばせたくてほほえみ返す。検査が進み、容器のビー玉が増えた。そのうちのいくつかは、母を笑顔にしたくて入れただけだ。ヘッドフォンから音が流れるのと、わたしがビー玉を容器に入れるタイミングが合っていないことに、看護師たちは気付いていたようだ。それに、わたしは甲高い音にまったく反応しなかった。母もそのころには確信していた。

わたしは耳が聞こえない。

母の疑念をマシアス先生が裏付けた。

横で話し合う大人たちの表情から、自分がちゃんとやれたのかどうか読み取ろうとした。ビー玉を容器に入れたことに、大人たちは満足してくれたの？　容器からビー玉を取り出して遊んでもいいの？　またしても、ビー玉を口に放り込みたくてたまらなくなったが、じっと我慢した。大人たちが真剣な顔で話し合っているからだ。母はマシアス先生の説明に耳を傾けている。わたしの聴力障害は部分的なもので、低い音は聞き取ることができるから、補聴器によって聴力が改善されるだろう。そう言われて母は喜んだようだ。大きくうなずき、肩の力を抜いた。

数分後に病院を出たときも、母はわたしの手を握っていたが、来たときほど力を込めた握り方ではなかった。足取りもずっとゆったりしていた。母のかたわらでわたしはスキップしながら家路についた。そろそろジュリーが学校から戻る時間だ。

この子の耳は補聴器をつければ聞こえるようになる、と母は信じた。友達や姉のジュリーとおなじようになれるのだ、と。

ほかの子とおなじようにと言っても、むろん人それぞれに個性はある。「おなじような人間ばかりだったら、この世の中、さぞ退屈でしょうね」とは祖母の口癖だったそうだ。母もそのことはよくわかっている。

だが、病院の重いドアを押し開けて七月の日射しを浴びたとき、母はこう思わずにいられなかった。わが子がせめて人並みでいてくれたら、そう願うのが母親というものだろう、と。

Chapter 2
風船と羽根

その日、母はご機嫌だった。朝からずっと、キッチンで踊り回っている。音楽は流れていないのに。音楽が流れているかどうか、耳の聞こえない子にどうしてわかるの、と人は不思議に思うだろう。種明かしをすれば、姉が一緒に踊っていないからだ。姉はわたしの横に立って笑っている。母は腰を振り振りシンクとレンジのあいだを行ったり来たりしていた。

母が楽しそうだと、わたしも楽しい。母から合図をもらうのが習い性になっている。わたしの静寂の世界では、母がわたしの目であり耳だ。不安に駆られると母を見る。そうして安心する。わたしにとって、母の表情は勇気づけ以上のものだ。それは、部屋に満ちる静寂をあたたかなものにしてくれた。

わたしはいま、ドライデン・ロード小児病院の待合室の床に座っている。かたわらの小さなテーブルの上には算盤が置いてあった。聴力障害の診断がくだってから、この病院の待合室――それにこの玩具――は生活の一部になった。わたしはここに来るなり算盤で遊ぶ。小さな指で色とりどりの珠を動かす。数を数えながら動かすこともあった。一……二……三……

ほかには玩具のツリーハウスがあった。木のてっぺんに隠れるように家がのっかっていて、中にはちゃんとキッチンと折り畳み式の階段がある。木の根元には、丸い穴が開いた小さな茶色のドアがあり、木のまわりには犬小屋とブランコまでついていた。わたしは黄色い髪の小さな男の子をブランコに乗せ、そっと押してやりながら、母の様子を窺った。母は待合室の硬い椅子に座ってハミングしている。どうしてわかるかと言うと、口をぎゅっと結んだまま、足で調子を取っているからだ。息を深く吸って鼻からゆっくり吐くあいだ、胸が大きく上下するからだ。ここにジュリーがいたら、母の鼻歌に合わせて踊っているにちがいない。母が元気づけるようにわたしにほほえみかけたとき、診察室のドアが開いた。母は椅子から立ち上がって手招きした。わたしは母のあとから診察室に入った。

マシアス先生はいい人だ。わたしにも話しかけてくれるから。そういう人はめずらしい。あの〝ビー玉検査〟のあと、誰もわたしに話しかけてくれなくなった。耳が聞こえない相手に話しかけても無駄だと思っているのだろう。両親と祖父とジュリーと友達以外の人たち、チャウデン団地の住人でわたしの噂を耳にした人たちは、わたしを乳母車に乗せて歩く母を見かけても、声をかけてくれなくなった。

聴力障害があるという診断がくだったあとも、母の態度は変わらなかった。これまでどおり絵本を読んだり、歌を歌ったり話しかけたりしてくれた。けさもバス停に向かうあいだずっと、母は童謡を口ずさんでいた。

母の腕の振り方やスキップするリズムから、どの歌を口ずさんでいるのかわかる。わたしも母に合わせてスキップする。母の声も自分の声も聞こえないけれど、楽しかった。

マシアス先生はどっしりとしたチーク材のデスクの向こうから出て来て、わたしの目の前に椅子を引っ張ってきた。彼にやさしく導かれ、わたしは彼の膝のあいだに立った。彼が眼鏡をかけると耳がちょっとさがった。彼の顔に親しげな笑みが浮かんだ。髪は真っ黒で、額からうしろに撫で付けてある。大きな団子鼻には細い縁の眼鏡がのっている。だが、わたしの視線を引き寄せるのは大きなもじゃもじゃの眉毛だった。彼が話しはじめると、それが毛むくじゃらの黒い芋虫みたいに動くので目をそらすことができない。きょうは補聴器の型をとるからね、と彼が言った。ネバネバのパテが入った容器も見せてくれた。楽しそうにもじゃもじゃの眉毛をうごめかせて、彼が型をとるやり方を説明してくれた。

彼が残りの道具を揃えるあいだ、わたしは椅子に座って待った。母がにこやかに話しかけるあいだに、彼はパテに赤い染料を少し加えて混ぜ合わせ、できたものを大きくて平らなプラスチックの注射器に注ぎ込んだ。まるで巨大なケーキにアイシングするみたいだ。

それから、とってもやさしくわたしの髪をよけて、耳の上のほうに注射器のパテを塗りつけていく。

あたたかなパテが耳のでこぼこに入り込んでくすぐったい。わたしは身をよじってクスクス笑った。

母がわたしの膝を叩き、読唇しろとわたしを促した。「じっとしてなさい」母が言う。

一分後、反対側の耳にもおなじことをされた。「さあ、これでいい」彼は言い、残ったパテを注射器から押し出し、渡してくれた。わたしはパテを指で挟んで掌になすりつけ、平らに伸ばした。ほら、と見せると、母はほほえんでうなずいた。マシアス先生の診療室を出て、廊下をスキップするあいだに、握っていたパテがどんどん固まっていった。母に顔を向けると、二週間後、補聴器の付け具合をみるためにまたここに来るのよ、と母は言った。わたしはにっこりしてうなずいた。

わたしは静寂の世界しか知らない。だから、ほかの世界がなぜ必要なのか、マシアス先生がわたしの世界をどう変えようとしているのか、まるで理解できなかった。だが、母にとっては、わたしに補聴器を付けることが急務だった。ブラックプールであんなことがあったせいだ。

わたしはそれほどとは思っていなかったが、友達にこの話をする母の表情から一大事だったことがわかった。数週間前のことだ。一家でバスに乗り、ブラックプールへ日帰り旅行をした。母はスパム・サンドイッチのお弁当を作り、ジュリーとわたしにお揃いの格好をさせた。ストライプのTシャツに半ズボン、白いニーソックスにサンダルだ。「ジョアンがなにか飲みたいって」ジュリーがバスの座席から言うと、母はクーラーから飲み物を出してくれた。バスの天井の小さな窓は開いたままで、吹き込む風が前髪を揺らした。熱い日射しを浴びながら浜辺でロバに乗ったあと、母がお店を見て回りたいと言い出した。わたしは乳母車に乗せられ、ウィンドウの中のスティック・オブ・ロック（棒状の飴）を眺めた。ぞろぞろと観光客が歩いてゆく。わたしも歩きたかった。とても暑かった。それに、浜辺でもう一度ロバに乗りたかった。海で泳ぎたいしなにか飲みたい。だから、母がウィンドウを覗き込んでいる隙に、わたしは乳母車の中でごそごそやって肩を押さえるストラップをはずし、お腹の上の留め金をはずした。そうやって……自由になった。

母がふと乳母車を見たときには、わたしの姿はなかった。

あとからわが家のキッチンで、友達に語り聞かす母の様子を見れば、母があのときどれほどうろたえたかわかる。エドナおばさんに語りながら、母は両手に顔を埋めたぐらいだ。泣いていたのだろう。

母はあちこち探し回ったけれど、人ごみの中で名前を呼んでも無駄だとわかっていた。耳が聞こえない子が相手なのだから。母は半狂乱になった。二時間が経過した。人の波が途切れたとき、その向こうに警官の姿が見えた。制帽をかぶったその警官の腕の中に、とても楽しそうにニコニコ笑うわたしがいた。母はわたしを警官の腕から奪い取り、ぎゅっと抱き締め、泣きながらキスの雨を降らせた。

わたしはアイスクリームを食べられてご機嫌だった。だが、母にとっては、補聴器の大事さを痛感させられる出来事だったのだ。

わたしはまた小児病院にいる。目の前のテーブルの上には、前のときとおなじようにビー玉がいくつか置いてあった。残念ながら、茶色の点々のある黄色のビー玉はなかった。マシアス先生は、前とおなじ検査をしようとしている。なにか聞こえたら、ビー玉を容器に入れるんだよ、と彼が指示する。わたしはあのときのことを思い出し、うなずいた。そう、あのとき、ビー玉が容器に入るたび、母は嬉しそうな顔をしていた。

前とはちがうこともあった。頭にずしりとくる黒くて重たいヘッドフォンをつけてはいない。いま耳につけているのは、奇妙なプラスチックのものだ。はじめて見るそれは、妙な感じがした。それをつけると、耳のてっぺんが突き出して見える。

「きみの補聴器だよ」マシアス先生が言い、ほほえみながらマッシュルーム色の補聴器をふたつ取り出した。耳にぴったり合ったので、母は満足そうな顔をし、手を叩いてうなずいた。母がなにをそんなに喜んでいるのかわからないまま、わたしはほほえみ返した。母にしてみれば、耳の聞こえない子を連れてバスでここまでやって来て、帰るときにはその子の耳が聞こえるようになっているのだから、すごいことだ。

何週間も前から、母はわたしに言い聞かせた。わたしの耳を指差し、テレビのダイアルをひねるような仕草をし、耳に当てた手をぱっと開いて目を輝かせた。音が聞こえる。母はそう約束していたのだ。補聴器のおかげでわたしの世界は無音でなくなる。音のボリュームを大きくできる。テレビみたいに。母はそう繰り返した。

ところが、検査がはじまってもなにも変わりはなかった。母の声もマシアス先生の声も聞こえない。二人の口は動いているけれど、動きに言葉は伴わなかった。頭のまわりでホワイトノイズが渦巻くばかりだ。健聴者が水に潜ったときの感じだろうか。くぐもった鈍い音が聞こえるだけだ。たしかに静寂ではない。だが、これを音と呼べるだろうか。
「いいかい？」マシアス先生がうなずく。検査がはじまるのだ。
母が手を叩いてわたしを促した。検査がはじまり、母は騒音を耳にしているが、ビー玉はテーブルに置かれたままだった。母は頑張っているが、失望を隠しきれない。
検査が終わり、ほんの少しですがよくなっています、とマシアス先生は母に言った。慣れることが必要ですからね、数週間、様子をみましょう。
母がわたしの手を取った。耳に奇妙なものをつけたまま、わたしは病院をあとにした。日射しの中に出て行くと、バスが通り過ぎた。耳の中でビューッと不思議な音がした。はじめての経験だった。わたしは補聴器に手をやって母を見上げた。
「だんだんに慣れるからね、ジョアン」母が言い、首を傾げた。
だが、母の口から言葉を伴う音は出て来なかった。わたしはあいかわらず唇を読んでいた。

母がわたしをマイクロバスに乗せる。わたしはあらゆる手を使って抵抗した。蹴ったり跳ねたり、悲鳴をあげたり。服にしがみつくわたしの指を、母はやさしく――でも、きっぱりと――引き剝がし、わたしをシートに座らせた。
母の顔が悲しげに歪む。毎日、わたしを送り出すことが、母には身を切られる思いなのだ。母はわたしを説得しようとしている。唇の動きでそれはわかるが、なだめようとするやさしい言葉がわたしには聞こえなかった。わかっているのは、マイクロバスに乗って聴覚障害のクラスに行きたくないことだけだ。母やジュリーと離れたくなかった。毎朝繰り返される騒動のあと、戸口に立つ母の姿が涙でかすんだ。

わたしは二歳半になっていて、この数週間、マイクロバスに乗せられていた。玄関先にマイクロバスが停まったとたん、わたしは泣き出す。母がわたしのコートとバッグをつかむ。学校で一日を過ごすには、わたしはまだ幼すぎた。マシアス先生から学校に入れることを勧められたとき、母はそう直感した。

だが、耳の不自由な子どもは、早いうちからこういうことに慣れる必要がある。ためになるのだから、一人で行かなければならない。話し方を教えてもらえるのよ、と母は言った。話したくなんてない、とわたしは思った。マイクロバスが動き出すと涙が溢れた。母と一緒に家にいたかった。

学校に着くまでの二十分間、わたしは泣きつづけた。リンディスファーン小学校がある地区は、わが家がある田園地帯とはまるでちがっていた。公立のこの学校はゲイツヘッドとニューカッスルをつなぐ幹線道路の下にあった。周囲は工場地帯で、高層のアパートがコンクリートの大木のように地面からにょきにょき立っていた。朝になると、耳の聞こえる子どもたちがこのアパートからぞろぞろと出て来て、醜いプレハブの校舎に吸い込まれていった。ネクタイはひん曲がり髪はぼさぼさで、ほっぺたには朝食のトーストのかけらやマーマレードがこびりつき、汚れ放題の制服のシャツはウェストからはみ出したままだ。

きっちり編まれたおさげにリボンを結んだわたしは、やさしくマイクロバスから降ろされる。

花柄の縁取りのある茶色のエプロンドレスは清潔で、ちゃんとアイロンがかかっていた。足元は膝下のソックスにT字のストラップの靴だ。

このあたりの公立学校で聴覚障害児のクラスがあるのはここだけだった。毎朝、健聴児童も聴覚障害児童も一緒に校門をくぐった。わたしが乗るマイクロバスは広い地域を回って児童を集めてくる。学校を取りまく環境はけっして望ましいとはいえなくても、聴覚障害児を持つ親としては、学べる機会を与えてやれるだけでありがたかった。

わたしが通う教室は平屋の建物の中にあり、わたしはジリアンと手をつないで教室に入った。ジリアンとわたしはおなじ団地に住み、母親同士も友達で、彼女の姉のアリソンはジュリーの友達だった。どういう巡り合わせか、ジリアンもまた聴覚に障害を持っていた。

教室に入るころには涙は止まっていた。午前中ずっと泣きっぱなしのわたしの姿など、母も見たくないだろう。母を悲しませるのはわたしだっていやだった。わたしを泣かせまいと、母はジュリーと一緒にマイクロバスに乗って学校まで来てくれたこともあった。そしてジュリーと二人で歩いて帰るのだ。だが、それはかえって逆効果で、わたしは教室の前で、母と別れたくないと泣き出す。そんなわけで、一人でマイクロバスに乗せられることになった。これが最良の方法だと、母は自分を納得させるしかなかった。

幾何学模様の壁紙の廊下を進み、小さな教室に入る。窓を大きくとった天井の低い部屋で、カラフルな手紙や絵で飾られた壁はブルーだ。アルファベットが描かれたヘビが部屋をぐるっと取り囲んで、母音や子音を教えてくれる。

壁際に白黒テレビが置かれ、生徒たちが座って観られるように絨毯(じゅうたん)が敷いてある。担任のジャクソン先生は、毎朝大きく腕を広げてわたしたちを迎えてくれた。そのあたたかさに包み込まれると、母を恋しいと思わないから不思議だった。

「おはよう、みんな」先生が言う。

七人の生徒たちが絨毯の上にあぐらをかき、一日のはじまりだ。ふつうの幼稚園なら、七人の幼児の注意を引きつづけるのは至難の業だろうが、聴覚障害の児童の集中力は健聴児童のそれを上回る。みんな先生の口元をじっと見つめ、唇を読もうと一所懸命だ。七人のうちの三人――イアンとレオとオーウェン――は、耳の形成が不良だった小耳症だ。

壁のアルファベットの下には、それぞれその文字からはじまる玩具がいっぱいの籠が置いてあった。ジャクソン先生が〝B〟の籠を絨毯の真ん中に置いた。中にはボールにバービー人形、バット、ベイビー、双眼鏡(ビノキュラーズ)が入っている。まず生徒一人一人が籠の玩具をひとつずつ取り出す。つぎに先生が風船と羽根を一人ずつに手渡す。このふたつは一見意味のないものに見えるが、話し方を学ぶ上でなくてはならないものだ。選んだ玩具の名前を言うとき、風船を口元に当てて生まれる振動を手で感じる。「ボール」先生が風船に向かって言う。わたしたちは真似する。わたしは赤い風船を持って口元に掲げた。「ボォォォ」風船の振動が鼻をくすぐるので思わずクスクス笑い出した。ジャクソン先生が自分の風船を顔から離し、わたしの膝を叩いて口元を見るように促した。「ボール」の〝l〟の音を発音するとき、先生の舌が唇のほうに向かって動くのが見えた。それから先生は、風船をまた口元にあてがうようわたしに指示する。

わたしはもう一度発音してみる。

「ボォォォ……」濡れた舌が唇に触れる。ちゃんと発音できたとは思うが、正しい音が出ているかどうかわからない。

先生がもう一度やってみせる。わたしたちと向き合うとき、先生の忍耐には限界がなかった。

〝ベイビー〟のような音のやわらかな言葉を学ぶとき、羽根が活躍する。まず風船で〝b〟の音を練習し、それから唇に羽根を押し当ててやわらかな振動を感じる。羽根が唇をくすぐるので、みんなクスクス笑い出した。ジリアンもわたしも、両手に風船と羽根を持って笑い転げる。

〝バット〟でまた風船の出番だ。風船の振動から〝t〟が強い音だということを学ぶ。「バァアトトト！」こんなふうに遊びながら何時間も練習した。おなじ言葉を何度も言いながら、子音と母音の発音を覚えていくのだ。〝ボール〟と五十回以上唱えさせられてもいやにならないのは、おもしろかったからだ。

そうやって毎日発音の練習が繰り返されたのは、いつかわたしたちも〝聞こえる世界〟の一員になるためだった。

ジュリーは七歳、わたしは四歳になっていた。わたしはなんでも姉の真似をしたがった。姉がブロンドの髪を垂らせばわたしも垂らす。姉が髪にリボンを結べば、わたしも結んでもらう。母はいつもわたしたちにお揃いの服を買ってくれた。色違いのTシャツ——姉がグリーンのストライプならわたしは黄色のストライプ——やお揃いの服が、わたしは大好きだった。

わたしは早くジュリーみたいに大きくなりたかった。だから姉のすることを何時間でも飽きずに観察した。姉はいつもリビング・ルームで歌ったり、踊ったり、走り回ったりしていた。姉の口から出る言葉や音は聞こえなくても、動き回る姿を見るのは楽しかった。

姉はなにしろミュージカルが好きで、うちの庭に近所の子どもたちを呼んで演じてみせた。マコーマックさんちの子どもたち、お隣のランキンさんちのリチャードとマイケル兄弟、お向いのカネッサさんちは三人兄妹で、ロイスがわたしより二歳年上、ジョナサンとスティーヴンはジュリーの遊び仲間だった。それに姉の親友のジリアン・スワドル。わたしがみんなとおなじように耳が聞こえなくても、姉はけっしてわたしを仲間はずれにはしなかった。姉はわたしにおめかしをさせて庭の〝ステージ〟に連れ出し、『サウンド・オブ・ミュージック』を演じる仲間に入れてくれた。

わたしにあれこれ指示を出すとき、姉はわたしの肩を叩いて自分のほうに顔を向けさせ、それからしゃべりはじめる。わたしに聴覚障害の診断がくだって以来、それが習慣になっていた。

耳が聞こえないことでわたしがいやな思いをしないよう、姉は陰でいつも気を配り、かばってくれた。わたしがなにを必要としているか、姉はいつも直感的に察知し、喉が渇いたとかお腹がすいたとか、わたしが訴える前に母に伝えてくれた。わたしが静寂の世界にいることにまわりが気付くずっと前から、姉はわたしの代弁者だったのだ。

それに、母と同様、姉もわたしの耳だった。アイスクリーム売りが通りをやって来たことがわかるのは、姉がソファーからぱっと立って母にお小遣いをもらいに走ってゆくからだ。

つられてわたしも走り出し、レモネード・スパークルを二本持って姉が戻って来るのを戸口で待ったものだ。姉の嬉しそうな顔ときたら、サッカーのニューカッスル・ユナイテッドが優勝したってこんな嬉しそうな顔はしないだろうというほどだ。だが、姉とわたしは年が離れているので、姉にはできても、わたしにはできないことがいろいろあった。

姉は七歳になると、友達と通りで遊ぶことが許された。通りのはずれに教会があり、近所の子どもたちはみなそこの駐車場で遊んだ。留守番をさせられるわたしは、戻って来る姉の姿が見えないか通りをずっと見張っていたものだ。大きな子どもたちと一緒に遊びたくて、二度ほど抜け出したことがある。

静寂の世界にいるわたしにとっても、姉のいない家はしんとしていた。母はおやつのポテトチップスを作るためにジャガイモの皮を剝きながら、わたしを楽しませようとしてくれたが、わたしは母の骨折りを無視して門のところに立ち、庭のアジサイの向こうに姉のブロンドの髪が見えるのをいまかいまかと待った。リビング・ルームのソファーに姉と腕を絡ませて座っているのが、わたしにとって最高のときだった。

そんな姉もたまに癇癪（かんしゃく）を起こすことがあった。わたしたちはリビング・ルームにいて、わたしはソファーの上、姉は部屋の真ん中で地団太を踏んでいた。

「テレビが聞こえない」姉が母に泣きながら訴える。顔が真っ赤だ。「もっと音を大きくして」

母がテレビの音量をあげても、姉の気はすまない。「もっと大きくして。聞こえない」

姉が文句を言いつづけるあいだ、わたしはテレビの画面をじっと見つめていた。

ついに母の堪忍袋の緒が切れた。つかつかとテレビにちかづき、ダイヤルを反対に回して音が出ないようにした。「ほら、わかる、ジョアンにはこれがふつうのことなのよ」姉はわたしを見てから、ソファーにどしっと座り腕を組んだ。だが、それ以来、姉が音量のことで文句を言うことはなくなった。

Chapter 3

金属の箱

感覚のひとつが衰えると、それを補うためにべつの感覚が研ぎ澄まされるというのはほんとうだ。あなたはいつもウサギみたいに鼻をヒクヒクさせてるわね、と母がよく言う。わたしはそれぐらい鼻がきく。両親が中華の出前を頼んだとたん、わたしがベッドから飛び出すことが何度あったか。

刈られたばかりの草とテレビン油とタール。それがわたしにとって夏の匂いだ。暑さもなんのその、長い一日を友達とめいっぱい遊ぶ。途中で家に駆け戻り、冷蔵庫から飲み物やアイスキャンデーをつかみ出す。ローラースケートから自転車へ、スペースホッパー（エクササイズボールのような大きなゴムボールに取っ手がついたイギリス生まれの遊具）からルービック・キューブへと、子どもは移り気だ。年長の子どもたちはみんなルービック・キューブを持っていて、クリスマスプレゼントにもらって箱から出したときは、楽勝、と思っていたのに、これがなかなか手ごわかった。

とくに暑い日は、溶けたアスファルトをキャンディーの棒で突くのが楽しい遊びになった。きたないし服に付いたら落ちないからやめなさい、と大人たちは声を揃えるが、ギトギトに輝く黒いドロドロは、子どもにとってたまらなく魅力的だ。たのむからやめて、と言う母の声が通りに響き渡っても、わたしたちは通りのはずれの教会の駐車場に出掛けて行く。ここならうるさい親の目もなく、思う存分ネバネバと格闘できる。

カラミン（軟膏や水薬として皮膚炎の保護薬に用いる）の匂いも、学校の休みと結び付いていた。イラクサに足をとられて転ぶと、母のもとに飛んで帰ってピンク色のクリームを塗ってもらう。ジュリーと熱いお風呂に入ると日焼け跡がヒリヒリするから、これをたっぷり塗ってもらう。そのときはスースーして気持ちがいいけれど、ベッドシートに体が触れたとたん火照りはぶり返す。つぎの日はタンクトップではなくTシャツで遊びに行かされ、今度は腕だけ真っ赤になって戻って来てナイフとフォークを持ち、熱々のフライドポテトを添えたハムと卵のパイの夕食を頬張る。

週末になると、庭でジュリーの劇を上演したものだ。観客は親たちだ。キンギョソウの植え込みのある庭に並べたガーデンチェアに、じっと座る親たちの忍耐に感謝して、子どもたちは飲み物を提供する。母親が見ていない隙に持ち出したプラスチック容器に、薄めたオレンジジュースを注いで刈ったばかりの草を浮かべた飲み物だ。

夏休みにはリポンに住む父方の祖母をよく訪ねた。いつもほほえんでいるので、訪問を終えてゲイツヘッドに戻ってからも、思い出すのは祖母の笑顔ばかりだった。お洒落なおばあちゃんで、アクセサリーは真珠、靴とバッグはいつもお揃いだ。手にシェリーの小さなグラスを持っていないときは、せっせと編み物をしている。洒落た眼鏡をかけた顔を縁どるのは、シャンプーしたあとカーラーで巻いてきれいにセットした無数の巻き毛だ。わたしたちが遊びに行くのを、祖母は首を長くして待っていたが、祖母本人も大家族の出だった。

ニューカッスルのバイカーで生まれ育った祖母には、兄弟姉妹が六人もいた。十八の年に兄のフレッドとニュージーランドに移民したが、故郷が恋しくてたまらず戻って来ると、ジェイムズ・ミルンに出会って結婚した。この祖父のことを、ジュリーは〝シェフおじいちゃん〟と呼んでいた。祖父母が当時飼っていた犬の名が〝シェフ〟だったからだ。わたしが生まれて数カ月後に祖父は亡くなったが、リボンの家のいたるところに祖父の写真が飾ってあった。

祖母の家は、わたしにとってさまざまな匂いの宝庫だった。優美なテーブルクロスにかぎ針編みのマットを置いた祖母の鏡台には、いろんな香水やクリームがずらっと並び、まさに匂いの競演で、その中で一、二を争っていたのがローズウォーターとラベンダーだった。祖母のハグもまた、わたしの嗅覚を著しく刺激した。祖母が体を離したあとも、わたしの服はマグノリアやサクラソウの香りがして、帰りの車の中でもまだ匂っていたが、家族は誰も気付かなかった。

ある日、わたしは祖母の鏡台の上に聖水の瓶を見つけた。神さまの香りを嗅げるとわくわくしながら蓋を開けたが、その香りは家の蛇口から出る水と変わりがなかった。多少は塩素臭が抜けていたが、それだけのことだ。

小さな家の下の階のコーヒーテーブルには、干したプルーンやナッツやレーズンが入った小さな皿が並んでいた。ジュリーは気付かなかったが、わたしは部屋に入るなり果物の香りを嗅いで、皿から目が離せなくなった。

まわりのみんなもおなじだと思っていた。聴覚の代わりに人生を彩ってくれるべつの才能が与えられていることに、わたしは気付いていなかった。

チャウデン団地の通りを、スティーヴン・カネッサと二人で歩き、歩道に散ったバラの花びらを拾ったり、勇敢にもよその家の庭に忍び込んでいちばん美しく咲いたバラを盗んだりしたことがあった。家に持って帰り、ジャムの空き瓶に花びらを入れて上から水を注ぐ。母親のために香水を作るつもりだったのだ。

だが、草や黒い昆虫の死骸も浮かぶ濁った水は、父がつけているオールドスパイスの香りにはとおく及ばなかった。週末に父が帰って来ると、ヨットの絵がトレードマークのオールドスパイスの香りが家中に立ち込める。それに煙草と、車に常備しているブラック・ブレットのミントの香りもした。週末は父の膝の上でテレビを観たり、〝超人ハルク〟に扮した父と庭で追いかけっこをするのがきまりだった。

子ども時代の香りといったら、これをはずすわけにはいかない。母がつけていたエスティローダーのユースデューの香りだ。母が部屋を出て声が聞こえなくなっても、この香水の香りはいつまでも残っていた。

母のその甘い香りがしなくなったことがあった。姉もわたしもお揃いのサンドレスがきつくなっていた一九七九年の夏、母のお腹はどんどん大きくなっていった。このままお腹が破裂するのではないかと、わたしは本気で心配した。

母の大きくなったお腹にぴったり顔をくっつけて、赤ちゃんがもぞもぞ動くのを感じるのが大好きだった。「お姉ちゃん、こんにちは、って言ってるのよ」と母は言い、クスクス笑うわたしの手をお腹にあてがった。すると赤ちゃんが蹴ったり、しゃっくりをしたりする。

母の入院中は、父がわたしたちの面倒をみる番だった。ある日、姉とわたしを街のパン屋さんがやっているカフェに連れて行き、ラズベリーエイドと甘いクリームがかかった菓子パンをご馳走してくれた。わたしがピンク色のクリームを指ですくって口に入れるあいだ、父は小さな妹の話をした。わたしは爪のあいだに挟まったクリームを舌で味わって、香りを楽しんだ。

アラーナと名付けられた妹がとても小さいということを父が話すあいだ、わたしたちは、店の客がいっせいにこっちを見るぐらい大きな音で、ラズベリーエイドをストローで吸っていた。ジュリーがクスクス笑うので、わたしもつられて笑った。笑い声は聞こえなくても。

「さあ、行こう」父はわたしたちの手を引いて病院に向かった。父の大きな歩幅に合わせようと、わたしはスキップした。するとお腹がおかしな感じになった。ラズベリーエイドの泡がお腹の中で飛んだり跳ねたりしている感じ、それは妹に会えるわくわく感だった。ところが、いざ産科病棟にちかづくと、会うのが不安になってきた。どんな顔をしてるんだろう。触ったらどんな感じだろう。わたしがお姉ちゃんだってこと、わかるの？　わたしを好きになってくれる？

クイーン・エリザベス病院は、わたしが通う学校の周囲にあるビルとおなじ高層の建物だった。

父がドアを開けようとわたしの手を離した瞬間、わたしは怖気づいた。頭の中はあいかわらず疑問でいっぱいだった。ママはひどいことになってるんじゃない？　どうやって赤ん坊を引っ張り出したの？　ママのお腹はどうなるの？

そんなわたしを尻目に、父はジュリーと楽しそうにおしゃべりしていた。でも、二人の口元に集中できず、なにを話しているのかわからない。わたしの視線は母を求めて清潔な白い廊下をさまよった。わたしの鼻を直撃したのは、消毒薬の匂いと学校の給食の匂いが混ざり合った匂いだった。車椅子に乗った人がいて、ドレッシングガウン姿でうろついている人がいた。玄関の外には、パジャマのままで煙草を吸っている人もいた。ほとんどが年寄りだったが、一人だけ、わたしと同年代の男の子がいて、腕にギプスを巻かれて悲しそうな顔をしていた。痛むのだろうか。ママもギプスを巻かれてるの？　それとも、赤ちゃんが巻かれている？

父の先導で長い廊下をいくつも進んだ。わたしは父に遅れまいと必死だ。父は案内も乞わずにどんどん進んで行く。ママがわたしをお腹から出したときも、パパはここに来たのだろうか。

ようやく着いた。父が病室のドアを開けた瞬間、わたしの心臓は止まった。そこにはベッドがずらっと並び、白いナイトガウン姿の女の人が寝ていた。かたわらには赤ちゃんが眠る保育器があって、ブルーの制服を着た看護師があいだを飛び回っていた。ここの匂いは廊下のそれより軽い。漂白剤とミルクの甘い匂いだ。通路を歩くあいだ保育器に目をやったが、見えたのは毛布とピンク色の頭の一部だけだった。

通路のずっと先にやっと母の姿が見えた。家から持って来たピンクのナイトガウンを着て、ベッドに座っていた。母の特大の笑みを見て、どれだけほっとしたことか。わたしは母に駆け寄って抱きついた。

母は無事だった。かたわらには、見たこともないほど小さなピンク色の赤ちゃんが寝ていた。白い毛布にくるまれて、ちっちゃな顔だけ出している。眠っているので目は閉じ、鼻は小さなボタン、口はバラの蕾そのものだ。ママのお腹の中にいたのはこの子だったのね。わたしはうっとりと見つめた。

母に肩を叩かれ、わたしは保育器から視線を引き剝がした。「あなたの妹のアラーナよ」母は幸せそうに目を輝かせて言った。

わたしは保育器に手を差し込み、アラーナの小さな手に触れた。すると彼女がわたしの指をぎゅっと握った。わたしは嬉しくてクスクス笑った。妹は眠ったままでわたしの人差し指を握っていた。そのぬくもりを手放したくなくて、わたしは十分ちかくじっとしていた。母と同様、幸せそうに目を輝かせて。

そのときほど自分が大きくて強いと思ったことはなかった。それに、母をとても誇らしく思った。

毎朝、学校に行くわたしに、母はかわいらしい服を選んでくれた。わたしのいちばんの気に入りは、袖に黄色のヒラヒラがついた白いTシャツで、これに合わせるのは膝のまわりで揺れるレモン色のプリーツスカートだ。襟元にカラフルな花をあしらったピンクのドレスも大好きだった。母はわたしの髪を二本のおさげにしてパステルカラーのリボンを結んでくれた。ジュリーもおなじようにしてもらって、わたしたち姉妹はかわいらしい格好で家を出る。

でも、お揃いなのはそこまでだ。

わたしはかわいらしいドレスに加えて、補聴器をつけなければならない。肩に食い込む醜い紐のついたペーパーバックほどの大きさの金属の箱を胸元に垂らす。まるでロボットみたいだ。

補聴器につながれたこの金属の箱が、音を増幅してくれる。わたしの耳の中で響いているのは、意味を持たないくぐもったホワイトノイズだが、ときおりかすかなささやきが聞こえる。一瞬のことだから聞き逃すことも多い。人が大勢いる部屋の賑やかな話し声も、わたしにはブーンと低い音にすぎない。皿が床に落ちてガチャンといっても、わたしにはごくやわらかなコトンという音にしか聞こえない。はるか遠くで音を聞いているような感じだが、金属の箱のおかげで、言葉が奇妙な形を持つことがあり、深く低いうなりが聞こえることもある。それでも、言葉を聞き取るには目を使わなければならなかった。

この箱は、ジャクソン先生が教室でつけるマイクに無線でつながっており、彼女の声は増幅されてわたしの耳に届く。おかげで聴力がつねに訓練される。それでたまに〝ボール〟の〝b〟の音をただしく言えることがあるし、〝キャット〟の〝t〟の音を聞き取れることもある。それはさながら沈黙の中で差し出されるご褒美だ。

四歳になると補聴器をつけて〝正式の〟授業がはじまった。絨毯の上で寝転がって遊ぶのではなく、ほかの子どもたちとおなじように椅子に座り机に向かって授業を受けるのだ。

算数とスペリング、それに先生が黒板に書く字を真似る書き取りを習う。黒板の前に立つ先生は、マイクに向かって話しかけ、生徒たちは補聴器を通してその声を聞き取る。
でも、わたしは補聴器をつけるのがいやでたまらなかった。チョウデン団地の友達から引き離される気がしたからだ。補聴器をつけたわたしはマイクロバスに乗り込み、ほかの子どもたちは、冬のコートの下にかさばる箱をさげることもなくふつうに学校に行く。そういう違いがいやだった。わたし自身は自分がほかの子とちがうとは思っていないのに、どうして耳が不自由なことを世の中に宣伝するようなものを身につけなきゃならないの？
わたしが通うリンディスファーン小学校の生徒たちは、聴覚障害児や奇妙な箱に慣れていたから、余計な質問をぶつけてこなかった。
わたしがはじめて箱を身につけたとき、校庭にはほかに生徒が一人しかいなかった。おそらく転校生だったのだろう。その子がわたしに尋ねた。それはなに？
彼が箱を突いたので、わたしは言った。「わたしは耳が聞こえないの。これが聞こえる助けをしてくれるのよ」
彼は首を傾げた。「ああ」そう言うと口をへの字にした。
「大丈夫。痛くないもん」
だが、それをつけていればいやでも目立つ。早く家に戻って肩からはずしたかったが、そのうち家でも楽ができなくなった。先生の許しをえて、母が家でマイクを使うようになったからだ。
「あたしたちは運がいいと思わない、ジョアン？」母はわたしに言った。

そんなわけで、学校から帰るとキッチンの椅子に座らされ、マイクを持った母と向き合って授業の復習をさせられた。わたしには運がいいとはとても思えなかった。

そのあいだ、ジュリーは暢気に友達と遊んでいた。遊びの途中で飲み物や縄跳びや自転車を取りに戻って来る姉の自由がうらやましかった。どうしてジュリーみたいに外で遊べないの？　この箱さえなければ遊べるのに。耳が聞こえさえすれば、遊べるのに。

だが、母の忍耐には限りがなかった。いまや三人の子の面倒をみなければならないのに、母は疲れ知らずだった。夕食の鍋がレンジでグツグツいい、アラーナが子ども用の椅子に座ってバブバブ言いながらラスクをしゃぶる横で、母はマイクに向かって声が嗄れるまで何度も言葉を繰り返し、補聴器を通して形と音を持つ言葉がときおりわたしの耳に届いた。

この箱のせいで人と区別されることが、わたしはいやでたまらなかったが、母は、この箱のおかげで、わたしが少しずつ人とおなじになってゆくと思っていたのだ。

地面は固く冷たく、尖った石が頭に食い込んでいた。アスファルトを指で引っ掻くと爪のあいだに粒子が残るのを感じる。わたしの視線が赤い靴を履いた足元に向くことはない。ずっと空を見上げているからだ。わたしはいま地べたに横たわっている。垂れ込める雲の合間に青空は見えない。大きな灰色の絨毯のような雲が空を覆い尽くしている。雲はわたしの目に融け込み、耳に流れ込んでくる。わたしの耳には、この雲のようなやわらかな物質が詰まっているのではないか。そのせいで音はくぐもって聞こえ、聞くべき音をその物質が吸い取ってしまう。

耳からそれを引き抜いたらさぞ気分がいいだろう。端っこを摘んで引っ張ったら、耳に音が流れ込んでくる。通りで遊ぶ友達の呼ぶ声も聞こえるだろう。アイスクリーム屋の車がやってくる音が聞こえれば、お金をもらいに家に戻ることができる。お茶の時間よ、と叫ぶ母の声も聞こえる。ただ画面を見つめるだけでなく、ジュリーとおなじようにテレビを楽しむことができる。

むろん、好きになれない音もあるかもしれない。服を泥だらけにして、白いショーツに草のしみをつけて、と母が小言を言う声や、アラーナの甲高い泣き声。妹がお腹をすかして泣き叫んだら、わたしも姉とおなじように両手で耳を覆うだろうか、それとも、どんな音だろうと聞こえることがありがたくて、にこにこしているだろうか。

いまこの瞬間、玄関から飛び出してきた母の恐怖に満ちた声は、聞きたくない音の部類かもしれない。わたしは地面に横たわっていて、わたしを撥ねた車は少し先に停まっていた。

わたしが無傷だとわかって母が発した安堵の声が、わたしには聞こえない。通りに一歩踏み出したときに、車のエンジン音やブレーキ音が聞こえなかったように。わたしの目は、道に出る前に両側を見る安全確認を怠った。その結果、わたしは車の側面にぶつかって通りに倒れた。母はアラーナを乳母車に乗せて玄関を出るところだった。

「ジョアン、どこも痛くない？」母がかたわらにひざまずき、わたしの全身に視線を走らせて血が出ていないか調べ、ほっとして肩を落とした。だが、補聴器の箱は潰れていた。

「大丈夫だよ」わたしはもう一度空を眺めてから起き上がり、服についた汚れを払い落とした。「わたし、死んでないから」

母は安堵のため息をつき、わたしの肩を抱いて「もっと注意しなきゃだめよ」と言った。母は落ち着きを取り戻し、愛と安堵に目を輝かせてわたしを抱き寄せた。車の運転手はすっかり動転し、ごめんと言いながらわたしに五十ペニーくれた。

通りの向かいには、ショッピングカートを引く老女がいて、何事かときょろきょろしていた。運転手が車に乗り込むのを見て老女が頭を振るのを、母は気付かないふりをしていた。この団地の住人はみな、わたしに聴力障害があることを知っている。母がわたしを通りで遊ばせていることに、彼らは懐疑的だ。耳の聞こえない子が外で遊ぶのは危険だと思っているのだ。

母もおなじ気持ちなのは、わたしにもわかっていたが、ほかにどうすればいいのだろう。木登りもせず、自転車の練習もせず、家の中で座って過ごす？　転んでひざ小僧を擦り剝く危険を冒さないように、家でジグソーパズルをやっている？　わたしにかぎらず子どもを家に閉じ込めるのは、小鳥を籠に閉じ込めるのとおなじだと母はわかっていた。

それでも、転んだわたしを助け起こすたび母の動悸が激しくなっていることを、わたしは知っていた。外に出るのを禁じるべきだろうか？　禁じられるだろうか？　母はつねに自問自答していた。

車に撥ねられたのは、これがはじめてではなかった。そのときも母はおなじ表情を浮かべていた。数週間前に、わたしが自転車から落ちたときもそうだった。この子が自転車から落ちたのは、耳が聞こえないから、それとも子どもだから？　母は後者だろうと自分に言い聞かせ、わたしにはこう言った。耳が聞こえないという理由で、やりたいことを諦めてはいけない。「あなたにできないことはなにもないのよ」それが母の口癖だった。母は本気でそう思っていた。耳が聞こえないからできないと言わず、やれる方法を探せばいい。

わたしたち家族は手話を学ぶ必要はなかった。両親もジュリーも祖父も、話しかける前にわたしの肩を叩いて意識を自分に向けさせたので、わたしは唇を読めるようになった。部屋で何人かの友達と遊んでいて、ジュリーがわたしになにか言いたいときは、ちかくにいる友達にわたしの肩を叩いてもらうか、わたしのそばまで来て直接肩を叩くかしてくれた。

母はわたしに背を向けて料理をしたまま話しかけはしない。家族が夕食のテーブルを囲むときも、ちゃんと顔を見て話すよう母がみんなに徹底させた。祖父はマシアスさんがやったように、わたしを自分の膝のあいだに立たせておしゃべりした。ささいなことだが、おかげでわたしは自信がついた。家にいるかぎり、姉と自分はちがうと感じたことはない。みんなが気を遣い、わたしと顔を見て話をすることが家族の習慣になった。

七歳で上の学校に進むことになった。もうマイクロバスに乗ることはない。同級生の多くが、遠いところにある聴覚障害児専門の寄宿学校に入ることになった。仲良しのジリアンもだ。もう二度と会えないと思うと、わたしは悲しくてたまらなかったが、学校がお休みになれば家に戻って来るわよ、と母が慰めてくれた。その学校では読唇術の代わりに手話を教えてくれるが、母はわたしを姉とおなじ学校に入れたがった。

母と祖父は何度も学校に相談に行った。聴覚障害児の受け入れに抵抗する先生がいることは、二人の唇を読まなくても想像がつく。うちの子に特別なケアは必要ありません、面と向かって顔を見ながら話をしてくれさえすれば、うちの子は唇を読んで理解できます、と母は力説したが、学校側は乗り気ではなかった。

母はときにはわたしを連れて校長室を訪れることもあった。オークフィールド小学校に娘を入れてくださいという母の懇願に、校長が難色を示しているのは耳が聞こえなくてもわかった。ボディランゲージは雄弁だ。ほかの人が見逃すような小さなシグナルも、わたしは読み取ることができる。組んだ腕、手振り、引き結んだ口、きつい目。

だが、母は音をあげなかった。タイン川流域に生まれ育った人を〝ジョーディ〟と呼ぶが、とくに〝女ジョーディ〟は強い。何度「ノー」と言われようが、孤立無援であろうがへこたれなかった。娘にふさわしいと母が信じる教育を、なにがなんでも受けさせてやろうと思っていたのだ。子どもたち三人に最良のものを与えてやりたい。母が望むのはそれだけだった。

母がこの闘いに疲れていたのも事実だ。苛立ちは母の目に表われていたし、実を結ばぬ説得を終えて校長室を出るとき、わたしは握り合った手から母の緊張を感じ取った。一人の聴覚障害児を受け入れるために教え方を変える気が、学校側にはなかった。なぜクラスの三十人の生徒が、一人の子のために不自由な思いをしなければならないのか？　だが、母は――ソーシャルワーカーのマクレアンさんの後押しを受け――そんなことにはならないと主張しつづけた。顔を見て話しかけてくれるだけでいいんです、と言いつづけた。母は無理解な視線に苛立ち、一人の教師の無神経な冗談に傷ついた。お嬢さんがよく読めるよう、われわれは唇を白く塗りましょうかね、とその教師は言ったのだ。

だが、それしきのことで諦めるような母ではなかった。
そしてついに、学校側が折れた。

Chapter 4

おじいちゃんの5ペンス硬貨

この一週間、練習をつづけてきていまわたしは臨んでいる。週に一度のスペリング・テストだ。いちばん前の席で鉛筆を握り、先生の口元を一心に見つめる。見逃したら大変だから、ほんの一瞬でも目を離せない。ほかの生徒たちは暢気におしゃべりしていた。教室をゆっくりと歩き回る先生について、わたしは視線を動かす。不安と期待でお尻がムズムズしてきた。

母はこの一週間、片手にマイクを持ち、もう一方の手で鍋を掻き混ぜたり、背中におぶったアラーナを揺すったりしながら、わたしの勉強に付き合ってくれた。テストに出る単語は全部で二十で、わたしはどれも完璧に書けるようになっていた。毎晩、母は単語を読み上げ、わたしのノートを覗き込むと肩を叩き、にっこりほほえんだ。「よくできたわね、ジョアン!」

そしていま、わたしはテストがはじまるのを待っている。一所懸命に勉強してきたことを、先生に知って欲しい。満点をとったわたしを先生が誇らしく思ってくれる場面を、何度想像したことだろう。

さあ、先生は教科書を取り上げて咳払いすると、リストにある単語のひとつを読み上げた。

「Ｍａｎａｇｅｒ」

先生の唇を読み、何度も練習した単語を紙に書く。Ｍ……Ａ……Ｎ……Ａ……Ｇ……Ｅ……Ｒ。ちゃんと書けた自分が誇らしかった。顔をあげてつぎの単語を待つ。ほかの生徒たちより急がないと、つぎの単語を見逃してしまう。

Ｌ……Ａ……Ｍ……Ｐ……Ｓ……Ｈ……Ａ……Ｄ……Ｅ。急いでノートに視線を落とし、スペルを書く。顔をあげ、つぎの単語を待ったのに、どうしたの？　先生は顔を横に向けた。わたしはパニックに陥る。だめ、こっちを向いて。ほかの生徒たちは必死に鉛筆を走らせているのに、わたしは先生がなにを言ったのかわからない。

お願い、ゆっくりやって。

ところが、わたしが鉛筆を構えたときには、ほかの生徒たちはもう下を向いてスペルを書いていた。つぎも、そのつぎも。先生はずっと窓のほうを見たまま単語を読み上げつづけた。わたしは唇を読み取れない。

涙がこみ上げ、お腹の中で絶望が膨れ上がった。机に鉛筆を置いた。一週間がんばったのに、努力は報われなかった。書き取れたのは最初のふたつだけだ。たったふたつ。母になんと言ったらいいのだろう。

授業が終わり、これであと一週間はテストがないのだから、まわりの生徒たちは楽しそうにおしゃべりしている。採点してもらうためにノートを差し出したとき、わたしの頬を涙が伝いいまにも顎から滴り落ちそうなことに、先生は気付きもしなかった。終業のベルが鳴り、教室を出て行くクラスメートを見ながら、わたしはこれが現実なんだと思った。想像していた学園生活とはまるでちがっていた。

母の奮闘のおかげでこの小学校に入学することができ、夏のあいだ、わたしは大興奮だった。通りでちかくに住む子たちと遊んでいても、学校はどんな感じ、と尋ねてばかりいた。リンディスファーンのクラスはたった六人だったから、大人数のクラスは想像できない。あたらしい友達ができて、先生に褒められるよう一所懸命勉強して、昼休みは団地の友達みんなと校庭で遊び回るのだろうと思っていた。

木々の葉が色付きはじめる九月になって、わたしは友達と歩いて登校する日を指折り数えた。馴染みの人や物から切り離され、マイクロバスで遠くまで運ばれなくてすむ。長いこと夢に見てきたことが現実になる。近所の子たちとおなじになるのだ。

ところが、わたしは小学一年生にしてすでに、人間にはふたつの種類があることを知った。人に手を差し伸べようとする人と、われ関せずを決め込む人の二種類だ。母はたしかに、クラスに聴覚障害児がいるという理由で教え方を変える必要はありません、ただ、唇が読めるように顔を見合わせて話をしてください、と教師たちを説得した。だが、教師の半数が、わたしと顔を見合わせる努力をしてくれなかった。わたしの担任の教師のように、窓の外を見たければ見る、という態度だった。娘をいちばん前の席に座らせてやってください、という母の懇願に不平を唱える教師すらいた。

手をあげて、わたしのために単語を繰り返し言ってください、と頼むことをわたしは諦めた。大げさにため息をつかれるにきまっているからだ。横を向かないでください、と指摘するわたしを、生意気だと思う教師もいた。授業がはじまっていることに気付かず隣の子とおしゃべりしたら、そういう教師はわたしにチョークを投げつけるだろう。黒板になにか書きながら授業のはじまりを告げられても、わたしにはわかりようがない。

〝ザ・ブリッジ〟にはじめて送り込まれたときのことを、わたしはいまも憶えている。校長室の外の草の生えた通路で、悪いことをした生徒が罰として立たされる場所だ。はじめてそこに立たされたとき、わたしは泣きじゃくった。授業中おしゃべりをした罰で教室から叩き出されたのだが、先生が話をしている最中だったことに、わたしは気付かなかった。

〝ザ・ブリッジ〟に立たされたら、いやでも地理ができるようになる、と生徒たちは冗談を飛ばした。壁に張り出された地図を見る以外にやることがないからだ。アメリカ合衆国の五十の州の名や、ソ連邦を構成する国の名前を覚えられる。

最初のころは恥ずかしくてたまらなかったが、何度も立たされるうち慣れてきて、ちょっと肩をすくめて自分から教室を出るようになった。わたしの面の皮が厚くなったのはこのせいかもしれない。

学校でも札付きの悪ガキたちと一緒に立たされることもあり、わたしは一緒になって悪ふざけをするようになった。隙をみて立つ場所を入れ替わり、校長先生のきょとんとした顔を見て大笑いするのだ。

夕食の時間、母は子どもたちにきょうの出来事を語らせる。わたしが〝ザ・ブリッジ〟に立たされた、と言うと、母はがっかりした顔でナイフとフォークを置く。「今度はなにをやらかしたの？」

授業中に鉛筆を削っているのがばれたの、とわたしは答える。

なんであれ、母は大目に見てくれなかった。それでもかならず解決策を示してくれた。「いつもケースに尖った鉛筆が二本入っているようにすればいいんじゃない、ジョアン？」

わたしが二度とおなじ過ちを繰り返さないよう、母はいつもなにか考えてくれた。

ところが、つぎの週――ケースの中には先の尖ったHBが二本おさまっていたにもかかわらず――わたしはまた〝ザ・ブリッジ〟送りになった。今度はほかのことが原因だった。母は学校に押し掛け、丁寧に、だがきっぱりと教師たちに釘をさした。ちゃんと顔を見て話をしてやってください、と。そのあいだ、母はわたしの手をぎゅっと握り、なにがあろうとあなたの味方よ、と伝えてくれる。大人同士の会話についていけなくても、それがわかるから安心だった。

帰宅すると、母の様子は一変した。キッチンで祖父とコソコソ話しており、わたしが入って行くと二人とも黙り込んだ。母は祖父に、あの子をふつうの小学校に入れたことがよかったかどうかわからなくなった、と訴えていたのだ。

わが家のモットーは、やるべきことはやり、あとはぐずぐず言わない、だ。あのとき祖父はきっと、おまえさんは正しいことをしたんだ、と母を勇気づけていたにちがいない。母の顔の心配じわが消えて笑顔になるまで、祖父のことだから慰めつづけたのだろう。

「そうね」母は掻き混ぜていた鍋に背を向けて言った。「あの子は大丈夫ね」

だが、わたしがクラスにいることをよく思わないのは教師だけではなかった。ほかの生徒の保護者たちからも文句が出ていた。「あんたはこの学校に来るべきじゃないって、うちのママが言ってた」親の受け売りの人の心をえぐる侮蔑の言葉を、子どもは無自覚に口にするものだ。ある日、ひどい悪口を言われて、わたしは泣いて家に帰り、夕食のテーブルで母と祖父に泣きながら訴えた。

「どうしてみんな、わたしを追い出そうとするの？　わたしのなにがいけないの？」

あのころ、わたしは補聴器の箱を首からさげているせいで〝ロボット〟と呼ばれたり、みんなのようにはっきり話せないせいで〝麻痺野郎〟とまで言われたが、いつも、こんなことでへこたれるな、と自分に言い聞かせていた。祖父はわたしを元気づけようとこんな話をしてくれた。「男は戦争に行けば強くなれるし、戦える。だがな、ほんとうに大事なのは心になにを持っているかだ」祖父はそう言って胸に手を当てた。同級生になにを言われても気にするな。大事なのは中身なんだから。祖父はそう言いたかったのだろう。だが、悪口をはねのける強さを持ちつづけることが、七歳のわたしには難しかった。

耳が聞こえなくてよかったこともある。投げつけられる侮蔑の言葉も、面と向かって言われなければ聞こえないことだ。背後で誰が悪口を言おうが、わたしの真似をしてふざけようが、わたしは仲良しの友達と腕を組み、その口元や楽しそうな顔に意識を集中していた。目を逸らしていれば、心を傷つけるひどい言葉も聞かずにすむ。

わたしがなにより傷ついたのは、教師の無理解だった。スペリング・テストに失敗して下校するとき、わたしは怒りに任せて足元の石を蹴る。先生なんだから、わかってくれてもいいはずなのに、と七歳のわたしはすでに思っていた。

男女四人のポップス・グループ、バックス・フィズの『メイキング・ユア・マインド・アップ』が流れる部屋で、わたしたちは笑いながら走り回っていた。女の子はスキップし、男の子はわざとズルッと滑ったりする。それから不意に音楽が止まり、みんなそのときとっていた姿勢のままで静止する。

〝ミュージック・スタチュー〟という、誕生日会でよくやる遊びだ。片足をあげたまま静止した子が、足をブルブルさせ堪え切れずに倒れるとワッと笑い声があがる。わたしはめったにしくじらなかった。

耳が聞こえないのにどうして、と思うかもしれない。むろん仕掛けがある。ほかの子が飛んだり跳ねたりしているあいだ、わたしは母から片時も目を離さない。腰を振ったり爪先立ちで歩いたり、踵と踵を打ち鳴らしたりしていても、意識はつねに母に向かっていた。母の指が音量ダイヤルに伸びるのを、二人だけに通じる秘密のサインを出してくれるのを、わたしはいまかいまかと待っている。さあ、音楽が途切れた。ほかの子たちとおなじように、わたしは静止する。それが跳び上がった最中だったら、わたしの片膝は全体重を受けてブルブル震え出す。
わたしが音楽に合わせてやっているのかどうかなんて、ほかの人にはわからない。むろんときには間に合わなくて負けとなり、ソファーに座ってほかの子たちが飛んだり跳ねたりするのを見物しなければならないこともあった。でも、わが家でやる場合にかぎれば、わたしはみんなとおなじという意識を持つことができた。わたしにできないことはないと思うことができた。
週末に父が帰ってくると、みんなでビデオの映画を観た。これなら途中で止めて、わたしがちゃんとお話についていけているかチェックすることができる。「彼は彼女になんて言った？　彼女はなんて言った？」と、確認のためにわたしに尋ねることができる。
耳が聞こえないからといって、家族と一緒に映画を楽しめないわけではない。
母をはじめ家族のみんなが、それに親しい友達が、わたしの耳になってくれた。家にいるかぎり、自分を聴覚障害児だと感じることはなかった。だが、学校では、とりわけ姉が中学に進学してしまってからは、意地悪な生徒たちにいじめられ、自分は聴覚障害児だと思い知ることがたびたびあった。
オークフィールド小学校に通い出して一年が過ぎ、わたしはますます学校が嫌いになっていた。わたしに気を遣うことに教師たちは順応していたが、生徒たちはそうはいかなかった。いじめは心ないあだ名や、殴ったり蹴ったりの暴力に形を変えていった。クラスには残酷な独裁者のような女ボスがいて、クラスの女の子たちに悪い魔法をかけていたのだ。
つぎに自分が標的にされることを恐れ、女の子たちは女ボスの命令に背けなかった。わたしは彼女たちにつねられたり、叩かれたり、蹴られたりもした。
ふつうの女の子なら大目に見られるだろうちょっとしたまちがいでも、わたしの場合はいじめの理由になった。耳の聞こえない子はほかの子とはちがうのだ。聴力という贈り物を受け取らずに生まれたのだから、頭を叩かれたり髪を引き抜かれたりして当然と、彼女たちは思っていたようだ。
学校でいちばんの仲良しはヴィクトリアだった。入学した日にたがいに惹かれ合った。ブロンドのわたしとブルネットのヴィクトリア、手をつないで校庭を歩き回った。彼女の唇を読めばおしゃべりもできる。
ヴィクトリアといると、自分は人とちがうと思わずにすんだ。彼女の目に悲しそうな表情が浮かぶのを見ると、ほかの子がわたしをひどいあだ名で呼んでいるんだなとわかった。
週末も一緒に遊んでいることはみんなに内緒にしていた。月曜に登校したときいじめられるからだ。週末はたがいの家を訪ね合ったり、スコットランドのベリックに住むヴィクトリアのおばさんのトレーラーハウスを訪ねたりした。
親友と呼べる相手は、ヴィクトリアがはじめてだった。だが、彼女ですらときにいじめっ子の仲間に引きずりこまれることがあった。放課後にトイレでわたしを叩く集団の中に、親友の顔を見つけることもあった。
もっとも、女ボスの命令でいやいやわたしの髪を引っ張るとき、ヴィクトリアはけっして力を入れなかったし、「ずっと友達だからね」と唇の動きで教えてくれた。週末にはきまって、彼女はわたしに謝るのだった。彼女が自衛本能に従っているのはわかっていた。いじめの仲間に加わらなければ、自分が標的にされるからだ。

彼女がわたしを叩くときの悲しそうな表情も、心の痛みや屈辱感を癒してはくれない。わたしは補聴器を腕からさげ、泣きながら下校した。母に涙やときには血を拭いてもらいながら、わたしは繰り返し尋ねた。補聴器は壊れていない、と。補聴器は大嫌いだが、これがなければ音を聞くことができない。いじめっ子が繰り出すパンチの当たり所が悪ければ、静寂の世界に舞い戻らねばならない。しかめた顔や怒りの眼差しと共に繰り出されるから、嘲りの言葉だとわかるのだが、それですら聞こえるのはありがたかった。

静寂に包まれるのは夜眠るときだけだ。アラーナと一緒のベッドに入ると、わたしは補聴器を抜き取り、箱をベッドサイド・テーブルに置く。アラーナとおしゃべりがしたければ、たがいの掌に文字を書いた。薄暗い中で、目の前にピンク色の掌が浮かぶ。そこにはボールペンで笑った顔が描かれている。

ふつうの子なら、母親がキッチンで後片付けをする音を聞きながら眠りにつくだろう。わたしはちがう。ブラックプールの浜辺に打ち寄せる波のように、闇と静寂が打ち寄せて、夢の世界に引き込んでくれるのを待つ。夢の中では、いじめから逃れられて小休止できる。

ミュージカル・スタチューで負けてソファーに座っていると、音楽に合わせて踊り回れる友達はなんて幸運なんだろうと、あらためて思う。

祖父はいま、ゆっくりと慎重に五ペンス硬貨を並べている。わたしは硬貨みたいに目をまん丸にして見つめている。ピカピカの銀色の円盤は、あとでイチゴ色の靴紐やシャーベットに化けるご褒美だ。

丸顔に笑みを浮かべた祖父は、さしずめご褒美の番人。学校から帰って玄関を入ると、ダイニング・テーブルに見慣れた帽子と手袋が置いてあれば祖父がいるしるしだった。あたりにインペリアル・レザーやブラッソの匂いが漂っていれば、祖父が午後中、母の真鍮（しんちゅう）製品を磨いていたあかしになる。祖父は真鍮製品の表面が鏡のようになるまで布で丹念に磨き、わたしたちが帰宅すると、今度はスクールシューズを磨いてくれた。

わたしたちは定位置につく。祖父は椅子に座り、わたしは足元の絨毯の上にあぐらをかく。そのあいだにあるのは、六枚の五ペンス硬貨だった。

わたしは祖父の唇が動くのを待っていた。「よし、それじゃもういっぺん」祖父は両手を膝に置いてわずかに身を乗り出す。「きょうは学校でどんな言葉を習ってきた？」

そこに座っている時間はまちまちだった。十分のこともあれば一時間のこともある。祖父はそうやって、いまこの瞬間、この世にわたし以上に大事なものはないと思わせてくれた。祖父はそうやって、わたしのためだけの時間を作ってくれたのだ。

「それじゃ」祖父が言う。「ライ　ブラ　リー……」

祖父の唇が子音を形作るのを、わたしはうっとりと眺める。祖父は顎が痛くなるまで繰り返して、わたしに発音を叩き込んでくれた。

わたしは祖父の唇の動きを真似て、声に出して言う。自分の耳では聞こえないが、祖父が笑顔になり、五ペンス硬貨を一枚、わたしのほうに滑らせると、ちゃんと発音できたことがわかる。わたしは内心で小躍りしていた。

「それじゃ、つぎはなににするかな？」

祖父はわたしたちに全身全霊を捧げてくれた。祖父がわたしたちを見る眼差しからそれがわかる。祖父には孫が四人いた。わたしたち三姉妹といとこのアンドルーだ。祖父は算数が得意だから、アンドルー相手にダイスゲームのヤーツィーを何時間でもやっていられた。祖父の家のいちばんよい場所には、四人の孫と一緒に写った写真が飾ってあった。だが、祖父とわたしは特別な絆で結ばれていた。

毎週木曜日、母はわたしたちを街の中華料理店、ブルー・スカイに連れて行ってくれた。祖父はいつも先に行き、いつもの丸テーブルに座って待っていた。祖父の隣に誰が座るかでもめるわたしたちを、祖父はにこにこ笑いながら見ていた。わたしたちがその週に学校であったことを順番に話すあいだも、祖父の笑みは途切れることがなく、その笑い声はお腹の底から湧き出す深い声だった。それはわたしが補聴器を通して聞き取ることのできる、くぐもった〝音〟のひとつだ。

祖父がしゃべる声は聞こえなくても、想像はできる。祖父の声は完璧な英国紳士のそれにちがいない。映画に出て来る、レディのためにドアを押さえ、「プリーズ」や「サンキュー」を忘れない英国紳士だ。唇を読めば、祖父が言語療法士並みの正確な発音をする人だというのはわかる。だから、わたしの練習相手に最適なのだ。ジュリーがおもてで飛び回っているあいだ、母につかまっておなじ単語を繰り返し言わされるのはいやでも、祖父が相手だと少しも苦にならなかった。祖父の生き方の基本は軍隊で受けた訓練だ。夕食のテーブルに肘をつこうものなら、祖父の厳しい視線が飛んでくる。祖父が設けた暗黙のきまりが、わたしたちに安心感を与えてくれた。そんな祖父がいたずらっ子みたいになることもある。たとえば中華料理店で、祖父はテーブルを叩いて言う。「プディングが食べたい！」孫たちは大喜びで真似したものだ。孫たちに囲まれていつも笑っている祖父が、わたしは大好きだった。お腹の底から出て来る笑い声が、わたしは大好きだった。

木の机の蓋を開ける前から、十歳のわたしの心はもう傷ついていた。やはりあった。かつてはインク入れとして使われていた穴の中に、無造作に置いてあった。叩き潰されて粉々になったカスタネットの破片、丸かった縁は小さな短刀のように尖っていた。送り主の怒りとメッセージがはっきりと読み取れる。

これは数週間前に行ったスペイン旅行で買ったキーホルダーの残骸だ。わたしがお小遣いでこれを買うのを母が反対したのは、こうなることを見越していたからだろう。だが、わたしは聞く耳を持たず、あれこれ迷った末に黒髪をたなびかせたフラメンコ・ダンサーの図柄を選んだ。親しい人たちのお土産にいくつ必要か数え、ショルダーバッグからお小遣いを取り出したのだ。キーホルダーを誇らしげに掲げ持つわたしに、母は呆れ顔で言った。「ジョアン、ほんとうに欲しいのね？」そこでため息をつく。わたしは大きくうなずいた。なにしろ嬉しかったので、海辺の店でスペイン人のレディが笑顔で渡してくれた紙袋のまま学校に持って行った。
いま、わたしは悲しい残骸を目にしている。心をこめて選んだフラメンコ・ダンサーは、無残にも真っ二つにされていた。やった人の憎悪の強さを物語る残骸だ。
夏休みが終わり、新学期の初日の出来事だった。オークフィールド小学校で過ごす最後の年でもあったから、今年度こそはと覚悟を決めて登校したのに。
スペインの熱い日射しを浴び、アラーナやジュリーとプールに飛び込んで遊んだ日々が遠い昔に思えた。髪の毛を引っこ抜かれ地肌が剝き出しだったところにもブロンドの髪が生え、叩かれたりつねられたりしてできたあざも消え、心の傷も癒えていたのにこの様だ。わたしはこのとき心に決めた。かならず仕返ししてやる。以前のわたしとはちがうのだから。放課後、トイレでいじめられては泣いて帰り、叩かれてあざを作り、教科書やブラウスを引き裂かれても反撃できなかったわたしとはちがう。
夏休みの直前、トイレで叩かれたり蹴られたりしている最中に、担任のダウニー先生が駆け込んで来た。わたしは冷たいタイルの床で丸くなっていた。最初に目に入ったのが、先生の大きな手からさがる補聴器の紐だった。
先生が大声で怒鳴ると、女の子たちはクモの子を散らすようにいなくなった。先生の目を見れば怒りの激しさがわかった。もし補聴器をつけていれば、先生の怒鳴り声から怒りを聞き取っていただろう。わたしは先生の手から補聴器をつかみ取り、足を引き摺りながら母のもとへ戻った。
角を曲がると通りに立つ母の姿が見えた。坂の上からでも心配そうな様子が見て取れた。「どうしていつもいじめられっぱなしなの？」母がわたしに尋ねた。「どうして先生に言わないの？」

それは、わたしがお土産を学校に持って行ったのとおなじ理由だ——みんなに好かれたいから。耳の聞こえない少女へのいじめは、相手がこっちを好いてくれればやむんじゃないの？　スペインのお土産を渡せば、わたしもみんなとおなじだとわかってくれるはずでしょ？　それとも、お土産を叩き壊してわたしの机の中に入れておく？

粉々のキーホルダーのみじめな山を前にして、熱い涙が込み上げ、悲しさに喉が詰まった。母の言うとおりだ。いじめっ子と友達になろうなんて、どだい無理な話だ。残酷な人間はいつまでたっても残酷なままだと、認めるしかない。祖父が言うように、そういう人間はよい心を持っていないのだ。

わたしは机の蓋を叩きつけ、涙を拭った。

いじめはその年もつづいた。

Chapter 5

レコードの聴き方

いじめられっ子にも、もうたくさんだ、と思う日はくる。わたしにとって、きょうがその日だった。

わたしは制服の上にグレーのジャンパーを羽織り、校舎を出た。手には教科書の重みでずしりとくる黄色のビニール袋をぶらさげている。

この数カ月で状況は変わっていた。中学校に進学したからだ。オークフィールド小学校を卒業してどれだけ嬉しかったか。ブレックンベッツ中学校に入ってあらたにスタートを切った気分だった。

中学校はニューカッスルに向かう鉄道線路を越えた先にたつ二階建てのモダンな建物だった。

血気盛んな中学生が線路に飛び出さないよう、校庭は真っ黒なフェンスで囲われていた。通過する列車からは、中学校の大きな窓の向こうに、机にかぶさるように座る生徒たちの姿が見えるだろう。黒いスクールシューズの下の床を振動させて通過する列車の轟音に、生徒たちはだんだん慣れてゆく。

マンモス校のつねで教室が足りず、授業ごとに移動しなければならなかった。教科書を抱えて教室から教室に移動していると、自分が大きくなった気がしたものだ。数百人の元気な生徒たちが群れをなして行き来する廊下の騒々しさは、わたしの耳には届かない。

中学の授業は楽しかった。なかでも家庭科は大好きな課目だった。家庭科の授業のある日は、家で作った料理の材料を籠に入れて持って行った。地理も好きだった。〝ザ・ブリッジ〟に立たされて地図と睨めっこした経験が役に立ったわけだ。祖父と発音の練習をするとき、世界各地の首都を唱えたおかげもあった。

授業についていけなくても、家に帰るとダイニングテーブルいっぱいに教科書を広げ、百科事典の助けも借りて復習したので大丈夫だった。

わたしが百科事典に載っているエリザベス様式の絵画をせっせとノートに書き写すのを、母は横で眺めていた。勉強も一所懸命にやったが、わたしにとって中学校は友達作りの場でもあった。ヴィクトリアはいちばんの親友だったが、あたらしい友達もできた。ナターシャとベヴァリーとドーン、それに男の子も二人だ。

正直に言えば、男の子はわたしの人生の大きな部分を占めるようになっていた。思春期だもの、自分の姿形に意識が向くのは当然だろう。小学校のころは、毎朝母に髪を編んでもらっていたが、いまは友達とおなじように肩に垂らすスタイルが好きだ。

ジュリーを真似てパーマをかけたものの、チリチリのブロンドは姉には似合うのにわたしにはさっぱりだった。姉は髪をシャンプーしてドライヤーで乾かしてめいっぱい膨らませ、ムースでカチカチに固めていた。その硬さといったら、岩をそれで真っ二つにできそうだった。わたしもおなじようにしているのに、なぜだかまるで似合わなかった。もっとも、女の子たちはみな服やヘアスタイルやメイクで冒険していたので、わたし一人が悪目立ちすることはなかった。

学校がいやすい場所になったのは、ドンキーコングのおかげでもあった。わたしの補聴器に使われている電池が、任天堂のゲーム機にも使えたからだ。つぎのレベルにあがれる、というところで電池が切れるほど悔しいことはない。中学でもこのアーケードゲームは大流行していたが、わたしが最初にはまったのは小学校のときだった。教えてくれたのは〝ザ・ブリッジ〟の常連の悪ガキで、つぎのレベルにあがるために、わたしは喜んで補聴器の電池を提供したものだった。

小学校のいじめっ子もおなじ中学に進学したが、彼女は大きな池の小さな魚にすぎなくなり、いじめの回数もめっきり減っていた。もっとも、彼女の意地の悪さは健在だから、ことあるごとに、わたしに耳が聞こえないことを思い知らせようとしていたが、彼女の命令にしたがう子はあまりいなかった。みんな少しは大人になっていたのだ。

わたしも母や祖父の支えがあって強くなったから、なにを言われようが、たとえ叩かれようが気にしなかった。だが、きょうばかりは我慢の限界だった。

下校時間、生徒たちは居残りを食らった級友のことをあれこれ言ったりしながら校門を出た。さよならを言って、右に左に別れていくその場所に彼女は立っていた。目によこしまな表情を浮かべ、練りに練った侮蔑の言葉をわたしにぶつけようと待ちかまえていたのだ。
「ねえ、あたし、これから家に帰ってテレビを観るの。でも、彼女は観られないのよね」
友達にさよならと手を振るふつうの女の子ではないことを、わたしに思い出させようとしている。わたしはみんなとちがう。ある人たちにとって、これからもずっとそうなのだ。
この感情をどう表現すればいいのだろう。お腹の底から湧き上がる純粋な怒りを、〝赤い霧〟と言う人もいるが、それがいちばんぴったりくるかもしれない。彼女の言葉はわたしの耳に届かなかったが、言いたいことは充分にわかった。
わたしはバッグを友達に預け、コートをべつの友達に預け、彼女に飛びかかった。自分でも驚くほどの力で彼女を引きずったのだ。彼女は対抗しようと足で地面を蹴り、脅し文句を叫び散らした。歪んだ彼女の顔をちらっと見てそれがわかったが、そんなことでやめるわけにはいかない。わたしには使命がある。
彼女を引きずったまま線路下の地下道をくぐり、草深い土手に登った。木立が目隠しの役目をしてくれる。
彼女を地面に叩き付けると、心臓はバクバクいい、血がすさまじい勢いで全身を駆け巡っていた。生徒たちがはやしたてるとわかっていた。先生たちからは見えないこの場所まで、ぞろぞろと付いてきていたからだ。

わたしは攻撃をはじめた。彼女を叩き、髪の毛をつかんで引っ張った。指に茶色の髪が絡まって抜けた。それでもやめなかった。引っ掻き、蹴り、突き飛ばし、唾を吐いた。
彼女も反撃してきたが、顔を叩かれてもなにも感じなかった。噴出されるアドレナリンと積もり積もった屈辱のせいで、わたしの感覚は麻痺していた。
長年の無力感が怒りに変わり、ふつふつと煮えたぎっていた。全身に漲る反抗心が恐怖を抑え込んだ。
「これはあんたが〝麻痺野郎〟って呼んだお返し」わたしは唾を吐きかけ、彼女の脇腹を踏んづけた。「それから、ヴィクトリアを泣かせたお返し」わたしは絶叫した。
鬱積した苛立ちが暴力となってほとばしった。繰り返し叩いて蹴るうちに、彼女のブラウスは裂け、髪の毛が地面にハラハラと散った。
どうやって止めればいいのかわからなかった。怒りが時間の感覚を狂わせていた。彼女は逃げ出すものと思っていた。わたしも叩かれてあざができていたが、まるで気にならなかった。吐く唾は長年の屈辱の味がしたが、それだけではなかった。わたしは生まれてはじめて、自分の力を意識していた。
わたしはずっと彼女から叩かれつづけてきた。彼女はわたしの人生を惨めなものにした。だが、それもこれきりだ。なにがなんでも終わりにさせてみせる。
ブラウスは破れ、黒と黄色のスクールタイはひん曲がって垂れ下がっていたが、アドレナリンはまだ全身を駆け巡っていた。家路についたわたしは、ようやくわが身を守るために立ち上がれたことに満足していた。

ところが、家のある道に折れたとたん、わたしの足は止まった。家の前にパトカーが停まっていたのだ。

リビング・ルームには、母と並んで警官が立っていた。狭い部屋にそぐわないいかめしさだ。「喧嘩はしないように言ったでしょ、ジョアン」母の視線が裂けた服やクシャクシャの髪を眺め回した。

「喧嘩をしてほしくなかった」

「でも、ママ。もう我慢できなかったのよ」

母は警官と視線を交わした。オークフィールド小学校でわたしがひどいいじめに遭い、中学に入ればあらたなスタートが切れると期待していたことを、母は警官にすっかり話していたのだ。それでも、わたしの短い言葉で警官はすべてを理解したようだった。どんなにいじめられても我慢して、家に帰って母に傷の手当てをしてもらったこと。いじめっ子がいつか改心するだろうと期待して耐え抜いてきたこと。だが、ついにプッツリ切れてしまったこと。

むろんいじめっ子は嘘八百を並べた。その日、工作の時間に怪我した指まで、わたしにやられたと言い張ったのだ。堪えに堪えてきたわたしが反撃に出たとたん、彼女は嘘の話をでっちあげた。だが、それが弱虫の空威張りだと、みんなが知っていた。

警官はわたしをソファーに座らせて言った。「棒や石はきみの骨を折るかもしれないが、悪口は少しも傷つけないと言うからね」

あなたになにがわかるの、と思った。いじめられたことがあるの？　聴力を授からずに生まれるのがどんなものか、あなたにわかるの？　聞こえなくても懸命に生きているのに、そのせいで肉体的暴力だけでなく言葉の暴力を振るわれる者の気持ちが、あなたにわかるの？

背後でつぶやかれる悪口は、たしかにわたしにはわからない。腕を絡めている友人の顔に意識を集中しているからだ。だが、耳は聞こえないかもしれないが、目が見えないわけではない。友人の悲しそうな目は、背後に立ついじめっ子の悪口を映す鏡だ。友人が悪口など聞いていないふりをするときは、わたしも気付かないふりをする。それに、声は聞こえなくても、顔の表情を見れば悪口を言っているのだとわかる。障害者に無理解な人は顔を見ればわかる。人とちがうのだから悪口を言われて当然だと思っている人は、顔を見ればわかる。理解できない人は自分を恥ずべきだ。知ろうとしない人のほうこそ恥ずかしい。

だから、悪口は少しも傷つけない、なんて言わないでほしい。聞こえなくてもわかるのだから。

そんな思いを、わたしは口には出さなかった。この警官に理解できるわけがないと思ったからだ。だからうなずくにとどめた。警官はけっして悪い人ではないし、わたしが辛い思いをしてきたことを知っている。それに、わたしのしたことは悪いことだ。それは認めないわけにいかなかった。

この出来事のあと、いじめられることはなくなった。それに、わたしはまだ十一歳の子どもだったが、自分は強いことをこのとき自覚した。

中学生になって変わったことはほかにもあった。補聴器が耳に装着するだけの小型なものに変わったのだ。もう重たい金属の箱を胸にさげる必要はなくなった。肌とおなじ色の機械を耳のうしろにつける形だ。
太くて赤い紐を体につけずにすんで、どんなにほっとしたことか。教室でうしろの子に紐をいたずらされることもなくなる。箱が床に落ちて大きな音をたて、先生にいやな顔をされることもない。

小さな補聴器をつければいいだけになったのは、わたしの聴力が改善されたせいではなく、機械が進化したせいだ。一九八六年には、もう誰も重い箱をぶらさげなくなった。世の中にわたしは耳が聞こえませんと宣伝しているような大きな機械を身につける屈辱から、聴覚障害児たちが解放されたのだ。

わたしはもう見た目はふつうの女の子と変わらなくなった。制服のブラウスが重い箱のせいでしわになることもない。流行の服やアクセサリーを身につけることができる。お小遣いをはたいて買ったバギーTシャツの胸のクールなロゴが隠れることもない。ようやくみんなとおなじになった。

ところが、小型の補聴器に変わったことでべつの困難に見舞われることになった。思ってもいないことだったが、ふつうの子と変わらないから、道で人に話しかけられるようになり、返事をしないのは生意気だと思われるようになった。

たとえばスーパーマーケットで、うしろからカートをぶつけられることがあった。カートを押している人は、「どいて」と言っているのに、わたしには聞こえないせいだ。そんなわけで、ため息をつかれたり、眉をひそめられたり、小声で悪態をつかれることが日常茶飯事になった。首からさげる補聴器の重い箱がないから、見知らぬ人にはわたしが聴覚障害児だとはわからない。本人に悪気はなくても、そういう態度を示されればわたしは傷つく。だが、おかげでわたしはよけいに強くなったと言えるかもしれない。

そういう状況に慣れるのは大変だったが、みんなとおなじ恰好ができるようになったのだから我慢のしがいもあった。

教室では、わたしの隣にブルーズさんが座るようになった。わたしの耳となってくれるボランティアだ。彼女がわたしの代わりにノートを取ってくれる。わたしは家でそれを読んで復習する。これがわたしはいやでたまらなかった。ブルーズさんが隣に座っているおかげで、また特別視されるからだ。ほかの生徒たちはテーブルを囲んでクスクス笑ったり、こっそりメモを回したりしているのに、わたしはブルーズさんの隣で授業に集中しなければならない。たとえ先生の声は聞こえなくても。友達とおしゃべりできる休み時間がどんなに待ち遠しかったか。ブルーズさんが休みのときは、友達と一緒に座ることができたから、みんなとおなじという気分になれた。

だが、ブルーズさんがいないと、補聴器がピーピーいっても注意してくれる人がいないからクラスの笑い物になる。もっとも、からかわれて辛かったわけではない。わたしも一緒になって笑い飛ばした。それで場がなごむならかまわなかった。

わたしの事情を知らない代理教師が授業をするときは、少々厄介だった。

いつもの先生が出張で代わりの先生がくるときには、それでも打つ手を用意していた。

わたしは窓辺に行き、補聴器をブラインドの横板のあいだに差し込み、そ知らぬ顔で席に戻る。

クラスメートたちは笑いを噛み殺すので必死だ。

まったくの静寂の中で、わたしはクラスメートの顔を見つめる。彼らはこのいたずらが大好きだった。

補聴器がピーピー鳴り出すと、先生はきょとんとした顔で教室を見回す。

笑うのを必死に堪えながら、男の子の一人が手をあげる。「先生、この音、なんですか？」わたしは彼の唇を読む。

先生はさらに困惑して顔をあげる。机の下や抽斗や、ハンドバッグの中まで調べる。

「先生！」ほかの生徒たちの手がつぎつぎにあがる。

みんな笑いを抑えようと四苦八苦していた。わたしもお腹が痛くなってきた。クラスメートと一緒にいたずらができてほんとうに楽しかった。笑われる側ではなく笑う側に立てるのだから。

ピーピー音はドアの向こうから聞こえるんじゃないですか？　それとも非常口から？　戸棚の中からかな？　質問攻めにして先生を困らせる生徒たちの押し殺した笑い声は聞こえなくても、わたしにとっては最高の瞬間だった。

顔を真っ赤にした生徒たちが笑いを堪え切れなくなるころ、先生はブラインドに挟まった補聴器を見つけ出し、まったくの無表情でそれをわたしに返した。先生を笑い者にして申し訳なかったと思ったものの、教室を見回してよくやったというクラスメートの表情を見たら、申し訳なさは消えて、あたたかい感情が込み上げてきた。

みんなとおなじになれた。小学校の辛い日々は遠い昔のことになったのだ。

ブルーズさんもときには役に立つ。数日後のテストで、みなが四苦八苦しているときに、彼女が問題の答えをすらすらっと紙に書き、わたしと、わたしのごく親しい友人数人に見せてくれたのだ。

その瞬間、彼女はわたしたちの味方になった。

先生にいたずらを仕掛けたあの日、わたしはついに聞こえる世界の一員になれたと思った。傍観者ではなく、いたずらの片棒を担ぐ仲間になれたのだ。

わたしはいまリビング・ルームのレコードプレーヤーの前に座っている。ガラスの蓋は開けっぱなしで、ジュリーがＬＰレコードをつぎからつぎにかけていた。ワム！の曲に合わせて姉の友達が踊っている最中、わたしはスピーカーに耳を押し当てていた。

女の子たちは目を輝かせ、自分たちで考えて練習した振り付けて踊り歌っていた。彼女たちはレコードを繰り返しかけて、歌詞をすべて暗記したのだ。わたしには歌声は聞こえなくても、彼女たちの口の動きが合っているので、練習の成果が出ているのだとわかった。

わたしは床にぺたんと座ってスピーカーに耳を押し付け、ワム！の『エブリシング・シー・ウォンツ』を聴いていた。

なんでもいいからなにかを聴きたかった。一緒に歌うためには歌詞を憶えなければならない。だが、女の子たちが夢中になるハスキーボイスを聞き取りたいと思っても、補聴器が拾うのは退屈なベースの音ぐらいだった。

スピーカーの中に入り込めたらいいのに。音の内部に入り込みたい。そうすれば、ジュリーやほかの女の子たちと一緒に踊れるのでは？　音楽を楽しめるのでは？　歌詞を憶えられるのでは？

デュラン・デュランのスウェットバンドを、みんながつけているからではなく、彼らの音楽が好きだからつけたかった。

ジュリーの部屋の壁一面に貼られたいろんなポップスターのポスターを眺めて、彼らの声のちがいを知ることができたらと思った。

十代の思い出と結び付く曲があるのはどんな感じだろう。わたしにもそんな一曲があればいいのにと思う。だから、わたしはスピーカーに耳を押し当て、たった一音でもいいから聞き取りたいと必死になっていた。

ズン……ズン……ズン、とリズムを拾うことができても、あとはくぐもったホワイトノイズしか聞こえない。もっとも、踊るのに必要なのはリズムだ。

わたしが歌詞を憶えてみんなと一緒に歌えるようにと、姉は曲をテープに吹き込み、止めて、戻して、止めて、戻してを繰り返して歌詞を書き留めてくれた。わたしが大好きなライト・セッド・フレッドの『アイム・トゥー・セクシー』に合わせて、口パクで歌詞を伝えてくれたりもした。なんでこのバンドが好きだったかといえば、ボーカルの声がとても低いのでかろうじて歌詞を聞き取ることができたからだ。内容はべつにして。

十二月になるとデパートに流れるクリスマスソングも、わたしには馴染みのないものだった。

音楽によって、もうじきサンタがやって来るとわくわくした経験がわたしにはない。ただし『ラスト・クリスマス』はべつで、最初の鐘の音だけなんとか聞こえた。ごくかすかな音だから苛々するが、わたしにとって知っている唯一のクリスマスソングだ。

　リビング・ルームのレコードプレーヤーの前が、姉とその友達の定位置だった。家の内装は様変わりしていた。玄関ホールとリビング・ルームのあいだの壁はアーチ形に刳り抜かれてひとつづきになり、壁も天井もアーテックスのペイントで装飾仕上げが施された。母は夕方になるとソファーに座り、トレンディーな内装を眺めてご満悦だった。茶色のソファーは祖父の家に引き取られ、代わりに置かれたのはお洒落なピンク色のコーナーソファーだった。学校から帰るとわたしたち姉妹は、このソファーに横になって漫画を読んだものだ。靴を脱いでから横になりなさいと、母からよく小言をもらった。アラーナが慌てて椅子からおりて靴を脱ぐので、母の顔を見なくても文句を言われたのだとわかった。ガラスのダイニング・テーブルやメタルフレームの革張りの椅子ももうない。母がキッチンにいるあいだに、アラーナと二人で盗み食いしたカクテル・チェリーの瓶がしまってあった白いサイドボードも姿を消していた。

　アラーナは八歳になっても、スリンキー（階段を昇り降りするばね状の玩具）で遊んで飽きることがなかった。その手にはいつも大好きなお菓子、ストロベリーソース――わたしたちは〝猿の血〟と呼んでいた――がポタポタ垂れるスクリューボールを握っていた。夏休みになると、その名もサージェント・ペッパーという近所の菓子屋に自転車で行ってくるから時間を計って、とわたしや姉に頼んだ。むろん律義に時間を計るわけもなく、玄関を入って来るアラーナの足音を聞いたとたん、ジュリーは数えはじめる。「……百六、百七、百八！　すごい、速かったじゃない！」アラーナは汗で頬をテカテカにして大喜びだ。姉やわたしはもうそんな年ではなかったが、アラーナに付き合ってツイスター・ゲームもやった。審判役の祖父の指示どおりに手足を色の丸に置いていくゲームで、三人の手足が絡まって大変なことになった。

そのころジュリーは土曜日にアルバイトをはじめ、稼いだお金で服を買っていた。タイトスカートで上半身はだぶっとしたドレスに幅広のベルトをしてウェストをマークし、デニムのジャケットの袖をまくりあげた姿は最高にクールだった。

姉はまた、テレビの音楽番組『ザ・チャート・ショー』をテープに録音して部屋で繰り返し聴いていた。大音量でかけるものだから、母が下から呼んでも聞こえるわけがない。母はため息をついて階段をあがり、お茶の支度ができたわよ、と告げに行った。祖父はその様子を笑って見ていた。

十四歳になると、わたしはヒースフィールド高校に通い、ＧＣＳＥ（中等教育卒業資格試験）の勉強をはじめた。わたしより年上の子たちもいる混成クラスだった。化学の実験室から体育館まで、どこもかしこも木の匂いがした。

廊下には生徒たちの美術作品が貼り出してあり、これがアートギャラリーから持って来たのかと思うほどハイレベルだった。

スポーツと趣味の分野で創意ある活動をした十四歳から二十五歳の若者に与えられるエディンバラ公賞のメダルを、誇らしげに首からさげた生徒たちの写真も多数飾ってあった。スポーツも盛んな学校で、年がら年じゅうサッカーの試合が行われており、ここから巣立ってイングランド代表チームのメンバーになった選手も多い。

あたらしい友達もできた。アリソンとエミリーとアシュフィヤとはとくに仲がよかった。学校の制服を少しでもクールに見せようと、黒と青の縞のスクールタイを短くふんわりと結ぶのが流行りだった。

バングラデシュ出身の親を持つアシュフィヤは、幼いころから差別を受けてきたので、わたしの気持ちをよく理解してくれた。しかも、健聴者の彼女は、心ない人から投げつけられる侮蔑の言葉をひとつ残らず耳にしなければならなかった。

昼休みは仲良し四人で外にランチを食べに出て、帰りに紙袋を通りのゴミ箱に投げ入れる競争をしたものだ。あるときアシュフィヤが投げた紙袋がはずれて道に転がった。するとすると通行人が彼女に向かって吐き捨てるように言った。「さっさと国に帰れ」彼女がゴミを捨てっぱなしにすると思ったのだろう。

彼女の目に浮かんだ傷ついた表情を、わたしは見逃さなかった。受けた傷が心にずっと居座りつづけることを、わたしは身を持って知っていたから、彼女を慰めるのは自分の務めだと思った。

そのころには、ふつうの十代の女の子だと自分に言い聞かせる必要はなくなっていた。わたしはもう、キスとお酒の味を覚え、教室で発言するときはもじもじするふつうの女の子だったからだ。だが、自分では意識しなくなっていても、他人はそうではなかった。

学校から帰って制服を脱ぐと、その背中に唾が白い筋を引いているのを見つけることがよくあった。バスから降りるとき、出口にいた誰かがわたしの背中に唾を吐いたのだろう。唾と一緒に吐かれた侮蔑の言葉にも、わたしは気付かなかった。打たれ強くなったからといって傷つかないわけではない。いつの時代にも意地悪な人間がいるものだが、そのことを気に病むかどうかは本人次第だと、わたしはすでに学んでいた。

人の傷口に塩を塗り込まずにいられない人間がこの世にはいるのだと、わたしは耳が聞こえないおかげで気付かされた。

いい人生訓だと思っている。

Chapter 6
病名

頭が鉛のように重く、まぶたも重くてまばたきできない。それでもなんとか目を開けると――ゆっくり、ゆっくりと――見慣れぬ部屋が見えた。剝き出しの白い壁、天井では裸電球が揺れている。消毒薬の匂いが鼻をついた。ホワイトノイズは聞こえない。まったくの静寂だ。つまり、誰かが補聴器を取り去ったのだ。補聴器を探してベッドの横を見ると、見慣れた顔が目に飛び込んできた。母の顔。

母はベッドの横に座り、心配そうな顔をしている。こういう表情をこれまで何度見てきただろう。血を流しあざを作って学校から戻って来たとき、車に撥ねられて道に倒れていたとき、自転車から落ちたとき。

頭に真綿を詰められたような気分だったが、母の顔を見てドキリとした。今度はなにをやらかしたのだろう。

尋ねる間もなく、母はわたしの枕元に医師を呼んだ。

こちらを向いた母の表情はいくぶんやわらいでいた。わたしが目を覚ましたので安心したようだ。

「ジョアン」母が唇を動かす。「気分はどう？」

返事のしようがなかった。体はぐったりしていた。手足がどこで終わって、病院のベッドのマットレスがどこからはじまっているのかもわからない。手足が木片になってしまったようで、動かそうとしてもほんの数インチしか動かなかった。

「なにがあったの？」わたしは肘をついて起き上がろうとしたが、できなかった。

「気持ちを楽にして」母が言い、わたしの額に手を触れた。医師がポケットから懐中電灯を取り出し、わたしの目に光を当てた。

「気を失ったのよ」白い光の向こうで母が言った。

気を失った？　でも、どうして……？

そのとき、ゆっくりと記憶が甦ってきた。放課後、アリソンとアシュフィヤと一緒に歩いていて……。七月の太陽がまぶしくて……制服を着ていないのは試験準備休暇中だったからだ――わたしたちは午前中だけ数学の授業を受けに学校に行った……それから、どうなったのか、なにも憶えていなかった。気が付くとメタルフレームのこのベッドに寝ていた。

記憶の空白部分を埋めようと脳みそがフル回転する。母がその空白を埋めてくれた。わたしは肉屋の前で突然気を失い、救急車が呼ばれたそうだ。母に知らせがいったのはそのあとだった。
母は枕元に座り、わたしが目覚めるのを待っていた。どうかこの子が目を覚ましますように、と祈りながらここに座っているあいだに、母の顔のしわは心配で深くなっていったにちがいない。
「なにか思い出さない、ジョアン？」母にそう尋ねられても、とくにふつうとちがうことはなかった。真昼間に気を失った理由がわたしには思いつかない。道を歩いていたと思ったら、つぎの瞬間ここにいる、という感じなのだ。
母は怪訝な面持で医師と目を見交わした。どちらもしかめ面だ。
「ほんとうになにも思い出しませんか？」医師はわたしの脈をとった。医師につかまれた手首がとても重く感じる。
わたしは頭を振った。
そのとき十六歳だったが、それまで気を失ったことは一度もなかった。どうしてそうなったのか説明がつかない。医師の口から〝試験のストレス〟とか〝ホルモンバランスの変化〟といった言葉が出たが、あくまでも母を安心させるための方便だろう。医師もまた怪訝な表情を浮かべていた。
母と医師が交わす会話を読み取ろうと視線を行き来させるわたし自身も、わけがわからない。
ただ、医師が繰り返し耳慣れない言葉を口にした。〝アッシャー〟という言葉だ。
母にとっても聞き慣れない言葉だったらしく、何度も繰り返していた。医師から説明を受けると、母の顔のしわがさらに深くなった。それから、医師はべつの言葉を口にした。〝盲目〟。

聞きまちがいかもしれないと思いつつ、わたしはベッドに横たわっていた。サイレント映画の病室の場面に登場する人物のようにベッドの横に立つ二人を、わたしは代わる代わる見ながら不安を募らせていった。だが、これはフィクションではない。わたしの人生だ。わたしの健康に関連して〝盲目〟という言葉が使われるとは、まさに寝耳に水だった。

医師が病室をあとにすると、母は椅子に座った。

「お医者さんはなんて言ったの？」わたしは母に尋ねた。

〝アッシャー症候群〟の話をしたのよ、と母は言った。わたしたちにわかるのは、それが聴覚障害と失明を併発する進行性の遺伝子疾患だということだけだ。このふたつの感覚が失われると平衡感覚が阻害されうるので、医師としては検査を行いたいそうだ。

「そうじゃない可能性もあるんだからね」母は慌てて言い添えた。

母はわたしを安心させようと躍起になっていたが、ひとつ忘れていることがあった。わたしは母が発するどんな小さなシグナルも拾い上げるエキスパートだということだ。それがわたしの習い性になっていた。母の声の震えは聞き取れなくても、ブルーの瞳の奥に暗い恐怖が宿っていることを、わたしは見逃さなかった。

母はなんでもない風を装おっていたが、十六歳のわたしの頭の中には疑問と恐怖が渦巻いていた。それが目や鼻や喉に溢れ出し、胸の中でフツフツと燃えたぎった。

失明。目が見えなくなるの？　目をしばたたいて病室内を見回した。ちゃんと見える。そうでしょ？　見えなくなるわけがない。毛布の足元の膨らみも見えるし、ベッドフレームからさがるクリップボードに挟んである医師のメモも見える。最後に視線を母に戻した。「大丈夫、あなたはそんな病気に罹っていないわよ」母が浮かべる笑みが、わたしにはわざとらしく思えたが、それでも母を信じようという気持ちになっていた。わたしを安心させようとする母の唇の動きが、わたしにはちゃんと見えている。だから、失明するはずがない。

それからの数日は検査、検査だった。医学生が入れ替わり立ち替わりやって来て、わたしの目の中を見ていった。賑やかな小児病棟でプライバシーを守る唯一の手段であるカーテンが開けられ、瞳孔にまぶしい光を当てられる。すると目の前がチカチカして、唇を読む能力を奪い取られる。彼らがべつの〝展示〟を見るため去っていったあとも、目のチカチカはつづいた。

彼らにとって、わたしは教科書に載っている症例のひとつにすぎない。ただの肉の塊だ。ベッドのまわりでガヤガヤしゃべりまくる彼らの唇が読めないから、なんだか侮辱されている気になった。彼らは早口すぎて、その口から出る医学用語を読み取ることはとてもできない。読み取れたとしても、もともと知らない単語だから意味がわかるはずもなかった。

医師が回診にやって来ると、わたしはベッドに横になって自分の手や足や、ざわめく病室を眺めている。まだ失明していない。ちゃんと見える。

それなのに、医師や医学生にはそれがわかっていないようだった。

わたしはナイトクラブにいた。生きているという実感をこれほど強く感じるのははじめてだ。音楽が全身を駆け巡る。足先から伝わって脚から胸へ、頭へ、目のあいだへ、喉へ、目の奥にまで音楽が広がっていく。
まるでスピーカーの中に入り込んだようだった。願いが叶って音の中で漂い、歌に囲まれている。音楽のビートが鼓動にぴったり合っている。わたしにはそう感じられた。
歌詞がリボンになって体に巻き付いているけれど、手で触れれば雲散霧消してしまいそうだ。歌詞やリズムを聞き取ることはできなくても、ビートに乗って宙を漂うことはできる。音が聞こえない者にとって、音楽とはそういうものだ。血が酸素を運んで全身を駆け巡るように、床や壁から伝わる振動が全身を駆け巡る。
店内は暗く煙草の煙が充満しているから、顔の前に手をかざしてもよく見えないが、明滅するライトに腰を振って、跳び上がって、踊る人びとの姿が浮かび上がった。ライトの色が、耳では拾えない音を教えてくれた。ライトの明滅に合わせて動けばいいのだ。感じるままに踊ればいい。音が見えるのだから。わたしの中で奏でられるドラムに合わせて、足を動かせばいい。
いま感じる興奮、生きている実感はわたしにとってはじめてのものだった。
耳が聞こえないのにナイトクラブに行ってどうするの、と思われるかもしれない。だが、そこがナイトクラブのいいところだ。音楽を感じることができる。体の中をビートが駆け巡っていれば、歌詞を聞く必要はない。
ダンスフロアの真ん中にいる女の子――満面の笑みを浮かべて腕を振り、足を動かす女の子――が、聴覚障害者だとは誰も思わないだろう。
わたしはいまギリシャはコルフ島のカボスにいる。もうじき二十歳のジュリーは、数カ月前から旅行会社で働いている。わたしたちは休暇をこの島で過ごすためにやって来て、パーティーしかやらないと決めた。
この数年、わたしは姉と年の差を感じるようになっていた。わたしから見ると、姉もその友達ももうすっかり大人だったが、最近になってその差がちぢまった気がする。ジュリーはいまではわたしの親友だった。
二人で日光浴をし、ビーチバレーに興じ、ダイビングも楽しんだ。
カボスはパーティーのメッカだ。長い通りの両側にナイトクラブが並び、金魚鉢に入ったドリンクやカクテルを一杯分の値段で二杯飲めるバーがある。ここでは誰もわたしに歳を訊かない。これがニューカッスルのナイトクラブだと、用心棒に歳を訊かれるから、実際の生まれ年から二を引いた年を憶えておく必要がある。
それに、ここではわたしは〝耳の聞こえない女の子〟ではなかった。ゲイツヘッドでもボーイフレンドに不自由したことはないけれど、声をかける前から相手はわたしの耳のことを知っていた。わたしに目をつけた男の子が、友人から肘で小突かれる場面を何度目にしたことか。それでわたしのほうが気後れしてしまうのだ。
でも、ここでは男の子が気楽に声をかけてくる。わたしは〝耳の聞こえない女の子〟ではない、ジョアンだ。
皮肉なことに、最近になって自分が〝耳の聞こえない女の子〟であることを受け入れざるをえなくなった。ほかの子とおなじであろうと努力しつづけ、耳の障害を意識すまいと頑張ってきたのに、医師からアッシャー症候群が疑われると脅かされた。いまもまだ検査はつづいており、検査の日になると母が、大丈夫、アッシャー症候群ではないわよ、と元気づけてくれるが、頭の片隅にはいつもその心配があった。いま、ナイトクラブの暗がりに立っていると、これがわたしの未来の姿なのではないかという思いが頭をよぎる。音ばかりか色までが、わたしの人生から消え去るのではないか。

だが、そう思うのも一瞬だ。とりあえず恐怖は頭の隅に押し込んでおこう。医師の診断が出ないかぎり、わたしは盲目ではない。失明していない。

それでも、恐怖はつねにそこにあった。

だが、おかげでわたしはべつの意味で変化した。聴覚障害を愛おしいと思うようになったのだ。もう障害などないふりをするのはやめようと思った。人生の一瞬一瞬を大切にして、できるかぎり楽しもう。そう言い切れる十代の子がいったい何人いるだろう?

だから、ナイトクラブで男の子がちかづいてきて、耳元に顔を寄せようとすると、わたしはきっぱり言うことにした。「わたし、耳が聞こえないの。だから、あなたの唇を見る必要があるのよ」

ねっとりと暑いナイトクラブでは、わたしもおなじ土俵で戦える。大音量で音楽が流れているから、誰も話し声が聞こえない。みんな唇を読んで理解するしかないのだ。

ダンスフロアの向こうに好みの男の子がいれば、視線を絡み合わせればいい。耳が聞こえなくても関係なかった。家から遠く離れている解放感とカクテルの酔いがあいまって、こちらから誘いをかける勇気が湧いてきた。

おたがいにビビッとくるものがあれば言葉は不要だ。どちらからともなくダンスフロアに出て踊り出す。ディスコライトに照らされて、大音量の音楽に包まれれば、声に出さなくても体で通じ合う。

バーで小さな紙の傘に派手なストローで飾られた、鮮やかな色のお酒を飲んでいるあいだも、ジュリーはけっしてわたしから目を離さなかった。

男の子がわたしの耳元でささやこうとすると、ジェリーが寄って来て、わたしの耳が不自由なことを思い出させる。

「妹はあなたの唇を見ないとならないの」

ジュリーをお節介だと思ったことはない。昔からなにかあると姉は目で教えてくれた。気付いてないかもしれないけど、ほら、あの人が部屋に入って来たわよ、といった具合に。眉を吊り上げ目を丸くするのは二人の暗号で、「ほら、あなたのことチラチラ見てるわよ、知らん顔しなさい」という意味だ。

むろんここにも、わたしの障害をおもしろく思わない人はいる。人の自信を打ち砕こうとする人はどこにでもいるものだ。そういうときは、厚くなった面の皮が役に立つ。わたしの耳が聞こえないことがわかるとおしゃべりをやめるような男性は、こちらから願い下げだ。その人が侮蔑の言葉を投げたとしても、わたしには聞こえない。「愚かなのはあなたのほうでしょ、妹じゃなく！」と姉が言うのを見て、そうだとわかるぐらいだ。

祖父の言うとおりだ。大事なのは心の中になにを持っているか。だから、やさしくしてくれる人だけに意識を集中する。
それにこのナイトクラブにいるかぎり、遠目にはわたしはふつうの女の子だ。
でも、自分がふつうでないことはわかっている。
障害のある自分を、わたしは誇りに思うようになっていた。障害も含めてわたしはわたしなのだから。

アラーナは階段の手摺りのあいだから覗き込み、母はソファーに座り、ジュリーはわたしと並んで電話の横に立っている。みんな笑うまいと必死だ。
「彼はなんだって?」わたしは声に出さずにジュリーに尋ねた。
「あなたを愛しているって」姉も声に出さずに答える。
そこでみんながわっと笑い出す。アラーナは階段で転げ回り、母は声をあげまいとお腹を抱える。わたしとジュリーは笑いすぎて涙を流していた。
わたしは作り話だとわかっているから姉を叩いた。かわいそうに彼はわたしをデートに誘おうと電話してきただけだ。受話器の向こうでさぞ困っているだろう。
勇気を振り絞って電話してきたはずだ。わたしとじかに話はできないから、姉か母に取り次ぎを頼まなければならない。
デートの誘いに電話を使うのは、ふつうの人にはあたりまえのことだろう。だが、わが家の電話はラウドスピーカーフォンなので、わたしにかかってくる電話の内容は家族につつ抜けになる。

相手がヴィッキーやアリソンやアシュフィヤなら困ることはなかった。聞かれたくない話は会ったときにして、電話では用件だけですませているからだ。男の子からの電話は話がべつだ。
それで付き合いをためらう人もなかにはいた。休みの日にデートして別れ際に電話番号を教える。ただし、家族の誰かに取り次いでもらうことも告げなければならない。すると相手は困惑の表情を浮かべる。どうしようと思っているのが目の表情でわかる。電話をしてこない人もむろんいる。ガールフレンドの母親になにもかも話すのは気が乗らないだろう。
でも、なかには電話をしてきて、母と楽しそうにおしゃべりする人もいた——それも長々と。ほんとうに好きな相手の場合、気恥ずかしいことこのうえなかった。受話器を持ってソファーの陰に隠れ、こっそり話ができたらどんなにいいか。頬を染めてどぎまぎする姿なんて、家族に見られたくないものだ。
男の子からわたしに電話がかかると、姉はここぞとばかり出鱈目なことを言ってわたしをからかう。女四人は笑いをこらえ、姉はデートの時間と場所を取り決めるとさっさと受話器を置く。それから四人で笑い転げるのだ。
女たちが笑いの発作に襲われていても、父は新聞から顔をあげもしない。女ばかりの家族の男一人だから慣れたものだ。内心では電話してきた男の子に同情しているのだろう。
このころがいちばん幸せだった。男の子から注目されるようになったからだけでなく、家族団欒の時間を持てたからだ。父が仕事で家を長く留守にすることがなくなり、母も幸せそうだった。父は娘たちが週末に友達の家に遊びに行くとき運転手を務めてくれたし、わたしの通院の付き添いもしてくれた。ジュリーとわたしが旅行に出掛けるときには、空港まで送ってくれた。父はもともと寡黙な人で、女四人のおしゃべりにめったに口を挟まなかった。でも、家族を愛し、家族を守ることに必死だった。家族旅行に行けば、娘たちに悪い虫がつかないようガードを固めた。父のひと睨みでたいていの男の子は竦み上がる。家族のためならなんでもしてくれた。むろん常識の範囲内で。

わたしは高校を卒業すると、地元のショッピングパーク、ティーム・ヴァリーで秘書の仕事に就いた。タイプもファイリングもなんでもこなしたが、電話の応対だけはできなかった。職場の同僚はみな親切で、偏見もいじめもなかった。わたしがオフィスに早く馴染めるように、みんなが喜んで手を貸してくれた。毎週火曜日はお休みをもらい、国家職業資格をとるためにカレッジで勉強した。職場での楽しみは昼休みに同僚とおしゃべりすることだった。

だが、やっぱりいちばんの楽しみは週末。

なんとかお金を工面して、金曜と土曜の夜は友達とニューカッスルのナイトクラブに繰り出した。古いクルーズシップを改装したナイトクラブ、ザ・ボートには回転式のダンスフロアがあった。ただし、客の中に友達を見つけても、ダンスフロアがひと回りするのを待たなければならなかった。

わたしにとってナイトクラブはくつろげる場所だ。体に感じるビートでなんの曲かわかったから、ヒッピー風の花柄のロングドレスにドクターマーチンのブーツという格好で、ラガービールを飲みながらひと晩じゅう踊りつづけたものだ。

どの店で遊ぼうと、姉とわたしはビッグ・マーケットで待ち合わせをして、最終のバスで家に帰った。ゲイツヘッドへ向かう二十五分のバスの旅のあいだ、わたしたちは歌って笑って大騒ぎだった。

バスで会った友達と連れ立って戻るわたしたちを、母とアラーナ――十二歳になっていた――は、テレビを観ながら待っていてくれ、遠くまで歩いて帰る友達に食べ物や飲み物を出してくれたりした。わたしたちの夜遊びの顚末を、アラーナは目を輝かせて聞き入ったものだ。わたしも妹の年ごろには、ナイトクラブに行き出した姉の話がおもしろくてしかたなかった。わたしたちが友達を連れて帰ってキッチンでおしゃべりしても、母はいやな顔ひとつせず、チーズトーストを焼き、紅茶を淹れてくれた。

父はとっくに休んでいたが、母とアラーナはおしゃべりの輪に加わり、気が付くと朝の三時を回っていることもあった。

ボーイフレンドを連れて帰ったときは、アラーナの表情が見もので、吹き出さないでいるのがひと苦労だった。

十八歳のあのころがいちばん幸せだった。ジュリーとロードス島に旅してできたあたらしい友達が、わたしの十八歳の誕生日のお祝いに駆けつけてくれたり、ジュリーがパーティーの最後にサプライズを用意してくれたり。なんと腰布一枚のターザンが不意に飛び出してきて、わたしを肩に抱えたのだ。

そんなときはアッシャー症候群のことも忘れていられた。

勇気を奮い起こしてアッシャー症候群のパンフレットを手にしたり、本で調べたりもしたが、診察室や病院の廊下で盲人のポスターを見ると思わず立ち竦んだ。ポスターの人は虚ろな表情を浮かべ、視線を上か下に向けている。けっしてカメラのほうを見ていないから目が見えないのだとわかる。この世で迷子になってしまったかのように、苦しそうで不幸そうだ。盲人といえば白い杖か盲導犬、あるいは介護者の腕にすがって歩く姿を思い浮かべる。未来の自分がそういう姿になっているなんて、あまりにも悲しすぎるとそのころは思っていた。

いまわたしは鏡の前で化粧をしている。黒のアイラインを引き、長いブロンドの髪はブラッシングをして艶やかだ。

ポスターの人のようにはなりたくなかった。このままの自分でいたかった。

笑顔に囲まれ、なんでも笑い飛ばし、ナイトクラブに繰り出して男性とおしゃべりする楽しみを失うなんて考えられなかった。

だが、医者の言うとおりアッシャー症候群に罹っていれば、わたしの未来はそうなるのだ。おもしろおかしく暮らしていても、頭上にはつねに雲がかかっていた。

Chapter 7

看護師になる夢

「さあ、つぎはきみの番だ」ポールがわたしに言った。

わたしはいまハンターズ・ムーア病院にいる。半年前からここで働いている。九時から五時までいる職場の静けさと、週末を過ごすナイトクラブの喧騒はそれこそ天と地ほどのちがいがあった。ナイトクラブのダンスミュージックの騒々しさときたら、月曜の朝になっても、まだ耳鳴りがしているほどだ。それだけ楽しんだら、たとえ二十一で突然死んでも悔いはないでしょうね、と母は言っている。

職業訓練コースを終えてから事務の仕事をはじめて、いまの職場がふたつ目だった。この仕事が性に合っている。

ハンターズ・ムーア病院は神経疾患のリハビリテーション専門の施設で、ヴィクトリア朝の美しい建物の中にある。毎朝、わたしは、バラが咲きオークの木が等間隔に植えられた美しい庭園を巡る、曲がりくねった道を正面玄関に向かった。廊下には一九二〇年代の病院の写真が飾られており、すっくと伸びるオークの木立はまるで城を守る義勇兵のようだ。

ここはかつてハンセン病療養所だった。建物の壁にはかつての収容者たちの亡霊が棲み付いているともっぱらの噂だが、わたしはそんな歴史に心がなぐさめられるし、威風堂々たる建物を美しいと思った。なかでもいちばんの気に入りの場所は、わたしたちがいまいる庭園だ。

「それで？」ポールがわたしの答えを促す。

わたしは咳払いした。「うしろにはピーチローズの茂みがある。その葉は鮮やかな緑で、縁は尖ってギザギザだけど、羽根のようにやわらかそうにも見える。葉の表面には無数の指のような葉脈が伸び広がっていて、棘（とげ）で覆われた茎からはとてもすばらしい花が……」

わたしはポールをちらっと見た。彼は耳を傾けているけれど、すでに興味を失っているのがわかった。彼の関心を引こうとこう言った。「バラの花は真ん中から外に向かって何枚もの花びらが重なり合っているの。内側の花びらは色が濃くて固く閉じているけれど、外にいくにつれて花びらは太陽に向かって大きく開き、色も淡くなっていく……」

ポールが椅子の上で身じろぎした。

「それだけ？」

「花は美しいわ」わたしは説明をつづけようとしたが、彼は納得していない。

「わかった、つぎはあなたがやって」
彼は目を閉じた。「頭上の木から美しい小鳥の啼き声が聞こえる。その響きは肌に当たる雨粒のようにやさしい。ひとつひとつの音が風に乗って煌めき涙を誘う。それでいてとても美しくあかるい鳴き声なんだ。小鳥は疲れ知らずだ。ぼくたちのかたわらにとまって、さえずるのは夏や虫のこと、枝のあいだに作っている小さな巣のこと……」
彼が言葉を切った。「さあ、きみの番……」
こうやって何時間でも座っていたいが、ポールもわたしも仕事があるからそうもいかない。二人とも病院の事務の仕事をしていた。彼はもっぱら電話の応対をしている。だが、書類のファイルや、医師に頼まれて医学書を当たる仕事はできない。ポールは目が見えないからだ。耳の聞こえないわたしと彼は、とてもよいチームというわけだ。
この病院で働きはじめて三カ月経ったころ、ポールが――盲導犬、黒いラブラドールのゲイリーとともに――やってきて、わたしたちはすぐに打ち解けた。ポールにならたがいの障害のことを気楽に話せた。彼がわたしの耳になり、わたしが彼の目になって、その日の出来事を伝え合った。
「ボスはどんなふう?」ポールのリクエストに従い、わたしは上司のことを説明する。バタバタしてるわよ、とか、バーでどんな飲み物を買ったか、とか。
「飲み物のお代りはどうですかって、尋ねてるよ」ポールが教えてくれる。いまは金曜のお昼時で、わたしたちは通りの向かいのパブでシャンディーを飲んでいた。わたしは大声を張り上げる。「ラガーのハーフパイントをひとつ」誰もわたしの耳が聞こえないとは思わないだろう。

わたしたちの定番の会話があった。耳が聞こえないのと目が見えないのは、どっちがましか？わたしたちは順番に、目に見えるもののこと、耳で聞こえるもののことを語り合う。目が見えないほうがましだと、彼は思っていた。わたしは逆だ。それでも、彼が見つけたばかりのソフトロックのバラードの話や、小鳥の鳴き声といったシンプルなものの話をするとき、わたしはきまって、耳が聞こえたらどんなにいいだろうと思うのだった。

わたしが買ったばかりの靴のことや、それを履いた足元を見るたびにこみ上げる喜びについて話すと、彼はため息をつく。最新のファッションやアクセサリーの話以外に話すことはないのか、と思っているのだろう。わたしには音楽がわからない、と彼は決めつけていた。「きみが感じているのは振動にすぎないんだろ」彼は言い、わたしの膝を叩いてリズムをとる。「それじゃ音楽を聴いたことにならない。きみが言ってるのは音楽の概念にすぎないのだ」

それから、彼はわたしに、まわりの景色を描写してくれとしつこく頼む。彼は生まれつき目が見えないので、彼が見ているのは周囲がぼうっとかすんだ黒い世界だ。わたしがあたりまえのことと思って気にもとめない、一瞬の動きやほのかな香りに、彼ははっとなって顔を向ける。わたしの耳とおなじで、彼の目はけっしてそれを捉えることができない。

「きみの番だよ」彼がまた言った。

今度こそいつもの論争に勝つつもりで、わたしは気合を入れた。わたしたちはオークの木陰にいる。まわりには患者さんの姿もあった。わたしの目があるものを捉える。

「笑っている顔。満面の笑みで顔がぱっとあかるくなるの。目はキラキラ輝いて、喜びに虹彩が躍っている。ほんとうにおもしろいものを見つけると、人は鼻にしわを寄せ、白い歯を剝き出しにして笑うの……」

わたしは言葉を切り、ポールに顔を向けた。彼はじっと耳を傾けていた。それから手を伸ばし、わたしの脚を軽く叩いた。話をするからこっちを向いて、の合図だ。

「ぼくは母の顔を見てみたい」

その代わりというわけではないが、わたしは彼の両手を取って自分の顔にあてがった。前にもやったことがある。彼の手がやさしくわたしの頰を撫で、手の甲がわたしの長い髪をかすめる。彼の指が鼻を、唇を、顎を見つけ出す。

「想像していたとおりだ」彼は言い、また椅子にもたれた。

本を読んで登場人物の姿を思い浮かべるのとおなじだ、と彼は言う。

「どう、わたし、美人かしら？」わたしはついからかいの口調になった。

「ああ、もちろん」彼がにやりとした。

祖父がよく職場に電話をしてきて、ポールと話をしていた。遊びに来るなら紅茶のお供になにを食べたいか尋ねるための電話だ。わたしを知る人たちはみな、祖父がわたしにとってどれほど大切な存在か知っている。働き出してから、週に一度、祖父を訪ねてお茶を呼ばれることにしていた。座っておしゃべりして、その日の職場での出来事を話すと、祖父は目を輝かせる。

軍人だった人だから、お茶のお供は伝統的なものを好んだ。なんであれブリキの容器に入っているものが好きなのだ。病院に電話してきてポールに伝言を託す。内容はいつもおなじだ。豆とソーセージかビッグスープか、どっちにする？　それに分厚く切ったホワイトブレッドにマーガリンを塗ったものが添えられる。デザートも二者択一だった。桃かプルーンにブリキ缶入りのヴォンシャー・カスタードをかけたものだ。

祖父の体調がよくなくて――祖父だって寄る年波には勝てない――買い物に出られないときには、ヴァルおばさんとデイヴィッドおじさんから、たまには気分を変えて、ラザニアかなにか用意しておこうか、と電話がかかってくる。でも、わたしは祖父をがっかりさせたくないから、豆とソーセージかビッグスープを喜んでいただいていた。

祖父はおなじことを尋ねるために電話をしてくると、用件だけで終わらせずにポールとおしゃべりした。わたしの友達のことにも関心を持っているのだ。そして、二十一の孫に向かって、紅茶のお供はなにがいい、と尋ねる。

ハンターズ・ムーア病院が居心地いいのは、ポールがいてくれるからもあるが、ほかにも理由があった。院内を裸足で歩き回る変わり者の教授や、すぐに友達になれた医師や心理学者、それにもちろん患者さんたちの存在だ。

はじめて死を体験したのもこの場所だった。その日は患者とスタッフの集いがあり、わたしは感じのいい男性患者とおしゃべりを楽しんだ。縞のパジャマにタータンチェックのガウンを着たその人はまだ五十代で、ここに長く入院していた。資金集めのくじ引きがあり、たまたま彼はお金を持ってきていなかったので、わたしが彼の分も買ってあげた。だが、彼は途中で気分が悪くなって病室に引き上げた。翌朝、彼が引いたくじが当たったことがわかり、わたしは意気揚々、賞品のチョコレートを病室に届けた。ところが、彼のベッドは空だった。前の晩に亡くなっていたのだ。

楽しそうに笑っておしゃべりしていた人が、わずか数時間後に息を引き取るなんて思ってもみなかった。この病院で働くわたしたちは、こういう経験によって命の尊さに気付かされる。お茶の時間でがらんとした廊下を、スタッフが車椅子競争するのはそのせいかもしれない。磨き上げられた床で車輪をきしらせ、風を切って車椅子を走らせるのだ。

ポールと辛辣な論争を繰り広げることは、わたしにとってある意味虚しいことだった。アッシャー症候群の診断はいまだにくだされておらず、いつかポールのようになる可能性がわたしにはあったからだ。耳が聞こえないうえに、目が見えなくなる可能性が。

だから、車椅子競争にも積極的に参加した。いまの一瞬一瞬を楽しむために……この光景をいつか見られなくなるかもしれないから。

わたしはベッドに横になり、見慣れた天井のライトを見つめていた。ベッドはカーテンで仕切られている。勤めている病院の心理学者の一人で友人でもあるジョーが付き添ってくれていた。心配そうな彼女の顔が、わたしに母を思い出させた。手を伸ばして彼女を安心させる。なにが起きたのか、彼女に言われなくてもわかっていた。また気を失ったのだ。

今度は仕事中のことだった。検査に通わなくなって四年が経過していた。そのあいだわたしは、仕事に遊びに人生を謳歌してきた。病院から連絡がない時間が長くなればなるほど、アッシャー症候群ではないんだという確信が強くなっていたが、頭の片隅にはいつもそのことがひっかかっていた。そしてまた病院のベッドに逆戻りだ。医師がやって来て、わたしの目にまぶしいライトを当てるから、誰の唇も読むことができない。

今回、医師の口から最初に出たのが〝アッシャー〟という言葉だった。最終的な結論はまだ出ていないが、今度のことがそれを裏付けることになった。

とりたてて気分が悪いわけではないのに、わたしはそのまま入院させられた。またしても検査検査の連続だった。血液と組織を採り、腰椎穿刺まで行われた。三日目には大教室に連れていかれ、教壇の真ん中に置き去りにされた。丸裸にされた気がして、ガウンの前を掻き合わせた。

医学部の学生を前に、医長が講義を行った。どんな議論が行われているのか、わたしには知る術もなかった。それから、学生が交代でわたしを診察した。そのたびにまばゆいライトを目に当てられ、日除けを持って来てと眼球が悲鳴をあげた。診察が終わるころには、目がヒリヒリと痛んだ。目の前に光が踊り、耳は完全に塞がれたも同然だった。

ようやくまぶしさが薄らぐと、学生の一人が、アッシャー症候群は遺伝子疾患だから遺伝する可能性がある、と言っているのがわかった。わたしはずっと結婚を夢見てきた。夫と子どもたちのいる家庭。いつか生まれてくる子どもの名前を、ジュリーと二人であれこれ考えたこともあった。生身の人間より本を相手にしているほうが長い医学部の学生の視線に晒されたこのとき、わたしは怒りに震えながら、けっして子どもは持つまい、と心に決めた。もしわたしの子どもにアッシャー症候群が遺伝したら、こういう目に遭わせなければならないのだ。

数日後に退院した。病院にやって来た母は深いため息をついた。それは子どものころから見慣れた光景だった。やはりアッシャー症候群だったという思いは、口に出さなくても視線を交わすだけでわかった。

否定しても仕方がないことは、母もわかっていた。医師に言われなくても、自分の体のことはわかる。わたしはいずれ失明するのだ。

検査結果を待つあいだ、わたしはやきもきして過ごした。毎朝、化粧をするたびに、自分で化粧ができるのはいつまでだろう、と思う。着替えにも人の手を借りるようになるのだろうか？　視力は急激に衰えていくのだろうか？

わたしは仕事を心から愛していた。ナイトクラブで過ごす夜のなんと楽しかったことか。ストロボライトに照らされて、パッパッと浮かび上がる楽しげな顔。一瞬ののち、店内は真っ暗になる。視線を感じてダンスフロアの向こう側に目をやって、見つめ合った瞬間に声をかけるかどうか決める。

そういう楽しみがすべて奪われるのだ。

それに会話も奪われる――目が見えなければ唇を読むことはできない。

人生から色がなくなり、闇と静寂に置き換えられる。

本や雑誌で目にしたイメージが脳裏に浮かんだ。目が見えない人が迷子のように見えた。ポールとおしゃべりしていると、目が見えないのもそう悪くないと思えたが、それも耳が聞こえるという前提の話だ。どちらの機能も失ったら、わたしはどうなるの？　わたしはわたしでなくなる。

友達の顔も、バスで乗り合わせた見知らぬ人の笑顔も見られなくなる。古い写真を見ながら、旅先で姉妹三人が笑い転げた思い出を語り合うこともなくなる。

職場の友人がお見舞いに来てくれた。前からわたしがアッシャー症候群だと確信していた教授がやって来て、職場のみんなで力を合わせて支えてゆく、と約束してくれた。

ついにその日が来た。母が付き添ってくれて病院に向かった。医長がデスクの上の書類を繰るあいだ、わたしは胃が凝り固まり、喉をせり上がってくるのを感じた。息が苦しい。

「よい知らせです」医長が大きな笑みを浮かべた。「あなたはアッシャー症候群ではありません」

涙が溢れて目の前が霞み、あとの言葉は読み取れなかった。

数分後、診察室から待合室に出ると、わたしはわっと泣き出した。

「どうして泣くの？」看護師がほほえんで言った。「よい知らせだったのに」

待合室は人がいっぱいで、みんながこっちを見ていた。母に手を引かれて自動ドアを出たものの、雨が降っていたので慌てて中に戻った。

「ほんとうによい知らせね」母は笑いながらわたしの涙を拭ってくれた。

だが、わたしにとってはよい知らせではなかった。自分はアッシャー症候群だとわかっていたからだ。検査結果がどうあろうと、誰がなんと言おうと、それは変えられない事実だった。この六年間、わたしはアッシャー症候群の影の中で生きてきた。きっとなにかのまちがいだと繰り返し自分に言い聞かせてきたが、病気はつねにそこにあった。この二週間でそれは確信となった。ずっと前からわかっていたのだ。そしていま、すべてが変わった。

母とわたしは待合室に戻った。
「病気ではなかったのよ、ジョアン」母がわたしの顔を両手で包んでほほえんだ。
「それで、わたしにどうしろと言うの？」わたしは泣きじゃくった。「これまでどおりの生活をしろって？」
「そういうことよ」
バッグから折り畳み傘を取り出し、通りに出た。

アッシャー症候群ではなかったことを伝えると、職場のみんなはとても喜んでくれた。わたしのデスクには色とりどりのお祝いカードが飾られたが、わたしは心の奥底に不安を抱えていた。
医師の診断がまちがっていると思うのは、アッシャー症候群の影に怯（おび）えて生きてきたせいだと自分に言い聞かせたものの、なにかのまちがいだという思いは消えなかった。専門家の診断によって足枷（あしかせ）をはずされ自由になったはずなのに、検査結果がまちがっていると確信することで自分を閉じ込めようとしていた。
だったらどうすればいいの？
失明の恐怖がわたしを変えてしまった。自分はアッシャー症候群だと確信した二週間のあいだに、わたしは考えた。母が必死になってわたしに植え付けた自立心をなくしたら、人生はどんなふうになってしまうだろう。
家でも職場でもお祝いムードがつづいているときに、わたしは一大決心をしていた。

看護師になる決心だ。それは幼いころからの夢だったが、人生を取り戻す機会を得たことでその夢が強固なものになったのだ。人生は変えられるという気がしていた。崖っぷちに追いやられて下を見たことで深くものを考えるようになり、人のためになることをしたいと思うようになった。大学で看護学を学ぶためにはどんな資格が必要か調べた。大学に入ることがわたしの使命になった。それからの二年間、昼はハンターズ・ムーア病院で働き、夜はカレッジでふたつのAレベルを取るための勉強をした。

本を熟読し、願書を何枚も書いた。入学が許可され、四年間の大学生活がはじまるまでの数週間で、必要なものを買い揃えた。新品の革のカバン、授業のノートをファイルしておく大量のフォルダー、ボールペンを入れるケース。包装紙を破ってボールペンを取り出しながら、小学校時代を思い出した。〝ザ・ブリッジ〟に立たされないように、ケースに尖った鉛筆をつねに二本入れておきなさい、と母に言われたことを。

だが、大学生活をはじめるのは、どんないじめを受けるだろうと不安を抱えてあたらしい学校に通いはじめるのとはわけがちがう。

わたしはもう二十三歳だから、母に学校に来てもらって、娘が唇を読めるよう前を向いて話してくださいと教師に頼んでもらう必要はない。教師が母の頼みを無視したからといって、母に校長室に押し掛けてもらう必要もない。

ニューカッスル大学の正門前に立ち、新入生がぞろぞろ教室に入って行くのを見つめるわたしには、不安はいっさいなかった。わくわくしていた。

午前中は大教室で履修科目の説明があった。早く授業を受けたくて待ちきれない思いだった。

ランチは大食堂でとった。クラスメートと知り合い、将来の夢を語り合った。聴覚学を専攻するか、聴覚障害の子どもたちのために働きたい、というわたしの夢は、多くのクラスメートの称賛の的となった。障害のある自分が看護師として救命救急センターや病棟で働けるとは思っていないが、地域社会に密着した開業看護師になることはできると信じていた。聴覚障害への理解を広める活動をやっていきたい。

午後は担当講師と話をした。相手の機嫌の悪そうな態度に怯むことなく、わたしは自己紹介をし、授業で講師の唇を読めるよう、できれば正面の席に座りたいと訴えた。どういう看護師になるつもりか、と尋ねられ、小児科か聴覚センターで働きたいと夢を語ったが、講師は忙しかったのか、大勢の新入生を相手にして苛立っていたのか、気乗り薄な態度で聞いていた。

「聴覚障害が足枷になるとは思いませんか?」講師は尋ねた。

「いいえ、まったく」わたしは胸を張って答えた。

自分の障害について説明するのは慣れっこだから、こういうやりとりはあまり苦にならなかった。ところが、いざ授業がはじまると、彼がまるで理解してくれていなかったことがわかった。

正面の席に座るわたしの要望を無視し、彼は教室内を歩き回りながら履修科目の説明を行ったのだ。

わたしは彼を見逃すまいと忙しく頭を左に向け、右に向けた。だが、彼の動きはそれを上回る速さだった。そのことを楽しんでいるのではと疑いたくなるほどだ。

とても追いつけないとわかったので、わたしはまっすぐ前を向き、彼が戻って来るのを待った。ところが、クラスの全員が講師ではなくわたしを見ていたのだ。彼らの表情を読み取るのは難しかった。憐れみの表情を浮かべている人がいれば、怖れの表情を浮かべている人もいた。みんながこっちを見るわけを知ろうと振り返ると、講師が背後に立っていた。

「いま、わたしはなんと言いましたか？」彼が尋ねる。

わたしは頭を振った。わかりません。

「ほらね？」彼は学生に向かって両手を掲げてみせた。ほらみたことか、と言いたいのだ。

隣に座る生徒がわたしに同情して教えてくれた。講師はわたしの背後に立って、「看護師さん！看護師さん！」と言ったそうだ。病室で患者が看護師を呼ぶように。むろん彼は、わたしにその声が聞こえないことは承知している。

涙が込み上げ、堪える間もなく頬を伝い机に落ちた。

わたしは新しいカバンと本を抱え、教室から走り出た。大学の門を出て地下鉄に乗り、わが家に戻った。そのあいだずっと泣きっぱなしだった。みんなの前で恥をかかされたこともだが、看護師になろうとしたことで自分自身をはずかしめたのだと気付いたからでもあった。いったいなにを考えていたのだろう。

母と祖父にすべてを語った。二人ともいきり立ったが、講師のやったことは正しいと思う、とわたしは言った。看護師になれると思った自分が馬鹿だった。

数日が過ぎ、大学から家に電話があった。誰かが上の人に警告したのだろう。大学側は、二度とこんなことが起きないようにする、と謝罪した。

だが、もう遅すぎた。わたしは夢を諦めた。講師を責めようとは思わない。

わたしは二度と大学に戻らなかった。大学に入るためにわたしがどれほど努力したか知っている母は、どうか戻ってくれとわたしを説得したが、やがてわたしの決断を受け入れてくれた。

「看護師よりももっとおまえに向いていることがあるさ」祖父は言った。

そうであってほしいとわたしは思った。

Chapter 8

祖父との別れ

「さあ、憶えて。バックミラー、合図、運転」
わたしはインストラクターのエリックの口元を見つめ、それから顔を戻して前方に延びる道路を見つめた。車を発進する前に、どこへ向かうのか指示を受けていた。目的地に着くと車を停め、どこがよくてどこが悪かったか、エリックが教えてくれる。運転しながらそれを聞くことが、わたしにはできないからだ。
まずシートベルトをつけ、ベルトを引っ張って留め金がちゃんとかかっていることを確認する。インストラクターはそれをしない。留め金をかけるとき、手元を見もしない。おそらくカチリという音でわかるのだろう。

つぎは合図だ。左手で方向指示器を動かし、ダッシュボード上で緑のライトが点滅しているのを確認してからギアを入れる。後方を見て、アクセルを踏み込む。クラッチから早く足を離しすぎて車体がガクガクしたものの、なんとか発進した。のろのろと車を進めると、ほかの車が追い越していった。わたしは前方に意識を集中したままだ。

病院でアッシャー症候群ではないというお墨付きをもらって以来、怖くてとてもできないと思っていたことを片っ端からやってみることにしたのだ。車の運転もそのひとつだった。

週に二度、エリックが職場に迎えに来てくれて、ゲイツヘッドに帰る道すがら運転の練習をすることになった。数分ごとに車を停めて反省会をするから、彼のほかの生徒たちに比べると進歩が遅いが、彼はけっして苛立ったり、わたしを急がせたりしなかった。とても辛抱強い人だ。たとえ上達は遅くても、自分でハンドルを握り、行きたい所に行ける気分は最高だった。

この数カ月で、変化はほかにもあった。大学でひどい体験をしたあと、あたらしい仕事に就いたのだ。運転免許も数カ月かけて取得することができた。

あれほどの挫折感を味わったので、気持ちをふたたび奮い立たせるのは並大抵のことではなかった。大学をやめてから七週間、わたしは新聞の求人欄を眺めて暮らした。そしてようやく見つけた。TEDCOという企業経営コンサルティング会社のプロジェクト担当の仕事だ。

TEDCOはタインサイド（ニューカッスルから海岸に至るタイン川流域の都市域）南部で、あたらしく会社を興したい人や働きたい人、とくに障害について学びたい人を支援してきた。わたしは、地元企業のために障害を理解するためのコースを企画し、仕事に就きたい障害者の資格取得を支援する仕事にやり甲斐を感じていた。
わたしが同僚のジョーと企画したコースは、ウェイティング・リストができるほど好評だった。一九九〇年代も末のこのころ、政府は障害者の就労――それには雇う側の教育も含まれる――にとくに力を入れていたからだ。
わたしの仕事は雇用者にかんたんなことを教えることだった。たとえば、聴覚障害者と話をするときは、窓を背にして立たないこと。顔が影になって、唇を読むのが難しくなるからだ。車椅子を押す人ではなく、乗っている人と視線を合わせること。道を渡れなくて立ち往生している聾唖者、スーパーで商品を床に落としてしまい困っている聾唖者に、どう声をかけるか。
わたしはまわりの友達の寛容さに助けられ、支えられることに慣れっこになっていたので、こういったささいなことを知るだけで、障害者の雇用が楽に進むことに、わたし自身が驚かされた。
この仕事はわたしに、社会を変えていける実感を与えてくれた。障害者たちも、履歴書の書き方を学び、面接では相手の目を見て話すことを学ぶうちに変わっていった。彼らは仕事のスキルだけでなく自信も身につけたのだ。
はじめてここにやって来たときはおどおどしていた人の、背筋が伸びてゆくのを目の当たりにすると、わたしまで誇らしい気持ちになった。それに、ここで一生の友達を得ることもできた。どちらも愛称がジョーなので、わたしたちは〝リトル・アンド・ビッグ・ジョー〟と呼ばれるようになった。
これははじまりにすぎない。わたしは二十五歳にしてすでに、自分の天職を見つけたのだ。それは人を助けること。アッシャー症候群の可能性を告げられてからも、人生を謳歌してはきたが、いつこの生活が終わりを告げるかわからないという恐れは、完全には振り払えないでいた。目を閉じれば、人生から光が消え去る恐怖が甦る。わたしを取り巻く笑顔が消え去ったら、どうやってコミュニケーションをとればいいのだろう。

母と一緒に手話の勉強をはじめて六カ月が経ったが、わたしはいまだに違和感を覚えていた。手話を覚えることを、二十代半ばまで先延ばしにしてきたせいだ。

わたしはずっとふたつの世界に片足ずつ置いて生きてきて、どちらにも馴染めなかった。母はわたしを〝耳が聞こえる世界〟の一員にしようと躍起になった。母には文句なく感謝している。だが、〝耳が聞こえる世界〟でわたしは〝耳が聞こえない女の子〟だった。まわりはそのことを褒め称えた。ダンスフロアで音楽に浸って踊るわたしを見て、人は言う。「あの子、耳が聞こえないんだって。信じられる?」わたしが歌に合わせて歌うと、みんな驚いた顔をする。

どうしてそんなにうまく話せるのですか、と何度尋ねられたことか。「耳が聞こえないのに、この土地のなまりを使えるのはどうして?」いまだにどう答えていいのかわからない。

健聴者と自分はちがうのだと感じたことはないとはいえ、二歳で補聴器をつけさせられ――一見して人とちがうことがわかってしまい――聴覚障害児のクラスに通うようになった。そこではみんなおなじだった。みな補聴器をつけていたからだ。

そしていま、わたしは手話を習い、〝耳が聞こえない世界〟の一員になるべきかどうか迷っている。いままでなかなか認められなかったが、耳が聞こえないことが自分のアイデンティティなのだろうか。欠けていたピースなのだろうか。

先生であるジュリーの手話はうっとりするぐらい美しいが、わたしはなかなか体得できなかった。だが、クラス全員でパブに行き、気楽におしゃべりし合うことでわたしの手話は上達した。パブには手話ができる人もいて、おしゃべりの輪に加わってくれた。おかげで彼らがなぜ手話を学ぼうとするのかわかった気がした。わたしはいま、聴覚障害者の文化について学んでいる。マイクとジョンという友達もできた。〝耳が聞こえない世界〟の一員になるまでにはいたらないけれど、クラスの友達とは助け合っていけるだろう。

仕事で手話使用者と関わり合うこともあるので、職場でも手話は役立っていた。

わたしは仕事を通じ、世界から切り離される恐怖、自分の意見を誰にも聞いてもらえない恐怖を抱える人に寄り添い、彼らを助けることができる。わたし自身が失明の恐怖を経験しているからだ。あるいは、聴覚障害者の職場の同僚に手話の初歩を教えるだけで、職場のコミュニケーションはぐんと円滑になる。黙って仕事をするだけだった人が、週末になにをしたか同僚に伝えることができるのだ。

仕事で充実感を覚えるたび、祖父の言葉を思い出す。「看護師よりももっとおまえに向いていることがあるさ」

この仕事はやり甲斐があったが、あくまでも取っ掛かりにすぎず、つぎの段階に進むため、わたしは全国規模で人助けができる仕事に応募した。ＲＡＤＡＲ（障害およびリハビリテーションのための王立協会）の支部で働くのだ。この仕事に就くことができれば、イギリス北部の障害者たちの〝声〟を中央政府に届けることができる。
いまは老人ホームに入っている祖父を見舞ったとき、わたしはこの話をした。体はすっかり衰えていても、祖父は青い目をキラキラ輝かせ、面接の顚末に耳を傾けてくれた。
とても大きな役割を担う仕事で、国中から何百人と応募していることも、祖父に話した。
「おまえなら受かるさ」祖父は震える手でわたしの膝を叩いた。祖父にとっては自慢の孫だ。「わたしにはわかる」
そうであってほしいと思った。

小さなシングルベッドの清潔なシーツの下から頭だけ覗かせている小柄な男性が、まさかそうだとは思わなかった。枕にうずまる顔はとても小さく、かつてはピンク色に張っていた頰はげっそりこけていた。まわりの励ましにもかかわらず、もう食事を受け付けられないのだから仕方がない。わたしは祖父の好物の梨のドロップを持って見舞いに行った。ひとつ口に入れてあげると、ドロップは口の中でカタカタいい、祖父は顔をしかめた。
祖父は老齢に加えて数年前から肝臓癌を患っており、いよいよ危なかった。
日曜に車で祖父を訪ね、施設の隣のパブで昼食を共にすることはもうない。ノーサンバーランドのこの老人ホームに移って以来、それが祖父のいちばんの楽しみだった。
わたしたちが部屋に入って行くと、祖父は外出用のコートを着て、美しく磨き上げた靴を履き、車椅子に座って待っていた。髪にはきちんと櫛目がとおり、部屋にはかすかにインペリアル・レザーの香りが漂っていた。両親とわたしが入って行くと、祖父の目は喜びに躍ったものだ。パブでテーブルにつくと、祖父は言う。この一週間、なにを頼むかあれこれ考えていたんだ。だが、けっきょく注文するのはいつもおなじだった。スキャンピ（ニンニクで味付けしたエビのフライ）とチップス、それにラガー・アンド・ライムのハーフパイント。

わたしたちの近況報告を祖父は楽しそうに聞いていた。わたしがする仕事の話を祖父はよく憶えていて、あの人はどうしてる、この人はどうだ、と尋ねた。RADARに転職を考えていることも話してあり、先週訪ねたとき、二人残ったうちの一人に入っていることを伝えた。そしてきょう、もっといい知らせを携えてきたのに……

祖父の部屋はきちんと片付いていた。祖母と暮らした家からこの狭い部屋に移るとき、あれだけあった荷物をどう整理したのか、わたしには想像もつかない。一生をかけて集めた品々はどうなったのだろう。

いまの部屋にはコーヒーテーブルを置くスペースもなかった。前の家では、毎日使う物をすべてコーヒーテーブルの上に並べていた。ペーパーナイフ、ペン、アドレスブック、買い物のリスト、ポロミントの袋、トランプ。祖父は年じゅうこのコーヒーテーブルに脚をぶつけてあざを作っていた。わたしもそそっかしいことを祖父はよく知っていて、ズボンの裾をまくりあげて紫や緑のあざを見せてくれたものだ。わたしの気が楽になるようにという祖父のやさしさだ。

祖父が大切にしていつもそばに置いていたものがひとつだけある。孫に囲まれた自分の写真だ。写真の中に昔の祖父がいる。強くて誇り高く、やさしいが毅然としており、孫たちと通りを飛び回るのでその頬はいつもバラ色だった。ふざけまわる孫たちを、笑って見ている人だった。
いつもバス停まで並んで歩いたことを思い出す。大きな手でわたしの小さな手を握り、耳の聞こえない女の子のために、『ダニー・ボーイ』を歌ってくれた。大股の祖父に遅れまいと、わたしはいつも小走りになった。何時間でも宿題を見てくれたこと、五ペンス硬貨を並べて、わたしが「ベルリン」と正確に発音ができると五ペンスくれたこと。暑い夏の日、ジュリーとアラーナが外で友達と遊んでいても、祖父となら家で発音の練習をすることが少しも苦にならなかった。祖父を独占できて嬉しかった。
そんな二人の時間が永遠につづくわけではないことを、きょう、わたしは思い知らされ、胸が痛くなった。祖父にさよならを言わなければならない。ジュリーとアラーナは母と一緒に午前中に祖父を訪ね、さよならを言っていた。いま、わたしの番がきた。
わたしに話しかける声は掠（かす）れ、すっかり弱ってしまっていても、ひとつだけ変わらないものがあった。青く美しい目は輝きを失っていなかった。でもきょうは、その目が曇って虚ろだ。じきに目の前から消え去る世界を、見つづけることがしんどくなったのだろう。
わたしを見て目を躍らせるだけの力はなくても、眼差しのあたたかさは健在だった。
「仕事が決まったわ」わたしは祖父にほほえみかけた。その朝、採用通知を受け取ったところだった。北部を統括する支部に勤め、障害者の権利を守るため国中を飛び回る重要な仕事だ。
祖父の目がつかのま細められた。「おまえなら受かると思っていた」
振り絞るような声は聞こえなくても、祖父が弱りきっているのは見ればわかる。唇はほとんど動かず、絶えることのなかった笑顔は疲労に席を譲っていた。
「ほんとうにいろいろとありがとう、おじいちゃん」心からの言葉だった。これが最後になるとわかっていたから、この機会を逃すわけにはいかない。
発音の練習に何時間でも付き合ってくれたことや、わたしがやることすべてに興味を示してくれたこともだが、わたしの中に積極性と親切心、他人への共感を植え付けてくれたことに、心から感謝していた。二十六歳のいまのわたしを作ってくれたのは祖父だ。いくら感謝してもしきれない。
祖父の青い瞳から大粒の涙が溢れ、ゆっくりと頬を伝った。自分も泣いていることに、わたしは気付かなかった。ベッドカバーの下から祖父の手が出て、頬の涙を拭った。すっかり小さくなった顔を撫でる大きな手を見て、あらためて祖父がどれほど弱っているか思い知らされた。
ほんとうに大切に思っている人がこの世を去ろうとしている。わたしの胸は張り裂けそうだった。言葉を交わせるのはこれが最後だとどちらもわかっていたから、わたしたちは泣きつづけた。
祖父がわたしの手から滑り落ちてゆく。一度もその声を聞くことができなかった。
わたしは部屋をあとにした。いとこのアンドルーと両親もお別れに来ていた。
ドアの前で立ち止まり、振り向いて最後の投げキスをした。「愛してるわ」涙が頬を伝った。
祖父が父と握手している。母が祖父にキスをする。それからわたしたちは車に乗り込み、ゲイツヘッドへと戻った。母とわたしは後部座席に寄り添って座り、父は黙って運転していた。
祖父が長くもたないことはわかっていたが、誰も口に出して言わなかった。

その晩、ジュリーとカジノに出掛けるつもりだったが、とても行く気になれなかった。
「気を紛らわしていらっしゃい」母が言った。
それで、わたしとジュリーは着替え、友達も誘って出掛けたが、ずっと祖父の話ばかりしていた。目を閉じれば祖父の姿が見えた。病院のベッドに横たわる、すっかり小さくなった姿が。でも、仕事が決まったことを祖父に伝えられてよかった。きっと祖父は誇らしく思ってくれただろう。
翌朝、階下におりていくと、キッチンに母がぽつんと座っていた。目を見交わしたとたんわかった。
祖父は亡くなった。
悲しみに打ちひしがれ、わたしは部屋に戻った。ベッドに座り、財布から写真を取り出した。ちっぽけなものでも、わたしにはこのうえなく大切だ。それは数年前、母がフレームに入れてくれた祖父とわたしの写真だった。二歳のわたしが祖父に抱かれている写真。フレームに合わせて、母が写真を切ったのだが、下の部分がギザギザになっている。
切手より少し大きいぐらいの写真の中で、祖父がわたしのぽっちゃりした手を握っている。祖父はその力強い手で、わたしに高い高いをしてくれた。転んだわたしを助け起こしてくれたし、涙を拭ってもくれた。五ペンス硬貨をわたしのほうに滑らせてくれたのも、わたしがなにかを達成するたび拍手してくれたのもその力強い手だった。
祖父はわたしだけでなく、家族みんなにとってかけがえのない存在だった。

ハチミツ色の石灰岩の壁には大きなゴシック様式のアーチが穿たれ、頭上はるかな天井は鏡板張りだ。歴史を刻むこの建物は、鉛枠の窓もなにもかもが美しかった。

わたしはいま、ロンドンの議事堂の下院議場ロビーにあるサー・ウィンストン・チャーチルの銅像の横に立っている。数多くの偉人が歩いたこのホールを、ゲイツヘッド出身の耳の聞こえないブロンド娘が歩いているのだ。

壮麗な建物の美と歴史に圧倒されながら、これが現実だとは思えなくて、数秒おきにほっぺたをつねらざるをえない。祖父がこのことを知ったら、さぞ誇りに思ってくれただろうに。

ＲＡＤＡＲで働くようになって、議事堂を訪れることがあたりまえになった。わたしの仕事は障害者の声を議会に届けることだ。ＲＡＤＡＲは傘下にあまたの所属団体を持つ上部団体で、わたし一人でも八十一の団体を預かっている。イギリス北部で耳の聞こえない女性が、お産に立ち会う通訳を必要とすれば、わたしに知らせがくる――そして、その女性が通訳から立ち会いを拒否されたら、そのことを中央政府に知らせる役割も担っている。障害者が不自由なく暮らせる教育社会を目指しているのだ。障害者に不自由を強いるのはまわりの社会だ。たとえば、スーパーマーケットに車椅子が通れるだけのドアが設置されていなければ、あるいは、入口が傾斜路ではなく階段だとしたら、その店に障害者が入れないのは社会の責任だ。こういった障害者への理解を広めていくのが、教育社会のあり方だ。病院の聴覚センターの待合室で、「ジョアン・ミルンさん」と名前を呼ばれて聞き逃したことが何度あっただろう。

運転免許をとったので、フォードの小型車を駆り、ミッドランドからスコットランド国境ちかくまで会議に出席するため走り回っていた。車で高速道路をすっ飛ばし、雨のロンドンに出張する自立した生活を、わたしは満喫していた。最近、シェフィールドに引っ越したのは、付き合っている男性がそこに住んでいるし、仕事でヨークシャーを起点に動き回ることが多いのでそのほうが理にかなっているからだった。

よくここまで来れたものだ、と自分でも思う。ひとつまちがえばいまも実家にいて、人と意思疎通を図ることに四苦八苦し、機会を閉ざされたことに文句を言っていたかもしれない。だが、いまはロンドンの地下鉄も有名な赤い二階建てバスも乗りこなし、〝耳が聞こえない世界〟と〝耳が聞こえる世界〟の橋渡しをしている。

わたしほど運がよくなかった人たちの代表として、全員参加の社会の実現に向け日々働いている。

わたしの仕事は多岐にわたっていた。仕事をはじめたばかりの聴覚障害の男性の訴えに耳を傾けることもある。まわりの人たちがどうコミュニケーションをとればいいのかわからず、彼は職場で孤立していた。こういう場合は、職場の人たちを対象に聴覚障害者を理解するためのトレーニングを企画し実行する。障害者が使えるトイレを設置していないレストランや、点字の案内板を設置していない駅、充分な数の障害者用駐車スペースを確保していないスーパーマーケット、二階に売り場があるのにエレベーターのないブティックなどがあれば、政府にそのことを訴えるのもわたしの役目だ。

アッシャー症候群ではないという診断を受けてから四年が経っていたが、いつか目が見えなくなるのではないか、あって当然と思っていたものが、目の前から文字どおり消え去るのではないかという恐怖を、完全には振り払えないでいた。

わたしはいま、人の役に立てると確信している。長い年月をかけて習得した〝声〟を生かすことができる。話す相手が目の見えない女性でも、下院議員でも、わたしにとってはおなじだ。国のトップに直訴できない人たちの考えを代弁するのがわたしの仕事だった。

祖父が予言していたとおり、わたしはキャリアの頂きを極めたのだ。

これ以上の幸せはない。

Chapter 9

上着の横縞

部屋は真っ暗だが、ひとつだけ見えるものがあった。唇だ。いま目を閉じてしまえば、唇を読めない。甘い言葉がささやかれてもわからない。顔に熱い吐息がかかる。唇が重なり合うと全身がゾクゾクする。

肌に手が触れると産毛がざわめき、歓びに体が震える。ふたつの体がひとつに融け合う感触をもっと深く味わいたくて、わたしは目を閉じた。

でも、耳が聞こえないから、繰り返しささやかれる言葉を――「きみは美しい」――理解するためには目を閉じてはいられない。

さて、真っ暗な中でどうして唇が見えるって？　クリスマスパーティーのあと、デートの相手を家に誘うといったシンプルなことにでも、耳が聞こえない女が用いるテクニックはいろいろあるのだ。たとえばサンタの帽子をかぶるとか。帽子の先端には豆電球がついていて、首筋にはらりと落ちて光るとそれはセクシーで、相手がつぶやくすてきな褒め言葉を、わたしはワインのように飲み干すという塩梅だ。

聴覚障害の女性がどんなふうに愛を交わすか、ふつうの人は考えたこともないだろうが、わたしたちだって体の触れ合いを求めているし、大好きな相手と愛を交わす歓びも知っている。ほかのことと同様に恋愛関係でも、わたしはふつうの人とおなじにしたかった。耳が聞こえないからと諦めたくはない。

たしかに、障害のせいでおかしなふうになることもあった。わたしの知らないあいだに相手が服を脱いだとしても、服が床に落ちる音は聞こえないから、振り返ってびっくり仰天することになる。あるいはドアに背を向けてシャワーを浴びていて、熱い湯に打たれる心地よさに目を閉じていれば、相手がそっとドアを開けて入って来ても気付かない。わたしの部屋で一夜を明かした健聴者の男性が、翌朝、振動式目覚まし時計に慌てふためいて跳び上がることもあった。部屋に自分一人だと思い込んで胸の谷間をチェックしていたら、ソファーに人が座っていたなんてこともある。

そういうときは、どぎまぎするより笑い飛ばすのがいちばんだ。背後で服を脱ぐ音が聞こえなくて、振り返ってびっくり仰天したときには、相手が冗談を言ってその場を救ってくれた。「どう、ぼくの裸、そう悪くないだろ？」

わたしはいま二十九歳、十七のときからつねに恋人がいた。愛は容易に訪れたし、障害のせいで諦めたことはない。恋が終わったとしても、障害のせいではない。ふつうの女性たちとおなじ理由でだ。オランダ人と恋をしたこともある。言葉のちがいは障害にならない。

最近になってひとつ気付いたことがあった。もう大勢で集まってワイワイ騒がなくなった。もうナイトクラブに繰り出すこともない。それよりオランダのハールレムやアムステルダムのワインバーやカフェで過ごすことが多い。エネルギーがあり余っている十八歳の娘ではないこともだが、ナイトクラブでテーブルや椅子にぶつかることが多くなったせいだ。暗いところでものがよく見えない。これはアッシャー症候群の典型的な症状だ。

きついと思うようになったのはダンスばかりではなかった。仕事の行き帰りに車を運転していて、しんどいと感じるようになっていた。車を走らせていて、横を追い抜いてゆくオートバイに気付かないことが何度もあった。サイドミラーに映らない死角にいる車を振り返って確認することも、むずかしくなっていた。運転中に前を向いたままだと、はいているジーンズが視界に入らないのだ。

バックで駐車スペースに車を入れるとき、かたわらのゴミ箱に気付かなかったこともある。ゴツンと音がして、ドアを開けてはじめてわかる。そういうことが頻繁に起きるようになっていた。

誰にも話していないが、不安を拭い切れなかった。

どういうことかわかっているのだから、人から言ってもらう必要はない。医師たちは検査結果に満足し、解決がついたと思ったのだろうが、自分になにが起きているのかわたしにはわかっている。

世界がだんだん小さくなっていた。それは毎日のことだった。高速に入るときには、これまで以上にうしろを振り向かないと確認できなくなっている。目の端で捉えられていた自分のジーンズの色が、下を向かないとわからない。

いつもではないが、頻度はたしかに増えていた。

最初のうちは考えないようにしていた。視野に異常が生じていることを認めたくなかった。目を閉じると、本で見た盲人の姿が浮かんでくる。慌てて目を開ける。そこにあるのはあかるい日射し、花、わたしのオフィス。だが、そういったものが目の前から消えていこうとしている。足元にいるよちよち歩きの子がちかくで転んでも視界に入らない。横に立つその子の兄の姿は見えても。母親が助け起こすのを見て、わたしの心は痛む。見て見ぬふりをしたと思われただろう。

わたしは目が見えなくなりつつある。医師の検査を受けるまでもない。アッシャー症候群ではないわよ、と母に慰めてもらう必要もない。自分でわかっている。毎日、経験しているのだから。

わたしはアッシャー症候群だ。

わたしはいま、髪を三つ編みにしている。毎日のようにやってきたことだから、手が覚えていた。足が複雑なタンゴのステップを踏むように、わたしの手は複雑に動いて髪を編んでゆく。

その動きにはリズムと優雅さがある。

朝、服を着るときにも、手が覚えている動きはあるはずだ。目が見えなくなっても、きちんと

Chapter 9

三つ編みにできたかどうか手で確認できるはずだ。

喉が詰まる。熱い涙が溢れそうだ。きれいにメイクした目を見つめながら涙を呑み込むと、喉から力が抜けてゆくのがわかった。まだ大丈夫。

十代のころから、目のまわりに太いラインを引くのがわたしのやり方だった。頬にはピンクのチークをつけ、唇には艶やかなピーチの口紅をつける。いったいいつまでメイクができるのだろう。鏡からわたしの姿が消えるのはいつだろう。ぐっと唾を呑み込む。まだ大丈夫。

メイクを終えると、鏡の前で背筋を伸ばしまっすぐに前を見て、小さなテストをする。この数カ月、ずっとやってきたことだ。

わたしはネイビーと白の横縞の上着を着ている。まっすぐに鏡を見つめる。顔、髪、肩先までよく見える。

胸に手を当てて指を動かす。つぎにゆっくりと両手を首に向かってあげてゆく。まっすぐ前を向いたままだ。顔は見えるが、指は見えない。手をさらにあげてゆくと、ようやく人差し指の先が視界に入って来た。上着の縞の数を数える。三本。

胃が重たくなった。三カ月前まで、人差し指の先端が見えたのは、四本目の縞のあたりだった。

さあ、きょうがその日だ。これ以上隠してはおけない。最後にもう一度鏡の中の自分をチェックし、バッグを探して部屋を見回した。ほらね。わたしの目は、ちゃんと働いている！　そう自分に言い聞かせた。

病院に行くのにバスを使うことに決めていた。きょうは火曜日。平日だから仕事に行くべきだが、クリスマスまで日がなかった。午前中に病院に行き、午後は家族へのプレゼントを買うことに費やすと決めていた。
買い物をすれば気分もあがる、と自分に言い聞かせる。だが、お腹に居座る不安が前向きな気分を帳消しにしてしまう。
きょうがその日だ。
病院までバスで行くと思いのほか時間がかかった。いちいちバス停に停車するバスは、横を走る車を何台もやりすごしてからようやく発車する。のろのろ運転に大声を張り上げたくなった。きょうがその日なのだから。結果を早く知りたいと気持ちばかり逸る。
シェフィールドに住んで三年が経った。町の中心部を貫いて走る路面電車が大好きだ。郊外から町へと乗客を迅速に運んでくれる。わたしが住むヴィクトリア朝の三階建ての屋敷は郊外にある。天井が高く庭もあって、近所の人たちも親切だ。
ゲイツヘッドとはまるでちがう街並みに、最初は馴染めなかったが、いまでは憩いの場所だ。愛する人と暮らすために引っ越して来た家で、自分が家庭を持つことにこれほど憧れていたとは、それまで思ってもいなかった。ここがわが家だ。大通りに出るための近道も知り尽くしている。
腕時計に目をやる。車で来ていればとっくに着いている時間だ。
かかりつけの医者に眼科の専門医を紹介してくれと頼んだのは、数カ月前のことだった。その専門医に、わたしは視界が狭まりつつあること、足元にやって来る幼児が見えなくなること、車の運転をしていてまちがいを犯すことを告げた。

それに、かつてアッシャー症候群を疑われたとも話した。わたしの口調から、異常なしの診断に納得がいかなかったことを、医師は聞き取ったにちがいない。
そして、きょうがその日だ。
ようやくバスは病院に着いた。ショッピングカートを持った老婦人たちのあとから、わたしはバスを降りた。ショッピングカートから覗くブドウや、強壮炭酸飲料のルコゼードはお見舞いの品だろう。
バスを降りるときには足元に注意した。いまではそうすることがあたりまえになっていて、とくに意識しないのだが、きょうは特別な日だ。
入ってすぐに、ここが視覚障害者のための設備が整った病院だとわかった。壁には黒い文字が書かれた黄色の案内板が並んでおり、行き先は眼科の外来だ。床にも黄色い矢印があった。まだこういうものの世話にならなくていいのに、気が付くとそれに頼っていた。
受付で名前を告げ、待合室で座って待った。ざっと見回したところ年配の女性が多かった。バスで一緒になった、ウールの帽子をかぶりショッピングカートを引いている女性たちだ。白内障をはじめとする老化による眼疾患を患っているのだろう。ファッショナブルなストライプの上着に赤いカプリパンツ、足元はフラットパンプスの二十九歳のわたしは場違いだ。この女性たちがここを訪れるのは、ちかいうちに視力を奪われますと告げられるためではない。
看護師に肩を叩かれ、わたしは物思いから引き戻された。「ジョアン・ミルンさんですか？」
わたしは看護師の案内で暗い部屋に入った。それから検査につぐ検査だった。ライトを当てられる。まばたき。目に液体染料をさされる。まばたき。またライト。まばたき。目の前で光が踊り、瞳孔が悲鳴をあげる。かたわらでメモを取る看護師の姿はもう見えない。いま話しかけられても理解できないのだ。目が見えない恐怖を感じた。不意に看護師の手がわたしの腕に触れた。手を引かれて部屋を出た。待合室のベンチは満杯だった。みんな五十歳以上だ。一人だけ若い女性がいたが、バッジをつけていて、看護師が彼女に話しかけた。ここで働いている人だ。

十分後にまた呼ばれた。つぎに連れて行かれた部屋では目の写真を撮られた。スタンドに顎を乗せ、額をフレームに押し当ててじっとしているのは窮屈だった。首は痛くなるし、目は疲れた。それからまた待合室に戻った。

またぐるっと見回す。たいてい二人連れだ。白髪の老人はたいてい奥さんと並んで座っている。どちらも無言だ。長く結婚生活を送っていると、話すこともなくなるのだろう。それとも待合室が静かすぎて、話が筒抜けになるのがいやなのだろうか。誰も彼も無表情で、まっすぐ前を向いて座り、上着の襟をいじくったり、脚を何度も組み替えたりしていた。待ちくたびれている。きょうは誰にも付き添いを頼まなかった。ここに来ることを誰にも言っていない。自分一人でやりたかった。

どうしてだかわからない。これまではいつも母が一緒だった。きっといい結果がでるわよ、心配いらない、と言われるのがいやだったのかもしれない。無責任に元気づける言葉は聞きたくなかった。わたしの気を紛らわそうと世間話をされるのもいやだ。

きょうがその日なのだから。

「ジョアン？」かたわらに看護師が立っていた。いろいろな病院で繰り返し受けた検査の結果が閉じられた分厚いカルテを持っている。その中にこれから告げられる真実があるのだ。

眼科の専門医の診察室に入った。わたしは専門医と向かい合わせに座り、看護師は医師にカルテを渡すと隅の椅子に腰をおろした。

専門医がカルテを繰る。「最後に目の検査を受けたのはいつですか？」

わたしはいままでに受けた検査のこと、この数カ月で視野が狭くなってきたことに気付いたこと、毎朝、鏡の前で自分でやっているテストのことを話した。そのあいだ、専門医はずっとカルテを読んでおり、一度も顔をあげなかった。カルテの中に前に本で見たことのあるものを見つけ、息が止まった。

まるで黴（かび）の生えたオレンジみたいに見える写真だ。オレンジ色の網膜の外側一面に黒い斑点があり、果物の籠の底に長く放置されて黴が生えたオレンジにそっくりだ。正式な呼び名は色素性網膜炎、アッシャー症候群の典型的症状だ。

だが、それは本の中の写真ではなく、わたしのカルテに挟まれている写真だった。わたしの目の写真。

「きょう、どんなことを言われると思ってましたか？」専門医が尋ねた。

わたしは医師を見つめながらも、カルテから取り出された写真が気になって仕方がなかった。

専門医は医学用語を使って話しはじめた。〝失明〟と〝アッシャー〟という言葉を読み取り、すべてを理解しようと必死になった。医師は手紙とパンフレットを差し出した。「ソーシャルサービスと連絡をとってください」医師は言い、手紙になにか書き込んだ。

それで診察は終わった。看護師が立ち上がり、わたしを診察室から連れ出した。質問する時間はなかった。答えを得るためにここにやって来て、その目的は果たしたものの、いま言われたことがよく理解できていなかった。わたしはタイプ2のアッシャー症候群だ。

看護師はわたしを診察室から連れ出すと、わたしの肩越しにつぎの患者の名前を呼んだ。耳に彼女の息がかかったし、彼女がべつのカルテを取りに行ったのでそうだとわかった。頭が混乱していた。医師から渡された書類を片手に、バッグとコートをもう一方の手に持って、わたしは玄関を出た。

ショックを受け、混乱していた。わたしは道を歩きながらあたりを見回し、それから握っているパンフレットに目をやった。〝登録視覚障害者〟の文字の横にチェックのしるしがついていた。わたしは登録視覚障害者だ。登録視覚障害者。足がぱたっと止まった。

覚悟はしていたはずなのに、その文字を茫然と見つめていた。頭がまた回転をはじめ、ゆっくりとその言葉を理解した。

道の先に目をやる。かたわらを車が通り過ぎ、人びとが病院に出入りしている。マジックテープで地面に貼り付けられたようで、足が動かない。まわりにあるものが見えているのだもの、失明するはずがない。

ほかのパンフレットに目をとおす。タイトルは〝いまなにをする？〟だ。〝ソーシャルサービス〟

や〝杖を使うトレーニング〟〝盲導犬〟の文字が目に飛び込んできた。
こんなのまちがっている。わたしは失明したりしない。いまはまだ。
わたしは道に立ち止まったまま、あれこれ考えつづけた。診断結果を聞かされたあとのことをいろいろ想像して、恐ろしい思いをしてきたが、まさか病院を出て立ち止まったまま動けなくなるとは思っていなかった。耳にしたことがどうしても信じられないのだ。
それから、怒りが身内で煮えたぎりはじめた。ひどい扱いを受けたことへの怒りだ。わたしが企画してきた障害者を理解するためのトレーニングと比べて考えても、ひどい扱いだ。この怒りは感情的なもの、それ以上に人間的なものだった。
失明することを告げられたあと、たったあれだけの説明で診察室を追い出されていいわけがない。長年の辛い経験から打たれ強くなり、他人のひどい扱いには鈍感になっている。だが、そうでなかったら、これが人生最悪の瞬間になっていたのではないだろうか。
それから気付いた。たしかに、これは人生最悪の瞬間なのだと。
わたしは登録視覚障害者だ。アッシャー症候群だ。わたしの人生は終わり、いま手にしている何枚かのパンフレットに置き換えられた。
けさのことを思い出した。服を着て、髪を整えメイクをした。なんのために？　このことを告げられるために？
午後はクリスマスの買い物に行くつもりだったが、足は地面にくっついたままだ。さあ、歩きなさい、と自分に言い聞かせたが、足は動かなかった。

これまで幾多の試練を乗り越えてきた。でも、いまは鳩尾のあたりに不安とヒリヒリする痛みと苦い思いが居座り、それが膨れ上がってわたしを呑み込もうとしている。

涙が溢れ、幾筋も頬を伝って足元に落ちた。ショックのあまり拭うこともできない。わたしは涙をぽろぽろ流しながら、人生を変えてしまったパンフレットを握って道に立ち尽くしていた。

頭の中を思いが駆け巡る。そのうちのひとつをつかもうとする。これからできなくなることを乗せて、頭の中を巡りつづけるメリーゴーランドを停めなければ。グリーンの愛車、自立した生活……そういうものを、諦めなければならなくなる。

あなたなら大丈夫。声がささやく。足が一歩前に出た。さらに一歩、もう一歩。

バス停まで歩いた。クリスマスの買い物に行こう。

だが、数歩いたところではっとなった。買い物？　いつか一人で買い物に行けなくなる。スーパーマーケットを巡り歩いて、棚から商品を取れなくなる。ベイクドビーンズの缶詰が、闇にすり替えられる。なにも見えなくなる。

あなたなら大丈夫。また声が聞こえた。バス停まで行き、バスに乗り、窓辺の席に座って外を眺めた。車が横を通り過ぎる。ここは自分の車で何千回と通った道だ。人びとがいつもと変わらぬ生活を営んでいる。けさ、起きたときからなにも変わらぬ生活を。

わたしはちがう。すべてが変わった。

Chapter 10

辞表

クリスマスは大好きだった。だが、静寂の世界には、クリスマスキャロルも、トップ・オブ・ポップスの常連のクリスマス・ミュージックも流れていない。この季節につながるのは光景と匂いだ。ほかにもなにか入ってないかと靴下の底に手を突っ込んだとき、指に触れる冷たいミカンの感触。箱を開けたときのチョコレートの匂い。暖炉でほんものの薪が燃える匂い。クリスマスイブに祖父がかならず持って来てくれた、プレゼントの籠の中のブランデースナップの匂い。わたしたち姉妹が眠ったあともチカチカと光りつづけるクリスマスツリーのカラフルな豆電球。

クリスマスは社交の季節だ。わたしが小さかったころ、家には代わる代わる人が訪ねてきて、ホットワインを飲みながら両親とおしゃべりを楽しんでいた。わたしはシナモンと柑橘系の匂いが立ち込めるキッチンにいて、母がホットワインを客に出すのを眺めたものだ。
クリスマスといえばディズニー映画で、わたしがいちばん好きなのは『メリー・ポピンズ』だ。ビデオテープを何度も止めてもらって、筋を追った。子ども心に夢中になったのはディック・ヴァン・ダイク。彼の笑顔とあかるさが、クリスマスにぴったりだと思えた。近所に住むジュリーの友達のジュリアンが、そこに出てくる早口言葉を繰り返し教えてくれたので、わたしは完璧に言えるようになった。
大人になってからもクリスマスは特別だった。ヴィクトリア朝の屋敷の雰囲気がこの季節にピッタリだから、わたしは家中に飾り付けをしている。リビング・ルームの暖炉の両端にサンタ夫妻がちょこんと座って足をぶらぶらさせているし、玄関のドアにはヒイラギのリースが飾ってあり、客間には高さ九フィートの本物のモミの木が天井に届かんばかりにそびえている。
だが、目を輝かせてプレゼントを選ぶ買い物客に交じってデパートを歩き回っても、わたしの心は晴れなかった。この季節につきものの奇跡を願うことは、いまのわたしにはとてもできない。夢も希望もいまのわたしには無縁のものだ。
病院でもらってきたパンフレットは、バッグの底、姉と妹のために選んだ香水のギフトの下に押し込んであるが、その存在を頭から消し去ることはできなかった。
けさ、家を出る前に買い物のリストを作り、店を回るルートも決めておいたが、楽しいはずのプレゼント選びもただ味気ないばかりで、よいクリスマスを、とにっこりする店員に笑顔を返せなかった。

どんな楽しいことがあるというの？　わたしは買い物袋を両手に抱えて家路についた。その重さに腕が痛むことも、出された診断のショックで頬がまだチクチクしていることも、ほとんど気付かなかった。クリスマスを楽しむことは二度とないのだ。

失明の宣告を受けて数時間が経っても、まだ事態を呑み込めないままだった。寒さに頬を赤くしてつぎの店に急ぐ買い物客に囲まれていると、その宣告が現実のこととは思えなかった。けさ起きたときから、わたしの視力はなにも変わっていない。だが、なにかがたしかに変わってしまった。わたしにはもうひとつべつのレッテルが貼られたのだ。視覚障害者というレッテルが。

メリークリスマスなんてとても言えない。

バスで家に戻り、夕食のシェパードパイを作りはじめた。皮を剥いているジャガイモに涙がぽたぽた落ちたので、皮もいっしょくたに捨てた。どうしてわたしがこんな目に遭わなきゃならないの？

これまでに診てもらった医師たちとの会話が、脳裏を駆け巡っていた。彼らはみな検査結果はマイナスだったと言った。だが、きょう聞かされた検査結果にまちがいはない。自分で行ってきたテストでそれは証明されている。視野が狭まっているのはたしかだ。それでも、毎朝、鏡を見てメイクをするときにテストすることと、誰かが登録視覚障害者の欄にチェックを入れることとは天と地ほどのちがいがある。

鏡を見て自分でテストした結果は無視することができるが、登録視覚障害者のパンフレットをつきつけられたら、否定のしようがない。わたしは失明するのだ。

もう一度言おう。わたしは失明する。涙がとめどなく溢れた。
その晩、ベッドに横になっても寝付けなかった。かたわらでパートナーがすやすや眠っていた。診断の結果を告げたのに、冷静でいられるパートナーがうらやましかった。
わたしはまばたきを繰り返した。カーテンを引いてあるので月の光がまったく射さない真っ暗な部屋でどうしてそれがわかるかといえば、まぶたが上下するのを感じるからだ。これからはこうなるのだろう。補聴器はベッドサイド・テーブルの上だから、わたしは静寂の世界にいる。それはいままでと変わらない。だが、いま、盲目がそれに加わり、不安とストレスでわたしは眠りを妨げられる。
闇を見つめながら何度も自分に言い聞かせた。「あなたならできる」ほんとうは大声で叫びたい。「できない、できない、できるわけがない」だが、ほかに選択肢はなかった。
アッシャー症候群のことはずいぶん調べたので、視界が日に日に狭まっていくことを知っていた。自分では気付かなくても、刻々と視界は狭くなってゆくのだ。そしてある日……まったく見えなくなる。
どうやって乗り越えろと言うの？　仕事を通じて出会った人たちのことを考える。施設に入っている人もいれば、在宅ケアを受けている人もいる。彼らの代弁者になるのが、いまのわたしの仕事だが、いずれはわたしがケアを受ける側に回るのだろうか。
目を閉じても眠りは訪れなかった。

わたしは家のちかくのバス停に立っている。厚手のコートを着ていても骨の髄まで凍るような寒さだった。風に晒された頬は痛いほどで、吐く息がスカーフのように首を取り巻いている。襟元のわずかな隙間から忍び込む寒気に体が震えた。

怒りの涙で目の奥がチクチクしている。朝の七時、まだ暗い。通り過ぎる車のヘッドライトが降る雨を浮かび上がらせた。キッチンを出るとき目に留まった車のキーを思い浮かべる。いまもカウンターの上に置かれたままだ。通りを渡って路地を入って、五分で取って来られる。それからキーをイグニッションに差し込み、サーモスタットのつまみを回し、ファンヒーターのスイッチを入れ、路地から車を出し、バス停に並んでいる通勤者の前を通り過ぎる。ずっとやってきたことだ。

それがいまはもうできない。

だが、そうしようかと一瞬思った。それができないという事実に怒りを覚える。けさ、シャワーを浴びながら携帯メールの文面を考えた。体を拭き、白いバスローブを羽織ってから、母とジュリーとアラーナ、それに親友二人にメールを送信した。

アッシャー症候群の診断が出ました。わかっていたことです。わたしは目が見えなくなります。

メールを送信してから、返事を待ってどれぐらいベッドの縁に座っていただろう。だが、返信はなかった。なにを期待していたのか。いったいどんな言葉を。こういう事態に直面したとき、ふつうなら電話をかけるのだろうが、わたしにはそれができない。電話をかけられたら、とみんなも思っているのだろう。慰めの言葉や悔やみの言葉を伝えられるのに。

パートナー以外に知らせるのははじめてだった。そのことが、車のキーを取りに戻ることをわたしに思い留まらせた。わたしは失明することを公言した。もう後戻りはできない。もし車を運転して事故を起こしたら、自分を許すことができるだろうか。わたしは登録視覚障害者だ。たとえわたしの視覚がきのうと変わっていなくても、いま車を運転するのは無責任だ。

だから、怒りの涙を呑み込みながら、バス停で震えている。

ぼうっとしたまま一週間が過ぎた。どうして車で来ないのかと職場の人たちに尋ねられたら、てきとうにお茶を濁した。病気のことを公表する覚悟ができていなかった。

その週の金曜日の夜、心をこめてラッピングしたプレゼントを抱え列車で実家に帰った。両親と早めのクリスマスを祝い、クリスマスイブに間に合うようにシェフィールドに戻った。駅に迎えに来てくれた母は、とても悲しそうで心配そうだった。アッシャー症候群のことを告げて以来、母と話をするのははじめてだった。母の顔をひと目見れば、わたしにかける言葉もないことがわかった。

いずれ視力を失うことを母に告げずにすむなら、どんなによかっただろう。わたしは両手にプレゼントをぶらさげて、せいいっぱいの笑みを浮かべたが、そんなことで母を騙せはしない。二人ともため息をつくばかりだった。

思っていたとおり、交わす言葉もなかった。

それでも母はこう言ってくれた。「あなたなら大丈夫」母も苦しい思いをしているのだ。これまでのように、アッシャー症候群なんかじゃないわよ、と言えたらどんなにいいか、と思っていると思った。

のだろう。言葉とはうらはらに彼女の目は悲しそうだった。心配で曇る目を晴らしてあげられたら、

「わかってる」わたしの言葉も思いとはうらはらだった。

車で待っていた父の目にも同様の表情が浮かんでいた。「やあ」前線から戻ったばかりの疲れた兵士にするように、父はわたしを抱きしめた。たしかにそういう気分だった。

それでも、実家のある通りにさしかかると肩の力が抜けた。玄関を入ると家族の愛とぬくもりに包み込まれた気がした。

なごやかな週末を実家ですごすあいだ、辛いことは忘れていられた。

気分を一新して駅に向かったものの、乗る列車に向かって歩いているときに、自分が以前より慎重に歩いていることに気付いた。母もいままでより気を遣っている。あんな診断を受けたあとだもの、変わらないほうがおかしい。

「ゆっくり歩くのよ」母が気遣わしげに言った。「転んだりしたら大変だもの」

スピーカーから流れるアナウンスを聞いて、母が驚いた顔でわたしの腕を叩き、言った。「あなたが乗る列車、もう出発するわよ！」わたしはスクリーンを見上げ、自分が時間をまちがえていたことに気付いた。十五時四十九分発だと思い込んでいたが、実際は十五時三十九分発だったのだ。

わたしは母に慌ただしく別れを告げ、バッグをつかんで連絡橋の階段を駆け上がった。なんとか列車に飛び乗ろうと、がむしゃらに走った。

列車のシートに腰をおろすと、母からメールが入った。

「あなたがあんなことするなんて信じられない。まだ笑ってます。階段を駆け上がるあなたの後ろ姿を見ていたら、障害を持つ人たちの大使としてあなたなら立派にやれると思ったわ！　キスキス」

クスクス笑っているうちに気付いた。人生いろいろあるけれど、うちの家族なら笑いでそれを乗り越えていくだろう、と。

これまでもそうやってきたように。

六カ月後、わたしは三十歳の誕生生パーティーを開いた。ニューカッスルから駆け付けてくれた人も含め友人たちと丸テーブルを囲むと、それまでの数カ月のことを忘れそうになった。正直に言えば、最近は忘れていられる時間が多くなっていた。否認と言ったほうがいいかもしれない。

どうして車の運転をやめたの、と尋ねられると、目が悪くなってきたから、と答えることにしている。目が見えなくなるとは言わない。とても言えない。

調子がいいときには、ソーシャルサービスにいろいろ問い合わせをする。盲導犬の順番待ちリストに名前を書き込んだり、杖のトレーニングについて問い合わせたりする。でもそれは、目のことをくよくよ考えず前向きな気分でいられるときにかぎられる。

いまも横縞の上着を着て鏡の前に立ち、何本目の縞まで指が見えるかチェックしていた。もうじき一本も数えられなくなり、襟さえも見えなくなるのだろう。

診断を受けたことは考えないようにして、仕事をこなし、生活を送ってきたが、〝できることリスト〟の項目が減ってゆくにつれ、わたしはじょじょに——最初のうちはとてもゆっくりと——元気を失っていった。

以前は早起きして走っていた。家のまわりを三十分ほど走り、急いでシャワーを浴びてから仕事に出掛けた。雨が降っていても走れば気分がよくなった。ところが、最近は怪我をすることが多くなった。

数週間前のことだ。森を抜ける近道をいいペースで走っていて、木の根につまずき転んだ。足元が見えていなかったせいだ。膝小僧を擦り剝き、顎の下をパックリ切った。足を引き摺り、精神的に打ちのめされて家に戻る途中、頭の中で〝できることリスト〟からランニングを消去した。

バーでもしくじりを犯した。わたしが払う番がきてカウンターで支払いをすませ、友人たちの飲み物もトレイに載せてテーブルに戻る途中、小さなテーブルが目に入らずぶつかり、ビールやジントニックをそこらじゅうにばらまき、自分だけでなくまわりの人も濡れネズミにした。これで順番に飲み物を買いに行くこともリストから消去した。自由が奪われてゆく。

テーブルの上の飲み物を倒すたびに謝ることがたび重なったが、目のことは誰にも言わないままふつうに暮らしていた。

わたしが思っている以上にまわりは気付いていたが、思いやりから口にしなかったのだろう。だが、このままでは安全に暮らせないことは明白だった。

週末に軽い散歩をしても足首を捻挫する始末だ。友人たちとナショナル・トラストの敷地を歩いていたときには、草地に車が入らないよう注意する看板が見えず、転んで白いジーンズに草のしみをつけるわ、足首を傷めるわで散々な目に遭った。悔しさやばつの悪さはもちろんだが、自分の不甲斐なさに泣きたくなった。

これまで友人たちと腕を組むのは唇を読みやすくするためだったが、いまでは物にぶつからないよう友人たちに誘導してもらうためにそうしていた。何事もないふりはもうできない。

かかりつけの医師もそのことに気付いていた。

「仕事を辞めることを考えたことは？」怪我の治療に行ったとき、医師に言われた。

わたしは驚いて彼を見つめた。たしかに物理的な不便は感じていたが、キャリアを失いかけていると考えたことはなかった。

これまであらゆる変化に対応してきた。差し迫る失明が、仕事を辞めることにつながるとは思っていなかった。車通勤を電車通勤に変えることで対応してきたし、走ったり歩いたりしていて負った怪我にも順応してきた。自由に走ったり歩いたりできないことを、受け入れたのだ。

だが、これまでに築いてきたことを諦めるなんて……そうかんたんに受け入れられるはずがない。はじめて下院を訪れたときの誇らしい気持ちは忘れられない。北イングランドで障害を持つ人びとの権利を守るため、彼らの代弁者として果たして来た役割を誇りに思っている。それなのに、自分の障害によって、わたし自身の働く権利を奪われようとしているのだ。

「考えてみたらどうですか」かかりつけの医師は言った。

医院をあとにしたとき、わたしの心を重くするものがほかにもあった。それはかつてないほどの疲労感だった。
　人生は前にもましてきつくなっていた。友人や家族の前ではごまかしてきた。年に数回実家に帰るときには、身だしなみに気を配っているから、アッシャー症候群と診断されてわたしがどれほど打ちひしがれているか、両親は気付いていない。
　一人で家にいるときは楽な格好をしているし、出掛ける必要がないときはメイクもしない。毎朝、鏡を覗くことさえしんどくなっている。日々刻々、見える範囲が狭まってきているからだ。
　人は騙せても、自分は騙せない。
　仮面劇をつづけているあいだも、現実を突きつけられることが何度かあった。カフェで熱いコーヒーを持ってテーブルに向かっていたとき、足元によちよち歩きの子がいることに気付かなかった。もしその子にぶつかっていたらと思うと体が震えた。
　わたしがふつうに生活することは、自分にとって危険なだけでなく、まわりの人を危険に晒すことにもなるのだ。そのことを見過ごすのはあまりに無責任だ。
　これ以上無視するわけにはいかない。自分を滅ぼすことになりかねない。
　ここらが潮時だ。かかりつけの医師のアドバイスを受け入れ、数週間後に辞表を提出した。いま、わたしはデスクを片付けながら、これまでを振り返っている。
　病院で働いていたころ、看護師になろうとしたこと、ＴＥＤＣＯ時代、そしてＲＡＤＡＲでやってきた仕事のこと。
　わたしはまだ三十四歳だ。やれることはたくさんある。

こんなの不公平だと思う反面、闘うことに疲れてもいた。世間に認めてもらおうと頑張ることに疲れた。

いまにして思えば、小学校の教室のいちばん前の席にわたしが座ることを歓迎しなかった人たちは、ある意味正しかったのかもしれない。ほかの人たちと一緒に働く権利は、わたしにはないのかもしれない。

だったら、いままでなんのために闘ってきたのか。いじめに耐えて頑張ったのはなんのためだったのか。けっきょくは、ずっとおなじ場所に留まっているのとおなじことだったのだ。

オフィスを去ろうとしているいま、虚しさを感じずにいられない。いまはただ家に帰り、とりあえず闘うのはやめて、ベッドに横になって眠りたかった。自分が選んだことではないにしても、わたしは聾盲者だと認めるしかないのだ。

濃い闇がわたしを包み込む。だが、闇に閉ざされたのはわたしの目ではなく心だった。生まれてからずっと、障害があるからといって落ち込んだりしないと頑張ってきたのに、いまはふさぎの虫に取りつかれ、起き上がる気力も出ない。闘うことにもう疲れ果てた。

Chapter 11

写真を見る時間

自動ドアを抜けても、ここが自分の居場所でないのはわかっていた。どの壁にも手すりがついており、黒い文字が書かれた黄色い看板が迷子の予防になるし、ドアというドアには点字の表示がさがっている。

ここはわたしがいずれ世話になるかもしれない、盲人のための老人ホームだ。登録視覚障害者の認定を受けたあの日以来、不安は鳩尾(みぞおち)のあたりに居座ったままだったが、いま、階段ではなくスロープが設置された広い廊下に立ち、かすかな消毒薬の匂いを嗅いでいると、いっそう不安を意識せざるをえない。

不意に腕をつかまれ、振り返る。

「こっちよ、ジョー」ソーシャルワーカーの笑顔が見えた。

見学者のグループと一緒にキッチンに入っても、ここが自分の居場所だとは思えなかった。この手の老人ホームは何度も訪れたことがあるが、いずれも仕事がらみだった。〝グループ見学〟のウェイティング・リストにわたしの名前が記入されたのは、数カ月も前のことだ。

一緒のグループの人たちは、視覚障害の度合いがわたしより進んでいるようだ。杖を使っている人も多く、眼帯やサングラスをしている人もいた。教室の前のほうの席について、あたりをきょろきょろ見回している。講師がどこに立っているのかわからないのだ。講義の会場となったのは、共同キッチンのひとつだった。

きょう、一緒にマイクロバスでここに着いた受講者たちより、グループを率いる女性のほうに、わたしは親近感を覚えた。玄関を出てマイクロバスに乗り込んだとき、幼いころに戻った気がした。母やジュリーと別れて、行きたくもない場所に連れて行かれたあのころに。

うしろの席に座っているのは、マイクロバスで隣に座っていた男性だ。前の席に座っていた女性もいる。横から話しかけられてもわたしには聞こえないから、マイクロバスの中で失礼がなかったことを願うしかない。だが、どちらもおしゃべりしたい気分ではなかったようだ。わたしと同様、彼らだってあたらしい生活のことで頭がいっぱいのはずだ。

わたしはいま、キッチンのカウンターにもたれかかり、講師の一人とおしゃべりしている。わたしが仕事の現場でよく目にした器具が、まわりに散乱していた。

講義がはじまり、わたしはソーシャルワーカーに失礼、と言ってその場を離れた。受講者たちに交じって席についたわたしを、ソーシャルワーカーは困惑の表情で見ている。わたしがこの人たちの仲間だとは思っていなかったのだろう。

わたしは講師の口元を見つめる。彼女の声はむろん聞こえないが、その表情から熱意が伝わってきた。だが、どうしても受講者に徹することができなかった。〝主催者〟の目で見る癖が抜けていないのだ。

受講者たちの多くがあらぬ方向を見ている。講師に視線を向けている人はごく少ない。本やポスターで見た、途方に暮れたように見える人たち。

鳩尾のあたりで不安がうごめく。講師が手を叩いて「これからケーキを焼きますよ！」と言ったので、わたしは現実に引き戻された。

わたしはしぶしぶ講師のあとについていった。ケーキの焼き方ぐらい知っている。教えてもらう必要はない。

キッチンでは器具の説明からはじまった。オレンジ色のカタツムリ形のコイルは、お湯を注ぐときカップの縁に引っ掛けて使う。お湯がちょうどよいところまでくると教えてくれる仕組みだ。レンジはセンサー付きで、ちかづきすぎを防止してくれる。お湯が沸騰すると音で教えてくれるやかんもあった。

もっとも、わたしには音は聞こえないから、こういう器具は役に立たない。

だから、ためらいがちに手をあげて質問した。「ここにある器具は音で教えてくれるのですよね？」

「そうです」講師が言う。
「でも、わたし、耳が聞こえないんです」まわりの人たちが内心でため息をつくのがわかった。
わたしは場違いな存在ということだ。コーヒーがカップの縁まできたとき、どうしたらわかるだろう？　聾盲者は、どうしたらレンジにちかづきすぎずにすむのだろう？　わたしはいたたまれない思いを味わい、いままで以上に屈辱感を覚えた。
ソーシャルワーカーたちが小声で話し合い、メモを見直している。そのうちの一人がちかづいて来た。
「こちらのファイルには、あなたが聴覚障害だとは書いてありません」
わたしはため息をついた。ここに着いたとき、二人のソーシャルワーカーに話しておいたはずだ。
「どうやらわたしは家に帰ったほうがよさそうですね」わたしが言うと、それじゃタクシーを呼びましょう、と言われた。
玄関の外でタクシーを待つあいだ、屈辱に満ちた恐怖とともに怒りを覚えた。病院で診断を受けたときに感じたのとおなじ怒りだ。訓練コースを企画実行してきた者の立場からすると、これは障害を持つ人を扱う態度ではない。一人一人のニーズに合ったプログラムを作成すべきなのに、これではまるで家畜並みの扱いだ。視覚障害者を相手にする人たちが、アッシャー症候群を知らないとはどういうことか。
ずっと避けてとおってきたこの手の講座を受講する気になったのは、大きな前進だと自分では思っていたのに、いまは一刻も早くここから離れたかった。

やはりここには居場所がない。だが、それはわたしが悪いのではない。彼らの落ち度だ。
いやなことは忘れるのがいちばんだが、わたしはこの経験で、失ったものの大きさをあらためて思い知らされた。
わたしはいま、目に見えず手で触ることもできない波に呑み込まれ、未知の世界の底深くへと沈もうとしている。好むと好まざるとにかかわらず、これは避けられない運命なのだ。わたしは毎日、張り切って出勤の支度をする代わりに、ぐだぐだと時間を無駄にしていた。最初のうちこそ、枕の下に押し込んだ目覚まし時計の振動を感じずにすんでほっとしていたが、いまでは昼ちかくにようやくベッドを出てシャワーを浴びる始末だ。ジョギングパンツのような楽な服しか着ないし、髪もめったにシャンプーしなくなった。
だったら、毎日なにをして暮らしているかって？　わたしにはささやかな秘密がある。戸棚から写真の入った箱を取り出し、一枚ずつ眺めて脳裏にしっかりと焼き付ける。祖父と海辺で撮った写真がある。祖父が持って来た袋には飲み物とタオルと着替えが詰まっており、祖父はブルーの目をキラキラさせ、頬をバラ色に染めて笑っている。子どものころの思い出そのままの祖父の姿を、わたしは細部までミリ単位で記憶に留める。祖父が七〇年代に着ていたマスタード色のシャツ、靴についた砂、茶色のコーデュロイのジャケット……そしてなによりも、大好きだった祖父の顔。懐かしくてたまらない。
つぎに二十代の母の写真を取り上げる。これも細部まで記憶に残す。赤いフレアスカート、紫色のTシャツ、ジュリーを産んだあとなのにこんなに細いウェスト。ブロンドの髪、いまも変わらない笑顔、裏庭に咲く勿忘草（わすれなぐさ）、暑い夏の思い出が一気に甦る。

こんなふうにして一日が過ぎてゆく。わたしやジュリーの写真。乳飲み子のアラーナ。大きな安全ピンで留められたおむつから、ぽっちゃりした膝を突き出している。脂肪がたっぷりついているから、素足でも寒くないのだ。目を閉じて、家のまわりをよちよち歩く妹の姿を思い浮かべてみる。テストだ。思い出せればいいけれど、思い出せないと慌ててしまう。

いまの母の姿はどうだろう。六十を過ぎてもおしゃれが好きで、髪は長いボブにして、小さなフリンジのついた愛らしい服を着ている。顔のしわはみんな笑いじわだ。笑顔は三十年前とまったく変わっていない。父はいまも昔と変わらぬ浅黒い肌だが、髪には白いものが目立つようになった。

ジュリーは三十代後半だが、やはり笑顔は子どものころのままで、前歯に隙間があるのもおなじだ。アラーナのブルーの瞳、いつもきちんとしている肩までの長さのブロンドの髪。清潔でスポーティな服が好みだ。

いまこうやって脳裏に焼き付けている記憶が、いずれはわたしに残されたすべてになる。だから、箱から写真を一枚一枚取り出して眺める。人に見られたらすぐに片付けるだろうが、一人だから日がなこの作業をつづけていた。いちばん愛する人たちの顔を忘れないために。

日に日に視界は狭くなってゆく。だが、それが世界を見る窓だからせいいっぱい活用しようと思っている。

Chapter 11

毎日、なにをして過ごしているか、きまりが悪くてとても人には言えない。いまからそんなことをして、まだ若いのに、と言われるのがおちだ。切羽詰まったわたしの気持ちなど、誰にもわからない。

写真を眺めていると思い出が甦って笑ったり泣いたりするが、空っぽな心は満たされることがなかった。写真を眺めれば眺めるほど印象が薄らいでいくような気がした。とても無理だ。すべてを脳裏に刻むには時間が足りないし、記憶のスペースにだって限界がある。

それに、記憶しておきたいのは人ばかりではなかった。出来事や風景も残しておきたい。大好きなタイン橋、アーチの曲線、鉄が生み出す複雑な模様、よく晴れた日に川面に映る橋の緑の美しさ。

その光景も失われつつあった。列車の窓から見えるアーチの幅は以前より狭くなっていた。愛するものが目の前から消えてゆく。

ずっと見ていたいもののひとつが母の笑顔だ。年を重ねてできた笑いじわの一本一本を見つづけていたい。父の目のやさしさや、ジュリーやアラーナがなにか企んでいるときの目の輝きを、見られなくなる日がくるとは思いたくなかった。

彼らの顔を見ることができなくなれば、彼らとおしゃべりすることもできなくなる。唇を読めなくなったら、みんなに愛しているとどうやって伝えればいいの？　わたしの家族のことだから、きっと触手話のようなべつのコミュニケーション手段を体得してくれるだろうが、目を見て話すのとはちがう。

ずっと家で過ごしているうちに、ときどき思考が暴れ出すことがあった。思考が勝手に走り出すと、追いかけてなだめることができなくなる。

一瞬一瞬を最大限に生かし、なんでも見てやろうと思うあまりパニックに陥る。家中を花でいっぱいにし、水仙の花房やオレンジ色のグラジオラスの茎の美しさに時間を忘れた。

週末に実家に帰るときには、髪を整えメイクをし、クロゼットの奥から上等の服を引っ張り出す。だから、わたしが平日は写真を眺めて暮らしていることを、両親は知る由もなかった。

なにをする気も起きず、気持ちは落ち込む一方だった。

杖のトレーニングの予約を入れていてよかった。格好の気晴らしになったからだ。杖を作るために、人がやって来てわたしの身体測定を行った。両腕を伸ばして立つわたしのまわりを、測定に来た女性がせっせと動いて寸法を測ってゆく。まるで熟練の仕立屋みたいだ。

「腕を伸ばして」どういう形の杖がいいか話し合う前に、彼女が言った。

わたしはまだ、杖に頼らねばならないという現実を受け入れられずにいたので、古いタイプの白い杖はいやだった。彼女が与えてくれる情報では納得がいかない。選択肢がまるでないし、押し付けられるのはまっぴらだった。

だが、これもまたほかのこととおなじで、わたしにはどうしようもできない。抵抗するだけ無駄だ。

すべてが闇に閉ざされている。聞こえるのはホワイトノイズだけだ。わたしはまったくの一人ぼっちで怯えていた。この闇の中では心は安らがない。わたしには見る必要があるのだ。安心するためには光が必要だ。

わたしは目隠しを押し上げた。「安全とは思えません」杖のトレーナーに言う。

「安全ですよ」トレーナーが言うのを目でたしかめる。頭に布を巻かれているので、片目を開けるのがせいいっぱいだ。「もう一度やってみましょう」

彼女の言葉を信じ、目隠しをもとに戻すと髪が絡まって引っ張られるのを感じた。右手で白い杖を握り、とりあえず片方の足を踏み出し、教えられたとおりに杖を振った。右に振って左に戻し、右に振って左に戻す。

もう一歩歩く。腕にトレーナーの手が触れるのを感じた。前方になにがあるかわかっている。長くまっすぐな廊下だ。頭の中でトレーナーの声を聞き、唇を思い浮かべた。「杖に働いてもらうのです」

でも、それができない。目で見ないと安心できなかった。杖を前に出しながら動くことに意識を集中しようとする。床のところどころに置かれた障害物を杖で探りながら前進するのだ。杖の先端につけられた大きなボールが回転し、わたしを正しい方向に導いてくれる。いろいろな思いが頭の中を駆け巡り、恐怖の塊が腹に居座り、首を絞める。

わたしはいずれこうなるの？　光も音もなにもない真っ暗な世界に引き摺り込まれるの？

「無理です」わたしは目隠しを押し上げた。光がどっと目に入って来る。「わたしにはできません」目で見ないと。目で見る必要がある。

トレーナーが肩を落とす。「わかりました。目隠しなしで練習しましょう」
シェフィールド大学の廊下を、わたしたちは行ったり来たりしている。弱視者や最近失明した人の杖を使うトレーニングのために、この場所が提供されているのだ。
トレーナーが何度も言っているように、ここなら安全だ。前方には長く平らな廊下がつづいているだけだ。障害物はわたしのトレーニングのためにわざわざ置かれたものだ。それでも、目隠しなしで杖を振っていると、トレーニングそのものが無駄に思えてきた。なぜなら、わたしには見えるからだ。
杖に働いてもらいなさい、とトレーナーに何度言われても、わたしには目のスイッチを切ることができなかった。目は見えるし、働いている。足元や両側は見えにくいが、顔をそちらに向ければすむことだ。
だったら、なぜここにいるの？　なぜトレーニングが必要なの？
いずれそうなるから。頭の中の声が言う。準備をしておかなければならない。
でも、まだいいじゃない。わたしは言い返す。
トレーニングは最後までやったが、心ここにあらずだった。廊下を行ったり来たりしながら、頭の中ではべつのことを考えていた。帰るときはどっちの道を通るバスに乗る？　お茶のお供になにを食べる？
トレーニングが終わると、トレーナーが杖を畳んで袋に入れてくれた。わたしはそれを抱えて家に戻り、戸棚の奥にしまってそのまま忘れた。数カ月が過ぎても、杖はしまったままだった。

写真の箱を取り出すために戸棚を開けるたび、五つに折り畳まれた杖が目に入る。そのたびに自分に向かって言った。まだ使わなくて大丈夫。

杖を人に見せたことはなかった。持っていることを誰にも知られたくなかった。ぎょっとされるのがいやだった。盲人に見られるのがいやだった。まわりはどう見ていようと、自分では盲人だと思っていなかった。

横縞の服を着て鏡に向かってテストをしても、いまはもう自分の首までしか見えない。視界はますます狭くなっていたが、まだ目が見えないことを認めたくなかった。自由を失いたくないからだ。いまの生活を失いたくない。介護が必要だと認めたくない。まだ自立した生活が送れる。ある人がこんなことを言っていた。いつ助けを求めるべきかわかっていてはじめて、自立した生活が送れる。

今度戸棚を開けて杖を目にしたら、自分にこう言おう。もうじき、と。

杖の先がなにか硬いものに当たり、腕に衝撃が走った。顔をあげ、頭の中で思わず踊り出す。目に入った標識の文字は、〝五番街〟だったからだ。

ニューヨークを訪れるのははじめてで、すでにこの街に恋していた。この喧騒、数珠つなぎの車の列、わたし以外の通行人を苛立たせるクラクションの音、マンホールの蓋から立ち昇る蒸気、点滅する〝歩行者止まれ〟のサイン。この魅力的な街にわたしを巡り合わせてくれたキューピッドはこの杖だった。

この旅行のための荷造りの最中、わたしは戸棚の奥に手を突っ込んだ。杖の必要性は感じていたものの、外で杖を使う練習をしようとは思わなかった。だったら、思い切って見知らぬ土地で練習したらどうだろう。

目の前を機内持ち込み手荷物を持った乗客が平気で横切り、自分が怪我しないよう、他人に危害を与えないよう、つねにまわりに目を光らせなければならなかったヒースロー空港と、JFK空港のちがいにまず驚かされた。ここでは、バッグから折り畳み式の杖を取り出したとたん、前方の人垣がふたつに分かれ、親たちはよちよち歩きの子をさっと抱き抱え、空港職員がやって来て、列に並ばずにすむよう取り計らってくれた。

ここでは、白杖が——かつて補聴器がそうだったように——差別と侮蔑の対象になるのではなく、VIP扱いを保証してくれる。

空港ターミナルをあとにし、荷物を抱えてタクシーにちかづくと、運転手がさっと出て来て荷物を運んでくれた。驚くべきことだ。

どこへ行っても笑顔が出迎えてくれる。人びとの視線から憐れみを読み取ることはない。ここでは道を歩けば人びとがよけてくれるし、手を差し伸べ受け入れてくれる。イギリスよりもはるかに暮らしやすかった。

なによりストレスを感じないのがありがたい。慣れるまで多少の時間はかかったが、トレーナーの教えが大いに役立った。〝杖に働いてもらいなさい〟だから地上の障害物を探すのは杖に任せ、美しい街を満喫した。フラットアイアン・ビルやタイムズ・スクエア、ロックフェラー・センターに目を瞠った。

まるで映画の一場面のように、わたしは杖に慣れていった。歩道で杖がぶつかる障害物ひとつとっても、故郷のそれとはまったくちがう。たとえば消火栓や、〈ニューヨーク・ポスト紙〉を売るスタンドだ。杖の先端のボールがゆっくりとそのまわりを巡るあいだ、わたしは探検をつづけ、〝ビッグ・アップル〟の頭のてっぺんから爪先まで残らず吸収してゆく。

杖を使う練習用にと、ニューヨークが舞台の映画を借りたようなものだ。見上げれば、建物の上にスーパーマンがいてもおかしくない。腕を組み、マントを風にひるがえし、満足そうにうなずきながら、スーパーマンは、杖を振りながら通りを歩いてゆくわたしを眺めている。

わたしは何マイルも歩いた。危険に目を凝らすストレスもないから、歩くことがまた楽しみになった。

ニューヨークは景色ばかりか匂いも魅力的だ。通りの角にかならずいる屋台のホットドッグ売りのマスタードの匂い。ブルーミングデール・デパートの香水売り場の匂い。二月のニューヨークの、街の香りを乗せた冷たい大気を思い切り吸い込み、ぬくぬくとスカーフに顔を埋めて、わたしは歩きつづけた。

きょうは自由の女神を見物に行った。テレビで何度も見た光景が、手を伸ばせば触れるほど間近にあった。桟橋から眺めているあいだに雪が降ってきた。ゆっくりと舞い落ちる大きな雪片は塊で鼻につくから、すぐに拭わないと肌に沁み込んでしまう。

この街のすべてがわたしには魔法だった。帰りの飛行機に乗っても魔法は解けなかった。イギリスに戻ったわたしは、盲人女性というあらたなステータスに満足していた。長いこと、杖を使うことを拒否しつづけてきたが、ニューヨークに滞在したことで、杖はわたしから自立を奪うのではなく返してくれるのだと気付いた。杖はわたしを助ける器具というだけでなく、まわりの人にわたしの障害を察してもらうシグナルでもある。おかげで生活しやすくなる。そのことに気付いたのは人生の大きなターニングポイントだったが、わたしの仕事はまだ終わっていなかった。ヒースロー空港に到着すると、迷わずに杖を取り出したものの、ニューヨークとはちがうことに気付かざるをえなかった。あちらの人はみな親切で、杖を見れば喜んで手を差し伸べてくれた。だからわたしも、自分が耳も聞こえないことを胸を張って伝えられた。

家に戻ると長旅でぐったりしたが、杖を戸棚にしまいはしなかった。杖はもう恥ずかしい秘密でもなんでもないから、玄関ホールの傘立てに誇らしげに立てた。

ニューヨーク旅行のおかげで、杖は大切なものになった。杖は世界を巡るための脚であり、ときには話し相手であり、自立の象徴だ。

むろん、ときには不意打ちを食らうこともある。道を歩いていて、通行人が道を空けてくれないときや、杖を持つわたしの姿をはじめて見たときのジュリーの顔に浮かんだ表情など。それでも、他人の顔をよぎる憐れみの表情に打ち勝つ強さを、杖は与えてくれた。わたしはもう大丈夫だ。

Chapter 12

盲導犬がやってきた

ブロンドの髪といい面長な顔といい、たしかに彼女はわたしに似ている。リビング・ルームに入って来た彼女は、人懐っこいオーラ全開だった。彼女といるとこちらまで心が和む、そんなタイプの女の子だ。もし彼女が人間だったら、満面の笑みを浮かべているだろう。でも犬だから、輝く白い歯を剥き出しにした口から、ピンク色の濡れた舌をだらんと垂らしていた。

彼女の名前はグレタ。生後十八カ月、盲導犬協会からあなたにぴったりの犬だと紹介されてやって来た。賢くて穏やかで、艶やかな毛並みの体からは静かな自信が滲(にじ)み出ていた。彼女なら信頼できるとわたしは思った。

盲導犬を必要とする段階にきた事実を受け入れることは、そう簡単ではなかった。正直に言えば、簡単なことなどひとつもなかった。いまでも家を出るときは、無意識に車のキーをつかんでいる。運転しなくなって何年も経つのに。杖を忘れて家を出掛かったことも一度や二度ではない。目が見えないことをすんなりとは受け入れられないのだ。毎日、自分に言い聞かせないとならない。

わたしにそのことを肝に銘じさせる出来事が、向こうからやって来ることもあった。いまのわたしには、休暇を外国の海辺で過ごすことは夢のまた夢だ。プールのまわりにずらっと並ぶ日光浴用ベッドのあいだを縫って歩くことなどできないし、憧れの地中海の浜辺の道はでこぼこだから、歩いたらつまずいて転ぶにきまっていた。

だから、休暇は国内で過ごすことにした。デヴォン、コーンウォール、コッツウォルズ。それには盲導犬が必要だ。盲導犬を与えてもらう順番を待った九カ月のあいだ、プラスの面ばかり見ようとしてきた。ペットを飼った経験がないから、楽しみでもあった。盲導犬はただの足代わりというより、人生をあらたに開いてくれる友達なのではないか。

そんなふうに思っていたので、グレタに会ってすっかり舞い上がっていた。

盲導犬トレーナーのイアンが面談にやって来たのは何カ月も前のことだった。彼はわたしの家を見て回り、なにに興味があって、どんなことをしたいか尋ねた。わたしにぴったりの犬を決めるためだ。

そしていま、グレタがここにいる。

彼女と会ったとたん、わたしは安心感に包まれた。

病院でパンフレットを渡されたときには、盲導犬を持つと思っただけでめまいがした。重度の障害者であることの、決定的な象徴に思えたからだ。盲人と聞いて思い浮かぶのが、白い杖と盲導犬と、人に頼る生活だった。ハンターズ・ムーア病院で一緒に働いていたポールは、目が見えなくても平気だと言っていたし、わたしもそう自分に言い聞かせてきたが、いまだに納得できていなかった。

盲導犬を持つことは、視覚障害を受け入れるもうひとつのステップであり、狭まった視界の中で、グレタの深い茶色の目が散歩に行こうと訴えかけているのを見たとき、失明の恐怖が多少なりとも薄らぐのを感じた。

「それじゃ、少し歩いてみますか?」イアンが言い、グレタにハーネスをつけた。

玄関に向かうあいだ、グレタは尻尾を振りつづけ、わたしは内心の不安を無視しようとしていた。わたしにはあたらしいことばかりで、どう対処したらいいのかわからない。ただ、グレタをがっかりさせたくはなかった。すでに六週間のトレーニングを受けていたから、こちらの要求をグレタに伝えるやり方は身につけていた。

玄関を出ると、トレーナーがハーネスを手渡してくれた。手の中のそれは醜くて未知のものだった。杖をはじめて握ったときとおなじだ。それでも自分に言い聞かせた。杖にも慣れたんだから、これだってきっと慣れるわよ。

それでもどうしたらいいのかわからず、グレタとわたしはその場に立って、どちらも無表情のまま見つめ合っていた。わたしは彼女の肘の毛の流れを見つめた。彼女は前方に顔を向けた。舗装道路が彼女を待っている。だが、わたしはその場にじっと立ったままだ。どうしていいかわからない。

助け船を求めてトレーナーを見た。「行きなさい」唇を読む。歩きはじめたものの、なにか違和感があった。ハーネスを強く握りすぎ？　それともゆるく持ちすぎている？　彼女をどっちに誘導すればいいのか――それとも、彼女がわたしを誘導してくれるの？　ハーネスは扱いにくかった。グレタはためらい、ぐいっと前に出たり止まったりを繰り返す。彼女にちゃんと合図を送る前に自分だけ歩き出し、つまずきそうになる。歩調が揃わず、ぎこちない動きがつづいた。

トレーナーを見てようやく気付いた。彼はかたわらでずっと指示を出していたのだ。だが、わたしには聞こえなかった。

わたしは立ち止まって彼の顔を見た。グレタが喜んで従った。

「ハーネスはこういうふうに持つこと」彼がわたしの握り方を直してくれた。数歩歩いては止まり、悪いところをチェックする。

グレタは辛抱強く止まって歩いてを繰り返したが、これではうまくいかないことは、わたしにもトレーナーにもわかっていた。

自分がなにをしたいのかわかっていないのだから、自信を持ってグレタに指示が出せない。だから、彼女は我慢と興味をなくしていく。トレーナーの指示が聞こえないから、どうしたらいいのかわからない。彼の口元を見る代わりに、わたしは前方を見ていた。彼女のなめらかな毛や左右に動く尻尾を見ていた。これでは神経がまいるばかりだ。

彼女の耳が混乱してピクピク動く。うまくいかないと、彼女もわかっているのだ。

わたしの耳が聞こえないので、トレーナーも指示を出せない。止まって歩いてを繰り返すうち、グレタは混乱してくる。悪循環だ。

頑張ったものの、二時間後にはうまくいかないことが明白になっていた。

家に戻り、トレーナーがハーネスをはずすと、グレタはほっとしたように走り回った。わたしの心は重かった。グレタと出会えてあれほど嬉しかったのに、わたしのほうがまだ準備ができていなかった。

トレーナーと話し合い、〝偽物〟の犬にロープをつけて歩く練習をするところからはじめることになった。だが、残念ながらグレタをそれまで待たせてはおけない。ほかにも彼女を必要とする人がいるのだから。トレーナーに連れられてリビング・ルームを出るとき、彼女は悲しそうな顔で足を止めた。尻尾をわずかに垂らして振り返った彼女に、わたしはさよならと手を振った。

リビング・ルームの窓から、車に乗せられるグレタを見送った。彼女はさぞがっかりしただろう。ぴったりの犬だと思ったのに、わたしのほうが彼女に適したオーナーではなかった。

盲人としての生活に順応しようとしているのに、今回は耳が聞こえないことが障害になった。そのせいで、グレタはほかの人のもとに送られてしまう。

「じきにべつの犬を用意できますよ」トレーナーが帰り際に約束してくれた。グレタとは絆のようなものを感じていたのに、残念でたまらない。

自分にぴったりの犬がはたして見つかるだろうか。

通りを並んで歩くわたしたち、つまり盲導犬のトレーナーとわたしは、傍から見れば似合いのカップルに見えるだろう。わたしは目に見えない犬につけたハーネスを握っている。コメディアンがコントでやるあれだ。首輪から長いリードが伸びているが、犬はいない。
わたしはいま、イアンと目に見えぬ犬と共に通りを歩いている。車の運転手が二度見した。かたわらを通るバスの乗客が窓の外を見て指差している。さぞ滑稽に見えるのだろう。
イアンがグレタをつれずにやって来たとき、わたしは少しさみしかった。彼女はよいオーナーに恵まれたと聞いても、彼女に申し訳ない気持ちは消えない。それに、あの経験でわたしの自信も打ち砕かれた。
盲導犬協会は聾盲者のトレーニングも行ってきているが、わたしの場合はうまくいかなかった。グレタが見つかった歓びに、わたしが舞い上がりすぎたせいかもしれない。
目に見えない犬を相手にトレーニングを重ねて数週間がすぎ、インストラクターの指示をなるほどと思えるようになった。
目に見えない犬と一緒に歩くのを辛いトレーニングと思わず、おもしろみを見出そうと努めた。トレーナーと笑って話をしながら、わたしはよく犬を軽く叩く真似をした。交差点に差し掛かると、犬に座れの指示を出し、家を出るときは「散歩に行くわよ！」と呼びかける。
教わることもたくさんあった。盲導犬の役割をちゃんと理解している人は少ないだろう。杖を使うのとおなじで、盲導犬にも仕事をさせることを覚えなければならないが、それとともに犬を誘導する必要もあるから、盲導犬を扱う人はたとえわずかでも視力があったほうがいい。
その名が示すとおり、盲導犬は目の見えない人を導いてくれる。わたしの場合、視野が狭いので下を向かないかぎり足元は見えない。そこで盲導犬が足元を見る目になってくれるのだ。ゴミ箱があれば迂回する。盲導犬自身もぶつかって怪我をするのはいやだからだ。
犬が迂回したことは、ハーネスを通してわたしに伝わる。交差点でもおなじことで、犬は車に轢かれたくないので立ち止まり、渡っても安全だとわかると歩き出す。
盲導犬は、行く手を塞がないでくださいという、ほかの人たちへのシグナルの役目も果たしている。
だが、盲導犬も誘導してもらう必要がある。盲人から送られるシグナルでどっちへ行けばいいか理解する。わたしは目に見えない犬を使い、ハーネスを握る手をほんの少し右や左にずらすことで、犬に向かう方向を教えるトレーニングを行った。犬は人間から指示を受けて動く訓練を積んでいる。わたしが指示を出さなかったため、グレタはどうすればいいのか途方に暮れたのだ。
ハーネスの握り方から腕の力の抜き方まで、わたしはいろいろなことを習った。
そうやってようやく、ほんものの犬を相手にする自信がついた。早くほんものの犬の毛に手を埋め、家に帰ったとき犬の寝床の匂いに包まれ、これでいいですかと言うようにわたしを見上げる犬と見つめ合いたいと思った。ボールを投げて取ってこさせたりもしたい。犬と一緒にいろいろなことを楽しんでみたい。ほんとうはもっと前にやるべきだったことだけれど。
イアンから嬉しいメールが入った。
「あなたにぴったりの犬が見つかりました。名前はヴァンス。フラットコーテッド・レトリヴァーです。あとで連れて行きます」

ちょうどジュリーとランチを食べていたところだったので、メールを彼女に見せた。
「ヴァンス？」姉は鼻にしわを寄せた。
「ヴァンス」犬にしては変わった名前だが、舌に馴染むように何度も言ってみた。わくわくしてきた。ようやくそのときがきた。あたらしい相棒に会えるのだ。
わたしは何度も時計をたしかめ、どきどきしながら待った。ようやく窓の外に姿が見えた。車が家の前に停まり、まずトレーナーが、つづいてヴァンスが降りて来た。彼はイアンのかたわらを跳ぶように歩いて玄関までやって来た。玄関を開けると、元気いっぱいの彼がいた。
艶やかな黒い毛は先っぽがカールし、どちらかと言うと女の子っぽい犬だった。グレタに似た真剣な顔……でも、似ているのはそこまでだ。静かでおだやかだったグレタとはちがい、ヴァンスはワインボトルをガチャガチャいわせてパーティーに現われる男性タイプだ。仕事をするために来たというより、遊びに来たという感じ。尻尾を盛大に振って、ちかくに来た人を扇いでやる。口の横からピンクの舌を楽しげに垂らしている。舌に小さな茶色のあざがあるので、まるで泥を食べてきたみたいに見える。
一瞬にして心を奪われた。奪われない人がいるだろうか。わたしたちは散歩に出掛けた。トレーニングを受けていたおかげで、グレタのときとはまるでちがった。それに、彼は躊躇することがなかった。わたしの前を楽しそうに尻尾を振って弾むように歩き、通りすがりの人たちにほほえみかける。人に見られることが、ヴァンスは大好きだった。
近所をひとまわりして戻ったときには、ヴァンスにすっかり恋をしていた。彼のエネルギーや幸福感、生命力が自分にぴったりだと思えた。

二時間ほどして、イアンが彼を連れて帰ると、家の中が空っぽになった気がした。イアンは毎日、彼を連れてトレーニングにやって来た。二人だけにしても大丈夫だと確信が持てるまで、トレーニングは六週間つづいた。

わたしは朝起きると、ヴァンスがやって来るのを待つようになった。日が経つにつれ、彼はわたしを友達として受け入れてくれるようになり、ハーネスがしっくりとわたしの手に馴染むようになった。

ヴァンスに助けられ、わたしの人生は変わるのだ。杖のときと同様、自信を持って外出できるようになったが、今度は相棒がいる。

予想どおり、盲導犬はわたしに自由を与えてくれた。通りを歩くのがもう怖くないし、街角で友達とおしゃべりを楽しめるようになった。相棒が足元で目を光らせているあいだ、友達の唇を読むことができる。

おしゃべりの相手は友達だけではなかった。盲導犬を見ると子どもたちが駆け寄って来て撫でる。わたしは立ち止まり、彼らの母親たちとおしゃべりを楽しむ。

ヴァンスがまったくあたらしい世界を、人とおしゃべりと命に溢れた世界を開いてくれた。杖が築いた壁を、彼は崩してくれた。病院で盲導犬協会に連絡をと書かれたパンフレットをもらったときの恐怖が、いまでは嘘のように思える。

トレーニングの最終日、ちかくのコーヒーショップに行ったらどうか、とイアンに言われ、わたしは自信満々で出掛けた。
コーヒーショップのちかくまで来たとき、窓越しに店の中にいる人に目が留まった。歳のころはわたしとおなじ三十五歳ぐらい。タイトジーンズに色褪せたTシャツというラフな格好で、首にはわたしのとおなじ薄い素材のスカーフを巻いていた。それにビーズのネックレスまでおなじだ。履いているブーツまでおなじだった。とてもクールに見える。ただし、手にはハーネスを持ち、その先には盲導犬がいた。ヴァンスにそっくりの盲導犬だ。
わたしは立ち止まってイアンに顔を向け、彼が話しかけていたことを知った。でも、わたしの視線はあの女性に引き戻された。あの盲目の女性に。そこで気付いた。コーヒーショップの窓に映った自分の姿だということに。
盲人としての自分の姿を見るのはそれがはじめてだった。腹にパンチを食らった気がした。イアンになにを飲むか尋ねられ、なんとかコーヒーを注文した。彼のおしゃべりに相槌を打っていたものの、脳裏には図書館で働いていたときの同僚で盲人のポールの姿が浮かんでいた。失明の恐怖と闘っていたころ、本やポスターで見た盲人の姿も甦る。あれとおなじ、障害を持つ女性。ヴァンスと生きられる喜びがまさっていたから、そういうことは思いもしなかったが、わたしはいまや盲人女性なのだ。
なんとか笑っておしゃべりをつづけたが、内心では恐怖が蔦のように伸び広がって息も絶え絶えだったのだ。
家に帰りたかった。ここから、イアンから、盲導犬から逃げ出したかった。

人生から逃げ出したかった。

その晩、わたしはバスルームに閉じこもった。湯気のこもるバスルームで、熱いお湯に浸って泣いた。涙が溢れてぽたぽたとお湯に滴った。失ったものを悼んで泣いた。いまはまだ見える目のことで泣いた。日ごとに狭まってゆく世界を思って泣いた。

足の感覚がなくなるまで踊りまくった少女のことを、列車に間に合おうとしてニューカッスル駅の連絡橋を駆け上がった女性のことを思って泣いた。失ったものすべて、まだ失っていないけれど、さよならを言う覚悟ができていないものすべてがいとしくて泣いた。

病院の外でパンフレットを握り締め、その場に立ち尽くしていた女性を思って泣いた。

脳裏に焼きつけようと何時間も写真を眺めていたこと、目を閉じればその目の色をいつでも思い浮かべられるようにと、母の顔をじっと見つめていたことを思い出して泣いた。

光を消す心の準備ができていないのに、ずっと自分の目で見ていたいのに、わたしにはほかに選択肢がない。そう思うと涙がとめどなく溢れた。

かつてのジョアンを思って泣いた。そして思った。どうしてわたしなの？

どれぐらいの時間そうしていたのだろう。お湯はすっかり冷たくなり、動くと寒くて体が震えた。濡れた髪もすっかり乾いていた。濡れたまま寝てしまったときのように、髪はぺたんこだった。ここまで落ち込んだことはなかった。

風呂から出ると急いで体を拭き、パジャマを着てベッドに潜り込んだ。

くたびれ果てて深い眠りに落ちた。いずれは目が見えないことに慣れるだろう。だが、ほかのいろんなこととおなじで、それには時間がかかる。

わたしは公園のベンチに座ってサンドイッチを食べている。落葉の季節で、大気はひんやりとして、薄日が背中をあたためてくれる。わたしはときおり顔をあげ、ヴァンスの姿を探して公園を見回す。ときどき彼を連れて公園に来てリードをはずし、ふつうの犬のように走り回らせてやる。遠くの黒い点だった彼がやがて戻って来る。楽しそうにピンクの舌を垂らし、吐く息を白くさせて走って来る。

耳に風を感じるぐらい思い切り走り回ることが、犬には必要だ。とくに盲導犬は、ひとときでもリードやハーネスから自由になって、ふつうの犬としての時間を持つことが必要だ。

そのとき、なにか騒ぎが起きていることに気付いた。人びとが足を止めて見つめている。指を指している人や、口元に手を当ててクスクス笑っている人もいた。そしてここに一人、誰かを探すように広場を見回している人間がいる。わたしだ。気が重い。

人びとの注目の的になっているのがなにか、じきにわかった。ヴァンスだ。彼はなにをしている？　ここに連れて来てリードをはずしてやるといつもやることをやっている。ほかの犬に乗っかっているのだ。相手の形や大きさはおかまいなしだ。飼い主が引き離そうとしても、かまわずにのしかかる。

舌を垂らし、笑顔を浮かべて。わたしはサンドイッチを投げ出すと、彼を引き離そうと走り出した。

「ヴァンス！」わたしの叫び声でようやく彼がこちらを見た。彼の中でなにかがパチンと切り替わった。それから、彼は走り出した。どんどん遠くへと走って行く。わたしは広場の真ん中に立ち尽くし、謝るばかりだ。

ヴァンスにとってはすべてがゲームだということが、この一年でわかった。はじめて会ったとき、彼に魅了されたのもそうだからだ。だが、それにも限度がある。彼のいたずらに付き合わされることに、ほとほと愛想が尽きていた。

約束があって家を出ても、彼は公園へと向かいたがる。友達とコーヒーを飲んでおしゃべりしている最中でも、彼はクッションや椅子や、友達の脚にまでのしかかろうとする。

こっちが負けて公園に行こうものなら、彼が戻って来るのを延々と待つ羽目に陥る。ご褒美を持っていく作戦に出たこともある。最初のうちこそ彼はそれにつられて戻って来たが、そのうちご褒美だけさっと奪い取り、広場の反対側へと走って行ってしまうようになった。わたしの姿が見えなくなればパニックに陥るだろうと思い姿を隠してみたが、彼は逆方向へ走って行くだけだった。

もうひとつ問題があった。彼は自分を人間だと思っているのだ。たとえばバスに乗ると、まず彼を傍らに座らせてからわたしがシートに腰をおろす。ところが、わたしが窓の外を眺めているうち、彼はちゃっかりシートに並んで座っているのだ。通りを歩く人を暢気に眺める彼を、わたしは必死で下におろそうとする。

彼は知らんぷりだ。

通りからバスを見たら、楽しそうに外を眺める犬の姿が目に入るはずだ。なにしろ楽しいこと好きの陽気な犬で、本人に悪気はまったくないから怒るに怒れない。

彼はわたしの生活を楽にしてくれる働く犬のはずなのに、わたしの生活は楽になるどころか大変になっていた。

家で彼と遊ぶのは愉快だ。〝探索ゲーム〟と呼ぶ遊びがあり、彼を廊下に待たせておいて、気に入りの玩具をどこかに隠す。彼は大喜びで玩具を探し、見つけるとかならずわたしのところに持って来る。

だが、ヴァンスと外出するのは悪夢だった。わたしが左に行こうとしても、彼はなにがなんでも公園のある右に行こうとする。彼が愛玩犬なら、わたしは杖を頼りに彼と散歩するだろう。だが、そんなわけにはいかない。

その日、わたしはいつものように公園でヴァンスが戻って来るのを待っていた。生き生きと目を輝かせて、彼がようやく戻って来た。「悪い子ね！」わたしはそのとき決意した。家に帰ったらイアンに電話しよう。秋の日を浴びて家路につくあいだ、気が付くとほほえんでいた。ヴァンスは困った子だけれど、とても愉快だ。

数日後、イアンがやって来た。彼はヴァンスの態度を見るため、わたしたちの外出に同行した。人間が厳しい態度で接すればヴァンスもおとなしく従うと、彼は思っていたようだ。ところが、十字路まで来るとヴァンスは道を渡るのを拒否した。公園は逆方向だとわかっているからだ。イアンがハーネスを引いても、ヴァンスは動こうとしなかった。
わたしは笑いを噛み殺した。イアンは面食らい顔を赤くしていた。わたしは頭を振るだけだ。
イアンは追加のトレーニングを行うと言ってヴァンスを連れて帰ったが、結果は思わしくなかった。ヴァンスに盲導犬としての適性がないと結論づけられたのだ。けっきょく空港で探索犬として働くことになった。その後、彼の職場の人たちと連絡を取り合い、彼が元気にやっていることを知った。はじめてうちにやって来たときの、さあ、パーティーをやろうぜ、と言いたげな愉快な犬のまま変わることはなかったから、うちで飼えるものならそうしたかった。楽しいことが大好きで愛嬌たっぷりの犬……ただし、いたずらがすぎる犬だった。
ヴァンスが去ったあと、犬がいない生活を不便だとは思わなかった――彼は最高の遊び相手だったが、助けにはならなかった――が、六カ月が経ったころ、わが家にべつの犬がやって来た。
艶やかな黒い毛並みのラブラドールで、いい顔をした体格のいい犬だった。尻尾を振りながら玄関からリビング・ルームに入って来る途中、黒いラブラドールの仔犬のドアストップの匂いを嗅いでいた。背後でドアが閉まると、部屋の真ん中でドサッと体を投げ出し、ぬいぐるみの玩具に体を擦りつけた。
「どうですか？」イアンが尋ねた。するとその犬――マットはのそりと起き上がり、わたしにちかづいて来て顔を膝に乗せたのだ。栗色の目でじっとわたしを見て、どうですか、と言いたげに眉を吊り上げた。この子だ、とわたしは思った。
マットとトレーニングをはじめた初日から、わたしは満足を覚えた。日射しが降り注ぐ午後の通りに出て、歩道に映る一人と一匹の影を、わたしは満ち足りた思いで見つめた。かわいらしい耳を前後に揺らし、楽しげに舌を垂らして歩く彼の姿はとてもキュートだ。それはさながら、典型的なラブラドール犬を戯画化した姿だった。

マットといると、祖父と手をつないでバス停まで歩いた昔が甦り、とても安心できた。

彼は潑剌として活力に満ち溢れているが、自分にはやるべき仕事があると肝に銘じていた。力強くて頑丈で、知らない場所に行って知らない人に出会うことが大好きだった。右に曲がって公園に行かず、わたしの指示どおり左に曲がる——そこにはもっと楽しい冒険が待っているかもしれないのだから。

家では最高の話し相手だった。夜、わたしが座って本を読んでいると、彼は足元で、わたしのスリッパをまくら代わりに寝そべっている。おたがいにそばにいるのが幸せだった。眠っているあいだに、彼が体をぴくぴくさせることがあった。怖い夢を見ているのだ。わたしは足でそっと揺すって起こしてやる。

子どもたちが訪ねてくると、彼は玄関までの小道で跳んだり跳ねたり、くるくる回ったり大変だ。その姿を見てわたしは声をあげて笑う。わたしがやりたいことを、彼がやってくれているのだ。

彼はそんなふうに人生を楽しみ、わたしにも楽しんでほしいと思っている。おかげで日一日と、わたしの心に居座っていた氷が溶けていった。

たとえ目は見えなくても、わたしは未来に目を向けはじめた。そのころは知る由もなかったが、わたしに旅の楽しみを思い出させてくれたのはマットだった。

Chapter 13

職場復帰

想像してみて。とっても美しい花をもらっても、それを見ることができないとしたら。笑顔の子どもを笑顔で迎えられないとしたら。晴れた日の海辺の美しさをすなおに美しいと思えず、そんなものが存在することに怒りを覚えるとしたら。まだ目が見えるうちにと愛する人の顔を見つめたとき、喜びではなく悲しみしか感じられないとしたら。

わたしが登録視覚障害者になってからの数年は、まさにそんなふうだった。美しいものを見ることをやめてしまった。もうじき目の前から消えてなくなるのに、見てどうするのという気持ちだった。

いま、鏡を見ても上着の縞を数えることはない。もう見えないからだ。いま見えるのはかろうじて顎までだ。
そんなふうに生きてきた——というより、ただ存在していた——数年間で、視界はどんどん狭くなっていった。実際に見える世界もだが、心のありようもだ。〝できることリスト〟から消えてゆく項目がますます多くなり、世界は少しずつ縮小していった。もう走れない。友達とバーに行っても、自分の番がきてカウンターに飲み物を買いにいくことはもうない。車の運転もできないし、田舎道を長く散歩することもできない。できなくなることはこれからますます増えるばかりだ。愛する人とおしゃべりができなくなるし、母の笑顔を見ることができなくなる。
いずれは美しいものを愛でることができなくなるのだから、いまそれを見たってなんになるだろう。わたしはそんな捨て鉢な気分だった。
それはひねくれた論理だ。美しいものを見るのをやめれば、それが奪われたとしてもそれほど傷つかない。全盲になる前から、世の中に目を閉ざして生きていたのだ。どうせ見えなくなるのだから、いまのうちから目を瞑ってそれに慣れておいたほうがいい。
そんなふうに生きていると怒りが体を蝕んでゆき、恨みがましく辛辣な人間になる。網膜の病に冒されていると診断されてからの四年間で、わたしはそういう人間になった。
だが、いま、わたしはピークディストリクト国立公園の丘のてっぺんに立っている——まるで目を開かされた思いだ。
日が傾き、西の空はピンクに染まっていた。大気の中に春の息吹を感じる。日が長くなって、夕方のやわらかな光にまだもう少し包まれていたくなる。木々の枝で蕾がほころび、緑の新芽が開こうとして、希望を肌で感じる。道端でスノードロップが勢いを失い、鮮やかな水仙やチューリップに席を譲るころ、わたしたちも冬の寒さを脱ぎ捨てて息を吹き返す。

丘のてっぺんに立つわたしのまわりを、マットが風に耳をはためかせ、顔に笑顔を貼り付けて駆け回っていた。彼の気持ちはわかる。わたしもおなじ気持ちだからだ。目の前に広がるのはほんとうに美しい光景だった。美しいものから目を背けて貴重な時間を無駄にしていた自分がなんと愚かだったか、このときはじめて気付いた。

人生がふたたび美しいものに思えた。なにがあろうと日は昇り、日は沈む。太陽の栄光から目を背けるなんてほんとうに愚かなことだ。毎年変わらずに咲きつづける花を見まいとするなんて。

ふたたび美しいものに目を開かせてくれて、マット、ありがとう。

リードをはずしてやると、彼はグレイハウンドのように全速力で走ってゆき、ときおり戻って来ると、「さあ、どうするの、ぼくに見せて！」と言いたげにわたしを見上げる。彼はなんにでも美を見出し――広々とした野原を走り回るのはおもしろいよ――わたしにもそうしろと促すのだ。

田舎道を歩く楽しみを思い出させてくれたのはマットだった。都会の喧騒を離れ、広大な景色を見ていると、世界の広さに気付く。たしかに視野は以前より狭くなったが、わたしを取り巻く世界は前より広くなった気がした。

こうして丘の頂に立っていると、美を愛でる方法はいくらでもあることに気付かされる。

わたしのこの数年の葛藤を知る人は少なかった。杖や盲導犬に頼る生活になっても、わたしは勇敢に前向きに生きているふうを装いつづけてきたが、いずれは訪れる闇を待つことは苦痛だった。わたしの未来にあるのは、闇の世界、なにもない世界だった。

あれから四年、それでもわたしは世界を見つめている。

目が見えない現実に直面して、アッシャー症候群についてもっと知りたいと思うようになった。それがわたしの目を開かせてくれた。トンネルの先に待つのは闇だとずっと思っていたが、そうではないのだ。たしかにトンネルはある……だが、その先にはつねに光があることを、わたしは学んだ。アッシャー症候群を患っているからといって、視力を完全に失うとはかぎらないのだ。トンネルは狭くなってゆくが、その向こうになにか見えるはずだ。そのことを忘れていた。それがどんなに小さくても、そこにはなにかある。

丘の頂に立って、これからも見つづけていけるのだとわたしは悟った。なにかがあるかぎり、そこに美はある。その美を飲み干すもよし、笑い飛ばすもよし、溺れるもよし。

わたしはここで生活を変える決心をした。この丘に登って来たのは視覚障害の女だったが、この丘をくだってゆくのは見える女だ。目で見るのではない、心で見る。

ピークディストリクト国立公園の真ん中で、わたしは世界を見つづけることを、生きつづけることを誓った。

まずはじめにやったのは、上腕の内側にタトゥーを入れることだった。四年間を無為に過ごした反省から、どんな人生であろうとこれからは一瞬一瞬を大事にしようと思った。そのことを消えないインクで体に刻み付け、この先、また目を背けようとしたときの戒めにする。選んだのはボブ・マーリーの言葉だ。「いま生きている人生を愛し、愛する人生を生きる」

わたしにとってそれは障害を受け入れることだった。両腕を大きく開いて盲目と聾を抱き締めて言うのだ。「大丈夫、これから一緒にやっていこう」

もう障害を押しのけようとはしない。クラスに溶け込みたくて、補聴器をつけるのをいやがった十二歳の少女ではないのだから。戸棚の奥から杖を取り出すのを拒否した女でもない。わたしはジョアン・ミルン、ほかの人たちと同様、人生で配られたカードを有効活用しようと思っている、聾盲の女だ。

だが、それだけではなかった。いまの人生を受け入れるだけでなく、もっとよい人生を生きられるのではないかという思いも芽生えていた。

ひとつ考えたことがあった。

わたしは頭のどこかで、もっとちがう生き方ができると思っていた。仕事を通していろいろな障害を抱える人たちと出会い、彼らにはいろいろな選択肢があることを知った。

それはわたしもおなじだが、それを調べる勇気が三十代後半になるまで持てなかった。

きっと怖かったのだ。わたしの障害は、目や鼻とおなじでわたしという人間の一部だが、丘の頂に立って人生観が変わった。

だからわたしはいま病院の待合室にいて、診察室に呼ばれるのを待っている。

診察室のドアの向こうにはなにが待っているのだろう。病院の待合室はどこもおなじだ。くすんだ緑色の壁、ビニールタイルの床。隅には子ども向けの玩具や本が入った籠がある。二歳のわたしがよちよちとそちらに歩いて行く姿が目に浮かぶようだ。
だが、きょうは母の付き添いはない。自分一人でやるべきことだ。胸の中では不安と期待が交錯している。自分が興奮しているのか恐れているのかは、正直に言ってよくわからない。どんな診断がくだされるか待つのは、胃が縮まる思いだ。ドアが開いた。
看護師の案内でコールソン先生に会った。
「あなたのかかりつけの先生から照会がありました。人工内耳移植についてお知りになりたいのですね。それでわれわれにどういうことをお尋ねになりたいのですか?」
人工内耳移植が可能なことは、それこそ子どものころから知っていたが、移植手術を受けたという人に会ったことがなかった。わたしが知っているのは、その手術を受ければ耳が聞こえるようになるということだ。それがわたしにも効果があるのかどうかはわからない。ほんとうのところ、これまで気にしたことがなかった。このままでいい、なにもする必要はないと思っていた。視覚を失いはじめるまでは。そうなってはじめて、もっとよい人生があるのではないかと思いはじめた。
手術そのものも、脳外科手術に分類される複雑なものだ。
人工内耳のうち、体の外に装着するのは、マイクとスピーチプロセッサーがひとつになった補聴器に似た形の器具と、そこからケーブルでつながる送信コイルだ。皮膚の中には送信コイルと磁石で密着する受信機が埋め込まれ、さらに二十二の電極が蝸牛(かぎゅう)に埋め込まれる。マイクが拾った音はスピーチプロセッサーで電気信号に変換され、送信コイルから受信機へ、さらに電極へと送られ、電極が聴覚神経を直接刺激する。

聴覚神経が働かなければ、いくら電極を埋め込んでも音が聞こえるようにはならないが、ほんの少しでも働けば、可能性はある。

コールソン先生は、もっと前にわたしが問い合わせなかったことを驚いていた。だが、わたしのかかりつけの医師はわたしの病気についての知識があまりなく、わたしを診察する合間にアッシャー症候群についてグーグル検索する有様だった。だから、わたしは自分でパンフレットを取り寄せたり、ネットで検索して調べた。

だが、コールソン先生は専門家だ。わたしのカルテを見るなりこう言った。

「あなたの場合、聴力は劇的に回復すると思いますよ。人工内耳移植にうってつけの患者です」

縮まっていた胃がほぐれてきた。いま耳にした情報がにわかには信じられなかった。向かいに座る満面の笑みを浮かべた男性は、わたしの耳を聞こえるようにできると言っているのだ。聴覚障害者を健聴者に変えられると言っている。わたしは片方の耳だけ手術を受けるつもりで来たが、彼はこう言った。どうして両方とも手術して、完全に聞こえるようになろうとは思わないのですか？

人工内耳移植はより強力な補聴器をつけるようなものだと、わたしは捉えていた。ホワイトノイズの音量をあげるだけで、音がくぐもって聞こえることに変わりはないのだろう、と思っていた。

「音量があがればそれでいいと思っていたんです」わたしは彼に言った。

だが、コールソン先生が身ぶり手ぶりも交えて話してくれているのは、まったくちがうことだった。彼はすばらしい贈り物を与えてくれようとしているのだ。

彼は実際に装置を見せてくれた。それは耳にかける補聴器に似た形の器具と、頭の横に磁石でつけて電気信号を電極に送る装置だった。補聴器に似た器具はふたつ並べるとハート型になる。

この手術を受ければ、テーブルを囲んで友達とおしゃべりできるし、電話も受けられ、テレビを観たり音楽を聴いたりもできるようになる。だが、そこにはリスクも伴う。手術によって聴覚神経が傷つけられると、ホワイトノイズさえ聞こえなくなる。夜、補聴器をはずしたあとのような、静寂の世界に生きることになるのだ。

「どんな手術にもリスクはつきものですからね。百パーセントうまくいくという保証はありません」

彼の話には説得力があり、前向きなオーラのようなものが伝わってきたので、手術がうまくいって受ける恩恵を考えれば、多少のリスクはやむをえないと思えた。

わたしは希望と喜びに満ち溢れて、バーミンガムのクイーン・エリザベス病院をあとにした。視力を失っても、代わりに聴力を取り戻せるかもしれないのだ。帰りの列車の窓から外を眺めながら、わたしの心は躍っていた。耳が聞こえるようになったら、人生はどんなものになるのだろう。マットと散歩に行くといった毎日の日課にも、音が彩りを添えてくれるのだ。公園で遊ぶ子どもたちの楽しげな笑い声も聞こえるし、田舎道を散歩すればいろいろな動物の鳴き声も聞こえる。オレンジ色のくちばしを上下させて、よたよたと歩くアヒルはどんな鳴き声をしているのだろう。青い空にははじめて聞く音が満ち溢れているにちがいない。空を飛ぶ飛行機の音、葉擦れの音、小鳥たちの鳴き声。

ているのだ。

コールソン先生はいろいろな音で溢れた世界の一部になるチャンスを、わたしに与えようとしているのだ。

わたしは手術のことを友達や家族に話した。みな喜んでくれたが、やはり手術は恐ろしいと思ったようだ。とくに母はそうだった。「あなたなら大丈夫よ」と言ってはくれたが、リスクを恐れていることが口調からわかった。

無理もない。わたしが障害と必死に闘ってきたことを、みんなよく知っているから、いまのままでいいのではないかと思っているのだ。だが、わたしはこう尋ねたかった。わたしがよりよい人生を生きるのは高望みだと言いたいの？　あなたの声を聞きたいと思うことは、横になって自分の息遣いを聞きたいと思うことは高望みなの？　あたらしい世界の扉を開いてはいけないの？

みんな前向きな人たちだが、その目を見れば手術を恐れているのがわかった。

「もしうまくいかなかったら？」母は言った。

でも、うまくいくかもしれないでしょう？　補聴器なしで生きるチャンスがあるのなら、いつかもうと思ってどこが悪いの？　耳が本来の機能を果たせるようになる。音を聞くことができるようになる。どうか想像してみて。

かつて大好きだったことができなくなるのは辛いことだ。障害のせいで走れなくなった。二十代のころのように遊べなくなったし、思い切り車を走らせることもできなくなった。

わたしはそのせいで生きる気力を失った。だがいま、物事をまったくべつの角度から見ようとしている。できなくなったことを嘆くのではなく、あたらしいやり方を見つけ出すことにしたのだ。
この数年間の落ち込みから抜け出し、二度と落ち込まないでいられる方法を知った。だからいまここにいるのだ。とてもじっとしていられない。きょうのために新調したツイードのパンツスーツで手をいくら拭っても、緊張ですぐに汗ばんできた。
ここに至るまでは長い道のりだった。いままでとはちがう変化に満ちた道のりだった。きょうがその最終段階だ。
最近になって、運動をしないでいるとネガティブな感情が膨らむばかりだと悟った。それには走るにかぎる。もっとも、家のちかくのでこぼこの舗装路を走ると転んだり人にぶつかる危険があるから、べつの方法を考えなければならない。そこでスポーツジムに通い、トレッドミルで走ることにした。これなら何時間でも走っていられる。はたから見ると妙な感じだろう。エアロバイクやローイングマシンを白杖で探って歩いていた盲人の女が、ひとたびトレッドミルに乗るや、いつまででも走りつづけるのだから。走れば全身にエネルギーが満ち溢れ、汗が滴り落ちる。
ほかのことにもおなじやり方で挑戦した。車の運転を諦めるのは辛かったが、列車の旅に楽しみを見出すようになった。おいしいコーヒーと雑誌を持って乗り込み、窓外の景色を楽しむ。列車の旅はA地点からB地点に移動するだけのものではない。
友達と出掛けるのもそうだ。カウンターでコーヒーを注文し、カップを持って席に戻ることはもうできない。途中でよちよち歩きの子どもにぶつかって、熱いコーヒーをぶちまけたら大変だからだ。その代わり、席にゆったりと座り、ウェイトレスが注文を取りにくるのを待つことにした。

人生は一変した。心の持ちようひとつで、モノクロームの世界から総天然色の世界へと変わった。きょうを乗り切るためには、その前向きな気持ちがなにより必要だった。わたしはもう一度、汗ばむ手をズボンに擦り付けた。

ドアが開き、名前を呼ばれた。心を落ち着けて立ち上がった。気持ちとはうらはらに、わたしの足取りは自信に満ちていた。

なぜって？　数年ぶりの面接だからだ。この仕事は自分にぴったりだと確信していた。

それは聾盲者の支援団体SENSEが募集したアッシャー・メンター・コーディネイターのポストだった。わたしとおなじ障害を持つ人びとの指導者（メンター）として働くかたわら、指導者の採用も行う。四年前のわたしのように意気消沈している人たちに手を差し伸べ、診断を受けたあとも人生はつづくし、トンネルの先にはまだ光があることに気付いてもらう仕事だ。それにはわたしの経験が役に立つにちがいないし、いまこの時点で人のためになれる仕事に巡り合えたのは運命だ。

四人の面接官の前に置かれた椅子に、わたしは腰をおろした。彼らの一人として聾者でも盲人でもなかったが、わたしのことを知ろうとしてくれた。

RADERで障害者の権利のために闘ったことや、アッシャー症候群と診断されたあとの経験も話した。質問につぐ質問で内心はドキドキしていたが、自信を持ってはっきりと答えた。

この仕事はSENSEのウェブサイトに出ているのを見つけた。二カ月ほど前のことだ。これ以上の仕事はないと思ったが、ひとつ困ったことがあった。この団体がサリーに拠点を置いているることで、シェフィールドからかなり離れている。だからそのときは諦めたのだった。

だが、六週間後にまた求人募集が出ており、これはなにかのサインだと受け取った。それで履歴書を送り、きょうを迎えたというわけだ。

「きょうはありがとうございました。のちほどご連絡します」三十分の面接が終わり、面接官の一人が言った。

オフィスを出るとき、働く人たちの姿がちらっと見えた。わたしもここの一員になれたらどんなにいいだろう……。

二週間後、スーパーでたんまり買い物をして戻ると、ＳＥＮＳＥからの手紙が届いていた。封を切り、息を呑む。

〝ここに合格のお知らせをいたします……〟

やった。

数週間後、わたしはお弁当を作り、マットと一緒に出勤した。交渉した結果、サリーではなくウェイクフィールドの支部で働けることになった。

家にいれば満ち足りた生活ができるのに、どうしてまた職場復帰するのかと不思議に思う人もいるだろう。でも、わたしにはまだ与えられることがたくさんあると思った。

三十八歳にして思い出したのだ。外の世界には、まだまだわたしの知らないことがたくさんあることを。

Chapter 14

手術室へ

ロンドンは前に来たときより縮んだような気がした。誰かが洗濯の仕方をまちがえて、首都が縮んでしまった。キングス・クロス駅にはプラットフォームが八つあったのに、いまはたったのふたつだ。わたしが降り立ったプラットフォームも隣のプラットフォームも、ブリーフケースを持つ通勤者でごった返していた。

赤煉瓦造りの堂々たるセント・パンクラス駅を見ても、以前ほど驚き畏(かしこ)まることはなかった。駅の塔も空もじきに見えなくなり、代わりに目に入るのは、電車に乗り遅れたら大変と足早に歩く人の頭ばかりになった。

地下鉄もいまでは一両編成で、ドアも左右にひとつずつだから、プラットフォームに人が溢れることはなく、足元の二フィート四方にしか人の姿は見えない。
だが、むろんロンドンは変わっていない。あいかわらず活気があり雑然として賑やかだ。変わったのはわたしの視界のほうだ。
五年前、RADERの職員としてこの街に降り立って以来、わたしの視界のトンネルは狭くなる一方だった。スキーやスキューバーダイビング用のマスクをつけたところを想像してほしい。わたしが見ているのはああいう世界だ。周辺の景色は消滅し、見える世界は真ん中の丸い部分だけだ。まわりが見たければ首を上に下に、右に左に向けるしかない。キングス・クロスやセント・パンクラス駅のプラットフォーム、空、地下鉄も、そうやって見ればなにも変わってはいない。プラットフォームはどこも人で溢れている。
ただ、わたしには見えないだけだ。見えなければ存在しないもおなじだ。
それでも、マットと一緒にキングス・クロス駅に降り立ち、通勤者と一緒に地下鉄に乗り込むと、あらたに活力が湧いてくる気がした。SENSEの職員として仕事をするために、賑やかで慌ただしい大都会に戻って来られて幸せだと思った。
仕事を再開して数カ月、また世界の一員になれた喜びは大きい。毎朝、マットとウェイクフィールド行きの列車に乗って出勤し、九時から五時まで仕事をする。しかもそれが退屈でいやな仕事ではないのがありがたかった。
オフィスはウェイクフィールド駅の隣のビルの三階にある。ビルに入り階段の下まで来ると、わたしはマットのハーネスをはずしてやる。彼は階段を駆け上がり、上の階でわたしが追い付くのを待っている。わたしがちゃんと階段をあがってきたことを確認すると、彼はまた駆け上がる。彼もだが、わたしも活力に満ち溢れて一日の仕事をこなしていた。

オフィスに着く前から、同僚たちはわたしたちがやって来たことを知っている。階段を駆け上がるマットの足音と息遣いが、わたしたちの到着の前触れだ。

同僚はみなおしゃべりで親切だったが、わたしの楽しみは外に出て、おなじアッシャー症候群を患う人と会うことだった。

この疾患は謎の部分が多いが、ここで働くようになって、さまざまな症状を学ぶことができた。二人としておなじ症状の人はいない。聴力が視力より優っている人も、視力が聴力より優っている人もいるし、杖を使う人使わない人、手話を使う人もいれば読唇する人もいる。だが、それぞれのトンネルから外界を見て暮らしているという点ではおなじだ。

なにより大事なのは、病気を理解してくれる人、おなじ苦しみを経験してきた人、もっと楽に生活する術を知っている人、もっと楽になりますよと励ましてくれる人と話をすることで、患者たちが変わってゆくということだ。わたしが診断を受けたころには、アッシャー症候群だけを支援してくれる団体はまだなかった。

ほかの人たちの支えになることで、わたし自身も力をもらい、変わることができた。あたらしい自分を丸ごと受け入れられるようになった。それに、パートナーと別れたことをきっかけに、ゲイツヘッドの実家に戻る決心もついた。だから、ロンドンでの仕事を終えると、ウェイクフィールドのオフィスに戻る列車ではなく、タイン河畔のわが家に戻る列車に乗り込んだ。

炭鉱の町のオレンジ色の煉瓦や灰色のスレート屋根が見えてくると、ゲイツヘッドがちかいことがわかる。わが家につづく道しるべだ。

そしてそこに彼女がいる。わたしをその懐に招き入れるように大きく腕を広げて、イングランド北東部を守るように丘に立つ鋼鉄の彫刻作品〝北の天使〟。子どものころ、母と二人でよくこの像を観に行ったものだ。故郷を離れた者にとって、彼女は古い友達のようなもの。長距離トラックの運転手や、母のもとを巣立って大学に行った学生、故郷に残した恋人を焦がれる者たちにとって、この像は懐かしさの象徴だ。骨の髄まで〝ジョーディ〟のわたしも、この像を見れば幸福な子ども時代の思い出がどっと甦る。目を閉じれば、夏の日の刈ったばかりの青草の匂いがして、ダイニング・テーブルに置かれた祖父の帽子と手袋、キッチンの窓を湯気で曇らすミンス・アンド・ポテトが脳裏に浮かぶ。ジュリーやアラーナや近所の子どもたちと夕方まで遊んだ日々、〝猿の血〟がポタポタ垂れるスクリューボール。

いじめやひどい悪口、意地悪な女の子たち、スーパーでわざとカートをぶつけてくる人たちのことは思い出さない。

いま住むとしたら、ゲイツヘッドのわが家にまさる場所があるだろうか。

列車は速度を落としてタイン橋を渡った。窓から美しい鋼鉄の造形美を眺める。これも故郷のしるしだ。いまではその全容を見ることはできない。まるで母親が大切な二人の子どもを両脇に抱えるような姿の、鉄のアーチの一部が見えるだけだ。接続部分を留める太いボルトは頑丈で力強く均一で、エンジニアリングの魔法と美の結晶だ。わが町の標識である橋の美しさがほんとうにわかるのは、きっと〝ジョーディ〟だけだろう。
わたしは実家のちかくに二軒一棟の家を購入したが、内装をやり直すあいだ実家に厄介になるつもりだった。
子ども時代を送った部屋で寝起きするのは、昔に戻ったようで心安らぐ。夜、補聴器を置くのも、昔とおなじ箪笥の上だ。
幼いころスキップして遊んだ通りは体に馴染んでいるから、バス停まで歩くのにマットも杖もいらないかもしれない。歩道のでこぼこもコンクリートの隆起も、道にはみ出す木の根っこもひとつ残らず覚えているから、杖で足元を探る必要はない。
それでも、盲人というあたらしいレッテルを背負って実家に戻ることに、多少の恐れを抱いていた。チャウデン団地の住人たちは、わたしが〝耳の聞こえない女の子〟だと知っているが、いまは補聴器をつけたうえに、白い杖を持つか、盲導犬を連れるかして、〝聾盲者〟として歩かねばならない。
道でばったり同級生と会ったらどうしようと思う。週末に実家に帰っているとはいえいつも慌ただしく、昔の友達と旧交をあたためる時間はなかった。それに、コーヒーショップの窓に映った自分の姿を見たときのショックはまだ消えていなかった。友人たちの目にどう映るか、想像に難くない。
だが、最近わたしの身に起きたことが、多少の助けにはなるかもしれない。わたしはちょっとした地元のスターになっていたのだ。

一週間前、ＳＥＮＳＥの同僚がメールで信じられないニュースを知らせてくれた。〈デイリー・ミラー紙〉が主催する〝プライド・オブ・ブリテン賞〟の候補になったのだ。メンター・コーディネイターとしての仕事と、マットと一緒に歩いて行なった寄付金集めが評価され、〝ローカル・ヒーロー部門〟で二万人の候補者の中から最終候補四人に選ばれた。

メールを読んで頬が赤らむと同時に、誇らしい気持ちも湧いてきた。でも、べつに自分をヒーローだと思ったことはない。自分にできること、つまり人の力になることをしたまでだ。それに、もう一度世の中に出て行く自信をわたしに与えてくれたのはマットだ。彼と二人でピークディストリクト国立公園を歩いたのは、寄付金を集めるためだった。そのことはＳＥＮＳＥに出した履歴書に書いたので、一石二鳥ではあったが。

それが大勢の人の注目を集め、その結果ＳＥＮＳＥがわたしをこの賞に推薦してくれたのだ。推薦理由として挙がったのが、アッシャー症候群と闘うわたしの勇気と、おなじ病に苦しむ人たちを助けてきたわたしの業績だった。

「でも、アッシャー症候群を患いながら偉業を成し遂げた人は、ほかにも大勢いるのよ」わたしは母に言った。

母はほほえんだ。「人生を楽しめばいいのよ、ジョアン」

母もまわりのほかの人たちも、よくここまで頑張ったとわたしをねぎらってくれる。でも、わたしにとって、ただ生きていることと、充実した人生を送ることはまったく別物だ。人の力になることで、わたし自身も大きな満足をえられる。彼らが輝きはじめるのを見るのは無上の喜びだ。

きょう、地元のテレビ局のレポーターがやって来て、わたしがメンターたちとミーティングを行う様子を撮影していった。

ほかにもマットと歩く姿がフィルムにおさめられたが、そのときようやく、よくやってきたと自分を褒めてやりたい気持ちになった。

あすのニュースでこの映像が流れれば、近所の人たちが白い杖をつくわたしを見てもショックを受けないだろう。テレビのインタビューが、〝耳の聞こえない女の子〟がいまは目も見えないと、みんなに教えてくれるだろう。

だが、近所の人の中には、わたしの姿を見て憐れみの涙を流す人もいるかもしれない。「なんて不公平な」と唇を震わせるかもしれない。わたしは同情のほほえみを浮かべるだけだ。自分に同情してではなく、彼らに同情して。わたしはけっして憐れみを受ける存在ではない。

けっきょく賞は取れなかった。もっとふさわしい人が選ばれた。でも、賞を取る取らないは関係なかった。大事なのは、あたらしい自分を受け入れられるようになったこと、それにまわりの人たちがあたらしいわたしを受け入れてくれたことだ。

クリスマスのプレゼントを開ける子どもの姿を見る以上に胸躍ることはない。丁寧に巻かれた包装紙をビリビリと破るから、サンタや赤鼻のトナカイがプリントされた紙が床に散乱する。子どもたちは一刻も早くプレゼントを見たくて必死だ。わたしの耳には歓声が届かないが、姪のケイシーの顔がすべてを物語っている。彼女はジュリーの娘だ。シェフィールドに住んでいたころは、なかなか彼女に会えなかったが、いまはちがう。
四歳のケイシーにとって、クリスマスは一大イベントだ。わたしにとっても、今年のクリスマスは特別な意味を持っていた。手術が数週間先に迫っていたからだ。
この一年間、わたしは定期的にコールソン先生のもとを訪れた。そのあいだにわたしは再就職してゲイツヘッドに戻り、いま、彼はわたしの人生を大きく変えるあることをわたしに提案した。そのことを考えるたび、興奮が全身を駆け巡って鳥肌が立つ。
それだけではない。興奮の下にはべつの感情が隠れていた。手術が失敗する恐怖だ。口に出して言ったことはない。胸の奥底に隠している。子どものころから入会を拒否されつづけた、排他的な〝耳が聞こえるクラブ〟に、参加できる喜びだけをおもてに出していた。
今年のクリスマスもわたしに魔法をかけてくれた。どこに行っても懐かしい香りに包まれる。町の市場で売られる焼き栗の匂い、木々を飾る赤いリボンを巻かれたシナモンスティックの匂い。
今年はわたしが実家に帰っているので、家族みんなが集まって特別なクリスマスになった。
「『アナと雪の女王』のエルサだ！」ケイシーがわたしからのプレゼントの包みを開けて叫んだ。
彼女は黒い瞳を輝かせ、わたしにありがとうを言いに来た。ほかの人たちは、部屋の向こうからありがとうと叫ぶだけだった。幼いケイシーもわたしの障害を知っていて、気を遣ってくれる。彼女がなにかおもしろいことを言っても、わたしはあとで説明してもらわないとわからない。彼女はそれを知っているから、わたしに何度でも説明してくれる。大人はいいかげんに飽きても、幼い子どもはおもしろい話に何度でも笑おうと待ちかまえている。そしてほんとうに楽しそうに笑う。顔を輝かせてケラケラ笑うと、母親そっくりの隙っ歯が覗いた。
言葉をしゃべりはじめたころは、彼女となかなか意思の疎通をはかれなかった。親でもわからないのだから、わたしにわかるはずもない。
でも、彼女が四歳になったいまは、けっこういろいろおしゃべりできた。彼女はわたしの膝に小さな手を置いて、自分のほうを向いてとねだり、『アナと雪の女王』に出て来るキャラクターの一人、ペッパ・ピッグについて楽しそうにしゃべる。
耳が聞こえないことで得することもある。赤ん坊のケイシーの泣き声に苛立つことはなかったのだから。
クリスマスの朝、実家のリビング・ルームでは、クリスマスツリーの豆電球がチカチカ光って雰囲気を盛り上げていた。ジュリーがクリスマスのCDをかけ、みんながそれぞれプレゼントの包みを開けた。母とジュリーとアラーナが昔のクリスマスソングに合わせて歌い出す。ポール・マッカートニーやスレイドが〝トップ・オブ・ザ・ポップス〟の上位を争っていたころの思い出が甦った。子どものころに、ビデオで彼らの演奏を観た覚えがある。ジュリーは何度もビデオを止め、歌詞を書き取り、口移しでわたしに教えてくれたものだ。
ジュリーがわたしの膝を叩いた。「ねえ、来年のクリスマスには、あなたもこの曲を聴くことができるのね」ジュリーに言われ、全身にまた鳥肌が立った。
わたしたちは輪になって座り、いちばん思い出に残っている曲について語り合った。母の思い出の曲はエルヴィスの『サスピシャス・マインド』で、目を閉じると、マジェスティック・ホールで出会ったころのリーゼントスタイルの父を思い出すそうだ。父の思い出の曲はジャーニーの『ドンド・ストップ・ビリーヴィン』、アラーナはオアシスの『リヴ・フォーエヴァー』を挙げた。わたしには想像もつかないが、スピーカーからその曲がかかると、幸せだった日々が堰を切ったように甦るのだろう。わたしにとって音楽はビートでしかない。

「おまえもじきにそうなるさ」アームチェアに座る父が言った。そう、たしかにそうだ。

わたしだって、音楽にはクラシックとかロックミュージックといったジャンルがあることは知っているが、あくまでも目で見てわかることだ。たとえば、オーケストラの指揮者のタクトの動きとか、ヴァイオリニストの弓の動きから、クラシックはおだやかでやさしいものだと思っている。一方のロックミュージックは、シンガーがステージで大きく体を揺すり、激しくギターを掻き鳴らし、聴衆は総立ちで腕を振り回し、飛び跳ねている。

でも、どんな音なのかはわからない。瞬時にして人をある場所や時間に移動させ、恋に落ちたときや失恋したときの感情を追体験させる音楽の力は、わたしの理解を超えるものだった。

クリスマスの朝、わたしには音に溢れた世界という未知の体験が待っていることに気付いた。ケイシーはべつのプレゼントの包みを破っている。そこには音が伴っているの？　ケイシーがなにかおもしろいことをして、父が笑う低い笑い声はたまに聞こえることがあるが、彼女のクスクス笑いは聞こえない。それに母の声も。

いろいろなことがこの先わたしを待ちかまえている。それでも……手術によって完全な静寂の世界に落ち込む可能性も否めないのだ。ホワイトノイズもなにも聞こえない世界に。手術が失敗すれば、もう補聴器も使えない。
まったくの静寂があるだけだ。

目の前を眩しい光がつぎつぎに横切っていった。わたしは病院のベッドに横たわり、そのまま手術室へ運ばれてゆくところだ。補聴器をはずしているので、わたしのお供は静寂ばかりだ。廊下を行くわたしに見えるのは天井とライトだけだ。胃がでんぐり返る。緊張のあまりこの二十四時間なにも口にしていなかったが、食事のことは頭をよぎりもしなかった。きょうが手術日だから、あたらしい人生の出発点になるはずの日……でも、紙のトレイに置いた補聴器をつかんで耳につけ、ここから逃げ出したいと何度思っただろう。

母に付き添われ、バーミンガムのクイーン・エリザベス病院に入院した。一年にわたり、コールソン先生と彼のチームの医師たちとミーティングを重ねてきた病院だ。

ゆうべ、列車でこちらに向かうあいだ、母はしゃべりっぱなしだった。わたしの緊張をほぐすつもりだったのだろう。わたしは母と向かい合わせに座り、その唇の動きを見つめていたが、母の言うことはわたしの頭を素通りするばかりだった。この一年繰り返してきた問いが頭の中で渦巻いていたからだ。ほんとうにこれでいいの？　いままでのままの自分でいてどこが悪いの？

病室に落ち着くと、母は同室の患者さんたちとおしゃべりをはじめた。みんなおなじ日に手術を受ける人ばかりだった。母はなんの屈託もなく、大丈夫、手術はきっとうまくいくわよ、とみんなに言っていた。そうすることで、娘の手術もうまくいくと自分に言い聞かせていたにちがいない。

朝になり、手術の準備のため病棟を移った。看護師が手術用のガウンを持って来て、補聴器をあずかります、と言った。〝お守り毛布〟のような補聴器をはずしたとたん、後ろ髪を引かれる思いがした。三十年以上も慣れ親しんできた、まさに体の一部なのだから仕方がない。

静寂の中で母がコールソン先生とおしゃべりするのを眺めていた。わたしを安心させるつもりか、二人ともときどきこちらに笑顔を向けてきた。仲間はずれにしないという合図だろうが、むろんわたしは仲間はずれだ。補聴器がないと、二人の話についてゆくのは不可能にちかい。母とコールソン先生の顔を代わる代わる見るのだが、とても追い付かなかった。

空っぽの胃がムカムカしてきた。手術後の人生がどうなるか、不安でたまらないからだ。スイッチが入れられるまで一カ月は静寂の世界にいなければならないし、そのあともうまくいく保証はなかった。残りの人生をこんなふうに、まわりでおしゃべりする人たちの顔をせわしなく目で追って生きることになるかもしれないのだ。

紙のトレイに載せられた補聴器に思いが向かう。きょろきょろ見回したが、狭い視界に補聴器は入って来なかった。それでよかったのだろう。もし目に入ったらつかんで耳につけ、病院から逃げ出すだろうから。

そんなわけで、わたしはいまベッドに横たわったまま廊下を進んでいる。ドア枠が見えた。この部屋で麻酔をかけられるのだろう。視界にベッドの移動係の顔が入って来た。「しばらくここにいてください」彼は言った。

Chapter 14

わたしはほほえんだものの、心臓は激しく脈打っていた。つぎに目に入ったのは母の顔だった。「麻酔から覚めたらここにいるからね」母がほほえむ。わたしは泣きたくなった。言い知れぬ恐怖が湧き上がり、こぼれ出しそうだ。熱い涙を堪えてほほえみ返した。「あなたなら大丈夫」母が言い、視界から消えた。

わたしは一人ぼっちで天井を見つめていた。まわりに人がいるのだとしても、なにも聞こえない。つぎにコールソン先生が見えた。元気づけるように笑みをたたえた目でわたしを見下ろす。青い手術着を着ているから別人のようだが、見慣れた顔を見てほっとした。

彼と交わした会話のひとつひとつを思い出す。聴覚障害者から健聴者に変えてあげますよ、と言われて希望を抱き、病院をあとにしたことが何度あっただろう。その瞬間を迎えるために、わたしたちはいまここにいる。そしてこれから、人生を変えるために麻酔をかけられるのだ。麻酔が覚めたとき、耳は聞こえるようになっているの？　ほんとうにうまくいくの？　興奮と恐怖が入り混じり、動悸が少し速くなった。不安もある。

だが、考え直すにはもう時間がない。コールソン先生の顔が消え、入れ替わりに麻酔医の顔が見えた。

「手術の準備に入ります。一から十まで数えてください」

わたしは息を吸い込んだ。ついにそのときがきた。

「一……二……三……」

それ以上数える前に意識はなくなっていた。

Chapter 15
音に出会った日

まるで鉛の重りを載せられたようにまぶたが重かったが、なんとか目を開けた。真っ先に目に飛び込んできたのは天井のひびだった。それからライト、数秒経って顔が見えた。エドナおばさん。その顔は人を包み込むようにあたたかく、満面の笑みに心が安らいだ。エドナは母のいとこで、七時間におよぶ手術のあいだ母の話し相手になってくれた。家族同然の人だから顔を見てほっとしたが、疲れていて声が出なかった。

エドナの背後に母の顔が現れた。二人とも幸せそうだ。

なんとか窓のほうに顔を向けると、外は暗かった。手術室に入ったのは早朝だった。

頭が重く、体は動かすのも億劫（おっくう）で、目を閉じるとまた眠りに落ちた。

Chapter 15

目を開けた。前より楽に開いた。どれぐらい眠っていたのだろう。また笑顔がふたつ目に入った。母とエドナと。わたしが、起き上がりたい、と言うと、二人はここぞとばかり手を貸してくれた。両側からわたしの脇に手を入れてゆっくりと起き上がらせ、背中に枕をふたつあてがってくれた。
母の顔が視界に現れた。「気分はどう、ジョアン？」
「手術したの？　終わったの？」声が掠れていた。母もエドナも笑った。
むろん手術は済んだ。頭に包帯を巻かれているので額が引きつっていた。麻酔が完全に覚めていないので、傷みは感じない。
それよりなにより、お腹がすいていた。きのうは緊張で食事をするどころではなかった。食べるものを調達してきて、と母に頼むと、ツナサンドを出してくれた。わたしは一年ぶりに食事にありついたようにむさぼり食った。ついでにチョコレートもブドウも食べた。満腹になると枕にもたれかかり、また眠りに落ちた。

コールソン先生の診察を受けたあと、二日後に退院した。手術は予想以上にうまくいきましたよ、と彼は言った。胸が高鳴る。夢に一歩ちかづいた。
いまは実家で両親の手厚い看護を受けている。布団にくるまってぬくぬく過ごした子ども時代に戻ったようだ。もっともあのころは、補聴器をしていたから、つけっぱなしのテレビのブーンというやさしい音や、母が二階のジュリーにかける声がくぐもって聞こえていた。いまはまったくの静寂があるだけだ。日が経つにつれ、この状態が耐えがたいものになっていった。

生まれたときから静寂の中にいたのに、いまはなぜか不安に感じるのだ。目が見えなくなっているせいかもしれない。ホワイトノイズが聞こえないと、目がよけいに頼りなく感じる。友達がお見舞いに来てくれたが、視界に顔が現れないかぎり、部屋に人がいるかどうかもわからない。父が競馬中継を観ていることも、隅のテレビに目を向けないかぎりわからない。あたりまえになっていたから気にも留めなかったブーンという低いうなりが、〝安心毛布〟の役を果たしてくれていたことに、いまになって気付いた。それがないと迷子になったようだ。

「どう、散歩にでも行かない？」母が言った。

〝北の天使〟を観に行くことにした。三月初旬でまだ寒いから、厚手のコートを着て出掛けた。両耳を分厚い包帯で保護したうえに頭全体にも包帯を巻かれているので、ニット帽をかぶらないと幼児番組のキャラクター、テレタビーみたいに見える。それに、手術のために頭を剃られ丸坊主だ。蝸牛に電極を埋めるため、耳の後ろの皮膚を切ってめくりあげ、頭蓋骨にドリルで穴を開けたのだ。病院で麻酔から覚めたときはなんの傷みも感じなかったが、日が経つにつれ、頭皮を縫った痕が引きつってチクチクしてきた。

実家で静養していてよかったと思う。紅茶を淹れることすらままならないのだから。補聴器をしていれば、やかんの湯が沸騰する音が聞こえるので火傷せずにすんだが、いまはそこらじゅう謎だらけで、迷子になった気分だ。

お見舞いにくる友達は、人工内耳のスイッチが入る日のことを熱心にしゃべるが、静寂の中で待つ身にとって一カ月ははてしなく長い。むろんいちばん恐ろしいのは、いまの状態が永遠につづくことだ。
だが、内心の恐怖を誰にも打ち明けていない。わたしにあたらしい世界が開けることを心から喜んでくれる人たちの思いに、水を差すようなことは言えなかった。だから、新居の内装をどうするか考えることにしていた。引っ越しまで数週間と迫ってきたので、壁をなに色にするか、キッチンはどうするか……そういったことで気を紛らしてはいても、頭から離れない問題がひとつあった。スイッチを入れる日が来て、はたして耳はちゃんと働いてくれるのだろうか？

いま、母と病院の待合室にいて、時代は変わったと思う。ここはまるで教室みたいだが、教壇にいるのは〝先生〟ではなく巨大なテレビスクリーンだ。そこには患者の名前と、診察の待ち時間が表示されていた。
ジョアン・ミルン　十分
椅子の上でぎこちなく身じろぎする。隣で母もおなじことをやっているが、どちらも口をきかない。緊張のあまり話をするどころではないのだ。
十分。
子どものころと同様、待合室の隅には子どもが遊ぶスペースがあるが、昔は古い算盤（そろばん）がひとつあるきりだったのに、いまはライトが点滅するプラスチックの玩具がいくつも用意されていた。男の子が一人、その玩具で夢中になって遊んでいた。彼の耳は玩具が発する音を拾えなくても、ほかの感覚を刺激するものがあるのだ。母親が玩具の使い方を教えている。色を変えたり、ライトをつけたりするやり方だ。
八分。
テレビスクリーンにはわたし以外に三人の名前が表示されている。なんらかの聴覚障害を持つ人たちだが、いつごろ呼ばれるか見当がつくのでリラックスして待っていた。病院も変わったものだ。聾者が生活しやすい世の中になったし、障害に対する理解も深まってきた。視力のチェックのためはじめて病院を訪れたときは、黒い文字が書かれた黄色の標識に馴染めなかったが、いまはすっかり頼りにしている。
七分。
わたしは落ち着きなく脚を組んだり、おろしたりしている。横で母が汗ばむ掌をコートに擦り付け、それからティッシュを探してバッグを掻き回した。
六分。
きょうはスイッチを入れる日だ。ずっと待ち焦がれてきた日。もっとも、子どものころは耳が聞こえなくても幸せだった。ほかの選択肢があることに気付くまで、それなりに満足して暮らしていた。耳が聞こえるようになる可能性があると知り、人工内耳移植について調べ出してから、この日を待ち焦がれるようになった。
五分。
そのとき、またあの恐怖が甦り、鼓動が速くなって、掌がべっとり汗ばんできた。手術がもしうまくいってなかったら？

四分。

この気持ちを母に告げたら、きっとこう言われる。なにを馬鹿なこと言ってるの、うまくいってるにきまってるでしょ。それからわたしを安心させる言葉を並べるだろう。全身からポジティブなオーラを発散させて。

だが、足元に目をやると、母の足が不安げに動いているのが見えた。わたしとおなじことを考えているのだ。母と娘のあいだに言葉は不要だ。

三分。

テレビスクリーンに目をやり、唾を呑み込んだ。

二分。

ドアが開き、患者が笑顔で出て来た。書類を手にしている。

一分。

下を向くと黒い靴が見えた。顔をあげる。視界ににこやかな顔が入ってくる。隣で母が立ち上がるのが椅子の振動でわかった。わたしはドキドキしながらバッグと椅子の背に掛けておいたコートをつかんだ。

「こちらにどうぞ」看護師の案内でわたしたちは診察室に入った。

頭の中でこの場面を想像したときには、もっとてきぱきと事が運んだ。夢の中では、スイッチを入れるボタンはひとつだった。実際には三時間かかった。聴覚機能訓練士のルイーズの向かいに座ると、わたしの興奮はおさまり、鼓動もゆっくりになった。彼女はわたしの目をまっすぐに見て話してくれた。人工内耳のスイッチを入れる前に、四十四の電極をコンピュータに接続する必要があるそうだ。マイクとスピーチプロセッサーから成る体外装置から出ているコードをコンピュータに接続するのは、手間のかかる作業だった。耳のうしろに装着された体外装置はひんやりとして硬かった。子どものころ、はじめて補聴器をつけたときとおなじ感触だった。

皮膚の下に埋め込んだ受信機を作動させ、コンピュータにつなぐのに一時間かかった。それから左耳の二十二の電極をひとつずつ作動させるのだが、彼女はわたしにこう指示した。ひとつずつ作動させますから、音が聞こえたらボタンを押し、その音が耳に心地よい大きさになったらまたボタンを押してください。音は低いブーンという音か、ビービーいう音で、これまでに受けた聴力テストと変わりがなかった。彼女は電極のひとつを作動してテストをするたびリストの項目を消し、数字を書き込み、音の高低と音量を調整した。ガラスの容器にビー玉を入れた幼い日を思い出す。あの当時はコンピュータなどなく、不格好な灰色の器具があるだけだった。

あれからいままでにいろんな先生にお世話になった。幼いわたしは、マシアス先生の太いもじゃもじゃの眉毛に見とれたものだ。わたしが集中できるようにと、彼はわたしの前にひざまずき、まっすぐに目を見て話しかけてくれた。でも、わたしの視線は芋虫みたいな眉毛に引き付けられる。一所懸命笑いを堪えたことを思い出す。

左耳の電極の調整がおわると、ルイーズは右耳でもおなじことを繰り返した。母は退屈したふうもなく、作業を食い入るように見つめていた。

Chapter 15

何時間も過ぎたような気がしたところで、ルイーズがようやくペンを置いてわたしにほほえみかけた。

「これからスイッチを入れますけど、心の準備はいいですか？」

心臓が喉までせり上がってきた。いよいよ……

全身の毛が逆立った。感電したかのように全身がビリビリしていた。耳が腕が脚がワンワン鳴り響いている。こんな感覚は生まれてはじめてだった。頭のてっぺんから爪先へとその感覚は伝わり、抜け出して、床に吸い込まれていった。

文字が音が、壁に当たり、天井に当たり、ドアに当たって跳ね返る。部屋中が、耳の中がワンワンいって、脳みそがガタガタと激しく揺れる。

ルイーズは数秒前に話すのをやめていたが、部屋の中で音は鳴りつづけていた。

「キャーーーーン……ユゥーーーーーー……ヒィーーーーーヤ……ミィーーーーー？」

わたしがはじめて聞いた言葉、それは「聞こえますか？」という問いかけだった。

わたしの脳は一音一音を細大漏らさず認識しようと必死だった。追い付こうとフル回転している。ルイーズの口から転がり出た音がわたしの耳を直撃し、そこで花火のように爆発した。脳はそれをすべて取り込んで吐き出そうと必死だ。音が頭の中に満ち溢れる。音というはじめての感覚に、全身の神経がいっせいに目覚めた。

四十年ちかく待ち望んできたものが、これなの？　これが音というものなの？

そこでようやく気付いた。はじめて音を聞いたのだ、と。これはホワイトノイズではない。ブーンというやさしい音ではない。わたしにはかすかに聞こえるだけだった、お腹の底から湧き上がる笑い声ではない。大音量のスピーカーに耳を押し当てたとき、遠くに聞こえるビートでもない。これはわたし、ジョーが部屋に座って、はじめて耳にした音だ。耳が聞こえるとはこういう感じなのだ。

「これから曜日を言いますからね（アイル・ゴ・スルー・ザ・デイズ・オブ・ザ・ウィーク）」ルイーズがゆっくりと言った。彼女がもう一度繰り返すと、わたしの脳は言葉を処理しようと必死になった。彼女が話し終えたあとも、〝ウィーク〟の最後の〝k〟の音が部屋中に響いていた。まるで音がわたしの身長の二倍の高さまで跳び上がってから落ちてきて、耳に飛び込んできたようだ。音は移動する。頭の中だけでなく、全身でそれを感じる。

はじめて入ってきたものを、脳は追い付いて処理しようと目覚ましく働いていた。暑い日に冷たい風呂に跳び込んだようだ。一瞬のうちに静寂から音が聞こえる段階へ移動したので、脳があっぷあっぷしている。

ルイーズの声は、想像の中のロボットの声だ。キーキーと甲高く、電気的だ。これが人間の声なの？

わたしがうなずくと、ルイーズはしゃべりはじめた。「月曜……火曜……水曜……」

言葉を理解しようとするが、なにしろ多すぎる。ソーダ水のように興奮と感情が体から溢れ出す。

手は震え、涙が顔を伝った。泣くまいとしても涙はとめどなく溢れ、膝にポタポタ落ちた。
これがそうなのだ。わたしは聞いている。これが音だ。
彼女がつづけた。「木曜……金曜……土曜……日曜……」
言葉は知っているけれど、耳で聞くのははじめてだった。なんでもない言葉なのに、これほど美しいものはないと思った。
母はわたしの右側に立ち、この一部始終をビデオにおさめていた。わたしは話そうとして、不思議な感覚に囚われた。頭の中の声。自分の声。
「音がとても高い」わたしはルイーズに言った。
「最初のうちは音が高く聞こえます」彼女がゆっくり言う。「脳が再調整してくれるようになります。ずっとこうではありませんからね」
わたしは両手に顔を埋めて泣いた。
「ごめんなさい」わたしは泣きながら顔をちょっとあげた。
「人生が変わる大事な大事な日ですものね」ルイーズに言われ、わたしはまた泣き出した。事の重大さにようやく気付きはじめたところだ。音が聞こえる。
「自分の声が聞こえますか？」彼女が言う。わたしはうなずいた。「グッド！」
まるで雷のように、〝グッド〟の〝ｏｏ〟の音が部屋中を踊り回り、頭のまわりを飛び跳ね、頭上の空気を煌めかせながら消えていった。そのあとから〝ｄ〟の音が余韻を引く。きっぱりと力強い音だ。

「とっても奇妙に聞こえます」わたしはルイーズに言った。涙がまた溢れた。
「そういうものです。あなたはよくやりましたよ、ジョアン。大変なことを成し遂げたんです。自分を誇りに思うべきだわ。ほんとうにすばらしい」
わたしはまたわっと泣いた。
「ほら、笑って」母がビデオカメラを持ったまま言う。母。母の声。わたしの代弁者であり、わたしの耳であり目であり、わたしの人生そのもの。その母の声を聞くのはこれがはじめてだった。母とルイーズの声のちがいを算出しようと脳が懸命に働き、答えを出した。母の〝ジョーディ〟訛(なま)りだ。わたしたちはこんな発音をしているのだ。
「よくやりましたね」ルイーズが言った。「ほんとうにワオって感じ」
「驚きだわ」わたしはそれだけ言うとまた泣いた。
ルイーズはわたしが泣くわけがわかったのだろう。こんな質問をした。「自分がしゃべる声が聞こえるのですね？」
「あなたの声よりずっとずっと高い音だわ」
「最初はそうなんです。でも、それがずっとつづくわけじゃない」
それから、彼女は月を一月から言い、左右それぞれの耳の音量はどうかと尋ねた。曜日とおなじで、月の名前もとても美しい言葉に思えた。十一月までできたとき、わたしはまた両手に顔を埋め、泣きに泣いた。彼女の手が肩に置かれるのを感じた。
手術はうまくいった。わたしは聞こえる。幸せの絶頂をボトルに詰めることができるなら、い

Chapter 15

まのわたしの気持ちがまさにそうだ。こんなふうになるとは想像していなかった。静寂の世界の中で、言葉はこんなふうな音を持っていなかった。音はどれもおなじで個性がなく、友達になりたいけど遠くから見つめるだけの赤の他人だった。それがいまはこの耳で音を聞いている。

わたしはうつむいて、また泣いた。

ルイーズの部屋を出るわたしは、耳が聞こえる女だった。涙で化粧が崩れた顔が、たった二時間で人生が一変したことの動かぬ証拠だ。背後でドアが閉まり、木の枠にドアが擦れる音が聞こえた。椅子に戻るあいだ、足が床を叩く音も聞こえた。すべてが驚きだ。健聴者があたりまえのことと気にも留めない小さな音が、わたしの世界を彩る。これまで経験したことのない人生を運んできてくれる。

最初のうちは、異なる物音を聞き分けるのが難しかった。顔をあげると、隣の男が椅子から立ち上がるところで、耳に届いた音はその椅子が床に擦れる音だったとわかる。待合室の隅から聞こえるカタカタという音は、子どもが箱に玩具を投げ入れた音だ。

母が感無量という顔でわたしを見ている。母と娘はついクスクス笑い出す。

「あの音はなに？」わたしは母に尋ねた。

「デスクの向こうで電話が鳴っている音よ」母に言われて顔をあげると、受付係が受話器を取るのが目に入った。

「あの音は？」わたしはまた尋ねる。カタンカタンという音が通り過ぎていった。

「カートの音。ランチのサンドイッチを配って歩いているの」

わたしたちの顔はゆるみっぱなしだった。

わたしにはまだ音を聞き分けることができないので、おなじ音量の音の攻撃に晒されている。受付係のデスクの電話の音も、隣に座る母の声も大きさはおなじだ。待合室の隅で癇癪を起こす幼児の泣き声が、病院のラウドスピーカーから流れるアナウンスと混ざり合う。

いずれは脳が音を区別できるようになるだろうが、いまは足を踏み入れたばかりの〝音が聞こえる世界〟に魅了され、驚嘆するばかりだ。

きょうの仕事はまだ終わっていなかった。つぎに呼ばれたのは言語療法士の部屋だった。わたしはそこでチャートを渡され、言語療法士が読み上げる言葉を聞いて、チャートの当てはまる言葉を指差すという作業を行った。

彼女が読み上げる。「レスポンス。レスポンシブル。レスポンシビリティ」

わたしはチャートに目をやり、言葉を指差してゆく。この作業を何度も繰り返し行い、チャートを置いたときにはじめて気付いた。相手の唇を読んでいなかったことに。彼女の顔を見ることさえしなかった。

「ちゃんと聞こえていますね」彼女が言う。母が息を呑む音が聞こえた。

それは幼いわたしを連れてはじめて病院を訪れてからずっと、母が聞きたいと願ってきた言葉だった。わっと泣き出した母を、わたしは立ち上がって抱き締めた。わたしは耳が聞こえる。

一時間後、病院をあとにしランチを食べに行った。

Chapter 15

三月のその日、病院の外の道では、風に巻き上げられた葉がくるくると舞っていた。風が肌に冷たい。そのとき、風の音を聞いた。ピューピューと風は音をたてることを知った。

「風の音ね？」わたしは目を輝かせ、母に言った。

「そうよ」母はわたしの手を引いておもてに出て、この風の音をいったい何度聞いてきたことだろう。わたしは三十九歳にしてはじめて、風の音を聞いた。

母と二人、レストランに行ってパスタを注文した。この世界はなんて騒々しいのだろう。母とおしゃべりしていると――そのことにまだ慣れない――いろいろな音が耳に飛び込んできた。厨房の騒々しい音、ナイフやフォークが皿に当たる音、客たちのざわめき、あたらしい生活を祝って乾杯したときのグラスが当たってカチリという音。わたしの脳はこれらを〝レストランの音〟という括りで記録した。それにもうひとつ、わたしが持っているナイフやフォークが皿を擦る音。

「わたしって食事をするとき騒々しい音をたてるのね」わたしは笑って母に言った。あなたはずっとそうだったわよ、と母が言う。ナイフやフォークが皿に当たるとどんな音がするか、知らなかったのだからしょうがない。わたしのまわりの人たちは、我慢してくれていたのだ。

すべてが驚きだった。ウェイトレスに、パルメザン・チーズはいかがですか、と尋ねられたとき、わたしは下を向いていたのにちゃんと受け答えしていたこと。なにげなくグラスをテーブルに置いたら、驚くほど大きな音がしたこと。グラスに入っていた氷の塊がぶつかってカタカタ鳴ったこと。飲み物は音をたてないと思っていた。グラスも音をたてないと思っていた。顔を見合せないとコミュニケーションはとれないと思っていた。

足を踏み入れたばかりの〝音が聞こえる世界〟にはそんな秘密があったのだ。わたしはそれを、パスタと一緒にお腹に詰め込んだ。食欲は満たされても、音への欲求は満たされなかった。一日中でも食べていられる。

その晩、ホテルの部屋に戻ったころには、さすがのわたしの脳も聞くことに疲れ果てていた。クロゼットにコートを掛けている母に向かって、わたしは生まれてはじめて、いいかげん静かにして、と頼んだ。

「あら、ごめんなさい！」母が言い、わたしたちはぷっと吹き出した。

わたしは脳を休めるため体外装置のスピーチプロセッサーをオフにした。とたんに静寂の世界に逆戻りだ。慌ててオンにする。すると音が入ってきた。母がベッドに座ったのでマットレスがきしむ音、母がトイレを使ったあとの水が流れる音。

はじめて聞く音にわたしがいちいち目を輝かせるので、その晩は母と二人で笑いっぱなしだった。いくらなんでも疲れたので、ようやく体外装置をはずし、これまでどおり、ベッドサイド・テーブルに置いた。これで眠れる。

目を閉じても聞こえるものがひとつだけあった。言語療法士が言ってくれた言葉だ。「ちゃんと聞こえていますね」

Chapter 16

はじめての音楽

カチッ……カチッ……カチッ……カチッ……カチッ……

わたしはにんまりする。

カチッ……カチッ……カチッ……

クスクス笑い出す。

わたしはわが家の廊下に立っている。つぎの瞬間、闇に沈む。天井からさがる電気がついて……消えて……ついて……消える。

電気がついたり消えたりを繰り返している。玄関を入った廊下に立っているのは、電気がついたり消えたりするのがおもしろいからではない。音がおもしろいのだ。電気のスイッチが音をたてるなんて。

音、いまだに慣れることのできない言葉。

カチッ……カチッ……カチッ……

幼児のように飽きずに繰り返す。こんな単純なことが、おもしろくてたまらない。心を奪われる。耳が聞こえるようになってからの二十四時間は、発見の連続だった。

バーミンガムのホテルに泊まった翌日も病院に行った。人工内耳の音量を調節するためと、異常が出ていないかをたしかめるためだ。この先数カ月は何度か病院に足を運び、ゆっくりと音量をあげてもらう。あいだに脳が慣れる時間をとりながら。

わたしの人工内耳移植手術は、うまくいったどころではなかった。すばらしい効果をあげたのだ。コールソン先生は、誰も想像していなかったような贈り物をわたしにくれた。わたしの世界に突然スイッチが入った。それは、経験する喜びを持てるとは思っていなかった感覚だった。それがないためにどれだけ損をしていたか、わたしにはわかっていなかった。世界が一瞬にして色付き、変わり、文字どおりライトアップされた。

いま廊下に立って経験していることとおなじだ。電気のスイッチを入れたり切ったり、あたりまえのことだけれど、わたしの世界が闇から光へと変わった象徴だ。電気のスイッチが音をたてるなんて。わたしはまた声をあげて笑う。

だが、それだけではない。住み慣れたこの家を歩き回って驚いた。わたしにとって聖域だと思っていたこの場所は、音に満ち溢れていた。

Chapter 16

けさ、バーミンガムのホテルで目を覚ましたとき、お腹のあたりがゾクゾクするのを感じた。わたしの目はすぐにゾクゾクの原因を探しあてた――ベッドサイド・テーブルにちょこんと載っている磁石のついた送信コイルだ。眠い目を擦る前に、わたしの両手はサイドテーブルに伸びていた。それを耳のうしろにつけると、皮膚の下に埋め込まれた受信機の磁石と引き合ってぴたりといい位置におさまった。

するとそこにあった。音。

母が目を覚ますまで、ベッドに横になったまま音に耳を澄ませた。世の中が目覚める音、隣の部屋に泊まっている人たちの話し声も、寝返りを打つと上掛けがたてる音も、わたしにはこのうえなく魅力的だ。笑いを堪えて咳払いする。咳払いの音、わたしがたてる音。

母の寝息が聞こえる。小さな口笛のような音が混じるやさしい寝息。母が目覚める。脚が上掛けを擦る音がして、美しい音がつづく。「おはよう」

母。

ほほえまずにいられない。いつもの習慣の朝の支度が、まったくちがう色合いを帯びている。シャワーの栓を捻ると噴出するお湯の音。クレンジングジェルを掌に絞り出す音。歯を磨くと頭の中で響く音。

耳に入ってくる音のひとつひとつが喜びで、楽しみで、驚きだった。この感覚をなくしたくない。なくしてはならない、と自分に言い聞かせよう。これがわたし、これがジョアン・ミルンなんだと。

生まれたときからわたしに貼られたレッテルは、もう消え去った。

病院で検査を受けると、受信機が正常に働いていると言われた。帰りの列車の中でも、母としゃべりつづけた。

気が付くと唇を読んでいる。身についた習慣はそうかんたんに抜けるものではない。それがあたりまえで、抜けるのに何年もかかる、と聴覚機能訓練士も言っていた。だが、わたしの耳が聞こえるようになったのは紛れもない事実だ。

脳がこんなに短時間で音に慣れるとは驚きだった。わたしが切符を探してバッグを掻き回しているのは、車掌の「切符を拝見します！」の声を聞いていたからだ。笑わずにいられない。

ニューカッスルの駅からタクシーに乗った。

タクシーのドアが閉まるバタンという音も、脳の図書館に蓄積される。

わたしが先に降りた。新居の前で母にさよならを言うあいだ、タクシーのエンジンはブルンブルンといいつづけた。門を開けると小さな金属音がした。玄関までを歩くわたしは、ドアの向こうにある静寂を頭のどこかで待ち焦がれていた。音に囲まれるのはすてきなことだが、あわれな脳はすべての音を処理しようと働きすぎ、いささかぐったりしていたのだ。無理もない。

一人暮らしの静けさを早く味わいたい。

それなのに、わたしは廊下にいて……カチッ、カチッ、カチッ、カチッ……家の中は静かとはいいがたい。どこへ行こうと、張り替えたばかりのラミネートフローリングの床は音をたてる。必要最低限のものしか揃えなかった家には、音を吸収してくれるカーペットもカーテンもないので、足音が響きわたった。

Chapter 16

キッチンでずっと鳴りつづけているジージーという音の出所が冷蔵庫だとわかるまでに、けっこうな時間がかかった。命を持たない物体だと思っていたから、内部にジージーいうハートを備えているなんて、誰が想像するだろう。それに、扉を開けたら冷たい空気が噴き出すとき、シューッと音までした。

時計のチクタクいう音、セントラルヒーティングのカタカタいう音、おもてで遊ぶ子どもたちの声、通りを走り過ぎる車の音、水道の蛇口から水がポタポタ落ちる音。ソファーに座ると革がキュッというし、コートを脱いで掛けるときにもシュッと空気が鳴る。

キッチンの戸棚からコップを出して、レストランでの自分の食事の仕方を思い出し、カウンターにコップをそっと置いた。炭酸水をグラスに注いだとたん、シュワシュワッという音に包まれた。シュワシュワ……あたりを見回す。背後を、床を、天井を見る。シュワシュワ……グラスに目をやると、水の表面で泡が踊っている。脳がさっそくこれも分類した。これは炭酸水のたてる音だ。

わたしはクスクス笑い、自分の笑い声を聞いてまた笑った。

夜、ベッドに入り、人工内耳のスイッチを切ってようやく静寂に包まれた。もっとも頭の中ではさまざまな音が渦巻いており、体外装置をはずしてベッドサイド・テーブルに置いたあともしばらく音はやまなかった。

体外装置に月の光が射すのを見て、わたしはほほえんだ。

不意に朝が待ち遠しくてたまらなくなった。

友人のトレメインがキッチンに入って来ると、鍵をカウンターに置いた。これまで彼が何度となくやってきたことだ。ただし今回にかぎって、ガチャンという大きな音にわたしは跳び上がった。いつもどおり彼を迎え入れて挨拶を終えたところだったが、きょうはいつもとなにかがちがうと二人とも気付いていた。鍵の音が思い出させてくれた。親友の声を聞くのははじめてだということを。

トレメインはごく親しい友達グループの一人で、わたしたちはふざけて自分たちを〝ザ・ギャング〟と呼んでいる。ハンターズ・ムーア病院で働いていたころ、リチャードとゾーイに出会ったのが友情のはじまりだった。あのころ、ダンスフロアで音楽に合わせて踊るわたしが、実は耳が聞こえないなんて誰も信じなかった。でも、ほんとうなんだから、とみんなに得意げに言っていたのがこの二人だ。

デブズとジャニヴァー、それにトレメインの妻のアンジェラが加わって、〝ザ・ギャング〟のできあがりだ。

看護師や福祉関係の仕事をする人ばかりだった。たとえばトレメインは補聴器のハードウェアを作る仕事をしている。銀行や郵便局に設置してある、補聴器の音を増幅させるループシステムのデザインをしたのが彼だ。

就いている仕事はまちまちだが、みんなに共通しているのは、生きることへの熱意だ。耳が聞こえないわたしを、あたりまえに仲間として扱ってくれた。

わたしが恋人と別れたとき、涙を拭いてくれたのは彼らだった。キャンプに出掛けるときには、暗くなっても唇が読めるようにと、光るネックレスやライト付きのヘルメットを用意してくれた。パブに行けば、わたしがみんなとおしゃべりできるように、ときどき席を移動してくれる。ジャニヴァーのライヴがあれば、わたしも招待してくれる。耳が聞こえないからわたしは参加できない、と彼らはけっして思わない。

だが、状況は変わった。きょうのお祝いのために、トレメインは特別な企画をたててくれた。きょうは、わたしがはじめて音楽を聴く日だ。

きょうのために、彼はプレイリストを作ってきてくれた。それはわたしがはじめて聴く音楽になる。しかも、国民の前ではじめて音楽を聴くのだ。

数週間前、彼は人気ディスクジョッキー、ローレン・ラバーンがBBCラジオでやっている『6ミュージック』のツイッターに、番組の〝メモリー・テイプス〟というコーナーで友達の話を取り上げてくれないか、と書き込んだのだ。人がある音楽を選ぶ背景には物語がある。そしてきょう、生まれてはじめて音楽を聴く人、つまりわたしの物語が取り上げられることになった。

「心の準備はいい？」トレメインが言う。わたしは鏡の前で髪を直していた。

シューーーー。ヘアスプレイを髪に振りかけると音がした。ヘアスプレイに音があるなんて知らなかった。

ぐずぐずしてはいられない。

「三十分後にオンエアだからね」トレメインのジープに二人で乗り込んだ。ブルルン。エンジンがかかり、彼の家目指して出発だ。タイン橋の横の横断道路を越える。トレメインはおしゃべりをつづけていたが、わたしは聞くどころではなかった。ビュンと横を車が追い越してゆく。ガチャンガチャン。トラックの荷台に張られた鎖の音だ。カチカチカチ。トレメインの車の方向指示器の音がして、彼の家のある通りに曲がった。

彼の家にもあたらしい音があった。リビング・ルームに腰を落ち着けると、彼が飲み物を作ってくれた。冷蔵庫のドアが開く……ミルクがコップに注がれる……やかんのお湯が沸く……足音がして、湯気をあげる紅茶のカップふたつを持って、彼が戻ってきた。

ソファーに腰をおろしてようやく、彼はわたしの頬の涙に気付いた。わたしはいろいろなものが聞こえるようになっただけでなく、前よりいろいろなものが見えるようになった。そう思ったら涙が溢れていたのだ。

彼が席をはずしていたあいだになにをやっていたか、わたしははっきりと思い描くことができた。音が聞こえるおかげだ。コールソン先生はわたしの耳を治しただけではなかったのだ。ほんとうに信じられない話だ。

「さあ」彼がわたしにハグしてくれた。「きみならうまくやれるさ。しゃべるのはおれに任せればいい」

それから、わたしたちの声が電波に乗って国中に流れた。

なにかとても力強いものを聴いて深い感動に包まれると、体の中の全細胞が生き生きと目覚める。音が耳から入って血管に飛び込み、泳ぎ回ると、全身が活気づいて鳥肌が立つ。心で、お腹の底で感情が膨れ上がる。そうなると脳は降参だ。あとは感覚の大波に身を委ね、音に乗って身も心も軽々と動き回るだけだ。

そしていま、わたしはトレメインの家のリビング・ルームで生まれてはじめて音楽を聴いている。想像していたのとはまったくちがっていた。

子どものころ、スピーカーに耳を押し当てて聴いた、数百マイル彼方から聞こえて来るかすかなビートが、わたしにとって音楽だった。あるいは、ダンスクラブで流れていた、みんなを笑わせたり、ほほえませたり、泣かせたりするのが音楽だと思っていた。けっきょく、わたしはなにも知らなかった。

音楽は聞くものではない、感じるものだ。わたしはいま、音楽に恋している。

ビートに乗って、わたしの心は落ちたり、突き進んだりする。歌詞が耳に流れ込んできて心をくすぐると、全身がリズムに合わせて動き出し、足が勝手に拍子をとる。

それが音楽だ。

音楽の波の頂きに乗っているとき、全国の視聴者がわたしと一緒に波に乗っていたことを、そのときは知る由もなかった。彼らは仕事の手を止め、紅茶のカップを置き、あるいは抱いていた子どもを下に置いて、耳を傾けてくれた。わたしがはじめて聴く四曲に。そして想像してくれていた。音楽を聴くという彼らにとってあたりまえのことが、できないのはどういうことなのだろう、と。

トレメインが作ってくれたのは、わたしの人生の一年一年から一曲ずつを選んだ、合計三十九曲からなるプレイリストだった。番組ではそのなかから四曲を選んで流してくれた。最初の曲はバット・フォー・ラッシーズの『ローラ』だった。

最初の音が聞こえてきたとたん、全身がザワザワした。

「あれはなに?」わたしはトレメインに小声で尋ねた。知ってはいても音を聞くのははじめての楽器を、彼にあきらかにしてほしかった。わたしは目で見てたしかめようとあたりを見回したが、むろんこれはラジオ放送だ。楽器はここにはない。

「ピアノだよ」彼が言った。わたしはやさしい歌声に耳を傾けた。曲が盛り上がってゆくにつれ、わたしの心も高まっていき、涙が止まらなかった。

その様子を彼はじっと見守っていた。彼にとってもこの瞬間は驚異だったのだろう。選曲はまちがっていなかった。

つぎの曲はエルボーの『ワン・デイ・ライク・ディス』だった。ヴァイオリンの音色が流れ、ドラムの音が重なると、まだ歌がはじまっていないのに、涙がとめどなく流れ、両手が震えた。ああ、なんてもったいないことをしたのだろう。こういうものを聴かずに生きてきたなんて。

わたしは顔をあげ、歌に身を委ねて美しい旅に出た。全身に鳥肌が立っていた。クライマックスにくると、これがオーケストラの音色だよ、とトレメインが教えてくれた。まったくあたらしい人生を、あたらしいチャンスを、あたらしいスタートを与えられたのだと思った。

音楽はさらにつづいた。ザ・ジョイ・フォーミダブルの『ワーリング』のブリキのような音。ディー・ライトの『グルーヴ・イズ・イン・ザ・ハート』のファンキーなサウンド。

Chapter 16

ローレン・ラバーンも、わたしのメモリーテープを聴いて涙が出た、と番組中で言っていたそうだ。この番組を聴いた人はみな涙した。わたしの物語はツイッターで話題になり、ケイトリン・モランや、バット・フォー・ラッシーズ自身もツイートしてくれた。そしてわたしは、狭いリビング・ルームにいて、ただ耳を傾けていた。

放送が終わってもしばらくは放心状態だった。トレメインもわたしも涙で顔をくちゃくちゃにしていた。それでも、すばらしい曲を選んでくれてありがとう、と彼になんとかお礼を言った。曲は終わっても思い出は残る。きょう聴いた四曲をこれからどこかで耳にするたび、彼の家のリビング・ルームではじめて聴いたときのことを思い出すだろう。

前に聞いた母の言葉が、わたしのなかではじめて意味を持った。エルヴィスの曲を聴くたび、母は父との出会いを思い出す、と言っていたのだ。音楽は人をべつの時間、べつの場所へ誘(いざな)ってくれるタイムマシンのようなものだ。少なくともわたしはそう思う。

この番組が話題になったので、トレメインは母が撮ったビデオの映像をYouTubeにアップした。病院でわたしがはじめて音を聞いたときの映像だ。『6ミュージック』でわたしの物語に心を動かされた人たちに、わたしの旅のほんの一部分でも見てもらえるだろう。

音楽に感情を揺すぶられるのは疲れる。美しい音を処理しようと脳も働きづめだったから、家に戻ると人工内耳のスイッチを切った。平穏と静寂が古い友のようにわたしを迎えてくれた。

いま、ベッドに横たわり、静寂の世界にふたたび身を置いている。まだ完全に目が覚めていないが、わたしの顔には大きな笑みが貼り付いている。きのうの思い出が甦り、芽生えたばかりのあたらしい感性を刺激する。あれほど美しいものを耳にしたことがなかった。
さらに数分間、静寂の中で思い出に耽ってから時計を見た。八時二十四分。ゆっくりと体外装置に手を伸ばす。耳に装着してスイッチを入れると、世界の焦点が合ってくる。そこへおかしな音が飛び込んできた。
ドン！　ドン！　ドン！　おもてから叫び声が騒音が聞こえる。ジージージーと携帯電話も振動しはじめた。たくさんの着信があったことがわかった。窓のカーテンを引いて息を呑んだ。家の前に十人ほどの人がいる。見ず知らずの人、レポーター、カメラを持った男たち。その中に母がいた。
「どういうこと？」わたしは口に出して言い、自分の声にぎょっとした。
ガウンを羽織り、階段を駆けおりて玄関のドアを開けた。母が飛び込んでくる。
「どういうこと？」わたしは母に尋ねた。
「あなたのビデオ」母が息を切らして言った。「ひと晩のうちに、世界中の人があれを見たのよ」
トレメインがアップしたビデオのことだと理解するのに時間がかかった。ＹｏｕＴｕｂｅに彼がアップした映像を二百万人が見て、世界中のニュースサイトで取り上げられていた。〈デイリー・メール・オンライン〉やＢＢＣではトップニュースの扱いだ。実家には朝の七時からマスコミが押しかけていた。
「あなた、有名人よ、ジョアン」母が冗談を飛ばす。だが、家の前に詰めかけたレポーターを見て、

Chapter 16

まんざら冗談とも言えないと思った。

携帯電話に入っていたメッセージを読んだ。世界中の人がわたしと連絡を取ろうとしていた。オーストリアにいる親戚、ニューヨークの友達、それにバングラデシュのアシュフィヤまでも。

わたしはつぎつぎにインタビューを受け、母はレポーターたちにせっせとお茶を出した。ニュースチャンネルはどこもレポーターを送り込んできたし、誰も彼もがわたしのことを、わたしの物語を知りたがっていた。本の出版や映画の話も出た。長い眠りから覚めたばかりのわたしは、いまだに夢心地だった。音が聞こえる世界にわたし自身がまだ慣れていないというのに。人工内耳のスイッチが入ってから、三十六時間しか経っていなかった。自分がどう感じているのかよくわからないし、好きな音を聞かれたってわかるはずもない。そんなことにおかまいなく、世の中はお祝いムードだった。

午後になってようやく最後のレポーターが引きあげてゆき、わたしはドアを閉め、ほっとひと息ついた。だが、それもつかの間、いまでは耳に馴染んだ門を開ける音が聞こえた。

〝補聴器具〟で武装したわたしは、玄関が見える窓から外を覗いた。訪問者が二人——もっとも顔を見るなり胸が躍った。疲労困憊だった体に元気が甦った。ジュリーがケイシーを連れてやって来る。このときを待っていた。

ドアを開け、生まれてはじめて姉の声を聞くと、抑える間もなく感情が溢れ出た。これまでに何度、こんなふうに姉に抱き締めてもらっただろう。でも、今度は耳元で姉の〝ジョーディ〟訛りを聞いていた。「どう、元気？」

姉の関心はメディアではなく、わたしだった。すっかり保護者気分だ。ケイシーはわたしたちにおかまいなしにキッチンを跳び回り、スツールを引き摺ってきてよじ登った。スツールの脚が床を擦る音がした。それから絵を描きはじめた。クレヨンが箱の中でカタカタいう小さな音で彩られた世界に、わたしの姪は住んでいる。これまでわたしは住むことがかなわなかった世界だ。ジュリーはサンドイッチを持ってきてくれた。マスコミの応対に忙しくて、わたしには食べる時間がなかったにちがいないと思い込んでいる。リビング・ルームに座って食べた。スツールの脚が擦れる音がして、小さな足音がちかづいてきた。ケイシーが目の前に現れ、わたしの膝を叩いた。そうすることが習慣になっているのだ。

「ジョアンおばちゃん。ビスケットはどこ?」

単純なその質問が、わたしにはこのうえなく美しく聞こえた。四歳の姪の声、ひとつのセンテンスの中に彼女のやさしさと無邪気さがぎゅっと詰まっている。こみあげる涙を堪えて、はっきりと答えた。こんなに幸せだと思ったことはない。

わが家の玄関に立つ男を、わたしは生まれたときから知っているが、声を聞いたことはなかった。父。

だが、いまこの瞬間、どんな言葉も出てこなかった。

言葉は必要ない。

父はずっとそうしてきたように、無言でわたしを抱き締めた。耳の聞こえない女の子に、父は心の中でさよならを言う。なぜなら、いま父の腕の中にいるわたしは大人の女で、耳が聞こえるからだ。父の目を見れば、言いたいことはわかった。心から喜んでくれている。
父の心臓が強く脈打ち、息が少し重くなる。父の祈りが聞き届けられたのだと、それでわかった。
「おまえの元気な姿を見て安心したよ。母さんが夕食を用意してるからうちにおいで」
わたしは父について車まで行った。この二時間で、大勢の男たちのインタビューを受けたが、父の声をはじめて聞いて、わたしの中で〝ジョーディ〟がどれほど深く根を張っているかを痛感した。彼は一家の長だ。ほんものの男の声はこうでなくちゃ。それでこそわたしの父だ。
車に乗り込むと、後部座席にアラーナがいた。彼女は大騒ぎしなかった。わたしはわたしだとわかっている。でも、その目には涙が光っていた。妹がこんなに泣くのを見るのははじめてだった。彼女も父やジュリーや母とおなじ、ばりばりの〝ジョーディ〟訛りだ。母のミンス・アンド・プディングを食べに実家に行くあいだ、世界中のメディアのことなどすっかり忘れていた。家族のありがたみをしみじみ感じていたからだ。

Chapter 17

テレビ出演

わたしはいまタインサイド・メトロに乗っている。白い杖をついて、最近ではマットと一緒に何度となく利用した列車だから、なにも考えなくても体が動く。子どものころ、家族で海に行くときにも乗ったし、おめかししてジュリーと夜遊びに行くときもこの線を利用した。恋人といちゃいちゃしたのもこの列車だった。でもきょうは、はじめて乗る気分だ。メトロの音を聞くのははじめてだからだ。

「ドアが閉まります」アナウンスが聞こえ、目の前でドアが突然閉まった。わたしはちょっと顔をしかめる。ドアが閉まる警告ライトが光ると、乗客はドアに挟まれないようバッグを体に引き寄せたり体をずらしたりする。それには慣れていたが、アナウンスの声には不意を衝かれた。

Chapter 17

「つぎの停車駅はジェズモンド……つぎの停車駅はサウス・ゴスフォース……つぎの停車駅はロングベントン……」

アナウンスはつづく。駅名は子どものころから知っていても、耳で聞くのははじめてだ。「ローングーベーントーン」声に出さずに言ってみる。故郷にいるという感覚と、よそからやって来た異邦人になった気分を同時に味わった。駅名を耳にして安心すると同時に違和感も覚えた。自分だけ浮いているような気がした。駅名は変わらないのに、ちがって聞こえる——もっとも、どんな音に聞こえるか想像していたわけではない。音を聞いたことがないのだから、想像するもなにもないのだ。

いずれにしても、思っていたのとはちがった。込み上げる感情に喉が詰まる。それは知らないものに対する恐怖だ。よく知っていると思っていた世界で、一からやり直さなければならない恐怖。知らないことが多すぎて、日射しの下で目をしばたたく幼児のように、不安でたまらない。

列車を降りたときには、口の中は渇き、涙が頬を伝っていた。トレメインがプラットフォームで待っていて、なにも言わずに抱き締めてくれた。彼は感じ取っていたのだろう。騒々しい世界に投げ込まれ、はじめて耳にする音ばかりに囲まれて、わたしが驚き興奮すると同時に竦(すく)み上がっていることに、彼は気付いたのだろう。

この数日で、ぎょっとして跳び上がったことが何度もあった。手に持ったアルミホイルからポテトチップスを取り出し、口に入れて噛んだときの音に、わたしはぎょっとした。ポテトチップスがこんな大きな音をたてるとは思ってもいなかった。カリカリという音が頭と耳と口の中で鳴り響き、アドレナリンがどっと噴き出して肌がチクチクした。おかしな音じゃない？　なにも考えずに食べていたポテトチップスが、にわかにあたらしい意味を持ち、あたらしい経験になった。あたらしいことはそれだけではなかった。ニュースで取り上げられてからはとくに、ツイッターやフェイスブックにメッセージがどっと寄せられるようになった。友達からだけでなく、スターもわたしのことを取り上げてくれた。封筒に住所もなにもなく、ただ〝四十年経って耳が聞こえるようになったニューカッスルのレディ――テレビで見ました〟と書かれた手紙が届いたこともある。

手紙をくれた人たちが一様に言うのは、あなたのビデオを観て感動し、泣いた、ということだった。わざわざ手紙を書いてくれた人たち一人一人にお礼を言いたい。わたしの物語がこれだけ多くの人の胸を打ったことに、わたし自身も感動している。だが、なによりも嬉しかったのは、アッシャー症候群について世の中の理解が深まったことだ。

SENSEに問い合わせが多く寄せられるようになった。わたしにメンターになってもらえないかと言ってくる人も多い。聾盲の世界に生きる人びとは孤立している。わたしがそうだったように、気持ちが落ち込んだままの人もいるだろう。外の世界に目を向ければ、べつの生き方ができるかもしれないと、彼らに気付いてほしい。

落ち込みの黒い雲に閉ざされた年月を思い出すと、あれはべつの自分だったのだと思える。湯船に浸かって泣きつづけるわたしや、戸棚から白杖を取り出すことを恐れたわたしは、いまでは想像もつかない。登録視覚障害者と書かれた紙を握り締めて、病院の外に茫然と立ち尽くした女は、いまのわたしとは別人に思える。だが、あのわたしがいたから、いまの自分があるのだ。手術を受ける勇気が持てたのは、彼女のおかげでもある。
ただ、もっと早くにそうしていればと悔やむ気持ちもなくはなかった。
口には出せない後悔に苛まれるわたしを、トレメインが現実に引き戻してくれた。これから友達に会いに行くのだ。
この数日の奇跡を祝って、〝ザ・ギャング〟のみんなが特別なパーティーを開いてくれることになっていた。
トレメインの家にアンジェラやジャニヴァー、デブズやほかの仲間たちが集まっていた。時間がなくて会えなかった——それに声をまだ聞いていない——友達が輪になってわたしを抱き締めてくれた。父とおなじで、彼らも言葉を失っていた。みんなこれまでどおりに振る舞おうとしているが、この数日でなにもかも変わった。
「声が変わった」みなが口を揃えて言った。もっとも、どこがどう変わったのか、誰も説明できなかった。頭の中に自分の声が響きわたるせいで、前より静かに話すようになったからだろう。声が伴う言葉を耳から聞くことで、脳がそれに合わせてわたしの発音を修正していってるのかもしれない。自分が〝ジョーディ〟訛りを話していることに、いまだに面食らっているが、だからといって、四日前までの自分の発音を聞いたことがないので比べようがない。
ソファーに座っていると、かたわらに猫がやって来てゴロゴロいった。猫のゴロゴロ。猫がこんな音をたてるなんて知らなかった。すっかり馴染みになっている猫だが、歩き回る足音が聞こえるので、前より意識して見るようになった。彼がちかづいて来るとラミネートの上を爪が擦る音が聞こえるし、そばに来ればゴロゴロという音が聞こえる。
友達に囲まれているいま、わたしの脳は彼らの一人一人の声を聞き分けようと必死になる。人それぞれちがう声だということが、いまだに驚きだ。
きょうはじめて知ったのだが、おなじ〝ジョーディ〟訛りでもアンジェラのそれは微妙にちがう。おそらく彼女が子ども時代をドイツとイギリスの両方で送ったからだろう……これまでに仕入れた情報のおかげで、疑問の空欄がたちまち埋まった。デブズがわたしの姉妹とまったくおなじ発音だというのもおもしろかった。
リチャードはいちばん長い付き合いで、この日は仕事で遅くなるということだった。玄関のベルが鳴り、ついに彼の登場だ。親友の声はどんなだろう、一刻も早く聞きたい……
部屋のこっちと向こうで彼とほほえみ交わした。ついにこのときが来たのだ。ずっとわたしを見守りつづけてくれた親友の声を聞くときが。
「やあ」彼が言う。「さあ、こっちに来てハグしてくれ」
彼の広げた腕に飛び込む。頭がくらくらしていた。彼の美しくてやわらかなスコットランド訛りに、わたしは酔っていた。言葉は歌のように、口の中で転がってから出てくる。猫のゴロゴロに似ていなくもない。
これがわたしのリチャードだ。彼がスコットランド出身だというのは知っていたが、生粋のスコットランド人だといまはじめて実感した。こんなしゃべり方をするとは、想像もしていなかった。

興奮で頬は火照り、幸せの涙が溢れそうになる。わたしはあたらしい世界に足を踏み出したばかりの幼児だ。だが、親友の腕の中にいれば怖いものはない。

健聴者にとってあたりまえすぎて気にも留めない音が、この世界にはたくさんある。たとえば小鳥の鳴き声。庭でさえずる小鳥の鳴き声に、いちいち足を止めて耳を傾ける人がどれぐらいいるの？　実家の庭の木の、枝から枝へと飛び移り、空高く舞い上がる小鳥の姿はさんざん目にしてきた。くちばしを開いたり閉じたりする姿も目にしてきた。だが、その声はいまのいままで謎だった。

いま、わたしは闇の中に立っている。時刻は朝の四時四十五分、寒い四月の早朝だ。太陽がじきに昇るが、いまは寒さが身に沁みる。息が白い。けさの冒険のために、タータンチェックのスカーフを巻いてきた。身支度をしたのがあまりにも早い時間だったから、コンタクトレンズはやめてバディ・ホリー風眼鏡をかけ、いざ〝夜明けのコーラス〟に出発だ。

わたしの物語に感銘を受けた人たちの中に、ＢＢＣ『スプリングウォッチ』の録音技師のクリス・ワトソンがいて、わたしを〝夜明けのコーラス〟に招待してくれたのだ。わたしがはじめてそれを聴く姿を録画するというのだ。

だが、テレビ出演はこれがはじめてではない。数日前にＩＴＶの『ディス・モーニング』に招かれ、ホリー・ウィロビーやフィリップ・スコフィールドと並んでソファーに座り、スイッチが入った瞬間について質問を受けた。

アッシャー症候群のことをテレビで話すのは、わたしにとって誇りだ。たいていの人は、こういう病気があることも知らないだろう。だが、わたしの話を聞いた視聴者は、それについて考えてくれる。その日一日、そのことが頭に残っているだろう。耳が聞こえ、目が見えることを感謝するかもしれない。音楽やパートナーの声、子どもの笑い声をはじめて聞くのはどんな感じだろうと、彼らは自分に問いかけてみるかもしれない。わたしはあれからずっと毎日、そういう体験をしている。わたしがまたべつの〝はじめて〟を体験する姿を見たいと思う人も多いのだろう。だからきょう、わたしは夜明け前の公園にいる。

クリスと待ち合わせた場所に着いた。あたりはしんとしている。ライト付きのヘルメットを渡され、ソルトウェル公園で小鳥たちが目覚めるのを待った。わが家にほどちかい森の中の公園で、幼いころよく遊びに来たし、ヴァンスを散歩させて往生したのもここだった。だが、いま、木の間越しに射す月が作る影の中にいると、頭上に広がる枝が、節くれだった魔女の指のようで不思議な気持ちになった。

スタッフも集まり、小鳥たちの目覚めを待つ。そして、聞こえた。クリスの顔がぱっとあかるくなった。最初のさえずりは、ツィット、ツィット、ツィッター、クリスによるとクロウタドリだそうだ。つぎがカラス……それぞれが独特の声をしている。地平線に曙光が射し、日が昇ると、小鳥たちの鳴き声はどんどん大きくなっていった。東の空が漆黒からミッドナイトブルーへ、それからだんだんにあかるくなって、雲がピンクと金色の縞に染め分けられ、わたしたちのまわりもあかるさを増していった。

夜明けそのものが驚きだったが、わたしたちの目的は小鳥のさえずりだ。羽根の生えた目覚まし時計みたいに、小鳥たちは朝の挨拶を交わしている。クリスが指差して小鳥の名前を教えてくれる横で、小鳥たちは見事なハーモニーを奏でていた。毎朝の儀式のようなものなのに、わたしはずっと無縁でいた。そう思うと涙が込み上げた。

またひとつ、はじめての経験にわたしは息を呑んだ。

経験しそこなってきたことの多さに、後悔を覚える。リスクを伴う手術が、わたしの人生を一変させた。もっと前に受けておけばよかったと、思わないほうがおかしい。

恋人から愛していると言われた思い出や、最高に幸せだった思い出と結び付く特別な一曲がないのはさびしい。祖父の声を聞くことができなかったことが、なによりも悔やまれる。おまえを誇りに思うよ、という言葉をこの耳で聞きたかった。

はじめて小鳥の歌を聞いて興奮するし、幸せだとも思うけれど、もっと前に手術を受けていればという後悔は振り払っても消えない。

だがその反面、耳が聞こえなかったからこそ、障害を持つ人たちのために闘ってこれたとも思う。耳が聞こえなかったからこそ、目が見えることの尊さをよけいに感じることができたのだ。

耳が聞こえなかったからこそ、いまこの瞬間を尊い授かり物として感謝できる。

塞がっていた喉がゆるむと、涙のほうも気が変わって流れ出すのをやめた。わたしはいまのままで幸せだ。耳が聞こえなかったことも幸せに思える。聞こえることがこれほど幸せに感じられるのだから。

わたしはいまオランダのテレビショーの舞台裏にいる。ライトやカメラがあちこちにあり、ワイヤーがくねくねと床を這い、司会者が必死にグーグル検索している。わたしに聞かせたい曲を探しているのだ。

彼は検索しながらわたしに言う。「あと一秒待って！」彼がスマホにアーティストの名前を打ち込むのを見ていると、つい笑いたくなった。彼もまた、わたしの〝はじめて〟を同時体験しようと必死なのだ。偶像的な歌手の歌をわたしに聞かせる瞬間を想像して、彼のハンサムな顔に大きな笑みが広がった。

この数日で、わたしの物語は世界に流れた。ＹｏｕＴｕｂｅにアップされたわたしのビデオは、アクセス数が三百万回を超えたし、イギリス国内だけでなく世界中の新聞に取り上げられた。だからいまわたしはオランダのテレビに出演して、インタビューを受けている。小鳥の鳴き声を聴くすばらしい体験をしたあとオランダ行きの飛行機に飛び乗ったので、さすがに疲労困憊だったし、あたらしい音をたくさん聴きすぎて頭がガンガンしていたが――飛行機のエンジンのうなり、機長のアナウンスがはじまる合図のピンポンという音――司会者がわたしに聴かせようとボブ・マーリーの歌を必死で探し出すのを、辛抱強く待っていた。

〝健聴者〟として空港のターミナルを歩くのはあたらしい経験だった。それで思い出すのは、はじめてＪＦＫ空港に降り立ったときのことだ。はじめて杖を出して、自分は聾盲者だと公表したのがあのときだった。むろん、アムステルダムの空港でも杖を使ったが、恥ずかしいとはまったく思わなかった。いまは耳が聞こえるからだ。
それでも、背後で誰かが「ちょっと失礼！」と言ったとき、すぐには反応できなかった。白い杖をついていれば、まわりはわたしを障害者だと気付き、道をよけてくれる。それがあたりまえになっていた。だが、耳が聞こえるようになって、前ほど障害者である自分を意識しなくなった。耳に入ってくる音が、さらに進んだ視界の狭まりを補ってくれるから、まわりのことがよくわかるようになった。子どもがまわりを走り回っていると音でわかれば、注意して歩くようになる。そういう小さな手掛かりに意識を集中するあまり、背後から声をかけられてもすぐに動けなかったのだろう。
「あった！」司会者が声をあげた。じつは収録が終わったあとで、司会者がわたしの腕のタトゥーに気付き、それからボブ・マーリーの話で盛り上がったのだ。その言葉をどこで見つけたんですか、と彼は尋ねた。一瞬一瞬を大事に生きていこうと誓った気持ちを忘れないためにタトゥーを入れたけれど、ボブ・マーリーの歌はまだ聞いたことがない、とわたしが言うと、彼はびっくりした顔をした。
彼が選んだ曲は『ワン・ラヴ』だった。スマホの小さなスピーカーから曲が流れ出すと、わたしたちはリズムに合わせて踊りはじめた。これがレゲエだ。音楽に合わせて体が自然と動く。笑顔で踊るわたしを見て、彼も笑い出した。
これからはこの曲を聞くたびに、オランダのテレビ局で司会者と踊ったこの日を――この瞬間を――思い出すだろう。こんなふうに思い出は作られてゆくのだ。

たくさんの人が、わたしに聴かせたい曲を挙げてくれた。SENSEでも、〝ソング・フォー・ジョー〟というキャンペーンをスタートさせ、わたしのはじめての曲にふさわしいと思う曲を一般から募集している。

一生分の曲を聴かなければならないから、けっこうなプレッシャーだ。人生のすばらしい瞬間を甦らせてくれる特別な曲は、誰にでもある。そのことが、わたしにもようやくわかった。

わたしに聴いてほしい音楽を挙げてくれるだけでなく、わたしのために曲を作ってくれた人もいた。ある男性は『アズ・サイレンス・エンズ』という曲を作り、べつの人は『オンリー・シー・ニュー』という曲を作ってくれた。クラシック・コンサートのチケットを送ってくれた人もいた。人びとの心の広さに驚くと同時に、音楽が持つ力の大きさに心打たれた。

こんなにも美しい世界に足を踏み入れたのに、悲しいと思うこともあった。祖父が好きだった『ダニー・ボーイ』を聴いたときは涙が溢れた。手をつないでバス停まで歩くとき、祖父と一緒に歌った歌だ。はじめて聴く曲なのに、懐かしくてたまらなくなった。

デュラン・デュランの『ザ・リフレックス』もそうだ。歌詞を憶えようと必死になる、耳の聞こえない少女の姿が脳裏に浮かんだ。ちゃんと歌えることが誇らしかったし、まわりの人たちのわたしの歌を聞いて驚く顔を見るのがおもしろかった。音程がずれようがおかまいなしだった。

ジョン・レノンの『イマジン』を聴いたときも、言いようのない悲しみを味わった。歌詞が心の琴線に触れ、彼の曲をもっと聴きたくなった。彼が一九八〇年に亡くなったと知り、深い悲しみに襲われた。赤の他人の死を悼むのははじめての経験だ。彼の音楽を知りはじめたばかりなのに、彼がこの先あたらしい曲を書くことはないのだ。

エルヴィスやジミ・ヘンドリックス、エイミー・ワインハウス、マイケル・ジャクソンにもおなじ気持ちを抱いた。彼らの死は新聞で読んでリアルタイムで知っていたが、彼らはもう曲を作ることはないと思うと、いまさらながら喪失感に打ちのめされる。わたしがその音楽をこの耳で聴く前に、彼らはこの世を去った。静寂の世界にいたことが残念でたまらない。でも、これから埋め合わせができるのだから、そのことを喜ぼうと思う。

正直に言うと、この数週間のあいだに、静寂の世界を懐かしく思ったことが何度かあった。耳に入って来る音をひとつひとつ鑑賞するよりも、家に一人でいて体外装置をはずし、静寂に包まれて休息したい。

ずっと逃げ出したいと思ってきた世界に、いまは逃げ戻りたいと思うのだ。静寂に包まれているると安心できる。そこなら、追い付こうと必死にならずにすむし、悲しい思いも楽しい思いもしなくてすむ。一生分の音楽を聴こうとしてプレッシャーを感じずにすむ。家に一人でいれば、頭の中にはなにもないし、誰もいない。ずっと恐ろしいと思いつづけてきた静寂が、大いなる慰めになっている。

Chapter 18

あたらしい役割

ハエが飛ぶのを、わたしはうっとりと眺めている。ブーン、ブーン、ブーン……羽音はつづく。虹色の翅脈（しみゃく）のある透明な羽根を素早く動かす。目にも止まらぬ速さで動いて、騒々しい音を引く。ブーン、ブーン、ブーン……ハエがこんな音をたてるなんて。

きょうは四十歳の誕生日だ。いいかげんに起きて下に行き、この二、三日に郵便受けに届いたカードを開いて読まないと。そう思うのだが起きられない。枕に上体をもたせて上掛けを顎まで引き上げ、ハエが飛び回るのを眺めていた。うっとりと。

手術を受けてから四カ月、こんなことが何度あっただろう。人工内耳の音量は調整がうまく終わって、子どものころからの憧れの、音が聞こえる世界に暮らすことができるようになった。
そこにはハエの羽音のような単純な音もあれば、蚊の羽音のような高くて耳障りな音もあり、友達と遊ぶ姪のクスクス笑いのような美しい音もある。バスルームの水が垂れる音にはやられた。音の出所がわからず、家中を探し回ったのだから。
このごろでは、耳から入る情報をとくに意識せずに生活に取り入れるようになった。たとえば、玄関で無意識に傘に手を伸ばしていることがある。キッチンの屋根を叩く雨音を脳が認識し、わたしにこういう行動をとらせたのだ。耳の働きを信用できないときもあり、窓から外を見てたしかめるのだが、たいてい脳が認識した情報は正しい。玄関の前に大きな水溜りができており、水面に雨が波紋を作っている。
グラスの氷がぶつかる音はもう慣れっこになったが、袋を開けたばかりのポテトチップスを噛むと、音の大きさにいまだにぎょっとする。
どれだけ時間が経っても、聞いたときの幸福感が少しも薄れていない音もある。母の声、それはつねに変わることのない、このうえなく貴重な贈り物だ。
ほかにも毎日耳にする音で、きょうもまた聞けるかと思うとワクワクする音がある。ベッドを出て階段を駆けおり、贈り物を開く。包装紙が破れる音にびっくりしてクスクス笑う。いまでは自分の声にも慣れた。それほど違和感は感じなくなった。
いまだに聞けなかったことを悔やんでいる声がある。それは祖父の声だ。
失ったものも多いが、この数カ月であたらしく得たものが、その穴埋めをちゃんとやってくれていた。
たとえばクラシック音楽のコンサート。わたしは目を閉じて、音楽の流れに身を任せた。言葉はない。純粋な音楽があるだけだ。ヴァイオリンやフルートの音色に、天にも昇る気持ちになる。たとえば五万人が入るウェンブリー競技場に地元のサッカークラブ、ゲイツヘッドＦＣを応援に行き、生まれてはじめて国歌が演奏されるのを聞いたとき。チケットはわたしの物語に感動した人からのプレゼントで、わたしはサポーターに交ざり、愛国心を刺激されて涙を流した。
あるいは友人のデイヴィッドとギャレスがお膳立てしてくれて、ロンドンに『オペラ座の怪人』を観に行ったとき。二人が用意してくれたのは、視野の狭いわたしでも堪能できる席だった。オーケストラ、歌詞、演者、すべてがすばらしいのひと言だった。
エドナおばさんとラスベガスにも行った。スロットマシーンもショーもアメリカ訛りも、ディーラーの「ノー・モア・ベッツ」の掛け声も、ベラージオ・ホテルの前の噴水も、グランド・キャニオンの上空を遊覧飛行したヘリコプターのプロペラの轟音も、見るもの聞くものすべてが珍しく、おもしろかった。
音の洪水の中で、視界がますます狭くなっていることを忘れるのはかんたんだった。それは音が視野のトンネルを開いてくれていたからだ。見える範囲が倍になったように感じていたのだ。
視界は一年前よりかくじつに狭くなっていた。いま、鏡の前でテストをすれば、顔しか見えないだろう。顎も見えなくなっているかもしれない。
それでも、以前ほど不自由は感じない。そう、わたしはアッシャー症候群だ。そう、わたしは視覚障害者だ。そう、わたしは聴覚障害者だ。だが、障害が束縛にはなっていない。この数カ月のわたしの行動がそのことを証明している。

夜、ベッドに入るとき、耳の奥では音楽が鳴っている。朝起きると、歌いながらシャワーを浴びる。いまや音楽は生活の一部になっていた。

人間付き合いも以前のままだ。もっとも、最近では母や姉や妹と電話で話をするようになった。だからといって電話に頼り切っているわけではない。やはり相手の唇を見て話をしたいし、杖に頼るし、〝安心毛布〟はいまだに必要だ。事を急いてはならない。

頭の中に音の図書館を作るにしても、ゆっくりやるのが肝要だ。聞こえなかった分を取り戻そうと、焦ってなんでも取り込もうとするのはよくない。

四十年分を取り戻すなんて、一朝一夕にできるものではない。

わたしはいま、誕生祝いのカードを開いている。古くからの友人たちの、あたたかい言葉が詰まったカードだ。

これからの数日は、友達が集まって開いてくれる誕生日パーティーが目白押しだし、日曜の午後には、わが家に友達と家族を招いてガーデンパーティーを開いた。

「音楽、流そうか？」リチャードが言い出しっぺだった。

「ええ、もちろん！」誕生日に音楽を聴くのはこれがはじめてだ。

家で〝ミュージック・スタチュー〟をやったことを思い出した。わたしが仲間外れにならないように、母はわたしにこっそり合図してから、音楽を止めていたっけ。いまはもうその必要はない。

それに、きょうは〝ミュージック・スタチュー〟をやらないし。ところが大きな問題がひとつあった。音楽をかけようにも、iPodドックもスピーカーもない。耳の聞こえない女の家にはそういうものは必要なかった。

友人たちがなんとか都合をつけてくれたおかげで、音楽に合わせて踊ることができた。四十歳にしてようやく、わたしの人生の幕が開いた。

わたしの手にはオズモンズから届いた手紙が握られている。オズモンズ。わたしがいるのはゲイツヘッドのわが家の静かなキッチンだ。かたわらにはマットがいて、わたしの手には、はるばる大西洋を渡ってきた手紙があった。

アメリカの兄弟ポップグループ、オズモンズのことは知っていたし、曲も聴いたことがあるが、背景にあった物語は知らなかった。彼らは九人兄弟で、上の二人は聴覚障害者だそうだ。

七〇年代にヒットチャートの常連だったグループが結成されたのは、彼らの兄二人、ヴァールとトマスの補聴器を買うためだった。ミュージックシーンで大成功をおさめたあとも、兄たちが強いられた苦労を忘れず、〝聞こえる世界〟への切符を手にいれるためにほかの家族が苦しまなくてすむように、なんとか手を貸してあげたいと思った。不幸はつづくもので、メンバーの一人、メリルの息子のジャスティンも生まれながらに耳が聞こえなかった。

そこで、母の名をとってオリーヴ・オズモンド・ヒヤリング・ファンドが設立され、パタゴニアやペルーにいたるまで、世界中の聴覚障害者に補聴器を提供しつづけたそうだ。

そしていま、わたしの手に握られた手紙には、ユタ州に住む世界的に有名な家族が、YouTubeにアップされたわたしのビデオを目にすることになったいきさつと、彼らの基金に協力してほしいという要望が認められていた。
わたしの手は震えた。
〝あなたに大使として活動していただきたく……〟
涙が溢れ、目の前の文字がぼやけた。
〝あなたこそ世界中の聴覚障害者ならびに聾盲者の手本となられる方だと思い……〟手紙はまだまだつづく。心が浮き立つ。
少し前から、SENSEでのわたしの仕事は終わったと感じていた。アッシャー症候群のための指導プログラムは作り終えたし、そろそろバトンをつぎに渡そうと思ってはいたが、これはまったくべつの話だ。イギリスだけにかぎらず、世界中の障害者の力になれる。
わたしの仕事は資金集めと啓蒙活動で、そのことによって、なかなか支援の手が届かない地域に住む子どもたちにまで活動の輪を広げていくことができる。エチオピアに住む少年や、インドに住む少女に補聴器を渡すことができれば、あたらしい世界が開けるだろうし、ホワイトノイズが聞こえるだけでも慰めになる。基金では補聴器を無償で提供するだけでなく、音楽教育や言語療法も行っていた。
わたしには、世界中の国の首都の名前を一緒に発音してくれる祖父や、ポップソングの歌詞を口移しに教えてくれるジュリーがいた。〝聞こえる世界〟と〝聞こえない世界〟を隔てる大きな淵に、喜んで橋を架けてくれる家族がいた。わたしは恵まれていたのだ。だが、この世界には、自分の可能性を伸ばす術を誰からも教えられずに育つ障害児が大勢いる。障害があっても——それがたとえふたつあろうと——なりたい者になれるし、やりたいことができることを知らないままの子が大勢いる。

そのメッセージを世界中に広めるチャンスを与えてくれる手紙が、いまわたしの手の中にある。祖父が知ったらなんと言うだろう。だが、考える必要もなかった。

いささかの躊躇もせずに、わたしはあたらしい役割を引き受けることに決めたからだ。

二〇一四年九月、わたしはSENSEを辞め、オリーヴ・オズモンド・ヒヤリング・ファンドで働きはじめた。オズモンズのオリジナルメンバー、メリルと息子のジャスティンにも会った。わたしたちの人生はまったくちがったけれど、通い合うものがあった。健聴者の家族に生まれた聴覚障害の子どもであり、差別を受けないようにと家族が支えてくれた。普通校に進み、手話よりも読唇術を覚え、いまの身の上を悔やむよりも、持てる力をめいっぱい活用しようと努力してきた。

ジャスティンと一緒にテレビに出演し、似たような境遇を語った。スペシャル・コンサートでオズモンズの歌を聴いた。一年前には想像もしなかったことだ。

アメリカのスーパースターと親しく交わるなんて、あのころのわたしなら信じられなかっただろう。

それを言うなら、この一年でたくさんの変化があった。

数カ月前、わたしはクラス会に出席し、一人の男性と出会った。わたしは相手の顔に見覚えがなかったが、向こうはわたしを憶えていた。テレビや新聞でわたしの物語を知っていたが、彼が地元のパブで飲もうと誘ってくれたのはそれが理由ではなかった。

「謝りたかったんだ」彼は手の中でグラスを回しながら、言いにくそうにしていた。

「なんのこと？」わたしは当惑し、ほほえんだ。

彼はこんな打ち明け話をした。子どものころ、スクールバスから唾を吐きかけたり、わたしが聞こえないのをいいことに悪口を言ったり、背後で動物の鳴き真似をしたりしたのは自分だった。

「憶えてるだろ？」ひどい言葉を投げかけられたことも、学校から帰って上着についた唾を洗ったことも、思い出せばいまだに心が痛むけれど、わたしは彼の目を見て、心から後悔しているのがわかった。

「いいえ。ほんの子どもだったもの。憶えてないわ」

自分が言ったりしたりした記憶は、彼にずっとつきまとって離れなかったそうだ。だから自分の子どもには、障害を持つ子どもにおなじことをぜったいにさせないと心に誓った。

「おかげで少しはましな夫、ましな父親になれたと思う」彼の目に浮かぶ自責の念の強さを見て、彼の心を少しでも軽くできないものかとわたしは思った。

でも、彼の心の重荷をすべて取り除くことはできない。ほほえんで、はるか昔のことよ、と言うぐらいしか、わたしにはできなかった。それに、わたしの言葉に偽りはない。わたしたちはおとなになり、ずっと賢くなった。
耳の聞こえない女の子はもういない。ここにいるのは耳の聞こえる大人の女だ。アッシャー症候群であることを誇りに思い、どんなに小さな変化でもいいから世界を変えていこうと思っている女だ。ちがうからと否定し合うのではなく、ちがいを尊重し合える世界を作りたい。
自分はそういう女だと、いま誇りを持って言える。
それは決定的な瞬間だった。時間がひと巡りした気がした。そう、わたしはたしかに彼みたいな人間に苦しめられたが、彼もまた苦しんでいたのだ。それよりも大事なのは、彼がそこからなにかを学んだことだ。それがわたしから彼への贈り物。
ひとつ心残りがあるとすれば、子どもは持たないと決めたことだ。子どもが自分のように苦しむのを見たくなかった。わたしの病気が子どもに遺伝することを恐れていた。だが、わたしの子どもがかならずしもアッシャー症候群になるとはかぎらない。その可能性はとても低いと医者は言っていた。いずれにせよ、わたしはこのとき、自分がアッシャー症候群であることを誇りに思った。おかげでいろいろなものを授けてもらったのだから、皮肉といえば皮肉だ。
子どもに病気が遺伝することを恐れるアッシャー症候群の患者には、遺伝子検査や卵子提供という方法もある。二十年前にそのことを知っていたら、わたしの人生はもっとちがったものになっていただろう。これを書いているかたわらには、わたしの子どもがいたかもしれない。聾盲者であるからといって、子どもを持てないわけではない。ほんの小さな助けがあれば、それが可能になるのだ。ただ恐れるのではなく、どんな方法があるのか学ぶことが大事だ。

診断がくだったあの日、わたしは失明の恐怖に立ち竦んだが、いまの状況はあのとき想像したのとはちがう。まったくの闇に閉ざされることはなかった。トンネルの先にはつねに光がある。宝くじのようなものだ。トンネルがいつ収縮をやめるかわからない。きょうかもしれないし、一年後、十年後かもしれない。視界が完全に閉ざされてしまうかもしれない。だが、目が見えているあいだは、それを最大限に活かそうと思う。一日一日を大切に生きようと思う。

ハンターズ・ムーア病院でポールと交わした会話を、いまもときおり思い出す。わたしはやはり目が見えるほうがいい。愛する人たちの顔をずっと見ていたい。静寂の世界にふたたび戻ることがあったとしても、大丈夫、生きていけると思っている。

目がまだ見えるうちに、やっておきたいことはたくさんあった。世界中を旅したいし、あたらしいスキルも身につけたい。たとえば、せっかく耳が聞こえるようになったのだから、ピアノを習いたかった。

それに、わたしには驚くほど鋭い感覚が三つも備わっている。嗅覚と味覚と触覚だ。この三つがわたしの毎日に彩りを添えてくれた。残念ながらそのありがたみがわかるのは、失ったときだ。

人工内耳の音量調整が終わってから、すばらしい瞬間を何度となく味わってきたが、いまだに驚いて跳び上がるような音もあった。体が竦む音もある。花火のズドーンという音、通りを歩いていて不意に鳴る車のクラクション。それに、ポテトチップスを噛む音は、いまだにぎょっとする。

〝音が聞こえる世界〟はたしかにすばらしいけれど、よいことずくめではない。以前には感じなかった恐怖を覚えることもあるのだ。

道を歩いていて思う。この世は怒りに満ちている、と。すぐにクラクションを鳴らすイライラした運転手。ちょっとしたことでカッとなって言い争う人たち。急いでいるときに道を塞がれ汚ない言葉を吐き散らす人たち。夜、街角にたむろする不良少年たち。耳が聞こえなかったころは、こういった世の中のいやな面に気付かずにすんだ。小学校時代、意地悪な子どもたちが投げかける悪口も、その半分はわたしに届いていなかった。それは幸せなことだったのだろう。

いまは、すばらしい音を抱き締めるとともに、憎しみや怒りに満ちた悪い音を遮断する術も学ばねばならない。

子どものころのように、前向きでよいことにだけ耳を傾けるべきなのだろう。お腹の底から湧いてくる笑い声や、子どものクスクス笑い、ビスケットをねだりにやって来る姪のケイシー、テーブルを囲んでおしゃべりに興じる友達。それに、母。

わたしはすばらしい贈り物を授けてもらったが、それをけっしてあたりまえのこととは思わない。毎朝、体外装置をつけてスイッチを入れると音が耳に流れ込んでくる。よい音もあれば悪い音もある。

それが世の中だ。

Epilogue

エピローグ

いまわたしは混雑した列車の座席に座っている。あなたがわたしを見かけたとしても、わたしがそのことに気付く可能性はほとんどない。あなたが隣の席に座れば話はべつだ。新聞のカサコソいう音がして、手に持っているコーヒーの匂いがしてくれれば、わたしは顔をそちらに向けてほほえみかける。

こんにちは、と挨拶する。

ありきたりのお天気の話をし、新聞の第一面を飾る記事について冗談を言うかもしれない。それから、たがいの仕事のことや、これからどこに行くのかといった話をする。たがいに打ちとければ笑いも生まれるだろう。わたしの足元に座るマットを、あなたは撫でる。するとマットは、自分のまわりに張り巡らせていたバリアを一気にさげる。

声を聞いてわたしは顔をあげる。車内に響く子どものクスクス笑いだ。子どもの姿が目に入る。白いロングソックス、ポニーテールを揺らして笑い、座席の上でもぞもぞし、窓から見える物をいちいち指差して母親に教える。
あなたとのおしゃべりから耳が離れていくにつれ、ほかのことに注意が向かった。女の子が携帯で友達とどこに飲みに行くか話している。つけたばかりの香水が車内に漂い、わたしの鼻をついた。ほかにも聞こえる。いちばん好きな音、お腹の底から湧き出す低い笑い声、携帯電話で話している息子がなにかおもしろいことを言ったのだろう。音を辿ってゆくと、笑い声の主がいた。笑い声を噛み殺そうとお腹を抱え肩を震わせている。
わたしはほほえみ、窓の外を見る代わりにあなたに顔を戻す。降りる駅に着くまで、わたしたちはずっとおしゃべりをしつづけるだろう。

PLAYLIST

友人のトレメインがプレイリストを作ってくれた。
音楽に触れ合う手引きとして、耳が聞こえなかったわたしの人生の
一年一年から一曲ずつを選んでリストにしてくれたのだ。

Ken Boothe : Everything I Own
Bruce Springsteen & The E Street Band : She's the One - Live at Hammersmith Odeon
Paul McCartney : Silly Love Songs
Joni Mitchell : Black Crow
Steely Dan : Peg
Electric Light Orchestra : Mr Blue Sky
Gary Numan : Are'friends 'Electric?
The Specials : Do Nothing
Soft Cell : Tainted Love
The Jam : Town Called Malice
Eurythmics : Sweet Dreams (Are Made of This)
Prince : When Doves Cry
Kate Bush : Running Up That Hill (A Deal With God)
The Smiths : Some Girls Are Bigger Than Others
Fleetwood Mac : Big Love - Live (Lindsey Buckingham solo acoustic version)
Tracy Chapman : Fast Car
The The : August & September
Deee-Lite : Groove Is In The Heart
Ozric Tentacles : Sploosh!
INXS : Baby Don't Cry
Nirvana : All Apologies
Richard Thompson : King Of Bohemia
Pulp : Common People – Full Length Version / Album Version
Everything But The Girl : Missing
Foo Fighters : Everlong
Massive Attack : Teardrop
Jimmy Eat World : For Me This Is Heaven
The Avalanches : Frontier Psychiatrist
Daft Punk : Digital Love
The Streets : Turn The Page
Yeah Yeah Yeahs : Maps
Beastie Boys : An Open Letter To NYC
Nine Inch Nails : The Hand That Feeds
Arctic Monkeys : I Bet You Look Good On The Dancefloor
Radiohead : Jigsaw Falling Into Place
Elbow : One Day Like This
Maximo Park : Tanned
Gruff Rhys : Shark Ridden Waters
The Joy Formidable : Whirring
Bat For Lashes : Laura
Haim : Don't Save Me

謝辞

「光の中を一人で歩くより、闇の中を友達と歩くほうがいい」ヘレン・ケラー

わたしの旅に付き合ってくれたみんなに、心からお礼を言います─なによりもわたしの家族に。両親のアレグザンダーとアン、姉のジュリーと妹のアラーナ──血のつながりがわたしたちを姉妹にしたけれど、心のつながりがわたしたちを友達にしました。いつもわたしのファンでいてくれるエドナおばさん、愛と支持を与えつづけてくれるヴァルおばさんとデイヴィッドおじさん。忘れてはいけない姪のケイシー、いつも笑わせてくれてありがとう。

友達みんな。子どものころの友達、ヴィクトリアとジリアン。学校時代の友達──多すぎてとても全部の名前を挙げられません─わたしをスイートな十六歳に連れ戻してくれる、エミリーとアシュフィヤ。ロウ・フェルの親切な隣人たち、〝ジョーディ〟仲間。おもしろいことが大好きだった時代に出会った人たち──ショーン、マージー、レイ、キム、ドウン、ドーイ、リチャード。仕事仲間のリトル・ジョー。クロスリー一家を筆頭に〝ザ・ギャング〟の仲間たち。それにあたらしくできた友達。あなたたちは、わたしと寄り添って生きることで、障害者への理解を深めてくれました。それはわたしたちみんなにとっての〝感情学習曲線〟でした。アッシャー症候群を患う人びとに対し、思いやりと理解と受容を示す人が一人でもいれば、線は百万マイル先まで伸びるのです。わたしたちは望んで聾盲に生まれたわけではありません。たしかにふつうの人たちとはちがうかもしれない。けれども、人生を充実させたい、自分の能力を最大限に発揮したいと願っている点で、ふつうの人たちとおなじです。

共著者のアン・ウォートンに感謝を捧げます。この本を書く過程で幸運にもあなたと友達になれました。

エージェントのダイアン・バンクス、あなたのやさしさと洞察力のおかげで、わたしの物語は本になりました。

最後に、担当編集者のシャーロット・ハードマンに──あなたの貴重な助言と忍耐があったから、わたしははじめての自伝を楽しく書き終えることができました。

訳者あとがき

みなさんには思い出の一曲がありますか？　耳にするとなつかしい光景や人や感情が甦る、思い出の曲がありますか？

本書の著者、ジョー・ミルンにはそんな思い出の一曲がない。生まれたときから耳が不自由で、音楽は足元から伝わってくる振動でしかなかったからだ。生後十六カ月で難聴と診断された。母はむろん動揺したが、ちかくに住む祖父は「心配いらない、あの子ならちゃんとやってゆく」と言った。「神さまがお与えくださったものなのだから、受け止めるしかない。ほかに選択肢はないんだ」母はその言葉に勇気づけられ、娘を普通の子とおなじように育てようと腹をくくった。

だが、ジョーにとっては試練の連続だった。まず補聴器をつけさせられた。一九七〇年代の補聴器はいまとちがい、耳にイヤホンをつける以外に音を増幅する四角い金属の箱を首からさげなければならなかった。二歳の子どもにとってこれは辛い。二歳半からは、聴覚障害児童のクラスに通わされた。朝、スクールバスに乗せられると学校に到着するまで泣きどおしだった。だが、教室に入ると涙は止まる。羽根や風船を使った訓練が楽しかったからだ。こうして読唇術を身につけた。

そして、小学校。母は彼女に普通の子とおなじ教育を受けさせたいと、小学校に日参して校長や教師たちを説得した。「うちの子に特別なケアは必要ありません、面と向かって顔を見ながら話をしてくれさえすれば、うちの子は唇を読んで理解できます」ついに学校側が根負けし、ジョーは姉とおなじ小学校に通うことになる。だが、それでめでたしめでたしではない。いくら読唇術を身につけていても、先生がわざと横を向いてしゃべれば、あるいは黒板に字を書きながらしゃべれば、ジョーに言葉は読み取れない。そういう無理解な先生がいたし、ふつうとはちがうというだけで彼女を目の敵にするいじめっ子もいた。理性の歯止めがきかない分、子どもは残酷だ。いじめられて泣きながら家に帰ってくるジョーを、母はその胸に抱きとめはしても、聴覚障害児専門の学校に転校させようとはしなかった。その強さに頭がさがる。祖父も母も、「大丈夫、あなたならできる」とジョーを励ましつづけた。だから、少々のことではへこたれない強い子に育った。愛情に溢れた厳しい教育。家庭教育のひとつの理想像をここに見ることができる。

障害者が生きやすい社会を目指して活動する団体に勤め、生き生きと働いていたジョーに、ふたたび試練が襲いかかる。アッシャー症候群と診断されたのだ。これは難聴と網膜色素変性を併発する遺伝子疾患で、発生頻度は（欧米では）十万人に三人というかなり稀な病気だ。日に日に視野が狭くなってゆく恐怖を、ジョーは本書で正直に誠実に綴っている。仕事も辞め、自暴自棄になりかけた彼女に、だが、救いは訪れる。人工内耳手術を受けて、聴力を回復したのだ。はじめて音を聞き泣き崩れる彼女の姿が、YouTubeにアップされている。検索エンジンで〝Joanne Milne Implant〟と打ち込むと見ることができるので、ぜひ見ていただきたい。わたしは本書を訳しはじめる前にこれを見て、心打たれた。言葉を失った。そして、一人でも多くの人に、本書を読んでもらいたいと切実に思った。

障害をもって生まれても、家族やまわりの人たちの愛と励ましによって、人はここまで強く前向きに生きることができる。いま子育て中のお母さんたちにも、ぜひ読んでもらいたい。そして、「大丈夫、あなたならできる」という親の言葉が子の背中を強く押すものだということを、知ってもらいたい。子どもに自信を植え付けるのは、なんといっても親の仕事だと思うからだ。

二〇一六年　四月　加藤洋子

音に出会った日

2016年5月5日　初版第1刷発行

著者　ジョー・ミルン
訳者　加藤洋子
発行人　廣瀬和二
発行所　辰巳出版株式会社
〒160-0022 東京都新宿区新宿2-15-14 辰巳ビル
電話 03-5360-8956（編集部）／03-5360-8064（販売部）
http://www.TG-NET.co.jp

編集協力　金井真紀
印刷・製本　図書印刷株式会社

ISBN978-4-7778-1625-5　C0098　Printed in Japan

「Ｑ＆Ａ　家事事件手続法下の離婚調停
－人事訴訟と家事審判を踏まえて－」お詫びと訂正

日本加除出版株式会社

本書「資料　養育費・婚姻費用算定表」（357 頁～375 頁）につきまして、出典の表記がされておりませんでした。関係者及び読者の皆様に深くお詫び申し上げますとともに下記のとおり訂正させていただきます。

記

出典元　：　東京家庭裁判所ウェブサイトより転載（平成 28 年 6 月現在）

以　上

Q&A
家事事件手続法下の
離婚調停
人事訴訟と
家事審判を踏まえて

水野有子 著

日本加除出版株式会社

はじめに

かつて，家事事件においては，家族という私的な問題を扱うことを理由に，家庭裁判所による後見的な解決という面が重視されていました。特に，家事調停においては，当事者の合意であるという面が重視され，当事者の互譲と調停委員会の心情的な調整に重点が置かれていました。しかし，社会全般が複雑多様化し，法意識が変化すると共に，家族をめぐる社会状況や国民の法意識も著しく変化し，家族間の事件の中にも関係者の利害の対立が激しく解決の困難な事件が増えてきました。そこで，家事事件の紛争解決機能を強化し，当事者の納得を得るため，平成25年１月１日，当事者の手続参加を保障し，手続の透明化を図る家事事件手続法が施行されました。これを契機とし，家事調停の紛争解決機能の強化について様々な議論がされました。そこでは，家事調停においても，当事者が主体的に手続に参加し，言い分や資料を提出し，他方当事者と情報を共有した上で，調停委員会が，裁判の見通しを踏まえた調整をすることが肝要であること，その実現のため，裁判官と調停委員の役割に応じた協働が重要であることが確認されました。

そのような家事調停を実現するためには，調停委員会は，両当事者から真意を聴き取り，対立点を確認し，両当事者から対立点に関連する事情を聴き取り，両当事者に必要な資料の提出を促し，それらを適切に他方当事者に伝え，聴き取った事情と提出された資料を踏まえ，正しく事実認定し，認定した事実を踏まえ，正しく法的判断をし，それらの判断及び判断に至る過程並びに判断を踏まえた上での実質的・経済的に合理な解決案を両当事者に伝え，合意を得ることが必要です。それらを実現するためには，調停委員会は，法的な側面（「理」と表現します。）及び実質的・経済的な側面（「益」と表現します。）について的確に検討，判断するだけでなく，両当事者と等しく信頼関係を構築し，両当事者から真意を聞き出し，両当事者の，家事調停に主体的・合理的に参加する意欲を引き出し，かつ，両当事者が，調停委員会の判断を理解し，それに納得する素地を作ることが重要です。そのためには，調停委員会が，当事者の心情を理解し，その心情に応える調停運営をすること（「情」と表現します。）が不可欠です。家事事件手続法下の家事調停においては，調停委員会が裁判の見通しを踏まえた調整をすることが期待されています。このような調整は，かつての当事者の譲歩を促す調整よりも当事者の心情に踏み込まざるを得ません。とすると，家事事件手続法下の家事調停においては，かつての家事調停以上に当事者の心情への配慮が求められるといえます。したがって，家事調停における司法的機能を強化し，紛争解決能力を高めるためには，調停委員会全体の「理」及び「益」の機能を強化するだけでなく，「情」の機能も強化することが必要なのです。

また，家事調停には様々な事件類型があり，同じ事件類型であっても問題となる対立点は異なります。また，同じ対立点についても，個別事件においてその様相は異なり，当事者や子一人一人も個性を有しています。さらには，家事調停においては，時々刻々，当事者の意向及び関連事情が変化するので，期日ごとに調整すべき点が変化していきます。

したがって，調停委員と裁判官は，それぞれの役割を踏まえ，調停委員会全体として，家事調停において，事件類型，個別事件，当事者一人一人や各期日に相応しい，「理」を踏まえ，「益」を図り，「情」にかなった調整をする責務を負っているといえるでしょう。

筆者は，長年，民事訴訟事件に携わり，主として「理」を追求してきました。その後，家事事件手続法施行前後に東京家庭裁判所部総括判事として，家事調停の在り方に関する議論に参加し，多くの家事調停事件に携わりました。そこでは，調停委員の方々と力を合わせ，「理」を踏まえ，「益」を図り，「情」にかなった家事調停の実現を目指しました。本書では，筆者が目指した離婚調停を実現するための，基本的な考え方や前提とすべき法的知識及び調停進行のノウハウを記載しています。本書が，離婚調停の紛争解決機能の強化の一助となれば幸いです。

平成28年６月吉日

水　野　有　子

凡　例

1　法令については，カッコ内では，以下の通り略記を使用した。

家事法…………家事事件手続法
家事規…………家事事件手続規則
家審法…………家事審判法
家審規…………家事審判規則
人訴法…………人事訴訟法
人訴規…………人事訴訟規則
民訴法…………民事訴訟法
厚年法…………厚生年金保険法
厚年規…………厚生年金保険法施行規則

2　雑誌については，以下の通り略記を使用した。

民集……………最高裁判所民事判例集
家月……………家庭裁判月報
判タ……………判例タイムズ
判時……………判例時報

3　参考文献については，以下の通り略記を使用した。

新家族法実務大系・婚姻費用
　→岡健太郎「婚姻費用の算定と執行」野田愛子＝梶村太市総編集『新家族法実務大系①親族［Ｉ］婚姻・離婚』275頁（新日本法規出版，2008年）
新家族法実務大系・養育費
　→岡健太郎「養育費の算定と執行」野田愛子＝梶村太市総編集『新家

族法実務大系②親族［Ⅱ］親子・後見』304頁（新日本法規出版，2008年）

新家族法実務大系・親権者

→若林昌子「親権者・監護者の判断基準と子の意見表明権」野田愛子＝梶村太市総編集『新家族法実務大系②親族［Ⅱ］親子・後見』383頁（新日本法規出版，2008年）

一問一答家事法

→金子修編著『一問一答家事事件手続法』（商事法務，2012年）

一問一答人訴

→小野瀬厚＝岡健太郎編著『一問一答新しい人事訴訟制度―新法・新規則の解説―』（商事法務，2004年）

家事人訴の実務・小田

→小田正二「第１回　家事事件手続法の趣旨と新しい運用の概要（家事審判事件を中心に）東京家事事件研究会編『家事事件・人事訴訟事件の実務～家事事件手続法の趣旨を踏まえて～』１頁（法曹会，2015年）

家事人訴の実務・本多

→本多智子「第２回　家事調停の一般的な審理～夫婦関係調整（離婚）調停を中心に～」東京家事事件研究会編『家事事件・人事訴訟事件の実務～家事事件手続法の趣旨を踏まえて～』29頁（法曹会，2015年）

家事人訴の実務・松谷

→松谷佳樹「第３回　婚姻費用・養育費の調停・審判事件の実務」東京家事事件研究会編『家事事件・人事訴訟事件の実務～家事事件手続法の趣旨を踏まえて～』73頁（法曹会，2015年）

家事人訴の実務・新田

→新田和憲「第４回　財産分与の調停・審判事件の実務」東京家事事件研究会編『家事事件・人事訴訟事件の実務～家事事件手続法の趣旨を踏まえて～』102頁（法曹会，2015年）

家事人訴の実務・水野他

→水野有子・中野晴行「第６回　面会交流の調停・審判事件の審理」東京家事事件研究会編『家事事件・人事訴訟事件の実務～家事事件手続法の趣旨を踏まえて～』187頁（法曹会，2015年）

家事人訴の実務・石垣他

→石垣智子・重高啓「第７回　子の監護者指定・引渡調停・審判事件の審理」東京家事事件研究会編『家事事件・人事訴訟事件の実務～家事事件手続法の趣旨を踏まえて～』228頁（法曹会，2015年）

家事人訴の実務・矢尾他

→矢尾和子・船所寛生「第８回　調停に代わる審判の活用と合意に相当する審判の運用の実情」東京家事事件研究会編『家事事件・人事訴訟事件の実務～家事事件手続法の趣旨を踏まえて～』262頁（法曹会，2015年）

家事人訴の実務・神野

→神野泰一「第11回　人事訴訟事件の審理」東京家事事件研究会編『家事事件・人事訴訟事件の実務～家事事件手続法の趣旨を踏まえて～』358頁（法曹会，2015年）

家事審判法講義案

→裁判所職員総合研修所監修『家事審判法実務講義案』（司法協会，六訂再訂版，2009年）

親族相続法講義案

→裁判所職員総合研修所監修『親族相続法講義案』裁判所職員総合研修所監修（司法協会，七訂版，2013年）

離婚事件の実務

→水野有子「離婚請求と慰謝料請求の審理」東京弁護士会弁護士研修センター運営委員会編『離婚事件の実務』65頁（ぎょうせい，2010年）

離婚調停

→秋武憲一『新版離婚調停』（日本加除出版，2013年）

梶村・面会交流

→梶村太市『裁判例からみた面会交流調停・審判の実務』（日本加除

出版，2013年）

ＬＰ

→秋武憲一＝岡健太郎編著『離婚調停・離婚訴訟〔改訂版〕』（青林書院，2013年）

判例ガイド

→二宮周平＝榊原富士子『離婚判例ガイド［第３版］』（有斐閣，2015年）

東京家裁の人訴の審理の実情

→東京家庭裁判所家事第６部編『東京家庭裁判所における人事訴訟の審理の実情（第３版）』（判例タイムズ社，2012年）

百選

→高橋朋子「有責配偶者の離婚請求」『家族法判例百選［第７版］』別冊ジュリスト193号30頁

ケ研・中野

→中野晴行「面会交流の間接強制の可否に関する最高裁決定をめぐる考察」ケース研究320号32頁

曹時・柴田

→柴田義明「最高裁判所判例解説【6】」法曹時報67巻11号350頁

判タ・簡易算定方式

→東京・大阪養育費等研究会「簡易迅速な養育費等の算定を目指して―養育費・婚姻費用の算定方式と算定表の提案―」判例タイムズ1111号285頁

判タ・濱谷他

→濱谷由紀・中村昭子「養育費・婚姻費用算定の実務」判例タイムズ1179号35頁

判タ・菱山他

→菱山泰男・太田寅彦「婚姻費用の算定を巡る実務上の諸問題」判例タイムズ1208号24頁

判タ・岡

→岡健太郎「養育費・婚姻費用算定表の運用上の諸問題」判例タイム

ズ1209号４頁

判タ・小田

→小田正二「東京家裁における家事事件手続法の運用について―東京三弁護士会との意見交換の概要と成果を中心に―」判例タイムズ1396号25頁

家月・安倍

→安倍嘉人「控訴審からみた人事訴訟事件」家庭裁判月報60巻５号１頁

家月・遠藤

→遠藤真澄「子の引渡しと直接強制―主に家裁の審判，保全処分と直接強制の在り方について」家庭裁判月報60巻11号１頁

家月・松本・婚姻費用

→松本哲泓「婚姻費用分担事件の審理―手続と裁判例の検討」家庭裁判月報62巻11号１頁

家月・松本・子の引渡し

→松本哲泓「子の引渡し・監護者指定に関する最近の裁判例の傾向について」家庭裁判月報63巻９号１頁

家月・細矢他

→細矢郁・進藤千絵・野田裕子・宮崎裕子「面会交流が争点となる調停事件の実情及び審理の在り方―民法766条の改正を踏まえて―」家庭裁判月報64巻７号１頁

目　次

第７章　婚姻費用・養育費　221

第１章　離婚調停の基礎

第１節　家事調停の基礎

家事調停とは，どのようなものですか。

解　説

1 家事調停の意義

家事調停は，調停機関が，紛争の当事者に介在して，当事者の権利又は法律関係などについて合意を成立させることにより，家庭に関する紛争の自主的な解決を図る制度です。家庭に関する紛争の例としては，夫婦間の離婚に関する紛争，夫婦間の婚姻費用の分担に関する紛争，父母間のその間の未成熟子の親権や監護権の帰属に関する紛争，相続人間の遺産分割に関する紛争などがあります。

2 家事調停の主体

家事調停については，家事事件手続法第３編に詳細な規定があります。

家事調停は，司法機関である家庭裁判所が関与します。具体的には，家事調停は，裁判官１人と民間から任命された家事調停委員２人以上が構成員となる調停委員会によって行われるのが原則です（家事法247条１項，248条１項）。家事調停委員を関与させるのは，紛争の解決に健全な社会人の良識を反映し，その人格と社会的経験に基づいて，当事者を合意に導き，具体的に妥当な解決を図るためとされています。他方，家事調停は，司法機関である家庭裁判所が関与する手続ですから，その紛争についての法的な検討を踏まえた合意形成が望まれます。そういった意味で，裁判官（調停官の場合もあります。調停官とは，弁護士から最高裁判所によって任命される非常勤の裁判所職員で裁判官の権限と同等の権限をもって家事調停の手続を主宰する者です（家事法250条，251条）。）もその構成員とされています。なお，裁判官１人が調停を実施することも可能です（家事法247条１項ただし書。もっとも，同条２項の制約があります。）。このような調停を単独調停ということがあります。このように，家事事件の調停機関には，調停委員会と裁判官があります。

3 家事調停の本質

家事調停の本質については，対立があります。一つは，家事調停は，家庭に関する紛争を当事者の合意によって自主的に解決する制度であって，調停機関は，その合意の斡旋をするものであることを重視する合意斡旋説です。もう一つは，家事調停は，家庭に関する紛争について正当な結論に沿って解決する制度であって，調停機関は，調停手続において調査し認定した事実に基づいて，正当であると判断した結論を，当事者に納得させるものであることを重視する調停裁判説です。

これらのいずれかを選択するのではなく，家事調停にはそれらの両面があることを踏まえ，それらを，事件類型や個別事案に応じて，バランスよく，かつ，矛盾なく，両立させることが家事調停において目指されるべきと考えます。すなわち，家事調停は，最終的に当事者の合意によって成立するものですが，そのためには，当事者が主体的・合理的に当該家事紛争における対立点に対する意向を定める必要があります。そして，当事者が，合理的に対立点に対する意向を定めるためには，家事調停が成立しなかった場合，その多くは裁判となった場合，どのような結論となるかが極めて重大な情報です。したがって，調停委員会は，当事者に主体的・合理的に家事調停に臨んでもらうために，裁判の見通しを踏まえ，正当であると判断した結論を伝え，理由と共に当事者の理解を得た上で，最終的に当事者に意向を定めてもらう必要があると考えられます。このように，両当事者の主体性と調停委員会の正当な助言が有機的に作用することによって，最終的に合意に至るときが，最も，家事調停の本領が発揮されたときであると考えます。

4 家事調停の手続指揮

家事調停の手続指揮に関し，家事事件手続法は，調停委員会を組織する裁判官が指揮すると定めるのみです（家事法259条）。これは，家事調停は，当事者の合意によってはじめて成立することを重視し，調停委員会を組織する裁判官に，その合意斡旋の手続の指揮を任せる趣旨であると解されます。

しかし，家事調停は，司法機関である家庭裁判所において行われるものです。そして，事実の調査等によって前提事実を認定することができるとされ（家事法258条１項，56条ないし62条，64条），調停委員会が，その認定事実を踏まえた解決の方向性を提示した上での合意斡旋をすることが想定されています。加えて，成立したときには裁判と同一という強力な効力が与えられています（家事法268条１項）。このように，家事調停は裁判の性質を有するものです。

したがって，調停機関は，家事調停において合意を斡旋するには，具体的な手続指揮に関する規定がなくとも，公正かつ迅速に（家事法２条），すなわち，正当な解決を早期に図るため，適正な手続に則った上で，その良識と技術を駆使する必要があると考えられます。

典型的な家事調停のおおまかな流れを教えてください。

解　説

1 家事調停の申立てと期日の経過

家事調停は，申立人が申立書を家庭裁判所に提出することによって始まります。裁判官は，期日を決め，その期日を申立人と相手方に普通郵便などで通知します（家事法34条１項・４項，民訴法94条１項）。原則として，相手方に申立書を送付します（家事法256条１項）。

両当事者は，調停委員会等の仲介の下，その期日において，話合いをします。家事調停手続を含む家事手続は，非公開とされています（家事法33条）。即日で調停の結論が出ることもありますが，多くの場合は，何期日か話合いを続けます。

2 家事調停の終局及びその後の手続

家事調停において当事者が合意に至ったときは，その内容が調停調書とされ，家事調停が成立します（家事法268条１項）。

なお，家事調停が成立したときは，調書の記載は，確定判決（別表第２事件については確定審判）と同一の効力を有するので（家事法268条１項），執行力を有し得ることとなります。もっとも，記載方法によっては，必ずしも執行力を有しないことは裁判上の和解などと同様ですので，調停条項を作成する際に，その点にも留意をする必要があります。

当事者間で合意が成立したときでも，調停委員会がその内容が相当でないと認める場合には，不成立となって家事調停事件は終了します（家事法272条１項）。司法機関である家庭裁判所が関与して，不相当な調停を成立させるべきではないからです。例えば，不貞関係の継続を前提とする合意，当事者の一方に暴利行為に該当するほどの多額な財産負担を負わせる合意など公序良俗に反する（民法90条）合意が，これに当たります。調停が成立する見込みがない場合も，同様に家事調停は，不成立となって，終了します（家事法272条１項）。

なお，家事調停の一種とされている，簡易な裁判というべき類型があります。その手続を「合意に相当する審判」といい，そのような事件を「277条事件」といいます（家事法277条）。それらの事件は，上記とは異なる手続となります。また，家事調停事件が不成立で終了した場合，事件の類型によって，手続が終了するもの（一般調停）と審判に移行するもの（別表第２調停）があります。詳細は，次問に述べます。

裁判所が扱う家庭に関する事件には，どのような種類がありますか。また，それらは，どのような関係となっていますか。

解　説

1 家庭に関する事件の種類

家庭に関する事件の主なものには，①家事調停に関する事件のほか，②家事審判に関する事件，③人事訴訟に関する事件，④民事訴訟に関する事件があります。

既に述べたとおり，家事調停は，家庭に関する紛争に関し，調停機関が，紛争の当事者間に介在して，当事者の権利又は法律関係について合意を成立させることにより，紛争の自主的な解決を図る制度です。他方，家事審判，人事訴訟及び民事訴訟は，最終的に裁判官が判断する裁判手続です。

家事審判は，家事調停と同様に家事事件手続法に定められ，人事訴訟は人事訴訟法に定められています。いずれも第一審は家庭裁判所において扱われます。民事訴訟は，私的な紛争全般を取り扱いますが，家庭に関する事件の一部も取り扱います。これについては，民事訴訟法に定められていて，第一審は簡易裁判所又は地方裁判所において扱われます。

人事訴訟及び民事訴訟は，いずれも訴訟で，原則として，公開の法廷において，厳格な手続の下で行われます。具体的には，裁判所が，当事者の請求，主張について，証拠調べの手続を経た証拠によって事実を認定し，それに基づき法的判断を判決という形で示します。

家事審判は，非訟であって，非公開（家事法33条本文）の審判廷において，訴訟に比べると簡易な手続の下で行われます。具体的には，当事者の申立てについて，事実の調査又は証拠調べに基づき事実を認定し，それに基づき法的判断を審判という形で示します。事実の調査とは，裁判所が自由な方式で，かつ，強制力によらないで，家事審判や家事調停の資料を収集することです。

2 家庭に関する事件の詳細と相互の関係

家事調停が対象とする事項としては，家事審判の対象となる事項，人事訴訟の対象となる事項，民事訴訟の対象となる事項及びそのいずれの対象ともならない事項があります。家事調停が不成立となったとき，対象とした事項によって，その後の扱いが異なります。

(1)　家事審判の対象となる事項

家事審判とは，家事審判の申立て又は職権により審判の手続が開始された事件と家事調停から移行して審判の手続が開始された事件をいいます。具体的には，家事事件手続法39条記載の別表第1及び別表第2に掲げる事項並びに家事事件手続法第2編に定める事項について，家事裁判官が，裁判の一種である審判において判断を示すことによって解決する事件です。

このうち，別表第2に掲げる事項は家事調停の対象となりますが，別表第1に掲げる事項は家事調停の対象とはなりません。別表第2に掲げる事項の例としては，婚姻費用分担，親権指定・変更，監護権指定・変更，子の引渡し，面会交流，財産分与，扶養，遺産分割，年金分割及び祭祀承継などがあります。これらについては，家事調停の申立ても家事審判の申立ても可能です。家事審判として申し立てられたとき，家事裁判官は，当事者の意見を聴いて，いつでも職権で事件を家事調停に付すことができます（家事法274条1項）。また，家事調停が不成立となったときは，家事調停の申立ての時に，家事審判の申立てがあったものとみなされます（家事法272条4項）。これを審判移行といいます。別表第2に掲げる事項を対象とする家事調停を別表第2調停といいます。

別表第2調停以外の家事調停を，一般調停といいます。一般調停には，人事訴訟の対象となるもの（下記(2)，(3)），民事訴訟の対象となるもの（下記(4)）及び裁判の対象とならないもの（下記(5)）があります。

(2)　人事訴訟の対象となる事項1（離婚及び離縁を除く）—277条事件

人事訴訟の対象となる事項については，人事訴訟法2条に詳細な記載があります。身分関係の形成又は存否の確認を目的とするものですが，家事調停でしばしば扱われるものとしては，離婚，協議上の離婚の無効，嫡出否認，認知，親子関係の不存在，離縁などがあります。

このうち，離婚及び離縁を除いた事件は，身分関係の形成又は確認を対象としており，公開の訴訟手続より非公開の調停手続において処理されることが望ましいと考えられます。したがって，これらの事件については，訴えを提起する前に，家事調停の申立てをしなければならないこととされています。また，家事調停の申立てをしないで訴えが提起された場合には，裁判所は，原則として職権で家事調停に付さなければならないこととされています。これらを調停前置主義といいます（家事法257条）。もっとも，これらは，公益性が高く，完全に当事者の意思に委ねることができないので，当事者の合意のみで調停を成立させ，判決と同じ効力を与えることは適当ではありません。そこで，家事調停手続の中で，当事者間に申立ての趣旨のとおりの審判を受けることについての合意が成立し，その原因事実に争いがないことが確認された場合には，家庭裁判所が必要な事実の調査をした上で，合意に相当する審判をし（家事法277条），適法な異議がなかったときには，審判を確定させる（家事法281条）こととしています。これを，「合意に相当する審判」といい，これらの事件を277条事件といいます。手続としては，調停手続を利用していますが，その実質は，当事者の合意を前提として，簡易な裁判をしているものと考えられます。

なお，一般調停事件が不成立となった，又は，適法な異議があるなどして277条審判が確定しなかったときは，家事調停が終了し，審判移行はしません。したがって，その点について裁判所の判断を仰ぎたいときには，別途人事訴訟を提起する必要があります。

⑶　人事訴訟の対象となる事項２―離婚及び離縁

離婚及び離縁も，人事訴訟の対象とされています（人訴法２条１号・３号）。

これらについても，身分関係の形成を対象としており，公開の訴訟手続よりも，非公開の調停手続において，処理されることが望ましいと考えられることから，上記(2)で述べた調停前置主義が採用されています（家事法257条）。なお，我が国では，協議離婚及び協議離縁が認められており（民法763条，811条１項），離婚及び離縁について，当事者の意思に委ねていることから，家事調停においても，当事者の合意のみで調停を成立させ，判決と同じ効力を与える制度とされています（家事法268条１項）。これらは，一般調停事件で，不成立となれば家事調停事件は終了し，審判移行はしません。したがって，その点について，裁判所の判断を受けるには，人事訴訟を提起する必要があります。

(4)　民事訴訟の対象となる事件

家事審判や人事訴訟の対象でない事項のうち，実体的な権利義務の確定に関する事項は民事訴訟の対象となります。例えば，遺留分減殺請求（民法1028条）など相続関係のもののほか，不貞に基づく慰謝料請求（民法709条）などがこれに当たります。

なお，これについても，家庭に関する事件（家事法244条）であることから，調停前置主義（家事法257条）の対象とされています。もっとも，金銭的な問題なので，現実の運用では，上記(2)，(3)ほど調停前置主義は徹底されていません。

これらの事件は，一般調停事件で，調停が不成立となれば，家事調停事件は終了し，審判移行しません。その点について，裁判所の判断を受けたい場合は，別途民事訴訟を提起する必要があります。

(5)　裁判の対象とならない事項

親族関係調整事件において，親族付き合いの在り方などが問題となるときは，権利義務の問題とは言い難く，裁判所が判断することはできません。したがって，調停が不成立となれば，家事調停事件は終了し，審判移行をしません。また，訴訟等の裁判で争うこともできません。

家庭裁判所調査官とは，何ですか。また，家庭に関する事件，特に，家事調停において，どのような役割を果たしますか。

解　説

1 家庭裁判所調査官の意義

家庭裁判所は，家族の問題を扱うため，後見的・職権主義的に関わる必要があります。また，紛争の対象が親族間の人間関係に関するものが多く，その解決をするためには，心理学，社会学，教育学，社会福祉学等の人間関係の諸科学，すなわち，行動科学の専門的知見が有用です。そこで，家庭裁判所には，行動科学の知識及び理論とそれに基づく面接技法を基盤とした専門性を発揮することによって，裁判官を補佐する（裁判所法61条の２，家事法58条，59条等）家庭裁判所調査官（以下「家裁調査官」といいます。）が配置されていいます。

2 家裁調査官の職務

家裁調査官の主な職務は，家事審判や家事調停における事実の調査（家事法58条１項，258条１項），調整活動（家事法59条３項，258条１項，261条５項）及び期日への立会い（家事法59条１項・２項，258条１項）です。いずれも，裁判官の命令に基づき行います。

事実の調査の具体例としては，親権者や監護権者の指定や変更の家事審判事件において，子の監護状況を調査することや子の意向・心情又は情況を調査することが挙げられます。期日への立会いの例としては，家事調停において，配偶者等に対する暴力（なお，家族内の暴力のことを「ドメスティックバイオレンス」，略して「DV」といいます。配偶者等に対する暴力はその一例です。）の被害者など，心に強い葛藤を抱えている当事者に対する事件について，立ち会い，その葛藤を受け止め，家事調停に主体的・合理的に取り組むための援助をすることが挙げられます。

このように，家裁調査官は，行動科学の専門家ですから，子の問題や心理的な支援を要する当事者への対応など，その専門的知見を活かす家事調停や家事審判への関与がその職務の中核です。裁判官や調停委員会と協力し，そのような場面で，専門的知見が発揮されることが期待されています。

【参考文献】
・離婚調停24頁
・家事人訴の実務・本多52頁～55頁
・家事審判法講義案90頁，91頁

第２節　人事訴訟法下の離婚訴訟

人事訴訟法が定められましたが，どのような経緯で定められましたか。また，改正後の人事訴訟法の要点は，どのようなものですか。

解　説

1 人事訴訟法制定の経緯

司法制度の改革の一貫として，国民が民事裁判をより利用しやすいものとする観点から，家庭裁判所の機能の拡充によって，人事訴訟の充実及び迅速化が目指されました。そのため，明治31年に制定された人事訴訟手続法に変わる新しい法律として，人事訴訟法が公布・施行されました（平成15年法律第109号同年７月16日公布，平成16年４月１日施行）。

2 主な改正点

主な改正点は，次の５点です。

(1)　それまで地方裁判所にあった人事訴訟の第一審の管轄を家庭裁判所に移管し（裁判所法31条の３第２項，人訴法４条ないし６条），これと密接に関連する損害賠償請求訴訟も家庭裁判所で人事訴訟と併せて審理することができるものとしました（人訴法８条，17条）。人事訴訟手続法下では，人事訴訟の第一審の裁判権は地方裁判所に属するものとされていました（平成15年法律第109号改正前裁判所法24条１号，33条１項１号）。それに対して，まず，人事訴訟については原則として調停前置とされており（家審法18条にも家事法257条１項・２項と同旨の規定がありました。），家事調停には家庭裁判所に事物管轄があり，当事者に分かりにくいという点が指摘されていました。また，家庭裁判所には，家裁調査官が配置され，その専門的知見を活かした調査の結果が調停及び審判を適正とすることに大きく貢献しているのに対し，地方裁判所には，その種の機関がないため，人事訴訟の審理及び裁判に専門的知見を活かした調査の結果を利用できない点が問題と指摘されていました。そこで，離婚等の人事訴訟の対象事項について，第一審の管轄を家庭裁判所に一元化し，その手続を国民に分かりやすく利用しやすいものとし，その審理の適正迅速化を図ることとしました。

⑵　離婚訴訟等における子の監護者の指定その他の子の監護に関する処分などの附帯処分についての裁判や親権者の指定についての裁判をするに当たって，家裁調査官の事実の調査を活用することができるものとしています（人訴法33条，34条）。この趣旨は，⑴で記載したとおりです。

⑶　人事訴訟の家庭裁判所への移管に伴い，人事訴訟の審理及び裁判に国民の良識を反映させるため，必要があるときは，国民の中から選任された参与員の関与を求め，その意見を聴くことができることとしました（人訴法９条１項）。これは，当時の家事審判法において，家事事件について，一般国民の良識をより反映させため，導入されていた参与員制度について，家庭に関する訴訟である人事訴訟についても拡充するものです。

⑷　この改正を機に，人事訴訟手続全体について，見直しがされました。改正点としては，具体的には，土地管轄が整理されたこと（人訴法４条ないし６条），訴訟上の和解により離婚又は離縁をすることができるようになったこと（人訴法37条１項），憲法が定める範囲内において公開停止の要件及び手続を明確に規定すること（人訴法22条）が挙げられます。

⑸　この改正においては，片仮名・文語体で表記されていた人事訴訟手続法は廃止され，人事訴訟に関する手続についての規定が全面的に見直され，章別構成及び規定の順序にも変更が加えられたほか，その全条文が平仮名とされ，現代語化されました。

3 家事調停と人事訴訟との関係

人事訴訟法施行後も，施行前と同様，離婚調停が成立しないときに，別表第２事件のように直ちに審判移行するのではなく，改めて家庭裁判所に対する人事訴訟を提起する必要があるという制度が採用されました。これは，家事調停が不成立であるときに直ちに訴えの提起をしようと考えるのが当事者の通常の意思とは解されないことに基づきます。このように，家事調停と人事訴訟は別個の手続とされていることから，家事調停の記録は，当然にその後の人事訴訟における資料となるものではなく，当事者がこれを人事訴訟において証拠として提出するなどしなければ，訴訟資料にはなりません。

【参考文献】
・一問一答人訴３頁～15頁，36～38頁，41頁
・ＬＰ31頁～36頁

人事訴訟と民事訴訟の違いはどのようなものですか。

解　説

1 はじめに

人事訴訟は，広義の民事訴訟の一種ですが，人の身分関係の形成又は存否の確認を目的とする訴訟であって，公益性を有することなどから，通常の民事訴訟とは異なる面があります。違いの主な点は，次のとおりです。

2 専属管轄

人事訴訟は公益性がありますから，管轄については法定されたものに専属し（人訴法４条１項），当事者の意思により管轄が形成される合意管轄（民訴法11条）や応訴管轄（民訴法12条）は，認められていません。

3 訴訟行為能力の制限の排除

人事訴訟は身分関係に関する訴訟で，当事者の身分関係に関する能力としては，行為能力は必要なく，意思能力があれば足りると考えられます。したがって，人事訴訟における訴訟能力については，民法の行為能力の制限規定（民法５条１項・２項，９条，13条，17条）や民事訴訟法の訴訟能力の制限規定（民訴法31条，32条１項）は適用されず（人訴法13条１項），意思能力が有れば足りるとされています。もっとも，行為能力に制限がある者は，意思能力があったとしても，その精神的な能力を補う必要があるので，訴訟代理人を選任する制度（人訴法13条２項ないし４項）があります。被後見人については，意思能力がないことが通常であると考えられるため，成年後見人が原告又は被告となる制度もあります（人訴法14条）。

4 弁論主義の不適用・職権探知主義の採用

人事訴訟においては，確定判決の効力を当事者以外の第三者にも及ぼし，身分関係に関する紛争の一回的解決を図る前提として，可能な限り実体的真実に沿った事実を確定する必要があります。そこで，主張立証活動を当事者のみに委ねずに，裁判所が職権により証拠調べを行い，当事者の主張しない事実を認定した上で判断する職権探知主義が採用されました（人訴法20条）。したがって，民事訴訟の原則である弁論主義に由来する民事訴訟の規定の適用の多くが除外されています（人訴法19条）。人事訴訟手続においては，まず，裁判上の自白に関する規定を除外しています。具体的には，自白の擬制（民訴法159条１項），自白（民訴法179条），欠席判決（民訴法244条）の規定が適用されません。したがって，被告が請求原因事実を認めたとき及び争わないとき並びに被告が適式に呼出しをされたときに欠席をして，かつ，請求原因事実を争う答弁書等を提出しないときも，自白や自白の擬制をして事実認定をして，判決をすることはできず，必ず，証拠によって事実を認定した上で，判決をしなければなりません。

次に，当事者尋問の補充性（民訴法207条２項）の適用が除外されています。人事訴訟法では，身分関係の当事者本人が最良の証拠方法であることが多いからです。

最後に，当事者の懈怠に関する規定の適用が除外されています。具体的には，時機に後れた攻撃防御方法の却下等（民訴法157条），審理の計画が定められている場合の攻撃防御方法の却下（民訴法157条の２），当事者本人不出頭等の場合の制裁（民訴法208条），当事者が文書提出命令に従わない場合等の制裁（民訴法224条），文書の筆跡の対照に協力しない場合の制裁（民訴法229条４項）の規定がこれに当たります。

人事訴訟の目的については，離婚及び離縁以外については，請求の放棄又は認諾（民訴法266条），和解調書の効力の規定（民訴法267条）が適用されません（人訴法19条２項，37条１項）。なお，離婚と離縁については，我が国の民法は協議離婚（民法763条）及び協議離縁（民法811条）を認めており，調停離婚及び調停離縁も認められています。したがって，離婚訴訟係属中であっても，当事者間に離婚する旨の協議が調い，裁判官の面前でその旨の陳述がされた場合には，実体的な当事者の離婚又は離縁意思の合致及びこれについての裁判所という公的機関による確認がされているものと解されます。そこで，裁判上の和解についても，離婚をする旨を和解調書に記載したときに，直ちに離婚の効力が生ずることとされたものです（人訴法37条１項）。同様の考え方で，離婚又は離縁請求の原告による放棄と被告による認諾（附帯処分等の申立てがされた離婚請求を除きます。）も，認められています（人訴法37条１項）。

5 当事者尋問等の公開停止

人事訴訟については，当事者尋問又は証人尋問の場において，憲法82条２項が認める範囲内で，審理の公開停止の要件及び手続が法律上明確にされました（人訴法22条）。この規定の趣旨は，受訴裁判所が合憲的に適正かつ明確な手続の下で公開停止決定を行うことを制度的に担保しようとするものです。また，これによって，当事者が安心して訴えを提起し，又は応訴することが可能となり，証人も安心して尋問に応じることが可能となり，実質上当事者の裁判を受ける権利を保障することとなり，実体的な真実により近付くことが可能となります。

6 確定判決の効力の拡張

身分関係に関する紛争の画一的・一回的解決を図るため，人事訴訟においては，原則として確定判決の効力を第三者に拡張しています（人訴法24項１項，例外として，同法24条２項）。これは，確定判決の効力を原則として訴訟当事者間とする民事訴訟法115条１項の特則を定めるものです。

【参考文献】
・ＬＰ34頁～39頁
・一問一答人訴85頁，86頁，90頁～105頁，167頁～170頁

第３節　家事事件手続法下の家事事件

家事事件手続法が定められましたが，どのような経緯で定められましたか。また，家事事件手続法の要点は，どのようなものですか。

解　説

1 家事事件手続法の制定の経緯

複雑多様化する社会の要請から，司法機能の充実の一貫として，我が国の基本的な民事手続法分野における法律についての見直し作業がされています。家事事件手続法の制定もその一つです。

家事調停・家事審判の手続を定めていた家事審判法は，昭和22年に制定された後，全体についての改正は行われていませんでした。従前の家事審判法は，家族というプライバシーの高い領域について，手続的な規定を最小限に止め，家事調停や家事審判の手続を主宰する家事審判官に広範な裁量を認め，柔軟な解決を図ることを目指していました。

しかし，その後，我が国の家族をめぐる社会情勢は家族の内外ともに複雑多様化し，家族内においても権利意識が高まり，家庭に関する事件の中にも，関係者の利害の対立が激しく，解決が困難な事件が増えてきました。そこで，当事者等が自ら裁判の資料を提出し，反論をするなど，手続に主体的に関わるための機会を保障して，家事事件について，当事者の納得を得ながら，手続的，実体的に適正な結論を迅速に得る必要が生じました。

そこで，平成23年５月25日家事事件手続法（平成23年法律第52号）が公布され，平成25年１月１日から施行されました。

2 家事事件手続法の要点

家事事件手続法の要点は，次の３点です。

(1)　当事者の手続保障を図るための制度（審判等によって影響を受ける子の利益への配慮のための制度を含みます。）の拡充

(2)　国民が家事事件の手続を利用しやすくするための制度の創設・見直し

(3)　管轄・代理・不服申立て等の手続の基本的事項に関する規定の整備

(1)について，主なものとしては，①参加制度の拡充，②記録の閲覧謄写に関する制度の拡充，③不意打ち防止のための諸規定等の整備のほか，④審判等によって影響を受ける子の利益への配慮のための制度があります。

このうち，特に，問題となる②，③については，ここで個別に説明し，④については，問を改めて説明します。また，(2)については，家事調停でしばしば利用される制度が多く含まれているので，第４節（23頁）以下で説明します。

3 記録の閲覧謄写に関する制度の拡充

旧法下では，記録の閲覧等をすることができるか否かが裁判所の広い裁量に委ねられていました（家審規12条）。これに対し，家事事件手続法においては，記録の閲覧等は，当事者等への手続保障の根幹をなすという理解の下，当事者については家事審判及び277条事件の記録の閲覧等を原則として認めるとともに，記録を閲覧することができない場合を明確にし，当事者が記録の閲覧謄写等をすることを容易にしました（家事法47条，254条６項）。

なお，277条事件を除く家事調停における記録の閲覧等については，旧法下と同様の規定がされています（家事法254条１項ないし６項）。もっとも，別表第２調停について，家事調停が不成立となって審判移行したときは，家事調停の記録のうち，家事審判において，事実の調査の対象とされた部分は，家事審判の記録となるので，当事者については，その閲覧等が原則として認められることとなります。また，別表第２調停のみならず一般調停も，手続の透明性や当事者間の実質的な情報共有の要請

もあるため，その点も考慮した上で，閲覧等の許否が判断されることになります。

4 不意打ち防止のための諸規定等の整備

家事審判について，手続の記録化（家事法46条）を設け，事実の調査の通知（家事法63条，70条）について定めるなどをしています。

また，特に，別表第２審判については，一般的に当事者が自らの意思で処分することのできる権利又は利益に関するものであって，申立人と相手方との間に利害対立があるのが通常ですから，当事者それぞれが自らの主張を述べ，その主張を裏付ける裁判資料を提出する機会を保障する必要があります。したがって，①原則として申立書の写しを相手方に送付すること（家事法67条）とし，②原則として当事者の陳述を聴かなければならず（家事法68条１項），原則として当事者に審問の申出権を認め（家事法68条２項），当事者の陳述を審問の期日において聴取する場合には，原則として他方当事者に審問の立会権を認め（家事法69条），③原則として裁判所が事実の調査をしたときは当事者に通知をすることとし（家事法70条），記録の閲覧謄写等の機会を与え，④裁判資料の提出期限である審理終結日を定め（家事法71条），⑤審判をする日を定めることとしています（家事法72条）。

【参考文献】

・一問一答家事法３頁～５頁，25頁～27頁，101頁～105頁，119頁～122頁

家事審判等によって影響を受ける子の利益への配慮の制度には，どのようなものがありますか。

解　説

1 子の利益への配慮の制度の趣旨

家事事件の解決に当たって，その結果により影響を受ける子の利益に配慮することが必要です。しかし，親同士が紛争の渦中にあるときなど，親が子の利益を代弁することが困難な場合が少なくありません。そこで，家事事件手続法は，次のとおり，家事事件の手続において，子の状況や心情を把握するための手立てを講じました。

2 具体的内容

(1)　親権者の指定又は変更の審判事件など，子の身分関係に影響が及ぶような一定の家事事件においては，未成年者である子も意思能力があれば，自ら手続行為をすることができることとしています（家事法151条２号，168条，118条）。

(2)　子が家事事件の結果により直接の影響を受ける場合において，意思能力があれば手続行為をすることができるときは自ら利害関係人として参加できるだけでなく，家庭裁判所は相当と認めるときは職権で子を利害関係人として参加させることができるとされています（家事法42条３項，258条１項）。

(3)　家事事件において自ら手続行為ができる場合にも，法定代理人も子を代理して手続を行うことができるようにされており（家事法18条），裁判所は申立てにより又は職権によって，弁護士を手続代理人に選任することができるようにしています（家事法23条）。

(4)　家庭裁判所は，未成年者である子がその結果により影響を受ける家事事件においては，子の陳述の聴取，家裁調査官による調査その他の方法により，子の意思を把握するように努め，子の年齢及び発達の程度に応じて，その意思を考慮しなければならないとされています（家事法65条，258条１項）。

(5)　家事審判をする場合において15歳以上の子の陳述を聴取しなければならない場合を，旧法下では，子の監護者の指定その他子の監護に関する審判をする前に限定していましたが，親権喪失などにも拡張しました（家事法169条，178条１項１号）。

【参考文献】
・一問一答家事法32頁，33頁

第４節　家事事件手続法下の家事調停

家事事件手続法下の家事調停は，制度の面と手続の運用の面でどのように変わりましたか。

解　説

1 総　論

家事事件手続法の要点は，既に述べたとおり，

(1)　当事者の手続保障を図るための制度（審判等によって影響を受ける子の利益への配慮のための制度を含みます。）の拡充

(2)　国民が家事事件の手続を利用しやすくするための制度の創設・見直し

(3)　管轄・代理・不服申立て等の手続の基本的事項に関する規定の整備

の３点です。

家事調停において，まず，当事者の手続保障を図るための制度について，どのように規定されているでしょうか。家事調停は，裁判所の判断を求める家事審判と異なり，当事者の主体的な合意を目指すものです。したがって，家事事件手続法においても，家事審判ほど厳格な手続保障のための規定が定められているわけではありません。しかし，当事者が，主体的・合理的に合意をするためには，その前提として手続が透明であって，重要な情報は共有されなければなりません。また，特に，別表第２事件においては，家事審判に移行した後は，既に述べたとおり様々な手続保障を図るための制度に服することからすると，調停段階においても，その点の配慮が必要とされます。これらの観点から，それに見合った制度が設けられています。

次に，国民が家事事件の手続を利用しやすくするための制度ですが，これは，家事調停においても，家事事件手続法の要点として述べたとこ

ろが，基本的に妥当します。

最後に，管轄・代理・不服申立て等の手続の基本的事項に関する規定の整備ですが，これも，家事調停においても，家事事件手続法の要点として述べたところが，概ね妥当します。

ここでは，現実の家事調停において，問題となる⑴，⑵を中心に説明していきます。

2 当事者の手続保障を図るための制度の拡充等 ―子の利益への配慮のための制度を含む

当事者の主体的・合理的な家事調停への参加を促し，その主体的・合理的な合意によって，家事調停を適正・迅速に解決するためには，手続を透明化し，当事者間の情報共有を進めるべきです。家事事件手続法はそのような理念から，当事者の手続を保障する規定を設け，家庭裁判所実務もそれを進めるような運用を目指しています。しかし，他方，家事調停は，家事審判と異なり，裁判所が公権的に判断するものではないので，家事審判と同程度の手続保障が要請されるわけではありません。また，家事調停において扱う問題が家庭の問題であって，感情の対立が激しく，一部には，DV被害者であって，その住所を他方当事者に明らかにすべきでない事件などもあり，秘匿すべき情報の管理も問題となります。そこで，家事事件手続法の規定や家庭裁判所の実務においては，その両方向の要請を実現すべく，様々な工夫をしています。

⑴　申立書の写しの送付

家事事件手続法においては，家事調停の申立書の写しを原則として相手方に送付するものとすることを明文の規定を設けて明らかにしました（家事法256条１項本文）。申立書の写しを相手方に送付するかどうかは，旧法の下では，家庭裁判所の裁量に委ねられていました。しかし，相手方が申立書の内容を知った上で，家事調停を進める方が，家事調停の内容・手続が充実し，適正・迅速に，当事者が主体的・合理的に紛争を解決することに資するとの考えから，このような制度を採用しました。もっとも，相手方に申立書の写しを送付することによって，当事者の感情の対立が高まるなど，家事調停の手続の円滑な進行を妨げるおそれがあると認められるときは，例外的に送付しないことができる旨も定められています（家事法256条１項ただし書）。

東京家庭裁判所など各地の家庭裁判所において，主な事件類型について，申立書のひな形が用意され，公表されています（東京家庭裁判所について家事人訴の実務・本多70頁）。

⑵　家事調停の資料

家事調停は，家事審判と異なり，基本的には当事者間の合意による自主的な紛争解決を目指す手続であるので，家事審判における事実の調査の通知の制度は，準用されていません。

もっとも，家事事件手続法下においては，①特に別表第２事件においては，審判移行したときに，当事者が提出した資料を判断の資料とするためには，事実の調査の通知が必要であること，②家事調停においても，当事者が主体的・合理的に合意をするために，手続の透明化及び重要な情報の共有が目指されるべきことから，明文の要請ではないものの，当事者が提出した重要な資料については，開示することから生じる弊害を考慮しつつも，弊害がない場合には，他方当事者に開示する方向での運用が望ましいと解されます。

そこで，家庭裁判所において，家事調停における当事者間での情報共有の在り方が検討され，主な事件類型について，書面の提出方法等について，方向性が示されています（東京家庭裁判所について家事人訴の実務・本多71頁）。

⑶　事件記録の閲覧謄写等

家事調停は，家事審判と異なり，基本的には当事者間の合意による自主的な紛争解決を目指す手続ですから，家事調停事件記録の閲覧謄写については，旧法と同様に，相当と認めるときのみこれを許可することができるとされています（家事法254条３項）。ただし，277条事件は，簡易な訴訟事件ともいうべき手続ですから，家事審判と同様，原則開示とされています（家事法254条６項，47条３項・４項・８項ないし10項）。

もっとも，上記⑵②で述べたように，家事事件手続法下の家事調停は，手続の透明化を図るべきことからすると，開示することから生じる弊害を考慮しつつも，弊害がない場合には，他方当事者に開示する方向での運用が望ましいと解されます。

⑷　子の利益への配慮のための制度

家事調停においても，親権者の指定又は変更の事件など，子の身分関係に影響が及ぶような一定の家事事件においては，未成年者である子も意思能力があれば，自ら手続行為をすることができます（家事法151条２号，168条７号，118条）。また，子が家事事件の結果により直接の影響を受ける場合において，意思能力があれば手続行為をすることができるときは自ら利害関係人として参加できるだけでなく，家庭裁判所は相当と認めるときは職権で子を利害関係人として参加させることもできます（家事法258条１項，42条３項）。そして，自ら手続行為ができる場合にも，法定代理人も子を代理して手続を行うことができるようにされています（家事法18条）。さらに，裁判所は申立てにより又は職権によって，弁護士を手続代理人に選任することができます（家事法23条）。加えて，家庭裁判所が，未成年者である子がその結果により影響を受ける家事事件においては，子の陳述の聴取，家裁調査官による調査その他の方法により，子の意思を把握するように努め，子の年齢及び発達の程度に応じて，その意思を考慮しなければならないとされています（家事法258条１項，65条）。

なお，家事調停においては，子の監護者の指定その他子の監護に関する事件について，15歳以上の子の陳述を聴取しなければならないとは定められていませんが，家庭裁判所においては，子の意思の尊重の観点から，その聴取をする運用が一般的です。

3　家事事件の手続を利用しやすくするための制度の創設・見直し

⑴　調停条項案の書面による受諾の範囲拡大

当事者の一部が，調停の内容に納得しながら，遠隔地に居住するなどの理由から裁判所に出頭できないことにより，調停の成立ができないことを避けるため，現に出頭できない当事者が，調停条項案を受諾する書面を提出することにより，調停を成立させることができるものとしました。旧法下では，この手続を利用できる事件を，遺産分割事件に限っていましたが，これを他の家事調停事件に拡大し（家事法270条１項），当事者の便宜を図って，家事調停の手続の円滑かつ迅速な進行を目指しています。しかし，離婚又は離縁についての調停事件については，本人の意思の確認を厳格にする必要があるため，この手続を利用することができません（同条２項）。

⑵　調停に代わる審判の活用

家庭裁判所は，調停が成立しない場合において，相当と認めるときは，当事者双方のために衡平に考慮し，一切の事情を考慮して，職権で，事件の解決のため必要な審判をします。これが，調停に代わる審判（284条審判）です。旧法下では，一般調停（ただし，23条事件は除きます。）について，認められていました（家審法24条）。家事事件手続法は，それに加えて，別表第２調停も調停に代わる審判の対象とし，紛争の迅速かつ簡易な解決を目指しました（家事法284条１項）。

⑶　音声の送受信による通話の方法による手続

旧法では認められていませんでしたが，家事事件手続法においては，家事調停においても，当事者が遠隔の地に居住しているときその他相当と認めるときは，家庭裁判所及び当事者双方が電話会議システム等を利用して，手続を行うことができるようにし（家事法258条１項，54条１項），当事者の便宜を図り，家事調停の手続の円滑かつ迅速な進行を目指しています。もっとも，離婚及び離縁の調停事件においては，本人の意思の確認を厳格にする必要があるため，この手続を利用して調停を成立させることはできません（家事法268条３項）。また，この手続において，合意に相当する審判における合意を成立させることもできません（家事法277条２項）。

⑷　調停申立て後の審判前の保全処分の申立て

旧法においては，審判前の保全処分の申立ては，家事審判の申立て後に限られていました。しかし，審判前の保全処分と家事調停の手続が矛盾するものとは限らず，場合によっては，家事調停中の緊急の事態に対して暫定的な救済を得るためには審判前の保全処分を求めつつ，最終的な解決は話合いとすることが合理的な事案もあります。そこで，家事事件手続法においては，一定の事件について，家事調停の申立てがあった時点で，審判前の保全処分の申立てをすることができることとしました。具体的には，夫婦間の協力扶助，婚姻費用分担，子の監護，財産分与及び親権者の指定・変更等（家事法157条１項１号ないし４号，175条１項）がこれに該当します。なお，審判前の保全処分については，重大な手続ですので，問を改めて，もう少し詳しく述べます。

【参考文献】
・離婚調停18頁～20頁
・一問一答家事法170頁～172頁，225頁～246頁
・家事人訴の実務・小田
・家事人訴の実務・本多

審判前の保全処分の手続の概要は，どのようなものですか。

解　説

1 審判前の保全処分の意義

審判前の保全処分は，家事審判が効力を生じるまでの間に，事件の関係人の財産等に変動が生じて後日の審判に基づく強制執行による権利の実現が困難になったり，あるいは，その間における関係人の生活が困難や危険に直面したりする事態が生じることがあるので，これに対処するため暫定的に権利義務を形成して，権利者の保護を図るものです。

審判前の保全処分を命ずる裁判は，申立て又は職権で開始した審判前の保全処分の事件について裁判所がする，終局的な判断である裁判ですから，審判とされています（家事法105条１項）。また，審判前の保全処分は，家事事件手続法第２編に規定する事項（家事法105条１項，126条，127条，157条，174条，175条，187条，200条等）について審判をするものですから，同編に定める家事審判の手続が適用されます（家事法39条参照）。

2 発令の要件

審判前の保全処分は，暫定的な処分ですが，強制力が付与されているので，①本案の審判が認められる蓋然性，及び，②保全処分の必要性が，発令の要件とされています。

ここで，①においては，家事審判は，権利の存否が判断の対象となるわけではなく，権利の形成の当否及び形成の内容が判断の対象となるので，審判前の保全処分を命ずる場合には，被保全権利の存在の蓋然性でなく，本案の家事審判において一定の具体的な権利義務が形成される蓋然性が問題とされます。

3 審判前の仮処分の手続

審判前の保全処分は暫定的なもので，緊急性が高いので，本案の家事審判以上に簡易・迅速な処理の要請が高い等の性格があります。その特徴の主なものは，次のとおりです。

(1)　疎明と説明義務

審判前の保全処分の申立てにおいては，その趣旨及び保全処分を求める事由を明らかにしなければなりません（家事法106条１項）。

また，保全処分は暫定的なものなので，審判前の保全処分は，疎明に基づいてすることとされています（家事法109条１項）。

審判前の保全処分の手続においては，その緊急性に応じた迅速かつ的確な処理を可能とするため，その申立人に保全処分を求める事由についての疎明義務を負わせています（同条２項）。もっとも，裁判所の後見性から，事案に応じた妥当な結果を導くために，必要な事実の調査や証拠調べを職権で補充的にすることができます（同条３項）。

(2)　仮の地位を定める仮処分発令のための必要的陳述聴取

旧法下においては，仮の地位を定める仮処分命令については原則として債務者が立ち会うことができる審尋の期日を経ることを要件としていました（家審法15条の３第７項，民事保全法23条４項）。

しかし，審判前の保全処分の緊急性に鑑みれば，保全処分の審判を受ける者となるべき者の陳述の聴取の方法は事案に応じて裁判所の適正な裁量に委ねるのが相当であると考えられます。そこで，家事事件手続法は，審判を受ける者となるべき者の手続保障の観点から，必ずその陳述を聴取しなければならないもの（もっとも，陳述の聴取によって保全処分の目的を達することができない事情があるときを除きます。）としつつ，陳述の方法については限定しないこととし，事案に応じて書面等によることもできるとしました（家事法107条）。

【参考文献】

・一問一答家事法170～175頁

家事事件手続法下の家事調停において，家事調停の実質的な進行は，どのように変わりますか。

解　説

1 家事事件手続法の趣旨及び家事調停

家事事件手続法は，上記のとおり，社会や家庭の変化により，複雑困難化した家事事件を，当事者の納得を得ながら，適正・迅速に解決するため，当事者に十分な手続保障をして，当事者が主体的に家事事件に取り組むことを促すために制定されました。

この考え方は，当事者の合意によって家庭に関する紛争の解決を目指す家事調停にも当てはまります。すなわち，上記のとおり変化した社会や家庭の在り方を踏まえると，家庭に関する紛争について，当事者が納得した上で，適正・迅速に合意に至るためには，当事者が，家事調停の手続や実体について正しい知識を得た上で，自らが主体的・合理的にその紛争に向き合うことによって，その紛争解決能力を発揮することが不可欠です。

そのような家事調停実現のためには，前問で触れた，法定された新たな手続を正しく実行するだけでなく，より実質化した手続運用が望まれます。また，当事者が，家事調停の実体について正しい情報を得た上で，主体的・合理的な判断をするためには，家事調停と家事審判や人事訴訟など裁判の見通しとの関係も検討されなければなりません。

2 東京家庭裁判所における取り組み１―家事調停の手続進行について

この点に関し，東京家庭裁判所においては，家事事件手続法の趣旨を踏まえた「当事者の納得と家裁への信頼（透明・明確な手続，適正・迅速な紛争解決）」を得る家事調停の実現を目指して，当事者の主体的な手続活動を支えるための手続進行の在り方として，以下の３点が実施されていると紹介されています。

⑴　家事調停事件に関する定型書式等の趣旨及び活用

当事者は，手続代理人を選任せずに，家事調停に臨むことが多いので，東京家庭裁判所は，本人でも，分かりやすく，適切に家事調停手続を利用することができるよう，申立書等の書式や家事調停手続に関する説明書面を作成しています。

⑵　情報共有の在り方

今日の社会状況の下で家事調停が効果的な紛争解決制度として機能するためには，当事者双方が適切に情報を共有することが重要です。そこで，東京家庭裁判所においては，①両当事者が必要な資料を早期に確実に提出すること，②両当事者が重要な資料を交換して情報の共有化を図ること，③開示することに支障がある情報を確実に保護することを実現するため，事件類型に応じた書面の提出方法等の取扱いを定めています。

⑶　双方当事者本人立会いの下での手続説明

東京家庭裁判所においては，公正で分かりやすい家事調停を実現するため，調停委員会が，差し支えのない事件について，各期日の開始時及び終了時に，双方当事者本人に対し，同時に手続の説明や期日の進行方針，当該期日で議論した内容，対立点，次回までの課題等の説明を行うこととしています。

3 東京家庭裁判所における取り組み２—家事調停における３つの柱

また，東京家庭裁判所は，「当事者の納得と家裁への信頼」を得る家事調停を実現するための３つの柱として，次の３点を紹介しています。

⑴　わかりやすく公平な手続の実現

東京家庭裁判所は，その要点として，記入しやすい書式を整備し，資料提出方法及びルールを明確にすること，当事者間の情報共有化を促進すると同時に，保護すべき情報を確実に保護すること，手続説明書面の交付や双方立会手続説明を通じて，調停の進め方を明確にし，当事者の理解を確実にすることを挙げています。

(2)　法律による枠組みの確認

東京家庭裁判所は，主要な事件類型（婚姻費用分担，養育費，面会交流，財産分与，遺産分割，遺留分減殺）について，それぞれの民法の条文，一般的な実務慣行，裁判例などに基づき，調停進行上問題となる事項を順番に示した進め方チャート図を利用し，調停委員会と当事者が法律による標準的な枠組みを確認しながら家事調停を進行することとしています。また，調停委員会は，法律による枠組みを大幅に逸脱するような主張がされた場合には，当事者の心情に十分配慮しつつ，法的観点からの説明を十分行い，必要に応じて，審判や訴訟における見通しを踏まえた働き掛けをしています。

(3)　当事者の納得を得るための働き掛け

東京家庭裁判所においては，調停機関は，①初期の段階において，当事者心理，手続代理人と当事者との関係及び当事者間の関係を配慮し，②法律による枠組みの説明・説得をして，③調停委員会による一応の事実認定の説明・説得をした上で，④調停委員と裁判官が，相互に補い合いながら，連携して，裁判の見通しを踏まえ，調停の利点を説明しながら，合意形成に向け，当事者に働き掛けを行うとしています。

4　家事事件手続法下の家事調停における家事調停機関の役割

家事事件手続法下の家事調停において，当事者が，主体的・合理的に家事調停に参加し，納得の上で，適正・迅速な合意に至るための家事調停機関の役割の骨子は，次の４点にまとめられると考えます。

(1)　当事者に，家事調停の一般的な手続や関連手続（人事訴訟，家事審判など）を伝え，家事調停等の手続への理解を促します。

(2)　当事者からの聴き取りや当事者との対話などを通じて，当事者間の心理的な葛藤を軽減し，両当事者が主体的・合理的に調停に臨む前提条件を調えます。

(3)　両当事者に当該紛争の解決に必要な資料の授受を促し，両当事者からの当該紛争の解決に必要な点を要領よく聴取し，それを他方当事者へ要領よく伝えすることによって，当事者間に，必要な資料についてだけでなく，対立点，それに対する双方の言い分及びその言い分の背景事情並びに事実認定上，又は，法律上の争点並びにそれに関する言い分及び資料について共通認識を形成します。

(4)　当事者が，主体的・合理的に，対立点についての最終的な意向を形成するに際し，調停委員会において，必要に応じて，相当な方法で，家事審判や人事訴訟などの裁判の見通しに従った解決案，又は，それだけでは，実質的・経済的・将来的な解決として課題があるときには，裁判の見通しを踏まえつつも，それをより妥当なものに修正した解決案を示すなどして，適切な助言をします。

そして，この4点を実現するために，調停機関は，手続法及び実体法の知識，想定される対立点について認定するための一般的な資料の知識及び関連する裁判例についての正確な知識などの法的な知識並びに法的解決を超えたよりよい解決を創造する社会常識を有することが必要です。それに加えて，当事者から，その気持ちを受け止めつつ，要領よく必要な情報を引き出す力，当事者に対し，その気持ちに配慮しつつ，要領よく必要な情報を伝える力を備えることが求められています。

第２章　離婚調停の進行

第１節　家事調停の進行

家事調停においては，どのような解決が望ましいでしょうか。

家事調停においては，
(1)　裁判の見通しを踏まえ，
(2)　当事者が主体的に，
　ア　合理的にのみならず，
　イ　心情的にも納得した上で，
(3)　調停ならではの，
　ア　実質的・経済的に考えて合理的に，
　イ　当該紛争の解決のために必要なものを取り込み，
　ウ　将来に向けた解決をすること
が望ましいと考えられます。

解　説

1 はじめに

家事調停は，家事紛争を解決する手段ですから，迅速に，当事者や子と国民全体の利益（「幸せ」といってもよいでしょう。）が実現できる解決が目指されるべきと考えられます。そのためには，(1)裁判（家事審判，人事訴訟及び民事訴訟）の見通し，すなわち法的に正しい結論を踏まえ，(2)当事者が主体的に，ア合理的にのみならず，イ心情的にも納得した上で，(3)調停ならではの解決，具体的には，ア実質的・経済的に考えて合理的に，イ当該紛争の解決のために必要なものを取り込み，ウ将来に向けた解決をすることが目指されるべきです。

2 家事調停と裁判の見通しとの関係

家事調停は，司法機関である家庭裁判所が主宰するものですから，その内容は，裁判の見通しを踏まえた，正義にかなうものであることが必要です。これに対し，家事調停は，当事者の合意であり，適式な事実の調査や証拠調べを前提としない手続ですから，裁判の見通しを踏まえる必要はなく，むしろ，踏まえるべきではないとの見解もあります。しかし，①家事調停は司法機関である家庭裁判所が主宰するもので，私的な紛争解決の病理である，強い者に有利となる解決を排除すべきものであること，②家事調停が当事者の合意によることを踏まえても，その主体的・合理的な判断のためには，家事調停が不成立となったときの見通しも判断のために必要な情報であることを考えると，家事調停は，裁判の見通しを踏まえることが必要と考えられます。

もっとも，裁判の見通しを踏まえるといっても，見通しどおりでなければならないということではありません。事件の類型や事案によって，家事調停と裁判の見通しとの関連の程度は異なります。例えば，親権の指定・変更においては，子の利益が第一に考えられなければならないので，家事審判及び人事訴訟の結論と家事調停の結論は変わるべきではありません。また，養育費や婚姻費用も子や経済力の乏しい配偶者の利益に関するものですから，合理的な事情がない限り，裁判と家事調停の結論が大きく異なることは適切とはいえません。これに対し，財産分与，慰謝料及び遺産分割などの専ら財産関係に関するものは，当事者に処分が委ねられているものですから，両当事者が納得している以上，裁判の見通しに必ずしも拘る必要はありません。また，離婚事件・離縁事件において離婚や離縁をするかについては，我が国において，協議離婚や協議離縁が認められていることからすると，両当事者が納得している以上必ずしも人事訴訟の結論と一致する必要はありません。さらには，離婚事件・離縁事件においては，関連して解決すべき家事紛争が多くあるので，子の監護など当事者の処分に任せるべきでないこと以外の点については，他の対立点についての総合的な解決という観点からの検討も必要です。

3 裁判の見通しと当事者の合意形成

ここで，当事者は，いずれの類型の家事調停においても，裁判の見通しを意識せず，又は，知らないまま，それらと異なる解決を強く主張することがあります。このようなとき，当事者が裁判の見通しを知れば，もう少し柔軟な解決を検討する可能性があるときも少なくありません。つまり，当事者が家事調停において合理的に自らの意向を固めるには，裁判の見通しは極めて重要な情報なのです。

このように考えると，調停委員会は，家事調停における事実の調査等を踏まえ，暫定的に裁判の見通しが立てられるときには，当事者にその見通しを伝え，主体的・合理的な意思形成を援助することが望ましいといえます。もっとも，その見通しには自ずと限界があります。また，家事調停は，あくまで当事者が主体的に合意をすることによって，解決すべきものです。したがって，調停委員会は，裁判の見通しを伝えるに際し，当事者の主体的な判断の妨げになるような断定的な伝え方や当事者の心情を害するような伝え方をしないよう十分留意をすることが必要です。

4 調停ならではの解決（実質的・経済的解決，抜本的解決及び将来的解決）

家事調停は，裁判と異なり，当事者の主体的・合理的な合意に基づくべきものですから，上記のとおり，当事者が処分可能なものについては，当事者の意思を尊重すべきですし，当事者がその意思を主体的・合理的に形成していくためには，上記で述べたとおり当事者が手続について十分理解し，重要な情報を共有し，裁判での判断の枠組みを理解し，それらの見通しも理解する必要があります。また，家事調停の過程で，当事者が主体的・合理的に判断する前提として，当事者の心理的な対立が解消・軽減されることが望ましく，今後の当事者の関係を考えるとそれ自体も家事調停において目的とされるべき利益であるともいえます。

さらに，家事調停は，裁判のように法に基づく判断を受けるものでなく，当事者の合意によるものですから，法的な正しさだけが追及される必要はなく，経済的・実質的な当事者の利益を考慮することや実情に合った細やかな条項を定めることが可能です。例えば，離婚調停における財産分与や慰謝料については，債務者となるべきものの資力を考慮し，分割払いとすることもできますし，不貞をした夫からの離婚申立てについて，人事訴訟においては，有責配偶者からの離婚請求として認められない場合においても，妻である相手方が納得すれば，十分な経済的手当てを得るために離婚方向での調停をすることも可能です。また，面会交流について，審判であるとある程度抽象的な方法によるしかない場合でも，家事調停であれば，面会の日時，場所，方法について，より細やかな条項を定めることが可能です。

加えて，家事調停においては，家事審判や人事訴訟で対象とすることができないことや者を対象とすることができます。例えば，オーバーローン不動産を夫婦が共有している場合に，その帰属とともに債務の支払者や支払方法を定めることは家事審判や人事訴訟では困難ですが，家事調停では可能です。関連して，二世帯住宅などを建設して夫婦と妻の父母夫婦が居住し，その不動産が夫婦と妻の父の共有となっている場合に，全体をまとめて合理的に解決するには，家事審判や人事訴訟では不可能ですが，家事調停では可能です。

5 まとめ

これらの家事調停の性質に鑑みると，家事調停は，当事者が現在の家庭に関する紛争を最も当事者，子さらには関係者の幸福につながる方法で解決することを目指すものともいっていいでしょう。言葉を換えると，理想的な家事調停は，当事者の心情的な対立が解消又は軽減し，当事者が家事調停の手続，重要な情報，家事調停が不成立となったときの家事審判や人事訴訟等の枠組み及びそこでの見通しを踏まえた上で，両当事者，子及びときには関係者も含め，最も幸せとなるべき実質的・経済的解決，抜本的解決及び将来的解決を目指す場であるといえるでしょう。調停委員会の使命は，当事者がそのような協議ができるよう援助することにあります。

家事調停において，当事者の心情については，どのように配慮されるべきものでしょうか。

A　家事調停においては，当事者の心情に十分な配慮がされる必要があります。したがって，家事調停機関など，家事調停に携わる者は，当事者の心情に強い影響を与える，自らの言動について十分意識する必要があります。

このことは，家事事件手続法の下，裁判の見通しを踏まえた調整がされるときには，より意識される必要があります。

他方，家事調停は，司法機関である家庭裁判所において行われる家事紛争の解決の手段ですから，当事者の心情への配慮も家事調停の枠組みの中で行われるべきものであることにも留意する必要があります。

解　説

1 当事者の心情の配慮の必要性―家事法の下での家事調停に際し

家事調停の対象は，家庭における紛争であり，当事者の心情と密接な関係のあるものです。そのため，その当事者が，精神的な不安を抱えていることは，当然であるといってよいでしょう。そのような当事者が，家庭における紛争に向き合い，その解決のため主体的・合理的に検討判断するためには，その不安ができるだけ軽減される必要があります。また，当事者の不安が高まると，紛争がより深刻となることも多く，例えば，当事者の間に未成熟子があるときには，その子に悪い影響を与え，紛争から生じる問題がより深刻化することもままあります。

したがって，調停機関，家裁調査官及び当事者手続代理人弁護士など，家事調停に関わる者は，当事者の心情に十分配慮し，家事調停に臨み，当事者が家庭の紛争に向き合うことについて，精神的に援助する必要があります。

特に，家事事件手続法の下，調停委員会によって，裁判の見通しを踏まえた調整を試みるには，従前の，互譲を求める調整に比して，かえって，当事者と踏み込んだやり取りをせざるを得ません。したがって，そのような調整をするには，調停委員会への信頼を確保する必要性が高いといえ，従前以上に当事者の心情への細やかな配慮が求められます。

2 当事者の心情への配慮の方法

調停機関は，当事者の話をよく聴くことが最も大切です。その際，当事者の様子をよく観察し，言葉にされていない当事者の意向や心情も汲み取っていくことも心がけていかなければなりません。

その過程で，調停機関は，当事者の意向，心情を理解するだけでなく，当事者の意向，心情を理解できていることを当事者に伝え，当事者の不安を取り除く必要もあります。さらに，調停機関は，当該当事者に，他方当事者から聴取した事情を伝える必要もあります。

このような一連のやり取りをする際には，適切な言葉を選ばなければなりません。また，言葉の内容だけでなく，発語のタイミング，話し方，声の大きさ及び話す速さに加え，話す際や聴く際の表情，姿勢などの態度も，適切になされる必要があります。そして，事案，当事者及び伝えるべき事項などによっては，調停委員が伝えることが適切なとき，調停主任である裁判官が伝えることが適切なときがあります。何を伝えるかだけでなく，いつ，どのように，誰が伝えるかが重要です。それらについて配慮することによって，当事者と調停委員会の間で信頼関係が醸成され，当事者が率直に話し，聴き，感じ，そして，判断することが可能になります。

3 家事調停の枠組み

家事調停には，家庭に関する紛争解決の手段で，相対する当事者が存在し，調停委員会は中立・公平な第三者であるなど，制度の枠組みがあります。したがって，調停委員会が，当事者の心情を配慮するとしても，当事者の表面的な希望をすべてかなえればよいということにはなりません。調停委員会としては，例えば，公平の観点から原則として両当事者について同じ時間ずつ聴取をする，各期日において限られた時間内で聴取を終える，期日回数についても自ずと限界があることを意識する，対立点の確認，それについての意向の確認及びそれについて調停委員会で方向性を検討するために必要な事情の聴取を並行して行う，当事者の心情理解には努めるものの，当事者の言い分を合理的根拠もなく安易に肯定しないなど，様々な配慮が必要です。したがって，調停委員会としては，当事者の心情に配慮しつつも，同時に，早い段階から，当事者に，家事調停の枠組みを伝え，その理解を得ておくことを心がけなければなりません。このように，家事調停の枠組みを伝え，それに沿った調整をすること自体が，当事者の信頼を得ることにもつながります。

家事調停においては，
⑴　どのように事実認定をし，
⑵　どのように裁判の見通しを立て，
⑶　どのようにその結果を当事者に伝えるべきでしょうか。

A　家事調停においても，事実認定をするために，事実の調査をすることや証拠調べをすることができます（家事法258条１項，56条１項）。したがって，事案に応じて，事実の調査の一貫として，当事者から事情を聴き取り，客観的な資料の提出を促し，家裁調査官の調査を活用する，証拠調べとして，必要な調査嘱託，送付嘱託をするなどして，調停委員会として，暫定的な事実の認定をした上で，裁判の見通しを立てることも可能です。

もっとも，家事調停の性質上，事実認定や裁判の見通しは，暫定的です。

調停委員会は，家事調停における見通しの趣旨が暫定的であることを自覚した上で，その旨を当事者に伝える必要があります。また，伝えるときには，当事者に調停委員会の見解を伝えることの了解を得る，当事者の心情に配慮した表現を選ぶなどの工夫も必要です。

解　説

1 家事調停における事実認定の方法

家事調停においても，家事審判と同様，事実認定については，職権探知主義が妥当し，必要と考える事実の調査や証拠調べをすることができます（家事法258条，56条１項）。

したがって，例えば，婚姻費用や養育費が問題となるときの源泉徴収票など当事者が提出した資料や当事者からの聴き取りを事実の調査の対象とすることができます。親権の指定及び養育費を除く子の監護に関する処分など，子の福祉に関係する問題などについては，行動科学の専門的知見を有する家裁調査官による事実の調査がされることもあります（家事法258条１項，58条）。また，財産分与が問題となるときなどで金融機関など第三者機関に所属する客観的な資料などが必要なときには，証拠調べとして，第三者に対し，調査嘱託や送付嘱託（家事法258条１項，56条１項，64条１項）がされることもあります。

一般的には，客観的資料の提出によって，事実認定が可能な点については，その提出を促し，それを事実の調査や証拠調べの対象とします。また，家裁調査官の事実の調査によるべき事案については，その実施によって，当事者が納得する可能性があるときには，積極的に活用しましょう。さらに，当事者の言い分が重要な事案については，両当事者から提出された事実関係に関する書面を確認し，事実関係を丁寧に聴き取り，争いのある点とない点を確認し，争いのない点については，客観的資料と矛盾することなどがない限り，それを暫定的な事実と解する方向で考えていきます。

2 家事調停における事実認定・裁判の見通しの限界

もっとも，①家事調停は，基本的には当事者の合意を目指す手続で，離婚事由の有無など純粋な訴訟事項については，訴訟手続と異なり，証拠調べがされることはほとんどないこと，②家事調停における事実の調査については，裁判と異なり，当事者の手続保障に関する諸規定がなく，手続的に事実認定に限界があり，暫定的なものに止まること，③家事調停の時点と最終的に家事審判や人事訴訟の判断が出される時点までに時間的な隔たりがあるので，事情の変更もあり得ること，④価値観が多様化するなか，裁判の独立の関係もあり，判断が困難な事案においては，家事審判担当裁判官（上訴審を含みます。）や人事訴訟担当裁判官（上訴審を含みます。）の判断にも幅があることからすると，家事調停における事実認定，法律判断などについては，自ずと限界があります。具体的には，客観的資料に基づく判断が事件類型的に可能な養育費，婚姻費用分担の多く，及び，財産分与事件の一部並びに家裁調査官の事実の調査が重要な意味を持ち，かつ，それが家事調停の時点で実施されたときの親権の指定や子の監護関係のものなど，事案や資料の性質上，家事審判や離婚訴訟においての判断と同様の客観性が担保しやすい事案についてはさておき，家事審判や離婚訴訟において，事実認定に，審問や人証尋問が必要な事案については，当事者の言い分が一致しない限り，家事調停事件における暫定的な事実として進めることは難しいでしょう。このような事実認定の限界を前提とすると，多くの場合，裁判の見通しも幅を持ったものとならざるを得ません。

3 裁判の見通しの当事者への伝え方

調停委員会自身が，裁判の見通しは暫定的で，幅があることを十分理解した上で，当事者にその旨を伝える必要があります。

また，裁判の見通しを伝えるに際し，当事者に伝えることの了解を得る方法，当事者に裁判の見通しを知りたいかを尋ねる方法などもあります。

さらに，当事者に現実に裁判の見通しを伝えるに際しては，当事者の心情に配慮した上で，適切な表現を選択する必要があるでしょう。婉曲的な表現や幅を持たせた表現を採用すべき場合も少なくないと考えられます。

⑴　家事事件手続法において，調停に代わる審判の制度は，どのように変わりましたか。
⑵　調停に代わる審判はどのように活用されるべきでしょうか。

⑴　調停に代わる審判は，家事事件手続法によって，一般調停のみならず，別表第２調停にまで拡張されました（家事法284条）。
⑵　家事調停における合意の延長として，積極的に活用されることが望ましいと考えられます。
　東京家庭裁判所において，積極的に活用され，紛争解決に資していることが，紹介されています。

解　説

1 調停に代わる審判の拡張

　調停に代わる審判は，家事審判法でも定められていた手続（家審法24条）ですが，家事事件手続法により，対象事件が一般調停のみならず別表第２調停にまで拡張されました（家事法284条）。これは，調停に代わる審判の趣旨は，一方当事者の意向若しくは僅かな意見の相違により調停が成立しないような場合，又は，一方当事者が手続追行の意欲を失っているような場合に，当事者に異議申立ての機会を保障しつつ，裁判所がそれまでに収集された資料に基づき，合理的かつ具体的な解決案を示すことによって，紛争を適正・迅速に解決することにあるのですが，そのことは，別表第２調停においても妥当するからです。

2 調停に代わる審判の制度の概要

　家庭裁判所は，調停が成立しない場合において相当と認めるときは，当事者双方のために衡平に考慮し，一切の事情を考慮して，職権で，事件の解決のために必要な審判をすることができます（家事法284条1項本文）。これを調停に代わる審判といいます。

調停に代わる審判は，家事事件手続法277条1項に規定する事項について，すなわち，合意に相当する審判の対象事件である人事訴訟対象事件のうち離婚及び離縁を除くものについてはできません（家事法284条1項ただし書）。

既に述べたとおり，家事事件手続法では，別表第2調停も対象に含まれることになったので，その活用が期待されています。

調停に代わる審判は，当事者が審判の告知を受けた日から2週間以内に異議を申し立てると，審判そのものの効力が失われ，一般調停については，不成立で家事調停が終了し，別表第2事件については，家事調停は不成立で終了しますが，家事審判に移行します（家事法272条4項）。当事者へ告知され，当事者が審判の告知を受けた日から2週間以内に異議がなされなければ，調停に代わる審判は確定し，確定判決又は確定審判と同一の効力を有します（家事法286条，287条）。

3 調停に代わる審判の活用

調停に代わる審判は，当事者が明示的に合意はしなくとも，積極的に異議を述べるのでなければ，調停を成立させることができるという意味で，紛争解決に資すると考えられます。当事者の異議が出ないよう，納得をしてもらうために，家事調停段階で調停委員会として十分な調整の上，審判や訴訟の見通しも踏まえ，調停委員会の見解を理由と共に示しておく必要があるでしょう。

東京家庭裁判所においては，調停に代わる審判が積極的に活用され，その活用状況は，次のとおりです（家事人訴の実務・矢尾他266頁～273頁）。

そこでは，①合意型，②欠席型，③不一致型と分類されています。

合意型とは，当事者間に実質的には合意が成立しているものの，期日において調停を成立することができない場合です。例えば，電話会議又はテレビ会議の方法を利用することにより，離婚又は離縁に合意ができたものの当事者の出頭が困難なとき，遺産分割など当事者多数の事案で，当該期日には一部の当事者しか期日に出席できないときなどが，例として挙げられています。

欠席型とは，相手方が欠席している事案です。例えば，婚姻費用分担，養育費事件で相手方が，手続に全く応答しない事案，離婚又は離縁事件で，相手方は期日に出席しないものの，答弁書等から推定される相手方の意思又は当該事案の事実関係に照らし，訴訟を提起しても離婚又は離縁の判決がされることが予想される事案など，訴訟や審判の結果が予想される事件について，それに沿う審判がなされる例が挙げられています。

不一致型とは，双方出席し，対立点がある事案です。そのような事案であっても，例えば，婚姻費用分担及び養育費で対立が僅かな額である場合，面会交流の事案で，概ね合意をしているものの，細部の実施方法について双方が譲らない場合など，対立点が家事調停で問題となっている点のうち一部で，その対立も小さく，その原因も心情的な理由である例が挙げられています。

そして，調停に代わる審判のメリットとしては，紛争の早期に柔軟な解決をすることのみならず，審判移行後の審判の審理の充実や第一審段階での審理の充実が挙げられ，異議申立てがされた場合にもメリットがあることが指摘されています。

【参考文献】

・家事人訴の実務・矢尾他

第２節　離婚調停の進行

第１　我が国の離婚制度及び離婚訴訟制度の概要

離婚には，どのような種類がありますか。

我が国の離婚には，裁判離婚，和解離婚，認諾離婚，審判離婚，調停離婚及び協議離婚があります。

裁判離婚においては，法定の離婚事由がなければ，離婚が認められません。協議離婚においては，当事者双方の意思の合致によって，離婚をすることが可能です。和解離婚，認諾離婚，調停離婚においても，基本的には，当事者の意思の合致によって，離婚をすることが可能です。

裁判離婚，和解離婚及び認諾離婚は人事訴訟において行われ，審判離婚及び調停離婚は家事調停において行われます。協議離婚は戸籍の届出によって行われ，裁判や家事調停は必要がありません。

解　説

1 離婚の種類

民法は，離婚の方法として，協議離婚（民法763条），裁判離婚（民法770条）を定めています。また，家事事件手続法によって，調停離婚（家事法244条，257条，268条）及び審判離婚（家事法284条１項）が認められています。さらに，人事訴訟法によって，人事訴訟の過程で，和解離婚及び認諾離婚（人訴法37条１項）をすることが認められています。

2 協議離婚

夫婦は，離婚事由の有無を問わず，その協議で離婚をすることができます（民法763条）。そのためには，次の実質的要件と手続的要件を満たす必要があり，これを欠くときは，無効又は取消しの原因となります。

⑴　実質的要件

当事者間に離婚意思の合致があることが必要です。その前提として，協議離婚をする者は，協議離婚の意味を判断できる意思能力が必要です。離婚意思は，少なくとも，届出受理の時点において存在することが必要です。したがって，例えば，夫婦で離婚の合意があって届書を作成し，夫がその後，その届書によって，届出をしたとしても，妻が，届出時点で，離婚意思がなければ，その離婚は無効です（最判昭和34年８月７日民集13巻10号1251頁）。また，届出時点で，当事者の一方の意思能力が喪失していれば，その届出による離婚も無効です。

ちょっとCoffee Break

不受理届

無効な離婚であっても，現実に届出がされてしまえば，協議離婚無効の合意に相当する審判又は判決を得て，戸籍を訂正することとなります。そのようなことを防ぐため，離婚届が受理される前に，戸籍事務管掌者に離婚届不受理の申出をすることによって，届出の受理を阻止することができます（戸籍法27条の２第３項・４項）。

また，未成年の子がいるときは，その親権者を定める必要があります（民法819条２項）。

協議離婚に際し，子の監護者その他監護について必要な事項（民法766条），財産分与（民法768条）及びいわゆる年金分割（厚年法78条の２第２項）を合意することができますが，必ずしも離婚と同時に決める必要まではありません。

⑵　形式的要件

協議離婚は，婚姻の場合と同じく，戸籍法の定めに従って，届け出ることによって成立します（民法764条，739条１項）。

3 裁判離婚，和解離婚及び認諾離婚

⑴　裁判離婚

夫婦の一方は，法定の離婚原因に該当する事由に基づき，他方を被告として家庭裁判所に対し，離婚を求める訴えを提起することができます（民法770条）。その訴えが認められたときの離婚を，裁判離婚といいます。この場合には，相手方の意思に反しても一方的に婚姻関係を解消することができます。裁判離婚については，調停前置主義の規制があります（家事法257条）。

離婚原因としては，不貞行為，悪意の遺棄，３年以上の生死不明，不治の精神病及びその他婚姻を継続し難い重大な事由（民法770条）が定められています。その詳細は，第３章の第１節（75頁）において触れます。

裁判離婚の場合にも，夫婦に未成熟子があるときは，その親権者が定められることとなります。また，離婚を求める訴えに，離婚の請求原因たる損害賠償請求事件を併合して訴えることができますし，附帯処分として，子の監護に関する処分，財産分与及びいわゆる年金分割の申立てをすることもできます（民法771条，766条，768条，人訴法17条１項・２項，32条１項）。

裁判離婚は，判決の確定によって効力を生じ，その効力は当事者のほか第三者にも及びます（人訴法24条１項）。判決が確定すると，原告は，10日以内に戸籍上の届出をしなければならず，その届出がないときは，被告が届出をすることもできます（戸籍法77条，63条）。この届出は，報告的届出です。

⑵　和解離婚・認諾離婚

離婚訴訟の過程で，当事者が合意に至ったときは，和解によって離婚することも可能です（人訴法37条１項）。和解離婚においても，当事者間に未成年の子がいるときは，親権者の指定についても合意が必要です（民法819条２項）。なお，協議上の離婚をする旨の和解も可能です。和解離婚に際しても，損害賠償，子の監護に関する点，財産分与及び年金分割について，併せて合意をすることができます。また，裁判上の和解に

おいては，訴訟物等以外の件についても合意ができるので，関連する様々な紛争についても併せて合意をし，解決をすることが可能です。和解離婚は，和解調書に記載すると，その記載に確定判決と同一の効力が与えられ（民訴法267条），離婚する旨の記載があると，直ちに離婚が成立します。その届出は，裁判離婚の場合と同様です（戸籍法77条，63条）。なお，協議離婚をする旨の和解によって，当然，協議離婚の効力が発生する訳ではなく，当事者による協議離婚の届出があって初めて，その効力が発生します。このような届出を創設的届出といいます。

離婚訴訟のうち，附帯処分についての裁判（人訴法32条１項）又は親権者の指定についての裁判（人訴法32条３項）を要しない場合には，被告が原告の離婚請求を認諾する旨の陳述がされることによって，認諾離婚となります（人訴法37条１項）。認諾離婚は，認諾する旨を調書に記載すると，その記載に確定判決と同一の効力が与えられ（民訴法267条），直ちに離婚が成立します。その届出の趣旨は，裁判離婚の場合と同様です（戸籍法77条，63条）。

4 調停離婚及び審判離婚

⑴　調停離婚

既に述べたとおり，家庭裁判所の家事調停において，当事者が合意をすることによって，調停離婚することができます（家事法244条，257条，268条）。なお，協議上の離婚をする旨の調停も有効です。調停離婚に際しても，損害賠償，子の監護に関する点，財産分与及び年金分割について，併せて合意をすることができます。また，離婚調停においては，訴訟物等以外の件についても合意ができるので，関連する様々な紛争についても，併せて合意をし，解決をすることが可能です。調停離婚も，調停調書に記載すると，確定判決と同一の効力が与えられ（家事法268条１項），離婚する旨の記載があれば，直ちに離婚が成立します。その届出の趣旨は，裁判離婚の場合と同様です（戸籍法77条，63条）。

⑵　審判離婚

離婚調停において，離婚する旨の調停に代わる審判（家事法284条１

項）がなされたとき，これを審判離婚といいます。この場合も，離婚調停と同様，損害賠償，子の監護に関する点，財産分与及び年金分割についても定めることができ，その他の点も定めることができます。第１節（35頁）の問で述べたとおり東京家庭裁判所では，積極的に活用されています。

【参考文献】
・親族相続法講義案70頁～84頁
・家事審判法講義案376頁～388頁

Q　**夫に不貞をされたとする妻が，離婚訴訟において，夫に離婚及び損害賠償を請求するとともに，その不貞相手である女性にも損害賠償請求することはできますか。**

A　妻は，夫とその女性を共同被告として，夫に不貞行為を離婚事由（民法770条１項１号）として，離婚を求め，不貞行為を請求原因として，共同不法行為に基づく損害賠償を求めるとともに，その女性に不貞行為を請求原因として共同不法行為に基づく損害賠償を求める訴えを提起することになります（民法709条，719条１項）。

解　説

1 関連請求の併合等―損害賠償請求

離婚訴訟の請求原因である事実によって生じた損害賠償に関する請求事件は，本来は民事訴訟事件ですが，離婚訴訟と同一の訴えとして，家庭裁判所に訴えることができます（人訴法17条１項）。この場合，離婚訴訟の被告である配偶者に対する損害賠償に関する請求のみならず，例えば，不貞行為の相手方など，被告と共同して不法行為を行った者を被告とした損害賠償に関する請求も同一の訴えとすることができます。離婚訴訟が係属中の家庭裁判所に，上記の各損害賠償請求事件を提起することもできますし（人訴法17条２項），地方裁判所で審理中の上記の各損害賠償請求事件についても，当事者の申立てがあり，一定の要件を満たせば，離婚訴訟の係属している家庭裁判所に移送され，離婚訴訟と併合して審理されることとなります（人訴法８条，17条２項）。したがって，夫を被告として，その不貞を請求原因として，家庭裁判所に離婚訴訟を提起するに際しては，夫及びその不貞相手を共同被告として，不貞を原因とする損害賠償請求をすることができます。

2 併合できない事件

なお，上記の要件を満たす損害賠償事件以外の事件については，離婚訴訟と実質上関連性が高くとも，家庭裁判所において，併合して審理をすることができません。例えば，一方の固有財産を他方が持ち出したときに，所有権に基づく妨害排除請求である返還請求をする動産引渡請求事件などは，民事訴訟事件であって，損害賠償請求ではないため，離婚訴訟事件と併合するなどして，離婚訴訟事件が係属する家庭裁判所で審理をすることはできません。したがって，別個に，地方裁判所等に訴える必要があります。

もっとも，一般的に，訴訟上の和解に際して，当事者の合意があれば，対象を拡げることが可能なので，管轄のないことについても和解をすることは可能です。この点は，和解が紛争解決において判決より優れている点でしょう。

離婚訴訟では，損害賠償のほかにどのようなことが判決の対象となりますか。

A　離婚訴訟において，当事者間に未成年の子がいるときには，裁判所は，その子の親権者を定めなければなりません（民法819条２項）。また，当事者の申立てがあれば，未成年の子の養育費，面会交流，監護者など，未成年の子の監護に関する処分，財産分与及びいわゆる年金分割が判断の対象となります（民法771条，766条，768条，厚年法78条の２第２項，人訴法32条１項）。

解　説

1 親権者の指定

離婚訴訟において，未成年の子の親権者の指定は，申立てがなくても，裁判所が職権で定めなければなりません（民法819条２項）。

親権者の指定の申立ては，裁判所の職権発動を促す申立てですが，実務においては，訴状において，原告が，その点について，申立てをすることがほとんどです。申立てがなくとも，裁判所が，親権者を判断するのに，当事者の意向は極めて重要な要素なので，遅くとも第１回弁論期日には，当事者の意向を確認し，調書に記載する運用がされています。

2 附帯処分の申立て
―未成年の子の監護に関する処分，財産分与及びいわゆる年金分割

離婚訴訟において，裁判所は，当事者の申立てがあれば，未成年の子の養育費，面会交流，監護者など未成年の監護に関する処分，財産分与及びいわゆる年金分割について，判断を示さなければなりません（民法771条，766条，768条，厚年法78条の２第２項，人訴法32条１項）。これらを附帯処分の申立てといいます。

これらの事項は，いずれも実体的権利義務又は法律関係の存否の確定

を目的とするものではなく，当該事案における諸般の事情を総合考慮した上で裁判所の職権的・後見的・合目的的な裁量判断によって具体的な権利義務を形成することを目的とするもので，本来，訴訟手続ではなく，家事事件手続により解決すべきものです。しかし，離婚に付随する重大な身分的・財産的効果であるとともに，離婚の請求原因と密接に関係を有することから，当事者の便宜及び訴訟経済の要請にのっとり，離婚の訴えにおいて，訴訟手続により離婚の効力発生と同時にこれらの事項について解決することが認められています。

附帯処分に，親権者の指定を加えたものを附帯処分等といいます。

3 審理の方法

家事審判手続においては，裁判所が裁量権を行使して具体的な権利義務を形成するという手続の性質上，具体的事案に即した柔軟な方法で裁判資料を得ることが望ましいことから，厳格な証拠調べの方法によらない事実の調査の手続が認められています（家事法56条）。附帯処分等の対象は，家事審判事項なので，人事訴訟法33条１項によって，事実の調査の方法によることが認められています。ここで，事実の調査とは，法定の証拠調べの方式によらず，裁判所が自由な方式で裁判資料を収集することをいいます。このうち，最も重要なものが，人事訴訟法34条１項によって認められている，行動科学の専門的知見を有する家裁調査官による事実の調査です。附帯処分等についての審理のうち，親権者の指定及び養育費を除く子の監護に関する処分について，実施されています。

もっとも，訴訟手続の中で審理され，判決によって判断されるものですから，基本的には，当事者の主張，立証により，事実の調査は補充的に対象を特定すべきものとされています（人訴規20条）。

【参考文献】

・一問一答人訴136頁，137頁，139頁～150頁

・ＬＰ68頁，69頁，154頁

離婚訴訟は，どのように進行しますか。

A　一概に離婚訴訟といっても，被告の住所が分かっているか，原告と被告に争いがあるか，争いがあるときの争点は何か，和解などがあり得るかなどによって，進行が大きく異なります。

(1)　被告が出頭しないときや被告の住所が不明であるときは，原告の主張・立証が調えば，第１回期日で必要な審理がされ，結審し，速やかに判決がされることになります。

(2)　当事者間で争いがないときは，その内容によって，早期に，認諾，放棄又は和解がされることや，訴外で合意がされた上で，訴えが取り下げられることもあります。

(3)　当事者間で争いがあるときは，その内容に応じた争点整理（主張整理及び書証の整理）がされ，原告及び被告の本人尋問のほか，争点の内容に応じて，第三者の証人尋問や事実の調査がされます。

(4)　当初は争いがあったときも，進行によって，和解などがされることがあります。

解　説

1 はじめに

一概に離婚訴訟といっても，被告の住所が分かっているか否か，原告と被告に争いがあるかによって，進行が異なります。また，先に述べたとおり，離婚において，審理の対象とすることは様々あり，それぞれの性質によって，審理の方法が異なります。さらに，離婚訴訟においても，民事訴訟においてと同様，和解，認諾，放棄及び取下げがあるので，それらも念頭において，審理がされなければなりません。

2 相手方が欠席であるとき及び相手方が行方不明であるとき

離婚訴訟は，身分関係の形成を目的とするもので，公益に関わるものですから，弁論主義が制限され，職権探知主義が採用されています。したがって，人事訴訟法19条によって，民事訴訟法159条１項及び244条の規定並びに179条の規定中裁判所において当事者が自白した事実に関する部分の適用が除外されていて，いわゆる欠席判決は認められず，相手方が欠席であるときも，判決がされるためには，証拠調べによる事実認定が必要です。被告が欠席のときは，被告が行方不明であるときと同様，積極的に申立人の請求を争う意図が乏しいことが多く，そのようなときには，原告提出の証拠を第１回期日にすべて取り調べることによって，裁判所が，原告の請求や申立てを認める認定ができるときが少なくありません。このようなときは，原告において，第１回期日までに，必要な書証を提出し，陳述書を提出し，事案によっては，原告本人申請をすることによって，第１回期日に，それらの証拠を取り調べることによって，結審され，その次の弁論期日に判決が言い渡されます。

もっとも，例えば，原告において客観的な裏付けが乏しいなか，多額の慰謝料や財産分与を請求している事案，被告が原告と被告間の未成年の子を監護しているときに，自らを親権者としたい旨の申し立てをしている事案など，原告提出の証拠のみでは，原告の請求等が認められるか否か判断が難しい場合があります。そのようなときは，被告の出頭がなくとも，期日が続行され，原告において証拠を提出し，必要な事実の調査がされた上で，裁判所が心証をとって初めて弁論が終結されることとなります。

3 争点がないとき

原告が離婚を求めないこととしたときは，請求の放棄をすることができます（人訴法37条１項）。

被告が，離婚を認めることとしたときは，請求の認諾をすることができます（人訴法37条１項）。もっとも，財産分与に関する処分等の附帯処分及び未成年者の子の親権者の指定（附帯処分等）については，家事審判事項なので，認諾の対象になりませんが，附帯処分等はその性質上離婚請求を認容する判決と同時に定められるべき（人訴法32条１項参照）ものですから，附帯処分等の裁判をすることを要するときには，離婚請求の認諾自体が認められていません（人訴法37条１項）。

原告と被告が，離婚（及び未成年の子がいるときは親権の帰属）について合意をしたときは，附帯処分等，慰謝料及び関連事項と一緒に和解することによって，和解離婚をすることができます（人訴法37条１項）。これは，当事者の合意ですから，どの点について合意をするかについても当事者の意思で決まります。また，和解によって，協議離婚をする旨の合意をすることもできます。

なお，裁判所において離婚意思を直接確認する必要があるので，離婚請求の認諾や和解においては，電話会議の方法や受諾書面による方法は認められていません（人訴法37条２項）。この趣旨から，明文はないものの，代理人が出頭するのみで，当事者本人が出頭しない期日において，和解離婚をすることはできないとする考えが有力（ＬＰ82頁）です。

4 争点があるとき

この場合の多くは，必要な主張整理及び証拠の整理がされた後，原告と被告の本人尋問がされ，争点やその時点の裁判所の心証に応じて，第三者の証人尋問や事実の調査がされることとなります。

争点ごとでどのような審理がされるかの詳細は，第３章（75頁）以降の問に譲りますが，ここでは，その概要を述べます。

①　離婚事由や慰謝料が争点であるとき

婚姻関係の実態が問題となるので，離婚事由ごとの書証のほか，本人の陳述書や本人尋問が，有力な証拠となります。一方当事者の不貞の有無が争点であるときは，不貞の相手とされる者の証人調べがされることが多くあります。

②　財産分与が争点であるとき

対象となる夫婦共有財産の特定と分与割合の判断のための婚姻関係の

実態が問題となります。夫婦共有財産の特定については，預金通帳や登記事項証明書など客観的な書証が重要です。夫婦共有財産の隠匿の有無が問題となるときは，書証提出の準備のため，送付嘱託，調査嘱託及び文書提出命令の各申立てが有用なときもあります。婚姻関係の実態については上記①のとおりです。

③　養育費が争点であるとき

双方の収入や特別事情の有無が争点となるので，源泉徴収票，確定申告書の控え及び学費などの領収書など客観的な書証が最も重要です。

④　親権の指定が争点であるとき

原告と被告双方からの提出の書証，特に子の陳述書及び原告と被告の監護状況に関する陳述書の提出によって判断が可能な事案も一定割合ありますが，判断をするために，子の意思，非監護親の監護体制及び監護親の監護状況などについて家裁調査官の事実の調査をすることが必要な事案もあります。

なお，①ないし④を併行して審理することが可能か，適当か，順序づけるとしてどの順序とするかは，事案ごとに判断されています。

⑤　いわゆる年金分割について

対象期間における保険料納付に対する夫婦の寄与については，原則としては同等とみます。そこで，同等でないとみるべき特段の事情の有無を審理することとなりますが，そのような事情が認められる場合は実務上ほとんどありません。

5 和解

調停前置主義であるのに，離婚訴訟においても和解がされることは少なくありません。離婚訴訟となったときには，当事者も，訴訟の見通しをより立てやすく，紛争後の時間経過もあり，心情的な納得を得やすくなる面があるからです。また，訴訟担当裁判官も，当事者や子の利益を考え，積極的に和解勧試をすることも少なくありません。

第２　夫婦関係調整調停の進行

夫婦関係調整調停とは，どのようなものですか。どのような種類があり，どのような点が協議の対象となりますか。

夫婦関係調整調停は，夫婦間に紛争が生じた場合に，その協議を行う調停です。

夫婦の一方が，他方に対し，

⑴　離婚を求め，その際の取り決めを定めることを求めて調停を申し立てる離婚調停，

⑵　別居を求める，又は，既にしている別居を前提にその際の取り決めを求めて調停を申し立てる別居調停，

⑶　夫婦関係を円満にやり直すこと，又は，やり直すことを前提にその際の取り決めを求めて調停を申し立てる円満調停

があります。

協議の対象は，夫婦のこと，未成熟子のこと，財産のことなど，多岐にわたります。

解　説

1 夫婦関係調整調停の意義，その種類

夫婦関係調整調停は，夫婦間に紛争が生じた場合，離婚するか否かを含め，今後の夫婦関係をどのように営んでいくかの協議を行う調停です。

その中には，夫婦の一方が離婚を求め，その際の取り決めを定めることを求めて調停を申し立てる離婚調停，別居を求める，又は，既にしている別居を前提にその際の取り決めを求めて調停を申し立てる別居調停，夫婦関係を円満にやり直すこと，又は，やり直すことを前提にその際の取り決めを求めて調停を申し立てる円満調停があります。

2 夫婦関係調整調停における協議の対象

協議の対象となる点としては，

① 離婚するか否か，

② 離婚しないときは今後の生活をどうするか，具体的には，同居するか，別居するか，

③ 同居に際して，生活のルールを決めないこととするか，決めるか，決めるとすれば何をどの程度決めるか，

④ 別居に際しては，その間に未成熟子がいるときは，その監護及び面会交流をどうするか，未成熟子の有無にかかわらず，婚姻費用など夫婦関係において要する費用はどのように負担するか，

⑤ 離婚するに際して，未成熟子がいるときは，その親権者をどちらにすべきか，面会交流及び養育費についてどのように定めるか，未成熟子の有無にかかわらず，財産分与，及び慰謝料など離婚給付をどうするか，年金分割をどのようにするか

など，協議すべきことは，夫婦の生活形態のみならず，未成熟子のこと，財産のことなど多岐にわたります。

なお，当該紛争の解決に必要なことであれば，例えば，住宅ローン債務の負担の方法や一方当事者と他方当事者の親族との紛争など，離婚訴訟では対象とすることができないことについても，協議の対象とすることも可能です。

通常の夫婦関係調整調停で主に協議の対象となることを図式化すると，次の表のとおりとなります。

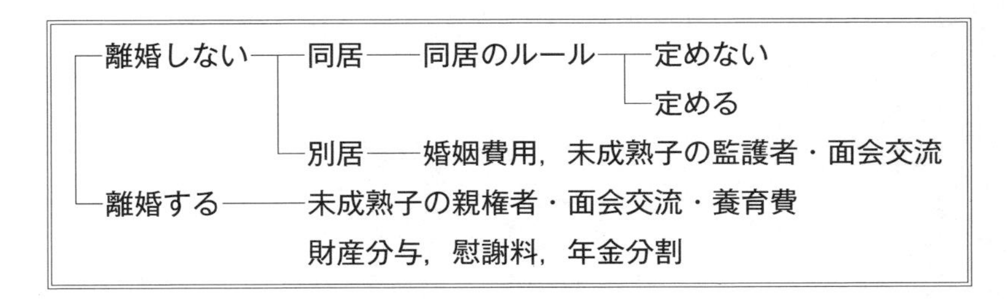

夫婦関係調整調停の主なものは離婚調停であり，別居調停，夫婦関係円満調停のいずれについても，協議の対象は，両当事者の夫婦関係の方向性に関する意向で決まっていくことになりますから，以下では，離婚調停を中心に記載します。

離婚調停における，調整の在り方はどのようなものですか。

離婚調停においては，当事者の心情は様々で，法的にも様々な対立点があり得るので，

① 事案に応じた進行が目指されるべきものです。

したがって，

② 調停委員会は，離婚調停の比較的早い段階で，心情面も含め，どのような点に焦点を当てるべきかを把握し，それが課題であるということについて，当事者との間に共通認識を形成する必要があります。

③ 課題が特定したときには，その点に応じた調整をします。

また，協議すべき課題が複数ある事案については，

④ 解決の方向性において，複数の課題の方向性を総合考慮すべきかを検討します。

観点が異なりますが，別表第２調停と異なり，離婚調停が不成立となって裁判となった場合には，全体を解決するためには，人事訴訟の提起が必要なので，

⑤ 離婚訴訟での見通しを考慮に入れる必要がありますが，それは，別表第２審判以上に幅があることも考慮に入れる必要があります。

⑥ 離婚調停は，本来，成立が目指されるべきものですが，事案によっては，早期の不成立や取下げが紛争の全体解決につながることもあります。

解　説

1 離婚調停の調整の在り方

(1)　当事者の心情への配慮

離婚調停は，夫婦関係の問題なので，当事者が心情的に強く対立している事案が少なくありません。そのような事案においては，調停委員会としては，当事者の心情に配慮した調停を進める必要があります。

(2)　対立点の把握と課題としての共通認識の形成

離婚調停においては，様々な点が問題となり，下記のとおり，その内容によって，調整の方向性が異なります。したがって，離婚調停の早期の段階においては，当事者の心情に配慮しつつ，当事者間の真の対立点や当該夫婦間の問題において解決すべき点が何かを把握し，調停の課題として，当事者及び調停委員会で，共通認識を持つ必要があります。

2 課題に応じた調整―課題に応じた裁判の見通しの考慮

(1)　課題が離婚の成否や慰謝料であるとき

離婚の成否や慰謝料が当事者間の真の対立点，すなわち，離婚調停での課題であるときは，人事訴訟の見通しを踏まえた調整が必要となります。もっとも，その限界も意識する必要があります。なぜなら，離婚の成否や慰謝料について裁判で争うには，判断を得たい者が，人事訴訟又は民事訴訟を提起する必要があるのですが，家事調停と家事審判は，上記で述べたように手続が連続的であるのに対し，家事調停と人事訴訟及び民事訴訟は，手続が連続しておらず，担当裁判官が異なる場合がより多く，その手続も家事調停や家事審判における事実の調査という方法によるものではなく，訴訟における厳格な証拠調べの手続を要するものなので，家事調停において，調停委員会が持つ見通しも幅を持ったものにならざるを得ません。したがって，調停委員会において，見通しを示すときは，慎重な配慮が必要です。

なお，当事者の言い分によると離婚の成否が対立点となる場合であっても，当事者から丁寧に真意を聴き取るなどすると，真の対立点がそれと異なることも少なくありません。そのようなときには，対立点に応じた進行が目指されるべきです。

⑵　課題が未成年者の親権や監護権の帰属・面会交流であるとき

未成年の子がいるときは，家事調停の進行も，その福祉が第一に考えられるべきです。したがって，未成熟の子の監護，親権及び面会交流が対立点や課題であるときは，家裁調査官が関与して，期日立会いをすることや事実の調査をすることが検討されるべきです。調停段階においても，親権や子の監護について，家裁調査官の事実の調査がされるなど調停委員会の事実の調査が深くなされたときは，離婚訴訟などでの見通しが立つことが多く，そのような場合は，それに従った調整がされるべきです。

⑶　課題が養育費や財産分与であるとき

養育費や財産分与のみが課題である事案も少なくありません。そのような場合は，客観的な資料が想定され，離婚訴訟や家事審判となったときもそれに基づく判断がされることから，一部の難件以外については，調停委員会において，ある程度高い確度で，裁判の見通しができる事案が多いといえます。したがって，当事者が，主体的に合理的な内容の合意を望むときは，それに依るべきですが，当事者の対立が大きく，合意の形成が困難なときには，調停委員会が，家事調停において，客観的な資料の提出を促した上で，ある程度見通しを立て，それを当事者に告げるなどして，積極的に調整すべき事案が多いと考えられます。

3 複数の課題の総合考慮の在り方

協議離婚が許されている我が国においては，離婚するか否かは，当事者本人の意思で決することが可能です。また，離婚に際しては，既に説明したとおり，様々な定めるべきことがあります。そして，当事者は，それぞれ離婚に際して，重視すべきことは異なります。そこで，当事者が，その意思で主体的に決めることができるものについて，主体的に合意し，その内容が合理的なものであれば，その合意は尊重されるべきです。

例えば，有責配偶者や別居からの期間が短く，破綻とまでいえない配偶者からの離婚申立てなど，訴訟であれば離婚請求が認められないような事案においては，申立人が，離婚訴訟において離婚が認容されたときに認められるべき財産分与，慰謝料及び養育費を超えて，相手方に財産給付を申し出ることによって，相手方が離婚に合意する例は少なくありません。調停委員会としても，そのような合意によって，両当事者やその間の未成熟の子の幸福が図られるような事案であれば，そのような方向の調整も念頭に置くべきでしょう。

もっとも，未成年の子の親権者やその監護に関する処分が関わる事案については，未成年の子の利益を第一に考え，決されるべきです。したがって，それについては，他の点との総合考慮は認められません。

このように，離婚調停においては，課題が多岐にわたり，課題の総合考慮も検討されるべきですが，課題の内容によっては，総合考慮すべきではないものもあるので注意を要します。

4 事案にふさわしい解決（「成立」，「取下げ」及び「不成立」の選択）

離婚の成否について両当事者の対立が大きく，その対立が前提である事実の認識が異なることによるもので，調停委員会としても，家事調停の事実の調査では，暫定的な心証をとり，それに基づく調整が不可能ないし不適当な事案（例えば，不貞の有無が争点である事案で疑わしい事情はあるものの，決定的とはいえず，人事訴訟における尋問によって初めて事実認定が可能な事案），当事者が裁判の見通しと異なり，合理的とはいえない解決（例えば，日常的に暴力を振るっていることを認めながら，離婚に応じず，慰謝料も支払わず，同居を求めるなど）を強く希望し，調停委員会の見通しを踏まえた調整に応じない事案など，家事調停での解決が適当でない事案もあります。そのような事案については，家事調停において離婚及び関連事情の合意を目指すのではなく，離婚及び親権など当事者の対立点の一部のみについて離婚調停を成立させること，別居調停など暫定的な調停を成立させること，不成立として人事訴訟に委ねることなども含め，家事調停をどのように終了させることが，最終的な当事者の紛争解決に資するかを柔軟に選択しながら，調停を進行させるべきです。家事調停を成立させるよりも，早期に家事調停を不成立とし，人事訴訟に解決を委ねることが，紛争全体の適正・迅速な解決につながる場合もあります。

ちょっとCoffee Break

婚姻及び離婚と戸籍及び氏の関係

①　婚姻の際の夫婦の戸籍及び氏

婚姻は，戸籍法の定めるところにより，届け出ることによって，その効力を生じます（民法739条１項）。そして，夫婦は，婚姻の際に定めるところに従い，夫又は妻の氏を称します（民法750条，戸籍法74条１号）。婚姻の届出をする際に，その夫婦は必ず夫の氏又は妻の氏のいずれを称するかを明らかにすることを要し（戸籍法74条），夫婦のために新たに編製する戸籍には，その氏を称することとした配偶者が筆頭者となります（戸籍法14条１項，16条）。夫婦は，婚姻関係が続く限り，必ず同一の氏を称しなければなりません。

②　婚姻の際の子の戸籍及び氏

婚姻中，その夫婦間に生まれた子（嫡出子）は，上記の夫婦の氏を称します（民法790条１項本文）。もっとも，子の出生前にその夫婦が離婚したときは，離婚の際における夫婦の氏を称します（民法790条１項ただし書）。

③　離婚の際の夫婦の戸籍及び氏

婚姻によって氏を改めた夫又は妻は，原則として，離婚によって婚姻前の氏に復することとなります（民法767条１項，771条，家事法268条１項，284条１項）。また，婚姻によって氏を改めた者は，婚姻前の戸籍に復籍するか，自らが筆頭者となる新戸籍を編製することになります。婚姻前の氏に復した者は，離婚の日から３か月以内に戸籍法に定めている離婚の際に称していた氏を称する旨の届出（戸籍法77条の２）をすることによって，離婚の際に称していた氏を称することができます（民法767条２項，771条，家事法268条１項，284条１項）。この届出は，離婚の届出と同時にすることもできます。なお，戸籍は，同氏同籍が原則ですから（戸籍法６条），離婚の際に称していた氏を称することとして復籍した戸籍の筆頭者と氏が異なることになった者については，婚姻当時の氏で新戸籍が編成され，その筆頭者となります。

④　離婚の際の子の戸籍と氏

未成年の子があるときは，離婚に際し，親権者が定められます（民法819条１項・２項，家事法268条１項，284条１項）。もっとも，子の氏や戸籍は，離婚によって当然変わるのではなく，離婚後も，子は，夫婦の氏を称し，従前の戸籍に止まります。このように，離婚に際し，婚姻によって氏を改めた者が親権者となったときは，子は婚姻によって氏を改めなかった者の氏を称し，その籍に止まることになりますから，親権者と氏と戸籍を異とすることとなります。このようなときに，子の氏を親権者の氏として，子を親権者と同籍にするためには，家庭裁判所において，子の氏の変更申立事件（民法791条１項，家事法別表第１の60の項，160条）を申し立てる必要があります。

第3節　事案に応じた離婚調停の進行

配偶者に対する暴力（DV）が主張されている事件の進行については，どのような配慮がされるべきですか。

DVが主張されている事件においては，

(1)　当事者の安全確保を第一に考えます。

(2)　当事者間の精神的葛藤が高い事案が少なくないので，事情聴取における当事者の心情により一層配慮します。事案によっては，家裁調査官や技官の関与を検討します。

(3)　事実認定や評価の判断が困難な事案が少なくないので，その点に留意します。

(4)　配偶者への暴力が認められる事案においては，その事実を前提とした適切な解決を目指します。

解　説

1 当事者の安全確保

保護命令が出されているなど，DVが主張されている事件については，他方当事者の暴力による事故を防止することが第一に考えられるべきです。加害当事者は，家事調停に際し，被害当事者に直接に会うことを求めるだけでなく，待ち時間の間に，待合室で待たずに，被害当事者を捜し，廊下を移動するのみでなく，裁判所内の他の待合室や当該事件や他の事件が実施されている調停室などに赴くこともあり，家事調停終了後，裁判所の内外で，被害当事者に対し，待ち伏せしたりすることもあります。したがって，被害当事者は，裁判所へ出頭するだけで大きな精神的負担となります。

そこで，例えば東京家庭裁判所においては，申立人であれば調停申立てに際し，相手方であれば答弁書を提出する際に，進行に関する照会回答書の提出を受けるなどして，調停の進行についての希望や他方当事者の暴力の有無・態様などを詳しく聴取し，警備計画を立てるなど，必要な安全対策を講じています。

期日においては，同席を避けるため，様々な工夫をし，この場合には，例えば東京家庭裁判所においては，両当事者本人の立会いの手続説明を実施しない運用としています。

ちょっとCoffee Break

保護命令

保護命令制度は，裁判所が配偶者等から暴力を受けた被害者からの申立てにより，配偶者等に対して，保護命令を発令し，被害者が配偶者等からさらに暴力を受けることにより生命又は身体に対する重大な危害が加えられることを防止することを目的とする制度です（配偶者からの暴力の防止及び被害者の保護等に関する法律10条１条）。

保護命令の申立ては，管轄の地方裁判所へ申立書を提出して行います（同法11条，12条）。審理は，申立人が証拠書類を提出し，相手方から意見を聴くことによって行われます（同法14条）。迅速な審理が旨とされ，早期に命令が出されます（同法13条）。保護命令の主なものは，被害者等に対する接近禁止命令と被害者とともに生活の本拠としている住居からの退去命令です（同法10条１項）。

2 当事者の心情配慮

配偶者の暴力が主張されている離婚調停事件については，当事者間の精神的葛藤が高い事案がほとんどであり，特に，現実に配偶者暴力の被害当事者に関しては，心的外傷後ストレス障害（PTSD）を発症している者も少なくありません。したがって，被害を申告する当事者の心情には十分配慮し，調停を進行させなければなりません。

他方，加害者とされている当事者についても，家事調停においては，被害当事者の申告の真否の確認には限界があることも踏まえると，十分，その心情に配慮をすることが必要です。

当事者の精神的葛藤が高い事案で，調停の円滑な進行のため，行動科学の専門的知見が有用なときには，家裁調査官の関与が検討されるべきでしょう。また，調停の円滑な進行のため，医学的な専門的知見が有用なときには，医師である技官（家事法261条2項，60条）の関与も検討されるべきでしょう。

3 配偶者の暴力が主張されている離婚調停事件の進行

相手方の配偶者の暴力が主張されている事案において，それが事実であれば，離婚事由となります（民法770条1項5号）。

ここで，相手方が暴力の事実を認めるか否かにかかわらず，申立人の求める条件で離婚を認める場合は，大きな問題がありませんが，その事実を認めない場合，認めるものの離婚を拒む場合や解決金の支払を受けることを離婚の条件とする場合などには，調整が困難です。暴力の有無が対立点のときは，調停委員会として，申立人から診断書や写真を資料として提出を受けるなどの事実の調査をして，ある程度の心証をとることも可能ですが，それを踏まえた調整は慎重になされるべきでしょう。相手方がDVを認めるものの離婚を拒む場合などの評価が対立する場合も同様です。もっとも，事案によっては，裁判官を含め，調停委員会で評議をし，暫定的な心証と人事訴訟の見通しを伝えることによって，家事調停の進行が円滑に進む例もあります。なお，当事者の家事調停における意向，前提とする事実関係が大きく異なり，確たる資料の提出がない事案においては，家事調停における調整には困難が伴い，早期に不成立とした上で，離婚訴訟にその解決を委ねることも視野に入れるべきでしょう。

【参考文献】
・離婚調停44頁，45頁，112頁～116頁
・家事人訴の実務・本多42頁

第3章　離婚の成否

第1節　人事訴訟の実務

どのような事情があるときに，離婚が認められますか。

離婚事由は，次のとおりです（民法770条1項）。

1号　配偶者に不貞な行為があったとき。

2号　配偶者から悪意で遺棄されたとき。

3号　配偶者の生死が3年以上明らかでないとき。

4号　配偶者が強度の精神病にかかり，回復の見込みがないとき。

5号　その他婚姻を継続し難い重大な事由があるとき。

もっとも，裁判所は，上記1号ないし4号の事由があるときでも，一切の事情を考慮して婚姻の継続を相当と認めるときは，離婚の請求を棄却することができます（同条2項）。

裁判例は，信義則的な発想を加味し，詳細な事実を認定し，検討をした上で，上記各号や2項に当たるかを判断しています。

解　説

1 我が国の離婚法制

離婚法制は，それぞれの国の文化や宗教観によって大きく異なります。諸国には，離婚を禁じている国，裁判によらなければ離婚が認められない国及び合意によって離婚が可能な国などがあります。もっとも，多くの国では，一定の要件を満たすときに初めて離婚が認められています。そして，その要件に関し，配偶者の有責行為があることとする「有責主義」と，配偶者の有責行為の有無にかかわらず，婚姻が破綻していることとする「破綻主義」の対立があります。

我が国は，裁判離婚のほか，協議離婚を認めており，離婚原因を定める民法770条１項５号の規定が配偶者の有責性を問題としていないことから，破綻主義を採っているものと理解されています。もっとも，以下の各号の説明の際に述べるとおり，裁判例は，同条１項各号や同条２項を適用するに際し，必ずしも字義どおりとなっておらず，信義則上離婚を認めることが相当かとの検討をしており，有責主義の発想を取り入れているとも考えられます。

民法は，民法770条１項１号ないし５号（以下，号のみで特定します。）に離婚事由を定めた上で，同条２項において，離婚が認められない場合を定めています。ここでは，問題となることが多い，１号，４号，５号について一般的な説明をし，離婚訴訟や離婚調停において，特に問題となる点については，後の問において説明します。

2 不貞行為

１号にいう不貞行為とは，「自由な意思にもとづいて，配偶者以外の者と性的関係を結ぶこと」（最判昭和48年11月15日判タ303号141頁）をいいます。ここで，裁判例において，性的関係というのは狭い意味で使われており，それに至らない行為は，５号の婚姻を継続し難い重大な事由に当たるかが問題となります。

婚姻外男女関係があるときでも，それが夫婦関係の破綻した後であれば不貞行為とはなりません。この点は，後に述べる有責配偶者からの離婚請求においてしばしば問題とされます。また，不貞行為があっても，他方配偶者が宥恕したときは，離婚事由とはなりません。もっとも，現に婚姻外男女関係がある以上，破綻の事実や宥恕の事実を裏付ける具体的な事情を主張，立証する負担は，婚姻外男女関係を持った配偶者側にあります。

3 強度の精神病

４号の「配偶者が強度の精神病にかかり，回復の見込みがないとき」

をいいます。もっとも，裁判例は，形式的にはこの文言に該当し，夫婦の協力義務を果たせず，婚姻生活の維持が困難な場合であっても，それだけで当然離婚を認めるとはしていないものが多いようです。離婚を求める配偶者において，「諸般の事情を考慮し，病者の今後の療養，生活等についてできるかぎりの具体的方途を講じ，ある程度において，前途にその方途の見込」がつくことが必要（最判昭和33年７月25日民集12巻12号1823頁）とされています。この点は，精神病が強度といえないため４号には該当しないものの，他の事情も考慮して，５号に該当するかが問題となるときにも同様です。

4 婚姻を継続し難い重大な事由

５号の「婚姻を継続し難い重大な事由」に該当するものとして，暴行，虐待があり，該当し得るものとして，長期間の別居，犯罪行為，不労・浪費・借財等，配偶者の親族との不和，精神的疾患を含む重大な疾病・身体障害，過度の宗教活動などがあります。このうち，よく問題となる点については，次の問で改めて説明します。なお，かつては暴行が認定されてもそれを請求原因とする離婚請求が棄却された例もありましたが，最近は，DVについての認識も深まり，暴行が認定されたときは，認容される方向にあります。その他のものについては，信義則的な観点が加味され，細かな事実認定や検討がされた上で，それが破綻の原因となるか否かが判断されています。例えば，配偶者の親族との不和については，現実に不和があったとしても，親族側の配偶者が離婚を求めながら，不和の解消に努力が足りないと認定判断されたときには，破綻が否定され，離婚請求が棄却される傾向にあります（東京高判昭和56年12月17日判時1036号78頁）。

【参考文献】
・離婚事件の実務70頁～79頁，94頁～102頁
・判例ガイド36頁～62頁

離婚訴訟において，どの程度別居を続ければ，離婚が認められますか。また，別居期間が長ければ，別居に至る経緯がどのような場合であっても必ず離婚が認められますか。

A　長期間の別居については，民法770条１項５号の「婚姻を継続し難い重大な事由」に該当するかが問題となります。

事案ごとの判断ですので，一概にはいえませんが，実務家の間では，離婚を認めるのに必要な別居期間として，３年や５年という期間を意識する見解が多くみられます。また，裁判例において，双方の有責性が同程度の事案に関しては，３，４年で離婚が認められているものが多いようです。

もっとも，自らが不貞行為に及び，夫婦関係を破綻させたような，いわゆる有責配偶者からの離婚請求であれば，一定の要件を満たさなければ，別居期間が長いだけでは離婚は認められません。

解　説

1 民法770条１項５号

別居は，民法770条１項１号ないし４号で法定されている離婚事由ではありません。しかし，実際に婚姻共同生活が行われていないことは，今後の婚姻の継続を危ぶむべき事情といえ，同項５号の婚姻を継続し難い重大な事由に該当するかが問題となります。

2 別居の期間

では，どの程度の期間の別居が離婚事由になるでしょうか。裁判例は，客観的に別居している年数だけでなく，婚姻期間，別居に至る原因や未成熟子の有無などを総合考慮して判断しています。一般的には，婚姻期間が短い，離婚請求される側の有責性が比較的高い，未成熟子もいないなどの事情がある場合には，その期間は短くなる傾向にあり，婚姻期間が長い，離婚請求する側の有責性が比較的高い，離婚請求される側に未成熟子がいるなどの事情がある場合には，その期間は長くなる傾向があります。

平成８年２月26日「民法の一部を改正する法律案要綱」（法制審議会）が離婚事由として，「夫婦が５年以上継続して婚姻の本旨に反する別居をしているとき。」を挙げたことを指摘して，この点を論じている文献が多くあり，このことからすると，５年が一つの目安となるでしょう。もっとも，既に，上記要綱が決定された時期から20年近くになるので，その期間は，社会情勢の変化を受けて，短くなっているとも考えられます。裁判の出された時期，個別の事案の特性などによっても異なり得るので，一概にはいえませんが，紹介されている裁判例を見ると，双方の有責性が同程度のものであれば，３，４年の別居期間があれば，離婚が肯定されているものが多いようです。

なお，有責配偶者からの離婚請求は，長期間の別居がある事案においても，一定の要件を満たさなければ離婚は認められないとされています。この点については，次の問で述べます。

【参考文献】

・ＬＰ123頁，124頁

・家月安倍31頁，32頁

婚姻外の男女関係を持った配偶者からも離婚請求ができる場合がありますか。どのような場合にできるのでしょうか。

A　婚姻外の男女関係を持った配偶者からの離婚請求は，判例上，原則として認められていません。もっとも，婚姻外の男女関係を持った配偶者からの離婚請求であっても，次のように，その請求が認められる場合があります。

(1)　婚姻外の男女関係を持った時点で，婚姻関係が破綻していた場合
(2)　不貞行為をした配偶者が，専ら又は主として責任を負うべき配偶者（有責配偶者）には当たらない場合。例えば，相手方配偶者により大きな落ち度がある場合や相手方配偶者にも同じ程度の破綻の責任がある場合
(3)　相手方配偶者が宥恕した（許した）場合
(4)①　夫婦の別居が両当事者の年齢及び同居期間との対比において相当の長期間に及ぶこと
②　その間に未成熟の子が存在しないこと
③　相手方配偶者が離婚により精神的・社会的・経済的に極めて過酷な状態に置かれる等離婚請求を認容することが著しく社会正義に反するといえるような特段の事情の認められないこと

解　説

1 有責配偶者からの離婚請求

有責配偶者とは，婚姻関係の破綻に専ら又は主として責任のある配偶者のことをいいます。婚姻外の男女関係は，原則として不貞行為であって，不貞行為をした配偶者は，有責配偶者であることが多いと考えられます。

判例は，有責配偶者からの離婚請求は，「もしかかる請求が是認され

るならば，被上告人は全く俗にいう踏んだり蹴たりである。法はかくの如き不徳義勝手気侭を許すものではない」という理由で，原則として認めていません（最判昭和27年２月19日民集６巻２号110頁）。

もっとも，婚姻関係が実質破綻後の婚姻外男女関係は，不貞行為とはいえず，判例上，そのような行為に及んだ配偶者からの離婚請求も可能とされています（最判昭和46年５月21日民集25巻３号408頁）。

また，不貞行為に及んだ配偶者であっても，相手配偶者が一旦宥恕した（許した）ときは，その後，婚姻関係が破綻した場合であっても，そのような行為に及んだ配偶者からの離婚請求も可能です（東京高判平成４年12月24日判時1446号65頁）が，宥恕の判断には困難が伴います。

さらに，不貞行為をした配偶者からの離婚請求であっても，専ら又は主として責任を負うべきとはいえないときは，離婚請求をすることが可能です。具体的には，破綻について，相手方配偶者により大きな責任があるとき（最判昭和30年11月24日民集９巻12号1837頁）や相手方配偶者に同程度の責任があるときは（最判昭和31年12月11日民集10巻12号1537頁），不貞行為をした配偶者からの離婚請求も可能です。

2 有責配偶者からの離婚請求が例外的に認められる場合

最高裁判所は，以前は，有責配偶者からの離婚請求は認められないとの立場を採っていました。しかし，国内外で，実質的に破綻した夫婦関係を例外なく維持することについて，批判的な見解が有力となったのを受けて，一定の場合には，有責配偶者からの離婚請求を認める見解を採るようになりました。すなわち，有責配偶者からの離婚請求であっても，信義誠実の原則に照らし，許されるかどうかを判断すべきとした上で，①夫婦の別居が両当事者の年齢及び同居期間との対比において相当の長期間に及び，②その間に未成熟の子が存在しない場合には，③相手方配偶者が離婚により精神的・社会的・経済的に極めて過酷な状態におかれるなど離婚請求を認容することが著しく社会正義に反すると認められないときには，その離婚請求を認容すべきであるとしました（最大判昭和62年９月２日民集41巻６号1423頁）。

①の別居期間については，最高裁判所の判断は，時を追って短くなっており，同居期間約23年に対し，別居期間８年の事案で①の要件を満たすとした事案もあります（最判平成２年11月８日判タ745号112頁）。しかし，この事案は，離婚を求められた妻が，以前，夫名義の不動産に処分禁止の仮処分の執行をした事案なので，その点が影響したとも考えられます。また，同居期間約22年に対し，別居期間８年の事案で否定した最高裁判決もあります（最判平成元年３月28日判タ699号178頁）。高等裁判所において，同居期間約22年に対し，別居約６年の事案で①の要件を満たすとの判断をし，最高裁判所で維持された例もありますが（東京高判平成14年６月26日判時1801号80頁），これも，相手方配偶者にも破綻に対し相当程度責任があった事案なので，その点が影響したとも考えられます。このように，裁判例は，期間のみならず，破綻に対する双方の有責性の程度も考慮して，①の要件を判断しています。

また，②について，最高裁判所には，未成熟子がいるときに，請求を肯定した例もありますが（最判平成６年２月８日判タ858号123頁），「その間に未成熟の子がいる場合でも，ただその一事をもって右請求を排斥すべきものではなく，前記の事情を総合的に考慮して右請求が信義誠実の原則に反するとはいえないときには，」有責配偶者の離婚請求を認容できるとしており，未成熟子の不存在との要件を緩和したものに過ぎず，なくしたものとまではいえないと考えるべきでしょう。

さらに，③についてですが，有責配偶者の相手方配偶者が，経済的な弱者である妻であるような事案については，有責配偶者である夫がどれだけ経済的な手当てをするかにかかる例が多いようです。例えば，②で指摘した裁判例においては，夫は妻に月15万円の生活費送金があることや離婚給付として700万円を申し出たことが考慮されました。

上記の裁判例の紹介から分かるように，最高裁判所においては，有責配偶者からの離婚請求については，諸般の事情を総合考慮して，信義則上認められるか否かという観点から判断していると解されます。

【参考文献】
・離婚事件の実務79頁～83頁，102頁～106頁
・判例ガイド65頁～85頁
・百選30頁，31頁

性格の不一致は離婚事由となりますか。

A　単に性格の不一致であるというだけでは離婚事由とはなりませんが，婚姻を継続し難い重大な事由（民法770条１項５号）に該当すべき事実があるときには，離婚事由となる場合があります。

原告の主張する離婚事由が以下のようなものであるとき，典型的には，どのような争点が問題となり，どのような進行・審理をすることとなりますか。

① 離婚事由が，被告の不貞であるとき
② 離婚事由が，被告の強度の精神病であるとき
③ 離婚事由が，被告の暴力であるとき
④ 離婚事由が，長期間の別居であるとき

A 離婚事由が問題となる離婚訴訟においては，一般的に，弁論又は弁論準備で争点整理後，人証調べがされ，判決がされます。その過程で，和解が試みられることもあります。

離婚事由ごとに典型的な争点があり，それぞれに典型的な書証・人証があり，進行・審理にも特徴があります。

離婚事件は，私的な問題に関わるものなので，客観的証拠に乏しいものの，その中でできるだけ客観的な書証などを用いて，客観性のある事実認定を心がける必要があります。

解　説

1 離婚事由が，被告の不貞であるとき

典型的な争点としては，被告が婚姻外男女関係を持ったかの他，被告が婚姻外男女関係を持った時点で原告と被告との婚姻関係が破綻していたか，原告がそれを宥恕したかなどがあります。提出される書証としては，不貞を認めるなどした被告作成の文書，調査会社の報告書，被告と不貞相手とされる者との間のメールなどのやり取り，被告の手帳などの記載及び関係を持ったホテルなどの領収書などがあります。また，原告及び被告ほか，不貞相手とされる者の陳述書があります。人証としては，原告及び被告本人のほか，不貞相手とされる者の証人尋問があります。

なお，この点は離婚の成否に関して問題となるだけでなく，慰謝料請求においても問題となります。また，原告の離婚請求に対し，被告が有責配偶者からの離婚請求であるとして抗弁的に原告の不貞を主張するときにも問題となります。

感情的な対立が激しい類型の事件ですが，判決の見通しを踏まえた和解が試みられることも少なくありません。

2 離婚事由が，被告の強度の精神病であるとき

典型的な争点は，被告の精神病の内容，程度及び治癒の可能性の他，それに対する原告の帰責性及び対応です。離婚を求める配偶者において，「諸般の事情を考慮し，病者の今後の療養，生活等についてできるかぎりの具体的方途を講じ，ある程度において，前途にその方途の見込」がつくことが必要（最判昭和33年７月25日民集12巻12号1823頁）とされており，この点が問題となることが少なくありません。提出される書証としては，被告の診断書及びカルテ並びに原告及び被告の陳述書があります。人証としては，原告及び被告本人があります。

これも，感情的な対立が激しい類型の事件ではありますが，原告において，上記の「病者の今後の療養，生活等についてできるかぎりの具体的方途」を講じることが請求認容につながるでしょう。

3 離婚事由が被告の暴力であるとき

典型的な争点は，被告の暴力の有無，内容及び程度です。なお，最近は，被告の暴力に至る経緯が問題となることもあり，特に，原告にも暴力が認められ，正当防衛と認められるような場合であれば，被告に暴力があっても，離婚事由とならないこともあります。提出される書証としては，原告の診断書，カルテ，傷害を受けた際の写真及び警察関係の記録並びに原告及び被告の陳述書があります。人証としては，原告及び被告本人があります。

なお，被告の中には，暴力に及んだことやそれに正当防衛的な事情がないことを認めながら，離婚事由ではないとか，離婚事由とまではいえ

ないなどと主張する者もありますが，そのような主張は多くの場合認められません。

4 離婚事由が長期間の別居であるとき

別居期間は，客観的な証拠で特定されることが多いため，主な争点とされるのは，別居について，原告と被告のいずれに責任があるかという点です。特に，既に述べたとおり，被告が有責配偶者であれば，離婚が認められるには厳しい要件が必要です。また，別居期間が数年程度と短いときも，別居の経緯が離婚の成否のポイントとなります。そうすると，それについての客観的証拠がないときは，両当事者の陳述書と本人尋問が主な証拠資料となります。

第２節　家事調停の進行

夫婦関係調整調停の対立点が離婚するか否かであるとき，どのような進行が考えられますか。

夫婦関係調整調停には，円満調停，別居調停及び離婚調停があり，それぞれ，典型的な進行は異なります。

もっとも，いずれにしても，対立点が離婚するか否かであるときは，それぞれの意向が生じた理由や背景事情を確認した上で，離婚訴訟での見通し，すなわち，離婚事由の有無を踏まえた協議がされることが有用です。

解　説

1 夫婦関係調整調停全般

夫婦関係調整調停において合意が成立するには，同居，別居又は離婚の３つの方向が考えられます。そのいずれとするかを協議していくために，その方向についての各当事者の意向，それらが形成した動機・背景事情，各当事者の意向の実現性を踏まえる必要があります。より具体的には，現在の生活状況（夫婦が同居しているか，別居しているかなど），紛争の有無及び原因並びに今後の生活の具体的な見通し，関連して，未成熟子の有無，状況及び意向などを踏まえる必要があります。

2 円満調停

同居の上，夫婦関係を円満にやり直すことを求める調停なので，直接的には，申立人の意向を踏まえ，相手方が円満にやり直す意向があるか，円満にやり直すためには，付随して互いにどのようなことを確認し，どこまで条項の形で約束すべきかが協議されることとなります。こうした申立てがされるときは，例えば，生活費，育児や家事分担における対立や，一方当事者の暴力，浪費及び不貞など，既に婚姻関係において紛争やその原因があることが大部分です。したがって，相手方にも円満にやり直す意思がある場合には，円満な夫婦関係を妨げる事情をどのように解決するかが協議の対象となります。もっとも，相手方が，別居や離婚を望んでいるときも少なくなく，そのようなときは，協議の対象は，別居又は離婚をするか否か，及び，その場合の付随的な課題の協議ということとなります。また，現実に，相手方から離婚調停などが申し立てられることもあります。

他方，離婚調停や別居調停であっても，相手方が円満同居を望み，申立人も，協議によって相手方の意向を理解し，円満調停の方向に協議が進むこともあります。

円満調停が成立するときは，条項において，双方が相互に協力し，円満な家庭を築くよう努力する旨の約束や具体的な遵守事項の定めをします。ほとんどの条項は，当事者の婚姻生活における当事者の今後の目標を定めるもので，執行力はありません。もっとも，同居中でも，例えば，金額と支払時期を定めて慰謝料の支払を合意する，生活費の分担を婚姻費用の分担という形で定めることによって，それらについて，執行力を持たせることは可能です。

3 別居調停

夫婦関係の当面の存続を前提としながらも，同居が難しい場合に，別居することや別居に付随する点を協議することを求める調停です。このような調停が申し立てられるときは，夫婦間の紛争が既に深刻化していることが多く，相手方の意向も，円満を望む場合，別居を望む場合及び離婚を望む場合など様々です。

相手方が別居に応じる場合は，別居すること及びそれに付随する問題が協議されます。付随する問題としては，未成熟子の監護者，面会交流及び婚姻費用の点などが考えられます。

別居は合意ができているものの，付随する点が合意できないときに，別居のみ又は別居と付随する点の一部のみでも調停を成立させることは，法的には可能ですが，それが適切かは問題です。これについては，後の問において，検討します。

4 離婚調停

配偶者の一方である申立人が，相手方に離婚を求め，離婚に付随する点の協議を求める調停です。

離婚調停においてまず問題となるのは離婚するか否かですが，離婚することとなれば，未成熟子がいる場合には，親権の帰属，面会交流，養育費が，未成熟子の有無にかかわらず，財産分与，いわゆる年金分割，慰謝料などが付随して協議の対象となります。離婚に際しては，このように様々な点が問題となるため，現実に相手方が離婚を拒んでいても，その動機は，他の点であることもあります。すなわち，親権の帰属，面会交流，財産的なことや離婚後の現実の生活への不安などが離婚を拒む理由であって，必ずしも，積極的に，夫婦関係の維持を望んでいる訳ではないことも少なくありません。したがって，調停委員会としては，相手方が離婚を拒んでいても，その動機や背景事情を丁寧に聴き取るなどして，その真意を理解することが必要です。相手方が離婚を拒む真意が他の点であるときは，その点の解決を関連づけて，協議を進めることが適切です。

なお，心情的な理由からは離婚を求めるものの，離婚後の生活を考えていない当事者も少なくありません。そのような場合は，調停委員会は，関係機関や親族に相談するなどして，住居の点，未成熟子がいればその養育監護の点及び仕事など経済的な点などを具体的に考えた上でも離婚を望むかを検討することを勧める必要があります。

これらの協議・検討を経た後も，両当事者間が，離婚をするか否かについて対立しているときには，離婚についての最終的な意向を主体的・合理的に決定するため，離婚訴訟での見通しが，重要な情報となります。そこで，調停委員会は，調停段階においても，離婚事由の有無に関連する事情を当事者から聞き取り，資料の提出を促して，事実の調査をし，暫定的な事実認定をした上で，その事実を下に暫定的な判断をし，当事者の了解や希望があれば，離婚訴訟での見通しを情報提供した上で，当事者の主体的・合理的な判断を促すことが有用でしょう。離婚事由ごとの調停の進行については，後の問で述べます。

別居調停において，別居のみを合意して，未成熟子がいる場合の監護者，面会交流又は婚姻費用の全部又は一部を決めないことは適切でしょうか。また，離婚調停において，離婚と未成熟子の親権の帰属のみを合意して，未成熟子の面会交流，養育費，財産分与，年金分割又は慰謝料を決めないことは適切でしょうか。

A　紛争の一回的解決の観点からは，別居調停及び離婚調停のいずれにおいても，付随する点についてすべて合意して調停を成立させることが望ましいことはいうまでもありません。

もっとも，事案によっては，付随する対立点について定めず，段階的に解決することが，緊急な課題に対応でき，最終的な事案の適切な解決に資するときもあります。そのような場合に，当事者がその意味を十分理解し，希望すれば，付随する対立点について合意をせず，調停を成立させることが相当です。

そのような場合には，当事者と調停委員会で，合意をした点と合意をしない点について共通認識を持ち，調停条項において，その点を明確にすることが必要です。

解　説

1 紛争の一回的解決の要請

当事者間の紛争については，抜本的，一回的に解決することが望ましいことはいうまでもありません。特に，離婚訴訟において附帯処分の裁判とされている財産分与，年金分割並びに未成熟子がいる場合の面会交流及び養育費並びに併合審理が認められている慰謝料請求は，離婚と密接な関連を有する申立てないし請求ですから，離婚調停において，全体的な解決が目指されるべきです。

2 段階的解決が適切な場合—合理的な理由に基づく当事者の真摯な希望

もっとも，当事者が，緊急の課題に対応したいなど，合理的な理由によって，真摯に段階的な解決を望む場合については，そのような解決も検討されるべきでしょう。

例えば，幼い未成熟子を連れて夫と別居した，資力や収入のない妻が，離婚調停を申し立てたものの，夫の対応などにより必要な婚姻費用の早急な分担を望めない事案において，早期に離婚することによって，福祉関係の手当てなどが望めるとき，まず，離婚と親権のみについて合意し，離婚調停を成立させることを希望することがあります。その希望は合理的であるので，相手方である夫がそれを了承したときは，離婚調停を早期に成立させるべきでしょう。その余の点について，引き続き協議を要する事案においては，妻に，離婚調停の成立と同時に，財産分与，養育費及び慰謝料に関する調停を申し立てさせれば，それらを継続して協議し，遠くない解決を目指すことも可能です。

また，例えば，現実に月に１回程度の面会交流が実施できているものの，非監護親がより充実した面会交流を望んでいるときなど面会交流の具体的な内容について争いがあるときに，離婚，親権者，財産分与，養育費，年金分割及び慰謝料について合意をし，面会交流の頻度や方法について，例えば，「少なくとも，月に１回程度」と合意し，離婚調停を成立させた上で，それを超える点については，面会交流調停において引き続き協議することも考えられます。

さらに，家事調停においては，慰謝料の存否についての判断においては困難が伴うので，離婚，親権者，財産分与，養育費及び年金分割については合意をすることができたときに，慰謝料については，当事者が訴訟での証拠調べをした上での徹底的な審理を望む場合もあります。そのようなときは，慰謝料を除く点について，離婚調停を成立させた上で，慰謝料については，民事訴訟での審理に任せる方法も考えられます。

3 合意をした点と合意をしなかった点の明確化

このように，当事者が希望し，納得した上で一部だけの合意をする場合には，合意をした点と，合意をせず，後の手続に委ねた点については，当事者及び調停委員会で，同じ認識を持たなければなりません。申立人と相手方が異なる認識であるときには，成立したはずの家事調停の効力さえ問題となり得ます。

合意をしている点と合意をしていない点を明確化するためには，家事調停条項において，その点を条文化することが有効です。例えば，「慰謝料については，別途解決する。」と記載するとか，清算条項において，「申立人と相手方との間には，慰謝料の点を除き，本調停条項に定めるほか，何らの債権債務がないことを相互に確認する。」とか定めておけば，その家事調停において，慰謝料については定められていないことが明確になります。

次のような事案において，離婚するか否かについて，当事者が対立しているとき，調停は，どのように進行されるべきでしょうか。

⑴　申立人が，夫婦関係の破綻を主張して相手方に離婚を求めているのに対し，相手方が，申立人は有責配偶者なので離婚請求ができないとしているとき

⑵　申立人が，相手方との性格の不一致を主張して離婚を求めているとき

⑶　申立人が，相手方との長期間の別居を主張して離婚を求めているとき

⑷　申立人が，相手方の暴力を主張して離婚を求めているとき

A　離婚事由の存否に争いがあり，当事者の互譲によって離婚調停における合意ができないときは，離婚訴訟での見通しを踏まえて当事者の調整を行うことが有用です。

解　説

1 離婚訴訟の見通しと離婚調停での位置付け

離婚事由の存否に争いがあり，当事者の互譲によって離婚調停における合意ができないときは，当事者は，離婚調停が不成立となったとき最終的にどのような結果になるか，すなわち，離婚訴訟ではどのような結論となるかの見通しを立てることによって，離婚調停において，どこまで自らの要求を押し通すべきかを合理的に判断することができます。このように，離婚調停において，当事者が，主体的・合理的に意思を決定するため，離婚訴訟での見通しは極めて重要な情報です。したがって，離婚調停において，調停委員会は，離婚事由の存否について，ある程度見通しを持ち，それを踏まえて，当事者の調整を行うことが有用です。

もっとも，離婚調停は，訴訟でなく，合意を目指すものであって，証拠調べまでされることはほとんどなく，事実の調査がされるだけなので，事実認定や法的判断には自ずと限界があり，暫定的，かつ，幅があるものに過ぎません。ですから，調停委員会において，訴訟の見通しを当事者に伝える際には，その点をきちんと意識しなければなりません。

以下で，しばしば見られる事案について，具体的な調停の進め方を述べます。

2 有責配偶者からの離婚請求

調停委員会は，相手方に申立人が有責配偶者と考える事実を聴き取り，申立人にその事実の有無を確認します。事実関係に概ね争いがないときは，その事実を踏まえ，調停委員会で評議をし，訴訟の見通しを立てます。

事実関係に争いがあるときは，相手方に申立人が有責配偶者と考える事実の資料，例えば，調査会社の調査報告書，申立人と不貞相手間のメールや手紙，写真などがあれば提出してもらい，それを申立人にも見せるなどした上で，双方に事情を聴き取り，それらを踏まえた上で，調停委員会で評議をし，訴訟の見通しを立てます。もっとも，申立人を有責配偶者であると主張する相手方は，訴訟を有利に進めるため，調停の段階では手持ちの資料を申立人に見せたくないと希望するときもあります。相手方のそのような希望は正当なものといえます。したがって，調停委員会は，相手方に離婚調停で解決することと離婚訴訟で解決することそれぞれの有利な点，不利な点を説明した上で，相手方に，調停段階でその資料を申立人に開示するかどうかを主体的・合理的に選択してもらう必要があります。

調停委員会は，訴訟の見通しを立てた場合も，それを当事者に伝えるか否か，伝えるとしてもその時機・方法を検討しなければなりません。離婚調停が当事者の主体的な合意に基づくものであることからすると，調停委員会が，当事者に見通しを知ることを希望するかを尋ね，双方が希望したときに伝えるという方法もあるでしょう。

当事者は，調停委員会における訴訟の見通しが自らの見通しと比べ不利なときには，それが合理的であるかを判断し，納得すれば，自らの離婚調停における要求を再考することが考えられます。その際，離婚，別居及び円満の別だけでなく，離婚給付の額など，離婚に伴う他の点も含めて再考することが合理的です。

3 性格の不一致

申立人が，相手方との性格の不一致を主張するときには，双方から事情や気持ちを聴き取り，それを伝えることによって，互いが歩み寄り，自然と離婚，別居又は円満という形に行き着くことも少なくありません。もっとも，申立人と相手方間で，認識の差が著しいときは，前記2において述べたと同様，調停委員会において，離婚訴訟での見通しを立てた上での調整も検討する必要があります。この場合は，抽象的に性格が不一致であるというだけでは当然には離婚事由にはならないことを前提として，双方からの事情聴取などから，婚姻を継続し難い重大な事由（民法770条１項５号）に該当するほどの事実があるといえるかを検討することになります。

4 長期間の別居

第１節（78頁，80頁）で述べたとおり，長期間の別居は離婚事由となりますが，有責配偶者からの請求の場合は離婚が認められる場合が限定されており，そのような場合でなくとも，別居期間のみならず，別居に至る原因・経緯やその後の対応も問題となります。したがって，調停委員会において，離婚訴訟での見通しを立てるためには，当事者から，別居期間のみならず，上記の点も聴き取り，一応の事実認定をし，評議をして判断をする必要があります。その暫定的な判断に基づいて，前記2において述べたとおり，その見通しを踏まえた調整を検討する必要があります。

5 相手方の暴力

申立人が，相手方の暴力を離婚事由として挙げているときは，まず，相手方に事実関係を認めるかを確認した上で，認めないときは，申立人に裏付けとなるべき資料の提出を求め，それを踏まえて，調停委員会において，一応の事実認定をし，評議をして，離婚訴訟の見通しを立てることになります。その暫定的な判断に基づいて，前記 2 において述べたとおり，その見通しを踏まえた調整を検討する必要があります。

当事者双方が，その間の子が18歳となったら離婚をするということで合意をしています。どのような調停の進行とすべきでしょうか。

A　離婚をするという合意は，身分行為に関する合意ですから，期限付きの合意をしても，その合意は無効です。したがって，家事調停において，そのような無効な合意をすることは避けなければいけません。

むしろ，当事者がそのような合意をした事情を汲み取って，それに対応する協議をすべきでしょう。

解　説

1 期限付け，条件付けの離婚の合意の効力

離婚の合意は身分行為ですから，期限付きや条件付きの離婚の合意には無効です。そして，家事調停は，司法機関である家庭裁判所において行われるものですから，家事調停で無効な合意をすることは避けなければなりません。

とはいえ，直ちに，その調停を「性質上調停を行うのに適当でない」として「なさず」（家事法271条）としたり，「当事者間で」「成立した合意が相当でないと認める場合」として不成立（家事法272条１項）としたりして調停を終了させることも性急でしょう。

むしろ，当事者がそのような合意をした事情を汲み取って，解決すべき課題や合意する事項があれば，それに対応する協議をすべきでしょう。

2 当事者がそのような合意をした事情の例

当事者がそのような合意をした事情としては，例えば，当事者双方は，婚姻関係が既に破綻していると考えているものの，子の利益の関係

から離婚をする時期の先延ばしをしたいだけで，当事者双方は，その時点になっても確実に離婚する意思があると互いに考えており，特に大きな課題もないような事案があります。このような事案の場合には，逆に，現時点で離婚についての確定的な合意をする意義は乏しいので，取下げを勧告し，それが難しければ，なさずとしたり，不成立としたりする方法もあります。もっとも，現段階で効果のある合意可能な限度で当事者間の法律関係を整理しておく方法もあるでしょう。例えば，下記のような合意をした上で，それまでの間の子の監護者，面会交流及び婚姻費用などを可能な範囲で確認することも考えられます。

1　申立人と相手方は，当分の間別居することとする。
2　申立人と相手方は，その間の子○○が高等学校を卒業後，離婚に向けて協議することとする。

このような合意をしても，当事者に，その間の子○○が高等学校を卒業後，離婚をする具体的な義務や離婚に向けて協議する具体的な義務は発生しません。しかし，例えば，このような合意がされていれば，離婚訴訟において，婚姻関係破綻の一事情となることは考えられますし，逆に，卒業前の訴えの提起を退ける一事情となることも考えられます。

これに対し，例えば，有責配偶者である申立人は現時点での離婚を強く望んでおり，相手方は経済的な理由や裁判での見通しも踏まえ，離婚は望んでいないものの，その間の子が高等学校を卒業するまで，法的に認められる婚姻費用のほか十分な経済的な手当てを得るのであれば，その後の離婚を認めてもよいと考えている例があります。このようなときは，子が高等学校を卒業時の心情や双方の経済状況やその時点での申立人からの財産給付の提案によって，その時点で，相手方が離婚する意思を有するのかは極めて流動的です。そうであれば，第1項で当分別居を，第2項で監護者の指定を，第3項で面会交流を，第4項で婚姻費用を定めた上で，例えば，上記第2項に該当する項を第5項として次のようにするなどが考えられます。

5　申立人と相手方は，その間の子○○が高等学校を卒業した後，離婚及びその際の財産給付の内容を協議することとする。その協議に際し，当事者双方は，申立人が，その時点まで十分な婚姻費用を分担したことを勘案する。

もっとも，これらの記載は，後の離婚訴訟における認定，判断の一事情となるに過ぎず，具体的な権利義務を発生させる効力のない精神条項に過ぎません。したがって，これらの事案については，このような精神条項を定め，家事調停を成立させることによって，夫婦間と子の関係が一旦落ち着き，子の福祉や当事者の利益となるときには，成立を目指すべですが，逆に何も定めないことが夫婦と子の利益にかなうときには，取下げを促す，又は，なさず若しくは不成立とすることが適切でしょう。

第3節　調停条項

1 調停離婚を定める場合の調停条項（申立人の届出）

調停離婚を定めるときの，条項は次のとおりです。

> 申立人と相手方は，（本日調停）離婚する。

このように，届出をする者を定めないときは，申立人が調停の成立後，10日以内に，調停調書の謄本を添付して，その旨を市町村長へ届け出なければなりません（戸籍法77条１項，63条１項）。申立人が，離婚調停成立後，10日以内に届出をしないときは，相手方が届出をすることができます（戸籍法63条２項）。

2 調停離婚を定める場合の調停条項（相手方の届出）

合意によって届出人を相手方とするときは，次のような条項とします。

> 申立人と相手方は，相手方の申出により，（本日調停）離婚する。

3 協議離婚を定める場合の調停条項

当事者が，戸籍に，調停によって離婚した旨の記載がされることを避けたいとするときもあり，そのようなときは，当事者で協議離婚をする旨合意をすることも可能です。そのような場合は，次のような条項とします。

> 申立人と相手方は，協議離婚することを合意し，申立人がその届出をする。

> 申立人と相手方は，協議離婚をすることを合意し，本調停の席上で，協議離婚届出書を作成し，相手方は，申立人にその届出を託した。相手方は，速やかにその届出をする。

既に述べたとおり，協議離婚において戸籍の届出は，創設的な届出なので，協議離婚する旨の調停離婚が成立しても，戸籍の届出がされるまで，離婚の効力が発生しません。したがって，当事者の一方が，離婚届出について不受理申出（戸籍法27条の２第３項）をしていたときは，上記の離婚調停が成立し，それに基づいて，他方当事者が離婚届出をしても受理されず，その離婚調停に基づく離婚ができません。また，離婚によって効力が生じる合意，例えば，財産分与，離婚慰謝料及び養育費については，離婚届出がされたことを条件とする必要があります。そのような場合の調停条項は，次のようになります。

> １　申立人と相手方は，協議離婚することを合意し，申立人がその届出をする。
> ２　申立人は，相手方に対し，前項の離婚届出が受理されたときは，慰謝料として300万円を，相手方名義の○○銀行○○支店の普通預金口座（口座番号○○○○○○○）に振り込んで支払う。振込手数料は，申立人の負担とする。

4 別居を定める場合の調停条項

当事者が，別居をする旨の合意をすることがあります。その場合の条項は，次のとおりです。

> １　申立人と相手方は，当分の間別居する。

この場合，当事者間の未成熟子の監護者，面会交流及び婚姻費用などが併せて定められることが多くあります。その場合の条項例は，次のとおりです。なお，子の監護者，面会交流及び婚姻費用の問題については，後に詳述します。

> 2　上記別居期間中，申立人において，その間の長男○○（平成23年５月５日生，以下，「長男」という。）を監護する。
> 3　申立人は，相手方が長男と月１回程度面会交流することを認め，その日時，場所，方法については，子の福祉に配慮し別途協議する。
> 4　相手方は，申立人に対し，婚姻費用として，月額２万円の支払義務があることを認め，平成28年１月から別居の解消又は離婚する月まで毎月末日限り，同額を，申立人名義の○○銀行○○支店の普通預金口座（口座番号○○○○○○○）に振り込んで支払う。振込費用は，相手方の負担とする。

5 同居を定める場合の調停条項

当事者が，協議の結果，円満に同居することに合意することがあります。その場合の条項は，次のとおりです。

> 1　申立人と相手方は，今後，協力して，円満な家庭を築くよう努力する。

なお，同居するに際し，上記の合意だけでなく，当事者の一方又は双方が，今後の生活に関して約束することがあります。その場合の条項は，次のとおりです。

> 2　相手方は，申立人に対し，次のことを約束する。
> ⑴　浪費をせず，相応の生活費を申立人に交付する。
> ⑵　家事育児の分担をする。
> ⑶　申立人の気持ちに配慮する。

このいずれの条項も，強制執行になじまない，精神条項に過ぎません。そうであるのに，このような円満調停を成立させることの意義は，当事者が今後の夫婦生活を営む上での方向性を確認し，夫婦生活を円満に営むために努力する内容を確認し合うことにあります。

第４章　慰謝料など離婚に関連する損害賠償

第１節　人事訴訟・民事訴訟の実務

(1)　離婚に際し，どのような場合に相手方配偶者に慰謝料を請求することができますか。

(2)　その場合，慰謝料額は，どの程度ですか。

(3)　慰謝料額の算定に際し，どのような点が考慮されますか。

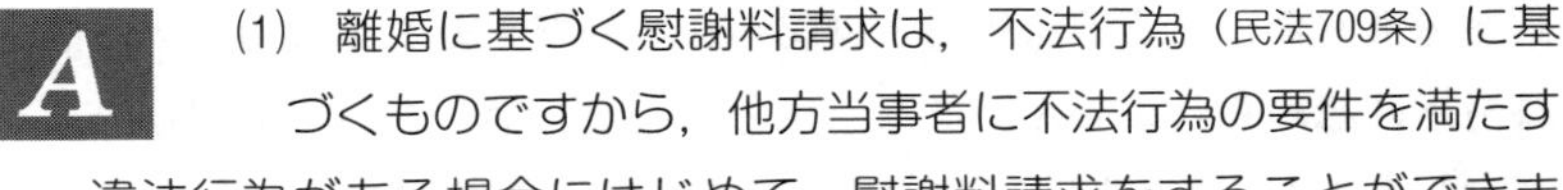

A　(1)　離婚に基づく慰謝料請求は，不法行為（民法709条）に基づくものですから，他方当事者に不法行為の要件を満たす違法行為がある場合にはじめて，慰謝料請求をすることができます。

裁判例で，具体的に離婚請求が認められたものとしては，不貞行為，暴力，悪意の遺棄，扶助・協力義務違反などがあります。

(2)　具体的な慰謝料額は，事案によって数十万円から1,000万円を超えるものなど様々ですが，100万円から300万円の例が多く，500万円を超える例は少ないようです。

(3)　慰謝料額を定めるに際しての考慮要素としては，有責性，婚姻期間，未成年子の存否及び双方の資力などがあります。

解　説

1　離婚に基づく慰謝料請求権の性質

離婚に基づく慰謝料請求権の性質は，不法行為（民法709条）に基づく損害賠償請求権（最判昭和31年２月21日民集10巻２号124頁）ですから，その請求が認められるためには，一方当事者が離婚によって精神的損害を被ったというだけでは足りず，他方当事者の不法行為の要件を満たす違法行為，すなわち，他方当事者の有責行為によりやむなく離婚に至ったことが必要です。

2 具体例

裁判例において具体的に慰謝料請求が認められた原因としては，不貞行為，暴力，悪意の遺棄，不当な性交渉拒否及び扶助・協力義務違反などがあります。このように，裁判例においては，不法行為であることが明らかな，具体的に特定した個々の行為のみだけでなく，夫婦関係の破綻の主たる原因である夫婦としての義務の不履行に対し，不法行為責任が認められています。

もっとも，婚姻外の男女関係があっても，それが破綻後であれば，離婚と因果関係にある不法行為とはならないので，それを理由とする慰謝料請求は認められません。また，一方に有責行為があっても，他方にも有責行為があり，婚姻関係の破綻への影響が同程度であれば，いずれにも損害賠償が認められません。例えば，夫の暴力と妻の不貞行為が認められた事案で，双方の慰謝料請求が否定された事案があります（東京地判昭和55年６月27日判タ423号132頁）。

3 慰謝料額及びその考慮要素

慰謝料額については，「裁判例は，慰謝料の額について，婚姻破綻に関する双方の有責性の程度，婚姻期間，当事者の年齢，未成年子の有無，経済状態，財産分与による経済的充足があるか，離婚に至る一切の経過等を考慮して判断しており」，「おおまかな傾向として，次のようなことがいえる。」

「①有責性が高いほど高い。

②精神的苦痛や肉体的苦痛が激しいほど高い。

③婚姻期間が長く，年齢が高いほど高い。

④未成年子がいる方が，いない場合よりも高い。

⑤有責配偶者に資力があり社会的地位が高いほど高い。

⑥無責の配偶者の資力がないほど高い。

⑦財産分与による経済的充足がある場合に低い。」とされています（判例ガイド158頁）。

裁判例としては，100万円から300万円の例が多いものの，多額の収入を有し，婚姻関係の破綻が夫の度重なる不貞と暴力であるという有責性の顕著な例で，1,000万円とした例（横浜地判昭和55年８月１日判時1001号94頁）や，1,500万円とした例（東京高判平成元年11月22日判時1330号48頁），他にも，1,000万円とした例（東京高判昭和63年６月７日判時1281号96頁）もあります。もっとも，500万円を超える裁判例は多くなく，不貞や暴力など明らかな不法行為がない事案においては，100万円程度の例や数十万円程度の例もあります。なお，平成23年に東京家庭裁判所で人事訴訟事件を扱う第６民事部の判決において婚姻中の不法行為に基づく損害賠償又は婚姻関係を破綻させたことによる慰謝料が認容されたもので，その額が判明しているもののうち認容額が500万円以下のものが86.8％を占めているということです（東京家裁の人訴の審理の実情86頁，87頁）。

【参考文献】

・判例ガイド150頁～166頁

・離婚事件の実務83頁～86頁，106頁～109頁

・東京家裁の人訴の審理の実情86頁，87頁

妻は，性格の不一致から，婚姻関係が破綻していることから，夫に対し，離婚を求めると共に慰謝料請求をしたいと考えています。このような場合，慰謝料請求は認められますか。また，認められるとすると，どの程度の額ですか。

A

(1)　夫婦の性格の不一致が原因で，婚姻関係が破綻してしまっているとしても，夫に不法行為（民法709条）がない以上，慰謝料請求は認められません。もっとも，夫の行為が違法といえ，それが婚姻関係破綻の主たる原因と判断されるものであれば，慰謝料請求が認められるときもあります。

(2)　その額は，夫に不貞行為や暴力行為など明確な不法行為があるときよりは低額となる傾向があり，裁判例においても，数十万円から100万円程度とされることが多いようです。

【参考文献】

・判例ガイド155頁，158頁

夫に暴力を受け，後遺障害が残るほどの傷害を負いました。そこで，夫に離婚を求めるとともに，損害賠償を請求したいと考えています。そのような場合も，損害賠償額としては，一般的に離婚慰謝料の額といわれている100万円ないし300万円程度しか認められないのでしょうか。

A　離婚訴訟において，併合して請求できる損害賠償には，①離婚を余儀なくされたことによる損害賠償のほか，②離婚原因となった個々の事実を理由とする損害賠償が考えられます。

②が請求されたときには，具体的な行為と結果を踏まえ，不法行為の成否と，それに基づく損害賠償の額が認定されることとなります。

本問のような事案では，離婚慰謝料のほか，暴行に基づいて傷害及び後遺障害を負ったことを踏まえ，それに応じた損害賠償が認められます。

解　説

1 離婚訴訟において，併合審理ができる損害賠償の内容

離婚訴訟において，併合して請求できる損害賠償は，人事訴訟に係る請求の原因である事実によって生じた損害の賠償（人訴法17条1項）ですから，①離婚を余儀なくされたことのほか，②離婚原因となった個々の事実を理由とする損害の賠償を求めることもできます。

離婚原因となった個々の事実がもたらした結果としては，離婚が最も重大であることが多いので，離婚訴訟においては，①のみが請求される事案がほとんどです。もっとも，離婚以上の結果が生じたときは，②を独立した不法行為として請求することが事案にかない，また，現実にもされています。

2 暴行に基づく損害賠償の算定方法

設問のような事案であれば，離婚を余儀なくされた慰謝料のほか，離婚原因となった個々の事実，具体的には暴行を理由とする損害賠償を請求することが事案の解決にかないます。

なお，暴行を理由とする損害賠償額の算定方法ですが，裁判実務においては，交通事故に関し身体的損害における賠償額の算定方法が確立しており，他の原因による身体的損害による賠償額を算定するに際しても，交通事故における算定方法を踏まえて，算定されることが一般的です。それによると，損害項目としては，治療費などの経費的なもの（「積極損害」と呼ばれています。）の実費，傷害に基づいて休業せざるを得なかったことによる休業損害及び後遺障害に応じた逸失利益（「消極損害」と呼ばれています。）並びに傷害慰謝料及び後遺障害慰謝料などがあります。交通事故においても，本件のような暴行事案においても，積極損害及び消極損害は，その性質上金額が一致すると考えられます。なお，通常の交通事故は過失に基づくものであるのに対し，本件のような暴行によるものは，故意に基づくものであるため，不法行為における有責性は高いと考えられます。したがって，慰謝料については，交通事故における一般的な算定額に加算すべきであるとの考えが有力です。

裁判例としても，夫の暴行によって離婚を余儀なくされた例について，夫に対し，財産分与，離婚に伴う慰謝料350万円のほか，入通院慰謝料100万円，後遺障害慰謝料500万円，後遺障害による逸失利益1,113万5,023円の支払が命じられたものがあります（大阪高判平成12年３月８日判時1744号91頁。同旨の判断をしたものとして東京地判平成15年６月25日（判例集未登載））。

【参考文献】
・判例ガイド155頁，157頁，158頁
・離婚事件の実務83頁，84頁，107頁

夫に不貞をされたとする妻が，夫と男女関係を持った女性に対し，裁判によって損害賠償請求したいと考えています。

⑴　その請求は認められますか。どのような場合ですか。

⑵　その場合，慰謝料額は，どの程度になりますか。

⑶　請求の方法は，どのようなものですか。

⑷　裁判によって，夫の相手方に対してのみ損害賠償を求めることはできますか。

A

⑴　配偶者のある者と男女関係を持つ行為の多くは，婚姻共同生活の平和の維持という権利ないし法的保護に値する利益を侵害するものといえ，民法709条の不法行為に該当します。したがって，請求は認められる場合が多いでしょう。もっとも，男女関係を持った時点で，既に夫婦の婚姻関係が破綻していた場合など，認められない場合もあります。

⑵　配偶者との共同不法行為として請求されるときは，配偶者が支払うべき慰謝料と同額とされる例が多く，単独不法行為として請求されるときは，それより低くなる傾向にあります。

⑶　夫に離婚を求めたいときは，家庭裁判所に，夫とその女性を共同被告として，夫に不貞行為を離婚事由（民法770条１項１号）として，離婚を求め，不貞を請求原因として，その女性との共同不法行為に基づく損害賠償を求めると共に，その女性に不貞を請求原因として夫との共同不法行為に基づく損害賠償を求める訴えを提起することができます（民法719条１項，709条，人訴法17条）。

また，離婚の前後を問わず，地方裁判所に，夫及びその女性を共同被告として，共同不法行為に基づく損害賠償を求める訴えを提起することが可能です（民法719条１項，709条，人訴法17条）。

⑷　地方裁判所に，夫を訴えず，その女性のみを被告として，損害賠

償を求める訴えを提起することも可能です。

解　説

1 不貞行為の相手方の責任

貞操義務を負うのは本来配偶者なので，古くから，不貞の相手方については，不貞行為について，法的責任を負わせるべきでないとの議論があり，不貞の相手方の責任を認めるか否か，及び，その要件については，裁判例及び学説には対立がありました。最高裁判所は，これを民法709条の不法行為の成否の問題とした上で，「故意又は過失がある限り，右配偶者を誘惑するなどして肉体関係を持つに至らせたかどうか，両者の関係が自然の愛情によって生じたかどうかにかかわらず，他方の配偶者の夫又は妻としての権利を侵害し，その行為は違法性を帯び，右他方の配偶者の被った精神上の苦痛を慰藉すべき義務があるというべきである」として，不法行為であることを肯定しました（最判昭和54年３月30日民集33巻２号303頁）。

もっとも，最高裁判所も，配偶者の一方と男女関係を持った第三者について，「婚姻関係がその当時既に破綻していたときは，特段の事情のない限り，……不法行為責任を負わないものと解するのが相当である」（最判平成８年３月26日民集50巻４号993頁）としました。なお，この裁判例においては，不法行為によって侵害される利益について，「婚姻共同生活の平和の維持という権利ないし」「法的保護に値する利益」とされています。

また，男女関係が，一方配偶者の強姦，性行為の強要による場合には，その配偶者に一方的な責任があるといえ，被害者ともいうべき男女関係の相手の女性には，損害賠償の責任はありません（横浜地判平成元年８月30日判時1347号78頁）。

さらに，夫が第三者と男女関係を持つことに，妻の行為が端緒となっていて，妻が慰謝料のみならず，夫の第三者に対する暴力を利用しさらに金員を請求したなどの事情を総合考慮して，妻の第三者に対する損害賠償請求は，信義則に反し，権利の濫用として許されないとした事案もあります（最判平成８年６月18日家月48巻12号39頁）。

また，婚姻をしている者が配偶者の存在を隠して，第三者と男女関係を持ったときに，第三者が男女関係を持った相手に配偶者がいることを知らないことに過失がなければ，第三者には不法行為は成立しません。

2 慰謝料額

このとき，不貞行為を行った配偶者の行為と相手の行為の関係は，共同不法行為となるので，それぞれの損害賠償債務は，不真正連帯債務となります。したがって，共同被告として訴えられたときには，多くの裁判例では，不貞行為を行った配偶者の慰謝料額は，同額とされています。

なお，不貞行為の相手のみが被告とされた事案については，裁判例においては，配偶者と同額程度とするものもありますが，むしろ，不貞行為の相手自身の違法性，特に，不貞行為を行った配偶者との責任の軽重が考慮され，不貞行為を行った配偶者に比して，慰謝料額が低くなる例が多く，数十万円程度に止まるとされる例もあります。

3 損害賠償請求の方法

離婚訴訟の請求原因である事実によって生じた損害賠償に関する請求事件は，本来は民事訴訟事件ですが，離婚訴訟と同一の訴えとして，家庭裁判所に訴えることができます（人訴法17条１項）。この場合，離婚訴訟の被告である配偶者に対する損害賠償に関する請求のみならず，例えば，不貞行為の相手方など，被告と共同して不法行為を行った者を被告とした損害賠償に関する請求も同一の訴えとすることができます。離婚訴訟が係属中の家庭裁判所に，上記の各損害賠償請求事件を提起することもできます（人訴法17条２項）。地方裁判所で審理中の上記の各損害賠償請求事件も，当事者の申立てがあり，一定の要件を満たせば，離婚訴訟の係属している家庭裁判所に移送され，離婚訴訟と併合して審理されることとなります（人訴法８条，17条２項）。したがって，夫を被告として，その不貞を請求原因として，家庭裁判所に離婚訴訟を提起するに際しては，夫及びその不貞相手を共同被告として，不貞を原因とする損害賠償請求を求めることができます。

しかし，夫に離婚を求めないときには，損害賠償請求事件の原則に戻り，夫及びその不貞相手を共同被告として，地方裁判所に，不法行為に基づく損害賠償請求事件を提起することとなります。

この場合，夫に対しては訴えず，夫の不貞相手のみに対し，損害賠償請求事件を提起することもできます。

【参考文献】

・判例ガイド160頁～167頁

・離婚事件の実務86頁，87頁，109頁，110頁

夫が５年ほど前に約１年間不貞行為をしたことがきっかけで，夫婦関係が悪化し，既に破綻状態です。そこで，妻は，夫に対し，離婚請求をするとともに，夫と不貞相手の女性に対し，損害賠償請求をしたいと考えています。なお，妻は，夫が不貞行為をした当時，その事実と相手を知っていました。

⑴　夫に対し，損害賠償請求をすることは可能ですか。

⑵　不貞相手の女性に対し，損害賠償請求をすることは可能ですか。

⑶　既に不貞相手と訴訟外で和解をして，200万円の損害賠償を得た上，それを超える損害賠償債務を免除しているとしたとき，夫に重ねて損害賠償請求をすることが可能ですか。

A　⑴，⑵は，不貞に基づく損害賠償請求権の消滅時効の期間３年（民法724条）の起算点がいつかという問題です。⑶は，不真正連帯債務の一方当事者に対する弁済と免除の効力の問題です。

⑴　配偶者に対する離婚の原因である事実に基づく損害賠償請求のうち，離婚を余儀なくされたことに基づく損害賠償請求権の消滅時効の起算点は，判例上，離婚時とされています。したがって，⑴については，消滅時効は完成せず，損害賠償請求をすることは可能です。

⑵　不貞相手に対しては個別の行為についての損害賠償請求しか問題とならないと解すれば，妻が不貞の事実と相手方を知った時点が消滅時効の起算点となるので，⑵については，既に３年以上が経過しているため，損害賠償請求権は時効消滅しています。

不貞相手に対しても離婚を余儀なくされたことに基づく損害賠償請求が可能であると考えれば，⑵についても，上記⑴と同様，消滅時効は成立せず，損害賠償請求は可能ということとなります。このような見解を採用した下級審裁判例があります。

(3)　判例によると，200万円の限度で夫の損害賠償請求権から控除されることになります。例えば，夫に対して認められるべき損害賠償が300万円の事案であれば，それから200万円を控除した100万円が認められることになります。

解　説

1 配偶者に対する損害賠償請求権の時効の起算点

配偶者に対する損害賠償請求は，民法709条に基づくものなので，民法724条に定められている消滅時効の起算点が問題となります。ここで，配偶者に対する損害賠償請求のうち，離婚を余儀なくされたことに基づく損害賠償請求については，その損害は，離婚が成立して初めて評価されるとして，離婚時が起算点であると考えられています。判例も同様です（最判昭和46年７月23日民集25巻５号805頁）。

したがって，(1)に関し，配偶者に対しては，離婚を余儀なくされたことに基づく損害賠償を請求することによって，離婚の原因である不貞行為が終了してから３年以上が経過していても，離婚が成立していない以上，消滅時効は問題とならないとして，損害賠償請求をすることが可能です。

2 不貞相手に対する損害賠償請求権の消滅時効の起算点

不貞相手に対する損害賠償請求権については，妻が，長年不貞関係を続けていた夫の不貞相手に対し，損害賠償請求をした事案において，訴えを提起した時から３年前の不貞行為に対する損害賠償請求権については，時効により消滅したと判断した最高裁判例があります（最判平成６年１月20日判タ854号98頁）。

この裁判例を根拠に，不貞相手に対しては，離婚を余儀なくされた不法行為として，時効の起算点を離婚時とすることはできないと考えれば，(2)に関しては，消滅時効が完成しており，損害賠償請求をすることができないということになります。

もっとも，この裁判例は，個々の不法行為に基づいて損害賠償をした事案であると考えるのであれば，離婚を余儀なくされた不法行為に基づく損害賠償請求については，⑵についても，上記⑴と同様，離婚が成立しない以上，消滅時効は問題とならないと考えることができます。このような見解を採用した下級審裁判例（東京高判平成10年12月21日判タ1023号242頁）もあります。

3 不貞相手がした弁済や不貞相手に対する債務免除の効力

不貞をした配偶者の損害賠償債務と不貞相手の損害賠償債務は，不真正連帯債務ですから，不貞相手のした弁済に絶対的効力があり，不貞をした配偶者の債務から控除されるべきこととなります。しかし，不貞相手に対する免除については，相対的効力しかなく，不貞をした配偶者については効力がありません（最判平成６年１月20日判タ854号98頁）。したがって，⑶においては，不貞をした配偶者と不貞相手の支払うべき損害賠償額が300万円であるとすると，そのうち200万円が支払われたこととなりますから，不貞をした配偶者の債務は残り100万円ということになります。不貞をした配偶者と不貞相手の支払うべき損害賠償額が200万円であるときに，不貞相手が200万円を支払えば，不貞をした配偶者の債務は消滅することになります。

【参考文献】
- 判例ガイド167頁～170頁
- 離婚事件の実務87頁，110頁，111頁

第２節　家事調停の進行

当事者双方が，離婚することや親権などの附帯請求については合意をしているのですが，慰謝料額については対立しています。どのような調停進行が考えられるでしょうか。

対立している理由によって，進行が異なるので，その確認が必要です。典型的な対立とそれに対する典型的な進行は次のとおりです。

⑴　相当な慰謝料額についての双方の認識に大きな違いはないものの，慰謝料を支払うべき者の支払能力に限界があるとき
　→支払額及び方法の調整

⑵　離婚に合意はしており，慰謝料額についての双方の認識に大きく争いはないものの，一方が，離婚後の生活が不安であることや心情的な理由等から，高額の慰謝料を請求しているとき
　→離婚事由の有無によって，調整の方向性が異なる

⑶　前提たる事実関係に争いがあるとき

⑷　前提たる事実関係に概ね争いはないものの，慰謝料額についての考え方が異なるとき
　→訴訟の見通しを踏まえた進行や慰謝料を除き合意することの適否の検討

解　説

1　支払を求める慰謝料額と支払を認める慰謝料額の理由の聴取

当事者の一方が求める慰謝料と他方が支払を認める慰謝料額が対立する理由には様々なものがあります。それを把握するために，各当事者が，そのように考えている理由を聴取する必要があります。そして，そ

れぞれの理由を聴取し，相手方に伝えることによって，当事者が主体的に互譲して，合意に至ることも少なくありません。もっとも，そうでないときには，対立している理由に応じて，調停の進行が異なります。

以下で，典型的な対立を掲げ，調整の方法を検討します。

2 支払能力の問題

両当事者が相当と考える慰謝料額に大きな違いがないものの，慰謝料を支払うべき相手方の資力が乏しいときには，その即時の支払を期待することは困難です。そのような場合は，申立人が訴訟において，確定判決を得ても，結局執行できる財産がないことになるので，経済的合理性の観点から，申立人が，譲歩をし，相当な額から大きく下回る額であっても即金の支払を得ることや，相当な額について長期の分割支払を得ることも選択肢の一つとするべきであると考えられます。そこで，調停委員会は，そのような方向が可能かを両当事者と協議していくこととなります。

3 生活不安や心情からの高額請求

離婚後の経済的な面での不安や例えば不貞をした相手方配偶者への心情的なわだかまりから，訴訟の見通しと比して高額な慰謝料を請求することが少なくありません。

生活不安から高額請求をしているときは，その不安が合理的かどうかを検討した上で，合理的であるときには，どのように解消すべきかが検討されるべきでしょう。その不安が合理的でないときは，調停委員会が，その心情を聴き取り，気持ちの整理を援助することで解決することもあります。その不安が合理的であるときは，調停委員会と当事者で，訴訟においても同程度の慰謝料しか認められないことを踏まえ，その不安を解消する手立てを共に考えていくこととなるでしょう。

なお，高額請求の理由がいずれであっても，慰謝料を請求している者が離婚を求めている者か否か，慰謝料を請求している者が離婚を求めていないとしても訴訟となれば相手方の離婚請求が認容される見通しか否かが，家事調停の進行の方向性を考える上でのポイントとなります。例えば，双方が離婚を望んでいる事案においては，慰謝料を請求している者が調停において，慰謝料額についてどこまで妥協するかを決めるためには，訴訟でどの程度の慰謝料額が認容される判決が出る見通しかを意識する必要があります。慰謝料を請求する者としては相手方がそれに近い，又は，それを超える提案をしたときであれば，自らの希望額より低額であっても，相手方の提案を検討することが経済的には合理的です。逆に，申立人が離婚を望んでいるものの，有責配偶者であって離婚訴訟を提起しても認容される可能性が低い事案であれば，経済的に可能であれば，離婚調停において相手方に離婚を承諾してもらうために，訴訟において認容される慰謝料予想額より高額な提案をすることが合理的です。そこで，調停委員会としては，当事者が，主体的・合理的に，離婚調停での自らの意向を決めるために必要な情報の提供として，離婚訴訟での見通しやそれが離婚調停とどのように関連するかを伝えることも考えられるでしょう。もっとも，調停委員会は，訴訟における裁判官と異なり判断機関ではないこと，離婚調停時の訴訟の見通しなどは暫定的なものに過ぎないことから，調停委員会が当事者にその見通しなどを伝えるに際しては，それが暫定的なものに過ぎないことも正確に伝える必要があります。

4 事実認定や認定事実に基づく相当慰謝料額の対立

当事者が考える慰謝料額が，事実認定の対立やその評価の違いによって異なる場合があります。このような場合も，当事者が調停における自らの意向を決めるために必要な情報として，離婚訴訟での見通しは重要です。そこで，調停委員会としても，当事者が，主体的・合理的に，離婚調停での自らの意向を決めるために必要な情報の提供として，訴訟における見通しを伝えることも考えられるでしょう。もっとも，この点は，法的判断であって，幅のあるものですから，見通しを伝えるに際して，上記の点と同様留意が必要です。

第3節　調停条項

1 一般的な調停条項

相手方において，申立人に対し，損害賠償債務を負うことを認めた上で，それを支払うべきことを定めることになります。その場合の条項は，次の2項，3項のとおりです。なお，3項の「支払う」という文言によって，その条項に執行力が与えられます。

> 1　相手方と申立人は，（本日調停）離婚する。
> 2　相手方は，申立人に対し，（離婚に関する）慰謝料として，金100万円の支払義務があることを認める。
> 3　被告は，原告に対し，前項の金員を平成28年5月1日限り，申立人名義の○○銀行○○支店の普通預金口座（口座番号○○○○○○○）に振り込んで支払う。ただし，振込手数料は，被告の負担とする。

なお，相手方は，家事調停において合意をするときには，慰謝料という強い言葉を避け，和解金や解決金とすることを希望することがあります。その場合，申立人も現実の金員の支払を重視することから，その相手方の希望を入れることも少なくありません。その場合は，第2項は，以下のとおりとなります。

> 2　相手方は，申立人に対し，和解金（あるいは解決金）として，金100万円の支払義務があることを認める。

2 離婚調停成立時に慰謝料が支払われる場合の調停条項

慰謝料の支払確保のためには，離婚と引換えとすることが可能であれば，それが望ましいものの，家事調停における離婚の合意は身分行為に関するものですから，慰謝料の支払と引換えとすることはできません。したがって，履行の確保の手段としては，離婚調停成立時に慰謝料の支払をする方法が有用です。

そのような場合は，２項は，次のような調停条項となります。

> ２　相手方は，申立人に対し，離婚に関する和解金として金100万円の支払義務があることを求め，本日，調停席上で申立人に支払い，申立人はこれを受領した。

3 分割払とする場合の調停条項

相手方に資力がないときは，慰謝料の支払を分割払とすることができます。その場合の２項，３項は，次のとおりとなります。

> ２　相手方は，申立人に対し，離婚に関する和解金として，金100万円の支払義務があることを認める。
>
> ３　相手方は，申立人に対し，前項の金員を分割して，平成28年５月から平成29年12月まで毎月末日限り金５万円を申立人名義の○○銀行○○支店の普通預金口座（口座番号○○○○○○○）に振り込んで支払う。ただし，振込手数料は，被告の負担とする。

このような分割金支払の合意をしたときには，分割金の支払を担保するために，相手方がある程度分割金の支払を怠ったときには，残金をまとめて支払い，これに遅延損害金を付加することを合意することが，多くあります。この場合は，上記の２項，３項の次に，下記の４項を付加します。

> ４　相手方が前項の支払を怠り，その合計額が２万円に達したときは，期限の利益を喪失し，２項の金員から既払金を控除した残金及びこれに対する期限の利益を喪失した日の翌日から年５％の割合の遅延損害金を即時支払う。

4 多めの額の債務を認め，その一部を支払ったときには，その余の債務を免除する場合の調停条項

相手方の不法行為の態様などからすれば，本来は多額の損害賠償を払うべきであって，申立人がそれを望み，相手方もそれを認めているのに，相手方に支払能力がないので，現実には相手方が一部しか支払えない場合があります。また，本来，相手方が，比較的少額な損害賠償を支払うことで足りるときに，その支払を確保するために，支払わなかったときのペナルティの意味で，多めの金員の支払義務を認めた上で，その一部を免除することがあります。それらの場合には，２項以下の条項は，次のとおりとなります。

(1) 支払が一時金の場合

> 2　相手方は，申立人に対し，離婚に関する和解金として，金200万円の支払義務を認める。
> 3　相手方は，申立人に対し，前項の金員のうち，100万円を平成27年４月30日限り，原告名義の○○銀行○○支店の普通預金口座（口座番号○○○○○○○）に振り込んで支払う。ただし，振込手数料は相手方の負担とする。
> 4　相手方が３項の支払を怠ったときは，相手方は，申立人に対し，２項の金員から既払金を控除した残金及びこれに対する平成27年５月１日から支払済みまで年５％の割合の遅延損害金を即時支払う。
> 5　相手方が３項の金員を遅滞なく支払ったときは，申立人はその余の債務を免除する。

(2) 支払が分割金の場合

> 2　相手方は，申立人に対し，離婚に関する和解金として，金200万円の支払義務を認める。
> 3　相手方は，申立人に対し，前項の金員のうち，100万円を平成

27年５月から平成28年12月まで毎月末日限り，月額５万円を原告名義の○○銀行○○支店の普通預金口座（口座番号○○○○○○○）に振り込んで支払う。ただし，振込手数料は相手方の負担とする。

4　相手方が３項の支払を怠り，その額が合計10万円に達したときは，期限の利益を喪失し，相手方は，申立人に対し，２項の金員から既払金を控除した残金及びこれに対する期限の利益を喪失した日の翌日から支払済みまで年５％の割合の遅延損害金を即時支払う。

5　相手方が，３項の金員を期限の利益を喪失することなく平成28年12月末日までに支払ったときは，申立人は相手方に対し，その余の債務を免除する。

5 他の金員の支払いについて

上記**1**～**4**で述べたことは，財産分与として金員を支払う場合や本来的な離婚における解決金の支払についても妥当します。

第５章　親権・監護権

第１節　人事訴訟・家事審判の実務

第１　親権の意義及び帰属

親権とは，どのようなものですか。また，次のようなときに，誰が未成年である子の親権者となりますか。

⑴　婚姻している夫婦間に子が生まれた場合
⑵　婚姻していない男女間に子が生まれた場合
⑶　子が養子縁組された場合
⑷　婚姻している父母が死亡した場合
⑸　婚姻している父母が離婚した場合

未成年である子に対し父母が有するその者を監護教育し，その財産を管理する権利と義務のことを親権といいます（民法818条１項，820条ないし824条）。

⑴　婚姻している父母は，共同親権者となります（民法818条３項本文）。

⑵　父母が婚姻していないときは，母が親権者となりますが，父が認知した子については，父母の協議，家事調停又は家事審判によって，父を親権者と指定することができます（民法819条４項・５項，家事法別表第２の８の項，167条）。

⑶　子が養子縁組されたときは，養親が親権者となります（民法818条２項）。

⑷　婚姻している父母の一方が死亡したときは，他方が単独親権者となります。双方が死亡したときは，親権者は存在しません。

⑸　婚姻している父母が離婚したときは，協議，離婚調停又は人事訴訟によって，父母の一方が親権者として指定されることになります（民法819条１項・２項，765条，770条，人訴法32条３項）。

解　説

1 親権の意義

未成年である子に対し父母が有する，その者を監護教育し，その財産を管理する権利と義務のことを親権といいます。これは，親の権利であると同時に，子の利益のための親の義務でもあります。監護教育する権利義務の中には，居所の指定，監護及び教育に必要な範囲内での懲戒並びに職業の許可をする権限も含まれます（民法818条１項，820条ないし824条）。

また，未成年者は類型的に判断能力が低いことから，その保護のため，単独でした法律行為については取り消し得ることを原則としているので（民法５条２項），親権者は未成年者の利益保護のため，その法律行為に同意をして，完全に有効な行為とする権限（民法５条１項本文）や未成年者の法定代理人としてその財産を管理する権限が与えられています（民法824条）。さらに，親権者は，15歳未満の子について，一定の身分行為についても代表権を有しています。認知の訴えの提起（民法787条），子の氏の変更の審判申立て（民法791条３項）及び養子縁組（民法797条１項）及び離縁（民法815条）などがこれに当たります。

2 婚姻している父母の共同親権・父母が婚姻していないときの単独親権

父母が婚姻中であるときは，父母とも共同親権者となり，原則として共同して親権を行うべきこととなります（民法818条３項本文）。

父母が婚姻していないとき，子は分娩によって生物学上の母の法律上の子となりますが，父の認知がない以上，生物学上の父の，法律上の子とはなりません。したがって，その場合の親権者は母となります。もっとも，父が認知した子については，法律上の父子関係が発生するので，父を親権者として指定するかが問題となります（民法819条４項・５項，家事法別表第２の８の項，167条）。

3 養子縁組の際の親権

養子制度とは，血縁による親子関係がない者たちの間に法的に親子関係を認める制度です。当事者間の合意と養子縁組の届出によって成立する，実方の血族との親族関係を存続させる普通養子縁組（民法792条以下，802条）と，養親となるべき者の申立てに基づき，家庭裁判所の審判によって，実方の血族との親族関係を消滅させる特別養子縁組（民法817条の２以下）があります。普通養子縁組に関して，養子となる者が15歳未満であるときは，その法定代理人が，これに代わって，縁組の承諾をすることができます（民法797条１項）。また，普通養子縁組においても，自己又は配偶者の直系卑属を養子とする場合以外は，未成年者を養子とするには，家庭裁判所の許可が必要です（民法798条本文）。

養子であるときは，それが普通養子であっても，養親の親権に復します（民法818条２項）。

4 父母が離婚したときの単独親権

婚姻している父母が離婚したときは，協議離婚に際しては当事者の協議によって，調停離婚に際しては当事者の調停上の合意によって，審判離婚（家事法284条１項）に際しては審判で，人事訴訟においては裁判又は当事者の和解における合意によって，父母の一方が親権者として指定されることになります（民法819条１項・２項，765条，770条，家事法244条，257条，268条，人訴法32条３項）。

ちょっとCoffee Break

実親子関係の成立

我が国の民法においては，法的な実親子関係は，生物学的な実親子関係があるからといって当然成立するとはされていません。

我が国では，実親子関係について，婚姻している夫婦間の子についての①嫡出親子関係と②嫡出でない親子関係に分け，それぞれの成立要件を定めています。

まず，嫡出親子関係については，民法772条1項に規定があり，妻が婚姻中に懐胎した子は，夫の子と推定され，さらに，同条2項によって，婚姻の成立の日から200日を経過した後又は婚姻の解消若しくは取消しの日から300日以内に生まれた子は，婚姻中に懐胎したものと推定されています。

もっとも，この規定をそのままあてはめると，形式的には婚姻関係が継続していても，片方が外国に暮らすなどして長期間別居しているときにも嫡出推定が働くなど不都合なことが生じます。そこで，判例（最判昭和44年5月29日民集23巻6号1064頁）は，形式上の婚姻の終了時より300日以内に生まれた子についても，別居して，事実上離婚した後300日より後であれば，嫡出推定が及ばないと判断しています。ここで，どのような場合に推定が及ばないとするかについて考え方が分かれています。学説上は，生物学的な父子関係の不存在が明らかである場合には，推定が及ばないとする血縁説が有力ですが，判例は，別居が続くなど，外形からして，実質的に「婚姻」が存在しないとみられる場合に限る外観説を採用しています（最判平成10年8月31日判タ986号160頁，最判平成10年8月31日判タ986号176頁，最判平成12年3月14日判タ1028号164頁，最判平成26年7月17日民集68巻6号547頁）。外観説によれば，生物学上の父子関係がなくとも，婚姻中の妻が同居中，又は，別居後300日以内に生んだ子については，夫の子と推定され，夫の申立て又は提訴による嫡出否認の277条審判又は嫡出否認判決（民法775条，人訴法2条2号，家事法277条）がされない限り，その父子関係を否定することができないことになります。なお，この場合，母子関係は，分娩の事実によって当然発生します。

婚姻していない夫婦間に生まれた子については，父子関係は，認知（戸籍の届出等による任意認知のほか277条審判，人事訴訟事件における判決による強制認知も含みます。民法779条，787条，人訴法2条2号，家事法277条）によって発生します。母子関係については，判例（最判昭和37年4月27日民集16巻7号1247頁）によって，分娩の事実によって成立すると解されており，この点については，異論がありません。

父又は母の親権の行使が子の利益にかなわないときでも，あくまで父母に全面的にその親権の行使を任せるほかはないのでしょうか。

A　父又は母の親権の行使が子の利益にかなわないとき，

(1)　子や親族等の家庭裁判所への申立てにより，父母について親権喪失の審判，親権停止の審判及び管理権喪失の審判がされます（民法834条，834条の２，835条，家事法別表第１の67の項，167条）。

(2)　親権者の家庭裁判所への申立てにより，親権辞任の審判がされます（民法837条１項，家事法別表第１の69の項，167条）。

(3)　上記(1)，(2)などによって，子に親権を行使するものがなくなったときは，子や親族等の家庭裁判所への申立てにより，未成年後見人指定の審判がされます（民法838条１号，841条，家事法別表第１の71の項，176条）。

(4)　また，父又は母の親権の行使が，子の利益と相反する場面においては，その親権の行使は制限されます。そこで，親権者の家庭裁判所への申立てにより，親権を維持しながら，当該行為についてのみ代理権を有する特別代理人が選任され（民法826条，家事法別表第１の65の項，167条），特別代理人が，当該行為について親権を行使することになります。

解　説

1　はじめに

親権の行使は，子どもの利益のために行われなければならないので，児童虐待や育児放棄をするなど，父母の親権の行使が，子の利益を害するときには，子の利益を守るため，親権の制限をしなければならないことがあります。

2 親権喪失，親権停止及び管理権喪失

親権は，子の利益のために行使すべきものですから，親権の行使が子の利益を著しく害するときには，子の利益を守るため，その親権を喪失させるべきです。そこで，家庭裁判所は，子，その親族等又は検察官の請求により，「父又は母による虐待又は悪意の遺棄があるときその他父又は母による親権の行使が著しく困難又は不適当であることにより子の利益を著しく害するとき」には，親権喪失の審判をすることができるとされています（民法834条，家事法別表第１の67の項，167条）。

また，親権の行使が困難又は不適当であるため，子の利益が害されるものの，期限を限って親権を制限すれば足りるときは，親権喪失の審判と同様の手続で，家庭裁判所は，２年以内の期限に限って，親権の停止の審判をすることもできます（民法834条の２，家事法別表第１の67の項，167条）。

同様に，父母の管理権の行使が困難又は不適当であるために，子の利益が害されるときは，家庭裁判所は，管理権喪失の審判をすることができます（民法835条，家事法別表第１の67の項，167条）。

なお，親権喪失，親権停止及び管理権喪失とも，原因が消滅したときは，家庭裁判所は，本人又は親族の請求によって，それぞれ親権喪失，親権停止又は管理権喪失の審判を取り消すことができます（民法836条，家事法別表第１の68の項，167条）。

3 親権辞任及び管理権辞任

親権を行う父又は母は，やむを得ない事由があるときは，家庭裁判所の許可を得て，親権又は管理権を辞することができます（民法837条１項，家事法別表第１の69の項，167条。なお，回復について，民法837条２項，家事法別表第１の69の項，167条）。家庭裁判所の許可を必要としたのは，子の利益にかなわない辞任や他の者からの不当な圧力による不本意な辞任を防ぐためです。ここで，やむを得ない事由の例としては，長期不在があります。

4 未成年後見人

親権を行使する父又は母が死亡し，親権喪失，親権停止若しくは管理権喪失の審判がされ，若しくは，親権辞任又は管理権辞任の審判がされ，未成年の子に対して親権を行う者がない状態，又は，親権を行う者が管理権を有しない状態となったときには，未成年後見が開始します（民法838条１号）。また，未成年者に対して最後に親権を行う者などは，遺言で，未成年後見人を指定することができます（民法839条）。もっとも，そのような指定がされることは，現実には多くありません。いずれにしても，同条によって未成年後見人になるべき者がないときなどは，家庭裁判所は，未成年被後見人又はその親族その他の利害関係人（父若しくは母が親権若しくは管理権を辞し，又は，父若しくは母について親権喪失，親権停止若しくは管理権喪失の審判があったことによって未成年後見人を選任する必要が生じたときの父母）の請求によって，未成年後見人を選任することとなります（民法840条１項，841条，家事法別表第１の71の項，176条）。未成年後見人には，親族が携わる場合もありますが，弁護士や司法書士などの専門家が携わる場合もあります。

後見とは，国家の監督の下にその身上及び財産上の保護を行うことを目的とする制度です。したがって，未成年後見人は，未成年者の利益のため，その身上に関して，親権者と同一の権利義務を有します。また，未成年後見人は，未成年者の財産を管理し，その財産に関する法律行為について未成年者を代表します（民法859条１項）。

5 特別代理人選任

子の親権を行う父又は母とその子の利益が相反する行為については，親権を行う者は，その子のために，特別代理人を選任することを家庭裁判所に申し立てなければなりません（民法826条１項，家事法別表第１の65の項，167条）。また，親権を行う者が数人の子に対して親権を行う場合において，その１人と他の子との利益が相反する行為については，親権を行う者は，その一方のために特別代理人を選任することを家庭裁判所に申し立てる必要もあります（民法826条２項，家事法別表第１の65の項，167条)。既に述べたように，親権者は，子の行為に対して包括的な代理権を有しますが，利益相反行為や双方代理行為については，類型的に親権者に公正な親権の行使を期待できない行為ですから，子の利益保護のため，親権者の代理権を剥奪したものです。

利益相反行為の例としては，親子間の贈与，売買，父が死亡したときの母子間の遺産分割，父が死亡したとき母が相続放棄をしない場合の子の相続放棄などがあります。双方代理の例としては，未成年であるきょうだい間の遺産分割，父が死亡したとき，一方の子が相続放棄をしない場合の他方の子の相続放棄などがあります。

次のような場合，親権者や監護権者の指定や変更等は，どのような手続でなされますか。

⑴　父母が婚姻中に別居しているときに，子の監護者を指定・変更する場合

⑵　父母が離婚する場合の親権者の指定

⑶　離婚後，子の親権者が既に一方と指定されているときに，他方が親権者となりたい場合

⑷　嫡出でない子を認知した父が，親権者となりたい場合

親権者や監護権者の指定や変更等は，次の手続でなされます。

⑴　父母が婚姻中に別居しているときに，子の監護者を指定・変更するには，

ア　当事者の協議によって定める手続（民法766条１項類推）

イ　別表第２調停において当事者が合意する手続及び別表第２審判において家庭裁判所の審判によって定められる手続（民法766条２項類推，家事法別表第２の３の項，150条４号，244条）

⑵　夫婦間の子が共同親権に復しているときに，父母が離婚する場合には，

ア　協議離婚に際し，当事者の合意で定め，協議離婚届において届け出る手続（民法819条１項，戸籍法76条１号）

イ　一般調停において，調停離婚に際し，当事者の合意で定める手続（家事法244条）

ウ　審判離婚（家事法284条）に際し，審判において定められる手続

エ　離婚訴訟において，判決において定められる，又は，和解において合意し，和解調書に記載する手続（民法819条２項，人訴法32条３項）

⑶　離婚後，子の親権者が既に一方と指定されているときに，他方に

変更する場合

別表第２調停において，当事者が合意する手続及び別表第２審判において家庭裁判所の審判によって定められる手続（民法819条６項，家事法別表第２の８の項，167条）

⑷　子を認知した父が，親権者となりたい場合

ア　協議し，親権者指定届出をする手続（民法819条４項）

イ　別表第２調停において当事者が合意する手続及び別表第２審判において家庭裁判所の審判によって定められる手続（民法819条５項，家事法別表第２の８の項，167条）

解　説

親権者・監護権者の指定・変更は，場合によって手続が異なります。ここでは，それぞれの場合の手続を紹介します。

1 父母が別居中，監護権者を指定・変更する場合

子の両親が婚姻しているときは，既に述べたように子は共同親権に服しています（民法818条３項本文）。もっとも，現実に別居しているときは，いずれか一方によって監護されることになります。その監護者をいずれにするかは，当事者の協議か，別表第２事件として，家庭裁判所における調停又は審判によって定められることになります（民法766条１項ないし３項，家事法別表第２の３の項，150条４項，244条，268条１項）。

2 父母が離婚する場合

既に述べたとおり，離婚後は，いずれか一方の親の単独親権に服することとなります。これは，父母が離婚したときは，共同で子の親権の行使をすることは事実上困難であり，場合によっては父母間の精神的葛藤に子がさらされる危険があり，子の利益に反するという考え方によっています。そこで，協議上の離婚をするときは，協議で，その一方を親権者と定めた上，離婚届書への記載が必要です（民法819条１項，戸籍法76条

1号)。また，調停離婚によっても，当事者の合意によって，親権者を定め，調停条項に記載する必要があります（家事法244条，268条1項)。調停に代わる審判によって，審判離婚（家事法284条）が命じられる場合も，親権者も併せて定められる必要があります。さらに，裁判上の離婚の場合にも裁判所は父母の一方を親権者と定めなければなりません（民法819条2項，人訴法32条3項)。離婚訴訟によって，和解するに際しても，当事者は親権者を定める必要があります。

3 離婚後，親権者を一方から他方に変更する場合

親権者の一方が，他方を相手方として，家事調停を申し立て，そこで合意し，調停調書に記載することによるか，家事審判を申し立て，審判を得る必要があります（民法819条6項，家事法別表第2の8の項，167条，244条，268条1項)。一旦定まった親権者を変更することは，子の利益に関わる問題なので，当事者の協議と戸籍上の届出だけで変更することはできず，家庭裁判所の後見的な関与が必要とされています。

4 認知した父が，嫡出でない子の親権者となりたい場合

この場合は，家庭裁判所における別表第2調停において当事者が合意する手続及び別表第2審判において家庭裁判所の審判によって定められる手続（家事法別表第2の8の項，167条，244条，268条1項）のほか，当事者の協議と戸籍上の届出だけで指定をすることができます（民法819条4項・5項，戸籍法78条，家事法別表第2の8の項，167条)。

父母の別居や離婚に際し，親権者や監護権者は，どのような基準で指定されますか。

専ら，子の利益（民法766条１項，819条６項）の観点から，父母のいずれが親権者・監護権者にふさわしいかによって判断されます。

親側の事情，子側の事情が，総合的に判断されて決定されます。具体的には，父側，母側それぞれの別居前後の監護の実情及び子との関わり並びに今後の監護態勢が考慮されます。判断が困難な事例については，以下の点が，考慮されていると言われています。

⑴　継続性
⑵　子の意思
⑶　母親・母性優先
⑷　きょうだい不分離
⑸　非監護親との面会交流に対する寛容性
⑹　奪取の違法性

なお，

⑺　不貞行為など，婚姻の破綻に対する有責性は，直接的には，判断の事情とはなりません。

解　説

1 子の利益

親権も監護権も，子の利益のためのものですから，親権者・監護権者をいずれとするかは，専ら子の利益に従って判断されます（民法766条１項，819条６項）。

2 諸事情の具体的内容

父母のいずれを親権者とすることが，子の利益にかなうかを判断するに当たっては，諸事情を総合的に判断すべきです。諸事情については，次のようにまとめられています（判例ガイド193頁）。

> 親権者・監護者指定・引渡請求の事案における考慮事情
>
> **父母側の事情**
>
> 監護能力，監護態勢，監護の実績（継続性），（同居時の）主たる監護者，子との情緒的結びつき，愛情，就労状況，経済力，心身の健康，性格，生活態度，直接子に対してなされたか否かを問わず暴力や虐待の存否，居住環境，保育あるいは教育環境，親族等監護補助者による援助の有無，監護補助者に任せきりにしていないか，監護開始の違法性の有無，面会交流についての許容性など。
>
> **子の側の事情**
>
> 年齢，性別，心身の発育状況，従前の養育環境への適応状況，監護環境の継続性，環境の変化への適応性，子の意思，父母および親族との情緒的結びつき，きょうだいとの関係など。

実際には，同居時の監護の状況，特に，父母のいずれが主たる監護者か，父母の監護のいずれかに子の利益に反する点がなかったか，当時，子は父母と親和していたか，監護補助者となるべき者と子の交流はどのようなものであったか，別居後の監護の状況，そのような監護の状況に至った経緯，特に，父母のいずれかの監護に子の利益に反する事情がないか，非監護親と子との交流の実情，交流の際の非監護親の対応に子の利益に反する事情がないか，非監護親の監護態勢，監護補助者となるべき者と子の交流はどのようなものか，子の意向はどのようなものかなどを総合して判断することになります。近年は，男女の家族内での役割分担が相対化し，判断が困難な事案が増えています。そのような事案については，次の点が，判断に有用な原則となります。これらについては，多くの裁判例があります（判例ガイド189頁～214頁，家月・松本・子の引渡し）。

なお，親権・監護権の変更が問題となる事案においては，変更することが子の利益にかなうかという観点からの判断となります。

3 継続性

子の安定した生活環境と監護者との継続的で心理的な結びつきを尊重することは，子の利益となると考えられています。なお，継続性が問題となる場面には，同居時の主たる監護者との継続性と別居後の監護者との継続性の２つの場面があります。もっとも，違法な子の奪取で開始した監護についても継続性を重視すべきかが問題とされています。また，現実の監護において，子の虐待など子の利益に反する事情が認められる場合には，継続性は，後退すべきことになります。

4 子の意思の尊重

家事事件手続法は，親権や監護権の指定や変更などの未成年者である子が，その結果により影響を受ける家事審判の手続においては，家庭裁判所に，子の年齢いかんを問わず，子の陳述，家裁調査官による調査その他の適切な方法により，子の意思を把握するように努め，審判をするに当たり，子の年齢及び発達の程度に応じて，その意思を考慮するよう求めています（家事法65条）。また，家事事件手続法及び人事訴訟法は，その子が満15歳以上の場合は，家庭裁判所が，親権者や監護者の指定や変更の審判や裁判，変更の審判をするときには，子の陳述を聴取しなければならないとしています（家事法152条２項，169条，人訴法32条４項）。これらは，子の意思を尊重することが，その利益を図ることにつながるとの考えに基づいています。もっとも，この点についても，子の年齢などによって，例外があります。この点，後の問で詳しく述べます。

5 乳幼児の母親・母性優先

かつては，子が乳幼児であるときは，母の愛情と監護が不可欠であるとして，原則として，母親を優先させるべきとされ，母親が親権者や監護権者とされる裁判例が多くを占めました。その後，男女の役割の多様化が進み，現在では，母性的な関わりを持つ養育者が優先されるとの表現が使われ，必ずしも母だけでなく，父や父の母など母性的な関わりを持つ養育者があれば，そちらが優先される裁判例も増えてきました（広島高決平成19年1月22日家月59巻8号39頁）。また，最近では「性差」を感じさせる「母性」という用語を用いること自体適切でないとの指摘もされています（家月・松本・子の引渡し5頁）。

6 きょうだいの不分離

幼児期に，きょうだいが生活を共にすることによって得る体験は，人格形成上貴重であることなどから，幼児期のきょうだいを分離すべきでないとする原則のことをいいます。もっとも，現在は，この基準は上記の原則を補完する程度のものであるといわれています。

7 非監護親との面会交流に対する寛容性

非監護親の存在を知り，良好な関係を築くことは，子の人格形成のために重要です。したがって，非監護親との面会交流の寛容性は，親権者や監護権者を定めるための，補充的な要素として，しばしば裁判例で指摘されています（福岡家審平成26年12月4日判時2260号92頁）。

8 奪取の違法性

以前の裁判例は，監護の継続性を重視し，監護者の下で安定した生活を送っているときは，奪取の違法性をそれほど重視せず，監護者を親権者又は監護権者とする傾向がありました。しかし，近時の裁判例は，監護の開始が，子の違法な奪取であるときは，監護者の親権者及び監護権者適格の問題をうかがわせる事情であって，監護者の下で安定した生活を送っていたとしても，その点を重視せず，奪取者の親権や監護権を否定する傾向にあります（東京高決平成17年6月28日家月58巻4号105頁）。もっとも，違法な奪取の後ではありますが，長期の養育の継続と10歳の男児の意思を理由に，監護親を親権者と変更すると判断した裁判例もあります（大阪高決平成12年4月19日家月53巻1号82頁）が，例外的な事例でしょう。

9 不貞行為

不貞行為など，婚姻関係の破綻についての有責性は，直接的には，子と関係がないため，判断の事情とはなりません。もっとも，不貞行為のため，子の監護を疎かにするなどの事情があれば，判断の事情となることもあります。

【参考文献】
・判例ガイド189頁～214頁
・ＬＰ142頁～146頁
・家事人訴の実務・石垣他228頁
・家月・松本・子の引渡し

親権者や監護権者を定めるに際し，表明された子の意向は，必ず尊重しなければならないのでしょうか。

A　子の意思の尊重の観点からは，表明された子の意向は，尊重されることが原則です。もっとも，子の年齢，発達段階及び監護状況によっては，表明された子の意向が，必ずしも子の真意といえない場合もあります。したがって，丁寧に子の意思，心情及び状況の把握をした上で，判断する必要があります。

解　説

1 子の意思の尊重

家事事件手続法では，家庭裁判所に子の意思を尊重することを求め（家事法65条），家事事件手続法及び人事訴訟法は，特に，子が満15歳以上の場合は，家庭裁判所は，親権者，監護者の指定の審判や裁判，変更の審判をするときには，子の陳述を聴取しなければならないとしています（人訴法32条４項，家事法152条２項）。

もっとも，どのように子の意思を把握し，それをどの程度評価するかは，子の年齢や発達の程度，言語・表現能力の程度，子の現在の監護状況，これまでの状況を踏まえ，子の表明された意向だけでなく，子の置かれている状況や心情を考慮して，子の行動，表情並びに声の調子や大きさなど非言語の表現にも留意して，事案ごとに適切に判断する必要があります。

ここでは，子の年齢に応じて詳しく述べます。

2 15歳以上の子について

家事事件手続法，人事訴訟法において，必要的な子の陳述の聴取の対象とされていることからも分かるように，この年齢の子に関しては，成熟も進んでいるため，その表明された意思は，最大限尊重されるべきでしょう。

3 10歳前後の子について

小学校高学年になると，一般的な発達段階の子であれば，意思を表明する能力には問題がないことが多く，概ねその表明された意思については，尊重されるべき事案が多いと思われます。もっとも，発達段階には個人差があるので，その子の状況に応じて，その意思の聴き取りは慎重になされるべきでしょう。家裁調査官の事実の調査によるべき場合が多いと考えられます。

小学校低学年の子については，一般的には，意思能力までは認められませんが，その意向（心情）は尊重されるべきものです。もっとも，まだ父母などの影響を受け易い時期でもあるので，その確認が必要な事案においては，家裁調査官の丁寧な事実の調査が期待されます。

4 就学前の子について

意思能力は認められませんが，その子の年齢や発達段階に応じて，言語による意向（状況）の把握は可能です。他方，年齢が下がるほど，父母などの他者の影響を受け易いため，その意向に至った動機や経緯も慎重に吟味する必要があります。子の意向の確認が必要な事案においては，家裁調査官の事実の調査がされるべき年齢です。家裁調査官は，この年齢の子の状況の調査に当たって，まず，子との関係を構築し，行動科学の知見を踏まえ，子の非言語の意向表明も含め，その状況を把握することが期待されます。

【参考文献】

・判例ガイド195頁，196頁

・家事人訴の実務・石垣他236頁，237頁

第２　離婚訴訟における審理

離婚訴訟において，夫も妻も，自分が，その間の未成年の子の親権者となることを希望しています。このようなときには，どのような審理の上，親権者が定められますか。

A

⑴　離婚訴訟における親権者の指定に関する審理においては，民事訴訟法と同様の証拠調べのほか，家事事件と同様，家裁調査官によるものなどの，事実の調査をすることができます（人訴法33条，34条）。

⑵　また，15歳以上の子の親権者の指定についての裁判をするに当たっては，その子の陳述を聴かなければなりません（人訴法32条４項）。

⑶　実際の進行としては，

ア　当事者が具体的な申立て及び主張をし，

イ　裏付け書証を提出して，

ウ　監護親は監護の現状について，非監護親は監護態勢についての陳述書を提出し，同人らの本人尋問がなされ，

エ　補充的に，特定の事項について，家裁調査官の事実の調査がされます。

⑷　家裁調査官の調査の主たるものは，次のとおりです。

ア　子の監護の現状

イ　子の意向調査

ウ　親権者の適格性

解　説

1 親権者の指定の性質

離婚を認める判決における未成年の子の親権者の指定は，家事審判事項ですが，その審理は訴訟手続によることになります。なお，夫婦間に

未成年の子がいる場合には，家庭裁判所は，申立てがなくとも職権で親権者の指定をしなければならず（民法819条２項，人訴法32条３項），弁論主義の適用もありませんが，適正・迅速な審理のためには，当事者の申立てや理由付けの主張があることが望ましく，現実にもほとんどの事件で申立てや主張がされています。また，審理は訴訟手続によるので，民事訴訟と同様，証拠調べに基づいて事実認定をすることになります。

もっとも，子の親権者の指定は，家事審判事項ですし，このような争点の審理には，行動科学の専門的知見を有する家裁調査官による事実の調査が有用ですから，人事訴訟法は，親権者の指定など附帯処分等に限定して家裁調査官によるものなどの，事実の調査を認めています（人訴法33条，34条）。

2 15歳以上の子の陳述の聴取

子の利益を図るためには，その意思は尊重されるべきですから，人事訴訟法は，親権者の指定についての裁判をするに当たり，15歳以上の子の陳述を聴取しなければならないとしています（人訴法32条４項）。

陳述聴取の方法には制限がなく，子の証人尋問や子の裁判官による審問も考えられます。もっとも，実際の審理としては，①監護親が，子が作成した子の意向を記載した陳述書を書証として提出する方法や②家裁調査官の事実の調査による方法が多く採られています。前者は，子の負担を考慮した方法ですが，陳述書の提出が適当でないときや提出されたとしてもその成立や信用性に争いがある事案には，家裁調査官の事実の調査による方法が適当です。

3 審理の実際

当事者が，自らを親権者とすべきであることを根拠付ける具体的な主張をし，それを裏付ける証拠（母子手帳，保育園又は幼稚園の連絡帳及び学校の通知表並びに子の状況によっては関与した第三者機関の記録及び診断書など）を提出した後，当事者の同居時や別居の監護状況や監護態勢などを記載した陳述書並びに監護補助者がいるときにはその陳述書を提出させ，当事者本人尋問を実施することが一般的です。

当事者が提出する主張や証拠のみでは判断が困難で，当事者の納得を得難い事案においては，家裁調査官の事実の調査が行われます。なお，親権の指定は，家事審判事項ですが，訴訟手続において審理されるという手続構造に照らして，行動科学という専門的知識を活用する家裁調査官の事実の調査は，「審理の経過，証拠調べの結果その他の事情を考慮して必要があると認められるとき」に行われるべきとされ（補充性），「裁判所は，」家裁調査官に「専門的知識を活用した事実の調査をさせるときは，」調査事項を「特定するものとする。」（特定性）とされています（人訴規20条1項・2項）。

家裁調査官は，事実の調査の結果を口頭又は書面で裁判所に報告します（人訴法34条3項）。家裁調査官は，上記の報告に意見を付すことができます（人訴法34条4項）。

離婚調停事件，監護者指定事件や面会交流事件などで，家裁調査官による事実の調査が実施されているときは，その報告書は，離婚訴訟事件における書証として重要です。それも踏まえ，人事訴訟段階での家裁調査官による事実の調査の可否及び内容が検討されることとなります。

4 家裁調査官による事実の調査の実際

上記のとおり，家裁調査官による事実の調査は，補充性，特定性が必要とされていること，他の争点が残っている時点において実施すると，事実の調査時点と判断時点との間に事情変更があり得ることから，争点整理手続が終了した後に実施されることが多いとされています。

家裁調査官が行う事実の調査事項の主なものとしては，ア子の監護の現状，イ子の意向調査，ウ親権者の適格性があります。

調査に当たっては，発令前に，裁判官が，当事者の意見を踏まえ，家裁調査官と協議し，事実の調査の具体的な内容，すなわち，具体的調査事項，調査の方法，調査期間及び調査報告書の提出期限等定め，それを弁論準備手続等において当事者に説明し，理解を得て，協力を求めます。家裁調査官は，それを受けて，事実の調査を実施します。具体的には，①監護親の調査，②保育園，幼稚園，小学校等の関連機関の調査，③家庭訪問，④子の意向確認調査，⑤監護補助者がある場合には監護補助者の調査，⑥事案によっては非監護親の調査などが実施されます。

【参考文献】
・ＬＰ140頁～142頁，146頁～159頁
・家事人訴の実務・神野375～379頁

第3　親権又は監護権の指定又は変更審判事件及び子の引渡審判事件の審理

以下のようなとき，どのような申立てをすることができますか。

(1)　未成年である子の親権者を母として離婚し，母が子を監護している場合に，

ア　父が親権者となって子を監護したいとき

イ　父が子を連れ帰ったため，母が子を取り返したいとき

(2)　婚姻かつ別居中の母が子を監護している場合に，

ア　父が子を監護したいとき

イ　父が子を連れ帰ったので，母が子を取り返したいとき

(1)　ア　父は，母を相手方にして親権者変更審判・調停申立てをすることができ，併せて子の引渡審判・調停申立てをすることができます。

イ　母は，父を相手方にして子の引渡審判・調停申立てをすることができます。

(2)　ア　父は，母を相手方にして，監護者が既に母と定まっていると解されるときは監護者変更審判・調停申立て，定まっていないと解されるときは監護者指定審判・調停申立てをすることができ，併せて子の引渡審判・調停申立てをすることができます。

イ　母は，父を相手方として，監護者が既に母と定まっていると解されるときは子の引渡審判・調停申立てをすることができ，定まっていると解されないときは監護者指定審判・調停申立てをすることができ，併せて子の引渡審判・調停申立てをすることができます。

（いずれも，民法766条1項ないし3項，家事法別表第2の3の項，150条4号，

244条）

(3)　いずれの場合においても，子の仮の引渡しの保全処分（家事法157条1項3号）の申立てをすることができます。

解　説

1 子の親権又は監護権の指定又は変更及び子の引渡しの手続

既に述べたとおり，離婚に伴わない親権又は監護権の指定又は変更については，別表第2審判・調停において解決されます。これと併せて，子の引渡しについても，同様に別表第2審判・調停において解決されます（ここまでいずれも民法766条1項ないし3項，家事法別表第2の3の項，150条，244条）。なお，子を監護している親を監護親，監護していない親を非監護親といいます。

2 子の引渡しの審判（調停）

申立人が相手方に子の引渡しを求めるためには，申立人に親権又は監護権という子の引渡しの根拠となる権利が必要です。

(1)のように，父母の婚姻中はいずれも共同親権者で，監護権者の指定がないときにはいずれも親権者として監護権があるため，子の引渡しを求めるに際しては監護者指定審判・調停が必要です。既に監護者の指定があるときには，申立人が監護者として指定されていれば，子の引渡審判・調停を求めることで足りますが，相手方が監護権者であれば監護者変更審判・調停が必要です。

また，離婚後，(2)イのように，親権者であって非監護親である母から親権者でないのに監護親である父に子の引渡しを求めるに際しては，子の引渡しの審判・調停の申立てのみで足りますが，(2)アのように，親権者でない非監護親である父が親権者かつ監護親である母に子の引渡しを求めるには，親権者変更審判・調停申立てが必要です。

3 審判前の保全処分

子の引渡審判・調停を申し立てるとともに，子の仮の引渡しを求める保全処分の申立て（家事法157条1項3号）をすることができます。その申立てが審判によって認められたときは，本案の子の引渡審判と異なり，確定を待たず効力が発生し，執行をすることができます（家事法109条2項）。

4 子の引渡しを命じる審判の執行

子の引渡しを命じる審判が確定するか，審判前の保全処分が発令されたとき，相手方が任意に子の引渡しをしないときは，その執行が問題となります。執行の方法としては，動産の引渡し執行に関する民事執行法169条の類推適用によって，執行官が監護親宅に赴き，直接子を連れ帰る直接強制と子を引き渡さなかったときに，引き渡さなかった期間に対応する金員を支払うことを命じることによって，間接的に子の引渡しを強制する間接強制（民執法172条）があります。

なお，直接強制が可能な場合は限られており，その実施にも慎重な配慮がされています（家月・遠藤）。

【参考文献】
- 家事人訴の実務・石垣他250頁
- 家月・遠藤

前の問において，審判申立てがされたとき，どのような審理がされますか。

(1)　調停に付されないときの，家事法下での典型的な運用としては，

ア　申立書の写しを相手方に送付し（家事法67条１項），

イ　当事者が提出した言い分が記載された書面や資料を裁判所において，事実の調査をし（家事法56条），

ウ　家庭裁判所が，双方立会いの審問期日で当事者の言い分を聴いた上で（家事法69条参照），

エ　必要な範囲で，家裁調査官に事実の調査を命ずる調査命令が発令され（家事法58条），家裁調査官が事実の調査を行い，

オ　家庭裁判所は，それらを踏まえ，審判をします。

(2)　審判に際して，15歳以上の子の陳述を聴かなければなりません（家事法169条２項）。

(3)　併せて，審判前の保全処分の申立てがあるときには，裁判官が事案に応じて，併行審理をすること，保全処分について先行して審理をし，発令することなどがあります。

(4)　審理の途中で，付調停され，調停委員会又は裁判官の調整を得て，調停が成立することもあり，そのような場合に，審判前の保全処分が取り下げられることも少なくありません。

解　説

1 典型的な運用

子の親権者又は監護者の指定又は変更及び子の引渡しについては，当事者間の感情的な対立が激しいことが多く，子の利益のためにも早期の解決が望ましいこともあって，家事調停の申立てより，家事審判の申立てがされることが多く，併せて審判前の保全処分が申し立てられる場合も少なくありません。したがって，典型的な場合には，付調停されることなく，審判手続が進められることとなります。

その場合の典型的な運用は，ア申立書を相手方に送付し（家事法67条１項），イ家庭裁判所において，当事者が提出した言い分を記載した書面や資料の事実の調査をし（家事法56条。なお，通知について同法70条），ウ審問期日において，両当事者の立会いの上，家庭裁判所において当事者の陳述を聴き（家事法69条），エ必要に応じて，家裁調査官による事実の調査がされ（家事法58条），オそれらに基づいて，家庭裁判所によって，審判がされます（審理の終結及び審判日について家事法71条，72条）。

2 家裁調査官による事実の調査の内容

子の親権者又は監護権者の指定又は変更及び子の引渡事件の調査事項としては，監護親による「子の監護状況」，非監護親の「子の監護態勢」，「子の意向（心情・情況）」，監護親又は非監護親と「親子交流場面の観察」などが考えられます。また，事案によっては，それらの全部又は一部が組み合わされることもあります。

3 15歳以上の子の陳述聴取

子の親権者又は監護権者の指定又は変更及び子の引渡しの審判をする場合には，子に与える影響への重大性から，15歳以上の子の陳述を聴かなければなりません（家事法169条２項）。同様の趣旨から，15歳未満の子についても，家庭裁判所は，適切な方法により子の意思の把握に努め，子の年齢及び発達の程度に応じて，その意思を考慮する必要があります（家事法65条）。

15歳以上の子の陳述聴取の方法としては，家裁調査官による「子の意向確認」の事実の調査，及び，当事者による陳述書の提出が主なものです。子の負担も考慮すると，確認をする程度で足りる場合は，当事者による陳述書の提出で足りますが，父母の理解が異なる場合などは，当事者の納得のためにも，家裁調査官による事実の調査によることが適切でしょう。

4 審判前の保全処分の運用

例えば，子の監護者指定及び子の引渡審判事件が申し立てられる際には，子の監護者の仮の指定及び子の引渡しを求める審判前の保全処分がされる場合が少なくありません。この性質は，仮の地位を定める仮処分です。

その審判をするには，相手方の手続保障のため，原則として，その陳述聴取が必要ですが，その方法としては，書面等によることも可能です（家事法107条）。もっとも，当事者双方の手続を実質的に保障し，当事者の納得を得ながら，子の利益となる適正な判断をするため，本案事件と同様，現実の運用としては，審判期日を指定し，両当事者の陳述を聴取することが，多いでしょう。なお，審判前の保全処分については，申立書の写しの相手方の送付の対象ではありませんが，上記と同様の趣旨から，送付される例が一般的です。

申立人は，保全処分を求める事由を疎明しなければなりません（家事法106条２項）。保全処分を求める事由とは，本案において引渡しの審判がされる蓋然性と保全の必要性です。

本案において引渡しの審判がされる蓋然性については，法文上は疎明で足りるとされていますが（家事法106条２項），子の利益の観点からは，監護状況を何度も変えることは適切でないことから，事実上，保全処分の申立てを認めるには，本案で引渡しが認められることにかなり近い心証が求められています。

保全の必要性とは，強制執行を保全し，又は，子その他の利害関係人の急迫の危険を防止するため必要があるとき（家事法157条１項３号）のことをいいます。子に対してネグレクトや虐待が行われているとき，子の精神状態が悪化しているとき，又は，監護の開始について監護親に違法性が認められるときなどは，必要性が肯定される傾向があります。

本案において子の引渡しが認められる蓋然性や保全の必要性についても，家裁調査官の事実の調査がされることが多く，15歳以上の子の陳述聴取の必要性や方法についても，本案審判と同様です（家事法157条２項本文)。もっとも，子の陳述を聴く手続を経ることにより保全処分の目的を達することができない事情があるときはこの限りでないとされています（同項ただし書)。

5 本案審判の付調停及び審判前の保全処分の取下げ

本案審判が申し立てられても，例えば，離婚調停中などで，子の監護状況が担当裁判官に理解できるときなど，事案の内容からして，緊急性が乏しいときには，審判期日を入れることなく，付調停がされることもあります。この場合は，離婚調停に携わっている調停委員会による調停が適切な場合が多いでしょう。

また，第1回の審判期日における双方の陳述を踏まえ，付調停にふさわしいときには，付調停とされることもあります。この場合は，事案に応じて，調停委員会による調停や裁判官による単独調停がされることになるでしょう。

さらに，家裁調査官による事実の調査を経た上で，審判の方向性を踏まえた調停がされることもあります。審判前の保全処分が申し立てられているときも同様に，審判については調停によって解決し，保全処分事件については，取下げという形で解決することも少なくありません。

子の引渡しについては，子に対する負担が多いので，任意の履行が望ましいこと，当該事案の解決後の子の利益のためには父母間の精神的葛藤はできるだけ低めた方がよいこと，特に，子の利益のためには，円滑な非監護親との面会交流や非監護親の婚姻費用や養育費の負担が望まれることからすると，審判が申し立てられた事件においても，一次的には調停による解決が，二次的には審判が出されたとしても，任意の履行による解決が望ましいと考えられます。そこで，裁判官は，その点も考慮して審判運営をすることが求められます。

【参考文献】

・家事人訴の実務・石垣他

第２節　家事調停の進行

第１　離婚調停において親権の帰属が争われる場合

離婚調停の早期の段階で，その間の未成年の子の監護に携わっている妻が，夫に対し，その子の親権者を母である妻として離婚することを求めています。夫は，それに対し，離婚を認めるものの，その子の親権者は自身としたいとしています。調停委員会としては，どのような進行を心がけるべきでしょうか。

⑴　調停委員会は，手続説明など早期の段階で，親権の帰属は子の利益を第一に考えて定められるべきものであることを，両当事者に伝えます。

⑵　調停委員会は，申立人の求めや相手方の意向，それぞれの動機及び背景事情，離婚後自身が親権者となった場合の具体的な生活設計を聴き取り，それぞれが真摯で実現可能なものかを確認します。その過程で，申立人や相手方に，自分自身の求めや意向が，真意であって，実現可能なものかの検討を促します。

⑶　調停委員会は，一方当事者から聴き取った求めや意向，その動機，背景事情及び具体的な生活設計を他方当事者に伝えます。その過程で，いずれが親権者となることが子の利益にかなうのかを検討する援助をします。

⑷　子の意向は，子の利益の尊重のために重要なので，離婚調停においても，事案に応じた形で，確認される必要があります。もっとも，離婚調停における，15歳以上の子の陳述の聴取は，法文上必要的ではなく，実務上も，必ず実施されているものではありません。

⑸　当事者が，自身を親権者とすべきとする動機は様々で，表面的には親権の帰属について対立していても，真の対立点は異なることもあります。したがって，その点について，調停の早い段階から，留

意をする必要があります。

解　説

1 子の利益の尊重

離婚訴訟や家事審判において，親権の帰属は子の利益の観点から定められるべきことは，第1節で述べたとおりです。このことは，離婚調停などの家事調停においても同様です。したがって，調停委員会は，手続説明など調停の早い段階で，両当事者にこの点を伝え，理解してもらう必要があります。

2 両当事者からの聴き取り

家事調停においては，まず，調停委員会において，両当事者の気持ちを受け止めながら，同人らの求めや意向を確認し，そのような意向に至った動機及び背景事情を聴き取り，その求めや意向がかなったときの具体的な生活設計を聴き取ることが有用です。その過程で，調停委員会と各当事者の間で，信頼関係を醸成していくことが期待されます。また，そのような過程を経ることによって，各当事者の心情や考えの整理が進むことが望まれます。

この点は，親権の帰属が対立点となっている離婚調停でも同様で，自身を親権者としたい動機及び背景事情を聴き取り，自らが親権者となったときの具体的な生活設計を聴き取ることが有用です。このことによって，当事者自身が，自身を親権者としたいという意向が真意か否か，また，可能かなどを検証していくことができます。

3 他方当事者への伝達及び当事者による子の利益からの検討

次に，一方当事者から聴き取った事情を，他方当事者に伝えることが必要です。伝える際には，正確に伝えることが最も重要ですが，両当事者の意向や気持ちに配慮しつつ，伝える時期及び方法を選択する必要があります。

この点は，親権の帰属が対立点となっている離婚調停でも同様で，一方当事者は，他方当事者から，他方当事者が親権者となりたいという意向を聴くだけでなく，その動機，背景事情や他方当事者が親権者となったときの具体的な生活設計を聴くことによって，自身が親権者となったときと相手が親権者となったときの，いずれが子の利益にかなうかを考えるために必要な情報を得ることになります。そのことによって，両当事者が，子の利益の観点からいずれが親権者となるべきかを考えるように促すことが，調停委員会に求められます。

なお，離婚調停においても，子の意思は，子の利益の尊重のために重要なので，当事者からの事情聴取や家裁調査官の調査など，子の年齢，発達段階及び事案に応じた形で，把握される必要があります（家事法258条１項，65条）。なお，離婚調停における15歳以上の子の陳述の聴取は，法文上必要的とはされておらず（家事法258条１項は，同法169条２項を準用していません。），実務上も必ず実施されているものではありません。

4 親権者となることを希望する動機

自らを親権者とすべきとする動機としては，真実，自身が親権者として監護養育をしたいとすることが多いものですが，他の動機があることもあります。ここで，当事者自身が，他の動機を自覚しているときとしていないときがあることに注意を要します。

例えば，①表面的には離婚に同意をしていても，真実は離婚に同意ができていないとき，②離婚に同意し，他方当事者を親権者としてもやむを得ないと考えながら，他方当事者のいいなりになりたくないという心情的理由があるとき，③子との関係の維持を求めているとき，④離婚に同意し，他方当事者が監護養育することを容認又は希望しながら，家や姓の維持の観点から，親権者となることだけを希望しているとき，⑤離婚に同意し，他方当事者が親権者となることを容認又は希望しながら，金銭面などの離婚条件を有利に進めたいと考えているときなどが考えられます。また，これらの動機は，併存することも少なくなく，調停の経過によって，変化することもあります。

調停委員会としては，常に，当事者の真意に気を配りつつ，真の対立点を見極め，それに応じた調整を進めるべきでしょう。例えば，①であれば，離婚の成否に焦点を当て，②であれば，心情的な調整に心を配り，③であれば，面会交流の充実での代替が可能かを検討し，④，⑤であれば，子の利益を第一に調整を図るべきでしょう。

調整の方向性として，親権と監護権の分離が適切かについては議論があります。この点については，後の問で述べます。

離婚調停における親権の帰属について,

(1)　当事者双方が，離婚訴訟の見通しと異なる親権の帰属を希望していますが，そのような合意に基づいて，家事調停を成立させてよいですか。

(2)　離婚調停において，親権の帰属を協議するに際し，離婚訴訟における親権の帰属の見通しはどのような意義を持ちますか。

(3)　離婚調停において，親権の帰属を合意するためには，どのような進行がされますか。この場合，家裁調査官の事実の調査がされることがありますか。それは，どのような場合ですか。

A

(1)　親権の帰属は，離婚調停においても，離婚訴訟と同様，子の利益にかなう内容で定められるべきものですから，離婚訴訟の見通しと異なる，子の利益にかなわない合意ができたときは，「成立した合意が相当でないと認める場合」といえ，家事事件手続法272条１項本文によって，不成立とすべきでしょう。

(2)　上記のとおり，親権の帰属は，離婚調停においても，子の利益にかなう内容で定められるべきものですから，その内容での合意成立が望まれます。

(3)　当事者と調停委員会で，正しく，子の利益にかなう結論を導き出し，共通認識を持つために，両当事者は必要な事情を伝えるだけでなく，有用な資料を家庭裁判所に提出し，事実の調査に供します。

(4)　それでも，共通認識を持つことができないときには，家裁調査官による事実の調査が実施されることもあります。

(5)　併行して，監護権者の指定・面会交流の家事調停・家事審判など他の手続が進行しているときには，それらとの関係を留意しながら進める必要があります。

解　説

1 親権の帰属について離婚訴訟での見通し

離婚訴訟や家事審判において，親権の帰属は，子の利益の観点から定められるべきことは第１節で述べたとおりです。このことは，離婚調停においても同様です。

したがって，離婚調停において，離婚訴訟における親権の帰属についての判断の見通しと異なる合意は，子の利益にかなわないので，家事事件手続法272条１項本文の「合意が相当でないと認める場合」に該当し，調停を不成立とすべきこととなります。

もっとも，そのような合意がされないように，調停委員会としては，両当事者に，親権の帰属については，子の利益を第一として考えるべきことの理解を求めつつ，離婚訴訟の見通しについて，両当事者と共に共通認識を形成しながら調停を進めていく必要があります。

2 親権の帰属が対立点である離婚調停の進め方

前問で述べたような，当事者からの事情聴取や互いの意向等の伝達によっても，親権の帰属についての対立が続くときには，どのような調停の進行とすべきでしょうか。

そのような場合については，なおさら，まず，両当事者と調停委員会が，子の利益のためにはいずれが親権者となるべきかという意識を共通化することが大切です。その上で，調停委員会は，その判断をするための事情についての共通認識を持つべく，両当事者の意向等を正確かつ相当な方法で伝達することが必要です。また，両当事者は，その判断をするために必要な資料，例えば，母子手帳，保育園の連絡帳，同居時の子の監護状況，別居後の監護親の子の監護状況，別居後の非監護親の監護態勢などを記載した陳述書などを調停委員会に提出し，調停委員会において，事実の調査をし，他方当事者に示す必要があります。そのような過程を経て，両当事者及び調停委員会が，いずれを親権者とするかを判断するために必要な事情についての認識を共通化し，それに基づいて協議をします。

3 家裁調査官による事実の調査

上記の過程を経ても，父母のいずれかを親権者とすべきかについて，両当事者と調停委員会に共通認識が形成されなかった場合は，家裁調査官の事実の調査が有用です。

なお，かつては，離婚訴訟においても家裁調査官の事実の調査が可能である関係もあって，離婚調停においては，家裁調査官の事実の調査は控えるべきであるとか，両当事者が家裁調査官の事実の調査の結果に従うとの意向を積極的に表明したときにだけ家裁調査官の事実の調査を実施するとか比較的限定的にしか家裁調査官による事実の調査を行わないとの考え方も有力でした。しかし，現在では，必要な事案においては，積極的に事実の調査を行い，離婚調停での紛争解決機能を高めようと考えられています。もっとも，家裁調査官の事実の調査が子の負担になる面も否定できませんので，必要な事案について，相当な方法で実施することが望ましいでしょう。

4 家裁調査官の関与の具体的内容

離婚訴訟と異なり，離婚調停においては，家裁調査官は，事実の調査のみならず，期日立会いをし，当事者の心理的調整をすることも可能です。離婚調停であっても，親権の指定での対立が激しく，調停手続において，事実の調査が想定される事件については，家裁調査官が期日に立ち会い，行動科学の専門的見地から当事者に助言や働き掛けを行い，当事者の紛争解決能力を高め，その主体的な関与を促し，事実の調査の必要性について調停委員会に意見を述べることもあります。

家裁調査官の意見を受け，調停委員会で評議をして，必要，相当な事案については，裁判官が，家裁調査官に調査命令をし，家裁調査官が事実の調査を実施します。その内容は，離婚訴訟におけるものと重なりますが，当事者の主体的な紛争解決を目指す調停手続の段階なので，家裁調査官の心理的な調整の要素が加わります。特に，事実の調査直後の期日においては，家裁調査官が期日に立ち会い，事実の結果の内容について両当事者に伝えることがあり，そこでは，当事者への心理的調整も目指されることとなります。

どのような事実の調査を実施するにしても，両当事者と調停委員会及び家裁調査官において，調査の内容とその意義について，共通認識を形成しておくことが，家事調停における紛争解決につながります。

なお，離婚調停段階の家裁調査官の事実の調査の結果は，調査報告書の形にまとめられ，原則として，当事者の閲覧謄写に供される運用です（法文上は，当事者に対しても，家庭裁判所が相当と認めるときにその閲覧謄写を許可することとされています。家事法254条１項・３項）。調査報告書の開示は，当事者の手続保障に資するのみならず，紛争解決や今後のよりよい親子関係の構築にもつながるので，子の利益を害するなどの具体的な問題がある場合以外には，積極的に実施されることが望ましいと考えられています。

離婚訴訟において親権が争われる場合には，調査報告書は有用な資料となります。なお，離婚調停と離婚訴訟は別個の手続ですから，離婚調停において作成された調査報告書を離婚訴訟の判断資料とするためには，当事者が書証として提出する必要があります。

5 監護者指定・面会交流の家事調停・家事審判など他の手続との関係

監護権者指定・面会交流の家事調停・家事審判など他の手続が係属しているときは，それらとの関係について配慮する必要があります。一般的にいえば，緊急のものを優先し，暫定的合意によって対応できるものについてはそれによることによって，全体として子の利益を第一に，次に当事者の利益を考慮して，いずれに重点を置くか，いずれを優先するかなどの進行を考えるべきでしょう。

⑴　離婚調停において，妻である申立人が，離婚を求めるとともに，自身を相手方である夫との間の未成年の子の親権者とすることを求めたのに対し，相手方は，離婚及び申立人において子を監護することを認めながら，自身を親権者とすることを求めています。このようなとき，親権者と監護権者を分離する離婚調停を成立させることは適当でしょうか。

⑵　離婚調停において，両当事者共が，申立人が未成年者である長男の親権者となり，相手方が未成年者である二男の親権者となるとすべきとの意向を示しています。このようなとき，長男と二男の親権者を分離する離婚調停を成立させることは適当でしょうか。

A

⑴　親権者及び監護権者は，父母の交渉や妥協によって決めるべきものではなく，子の利益を第一に定められるべきです。そのように考えると，離婚という父母間の協力が困難な時点に，現に監護する監護権者が親権を有しないこととなると，監護者による子の利益にかなう臨機応変な対応が困難となるので，一般的には，親権と監護権の分離は適切でない場合が多いでしょう。

もっとも，近時では，我が国において，離婚後，単独親権とすることの問題性を指摘し，離婚後も共同親権とする他国の制度を肯定的に捉え，その代替手段として，親権と監護権を分離すべきとの考え方もあります。

事案に応じて，子の利益を第一に決すべきであって，例えば，円滑な父母間の協力が期待でき，監護に双方の積極的な関与を促すことが子の利益にかなうなどの事情がある事案においては，親権と監護権の分離も，積極的に検討されるべきでしょう。

⑵　きょうだい不分離の原則から，不適当であることが少なくないと考えられます。もっとも，子の利益を考えたとき，分離が適当であ

る事案については，そのような離婚調停を成立させるべきでしょう。いずれにしても，子の利益を第一に定められるべきもので，父母の取引や妥協によって決めることは厳に慎まなければなりません。

解　説

1 親権者及び監護権者の定め方

離婚訴訟及び親権者又は監護権者指定又は変更審判においては，子の利益に従って，子の親権者及び監護権者は定められるべきものですが，この点は，離婚調停においても同様です。したがって，当事者間の交渉や妥協のみによって，両当事者が親権者と監護権者を分離することは適当ではなく，あくまで子の利益に合致するかが検討されるべきです。

ここで，我が国においては，離婚後，親権を父母が単独に行使すべきこととしています（民法819条１項・２項）。これは，親権の行使を円滑にすることが子の利益にかなうとの考え方によります。そのような考え方からすると，監護親が親権を有する方が，親権の行使が円滑となり，子の利益とかなうと解されます。したがって，子の利益が図られるべき離婚調停においても，当事者が，子の利益にかなわない，当事者の交渉や妥協の結果のみによって，親権者と監護権者を分ける意向を示したときには，調停委員会としては，子の利益を第一として，父母いずれかに親権を帰属させ，監護権者の指定をしない方向での合意を促すべきでしょう。それでも，当事者が納得せず，親権と監護権の分属をさせる合意がされた場合で，その結果が，子の利益を害すると解される事案においては，成立した合意が相当でないと認める場合に該当することとなり，不成立とすべきこととなります（家事法272条１項）。

2 単独親権と共同親権

我が国の民法においては，離婚後は，父母のいずれかの単独親権とすることとされています（民法819条１項・２項）。しかし，諸外国においては，中国，アメリカなど，離婚後も父母の共同親権を認める国も多く，児童の権利に関する条約も，いずれの親も児童の発達について共同の責任を有する父母共同養育責任の原則を宣言しています。このような状況を踏まえ，近時は，父母の一方を親権者とし，その者に監護させることは，非親権者の権限を消滅させることとなり，子の利益に反するとの批判も有力です。

3 親権者と監護権者の分離

子の利益を考えたとき，父母の妥協の産物として，親権と監護権を分属させることが相当でないことは当然です。しかし，父母の従前の監護状況，それぞれの監護能力，父母の関係及び子の意思に鑑み，親権者と監護権者を分離することが，子の利益にかなう事案もあり，そのことを示唆する裁判例もあります（東京高決平成５年９月６日家月46巻12号45頁。当該事案の判断としては否定しました。）。また，現に肯定した例もあります（福岡家審平成26年12月４日判時2260号92頁）。

もっとも，裁判例としては，否定される事案がほとんどです。親権者と監護権者を分離することが子の利益にかなう事案は，父母の関係が良好で，合理的な協議が可能な場合が多いため，家庭裁判所への申立てがされず，協議で解決される事案が多く，家庭裁判所へ申立てがされても，家事調停における合意が可能なので，家事審判がされることは少ないと考えられます。

調停委員会としては，当事者からの聴き取りや家裁調査官の事実の調査などを踏まえ，ふさわしい事案については，親権と監護権の分属も視野に入れて，家事調停を進行させるべきでしょう。

4 きょうだい分離

これも，既に述べたとおり，特に幼い子については，きょうだいの存在が互いの成長に資するので，父母それぞれがきょうだい一人一人の親権者となることは，原則として，子の利益にかなわないと解されます。したがって，調停委員会は，子の利益にかなわないのに，父母がその妥協や交渉によって，きょうだいを分離する意向を有しているときは，子の利益がかなう父母の一方をきょうだいの親権者とすることを目指した調整をすべきでしょう。また，その合意が子の利益を害するときには，調停委員会としては，合意が相当でないとして不成立とすることも検討すべきでしょう（家事法272条１項）。

もっとも，きょうだい不分離の原則も，どのような事案においても妥当するものではなく，父母の監護の実績，監護能力，父母の意思及び子の意思によっては，きょうだい分離をすることが必ずしも子の利益に反しない事例も少なくありません。そのような場合には，調停委員会においては，非監護親と子の面会交流だけでなく，きょうだいの交流についても配慮しつつ，きょうだいによって親権者を異とすることも視野に入れて調整を図るべきでしょう。

【参考文献】
・判例ガイド191頁，192頁
・新家族法実務大系・親権者383頁

ちょっとCoffee Break

実親と養親の離婚

婚姻前に，妻が他の男性との間で子を有していたとき，夫がその子を養子とすることが広く行われています。その後，その夫婦が離婚するときに，その子を巡る権利義務関係は，どのようなものになるのでしょうか。

このとき，既に，夫と子の間に法的な親子関係（養親子関係）が成立しているときは，父母の離婚によって，当然に，その子と父の法的関係がなくなるものではありません。そこで，父と子の養親子関係を解消するためには，父と子が離縁をする必要があります（民法811条１項）。これは，子が15歳以上であれば子自身が，15歳未満であれば，離縁後法定代理人となるべき者，すなわち，母が，父と協議離縁，調停離縁，審判離縁又は裁判離縁をする必要があることになります（民法811条１項・２項・４項，814条，人訴法２条）。したがって，このような夫婦が調停離婚をするときに，父と子の養親子関係を解消するためには，併せて，協議離縁をするか，離縁調停を成立させる必要があるので，注意を要します。

また，離縁をしないときも，先に述べたとおり夫と子との間に法的な親子関係は成立しているため，子の親権者が当然母となる訳ではなく，親権者を母とするか，父とするかを定める必要があります。現実には，母とする事案が多いようですが，そうでない事案も一定割合あります。長く父子関係が続き，父の監護が母の監護より勝っている事案などにおいては，双方の協議の上で，父とする事案もあります。

第２　婚姻中の父母間の子の監護者指定・変更及び引渡調停の審理

⑴　子の監護者指定・変更及び引渡（以下「監護者指定等」といいます。）**調停において，家事審判の見通しはどのような意義を持ちますか。**

⑵　離婚調停と併行しない監護者指定等調停については，どのような進行とすべきでしょうか。

⑴　監護者指定等調停においても，監護者指定等審判と同様，子の利益にかなう結論が導き出されるべきものです。したがって，家事審判の見通しを踏まえた調整がされるべきです。

⑵　ア　調停委員会は，早期に，両当事者と，監護者は子の利益に従って定められるべきことの共通認識を持つことができるよう努めます。

イ　調停委員会は，早期に，子について緊急対応が必要かを判断するための事情を両当事者から聴き取ります。緊急対応の必要があるときには，適切な対応を取ります。

ウ　緊急対応の必要まではないときは，各当事者の意向，その動機及び背景事情を尋ね，他方当事者に伝え，両当事者の主体的な合意の形成を促します。

子の利益の観点からは，監護者指定等調停においても，子の意思の把握は重要なので（家事法258条１項，65条），調停委員会は，子の年齢，発達段階や事案に応じた方法で，子の意思の把握に努めます。

エ　当事者の真意が自身を監護者とすることを求めるものかを確認し，異なるものであれば，真意に対応した調整をします。

オ　各当事者の真意が自身を監護者と指定することを求めるもので，当事者からの聴き取りからだけでは審判となったときの見通しが立たないときは，安易に不成立として審判移行するのではなく，調停段階において，家裁調査官の事実の調査を実施し，その結果を踏まえた調整をすることも検討されるべきです。

解　説

1 監護者指定等調停事件における審判の見通しの意義

第1節で述べたように，監護者指定等審判においては，子の利益にしたがった家事審判がなされるべきものです。そして，監護者等調停においても，子の利益が最も重要で，それは，父母である家事調停の当事者が自由に処分できる筋合いのものではないことは，家事審判においてと同様です。したがって，監護者指定等調停事件においては，家事審判の見通しにかなった調整がなされるべきです。

もっとも，子にとっては両親ともが子の精神の発達に欠かせないもので，子と非監護親の間においても，面会交流，養育費の支払などを通じ，将来的な関係が存続するものです。したがって，非監護親と監護親の円滑な関係を維持することが，子の利益の実現には極めて有用です。そうであるのに，監護者指定等調停においては，両親の心情的対立が激しい事案が少なくありません。そこで，調停委員会は，審判の見通しにかなった調整を目指すだけでなく，当事者の納得を得ることも目指す必要があります。

2 監護者指定等調停事件における進行

監護者指定等調停においては，監護親・非監護親の両方が自身を監護者とすることを求める事案が多いので，そのような事案を念頭に置きます。

まず，調停委員会としては，第1回期日の手続説明など，早期に両当事者に監護者指定等調停は子の利益にかなう合意を目指すことを伝え，その点について両当事者と共通認識を持つよう努めます。

次に，両当事者からの聴き取りなどにより，早期に，子に緊急対応が必要な事情があるか否かを確認して，そのような事情があるときには，例えば，早期の調停委員会による積極的な調整，家裁調査官による事実の調査又は早期の不成立による審判移行などの適切な対応を取ります。緊急対応の必要性がうかがわれないときは，両当事者から監護者についての意向，その動機及び背景事情（例えば，他方当事者の監護に具体的な問題があるなどの指摘）を聴き取り，母子手帳，保育園や幼稚園の連絡帳及び学校の通知表など必要な資料の提出を得て，他方当事者に，正確かつ相当な方法で伝達し，両当事者の気持ちを汲み取りつつ，両当事者の主体的・合理的な合意の形成を促します。

監護者指定等調停においても，子の利益の観点から，子の意思は重要（家事法258条１項，65条）ですから，調停委員会は，子の年齢，発達段階及び事案に応じた形で把握をし，調整に活かす必要があります。

なお，監護者指定等調停についても，自身の自覚の有無はともかく，非監護親である申立人が自身を監護者とすべきとする真意は，他にあることが少なくありません。その真意は，子との面会交流の実現であること，監護親との復縁の希望であることや監護親に対する心情的な問題の解決を希望するものであることがあり，それらの要因が複合していることや時期によって変化することもあります。そのような場合には，申立人の真意に対応した調整が図られるべきでしょう。

3 調整困難な事案について

両当事者間の真意の確認や両当事者の主体的な協議によっても，合意に至らない事案においては，調停委員会としては，家裁調査官を活用することによって，調整を進めることが一般的です。

具体的な調停の進行は，離婚調停において親権者の指定が問題となる場合について触れたこととほぼ同様です。もっとも，監護者指定等調停は，子の利益に直結する手続であること，そのため不成立のときは当然審判移行する手続とされていることが離婚訴訟と異なるため，調整困難な事案については，家事調停の段階から，家裁調査官が関与することが離婚調停以上に多いと考えられます。すなわち，家裁調査官の期日立会い，事実の調査及び調整などの積極的な関与を受け，両当事者と調停委員会は，子について共通の認識を持ち，子の利益について，どのような解決をすべきかについて，協議していきます。

家裁調査官の事実の調査は，調査報告書の形で提出され，調停記録となります。そして調停が不成立となり，家事審判に移行したときは，調停記録は審判においても事実の調査の対象とされ，審判記録となることが一般的です。審判記録となれば当事者に対しては，原則として記録の閲覧等が許可されます（家事法47条１項ないし４項）。また，調停段階においても，正しい判断を担保することや手続的正義を実現するためには，当事者の手続保障が望まれます。さらに，当事者の納得が今後の親子関係，監護親及び非監護親の関係をよりよくするために必要です。これらのことから調停段階においても，調査報告書は当事者に対して，原則として開示がされる運用となっています（法文上は，当事者に対しても，家庭裁判所が相当と認めるときにその閲覧謄写を許可することとされています。家事法254条１項・３項）。したがって，両当事者は，家裁調査官の調査報告書が作成されたときは，それを閲覧謄写することができ，調停委員会と共通認識とした上で，子の利益の観点から，いずれを監護者とすべきかを協議していくこととなります。

家裁調査官の事実の調査を踏まえても，監護者について合意ができない場合は，調停が不成立とされ，審判に移行することになります（家事法272条４項）。調停段階で，家裁調査官の事実の調査を経ている事案については，調停時に十分な事実の調査がされていれば，審判手続において調停記録の事実の調査をし，両当事者に審問などで陳述の機会が与えられた段階で，審理が終結され，審判が出される場合もあります。また，審判に移行した後，裁判官による単独調停が実施され，調停が成立することもあります。

【参考文献】

・家事人訴の実務・石垣等255頁～258頁

離婚調停中の子の監護者指定等調停の進行としては，どのような点に留意をすべきでしょうか。

A　監護者指定等についての緊急度の有無・高さ，特に，保全事件の申立ての有無及び当事者の意向によって，大きく分けて，

⑴　離婚調停事件と併行して，最終的な親権者の帰属も見据えてじっくり調整を試みるか，

⑵　離婚事件と併行していることを過度に意識せず，早期に監護者指定等について両当事者から事情を聴取し，資料の提出を促し，家裁調査官の事実の調査を実施するなど，調停委員会の積極的な調整をするか，

の2つの方向性が考えられます。

また，

⑶　緊急度の高さや当事者の意向によっては，監護者指定等調停を早期に不成立とし，審判移行させるべき事案もあります。

解　説

1 早期の事案の振り分け

離婚調停と子の監護者指定等調停事件が併行して進行することがあります。その場合，離婚調停と併行して調整すべきか，子の監護者指定等調停について先行して調整すべきか，それとも，子の監護者指定等調停について早期に不成立とし，審判移行させるべきかなどが問題となります。その分かれ目としては，主に，子の監護者の問題についての緊急度の有無・高さ，特に，保全事件の申立ての有無及び当事者の意向などが考慮すべきでしょう。いずれにしても，調停委員会としては，家事調停の早期の段階で，方向性を見極める必要があります。

2 離婚調停と併行して進行する場合

父母の別居前後で主たる監護者の変更がなく，その監護に問題がうかがえないような事案であって，当事者としても，離婚事件における親権者の判断を見据えたじっくりした調整を希望しているような事案については，離婚調停と併行して，調整することが考えられます。このような場合，非監護親と子の面会交流が円滑に実施されておらず，非監護親と子との面会交流に子の利益に反すべき事情がうかがえないときには，調停委員会としては，暫定的な面会交流のルールを定め，その実施を促すことも検討すべきでしょう。

3 監護者指定等調停を先行させる場合

例えば，父母の別居前後で，主たる監護者の変更がないものの，非監護親から，監護親の監護に子の利益を害すべき事情があるとの具体的な主張があるなど，早期に子の監護者の指定や子の引渡しについて進行を図るべき事案もあります。そのようなときは，監護者指定等調停に関し，調停段階で家裁調査官の事実の調査を実施した上で，調整を図ることも検討されるべきでしょう。

4 監護者指定等調停について早期に不成立とし，審判移行すべき場合

さらに，父母の別居前の主たる監護者と別居後の監護者に変更があるとき，別居中に監護者の変更があり，その変更の違法性が問題となるとき，監護親の虐待が疑われる事情があるときなど，緊急性が高い場合や，保全処分の申立てがあるなどして，当事者が早期の裁判所の判断を強く求めている事案においては，監護者指定等調停について早期に不成立とし，審判移行することも検討されるべきでしょう。

第３　離婚後の親権者変更調停の進行

離婚時に子の親権者が母と指定されましたが，父が子の親権者を父と変更することに母と合意をしたとして，母を相手方とする家事調停を申し立てました。

⑴　この場合，父母の合意があることをもって，直ちに親権の変更を認める調停を成立させてよいですか。

⑵　この場合，子が15歳以上であるとき，子の陳述の聴取（家事法152条２項）は必要でしょうか。

⑴　親権者の変更は，子の利益のために必要があるときに（民法819条６項）認められるとされているので，両当事者からその必要性を聴き取り確認することが必要です（家事法272条１項）。

⑵　法文上は，必要とされていませんが，子の利益に重大な影響があるので，慎重な運用のため子の陳述の聴取をする運用がされています。

解　説

1 親権者変更の要件の確認

離婚に際し一度定めた親権者も，子の利益のために必要があるときは，家事調停又は家事審判によって変更をすることができます（民法819条６項，家事法別表第２の８の項，167条）。ここで，民法が，親権者変更について，当事者の協議のみでは認めず，家事調停又は家事審判によるとした趣旨は，子の利益のため，後見的な立場で家庭裁判所が関与するという慎重な手続を定めたものです。したがって，調停委員会は，両当事者から事情を聴取し，子の利益のための親権変更の必要性の確認をする必要があります。なお，子の利益にかなわない変更であれば，当事者が合意をしていても，家事事件手続法272条１項に基づき，合意が相当でないとして不成立とすべきこととなります。

2 15歳以上の子の陳述の聴取

家事事件手続法258条１項は，家事審判において15歳以上の子の陳述の必要的聴取に関する家事事件手続法152条２項を準用していないので，法文上は，その陳述の聴取は必要的とはされていません。もっとも，親権者の変更は，その子にとって重要なことですから，15歳以上の子については，その陳述の聴取を必要とする運用が十分考えられます。その方法としては，当事者に争いのある事案では，家裁調査官による事実の調査が考えられますが，当事者に争いのない事案については，子が作成する陳述書の提出で足りるでしょう。

第3節　調停条項

第1　離婚調停に際し，親権者等を定める調停条項

1 調停離婚をするに際し，親権者を定める調停条項

> 1　申立人と相手方は，（本日調停）離婚する。
> 2　当事者間の長男○○（平成15年4月30日生）の親権者を母である申立人と定め，申立人において，監護養育する。

2 調停離婚をするに際し，親権者を相手方と定め，監護権者を申立人と定める調停条項

申立人と相手方が，密接に協力して子を監護する意思を明確にし，子の福祉のためには，それがふさわしい例外的な事案においては，例外的に親権と監護権を分属させることも考えられるでしょう。そのような場合の調停条項は，次のとおりです。なお，1項は，上記**1**と同様です。

> 2　当事者間の長男○○（平成15年4月30日生）の親権者を父である相手方と定め，母である申立人において監護（養育）する。

3 協議離婚をするに際し，親権者を定める調停条項

離婚調停において協議離婚をするに際し，親権者を定める調停条項は，次のとおりです。

> 申立人と相手方は，当事者間の長女○○（平成10年3月4日生）の親権者を父である申立人と定め，協議離婚することを合意し，申立人がその届出をする。

4 別居調停に際し，監護権者を定める調停条項

父母が別居するに際し，当事者間に未成年の子がいる場合でも，共同親権が続くので，親権者を定める必要はありませんが，その監護者を定める必要があります。その場合の条項は，次のとおりです。

> 1　申立人と相手方は当分の間別居する。
> 2　上記別居期間中，申立人において，その間の長男○○（平成21年６月３日生）を監護（養育）する。

第２　親権等の帰属を定める調停条項

1 別居中，監護者を定める調停条項

前記４の２項と同様です。

2 別居中，監護者を変更する調停条項

一旦，監護者が定められた後に，それを変更する際の条項です。

> 申立人及び相手方は，その間の長女○○（平成18年７月15日生）の監護権者を相手方から申立人に変更し，申立人において監護養育する。

3 離婚後，親権者を変更する調停条項

離婚に際し一旦定めた親権者を，後日変更する際の条項です。

> 申立人及び相手方は，その間の長女○○（平成18年７月15日生）の親権者を相手方から申立人に変更し，申立人において監護養育する。

4 子の引渡しを定める調停条項

子の引渡しを認める場合の条項です。執行力を持たせるためには，このように「引き渡す。」とする必要があります。「引き渡すと約束する。」や「引き渡す義務があることを確認する。」などの表現だと執行力がありません。

申立人は，相手方に対し，その間の長女○○（平成25年10月３日生）を引き渡す。

第６章　面会交流

第１節　人事訴訟・家事審判の実務

第１　面会交流の意義及び手続

未成年の子の父母が，別居しているとき，父が，母の監護している未成年の子と会いたいと考え，母にそれを求めているのに，母がこれに応じません。

父は，その子に会うことができますか。それは，どのような根拠によるのでしょうか。また，どのような手続によるべきですか。

⑴　面会交流（民法766条）という制度があるので，会うことができる可能性は十分あります。

ここで，面会交流とは，未成年の子を監護していない親（非監護親）が，子と会うこと（面会）やその他の方法で交流することをいいます。

⑵　明文はなかったものの，従前から，裁判例，学説上認められており，家事調停，家事審判において解決されていました（家審法９条１項乙類４号）。

⑶　面会交流は，子の健全な発達という，子の利益のための制度です。当事者の協議，家事調停又は家事審判によって定まることによって，具体的権利となります。平成23年，民法766条が改正され，面会交流が明文化され，子の利益の観点から，その充実が図られています。

解　説

1 面会交流の意義

面会交流とは，父母の婚姻の継続の有無を問わず，未成年の子を監護していない親（非監護親）が，子と会うこと（面会又は直接交流）や手紙，メール又は電話など面会以外の方法によって，意思疎通を図ること（交流又は間接交流）をいいます。

父母が離婚又は別居して，非監護親と子が別居するに至っても，非監護親が親であることには変わりなく，その愛情を感じられることが子の健全な成長のために重要です。国内外の心理学の様々な研究では，子にとって，一方の親との離別は最も否定的な感情体験の一つであって，非監護親との交流を継続することは精神的な健康を保ち，心理的社会的な適応を改善するために重要とされています。したがって，子の利益のためには，非監護親との適切な面会交流が実施されることが望ましいといえます。

2 面会交流の法文上の根拠及び制度―平成23年改正前

面会交流は，平成23年法律第61号による民法改正前（以下「平成23年改正」といいます。）は，面接交渉といわれていました。平成23年改正前，明文化はされていませんでしたが，実務上，平成23年改正前の民法766条1項（直接は協議離婚についての規定ですが，裁判離婚，調停離婚について準用され，婚姻中の夫婦間についても類推適用されます。）の「子の監護について必要な事項」に含まれるとして，家事審判法9条1項乙類4号により，家庭裁判所で家事調停及び家事審判の手続によって解決されていました（最決昭和59年7月6日家月37巻5号35頁，最決平成12年5月1日民集54巻5号1607頁）。

3 面会交流の法文上の根拠及び制度―平成23年改正後

面会交流は，平成23年改正により民法766条1項に明文化され，子の利益を最も優先して考慮しなければならないとの理念が明記され，その充実化が図られました。

面会交流は，離婚に際し，夫婦間で協議して定めることが原則であって（民法766条１項），協議が調わないとき，又は，協議をすることができないときは，家庭裁判所が定めることになります（同条２項）。面会交流を求める場合には，家庭裁判所において家事調停又は家事審判の申立てをすることができ，調停が成立しなかったときは，審判手続に移行することになります（家事法別表第２の３の項，15条，244条，272条４項）。別居中の夫婦においても，民法766条が類推適用され，上記と同様の扱いとなります。また，民法766条は，裁判離婚にも準用されます（民法771条）。また，面会交流については，離婚調停において併せて合意をすることができ，現実にも合意がされることが少なくありません。離婚訴訟において，附帯申立てをすることができ，和解離婚をする際に，併せて合意をすることもできます（人訴法32条１項，37条１項）。

面会交流の権利としての性質については争いがありますが，実務上は，面会交流は，協議による合意，家事調停，家事審判又は離婚判決等を経て初めて具体的権利として認められると考えられています。

【参考文献】
・家月・細矢他
・離婚調停156頁，157頁
・家事人訴の実務・水野他187頁～189頁

第２　面会交流審判及び面会交流が問題となる離婚訴訟の進行

未成年の子の父母が，別居しているとき，父が，母の監護している未成年の子と会いたいと考え，母にそれを求めているのに，母が，子が拒否をしているとしてこれに応じません。

このようなとき，面会交流が認められますか。

A

(1)　面会交流は，子の利益のためのものですから，その実施がかえって子の利益を害するといえる特段の事情（面会交流を禁止・制限すべき事由，面会交流阻害事由）が認められない限り，面会交流は認められると解すべきです。

もっとも，面会交流が問題となる事案については，父母間の対立が激しい場合が多く，面会交流の実施によって，子自身が精神的に負担を受けることもあるため，特段の事情の有無については，具体的な事情を踏まえ，慎重に判断すべきです。

(2)　監護親や子が面会交流を拒否しているとの一事をもって，面会交流が認められないということはありません。その動機や背景事情を審理し，特段の事情の有無を慎重に判断することになります。

(3)　面会交流審判においては，家裁調査官の事実の調査が有用です。

解　説

1　面会交流を禁止・制限すべき事由（面会交流阻害事由）

面会交流が，子の健全な成長に資するものであることからすると，その実施がかえって，子の利益を害するといえる特段の事情（面会交流を禁止・制限すべき事由，面会交流阻害事由）が認められない限り，面会交流は認められるべきとの考えが主流となっています。もっとも，面会交流が問題となる事案については，父母間の対立が激しい場合が多く，面会交流の実施によって，子自身が精神的に負担を受けることも想定されるため，特段の事情の有無については，具体的な事情を踏まえ，慎重に判断されるべきです。

なお，家事審判において，面会交流の申立てが却下された典型例としては，非監護親が子の面前で監護親に対しDVに及んだことがある場合，子にDVに及んだことがある場合があります。また，具体的に，子の連れ去りの危険がある場合も同様です。

他方，監護親の再婚や養子縁組は，かつては，平穏な生活に波風を立てないために面会交流を認めるべきではないとした裁判例もありますが，現在では，そのことだけでは，面会交流阻害事由には当たらないとされています。

また，面会交流は，子の利益のためのものですから，養育費の支払と同時履行の関係にはありません。

2 監護親の拒否

監護親が拒否をしているとの一事をもって，面会交流阻害事由に当たるとは考えられていません。そのような場合は，監護親が，面会交流を拒否している動機やその動機が形成された背景事情を慎重に審理し，判断することになります。

例えば，その動機や背景事情が，非監護親に対する心情的なわだかまりや離婚や別居の条件についての交渉材料とすることだけであれば，面会交流阻害事由とはなりません。

3 子の意思の把握

面会交流審判をするに当たっては，未成年者である子の利益のため，家庭裁判所が，子の陳述の聴取，家裁調査官による調査その他の適切な方法により，子の意思を把握するように努め，子の年齢及び発達の程度に応じて，その意思を考慮しなければならず（家事法65条），15歳以上の子の陳述を聴かなければならない（家事法152条２項）とされています。これは，子の意思を尊重することが，子の利益につながるという考え方に沿った制度です。

しかし，他方，子は，面会交流に当たっては，監護親の影響を強く受けるもので，両親の間での忠誠葛藤から，真実は非監護親との面会交流を望んでいてもそれを拒否することがあり，自分自身も望んでいないと考えていても，現に非監護親に会えば，すぐに打ち解けることもあります。特に，年齢が低い子では，その点が顕著です。したがって，面会交流を子が拒否しているときは，後に述べる家裁調査官の事実の調査などを用いて，そのように考えるに至った経緯を審理した上で判断することが望まれます。もっとも，年齢が高い子で，発達段階が進んだ子であれば，その主体性は重視すべきでしょう。

4 事案の具体的な事情の検討の必要性及び家事審判における調整の必要性

これまでやや抽象的に述べましたが，面会交流審判事件は事案によって千差万別で，どのような事件であっても，当事者や子の心情を含んだ具体的な事情を踏まえて，子の利益として面会交流の許否及び具体的方法が判断されることが必要です。直接的な面会は難しくとも，何らかの形の間接交流をすることによって，将来的な面会につなげるべき事案もあるでしょう。裁判例（家月・細矢他，判例ガイド243頁～252頁参照）を踏まえて具体的に検討されるべきです。

また，面会交流は，監護親，非監護親が，子の利益のため継続的に協力することによって，初めて円滑な履行が期待できます。したがって，面会交流については，審判においても，行動科学の専門家である家裁調査官の事実の調査及び調整が有用です。

【参考文献】
・家月・細矢他
・離婚調停158頁，159頁
・判例ガイド243頁～252頁

⑴　**調停を経た面会交流審判の進行は，どのようになされますか。**

⑵　**調停を経ない面会交流審判の進行は，どのようになされますか。**

⑴　調停を経た審判においては，審判移行後，調停記録を事実の調査をし，審判の手続期日を指定し，直ちに審理を終結し，審判することが考えられます。

⑵　調停を経ない面会交流審判事件については，直ちに付調停されるときと，審判のままで進行するときがあります。

⑶　後者については，審判の手続期日を指定し，主張や資料を整理し，家裁調査官による事実の調査の要否を検討し，その調査をしたときには，調査報告書が作成された後に審判の手続期日を指定し，当事者の審問を行い，審理を終結し，審判することが考えられます。

⑷　面会交流は，家事調停における解決が望ましい事案です。したがって，審判の手続期日において，付調停され，調停が成立することもあります。特に，審理終結の直前に，裁判官が，家事審判の方向性を踏まえ，積極的に当事者間の調整を図ることがしばしばあります。

⑸　面会交流の審判においては，子が15歳以上の場合には，子の陳述の聴取が必要です（家事法152条２項）。

⑹　面会交流事件においては，積極的に家裁調査官が活用されています。家裁調査官の活用の方法としては，審判期日立会いのほか，家裁調査官の事実の調査及びそれらに伴う心理的調整があります。

解　説

1 調停を経た審判の進行

調停を経た審判については，調停手続の段階で，当事者が主張や資料を提出し，必要があれば家裁調査官による事実の調査がなされていることが一般的です。そのような事案においては，審判移行（家事法272条2項）した後は，当事者の陳述を聴くために，審問の期日を指定する（家事法68条，69条参照）ほかは，調停記録のうち審判の判断に必要な部分の事実の調査をすることで審理としては足ります。したがって，その審問の期日に審理を終結（家事法71条）し，審判をすることが考えられます。

もっとも，調停手続での事実の調査では，審判における判断としては足りないこともあるので，そのようなときは，家裁調査官による事実の調査の補充を含め，足りない点についての事実の調査をし，それが終わった段階で審理を終結し，審判することになります。

2 調停を経ない審判の進行

面会交流は調停において解決されることが望ましい事件類型なので，審判の申立てがされても，当事者の意見を聴取した上で，原則として，調停に付する（家事法274条1項）運用が一般的でしょう。もっとも，同一当事者間の同じ子について面会交流審判が確定した，又は，調停が成立した直後に，事情変更もうかがわれないのに，面会交流の方法の変更を求める申立てがされた場合などは，付調停は不適当です。

付調停にすべきでない事情があるときは，審判の手続を進行させるべきことになります。まず，審問の期日を指定して，そこで，面会交流阻害事由の有無について主張や資料を整理し，関連事件があれば，家裁調査官による調査報告書など，その記録のうち判断に有用な部分について，事実の調査をします。それらを総合して，家裁調査官の事実の調査（家事法58条1項）が必要か，その内容はどのようなことかを特定し，必要であれば，家裁調査官に事実の調査をするよう命じます。そして，その調査報告書が完成した後，両当事者にそれを検討してもらった上で，審問の期日を指定し，そこで，調査報告書を踏まえた両当事者の陳述を聴き，その日に審問を終結し，審判をします。なお，関連調停及び審判事件があるときは，判断に必要なときは，関連事件の記録，特に調査報告書について，事実の調査がされることが多いでしょう。

3 付調停

面会交流は，子をめぐって当事者間の関係が長く続くもので，性質上，双方当事者の理解と協力によって，子の利益にかなう実施が可能なものですから，当事者の納得が重要です。したがって，面会交流は，家事調停による解決が望ましいと考えられます。

したがって，面会交流においては，審判中のあらゆる段階において，調停による解決が検討されるべきであって，当事者の調整が可能であれば，裁判官は，積極的に当事者を調整し，付調停をした上で調停を成立させるべきでしょう。例えば，裁判官が，審理終結の直前に，審判の見通しを踏まえ，積極的に当事者間の調整を図ることがしばしばあります。

4 15歳以上の子の陳述の聴取

面会交流審判をするに当たっては，未成年者である子の利益のため，家庭裁判所が，子の陳述の聴取，家裁調査官による調査その他の適切な方法により，子の意思を把握するように努め，審判をするに当たり，子の年齢及び発達の程度に応じて，その意思を考慮しなければならず（家事法65条），15歳以上の子については，その陳述を聴かなければならない（家事法152条２項）とされています。

5 家裁調査官の活用

面会交流事件は，子の利益に重要な関連を有するものであるのに，当事者間の心情的な対立が激しいことが多い事件なので，行動科学についての専門的知見を有する家裁調査官が積極的に活用されています。

具体的には，家裁調査官が審判期日に立ち会い（家事法59条１項），当事者の心理的な調整をしつつ（同条２項），事実の調査の準備をすること，事実の調査をすること，事実の調査後，審判期日に立ち会い，作成した調査報告書の趣旨を説明し，当事者の心理的調整を図ること（同項）が考えられます。事実の調査の内容としては，当事者の意向調査と子の調査が考えられます。子の調査としては，子の意向調査，監護親及び非監護親と子の交流場面観察が考えられます。調査の詳細は，195頁の「第２節　家事調停の進行」で述べます。

【参考文献】

・家事人訴の実務・水野他217頁～220頁
・離婚調停185頁～208頁

離婚訴訟の附帯申立てにおいて面会交流が問題となるとき，どのような審理がされますか。

A 離婚訴訟において想定される主な争点や離婚訴訟手続の性質上，離婚訴訟の附帯請求における面会交流の審理には，自ずと限界があります。

したがって，離婚訴訟と併行して，当事者が，面会交流調停（審判）事件を申し立て，そこで解決される場合が多いでしょう。

解　説

1 離婚訴訟の附帯申立てにおける面会交流の審理

面会交流について当事者の意向が対立し，判断が困難な事案については，面会交流阻害事由の有無の審理や心理的調整が不可欠であって，家裁調査官の活用，特に，監護親及び非監護親と子の交流場面観察が重要で，その実施のための，当事者の心理的調整，そのための期日立会いも有用です。

しかし，面会交流が問題となる離婚訴訟においては，離婚の成否や親権の帰属も併せて審理されることが多く，面会交流について必要な主張や資料提出を併行して行うことには困難が伴います。また，離婚訴訟においては家裁調査官が期日立会いをすることや当事者の心理的調整をすることは認められておらず，交流場面観察の実行も困難です。したがって，離婚訴訟における面会交流の審理には自ずと限界があります。

2 現実の運用

上記の点から，実務上は，離婚訴訟と併行して，面会交流調停（審判）が申し立てられ，そこでの解決が図られています。現に，東京家庭裁判所人事訴訟部においては，離婚訴訟において面会交流の詳細が争われている事案に関して，和解ができない場合には，面会交流調停（審判）を申し立てるよう促しているとのことです（家事人訴の実務・神野362頁，369頁）。

【参考文献】
・ＬＰ166頁
・家事人訴の実務・神野362頁，369頁

父母間で非監護親と未成年者の面会交流の調停が成立しましたが，監護親が，その調停で定めた頻度や一回の時間を減らしたいと考えています。それは，可能でしょうか。また，どのような方法を採ればよいですか。

A　面会交流について，当事者間の協議，家事調停，家事審判又は離婚訴訟において定められても，その後の事情変更があれば，民法766条１項によって，当事者の協議，家事調停又は家事審判によって，その内容を変更することができます。

なお，事情の変更がないのに，面会交流の内容の変更を求めても，家事審判においては，それは認められません。

第3　面会交流の実現方法

家事審判において，監護親である相手方は，非監護親である申立人に対し，月に1回程度面会交流を実施するよう命じられました。しかし，相手方は，子が拒否するとして，その実施をしません。どうしたら，申立人は，相手方にその実施をさせることができますか。

⑴　面会交流を命じられたのに，それを履行しない相手方に対しては，次の対応を採ることが考えられます。

①　履行勧告
②　再度の家事審判・調停申立て
③　間接強制
④　慰謝料請求
⑤　親権又は監護権の指定・変更の審判・調停の申立て

⑵　間接強制が認められるには，審判若しくは判決の主文又は調停若しくは和解の条項において，①面会交流の日時又は頻度，②各回の面会交流の長さ，③子の引渡方法が特定されている必要があります。

解　説

面会交流を実現するための方法としては，次のようなものがあります。

1 履行勧告

調停や審判において面会交流をすべき義務を定めた家庭裁判所は，その履行がされていない場合に，非監護親の申立てにより義務の履行状況を調査し，監護親に対し，その義務を履行するように求めることができます（家事法289条1項）。これを履行勧告といいます。家庭裁判所は，履行勧告を家裁調査官にさせることができます（家事法289条３項）。現実にも家裁調査官が携わる例が多いようです。履行勧告には，強制力がありませんが，当事者の行き違いから面会交流が実施できていないときには，この履行勧告が功を奏し，円滑な面会交流が実現できることもあります。もっとも，履行勧告においては，当事者間の調整はできないため，限界があります。

2 再度の家事審判・家事調停申立て

履行勧告によっても，面会交流が実現できない場合においては，当事者間の調整を要する事案が少なくありません。また，家事審判及び家事調停等において面会交流の具体的内容が定められた後に事情変更があることもあります。そのような場合においては，本来，当事者間の話し合いによって今後の面会交流の在り方を検討することが望ましいと考えられます。また，既に定まった面会交流について，義務者が権利者に対する心情的なわだかまりなどを理由に履行をしないときは，面会交流について，下記の強制力を持たせるべき場合も考えられます。これらの事情があるときには，家事審判又は家事調停において，もう一度面会交流を定めることが合理的でしょう。

3 間接強制

面会交流には，直接強制が認められないことには争いがありません。間接強制（民執法172条）が可能であるかについては，以前は争われていました。ここで間接強制とは，民事執行法171条１項による代替執行ができないもの（不代替作為義務）について，執行裁判所が，債務者に対し，遅延の期間に応じ，又は相当と認める一定内の期間内に履行しないときは，直ちに債務の履行を確保するために相当と認める一定の額の金銭を債権者に支払うべき旨を命じる方法でする強制執行です。これは，債務者に心理的強制を加え，債務者の自発的な履行を促すものです。最高裁判所は，面会交流においても間接強制が認められる場合のあることを認めた上で，そのための給付の特定性について，次のとおり基準を示しました。すなわち，①面会交流の日時又は頻度，②各回の面会交流時間の長さ，③子の引渡しの方法等が具体的に定められていることです（最決平成25年３月28日民集67巻３号864頁）。

権利者は，面会交流が家事審判又は家事調停によって定められた家庭裁判所に，この申立てをすると，家庭裁判所において，義務者の審尋がされ，上記の間接強制の要件等が審査されます（民執法172条３項）。

間接強制が命じられることにより，面会交流の実施につながることも少なくなく，また，この間接強制という制度があること自体が，一般的な面会交流の実現に資しています。しかし，他方，監護親と子の家庭の不安定さ，非監護親と子の関係の悪化を招くという指摘もあり，「強制執行が問題となる場面でも，なお裁判関係者は，父母の説得や調整を試みて，事情の変更に応じた実現可能な面会交流の合意形成を図る努力を根気よく続ける必要がある。」（判例ガイド262頁）との指摘もあります。

4 慰謝料請求

最近，非監護親の面会交流に対する意識が高まり，調停などで定まった面会交流を実施しないときに，それが不法行為に該当するとして，損害賠償を求める事案が増えてきています。これを肯定する例も散見されますが（横浜地判平成21年７月８日家月63巻３号95頁，熊本地判平成27年３月27日判時2260号85頁），否定される例も少なくありません（東京地判平成27年１月29日判時2270号62頁）。

「面会交流の許否の判断には微妙な要素が多々あり，一刀両断にはいかないことからすれば，監護者の拒否の判断にも形式的・画一的に扱うのではなく，当該個別的な事情を丁寧に検討して，慎重に吟味されるべきである。」（梶村・面会交流314頁）との指摘もあります。

5 親権又は監護権の指定・変更

面会交流は，子の利益のためのものですから，既に定まった面会交流を実施しないことは，子の利益を害することであると考えられ，親権又は監護権の指定・変更における重大な事情となり得ます。裁判例においても，この点を考慮して，親権・監護権を指定変更した例があります（福岡家審平成26年12月４日判時2260号92頁）。

【参考文献】
・家事人訴の実務・水野他220頁，224頁，225頁
・ケ研・中野
・判例ガイド260頁～263頁
・梶村・面会交流299頁～304頁

⑴　面会交流を認める審判が出されたとき，常に間接強制が可能でしょうか。
⑵　どのようなときに間接強制が認められる審判がされますか。

⑴　前問で述べたとおり，給付に特定性がある審判が出されたときのみ，間接強制が可能です。
⑵　家事審判，判決，和解及び家事調停において，一旦面会交流の実施が定まったのに，それが履行されない場合などが考えられます。
　監護親，非監護親及び子間の具体的な関係性を踏まえ，そのような審判をすることが，当該子の利益の観点から適正かを慎重に検討する必要があります。

【参考文献】
・家事人訴の実務・水野他220頁～223頁
・曹時・柴田

第２節　家事調停の進行

第１　面会交流調停の進行

面会交流調停には，どのようなものがありますか。

A

(1)　面会交流について，具体的な，協議による合意，家事調停での合意，家事審判での定め又は離婚訴訟での定め等（以下「家事調停等での定め」といいます。）がないときに，非監護親が申立人となって，子との面会交流を拒否又は制限している監護親に対し，子との面会交流を求めたり，その充実を求めたりする例が一般的です。非監護親と監護親が婚姻中であるときと婚姻中でないときがあります。

他に，

(2)　既に，面会交流について家事調停等での定めがあるときに，非監護親から監護親に対し，

①　家事調停等の定めどおりに面会交流が実施されている事案において，より充実した内容の面会交流を求めるもの，

②　家事調停等の定めどおりに面会交流が実施されていない事案において，その履行を求めるもの，

(3)　既に，面会交流について，家事調停等での定めがあるときに，監護親から非監護親に対し，その内容を変更し，面会交流を禁止するなど，その内容の充実度を下げることを求めるもの

などもあります。

面会交流を実施するか否かが対立点である面会交流調停において，一般的に，調停の初期には，どのような進行が考えられますか。

例えば，不貞をして，子を置いて家を出て，離婚後再婚した母が，子を監護している父に対し，子の面会交流を求めているのに，父が拒否している事案では，どうでしょうか。

⑴　調停委員会は，申立人の求めや相手方の意向を確認し，それぞれの動機及び背景事情を聴き取ります。この時，面会交流阻害事由の有無という観点からだけでなく，現実に面会交流の実現を妨げている事情が何かという観点から聴き取りをする必要があります。また，関連して，子の意向についての，両当事者の認識も聴取すべきです。

⑵　調停委員会は，面会交流は子の利益を第一に考えて定められるべきものであることを，手続説明など適宜の段階で，両当事者に伝えます。

⑶　面会交流を求める意図や拒否する意図は様々で，表面的に，面会交流の実施の点で対立していても，真の対立点は異なることもあります。したがって，調停の早い段階から，その点を留意する必要があります。

⑷　調停委員会は，聴き取った一方当事者の求めや意向，その動機及び背景事情を他方当事者に伝えます。その過程で，調停委員会は，両当事者に対し，自身の求めや意向と他方の求めや意向といずれが子の利益にかなうかを検討する援助をします。

解　説

1 当事者からの事情聴取及び信頼関係の形成

調停委員会は，両当事者から，面会交流についての当事者の意向，その求めや意向の動機及び背景事情を聴き取ります。ここで，調停委員会としては，子の利益を考えたときに，面会交流を認める方向で調整をすべきか，認めない方向で調整をすべきかを判断するため，面会交流阻害事由があるか否かの聴取をする必要があります。もっとも，家事調停は，両当事者の主体的な紛争解決能力を引き出すことが最も重要です。また，面会交流については，当事者の心理的な対立が激しい事案が多いのにもかかわらず，子の利益にかなう質の高い面会交流を実現するには，両当事者の心情面も含めた納得が最も重要です。さらに，面会交流阻害事由は，子や両当事者の心情や行動の変化によって日々刻々と変化するものであり，特に，家事調停によっては，大きく変わることも少なくありません。そうすると，面会交流阻害事由に当たらないことであっても，現実に面会交流を妨げている事情を聴取し，当事者の心情を受け止めることが重要です。

本件では，相手方である父が面会交流を拒否している理由として，①申立人である母に対する心情的なわだかまりがあることや②面会交流をすることによって子が母の下の監護を望んでいるなどとして，母が子を連れ去れることを恐れていることなどが想定できます。

また，面会交流を求める意図や拒む意図としては，子への愛情や子の利益を守ることだけではない場合もあります。例えば，離婚に際する慰謝料，財産分与や養育費の支払に関して，交渉を優位に進めようとすることや非監護親において監護親との関係を維持したいこと，逆に，非監護親において監護親との関係を持ちたくないことなどが考えられます。そのような意図があれば，それを早期に把握し，その内容に応じた調整が図られるべきでしょう。

2 面会交流の趣旨についての両当事者との共通認識の形成

調停委員会としては，両当事者に，比較的早い段階で，機会を捉え，面会交流は，子の利益のためのものであること，したがって，子の利益になるときは実施すべきであるし，子の利益を害するときは，実施すべきでないということを伝える必要があります。その過程で，一般的に，非監護親と子との面会交流を実施することによって，子と非監護親との良好な関係が維持でき，子の健全な成長に資することができることも，併せて上手く伝えることが望ましいと考えられます。

このように，面会交流の一般的な意義や趣旨は，調停の早い段階で両当事者と調停委員会で共通認識を持つことが望ましいといえます。もっとも，両当事者のそれまでの対立の状況や精神状態によっては，例えば，面会交流阻害事由がないときは面会交流を実施すべきであること，面会交流阻害事由があるときには面会交流は認められないこと，及び，どのような場合が面会交流阻害事由に該当するか等のより詳細な説明は，調停委員会と両当事者の信頼関係の確保がされた後とすべきでしょう。

本件では，相手方である父は，母に対し，心情的にわだかまりが強いことが想定され，詳細な説明はある程度調停が進んだ段階とすることが適当であると考えられます。

3 他方当事者への伝達及び調停委員会の調整

調停委員会は，一方当事者の面会交流に対する意向，動機及び背景事情を，他方当事者に，適切に伝えます。その過程で，調停委員会は，子の利益の観点から，一方当事者自身の面会交流についての意向が子の利益につながるのか，それとも他方当事者の面会交流についての意向が子の利益につながるのかを両当事者に考えてもらうように努めます。また，調停委員会は，上記で述べた面会交流の意義や趣旨の詳細を伝えることが有用です。その上で，面会交流の実現を実際に妨げている事情について，その解消や軽減を図る提案をすることも考えられます。

例えば，本件においては，面会交流の実現を実際に妨げている事情に関し，申立人である母も納得するのであれば，①相手方である父のわだかまりについて母が謝罪する，②母が現時点では子の親権や監護権を望んでいないことを確認し，子に対する働き掛けをしないことを約束してもらうなどをした上で，面会交流を実施する方向で調整することもあり得ます。

他方，本件において，母が家を出る際の状況が，子に大きなストレスを与えるようなものであったときなどで，母も子もいまだ精神的に安定しておらず，現段階での直接的な面会交流の実施が子の利益を害するような事情があるときには，当面は，直接的な面会交流をしない方向での調整もあり得るでしょう。

【参考文献】

・離婚調停162頁～182頁

家裁調査官は，面会交流調停において，どのように関与しますか。

⑴　面会交流調停は，子の利益に関するもので，かつ，当事者の対立が激しいことが少なくないので，行動科学の専門家である家裁調査官の関与が有用です。

裁判官は，調停委員会内で評議をし，当該事案において，家裁調査官を，どの時期にどのような形態での関与をさせるべきかを定めます（家事法258条１項，58条１項）。

⑵　面会交流調停における家裁調査官の関与の形態としては，期日立会い，事実の調査及びそれらに伴う心理的調整（家事法258条１項，58条１項，59条１項・３項）があります。

⑶　両当事者及び調停委員会が，調停での協議のみでは，面会交流について共通認識を有することができないときには，家裁調査官による事実の調査を実施し，それを踏まえ，面会交流を実施することが子の利益になるか否かについて，さらに協議をします。

⑷　家裁調査官の事実の調査としては，①当事者の意向聴取，②子の意向調査，③交流場面観察（試行的面会交流）などがあります。

⑸　面会交流の意義や趣旨を具体的に理解してもらうため，家裁調査官は，当事者に対し，DVD，絵本及びパンフレットを活用して，教育・援助を行っています。

解　説

1 面会交流調停における家裁調査官の関与

面会交流調停は，子の利益に深く関わるものであって，非監護親と監護親の対立が激しい場合も少なくないので，行動科学の専門家である家裁調査官の関与が有用な事件類型といえるでしょう。したがって，調停の早い時期からの関与も検討されるべき事件類型です。

裁判官は，調停委員会内で評議をし，当該事案において，家裁調査官を，どの時期にどのような形態での関与をさせるべきかを定めます（家事法258条１項，58条１項）。

2 家裁調査官の関与の方法

家裁調査官は，調停委員と共に調停期日に立ち会うこと（家事法258条１項，59条１項）も少なくなく，必要があるときには，家事調停の比較的早期から立ち会う例もあります。家裁調査官の調停立会いの目的は，調停場面で当事者の言い分を検討し，当事者を観察し，当該事件の事実の調査又は調整の必要性を判断することです。また，当事者の言い分を検討し，当事者を観察した結果を踏まえ，調停委員会に，事案の見立てや調停の進行に対し，意見を述べます。

家裁調査官は必要があれば，期日間に事実の調査（家事法58条１項）をします。事実の調査がされたときは，調査報告書が作成され，それが，当事者に開示され，調停委員会は，それに基づいて，以降の調整をします。家裁調査官も調停立会いを続け，調査報告書が提出された次の期日に，当事者にその報告内容を説明し，それによって，当事者の心理的調整を図ります。

3 事実の調査の具体的内容

事実の調査の内容としては，当事者の意向聴取があります。具体的には，家裁調査官は，監護親及び非監護親に個別に面接をして，それぞれの面会交流についての意向，動機及び背景事情を聴取します。それによって，面会交流阻害事由の有無や現実に面会交流の妨げとなっている事情の有無を確認し，同時に，心理的な調整を図り，面会交流の意義の理解を援助します。

また，子の意向調査も有用です。すなわち，家裁調査官が子の年齢に応じた意向調査をすることによって，子の非監護親に対する面会交流についての意向を確認します。親権・監護権に関する事件について述べたと同様，年齢に応じて子の意思の調査（概ね小学校高学年以上），子の心情の調査（概ね小学校中学年，低学年）及び子の状況の調査（乳幼児）を試みます。子に応じて，言語のみならず非言語の表現にも留意をする必要があります。ここで，子の意向は，子の利益を判断するために考慮すべき重要な事情ですが，面会交流で激しく対立しているような事案においては，子には忠誠葛藤が生じており，言語での表現の信用性は吟味されるべきものです。したがって，この調査に入る前に，両当事者に，その結果によって当然方向性が定まるものではないことを理解してもらう必要があります（家事法258条１項，65条参照）。

それらによっても対立が解決しない事案については，親子の交流場面観察（試行的面会交流）を実施することが検討されます。これは，子に監護親や非監護親と家庭裁判所にある児童室で面会してもらい，家裁調査官がその様子を隣にある観察室（ワンサイドミラーになっており観察室から児童室は見えるが，児童室から観察室は見えない。）から観察して，子と監護親又は非監護親との関係性を把握するものです（離婚調停191頁～202頁）。子と非監護親は，久しぶりに面会することも少なくないので，監護親の了解を得た上，その不安を払拭して初めて実施が可能です。また，子の意向等によっては，実施ができないことも考えられます。したがって，この実施の前には，家裁調査官は，監護親及び子と面会し，その意向調査をし，面会交流のための導入的な調整をしておくことが不可欠です。また，事案の性質や子の意向等によっては，交流場面観察自体が子の利益を害することもあり得ますので，その実施の判断には慎重な配慮が必要です。もっとも，現実に会うまでは非監護親との面会交流に否定的であった子が，交流場面においては，嬉しそうに非監護親と交流することも少なくありません。したがって，適切な事案の把握と周到な事前準備によって，実施すべき事案を選別し，慎重に実施することは，極めて有用です。

4 家裁調査官による教育・援助

面会交流の意義や趣旨は，抽象的には幅広く知られていますが，具体的に子にどのようによい影響を与えるものかについては，一般に理解されているとは言い難い状況にあります。そこで，家裁調査官は，DVD，絵本及びパンフレットを使って，当事者にその説明をしています。なお，説明の方法としては，当事者の待合室でDVD等を流す，当事者全員にそれらを見せるなど，一般的な啓蒙活動を行っている家庭裁判所も多くあります。他方，個別の事件について，要否や時機を考えた上で見せるか否かや見せる時機を決める運用としている家庭裁判所も多くあります。

【参考文献】

・離婚調停173頁，179頁～182頁，185頁～202頁

・家事人訴の実務・水野他201頁～207頁

面会交流調停の最終段階での調整は，どのようなものになりますか。また，調停条項作成の際，留意すべきことがありますか。

(1)　子の利益の観点から，面会交流，特に，直接的な面会交流を実施すべきかどうかを慎重に検討し，調整の方向性を決めます。

(2)　両当事者及び調停委員会が，直接的な面会の実施が子の利益に合致するとの共通認識を持ったときは，その細かなルールを協議します。その過程で，当事者間で，試行的な面会交流を実施することもあります。

(3)　面会交流，特に直接的な面会を認める条項を作成するに際しては，その内容が実現可能なものであるかの検討が必要です。また，間接強制を認めるべきか否かなどの検討も必要です。

(4)　両当事者及び調停委員会が，直接的な面会を実施することは子の利益を害するとの共通認識を持ったときは，その事情や当事者の意向に従い，間接交流も含め，非監護親と子の交流のルールを定めるか，あえて定めないとするかなどを協議します。

(5)　両当事者が面会交流を実施するか否かやその具体的内容について合意に至らないときは，家事調停は不成立となり，審判移行します。なお，審判移行後，裁判官が単独調停を実施して，調停が成立することもあります。

解　説

1 調整の方向性

非監護親と子との面会交流を実施することによって，子と非監護親との良好な関係が維持でき，子の利益を図ることができます。したがって，面会交流阻害事由がないときは，原則として，面会交流を実施する方向での調整が求められます。

他方，面会交流阻害事由があるときは，調停委員会は，非監護親に，その事情を説明して，当面の直接的な面会を実施しないことについて，納得を得ることに努めます。

2 直接的な面会を実施する場合

面会交流を実施することが望ましい事案において，調停委員会は，上記の家裁調査官の事実の調査の結果などを踏まえ，面会交流の意義を監護親に粘り強く説明し，面会交流を拒んでいる動機となっている点への対応を考え，面会交流の実施が子の利益にかなうことを理解してもらうことに努めます。

両当事者及び調停委員会において，面会交流の実施が子の利益にかなうとの共通認識が得られれば，具体的な面会交流の方法の協議に入ります。その過程で，調停期日間において，両当事者が家事調停外で，試行的に面会交流を実施することが行われています。なお，回数，実施方法及び面会期間も，子の利益にかなうように定められる必要があります。

もっとも，その点の対立によって，家事調停が不成立となり，審判移行することもあります。

3 調停条項作成上の注意

面会交流調停については，子の利益のために，監護親と非監護親が信頼関係を構築した上で，子の状況に応じて柔軟に対応できることが望ましいため，面会交流の内容については，具体的に定めず，当事者で協議しながら進めることが望ましいと考えられます。そこで，円滑に面会交流が進みそうな事案においては，条項は抽象的にした上で，当事者間で協議をする旨の条項を作成します。

しかし，監護親によっては，面会交流の実施を真摯に検討しないまま，面会交流調停や離婚調停において面会交流を実施する旨の条項に合意をする者もいないではありません。したがって，面会交流を実施する旨の条項に合意するに当たっては，調停委員会もその内容が実現可能なものか吟味し，監護親に実現可能性について確認し，約束をした以上実施が求められることを伝える必要があります。

なお，既に述べたように，調停条項の具体性の程度によっては，面会交流についても間接強制がされることがあり得ます。したがって，条項を定めるに当たっては，当該事案については，間接強制がなじむ事案か，なじむとしてどのような内容がよいかを吟味した上で，両当事者と裁判所で間接強制になじむか否かについて共通認識を形成する必要があります。

4 直接的な面会交流を実施しない場合

直接的な面会交流を実施しない場合についても，非監護親と子とのあるべき交流が検討されなければなりません。面会交流阻害事由が今後容易に変更され得ないものか，変更が想定されるものか，及び，当事者の意向によって，間接交流について定めるか，定めるとしてその内容，それが今後の直接的な面会の実施を目指すべきものとするかが問題となります。

それによって，

① 当分の間，交流をしないことを確認する，
② あえて，何も定めず，申立人において取り下げる，
③ 例えば，監護親から非監護親に定期的に写真を送り，様子を知らせる手紙などを送付することに止める，監護親において非監護親が定期的に手紙やカードなどを送付することを認め，それを子に渡すことを約束する，定期的な手紙のやり取りを認める，定期的なメールや電話のやり取りを認め，そのルール作りをするなど，将来の，直接的な面会も見据え，非監護親と子との間接交流のルール作りをする，

などの方法が考えられます。

5 調停の不成立と審判移行

両当事者の歩み寄りや調停委員会の調整などによっても，面会交流を

実施するか否か，又は，その方法などで一致点が見いだせないことも少なくありません。そのようなときは，調停は不成立となり，申立人が取り下げない以上，審判移行することとなります。

調停段階で，家裁調査官の事実の調査が尽くされた事案においては，早期の審判が見込まれますが，調停段階で，裁判官の審判の見通しを踏まえた調整によって，付調停され，調停が成立することもあります。

【参考文献】

・家事人訴の実務・水野他213頁～215頁

次のような事案での調整としては，どのようなことが考えられますか。

(1)　非監護親が，以前，子の連れ去りをしようとしたことがある場合

(2)　監護親が，幼児である子と非監護親と面会交流をすることは認めるものの，自身が，非監護親と会うことは拒んでいる場合

A

(1)　非監護親に子の連れ去りが子の利益に反することを伝え，理解を得て，その点を監護親に伝え，その納得を得るように試みます。それでも，連れ去りの危険が残る，又は，監護親の納得が得られないなどの場合は，当面は，子の連れ去りが困難な方法での面会交流を認める方法もあります。

(2)　監護親，監護親と非監護親の双方が信頼している第三者（例えば監護親又は非監護親の親など）又は第三者機関の協力を得て実施する方法もあります。

解　説

1 非監護親の連れ去りの危険

非監護親の子の連れ去りは，子の監護環境を変えることとなるため，子の利益に反します。そこで，従前は，そのような危険があるときには，そのことだけで面会交流阻害事由となると考えられていました。しかし，子の利益のために非監護親との面会交流の実施が望ましいことからは，最近は，そのような場合でも，非監護親に子の連れ去りが子の利益に反することを伝え，理解を得られ，連れ去りの危険がなくなったときは，その点を監護親に伝え，その納得を得ることによって面会交流を実施する方向が目指されています。

もっとも，それでも，連れ去りの危険が否定しきれない，又は，監護親の納得が得られないときもあります。そのような場合においても，子の連れ去りが困難な方法での面会交流を認める方向が目指されています。

その方法としては，面会交流の場所を出入口が限られている公園，児童施設及びファミリーレストランなどに限定して，実施する方法があります。また，監護親や監護親と非監護親の双方が信頼している第三者の協力を得て，その第三者の立会いの上，面会交流を実施する方法もあります。また，FPIC（公益社団法人家庭問題情報センター）やNPO法人等の第三者機関を利用することも一つの方法です。なお，第三者の支援が必要な場合には，当事者に必ず事前に第三者のところに行き，今後の援助の条件，援助内容や費用等についての情報を得て，それを踏まえて調停に臨むことを促す必要があります。また，当事者間において，費用の分担についての合意をしておくことも必要です。

2 監護親が非監護親と会うことを拒んでいるとき

このことのみでは，面会交流が子の利益を害するときには当たらないので，監護親に，面会交流が子の利益のために重要であることを伝え，面会交流を実施できるよう調整することとなります。それでもどうしても会いたくないときは，監護親や監護親と非監護親の双方が信頼している第三者の協力を得て，その第三者に子の受渡しを依頼して，面会交流を実施する方法もあります。また，FPICやNPO法人等の第三者機関を利用して，子の受渡しをする方法もあります。なお，第三者を利用するときは，上記と同様の配慮をする必要があります。

【参考文献】

・離婚調停166頁，176頁

・家事人訴の実務・水野他214頁

第２　離婚調停における面会交流についての進行

未成年者である子を監護している妻から，非監護親である夫に対して，離婚を求める離婚調停の申立てがありました。なお，別居後，面会交流は実施されていません。

(1)　離婚調停において，面会交流についての協議は可能ですか。

(2)ア　相手方である夫は，申立人である妻に，即時の直接的な面会を求め，その後でなければ，離婚の協議自体に応じないとし，

イ　申立人は，離婚の合意をしない以上，面会交流には一切応じないとしています。

それぞれの言い分は合理的ですか。

(3)　そのような言い分がされたとき，調停委員会としては，どのような調整をすべきですか。

(1)　離婚調停においては，最終的に，離婚又は別居となったときの面会交流の在り方のほか，離婚調停係属中の面会交流の在り方についても協議されます。

(2)ア　面会交流の趣旨からして，相手方が，即時の直接的な面会の実施を提案すること自体は不合理とはいえません。しかし，どのような面会交流を，いつ実施することが子の利益にかなうかについては，慎重な検討を要し，監護親の協力も不可欠である上に，子の利益にかなう面会交流をできるだけ早く実施するためには，当事者間の充実した協議が必要です。また，面会交流の趣旨からして，交渉材料とすべきではありません。そのように考えると，相手方としては，面会交流の協議を求めつつも，併行して，離婚の協議に応じることが合理的な対応でしょう。

イ　面会交流の趣旨からして，交渉材料とすべきものではなく，子の利益のためには，面会交流阻害事由がない以上，離婚の帰趨が確定する前でも，子の利益にかなう形での面会交流は実施されるべきものです。したがって，離婚調停の申立事項ではなくとも，申立人は面会交流についての協議にも応じるべきです。その中で，面会交流阻害事由など，即時の面会交流の実施を躊躇する懸念があれば，それは，相手方と積極的に協議をして，それらへの対処を検討すべきでしょう。

(3)　調停委員会としては，当事者の言い分や心情を受け止めつつ，面会交流の趣旨を踏まえ，それを離婚の交渉材料とするのではなく，離婚と併行して，早期にどのような面会交流を実現することが子の利益にかなうかを協議することを提案していく必要があります。

解　説

1 離婚調停と面会交流の関係

離婚調停において，離婚調停を成立させるとき，子の利益のために，面会交流や養育費など子の監護について必要な事項を定めることができ，また，定めるべきとされています（民法771条，766条）。これは，別居調停を成立させるときも同様です。

また，離婚調停係属中に，その時点での面会交流の在り方を協議することも可能です。家庭裁判所は，子の利益を第一に，当事者に対して後見的に対応すべき機関ですから，そこで行われる家事調停は，離婚調停の直接的な解決のみならず，その時々の子の利益の実現が目指されるべきです。また，離婚調停中の面会交流の問題の解決によって，将来的な離婚調停の適正・迅速な解決にもつながります。したがって，面会交流調停の申立てがなくとも，離婚調停において，その点も協議されるべきものです。もっとも，面会交流調停の申立てがあれば，不成立に際して審判移行しますが，離婚調停のみであれば，不成立に際して，審判移行しない関係もあって，両当事者の理解と協力がなければ，離婚調停の場で面会交流を協議することが困難な面もあります。また，面会交流が離婚調停の交渉材料に使われる場合もありますので，その点の注意が必要です。

2 面会交流を求める相手方である夫の対応

上記のとおり，面会交流は子の利益のためのもので，面会交流阻害事由がない以上早期の実現が望ましいことからすると，相手方が，即時の直接的な面会交流を提案すること自体は不合理とはいえません。もっとも，面会交流阻害事由があるときは直接的な面会は避けるべきであること，面会交流阻害事由はなくとも，現に面会交流を妨げている事情があるときは，それについて適切な対処をしなければ子の利益にかなう面会交流の実現は困難であること，子の利益にかなう面会交流の実現及び継続のためには監護親の理解が不可欠であること，面会交流の趣旨からしてそれは離婚の交渉材料に使われるべきでないことからすると，直接的な面会の実現を離婚の協議の条件とすることは不適切です。早期に，子の利益にかなう面会交流を実現するためには，面会交流についての協議を求めつつも，併行して離婚の協議に応じることが適切な対応といえるでしょう。離婚の協議が進むことによって，監護親の心情的な問題が軽減し，充実した面会交流の早期の実現が図られる場合も少なくありません。

3 離婚を求める申立人である妻の対応

上記のとおり，面会交流は子の利益のためのもので，面会交流阻害事由がない以上，早期の実現が望ましいこと，面会交流は離婚の交渉材料とすべきものでないことからすると，離婚調停の申立事項にないからとして，その調停中の面会交流の実現を目指す協議を拒むことは合理的とはいえません。面会交流阻害事由や現に面会交流を妨げている事情があるときも，面会交流の協議自体を拒むのではなく，それらも夫婦関係の協議と共に協議の対象とすることを認めるべきでしょう。面会交流の協議や実現によって非監護親の心情的な問題が軽減し，離婚調停が円滑に進む場合も少なくありません。

4 調停委員会の調整

両当事者の心情を受け止めつつ，面会交流の趣旨及びそれを離婚の交渉材料とすべきでないことを両当事者に伝え，面会交流と離婚について併行して進行させることが望ましい進行でしょう。

当事者の理解が得られ，子の利益にもかなうと考えられるときは，期日間に，当事者間で試行的な面会を実施することを提案することも考えられます。

なお，調停の申立事項でないことから不成立となったときに審判移行をしないことによって調整が困難となっていると解される事案については，当事者に面会交流調停の申立てを促す方法もあるでしょう。他方，面会交流阻害事由の存在が明らかで，離婚に関しても双方の歩み寄りが困難であることが明らかな事案など裁判で解決すべき事案については，離婚調停を早期に不成立とし，後の面会交流審判や離婚訴訟に委ねる方法もあるでしょう。

離婚調停において，他の点については合意ができているのですが，離婚後の面会交流の点だけ合意ができません。この場合，離婚調停をどのように進行させるべきでしょうか。

選択肢としては，

⑴　離婚調停を不成立とし，すべて後の協議や離婚訴訟に委ねる。

⑵　離婚調停については，面会交流の点以外について定める調停を成立させ，面会交流については，別途協議との条項を入れ，後の協議や面会交流調停・審判に任せる。

⑶　離婚調停については，面会交流の点以外について定める調停を成立させ，面会交流の点については，当事者で最低限の合意をした上で，詳細については，面会交流調停の申立てを受けて，協議を継続する。

などが考えられます。当事者の意向や事案の性質によって最も子や当事者の利益にかなう方法を選択すべきでしょう。

解　説

1 離婚調停と面会交流

民法766条，771条が離婚に際して，面会交流について定めるべきことを記載していること及び紛争の一回的解決の要請があることに鑑みると，離婚調停が成立するに際しては，面会交流まで合意ができることが望ましいと考えられます。

もっとも，面会交流について合意ができず，他の点については合意ができているときは，子や当事者の利益の観点から，どのような形で離婚調停を終わらせることがよいかが検討される必要があります。

2 離婚調停を不成立とすべき場合

例えば，監護親が親権を取得した上での離婚を望み，直接的な面会交流を一切拒んでいるのに対し，非監護親が，それでは，親権を監護親に与えての離婚に応じられないとの明確な意思を示しているときなど，面会交流についての対立が激しく，当事者が面会交流の合意がない以上他の点についての合意をしないとの意思を示し，家裁調査官の事実の調査を踏まえるなどした調停委員会の調整によっても，当事者の意思が変わらないことが明白な場合は，離婚調停全体を不成立とすることが考えられます。

そのようなときは，離婚については後の離婚訴訟で，面会交流については後の面会交流審判・調停で定められることとなります。離婚訴訟においては，面会交流についての細かな調整や審理には限界があるからです。

3 面会交流以外の点について離婚調停を成立させるべき場合

面会交流については，離婚訴訟において細かな調整や審理が難しいことからすると，離婚調停が不成立となり，離婚訴訟が提起されたときでも，別途，面会交流審判・調停の申立てが必要ということになります。そうであれば，当事者が希望し，それが子の利益に反しないのであれば，面会交流以外の点について離婚調停又は別居調停を成立させ，面会交流については，後の面会交流審判・調停に委ねる方法もあります。

面会交流に対立があるものの，例えば，①面会交流阻害事由があり，現実に面会もされていないものの，非監護親のみならず，監護親においてもあえて面会交流をしないことの合意を望まないとき，②面会交流の頻度や方法について将来的な合意は難しいものの，現実に面会交流が実施されているので当事者があえて頻度や方法の合意を望まないときなど，当事者が，合理的な理由で面会交流の条項作成を望まないときがこのような場合に該当します。また，当事者が，家庭裁判所で早期に面会交流について結論を出したいと望んでいるときでも，両当事者が，以降の生活を確立するため，先行しての離婚調停の成立を望んでいるときは，面会交流以外の点について離婚調停を成立させるとともに，面会交流調停（審判）の申立てを受ける方法もあります。

4 面会交流について暫定的な合意をし，離婚調停を成立させるべき場合

面会交流の実施がされているものの，非監護親がそれ以上の充実した面会交流を求めている場合や監護親が頻度や方法を抑えた形とすることを求めている場合などは，面会交流について，当面は暫定的に実施されている程度の頻度・方法とすることの合意をした上で，面会交流調停の申立てをし，そこでの協議又は審判に従う旨の合意をし，離婚調停を成立させる方法もあります。

紛争の一回的解決のためには，すべての対立点について合意することが望ましい面もありますが，解決可能なものから合意をしていき，一つ一つ解決していくことが，最終的な紛争解決の早道となることもあります。そのような観点でも検討し，子や当事者の利益を第一に事案や当事者に応じた方法が選択されるべきでしょう。

第３節　調停条項

1 一般的な面会交流を定める調停条項

> 相手方は，申立人に対し，申立人が当事者間の長男○○（平成20年５月５日生）と月１回程度面会交流をすることを認める。その具体的な日時，場所，方法等については，当事者間で子の福祉に配慮し協議することとする。

ここで，相手方は監護親で，申立人が非監護親です。既に述べたとおり，面会交流については，当事者間で協議しながら，その時々の状況に応じて実施されることが望ましいので，あえて，抽象的に定める方法が採られることが一般的です。なお，このような条項では，頻度，引渡場所及び引渡時間などが特定していないので，間接強制をすることはできません。

2 より具体的な面会交流を定める調停条項

> 相手方は，申立人に対し，申立人が当事者間の長女○○（平成22年３月３日生）と土曜日又は日曜日に月２回程度，午前10時頃から午後４時頃まで面会交流をすることを認める。その具体的な日時，場所，方法等については，子の福祉に配慮し，当事者間でメールを用いて協議することとする。

当事者双方で共通認識を得ることができれば，面会交流の頻度や時間などをより具体的に定めることもできます。このとき，後記で述べるように具体的に定めれば定めるほど，間接強制がされる可能性が高まりますので，間接強制をすべき事案か，そうでない事案かを検討した上で，ふさわしい条項を定める必要があります。

3 宿泊を伴う面会交流を定める調停条項

1　相手方は，申立人に対し，申立人が当事者間の長女○○（平成22年３月３日生）と，次のとおり宿泊を伴う面会交流をすることを認め，その日時，場所，方法等については，子の福祉に配慮し，別途考慮する。

⑴　月２回程度各１泊程度，原則として金曜日から土曜日にかけて（ただし，下記⑵，⑶が実施された月は月１回程度）

⑵　夏休み６泊程度

⑶　冬休み及び春休み各２泊程度

2　なお，長女の病気又は学校など，正当な事由によって前項の面会交流が実施できなかったときは，当事者は，可能な限り代替日の設定に努め，協議する。

宿泊を伴う面会交流を定めることもできます。そのような場合には，充実した面会交流について双方が理解を示している事案なので，その充実に努める一方，子の監護親の下での生活リズムを害することがない，無理のない内容とすることへの配慮も必要です。間接強制をすべきか否か，その場合どのような条項とするかの配慮も必要でしょう。

4 間接強制を可能とすべき場合の調停条項

家事調停においても給付を特定させる，すなわち①面会交流の日時又は頻度，②各回の面会交流の長さ，③子の引渡しの方法等を具体的に定めることによって，間接強制が可能になります（最決平成25年３月28日民集67巻３号864頁）。具体的には次のような条項が考えられます。

> 相手方は申立人に対し，申立人が当事者間の長男○○（平成25年5月5日生）と，次のとおり面会交流をすることを認める。
> ⑴　日時　月1回，毎月第1土曜日の午後1時から午後6時まで。
> ⑵　引渡し方法　午後1時に○○駅南改札口で相手方が申立人に長男を引き渡し，子を引き渡す場面のほかは，面会交流に立ち会わず，午後6時に△△駅北改札口で申立人が相手方に長男を引き渡す。

5 間接的な交流に止めるべき場合の調停条項

> 1　申立人は，相手方に対し，当分の間，申立人が当事者間の長女○○（平成22年3月3日生）と直接的な面会を求めないこととする。
> 2　相手方は，申立人と長女の将来の円滑な面会の実現のため，申立人に対し，次のとおり協力する。
> ⑴　申立人に対し，年に4回程度長女の写真を送付する。
> ⑵　申立人が，長女に対し，クリスマスと誕生日にプレゼントと手紙又はカードを送付すること及び正月にお年玉と年賀状を送付することを認め，それを長女に交付することを約束する。
> ⑶　申立人を非難しない。

面会交流阻害事由があって，現時点での直接的な面会交流が子の利益に反する事案のうち，間接的な交流は，子の利益に反しないような事案については，間接的な交流を定めることもできます。このときは，可能な限り，将来的な直接的な面会を目指すべきでしょう。

6 以前成立した離婚調停や面会交流調停の条項や人事訴訟での和解条項を変更すべき場合の調停条項

> 申立人と相手方は，○○家庭裁判所平成○○年（家イ）第○○号夫婦関係調整調停事件において平成○○年○月○日成立した調停条項第４項を次のとおり変更する。
>
> 相手方は，申立人に対し，申立人が当事者間の二男○○（平成20年５月５日生）と１か月に２回程度面会することを認め，その具体的日時，場所及び方法等は，子の福祉に配慮して当事者間で協議して定めることとする。

一旦定めた面会交流の条項を変更するときは，このように以前の条項を特定した上で，変更後の条項を記載します。

第７章　婚姻費用・養育費

第１節　人事訴訟・家事審判の実務

第１　婚姻費用及び養育費の意義並びに標準的算定方式

(1)　専業主婦であった妻が，夫との衝突が絶えず，同居することができないとして，その間の未成年の子を連れて，別居しました。妻は，夫に対し，別居後の生活費を請求できますか。

(2)　どのような方法で請求することができますか。

(3)　その額は，どのように算定されますか。

(1)　夫婦が婚姻生活を維持するために必要な費用のことを婚姻費用といいます。夫婦は相互にこれを分担する義務があります（民法752条，760条）。

婚姻費用分担義務は，夫婦の一方の生活を保持するのと同程度の生活を他方にも保持させる義務，すなわち，生活保持義務と解されています。

したがって，収入のない妻は，別居していても，原則として，夫に対し，婚姻費用として，一定の生活費を請求できます。

(2)　当事者間の協議が調えば，それによることとなります。協議が調わないときは，家庭裁判所に，妻を申立人とし，相手方を夫として，家事調停又は家事審判を申し立てることができます（家事法別表第２の２の項，150条３号，244条）。

(3)　夫婦及びその間の子が同程度の生活が送れるように，夫婦各自の資産，収入その他一切の事情を考慮した上で，婚姻費用の分担額が定まります（民法760条）。実務では，原則として，夫婦各自の収入に基づいて算出します。

以前は，家裁調査官の調査に基づくなどして，様々な方法での算定がされていましたが，現在は，標準的算定方式が採用されており，簡易・迅速だけでなく，公平妥当な解決が図られています。

解　説

1 婚姻費用の意義及び趣旨

夫婦は，互いに協力して扶助する義務がありますから（民法752条），婚姻生活を維持するための費用である婚姻費用についても，相互にこれを分担する義務があります（民法760条）。この義務は，夫婦が別居しているだけでは，免れることができません。

親族一般の間では，自己に経済的余力がある限り，他に困窮する親族に対し，最低限度の生活の実現のために援助するという，生活扶助義務があるのみです。これに対し，夫婦間においては，自己の生活を保持するのと同一程度の生活を保持するという，生活保持義務があるとされています。また，親権者は，別居していても，未成年の子に対しても生活保持義務を負っているので（民法820条），夫婦の他方が，未成年の子を監護しているときは，その費用も考慮する必要があります。

2 請求の方法

婚姻費用の分担（民法760条）は，夫婦間で協議して定めることが原則ですが，協議が調わないときは，別表第２事件として，家庭裁判所に家事調停又は家事審判を申し立てることができます（家事法別表第２の２の項，150条３号，244条）。家事調停が調わないときは，家事審判に移行します（家事法272条４項）。

なお，離婚調停においても，婚姻費用の分担が問題となることもあります。例えば，別居調停が成立したとき，離婚調停に際し，財産分与において未払の婚姻費用をめぐって争われたようなときや離婚調停成立時までの婚姻費用の分担についても併せて合意をするときなどです。

3 婚姻費用の算出方法

上記のとおり，婚姻費用の義務者及び分担額は，夫婦及びその間の子が同程度の生活が送れるように定められるべきものですが，その額は，夫婦各自の資産，収入その他一切の事情を考慮した上で，算定されます（民法760条）。もっとも，その時々の収入から婚姻費用が出されることが一般的なので，特に資産を取り崩して生活するような事情がない以上，婚姻費用の分担額は，原則として，夫婦各自の収入と夫婦及びその間の子の必要な生活費を勘案して算出することになります。

4 具体的な算定方法―標準的算定方式の採用

以前は，婚姻費用及び養育費を算定するには，様々な方式が採用され，家裁調査官による調査がされていました。しかし，それでは，計算方式が複雑で，当事者の予測可能性が低いばかりか，実費による認定がされていたので，争いが複雑化し，調停や審判が長期化して，日々の生活のためには，簡易・迅速に定められるべき婚姻費用や養育費の趣旨と反する結果になっていました。

その問題を解決するため，婚姻費用及び養育費の算定に多く携わっていた裁判官及び家裁調査官が中心となって検討が進められ，平成15年，「判タ・標準的算定方式」に記載された算定方式が発表されました。それは，簡易・迅速であるばかりでなく，内容も妥当で，多く事件の当事者間での公平も図られるものなので，今日では，家事調停，家事審判及び離婚訴訟において，広く採用されています。また，最高裁判所も，その算定方式を採用した原審の判断を合理的としています（最決平成18年4月26日判タ1208号90頁）。その方式は，一般的に，標準的算定方式と呼ばれています。したがって，現在は，婚姻費用及び養育費を算定するに際し，家裁調査官の関与はされていません。標準的算定方式の内容の詳細は，後の問において述べます。

【参考文献】

・判タ・標準的算定方式

離婚後，未成年の子を抱えた母は，収入に乏しく，子を養育することもままなりません。

⑴　母は，その子の父に対し，離婚後の生活費を請求できますか。

⑵　その請求は，どのような方法によりますか。

⑶　その額は，どのような考え方で，どのように算定されますか。

A

⑴　親権者・監護者でない父も，子を監護する義務（民法820条）及び子を扶養する義務（民法877条１項）があります。子の監護に要する費用を，養育費といいます。その支払義務の内容は，生活保持義務であると解されています。

監護親は，養育費の支払を非監護親に求めることができます（民法766条１項，771条）。

⑵　当事者間の協議が調えば，それによります。協議が調わないときは，母は，家庭裁判所に，父を相手方として，家事調停又は家事審判を申し立てることができます（家事法別表第２の３の項，150条４号，244条）。

⑶　非監護親と子が同程度の生活が送れるように，子の需要，非監護親の資力その他一切の事情を考慮して，養育費の額が定まります。

現実の算定方法としては，婚姻費用と同様，原則として，夫婦各自の収入に基づいて算出しています。

以前は，家裁調査官の調査に基づく等して，様々な方法での算定がされていましたが，現在は，標準的算定方式が，広く採用されており，簡易・迅速なだけでなく公平妥当な解決が図られていることは，婚姻費用分担と同様です。

解　説

1 養育費の意義及び趣旨

離婚した元妻は，元夫に対し，自身の生活費を請求することはできません（扶養的財産分与を除きます）。

もっとも，親権者・監護権者でない父も，子を扶養する義務（民法877条1項）があることは，親権者・監護権者と同様です。ここで，子の監護に要する費用を養育費といいます。

養育費支払義務の内容ですが，親は未成年の子に対して，自身と同程度の生活を保持する義務，すなわち，生活保持義務を負っていると解されています。

なお，養育費については，親権者兼監護親が，法定代理人として子を代理し，子自身を申立人とし，非監護親を相手方として，その支払を求めることも可能ですが，監護親が申立人として，非監護親を相手方として養育費の支払を求めることも可能です（民法766条1項，771条）。実務上，ほとんどの事案が，後者の形となっています。

2 養育費の請求の方法

養育費は，父母間で協議して定めることが原則ですが（民法766条1項，771条），協議が調わないときは，別表第2事件として，家庭裁判所に家事調停又は家事審判を申し立てることができます（民法766条2項，771条，家事法別表第2の3の項，150条4号，244条）。家事調停が不成立となったときは，家事審判に移行（家事法272条4項）します。

なお，離婚調停において，離婚と共に合意がされることが多く，離婚訴訟において，附帯申立てがされ，離婚を認める判決又は和解において定められることもあります（人訴法32条1項・2項）。

3 養育費の算出方法

上記のとおり，養育費は，非監護親と子が同程度の生活が送れるように定められるべきものですが，その算定のためには，子の需要，非監護親の資力その他一切の事情を考慮して，算定されるとされています。もっとも，その時々の収入から養育費が出されることが一般的なので，特に，資産を取り崩して生活するような事情がない以上，養育費も原則として，夫婦各自の収入と，子の必要な生活費を勘案して算定されることは，婚姻費用と同様です。

4 具体的な算定方法─標準的算定方式の採用

婚姻費用において述べたとおり，今日では，養育費についても，裁判実務において，標準的算定方式が幅広く採用されています。

【参考文献】
・判タ・標準的算定方式

⑴　標準的算定方式とは，どのような考え方に基づきますか。

⑵　給与所得者と自営業者の総収入はどのようなもので，基礎収入はどのように算定されますか。

⑶　当事者と子の生活費をどのように割り振りますか。

⑷　婚姻費用及び養育費の算定方式はどのようなものですか。

⑸　算定表とはどのようなものですか。

⑴　標準的算定方式は，婚姻費用・養育費の額を，簡易・迅速に算定する方式です。

具体的には，収入のうち，公租公課，職業費及び特別経費を，法律や統計に基づいて標準的な割合で控除した上，その残額である基礎収入を年齢や立場に応じて指数化した，当事者及びその間の子の生活費指数の割合で分配します。

⑵　給与所得者の総収入は，税込収入のことをいい，基礎収入とは，税込収入から公租公課，職業費及び特別経費を控除したものをいいます。給与所得者の総収入に占める基礎収入の割合は34〜42％で，高所得者ほど割合が小さくなっています。

自営業者の総収入は，課税される所得金額に実際に支出をしない控除を加えたものをいい，基礎収入は総収入から所得税，住民税及び特別経費を控除したものをいいます。自営業者の総収入に占める基礎収入の割合は47〜52％で，高所得者ほど割合が小さくなります。

⑶　生活費割合は，世帯主を100としたとき，０歳から14歳の子及び成人の被扶養者は55，15歳から19歳の子は90となります。

⑷　婚姻費用については，夫妻全体の基礎収入を計算し，それを生活費割合で夫の世帯及び妻の世帯に分配します。

養育費については，子が基礎収入のより大きな親と同一世帯であったときに割り振られるべき生活費を，父母の基礎収入割合で分担することによって算出します。

(5)　算定表とは，標準的算定方式によって計算した婚姻費用・養育費を，子の人数ごとに表の形とし，それぞれの組合せについて，１ないし２万円の額の幅を設けたものです。

特段の事情がない限り，その事案の具体的な事情は，その幅の中で考慮することが相当であると考えられています。

解　説

1 標準的算定方式の内容

標準的算定方式は，婚姻費用・養育費の額を簡易・迅速に算定する方式です。標準的算定方式においては，総収入から，公租公課，職業費及び特別経費を控除して，各当事者の比較的自由となる収入である基礎収入を算出し，それを各当事者と子で分配するという考え方を採ります。そして，総収入から基礎収入を簡易・迅速に算出するために，総収入から各当事者の実際の公租公課，職業費及び特別経費を認定して控除するのではなく，法制度や統計に基づき「税法等で理論的に算出された標準的な割合」と「統計資料に基づいて推計された標準的な割合」をもって推計し，標準的な割合で控除することとします。そして，そのような方法で算出した基礎収入を各当事者と子で分配するに際し，年齢や立場に応じて指数化した，当事者及びその間の子の生活費割合で分配します。

標準的算定方式は，簡易・迅速であるのみならず，公平にかない，当事者の予測可能性も高く，内容も妥当な，とても有用な算定方式です。

2 給与所得者の総収入及び基礎収入

給与所得者の総収入は，税込収入のことをいいます。源泉徴収票であれば「支払金額」，市民・県民税等の課税証明書であれば「給与の収入金額」がこれに当たります。

給与所得者の基礎収入は，税込収入から公租公課，職業費及び特別経費を控除して算出します。給与所得者の総収入に占める公租公課の割合は概ね12～31％（高額所得者ほど割合が大きい），職業費の割合は概ね19～20％（高額所得者ほど割合が小さい），特別経費の割合は概ね16～26％（高額所得者ほど割合が小さい）とされています。それらを総合すると，給与所得者の総収入に占める基礎収入の割合は34～42％となり，高所得者ほど割合が小さくなっているとされています（家月・松本・婚姻費用57頁参照）。

3 自営業者の総収入及び基礎収入

自営業者の総収入は，課税される所得金額に，税法上の観点からされた，実際に支出をしない控除を加えたものをいいます。より具体的には，課税される所得金額に，確定申告書記載の「所得から差し引かれる金額」のうち「社会保険控除」以外の各控除項目（雑損控除，寡婦・寡夫控除，勤労学生・障害者控除，配偶者控除，配偶者特別控除，扶養控除及び基礎控除）及び「青色申告特別控除額」を加算することになります。

自営業者の基礎収入は総収入から所得税，住民税及び特別経費を控除して算出します。自営業者の基礎収入のうち所得税及び住民税の割合は概ね15％～30％（高額所得者ほど割合が大きい），特別経費については概ね23％～33％（高額所得者ほど割合が小さい）とされています。それらを総合すると，自営業者の総収入に占める基礎収入の割合は47～52％となり，高所得者ほど割合が小さくなっているとされています。なお，それぞれの総収入の算出方法から分かるように，総収入の概念は，給与所得者と自営業者と異なっています（家月・松本・婚姻費用57頁）。

4 生活費指数

生活保護基準及び教育費に関する統計を用いて，標準的な生活費指数を算出したところ，世帯主を100とした場合，年齢が０歳から14歳までの子の生活費指数は55，15歳から19歳までの子の生活費指数は90，世帯主以外の成人の生活費指数は55となったとされています。

5 婚姻費用の算定方式

まず，権利者と義務者の総収入を認定し，それぞれの所得種別（給与所得者か自営業者か）及び総収入に応じた基礎収入割合を乗じ，それぞれの基礎収入を算出します。次に，権利者と義務者が同一世帯であることを前提として，世帯全体の基礎収入の合計額を算出します。そして，それを現実の世帯の構成を前提に生活費割合によって，権利者世帯及び義務者世帯に割り振ります。最後に，上記の過程で算出された権利者世帯が割り振られるべき基礎収入と現実の権利者世帯の基礎収入の差を算出します。

具体的な算定は次の問で行います。

6 養育費の算定方式

まず，権利者と義務者の総収入からそれぞれの基礎収入を算出します。次に，子が基礎収入のより大きな親と同一世帯であったときに割り振られるべき生活費を，その親と子の生活費割合をもとに算出します。最後に，その割り振られるべき生活費を，権利者と義務者の基礎収入の割合で分担することとし，義務者の分担額を算出します。なお，子が複数いるときは，子ごとの額を生活費割合で算出します。

なお，権利者が義務者より高収入であるときに上記の計算方法をそのまま当てはめると，権利者の収入が高いほど義務者の負担額が増えるということになり，義務者にとって酷で，結論としての合理性にも疑問があります。そこで，そのような場合には，権利者と義務者とが義務者の収入額で同一である場合に義務者が支払うべき費用をもって養育費の限度額としています。

具体的な算定は次の問で行います。

7 算定表

算定表とは，標準的算定方式によって上記の要領で算出した婚姻費用・養育費を，０人ないし３人の子の人数が，父母の一方に監護されていることを前提として，それぞれ表の形とし，それぞれの組み合わせについて，婚姻費用分担の額及び養育費の額に１ないし２万円の額の幅を設けたものです。

特段の事情がない限り，その事案の具体的な事情は，その幅の中で考慮することが相当であると考えられています。

【参考文献】

・判タ・標準的算定方式

・判タ・岡

・家月・松本・婚姻費用

次の場合，申立人が相手方に請求できる婚姻費用及び養育費はどのように算出されますか。なお，基礎収入割合については，総収入の額を問わず，一律40%，事業所得の基礎収入割合を一律50%とします。また，算定表を用いると，いくらとなりますか。

(1)　相手方夫との間の15歳の長男を連れて別居した，パートによる年収100万円の申立人妻が，単身で暮らしている，会社経営をして1,000万円の収入を得ている相手方夫に請求できる婚姻費用

(2)　相手方母との間の16歳の長女と12歳の二女を監護養育している，会社員として年収300万円を得ている申立人父が，単身で暮らし，年収1,500万円の勤務医としての収入を得ている相手方母に請求できる養育費

解　説

1 標準的算定方式にしたがって計算する場合

(1)　ステップ１　妻の基礎収入　100万円×0.4＝40万円

夫の基礎収入　1000万円×0.5＝500万円

基礎収入合計　500万円＋40万円＝540万円

ステップ２　妻の世帯に割り当てられるべき基礎収入年額

$$540\text{万円}\times\frac{1+0.9}{1+0.9+1}=354\text{万円}$$

(注) １＋0.9の１は妻，0.9は長男の各割合，１＋0.9＋１の１は妻，0.9は長男，１は父の各割合（上３桁未満四捨五入，以下同じ）

ステップ３　夫世帯から妻世帯に支払われるべき月額

(354万円－40万円)÷12＝26万2000円

(2)　ステップ１　父の基礎収入　300万円×0.4＝120万円

母の基礎収入　1500万円×0.4＝600万円

ステップ２　子らが母において監護されていたとき，子らに当てられるべき生活費

$$600万円 \times \frac{0.9+0.55}{1+0.9+0.55} = 355万円$$

（注）0.9＋0.55の0.9は長女，0.55は二女の各割合，１＋0.9＋0.55の１は母，0.9は長女，0.55は二女の各割合

ステップ３　母が負担すべき月額

$$355万円 \times \frac{600万円}{120万円+600万円} \div 12 = 24万7000円$$

長女分　$24万7000円 \times \frac{0.9}{0.9+0.55} = 15万3000円$

二女分　$24万7000円 \times \frac{0.55}{0.9+0.55} = 9万4000円$

2 算定表に基づく場合

⑴　ステップ１　表の選択

婚姻費用で，15歳の子が１人の場合→資料（368頁）の表12

ステップ２　義務者が自営業者で年収1,000万円

→左端から２欄目の自営の991万円と1,008万円の間を選択

権利者が給与所得者で年収100万円

→下端から１欄目の給与100万円を選択

ステップ３　その２つの交わる位置の婚姻費用の確認　24～26万円

（注）標準的算定方式の算出との誤差は，標準的算定方式において夫の基礎収入割合を50％とし，妻の基礎収入割合を40％としたからである。実際には，前者はより低く，後者はより高い。

⑵　ステップ１　表の選択

養育費で，０～14歳の子が１人，15歳以上の子が１人

→資料（360頁）の表４

ステップ2　権利者が給与所得者で年収300万円，義務者が給与所得者で年収1,500万円

ステップ3　その2つの交わる位置の養育費の確認　20～22万円
これを子2人で0.9：0.55で割り振る。

（注）標準的算定方式の算出との誤差は，標準的算定方式において父と母の基礎収入割合を40％としたからである。実際には，父はより高く，母はより低い。

第２　収入の認定

給与所得者の総収入は，具体的にどのように認定しますか。

A　給与所得者の場合，通常，前年度と同程度の収入があると推定されるので，前年度の収入をもとに認定しています。具体的には，毎年１月ころ，勤務先から交付される源泉徴収票に記載された「支払総額」や，毎年６月頃以降に市町村等から発行される課税証明書に記載された「給与の収入金額」に基づいて認定します。

本年の収入が，前年度とは異なるときには，直近の給与証明を数か月分用いて年間収入を推認しますが，その場合，賞与を加える必要がある場合が多く，その点を注意する必要があります。

【参考文献】

・離婚調停225頁～227頁

自営業者の総収入を認定するに際し，次の点は，どのように考えるべきですか。

⑴　年ごとに収入の変動が激しいとき

⑵　専従者給与

⑶　減価償却

⑷　事業所得だけでなく，給与所得も得ているとき

⑴　年ごとに収入の変動が激しいときは，数年分を平均する方法があります。

⑵　専従者給与について，現実に支払われていないときは，自営業者の課税されない所得に加算します。

⑶　減価償却をどのように考えるべきかについては，争いがあります。

⑷　給与所得を事業所得に換算して，加算し，算定表を用いる方法が簡便です。

解　説

1 年ごとに収入の変動が激しいとき

年ごとに収入の変動が激しいときは，直前の収入のみから認定すると，実態にそぐわない結果となります。そこで，そのような場合は，数年分を平均する方法があります。

2 専従者給与

専従者給与は，本来専従者に支払われるべきものですが，家族経営がされている企業においては，支払われず，事業所得者が取得しているときもままあります。そのような場合には，その実態を反映するため，自営業者の課税されない所得に加算して，事業所得者の収入を認定します。

3 減価償却

減価償却費は，現実に支出されるものではないので，婚姻費用の算定上は，必要経費とはされません。もっとも，減価償却の対象となった物を購入した資金のための借入金があるときは，何らかの形で考慮しなければ，義務者に酷な結果となります。そこで，そのような場合には，①減価償却費の額が適正な場合であれば，必要経費としてこれを控除したものを総収入と認定し，債務の返済を特別経費としない方法，②減価償却費の額が適正でない場合には，これを所得金額に加算し，その代わりに現実の負債返済額の全部又は一部を特別経費として控除する方法があります。

4 事業取得だけでなく，給与所得も得ているとき

事業所得だけでなく，給与所得を得ているときは，それぞれの基礎収入を算出して加算して，算定表を用いず，標準的算定方式の算式に当てはめる方法もあります。もっとも，そのような方法は煩雑であるばかりか，収入ごとの基礎収入割合は収入総額に左右される関係で，誤差がやや大きくなる可能性もあります。そこで，簡易に適正に算定する方法として，基礎収入割合の比が反映されている算定表をみて，給与収入を事業収入に換算し，それを事業収入に加え，全体を事業収入として，算定表に当てはめる方法もあります。具体的には，算定表上，給与収入200万円は事業収入147万円と等価とされていますから，そのように換算して，合計して事業収入347万円（200万円＋147万円）として，算定表を適用します。

【参考文献】
・判タ・岡５頁，６頁
・離婚調停227頁，228頁
・家月・松本・婚姻費用39頁～42頁，59頁，60頁

次のような場合，収入については，どのように考えるべきですか。

⑴　年金収入者の場合

⑵　雇用給付金を受給している場合

⑶　生活保護を受けている場合

A

⑴　年金収入も，婚姻費用・養育費を算定するに際しての収入と考えられます。年金収入は，その性質上，給与所得と類似していますが，職業費はかからないので，その点を考慮して，年金給付額の約1.25倍の給与所得と同視することによって，算定表を用いて近似的に算定することが可能です。

⑵　雇用給付金も，年金収入と同様です。

⑶　生活保護の補充性から，生活保護費は，婚姻費用・養育費を算定するに際しての収入とは考えられません。

解　説

1 年金・雇用給付金

年金収入も，本来，世帯の生活費に充てられるべき収入ですから，実務上，婚姻費用を算出するに際しての収入と考えられています。もっとも，年金収入を得るには，職業費はかからないので，その点を修正した上で，算定表を用いるなど標準的算定方式によって，算出すべきです。ここで，給与所得における職業費は給与収入の約20％ですから，それを用いて換算すると，年金収入の概ね1.25倍の給与収入があるときに基礎収入が同程度ということになるため，それを前提に算定表に当てはめる方法が簡明です。なお，裁判例も同旨のものがあります。

雇用給付金も，世帯の生活費に充てられるべきもので，これを得るために，職業費を要しないので，実務上，年金収入と同様に考えられています。

2 生活保護

生活保護は，生活に困窮する者が，その利用し得る資産，能力その他あらゆるものを，その最低限度の生活の維持のために活用しても，最低限の生活を維持できない場合に受給するものであり，扶養義務者の扶養はすべて生活保護に優先して行われるべきものですから（生活保護法４条１項・２項），権利者の収入を算定するに際しても，義務者の収入を算定するに際しても，考慮の対象とはなりません。

【参考文献】

・離婚調停230頁，231頁，234頁～236頁

・家月・松本・婚姻費用60頁

以下のような事案において，義務者又は権利者の収入をどのように考えるべきですか。

⑴　（元）夫が，婚姻費用や養育費を支払いたくないと考え，会社を辞め，無収入となったとき

⑵　子を監護している妻が専業主婦で，無収入であるとき

⑶　収入が不明であるとき

⑴　原則として，従前の収入程度を得る潜在的稼働能力があるとして，その収入によるべきでしょう。

⑵　子の年齢などを勘案して，監護親自らが監護すべきであって，就労しないことが合理的な場合には無収入と考えられます。そうでない場合には潜在的稼働能力があるとして，賃金センサスの短期労働者の性別，年齢別平均賃金を参考に収入が認定される例が多いでしょう。

⑶　収入が不明であるときでも，現在の稼働状況，過去の稼働状況及び生活状況を踏まえ，従前の収入や賃金センサスなどの統計上の数値を考慮して，現在の収入を推認します。

解　説

1 潜在的稼働能力

無職者の場合でも，就労が可能であるのに就労をしていないと認められる場合には，これまでの収入歴や賃金センサス等を参考にし，稼働をした場合に得ることができたはずの収入を推計して，そのような潜在的稼働能力があるとして，その収入があると同様に，婚姻費用や養育費を算定することになります。

⑴のように，会社を辞めた理由が，婚姻費用を支払いたくないということであれば，本人の意思によって就労を継続することは可能であった

と推認できるので，原則として，従前の収入程度を得る潜在的稼働能力があったと考えられるでしょう。

(2)の場合は，子の年齢が低いなど，監護親自らが監護すべき場合には，潜在的監護能力は認められませんが，子の年齢がある程度高いなど，就労が期待できるときには，賃金センサスの短期労働者の性別，年齢別平均賃金を参考に推計される例が多いでしょう。

2 収入が不明の場合

収入が不明であっても，現在の稼働状況（例えば，勤務先の業種や就労形態），従前の稼働状況（例えば，従前の収入，勤務先，勤務先の業種や就労形態）及び従前の生活状況のほか，賃金センサス等の統計上の数値などを踏まえ，現在の収入を推認します（裁判例について家月・松本・婚姻費用43頁～52頁参照）。

【参考文献】
・家事人訴の実務・松谷85頁
・離婚調停228頁～232頁
・家月・松本・婚姻費用43頁～52頁

第３　算定表をそのまま用いることができない場合

別居中の父母の収入が，それぞれ1,000万円の給与収入，500万円の給与収入であって，その間の子の監護状況が次のようであるとき，父母が婚姻中又は離婚後において，それぞれ，どちらが，どちらにいくらの婚姻費用又は養育費を請求できますか。なお，基礎収入割合をいずれも40%とします。

(1)　16歳の長男と12歳の長女がおり，長男が父の，長女が母の監護を受けているとき

(2)　14歳以下の子が４人いて，４人とも母の監護を受けているとき

解　説

(1)　複数の子が父母に分かれて監護されているときは，算定表をそのまま用いることができません。このような場合，養育費及び婚姻費用のいずれについても，標準的算定方式に従って，算出する方法があります。また，養育費については，算定表を修正する方法もあります。具体的には，次のとおりです。

　これらの計算を踏まえて，婚姻費用及び養育費を算出します。

ア　婚姻費用―標準的算定方式に従って算出する方法

父側の現実の基礎収入　1000万円×0.4＝400万円

母側の現実の基礎収入　500万円×0.4＝200万円

基礎収入の合計　400万円＋200万円＝600万円

母側が取得すべき基礎収入

$$600万円\times\frac{1+0.55}{(1+0.9)+(1+0.55)}=270万円$$（上３桁未満四捨五入，以下同じ）

母側が取得すべき婚姻費用月額　(270万円－200万円)÷12＝５万8300円

イ　養育費―算定表を修正する方法

16歳の長男と12歳の長女を母が監護したときに，母が父から受け取るべき養育費は，表４（資料の360頁）により10万円～12万円

$$長女分\quad 10万円\sim12万円\times\frac{0.55}{0.9+0.55}=３万7900円\sim４万5500円$$

16歳の長男と12歳の長女を父が監護したとき，父が母から受け取るべき養育費は，表４（資料の360頁）により４万円～６万円

$$長男分\quad ４万円\sim６万円\times\frac{0.9}{0.9+0.55}=２万4800円\sim３万7200円$$

ウ　養育費―標準的算定方式に従って算出する方法

16歳の長男分

権利者が，基礎収入がより高額である父であるので，義務者である母の基礎収入によって，長男に割り当てられるべき基礎収入を算出

$$200万円\times\frac{0.9}{1+0.9+0.55}=73万5000円$$

そのうち母が負担すべき養育費月額

$$73万5000円\times\frac{200万円}{600万円}\div12=２万0400円$$

（注）算定表を修正する方法との誤差は，基礎収入割合を４割と統一したからである。実際は，収入が高いほど基礎収入割合は低くなる。

12歳の長女分

父側で長男，長女が生活したときに，長女に割り振られるべき基礎収入

$$400万円\times\frac{0.55}{1+0.9+0.55}=89万8000円$$

そのうち父が負担すべき養育費月額

$$89万8000円\times\frac{400万円}{600万円}\div12=４万9900円$$

(2)　子が４人以上いる場合には，算定表をそのまま用いることができません。このような場合，養育費及び婚姻費用のいずれについても，標

準的算定方式に従って，算出する方法があります。また，養育費については，算定表を修正する方法もあります。具体的には，次のとおりです。

ア　婚姻費用―標準的算定方式による方法

母側が取得すべき基礎収入　$600\text{万円} \times \dfrac{1 + 0.55 \times 4}{1 + 0.55 \times 4 + 1} = 457\text{万円}$

母側が取得すべき婚姻費用月額　$(457\text{万円} - 200\text{万円}) \div 12 = 21\text{万}4000$円

イ　養育費用―算定表を修正する方法

子４人の配分割合と子１人の配分割合の比を出した上で，義務者が子１人に対して支払うべき額に乗ずる方法があります。

子４人（０～14歳）の配分割合と子１人の配分割合の比は，

$$\frac{0.55 \times 4}{1 + 0.55 \times 4} : \frac{0.55}{1 + 0.55} = 1.94 : 1$$

子１人（０～14歳）の養育費は，表１によると６万円～８万円

配分比を用いて，４人分を算出し，それを１人分とすると，

６万円～８万円×1.94÷４＝２万9100円～３万8800円

ウ　養育費用―標準的算定方式による方法

父側で子ら全員が生活したときの子１人に割り振られるべき基礎収入

$$400\text{万円} \times \frac{0.55}{1 + 0.55 \times 4} = 68\text{万}8000\text{円}$$

そのうち父が負担すべき養育費月額

$$68\text{万}8000\text{円} \times \frac{400\text{万円}}{600\text{万円}} \div 12 = 3\text{万}8200\text{円}$$

【参考文献】

・判タ・濱谷他

・判タ・岡６頁，７頁

Q　**義務者の給与収入が2,000万円を超えるなど，算定表の上限を超える場合，婚姻費用や養育費はどのように算定されるべきですか。**

算定表をそのまま用いることはできませんし，標準的算定方式が予定する基礎収入割合も，用いることができません。そこで，各事案の個別的な事情を考慮して判断すべきこととなります。

解　説

1 考慮すべき２つの考え方

義務者の生活保持義務を重視すると，具体的に基礎収入を算出して，それを，生活費割合で分配すべきとの方向となると考えられます。特に，婚姻費用分担については，夫婦の協力扶助義務（民法752条）を重視すれば，そのような見解もあり得るでしょう。

他方，生活保障としての養育費及び婚姻費用という側面を重視すると，具体的な必要性の立証がない限り，算定表の上限とすれば足りるとの見解もあり得るでしょう。

実務においては，その両者のどの辺りでバランスをとるべきかが問題とされています。

2 どのように考えるべきか

高額所得者は，収入のうちある程度を資産形成に回し，残りを生活費に回すことが通常と思われるので，具体的に，高額の婚姻費用又は養育費を支払うべき事情の主張，立証がないときには，算定表の上限で足りるものと思われます。もっとも，同居又は離婚時の生活実態がそれを超えるものであったこと，別居又は離婚後の義務者の生活実態がそれを超えるものであること，別居又は離婚後の権利者や子に特に加算すべき事情があること及び別居又は離婚について義務者側に責任があることなどの事情が認められ，かつ，義務者の収入が算定表記載の収入の上限より相当額上回る，又は，現実の公租公課等の額などによって基礎収入を算定すると，算定表の想定する基礎収入を相当額上回るなどの事情が認められれば，相応の加算をすることも認められて然るべきでしょう。

【参考文献】
・離婚調停236頁，237頁
・判タ・菱山他28頁
・判タ・岡８頁，９頁

別居に際し，夫婦共有財産を持ち出し，それを生活費に充てている妻が，夫に対し，婚姻費用の支払を求めたのに対し，夫は，妻が持ち出した夫婦共有財産が，婚姻費用の前払いであるとして，婚姻費用の支払を拒むことができますか。

原則として，離婚時の財産分与で処理されるべきであり，婚姻費用の分担額算定に当たっては考慮されるべきではないとされています。

【参考文献】
・判例ガイド15頁，16頁

⑴　子が私立大学に入学し，監護親が多額の学費を負担しています。このような場合，婚姻費用又は養育費とは別枠として，義務者にその費用全額を請求することができますか。できないとすれば，どの程度，義務者にその負担を求めることが可能ですか。

⑵　学習塾や習い事の費用については，どうですか。

A

⑴　算定表は，公立学校の学校教育費を考慮しているものの，私立学校の学費等は考慮していません。そこで，義務者が当該私立学校への進学を認めている場合やその収入及び資産の状況等からみて義務者にこれを負担させることが相当と認められる場合には，養育費又は婚姻費用の算定に当たって，私立学校の学費等を考慮する必要があります。

この場合の加算額ですが，その学費から算定表で既に考慮されている標準的な教育費を控除して，基礎収入の割合で分担して負担することによって算出するのが一般的です。もっとも，双方の収入及び資産の状況等の程度によってはそのように算出した額の一部を負担することとすべき事案もあります。

⑵　本来は，監護者が負担すべきものですが，義務者が同意している場合や発達障害児であって学習補助的な塾に通学させる必要がある場合など，事案に応じて適切な範囲で義務者に負担させることが相当な場合もあります。

【参考文献】

・家事人訴の実務・松谷89頁，90頁

・判タ・岡10頁，11頁

義務者が負債を抱えているとき，婚姻費用や養育費の算定の際に考慮されますか。

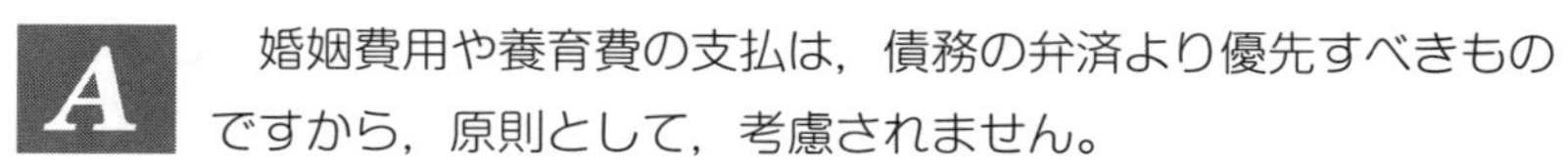

婚姻費用や養育費の支払は，債務の弁済より優先すべきものですから，原則として，考慮されません。

もっとも，それが，夫婦の生活の維持のために借り入れたもの（子の教育ローンなど）であるときは（養育費については財産分与において未清算であるものに限ります。），考慮の対象となります。具体的には，標準的算定方式によって求められた婚姻費用分担額・養育費から権利者が負担すべき額を控除した額を婚姻費用分担額・養育費とします。負担すべき額を算定するには，月々の弁済額を基礎収入の割合で按分する方法などが考えられます。

【参考文献】

・判例ガイド12頁

(1)　別居中の夫婦において，妻が子と共に夫が住宅ローンを支払っている自宅で居住し，夫はアパートを借りて居住しています。このような事案で，妻は夫に算定表どおりの婚姻費用の分担を求めています。この場合，夫は算定表のとおりの婚姻費用を支払わなければならないのでしょうか。

(2)　離婚後については，どう考えるべきですか。

住宅ローンの性質やそれが高額であることから，婚姻費用及び養育費を算定するに際して，いずれが負担すべきかが問題となります。

(1)　婚姻費用については，①住宅ローンの支払額を特別経費として控除する方法，②算定表による算定額から一定額を控除する方法があります。

(2)　養育費については，財産分与において，夫が住宅ローンを支払うことを前提として清算済みであれば，住宅ローンの支払によって養育費の額は変更されるべきではありません。もっとも，財産分与について未清算であるときは，婚姻費用と同様の方法が考えられます。

解　説

1 住宅ローンの趣旨

義務者が権利者世帯の居住する住居の住宅ローンを負担するということは，実質上，権利者世帯の住居関係費を支払っていることになり，義務者において自らのものと二重に住居関係費を支払っていることになります。そこで，婚姻費用や養育費によって，その点を考慮すべきとも考えられます。

他方，住宅ローンの支払は，義務者の財産形成に寄与するものでもあり，本来は財産分与で考慮されるべきとも考えられ，現実にも，住宅ローンは高額となる場合も少なくなく，そのような時に，算定表で定まった婚姻費用や養育費から全額を控除すると，権利者の生活が成り立ちません。

そこで，どのように考慮すべきかが問題となります。

2 婚姻費用の場合

婚姻費用分担が問題となる時点では，まだ財産分与はされていないので，考慮がされるべきでしょう。具体的には，次の方法があります。

ア　住宅ローンの支払を特別経費として控除する方法

イ　算定表による算定結果から一定額を控除する方法

（ア）権利者世帯の住居費相当額を控除する方法

（イ）住宅ローンの支払額の一定割合を控除する方法

が考えられます。

（ア）を採用した裁判例として，東京家審平成22年11月24日（家月63巻10号59頁）があります。

3 養育費の場合

養育費については，既に財産分与において，夫が住宅ローンを支払うことを前提として清算済みであれば，住宅ローンの支払によって養育費の額は変更されるべきではありません。もっとも，財産分与が未了の場合，オーバーローンで財産分与における精算ができない場合には，婚姻費用と同様の方法が考えられます。

【参考文献】

・判タ・岡９頁

・判タ・濱谷他40頁，41頁

・判例ガイド10頁，11頁

第４　婚姻費用及び養育費の始期及び終期

⑴　過去の婚姻費用の分担や養育費の請求をすることができますか。
⑵　婚姻費用の終期はいつですか。
⑶　養育費の終期はいつですか。

A

⑴　判例上，婚姻費用の分担や養育費について，過去に遡って命じることができるとされています。もっとも，婚姻費用の分担や養育費については，額のみならず，始期も，裁判所の合理的な裁量によって決めるべきともされています。実務上は，家事調停又は家事審判申立時などの請求日からとされることが原則ですが，事情に応じて，ある程度遡る例もあります。

⑵　婚姻費用の終期は，別居又は婚姻解消までとされることが原則です。

⑶　養育費の終期は，子が成人に達するときまでとすることが原則ですが，大学など高等教育を受けている場合や障害等によって自立困難な場合に類推適用が可能かについては，考え方が分かれています。

解　説

1　婚姻費用及び養育費の始期

判例上，いずれについても，過去に遡って命じることができるとされています（婚姻費用について最大決昭和40年６月30日民集19巻４号1114頁，養育費について最判平成19年３月30日家月59巻７号120頁）。もっとも，遡るかどうかは家庭裁判所や高等裁判所の実務上，裁判所の合理的な裁量によって決せられるとされています。そして，現実には，過去に遡って多額の負担を命じることが義務者に酷との考えから，請求時から認めるとの考えを前提として，⑴家事調停又は家事審判申立時からとするものや，⑵内容証明郵便やメールなどでした請求時からとする家事調停例や家事審判例が多いようです。もっとも，婚姻費用分担及び養育費は，その実質は扶養であることからすると，その事案に応じて，始期も適切に判断すべきでしょう。「義務者が不知の間の債務の累積を回避させる必要性と過去の分担すべき費用を義務者に負担させる必要性とを考慮して，最も公平な取扱いを検討することになり，理論的には，養育費に関する審判が非訟事件として養育費の支払義務を具体的に形成するものである以上，養育費支払いの始期も一般的には裁判所の合理的裁量によると考えられ，具体的には，公平の見地から特段の事情のない限り調停又は審判の申立時となると考えるのが適当であろう」（新家族法実務大系・養育費311頁）との指摘もあります。そこでいう特段の事情に該当するものとして，例えば，認知によって遡って嫡出でない子となった事案について，認知以前には父子関係が発生しておらず，現実に請求できなかったことを理由に，過去分の支払を認めた審判例があります（大阪高決平成16年５月19日家月57巻８号86頁）。

2 婚姻費用の終期

調停調書においても家事審判書においても，実務上，終期は，「別居の解消又は離婚に至るまで」とされることが一般的です。「離婚に至るまで」については，法律上の婚姻関係が継続する間について婚姻費用分担義務が存続するからです。「別居の解消」については，現実の婚姻費用を算定するのに，同居と別居において前提事実が異なるので，額が大きく異なることが一般的であるからです。

将来の事情変更の蓋然性が高いときに，一定期間や事情変更までの婚姻費用を協議や家事調停において，合意することは，理論的には可能で，そのような家事審判例もあります（長崎家審昭和46年９月９日家月24巻10号86頁）。もっとも，そのような点については，後記の婚姻費用の増減額で対応することが一般的です。

3 養育費の終期

要扶養状態にあれば，子が成人していれば自身で，未成年であればその親権者が子を代理して，非監護親に扶養料を請求することが可能です。これに対し，子が成年に達した以降も，監護親が監護費用（養育費）を請求できるか否かについては，考え方の対立があります。

民法766条は，「子の監護に要する費用」を請求するものなので，子が未成年である間だけ監護親に与えられた権限であるとの考え方もあり得，同旨の裁判例（大阪高決昭和57年５月14日家月35巻10号62頁）もあります。これに対し，「子が未成熟子であり，当該監護親が現に子を監護している事実がある以上，子が成年に達する前と異なるところはない上，成年に達した後の分については改めて子自身が審判を申し立てる必要があるとするのは，いかにも硬直的であって，成年後の分も一括して解決するのが当事者の利益であり，未成熟子の福祉に資すると思われる。したがって，事案によっては，民法766条の類推適用を認めるべき」（新家族法実務大系・養育費306頁）との考え方も有力です。

【参考文献】
・判例ガイド13頁，271頁～275頁
・新家族法実務大系・婚姻費用280頁～285頁
・新家族法実務大系・養育費306頁，311頁

第５　婚姻費用特有の問題

⑴　夫婦関係が破綻しているときも，婚姻費用を分担する義務はありますか。

⑵　権利者の不貞行為によって婚姻関係が破綻したなど，権利者が有責配偶者であるとき，義務者は権利者の婚姻費用を分担する義務がありますか。

⑴　夫婦関係が破綻しているとの一事をもって，婚姻費用分担義務が否定されることがないと考えられており，審判例も同様です。

⑵　権利者が有責配偶者であるときには，義務者はその婚姻費用を分担する義務がないとの考え方が有力で，それに沿った審判例もあります。もっとも，その場合でも，有責性の判断は慎重になされるべきです。また，有責配偶者である権利者が未成年の子を監護しているときに，義務者が子の監護費用について分担すべきことは当然です。

解　説

1　破綻した夫婦における婚姻費用分担義務

かつては，婚姻費用の金額について，婚姻の破綻の程度を考慮すべきであるという見解を前提とし，配偶者については，破綻の有無・程度に応じて分担義務を軽減する審判例もありました。しかし，婚姻費用分担義務は，婚姻という法律上の身分関係から生じる義務ですし，実務上も破綻の程度を考慮すると，簡易・迅速に決定されるべき婚姻費用の性質に反します。そこで，特に，標準的算定方式が採用されるようになった後は，次に述べる有責配偶者に該当しない限り，破綻の程度は考慮しないで算出すべきと考えられており，審判例も同様です（大阪高決平成16年１月14日家月56巻６号155頁）。

2 有責配偶者に対する婚姻費用分担義務

もっとも，不貞行為をして，専ら破綻原因を作った有責配偶者である権利者からの婚姻費用の請求は，信義則違反又は権利濫用であるとして，自らが監護している子の養育費分を超えての婚姻費用の請求は認められないとする審判例が多く出されています（東京家審平成20年７月31日家月61巻２号257頁）。

なお，どのような場合が有責配偶者となるかですが，以前は，同居義務違反を有責原因としたような審判例も見られましたが，標準的算定方式が定着して以降は，不貞行為などはっきりした有責行為以外は認めない傾向にあります。上記のとおり婚姻費用の分担は婚姻関係の効果であること，家事審判手続は訴訟と比して事実認定に限界があること，簡易・迅速に定められるべき婚姻費用の性質及び夫婦関係の相互性に鑑みると，審判例の傾向は正当であると考えられ，不貞行為や暴力行為などはっきりした有責行為があった場合以外は有責配偶者と認めるべきではないでしょう。

3 有責配偶者に対する婚姻費用分担額

有責配偶者であっても，夫婦間の未成年の子を監護しているときは，子には責任はないので，その子の養育費の限度で，義務者に対して婚姻費用の分担を求めることができるとされています。子の利益の観点からは当然と考えられます。

【参考文献】
・家事人訴の実務・松谷90頁，91頁
・判例ガイド14頁，15頁

同居中でも婚姻費用の分担を求めることができますか。その場合，どのようにして，婚姻費用分担額を算出しますか。

A　同居中でも，婚姻の効果である民法752条により，配偶者の一方は，他方に婚姻費用の分担を求めることは可能です。

算定表や標準的算定方式は，別居を前提として作成されたものですから，同居の場合に，そのまま適用することは適当ではありません。もっとも，同居に際しても，簡易・迅速に，予測可能性のある解決という別居に際してと同様の要請があることからすると，標準的算定方式を修正し，婚姻費用分担額を算定するのが相当です。

その方法として，例えば，「権利者の特別経費の控除額を減額する」，又は，「標準的算定方式により，一応の算定結果を出した上，この算定結果から，義務者が支払っている権利者が負担すべき生活費を控除することが考えられる」との考え方が紹介されています（判タ・菱山他32頁）。

【参考文献】

・判タ・菱山他32頁

第６　婚姻費用・養育費の変更

⑴　一旦，協議，家事調停又は家事審判で定まった婚姻費用や養育費を変更して，減額又は増額することは可能ですか。その場合，どのような手続によるべきですか。

⑵　どのような場合に変更が認められますか。

⑶　変更後の婚姻費用や養育費の額はどのように定められますか。

⑴　一旦，協議，家事調停又は家事審判で定まった婚姻費用や養育費の額も，新たな協議や家事調停における合意で変更することや家事審判によって変更することができます（民法760条，766条３項，家事法別表２の２，３の項）。

⑵　婚姻費用や養育費が定まった後，事情の変更があったときは，その事情の変更の程度が金額の増減が必要な程度に至っているときは，変更が認められます。

⑶　定まった婚姻費用や養育費をもとにして，必要な変更を考えることになります。

解　説

１ 婚姻費用・養育費の変更の可否及び手続

一旦，協議，家事調停又は家事審判で定まった婚姻費用や養育費の額について，当事者の裁判外の協議における合意によって，変更することが可能です。そして，その協議が調わないときなど，当事者の一方が，家事調停や家事審判を申し立てることによって，その変更を求めることができます。これは，別表第２事件（民法760条，766条３項，家事法別表２の２，３の項，150条，244条）ですから，家事調停が不成立となったときは，当然に審判移行をします（家事法272条４項）。

2 婚姻費用や養育費の変更の要件

婚姻費用や養育費を定めた後に，それらの変更をする必要があるほどの事情の変更があったことが必要です。

事情の変更を認める例としては，父又は母の収入の増減，子の学齢が進み，教育費などの子の経費が増大したこと，子の病気及び父又は母の身分変動など扶養親族の変動などが考えられます。もっとも，いずれも程度や内容が問題であって，婚姻費用や養育費が定まったときに想定されていた事情の変更によっては，変更は認められません。

3 変更後の婚姻費用や養育費の額

定まった婚姻費用や養育費をもとにして，変更を考えることになるので，以前定まった婚姻費用や養育費が，算定方式に従っているときは，変更後の事情を踏まえ，算定方式に当てはめれば，自ずと変更後の婚姻費用や養育費の額が定まることが多いでしょう。

もっとも，以前定まった婚姻費用や養育費が，算定方式に従った額より高い，又は，低いときは，それを前提として，変更後の額を考える必要があります。その具体的な算定方法としては，例えば，以前定まった婚姻費用や養育費が，算定方式に従った額の２割増し程度であれば，新たに定める婚姻費用や養育費についても算定方式に従った額の２割増し程度にするという方法もあるでしょう。この点について，「従来の合意金額が標準的な金額よりも高い又は低い場合，その差額を固定値として，収入等に応じて標準的な金額部分を変動させるという考え方や，従来の合意金額の標準的な金額からの乖離率に比例して新しい金額を決めるという方法などいろいろな考え方があり得るが，合意時の事情をよく聴取して，事案に応じて適切に判断すべきである。」（家事人訴の実務・松谷93頁，94頁）との考えもあります。

【参考文献】
・離婚調停256頁，277頁～280頁
・家事人訴の実務・松谷93頁，94頁
・判例ガイド275～279頁

離婚調停において，夫が，早期に妻と離婚をするために，妻の要求を受け入れ，標準的算定方式に従った額を大きく超える高額の養育費を支払うことを約して，妻との離婚調停を成立させました。その後，夫は，妻に対し，その養育費の定めが算定方式に合致していないことを理由に，養育費減額を求めることができますか。

離婚調停において養育費が定まった後に事情変更がないので，その減額を求めることはできません。

なお，家事調停における合意は，無効とすべき事由がない以上有効です。そして，標準的算定方式と額が合致しないことのみでは，無効とはなりません。したがって，夫は，この合意に基づいて，養育費を支払う義務があります。また，後に増減すべき事情が発生したときも，一旦定まった養育費を前提として増減の有無，程度を判断することとなります。

父母が，その間の子の親権者を母とし，父が母に養育費を支払うことで調停離婚しました。次の場合，父は母に養育費の減額を求めることができますか。

(1)　母が再婚し，再婚相手がその子との間で養子縁組をしたとき

(2)　母が再婚したが，再婚相手がその子との間で養子縁組をしなかったとき

(3)　父が再婚し，再婚相手が専業主婦であって，監護する子がいないとき

(4)　父が再婚し，再婚相手との間で子ができたとき

(5)　父が再婚し，再婚相手の子を養子としたとき

(6)　父が再婚し，再婚相手に子がいるものの養子としないとき

A

(1)　母の夫は，子の養親ですから親権者となり（民法818条），母とともに一次的な扶養義務者となります。したがって，養父の収入が十分であるときは，実父はその養育費を支払う必要はありません。したがって，事情の変更があったといえ，実父は，母に対し，養育費を支払わないことを求めることができます。養父の収入が十分でないときには，実父は，補充的に子の養育費を分担する必要があるので，実父は，母に養育費の減額を求めることができるに止まります。

(2)　母の夫は，子に対する扶養義務はありません。したがって，事情の変更とはならず，父は，母に養育費の減額等を求めることはできません。

(3)　再婚相手が専業主婦であって，収入がないときでも，就業できない事情がない以上稼働能力を考慮します。したがって，当然，父が扶養すべきということにはならないので，事情の変更に該当するとは限りません。

⑷，⑸　父が扶養すべき子が増えるので，事情の変更に該当し，父は，母に養育費の減額を求めることができます。

⑹　父が扶養すべき子は増えませんが，子の年齢等に鑑み，再婚相手の稼働能力が否定されるときは，父が再婚相手を扶養すべきこととなり，この場合は，事情の変更に該当します。

【参考文献】

・離婚調停278頁～280頁

父（年収500万円の会社員）と母（年収300万円の派遣会社従業員）の間には，長女（現在12歳）がいます。基礎収入割合は，一律40％とします。

⑴　父は，母と婚姻中不貞行為に及び，男子（現在０歳）をもうけ，認知し，父母は，別居し，母が長女を監護養育しています。

ア　不貞相手は男子の監護のため就労せず，無収入です。

イ　不貞相手は年収が400万円の看護師です。

このとき，それぞれ，父が母に支払うべき婚姻費用はいくらになりますか。

⑵　父母は，長女の親権者を母とし，離婚して，父は，不貞相手であった女性と再婚しました。

ア，イ　上記⑴と同じ

ウ　不貞相手は年収が200万円の看護師です。

このとき，それぞれ，父が母に支払うべき養育費はいくらになりますか。

解　説

「判タ・菱山他28頁，判タ・岡７頁，８頁」では次のような算定方式を提案されてますが，実務では，これを参考にしつつ，事案に応じてある程度幅のある解決をしています。

父（X）の基礎収入　500万円×0.4＝200万円

母（Y）の基礎収入　300万円×0.4＝120万円

不貞相手・再婚相手の基礎収入（W）

ア　０円

イ　400万円×0.4＝160万円

ウ　200万円×0.4＝80万円

(1)　一般的に，権利者であるＹが子を全部監護しているときの婚姻費用の式は，

$$\frac{(X+Y)\times(1+\text{子の指数})}{2+\text{子の指数}}-Y$$

$$=\frac{X(1+\text{子の指数})}{2+\text{子の指数}}+\frac{Y(1+\text{子の指数})}{2+\text{子の指数}}-\frac{Y(2+\text{子の指数})}{2+\text{子の指数}}$$

$$=\underset{A}{\frac{X(1+\text{子の指数})}{2+\text{子の指数}}}-\underset{B}{\frac{Y}{2+\text{子の指数}}}$$

となるところ，

Ａ＝義務者の基礎収入のうち権利者世帯に割り振られるべき婚姻費用

Ｂ＝権利者の基礎収入のうち義務者世帯に割り振られるべき婚姻費用

である。

ア　上記の式に当てはめると，

$$\frac{200\text{万円}\times(1+0.55)}{(1+0.55)+(1+0.55)}-\frac{120\text{万円}\times 1}{(1+0.55)+1}$$

＝52万9000円（上３桁未満四捨五入，指摘がないところは以下同じ。年額）

52万9000円÷12＝４万4100円（月額）

イ　認知した子については，その父母が基礎収入の割合で扶養すべきである。

それに基づいて，指数を出すと，

$$\frac{0.55\times 200\text{万円}}{200\text{万円}+160\text{万円}}=0.31$$（上２桁未満四捨五入）

$$\frac{200\text{万円}\times(1+0.55)}{(1+0.55)+(1+0.31)}-\frac{120\text{万円}\times 1}{(1+0.55)+1}=60\text{万}9000\text{円}$$（年額）

60万9000円÷12＝５万0800円（月額）

(2)　ア　（方法１）標準的算定方式によるとき

父は，長女のほか，長男と再婚相手を扶養する義務があるので，長女が父方で生活したときに長女に充てられるべき生活費は，

$$\frac{200万円\times0.55}{1+0.55\times3}=41万5000円$$

そのうち，父が負担すべき額は，

$$41万5000円\times\frac{200万円}{200万円+120万円}=25万9000円（年額）$$

25万9000円÷12＝２万1600円（月額）

（方法２）算定表のうち子３人の養育費（資料（362頁）の表６）の３分の１とする（簡易だが，長女の母が，再婚相手や長男も，扶養している計算となる。）

６万円～８万円÷３＝２万円～２万6700円

イ　（方法１）相当程度の収入なので，再婚相手自身の生活費をそれで賄うと考え，長男１人が増えたと考えて標準的算定方式による。

$$200万円\times\frac{0.55}{1+0.55\times2}=52万4000円$$

$$52万4000円\times\frac{200万円}{200万円+120万円}=32万8000円$$

32万8000円÷12＝２万7300円

（方法２）算定表のうち子２人の養育費（資料（359頁）の表３）の２分の１とする。

４万円～６万円÷２＝２万円～３万円

ウ　（方法ア）長男については父と再婚相手が共同して扶養することからその生活費割合を0.31とし，再婚相手は考慮をせず，通常の養育費の計算をする。

$$200万円\times\frac{0.55}{1+0.31+0.55}=59万1000円$$

$$59万1000円\times\frac{200万円}{200万円+120万円}=36万9000円$$

36万9000円÷12＝３万0800円

（方法イ）父と再婚相手の収入を合計して，義務者側の収入とみなす。これは，再婚相手の収入が長女の養育費算出に際し，考慮されるという欠点がある。

$$（200万円＋160万円）\times \frac{0.55}{2+0.55\times 2}＝63万9000円$$

$$67万9000円\times \frac{200万円＋160万円}{200万円＋160万円＋120万円}$$

＝50万9000円

50万9000円÷12＝４万2400円

【参考文献】

・判タ・菱山他28頁

・判タ・岡７頁，８頁

第７　婚姻費用分担・養育費請求審判の進行

婚姻費用分担審判や養育費請求審判の進行は，典型的には，どのようになりますか。

⑴　家事調停が不成立となって審判移行したとき（家事法272条４項）には，審判移行後，家事調停記録の事実の調査の上，審判期日などで，当事者の陳述の聴取や調停記録の事実の調査では足りない点について当事者による資料・主張の補充がされ，所定の手続を経た上で，審判がされます。

家事調停と家事審判において，管轄裁判所が異なる場合があるので，その点の注意が必要です。

⑵　審判申立てがされたときも，家庭関係の事件で，当事者の納得があるほうが任意の履行が期待できるので，当事者の意見を聴いた上で，付調停がされることが多いでしょう（家事法274条１項）。もっとも，保全申立てが付されているなど緊急性が高い場合や先行する離婚調停で資料を基に十分協議がされたものの成立の見込みが乏しい場合などについては，そのまま審判で進行されることになるでしょう。

具体的には，双方の世帯構成及び収入資料など標準的算定方式に従った算定をするための基礎的な資料と主張，算定表を修正すべき事情についての資料と主張の提出を受け，それに基づいて，審判がされます。

⑶　いずれの場合にも，裁判官が審判の見通しを踏まえた調整をすることによって，審判事件が付調停され，調停が成立することが少なくありません。

解　説

1 調停を経たとき

後で述べるように，家事調停においては，婚姻費用や養育費を算定するために必要な言い分を聞き取り，資料の提出を受けることが望ましく，そのような運用が目指されています。そこで，家事調停の段階で，家事審判がされるために必要な事実の調査がされている事案が少なくありません。そこで，家事調停が不成立となり，家事審判に移行したとき（家事法272条４項）は，家事調停記録について事実の調査をし，その旨通知をする（家事法70条）ほか，審問の期日を指定するなどして，当事者の陳述を聴取し（家事法68条１項。なお，当事者の申出があるときは必ず審問の期日で当事者の陳述を聴取する必要があります。同条２項），主張や資料の補充を受け，それらについても事実の調査をした上で，審理終結期日及び審判日を通知（家事法71条，72条）し，家事審判をすることになります。家事調停期日が充実し，そこで当事者がほとんどの資料や主張を提出していれば，①審問の期日を指定せず，書面のみで陳述を聴取する，②家事調停の不成立時に審問の期日を指定し，そこで審理を終結する，③１期日だけ審問の期日を実施し，審理を終結するなど，早期に審理の終結をすることが可能ですが，家事調停期日に一方当事者が出席しないなどの事情で家事調停における事実の調査が充分できなかったときや事実認定や法的判断において困難な争点が含まれる事件については，審問の期日を重ねる必要があるときもあります。そのような場合であっても，婚姻費用や養育費は，権利者や未成熟子の生活費の問題なので，迅速な審理が図られるべきでしょう。

婚姻費用については家事審判の管轄裁判所が夫又は妻の住所地を管轄する裁判所（家事法150条３号）なので，審判移行した際の家事審判の管轄の問題は生じませんが（家事調停の管轄裁判所は，原則として相手方の住所地を管轄する裁判所です。家事法245条１項），養育費については家事審判の管轄裁判所が子の住所地なので（家事法150条４号），管轄の問題が生じ，移送が問題となることがあるので，注意を要します。

2 審判申立てがされたとき

婚姻費用及び養育費は，履行期間が長期で，非監護親と未成熟子との関係が絡むこともあります。したがって，義務者と権利者の関係を改善し，義務者の任意の円滑な履行を促すために，できるだけ合意，すなわち，家事調停によって解決することが望ましいと考えられます。そこで，審判申立てがされたときも，当事者の意見を聴いた上で（家事法274条１項），付調停がされることが原則的な取扱いです。

もっとも，保全申立てがされているなど緊急性が高い場合や先行する離婚調停等で資料を基に十分協議がされたものの婚姻費用や養育費について成立の見込みが乏しい場合などについては，そのまま審判で進行されることになります。

家事審判における審理ですが，上記で述べたような手続に従って，双方の世帯構成及び収入資料など標準的算定方式に従った算定をするための基礎的な資料と主張，算定表を修正すべき事情についての資料と主張の提出を受け，それに基づいて，審判がされることになります。

3 付調停による家事調停の成立

既に述べたとおり，婚姻費用分担及び養育費に関しては，できるだけ家事調停での解決が望ましいので，家事調停が不成立となって審判移行した際も，審判申立てがされたときについても，当事者の意向を聴取した上，付調停による解決を図ることが目指されるべきでしょう。そのため，家事審判の担当裁判官は，事実の調査の結果によって，家事審判について見通しを立て，それを踏まえて，当事者を調整することが考えられます。

なお，家事審判事件を付調停するに際しては，審判事件の係属する家庭裁判所は，その事件を自ら処理することができます（家事法274条３項）。

【参考文献】
・家事人訴の実務・松谷95頁，96頁

第８　婚姻費用及び養育費の実現方法

婚姻費用及び養育費が家事調停又は家事審判によって定まったのに，相手方は支払いません。どのような方法で，婚姻費用及び養育費を確保すればよいのでしょうか。

婚姻費用及び養育費が家事調停又は家事審判によって定まったときは，次の方法でその履行を確保することができます。

⑴　履行勧告

⑵　強制執行

ア　直接強制

婚姻費用及び養育費の債権の性質から，通常の債権と比べ，執行が容易かつ，広くできるようにされています。

イ　間接強制

解　説

1　履行勧告

婚姻費用分担及び養育費支払等の義務を定める家事審判又は家事調停をするなどした家庭裁判所は，権利者の申出によって，定められた義務の履行状況を調査し，義務者に対し，その義務の履行を勧告することができます（家事法289条）。この申出は，口頭や電話でも可能です。

2　強制執行―直接強制

婚姻費用及び養育費の支払を命じる，確定した家事審判書及び家事調停調書（家事法75条，268条１項）は，執行力を有する債務名義なので，それに基づいて，差押えなどの強制執行をすることができます。

司法制度改革の一貫として，平成15年に民事執行法の改正がされ，婚姻費用，養育費を含む扶養義務等に係る定期金債権（以下「養育費等」といいます。）の履行確保が図られました。

まず，養育費等の将来債権による差押えがより容易になりました。一般的には，請求が確定期限に係るときには，その期限が到来しない限り，強制執行を開始することができません（民執法30条１項）が，養育費等については，その定期金の額が毎月数万円程度という少額であることが通常なので，確定期限が来る度に強制執行及び申立てをしなければならないとすると，費用対効果がよくないこと，養育費等は，その権利実現が債権者の生計維持に不可欠なものであることから，養育費等については，特則が設けられ，定期金債権の一部が不履行となっているときは，まだ期限が到来していない分についても一括して，給料その他継続的給付に係る債権に対する強制執行を開始することができるとされています（民執法151条の２）。

次に，給料等に対する差押え禁止債権の範囲についても，一般的には４分の１等とされているものを，養育費等については，２分の１等として，差押え禁止債権の範囲が狭められています（民執法152条３項，151条の２第１項）。

3 強制執行―間接強制

間接強制とは，債務者が債務を履行しない場合に，債権者の申立てにより，裁判所が債務者に対し一定の金銭の支払を命ずることにより，債務者に心理的強制を加え，債務者の債務の自発的履行を促す強制執行の方法です（民執法173条１項）。

それまでは，養育費等には間接強制は認められていませんでしたが，債務者の自発的な履行を促す方法が効果的な場合もあると考えられるので，平成16年に認められました（民執法167条の15第１項本文）。

【参考文献】
・新家族法実務大系・養育費312頁～314頁

第２節　家事調停の進行

第１　婚姻費用分担・養育費請求調停の進行

婚姻費用分担・養育費請求調停は，一般的にどのような進行が考えられますか。

(1)　当事者や代理人が婚姻費用・養育費や標準的算定方式の趣旨について理解し，心情的な反発もないときは，調停委員会としては，早期に，収入資料等の提出を求め，算定表による算定結果に基づいて調整を進めます。

(2)　当事者が，多くは義務者ですが，心情的に他方当事者に反発しているとき，現実に支払が困難なときや婚姻費用・養育費や標準的算定方式の趣旨を十分理解をしていないときには，調停委員会において，当事者の心情や考え方を受け止めた上で，そのような心情に至った経緯や事情を十分聴き取り，当事者との信頼関係を構築しながら，併行して，婚姻費用・養育費や標準的算定方式の趣旨を丁寧に説明し，標準的算定方式に基づいた家事審判での見通しを踏まえた調整を試みます。

(3)　標準的算定方式によるといっても，算定表をそのまま当てはめるべきかが問題となる事案や算定表を修正すべき事案もあります。そのような事情がある事案については，調停委員会において，個別の事情を丁寧に聴き取り，両当事者と調停委員会において，家事審判での見通しについても共通認識を形成した上で，その共通認識を踏まえた家事調停が目指されるべきこととなります。そのようなときには，調停委員会が調停案を提示するなどして，積極的な調整をすることが期待されます。

解　説

1 標準的算定方式に従った調整

最近では，婚姻費用・養育費や標準的算定方式の趣旨への理解が広がっているため，当事者や代理人が，家事調停の早期の段階から，婚姻費用・養育費や標準的算定方式の趣旨を十分理解をし，その適用を心情的にも納得しているときが少なくありません。そのような場合には，当事者双方と調停委員会が，それらの趣旨を共通認識として確認し，早期に，収入資料等に基づいた標準的算定方式による算定結果に基づく家事調停が成立することも少なくありません。

2 当事者の心情，現状及び標準的算定方式の理解への配慮

もっとも，当事者，特に義務者（多くの場合夫又は父）については，権利者（多くの場合妻又は母）の別居や離婚に心情的に納得をしていないなど権利者との間で心情的な対立があるとか，子との別居に不満がある，又は，子との面会交流を十分とは感じていないとかの理由で，心情的に婚姻費用や養育費を支払うことに納得をしていない場合が多々あります。また，現実の問題として，別居や離婚によって経済的に困難な事態となっている場合もあります。それらのことに加え，婚姻費用や養育費の趣旨への理解が十分でなく，権利者が勝手に別居した，権利者が離婚を求めた又は権利者が勝手に子を連れていったとの理由から，婚姻費用や養育費を支払う必要がない，子との面会交流がされていない以上婚姻費用や養育費を支払う必要がないなどと誤解をしていることもあります。

そのような事案においては，調停委員会において，まずは，当事者の心情や考え方を受け止めた上で，そのような心情に至った経緯や事情を十分聴き取り，当事者との信頼関係を構築することを目指します。そして，併行して，当事者に対し，婚姻費用・養育費や標準的算定方式の趣旨を丁寧に説明し，標準的算定方式に基づいた家事審判での見通しを踏まえた調整を試みることになります。既に述べたとおり，夫婦であるこ

とから導き出される婚姻費用分担の趣旨や子の利益のためという養育費の趣旨からすると，権利者が別居や離婚を望んだこと，子の監護者となることができなかったことや面会交流がされていないことは婚姻費用や養育費を否定する理由とはなりませんので，その点を丁寧に説明します。

3 算定表をそのまま当てはめるかが問題となる事案

標準的算定方式によるといっても，算定表をそのまま当てはめるべきかが問題となる事案や，算定表を修正すべき事案もあります。既に述べたとおり，婚姻費用において権利者が有責配偶者に該当するとき，同居しているとき，子が４人以上いるときや子が父母の両方に分かれて監護されているとき，一方当事者が夫婦共同債務を負担しているときなどが考えられます。そのような事情がうかがわれる事案については，調停委員会において，個別の事情を丁寧に聴き取り，当事者と調停委員会において，家事審判での見通しについても共通認識を形成する必要があります。なお，そのような事案については，審判の見通しが，審判における審問等の事実の調査に基づく事実認定や家庭裁判所の裁判官やその後の抗告審の裁判官の考え方によって幅を持ったものになる場合が少なくありません。そうであれば，そのような幅を持つものとして，調停委員会及び当事者が理解をすることが必要です。そして，その共通認識を踏まえた家事調停が目指されるべきこととなります。そのような事案については，調停委員会が調停案を提示するなどして，積極的な調整がされることが期待されます。また，複数の計算方法が考えられる例においては，それらを調停委員会から両当事者に提示して，調整を図る方法も考えられます。

婚姻費用分担調停や養育費請求調停においても，調停に代わる審判が活用されることがありますか。どのような事案で，活用されていますか。

A　家事事件手続法によって，別表第２事件も調停に代わる審判の対象となり，婚姻費用分担調停や養育費請求調停においても，実施が可能となり，活用されています。

調停に代わる審判が活用される事件は，概ね，①合意型，②欠席型，③不一致型があると言われていますが，婚姻費用分担調停や養育費請求調停に関しては，いずれの類型においても，その活用が図られています。

解　説

1 調停に代わる審判

調停に代わる審判とは，家庭裁判所が，調停が成立しない場合において相当と認めるときに，当事者双方のために衡平に考慮し，一切の事情を考慮して，職権で，事件の解決のためにする審判のことをいいます。家事審判法下においては，一般調停事件のみを対象としていましたが，家事事件手続法において，別表第２事件も対象となり（家事法284条１項本文），その活用が期待されています。

2 婚姻費用分担調停及び養育費請求調停における活用

一般に調停に代わる審判が実施される事件類型としては，①合意型，②欠席型，③不一致型があるとされていますが，婚姻費用分担調停及び養育費請求調停については，そのいずれもが活用されています。

①合意型の例としては，それまでの家事調停を含めた交渉の経緯や欠席当事者から出されている答弁書等の書面からすると，婚姻費用分担額や養育費額について実質上合意ができているのに，一方当事者の出頭が

困難な事案が考えられます。このような場合は，調停に代わる審判で，迅速かつ簡便に解決すべきでしょう。

②欠席型の例は，相手方が一切出席せず，今後の出頭や対応が見込まれない場合に，出頭勧告を経た後，申立人の言い分とその提出した資料に基づいて，裁判所が家事審判の見通しを踏まえて調停に代わる審判をすることが考えられます。

③不一致型の例とすると，婚姻費用分担額又は養育費額について僅かな差であるのに，当事者が心情的に合意できないときなどが挙げられます。

②，③のような場合は，一定程度異議が出ることも予想されるので，費用対効果の面から，調停に代わる審判に対し，消極的に考える向きもあり得ますが，異議が出ない事もあり得，そうすれば，迅速に適正で柔軟な解決の実現が図られますし，異議が出たとしても，審判移行後の審理の充実促進が図られ，第１審での審理が深まるとして，積極的に対応すべきとの見解が有力です（家事人訴の実務・矢尾他270頁～273頁）。

【参考文献】

・家事人訴の実務・矢尾他270頁～273頁

⑴　養育費請求調停が係属中に，申立人から，養育費仮払仮処分審判の申立てがありました。そのような申立ては可能ですか。

⑵　養育費請求調停と養育費仮払仮処分審判事件の進行としては，どのような進行が考えられますか。

⑴　可能です。家事審判法においては，保全の申立てをするには，家事審判事件の申立てが必要とされていましたが，家事事件手続法となって，婚姻費用分担及び養育費について家事調停事件を申し立てた時点においても，保全処分を命ずる審判の申立てをすることができるようになりました（家事法105条，157条１項２号・３号）。これらの事件の審判前の保全処分としては，仮払仮処分事件の申立てが一般的です。

⑵　家事調停事件の係属中に申し立てられている場合は，調停委員会の調整の下，申立人と相手方が，暫定的に支払うべき額を合意し，後に，最終的に支払額が確定したときに清算する旨の合意をすることも少なくありません。

仮払仮処分を進行させるのであれば，原則として，相手方の陳述を聴くため（家事法107条本文），審問期日を入れるなどして，申立人と相手方は主張や資料を交換し，審理を進めることになります。仮払仮処分を発令するには，本案審判が認められる蓋然性のほか，保全の必要性についても言い分を述べ，疎明する必要があります（家事法106条１項・２項）。そのためには，申立人の資力が乏しいことの疎明も必要です。

解　説

1 婚姻費用分担・養育費請求調停を申し立てた時点での保全処分の申立て

家事審判法においては，保全の申立てをするには，家事審判事件の申立てが必要とされていましたが，家事事件手続法となって，婚姻費用分担及び養育費について家事調停事件の申立ての時点においても，保全処分を命ずる審判の申立てをすることができるようになりました（家事法105条，157条１項２号・３号）。したがって，この申立ては可能です。

なお，婚姻費用分担事件及び養育費請求事件についての審判前の保全処分としては，仮差押えの申立ても想定されますが，生活費の現実の支払の確保の必要性から，多くは，仮払仮処分事件の申立てがされています。

2 審理の実際１─暫定的合意による支払

家事調停事件の係属中に申し立てられている場合は，発令にまで至ると，合意に基づく解決が得られにくいこと，現実の養育費の支払を早期に実現することが最も申立人及び子の利益につながること，義務者は支払う額を争うことはあっても支払い自体を争うことは多くないことなどから，調停委員会の調整の下，申立人と相手方が，暫定的に支払うべき額を合意し，後に，最終的に支払額が確定したときに清算する旨の合意をした上で，申立人が仮払仮処分審判申立てを取り下げ，申立人と相手方が，家事調停における協議に集中することも少なくありません。

3 審理の実際２─仮の地位を定める仮処分

暫定的な合意ができないときは，仮払仮処分の審理が行われます。

ここで，仮払仮処分は，仮の地位を定める仮処分ですから，原則として，相手方の陳述を聴かなければ発令できません（家事法107条本文）。また，申立人は，申立てに際して，申立ての趣旨及び保全処分を求める事由を明らかにし，その事由を疎明しなければなりません（家事法106条１項・２項）。

仮払仮処分審判の審理においては，審判期日が指定されて，そこで，両当事者が言い分を記載した書面及び資料を提出し，本案審判さながらの審理が必要ということになります。また，上記のとおり，申立人において，保全処分を求める事由の疎明をする必要がありますが，保全処分を求める事由には，本案審判において養育費の支払が命じられる蓋然性だけでなく，保全処分の必要性も含まれています。したがって，申立人において，生活するのに資力が十分でないことも疎明する必要があり，本案審判以上に疎明の負担が重い面もあります。

【参考文献】
・家事人訴の実務・松谷97頁，98頁

父母が離婚するに際して，離婚協議書を作成し，そこで，母がその間の子である長男の親権者となり，監護養育すること及びその養育費を月額10万円と定めることを合意し，離婚届を提出しました。父は，離婚当初は養育費を月額10万円ずつ支払いましたが，現在，その支払をしていません。

⑴　母が，裁判所を通じ，父に，その未払養育費及び将来の養育費の支払を求めるには，どのような方法がありますか。

⑵　父が，離婚後収入が減じたので，養育費を減額してほしいと考えています。どのような方法がありますか。

⑴　母の養育費の請求は，契約を発生原因事実とする具体的請求権に基づく請求なので，訴訟事項であって，民事事件となります。したがって，

ア　地方裁判所に，父を被告として，民事訴訟である，契約に基づく養育費請求訴訟を提起することができます。

イ　地方裁判所に，父を相手方として，民事調停を申し立てることもできます。

ウ　家庭裁判所に，父を相手方として，家事調停を申し立てることができます。なお，この調停は，具体的請求権を行使するものですから（すなわち，養育費請求権を形成する必要がないので），一般調停であって，不成立となっても，家事審判には移行しません。裁判をするのであれば，アのとおり，地方裁判所の民事事件となります。

⑵　これは，養育費減額事件なので，別表第２家事調停・家事審判となります（民法766条３項，家事法別表第２の３の項，150条４号，244条）。したがって，母を相手方として，家事調停の申立て及び家事審判の

申立てをすることができ，家事調停が不成立となったときは，家事審判に移行します（家事法274条４項）。

ちょっとCoffee Break

民事事件と家事事件

婚姻費用・養育費に限らず，

具体的権利義務の存否の判断＝訴訟事項＝民事事件

具体的権利義務の形成＝審判事項＝家事事件

といった関係になります。

例えば，①当事者間で財産分与についてした合意に基づいて，金員の支払や不動産の移転登記を求める場合，②当事者間で合意した遺産分割に基づいて，金員の支払や不動産の移転登記等を求める場合も，契約に基づく具体的な権利の存否が問題となるので，その判断は訴訟事項であって，地方裁判所における民事訴訟ということになります。

これに対し，いまだ合意のない財産分与及び遺産分割を求めるには，まだ具体的権利は形成されていないので家事調停や家事審判を申し立て，そこで具体的権利を形成すべきこととなります。

第２　離婚調停と婚姻費用分担調停の関係

⑴　離婚調停と婚姻費用分担調停が同時に申し立てられている場合，どのような家事調停の進行がよいでしょうか。

⑵　離婚調停だけが進行しているときに，婚姻費用を支払う旨の合意が成立したときは，どのような進行が望ましいでしょうか。

⑴　ア　権利者の生活資金の確保のために，原則として婚姻費用分担調停から進行することが望ましいでしょう。

イ　もっとも，当事者が離婚調停の早期の進行を望んでいる場合には，婚姻費用について仮払額を定めた上で，離婚調停を進め，離婚時までの婚姻費用の清算も含めた全体的解決を図る方法もあります。

⑵　既に述べたとおり，権利者がその合意に執行力を持たせたいときは，別途，婚姻費用分担調停を申し立て，それを成立させ，成立した旨の調停調書が作成される必要があります。

事実上の合意で足りるときは，離婚調停進行中に事実上合意をし，離婚調停の成立時に清算することも可能です。

解　説

1　婚姻費用分担事件の優先的な進行

別居して経済力が乏しい権利者においては，日々の生活資金を確保することが急務ですから，原則として，婚姻費用分担調停を優先的に進行し，調停を成立させ，執行力を確保した上で，離婚調停の進行に臨むべきでしょう。

このような場合のうち，権利者と義務者の婚姻費用における対立が大きく，早期の家事調停成立が困難ではあるものの，離婚については調整が可能と考えられるときは，婚姻費用分担調停について，早期に不成立とした上で，審判移行させる方法も考えられます。

2 婚姻費用の仮払

当事者が離婚調停の早期の進行を望んでいる場合で，婚姻費用分担調停について，家事調停の成立をみなくとも，義務者において，任意に一定の額の婚姻費用の仮払が見込める場合には，婚姻費用分担調停より，夫婦関係調整を優先して進行させる方法，両事件を併行して進行させる方法もあり，そのような方法を採用した方が早期に全体解決を図ることができる場合もあります。

もっとも，そのような仮払の合意には，執行力等を持たせることができないので，その点注意を要します。

3 離婚調停のみが係属している場合

上記のとおり，権利者がその合意に執行力を持たせたいときは，新たに婚姻費用分担調停を申し立て，それを成立させ，その旨の調停調書が作成される必要があります。

当事者が，事実上の合意をし，それに基づいて婚姻費用を仮払することで足り，最終的に離婚調停において，過去の婚姻費用についても一体解決を図ることを望むときは，離婚調停事件内で事実上合意をすれば足ります。

もっとも，そのような事実上の合意であれば，執行力等がないため，その後に紛争が起こるリスクがあることを理解しておく必要があります。

【参考文献】

・離婚調停254頁～255頁

第３　離婚調停における養育費の定めについての進行

(1)　離婚調停において，養育費を定めるべきでしょうか。その場合，どのような基準で定めるのがよいでしょうか。

(2)　離婚調停において，養育費以外の離婚条件については合意ができているのですが，養育費のみ合意ができません。このような場合，どのような調停の進行が望ましいでしょうか。

(1)　一般的には，離婚調停が成立するときには，養育費についても合意されることが望ましく，その額は，算定表に従った額で合意がされることが望ましいと考えられます。

(2)　選択肢としては，

ア　離婚調停を不成立とし，すべて後の協議や離婚訴訟に委ねる。

イ　離婚調停については，養育費以外について定める調停を成立させ，養育費については，別途協議との条項を入れ，後の協議や養育費請求調停・審判に任せる。

などが考えられますが，両当事者の意向や事案の性質によって最も子や両当事者の利益にかなう方法を選択すべきでしょう。

解　説

1 離婚調停と養育費の関係

離婚調停において，離婚調停を成立させるとき，子の利益のために，子の監護費用（養育費）について定めることができ，また，定めるべきとされています（民法771条，766条参照）。このように，子の利益のために離婚に際して養育費を定めるべきことを記載していること，紛争の一回的解決の要請及び家庭裁判所の後見的機能に鑑みると，離婚調停が成立するに際しては，養育費まで合意することが目指されるべきでしょう。

そして，その場合は，既に述べた標準的算定方式の趣旨からすると，標準的算定方式に合致した合意がされることが望ましいと考えられます（もっとも，事案によっては，修正もあり得，それは，次問において検討します。）。

2 離婚調停において，養育費以外の点について合意ができている場合

養育費について合意ができず，他の点については合意ができているときについては，法的には，養育費以外について合意する離婚調停を成立させることが可能です。したがって，選択肢としては，

ア　離婚調停を不成立とし，すべて後の協議や離婚訴訟に委ねる。

イ　離婚調停については，養育費以外について定める調停を成立させ，養育費については，別途協議との条項を入れ，後の協議や養育費請求調停・審判に任せる。

などが考えられます。この場合，不成立としても，結局問題が先送りされるだけの面もあるので，当事者の意向や事案の性質に鑑み，いずれが子と両当事者の利益にかなうかによって，いずれとするかを選択すべきでしょう。

3 離婚調停を不成立とすべき場合

例えば，監護親が家事調停又は家事審判で定まった適正な婚姻費用の支払を受けていて，適正な養育費の支払がない限り，離婚後の生活が成り立たないとしているのに，非監護親がその支払を拒んでいる事案については，養育費の定め及び支払が離婚の絶対条件といえるので，離婚調停全体を不成立とすることが考えられます。

そのような事案については，後の協議離婚や離婚訴訟で離婚が定まる際に，養育費について一括解決することが適当でしょう。

4 養育費以外の点について離婚調停を成立させるべき場合

例えば，監護親が最終的な，養育費の受領を望んではいるものの，社会保障上の給付を受けるためなどの理由で一刻も早い離婚を望み，非監護親もそれを了承しているときには，養育費以外の点について離婚調停

を成立させる方法もあります。その場合，養育費についても早期に定めるべき事案が多いと思われますので，権利者は，離婚調停の成立の日に直ちに，養育費請求調停（審判）を申し立てる方法もあります。

(1)　経済力の弱い妻が離婚調停の申立人となって，DVを行っている夫を相手方として，離婚を求めています。それに対し，相手方である夫が，経済力を有するのに，妻が養育費を0円とすることに合意するのであれば，離婚に応じるとしています。このような場合，どのような調停の進行が望ましいですか。

(2)　自らの不貞行為によって夫婦関係を破綻させた夫が離婚調停の申立人となって，妻を相手方として，離婚を求めています。なお，その間には未成熟子がいます。それに対し，相手方である妻が，本来は離婚に応じたくないものの，多額の財産分与・慰謝料等の離婚給付及び多額の養育費の支払があれば離婚に応じるとしています。どのような調停の進行が望ましいですか。

(1)　子の利益の観点及び離婚訴訟での見通しからすると，養育費を0円とした上で，離婚調停を成立させることは正義に反します。したがって，調停委員会は，

ア　相手方に対し，相応な養育費を支払う離婚調停に応じることを積極的に勧める。

イ　申立人と相手方に，養育費については別途定める旨の離婚調停を成立させる方法もあることを伝え，調整する。

ことが考えられますが，それで調整が困難であれば，早期に不成立とし，離婚訴訟に解決を委ねることが適切です。

(2)　調停委員会としては，双方に，離婚訴訟の見通し，具体的には近々での認容の可能性及び将来的な認容の可能性の検討を促し，それを踏まえて，合理的に，主体的に考えた場合，歩み寄りができないかの再考を促す方法があるでしょう。事案によっては，調停委員会が積極的に調停案を提示することも有用でしょう。

もっとも，養育費については，将来，長期間の支払が予想され，今後の増減額の変更も一旦合意した養育費を前提とすることとなるので，支払能力など将来の見通しを踏まえた上での調整が必要です。

解　説

1 離婚調停において，義務者が，養育費の不払を離婚の条件とする場合

子の利益の観点や離婚訴訟において離婚が認容されるときには，算定表どおりの養育費が定まる見通しと解されることからすると，養育費を０円とした上で，離婚調停を成立させることは正義に反します。したがって，調停委員会は，まずは，相手方に対し，子の利益の観点からすると，親として適切な養育費を支払うべきことを伝え，離婚訴訟においても，離婚が認容され，算定表どおりの養育費の支払が認められる可能性が十分あることを伝えた上で，算定表に従った養育費の支払を積極的に検討するよう伝えるべきでしょう。

それに対し，相手方が意向を変えないときには，申立人と相手方に，養育費については別途定める旨の離婚調停を成立させる方法もあることを伝え，調整することが考えられます。

もっとも，それで調整が困難であれば，離婚訴訟の見通しからは，早期に不成立とし，離婚訴訟に解決を委ねることが適当でしょう。

2 有責配偶者からの離婚請求における養育費の在り方

有責配偶者からの離婚請求の事案であって，夫婦に未成熟子が存するので，離婚訴訟の見通しとしては，現時点では棄却となる可能性が高いと考えられます。そのように考えると，申立人である夫が，そのような見通しを理解した上で，それでも早期の調停離婚を希望するのであれば，自らの経済力を勘案した上で，比較的高額な養育費の支払の提案を考えることが合理的でしょう。

他方，相手方も，現時点では棄却となる可能性が高いとしても，未成

熟子が成人となる頃には，離婚訴訟が認容される可能性も十分あるので，その点も勘案した上で，どの時点で，申立人の求めに応じるのが適切かを考慮すれば，もう少し柔軟な提案を考えることもあるでしょう。

そこで，このような事案においては，調停委員会から，離婚訴訟の見通しの検討を双方に促し，主体的で合理的な判断を引き出す援助をすることが適切でしょう。また，このような事案においては，双方当事者とも最終的な決断をするのが困難なことも少なくなく，両当事者が希望する場合など，適切な事案については，調停委員会から，離婚訴訟の見通しを伝え，具体的な調停案を提示することも視野に入れるべきでしょう。

3 養育費の増額の限界

上記のような事案で，申立人が離婚を強く希望するあまり，自らの支払能力の吟味が不十分なまま，高額な離婚給付や養育費を約束してしまう事案もあります。特に，養育費については，将来，長期間の支払が予想され，今後の養育費の減額も，一旦合意した養育費を前提とすることとなります。したがって，義務者は，支払能力など将来の見通しを踏まえて提案を検討すべきですし，権利者も，将来的な履行の見込みがない要求は控えるべきですし，調停委員会も，その点も考慮した検討，調整をすることが望まれます。

第３節　調停条項

1 一般的な婚姻費用を定める調停条項

> 相手方は，申立人に対し，婚姻費用の分担金として，平成28年１月から当事者双方が別居解消又は離婚するまでの間，月額２万円を，毎月末日限り，申立人名義の○○銀行○○支店の普通預金口座（口座番号○○○○○○○）に振り込んで支払う。振込手数料は，相手方の負担とする。

ここで，相手方は義務者で，申立人が権利者です。

2 一般的な養育費を定める調停条項

> 相手方は，申立人に対し，当事者間の長女○○（平成22年３月３日生）の養育費として，平成28年１月から長女が満20歳になる月まで，月額２万円を，毎月末日限り，申立人名義の○○銀行○○支店の普通預金口座（口座番号○○○○○○○）に振り込んで支払う。振込手数料は，相手方の負担とする。

終期については，子の誕生日を踏まえ，具体的な月を記載する方法もあります。

3 子が大学に進学したときを想定したときの調停条項の例

> 相手方は，申立人に対し，申立人が当事者間の長女○○（平成22年３月３日生）の養育費として，平成28年１月から長女が満20歳となる月まで（長女が大学に進学したときは22歳となる次の３月まで），月額５万円を，毎月末日限り，申立人名義の○○銀行○○支店の普通預金口座（口座番号○○○○○○○）に振り込んで支払う。振込手数料は，相手方の負担とする。

大学に進学したときの終期については，子の誕生日を踏まえ，具体的な月を記載する方法もあります。子が大学に進学する際も，浪人をしたり，留年をしたり，医学部など６年制の大学に進学したり，様々な場合があり得るので，すべてを網羅する条項を作成することは困難です。そこで，上記の例は，最低限のものについて合意した上で，その後も在学している等の事情があるときについては，特に定めず，その時点の具体的な事情を踏まえ，新たな合意で対応することを想定しています。なお，新たな合意の主体は，長女が成人していることからすると，基本的には，相手方と長女と考えるべきでしょう。

4 月々の婚姻費用（養育費）では賄いきれない支出に備える調停条項

日々の衣食住や公立高校までの学費を中心とした通常の婚姻費用や養育費のほか，進学，病気その他の特別な費用については，将来の予測が困難なため，費用が必要となる時点に，費用の必要性の程度，両当事者の資力及び両当事者の生活状況などを考慮して，定めるほかはありません。そこで，その点について，前もって確認することが多く，そのような時には，通常，次のような条項が加えられます。

１　一般的な婚姻費用（養育費）の条項
２　当事者双方は，子らの進学，病気等により特別な費用を要するときは，その負担について別途協議する。

5 過去の婚姻費用（養育費）の支払を認めるときの調停条項

１　相手方は，申立人に対し，平成27年７月から平成28年６月までの婚姻費用（養育費）として合計60万円の支払義務があることを認める。
２　相手方は，申立人に対し，前項の金員を，平成28年７月末日限り，申立人名義の○○銀行○○支店の普通預金口座（口座番号○○○○○○○）に振り込んで支払う。振込手数料は，相手方の負担とする。

過去の婚姻費用（養育費）は，定額となります。

6 婚姻費用（養育費）の額を変更するときの調停条項

一般的には，次のような条項が用いられています。

申立人と相手方は，平成25年４月15日に成立した○○家庭裁判所平成15年（家）○号夫婦関係調整事件の調停条項第○項を次のとおり変更する。
「申立人は相手方に対し平成28年１月から子が満20歳に達する月まで，毎月５万円ずつ，毎月末日限り，相手方名義の○○銀行○○支店の普通預金口座（口座番号○○○○○○○）に振り込んで支払う。振込手数料は，申立人の負担とする。」

この調停条項の趣旨は，平成28年１月より前については，以前の調停条項が有効であり，平成28年１月以降は，今回の調停条項に従ったものとするというものです。

第８章　財産分与

第１節　人事訴訟・家事審判の実務

財産分与とは，どのようなものですか。その具体的内容は，どのような手続で定まりますか。

(1)　離婚するに際して，婚姻中に形成した財産の清算や離婚後の扶養等を処理する手続である財産分与として財産を請求できる権利（民法768条１項）を財産分与請求権といいます。

(2)　夫婦が離婚後，財産分与請求権の具体的内容を定めるには，当事者の協議，又は別表第２調停若しくは審判が必要です（民法768条，家事法別表第２の４の項，150条５号，244条）。

離婚と同時に財産分与請求権の具合的内容を定めるには，当事者の協議，離婚調停，284条審判又は離婚訴訟での判決若しくは和解が必要です（民法771条，768条，家事法244条，284条，人訴法32条１項・２項）。

解　説

1 夫婦財産制度

婚姻後の夫婦財産関係については，法律で定められています。これを法定財産制度といいます。具体的には，次の３点です。

ア　婚姻費用の分担（民法760条）

夫婦は，婚姻共同生活を維持するための費用については，それぞれの資産，収入，その他一切の事情を考慮して分担すべきと定められています。

イ　日常家事債務の連帯責任（民法761条）

婚姻生活から生じる債務（日常家事債務）については，夫婦が共同責任を負うべきと定められています。

ウ　夫婦別産制（民法762条１項）

夫婦の一方が婚姻前から有する財産及び婚姻中に自己の名義で得た財産は，それぞれの個人所有財産とされます。もっとも，いずれに属するか明らかでない財産については，夫婦が共有するものと推定されます（同条２項）。

2 財産分与

財産分与請求とは，夫婦の実質的共有財産の清算，離婚後の扶養等の観点から，離婚に際し，一方が他方に財産的給付を求めることをいいます。

我が国において，夫婦間に経済的格差があり，一方側（多くは妻側）の収入が，他方側（多くは夫側）の収入を下回る家庭が多いことから，他方名義（多くは夫名義）の財産が一方側名義（多くは妻名義）の財産を上回ることが一般的です。こうした夫婦間の財産格差を離婚に当たって調整するのが財産分与の制度です。

3 財産分与請求権の実現の手続

財産分与は，離婚によって請求することが可能となりますが，その内容を具体的に定めるためには，当事者間の協議が必要です（民法768条１項）。

協議によって内容が調わないときは，離婚後であれば，別表第２調停（財産分与調停）又は審判（財産分与審判）によって定まることとなります（民法768条，家事法別表第２の４の項，150条５号，244条）。財産分与調停は，別表第２事件ですから，不成立となったときは財産分与審判に審判移行（家事法272条４項）し，そこで定められることとなります。

また，離婚時であれば，協議，家事調停（離婚調停），284条審判又は人事訴訟（離婚訴訟）によって定まることとなります（民法771条，768条，家事法244条，284条，人訴法32条１項・２項)。離婚調停は，一般事件ですから，不成立となったときにも審判移行はせず，別途，離婚訴訟を提起する必要があります。

財産分与には，どのようなものがありますか。それぞれ，どのような内容ですか。それらを踏まえ，財産分与は現実にどのように定まりますか。

財産分与においては，次の４つの点が考慮されています。裁判例においては，それらを積算して財産分与額を算出するものやそれらを総合考慮して財産分与額を算出するものがあります。

(1)　清算的財産分与
(2)　扶養的財産分与
(3)　慰謝料的財産分与
(4)　過去の婚姻費用の清算

解　説

1 はじめに

財産分与をさせるかどうか並びに具体的な分与の額及び方法は，「当事者双方がその協力によって得た財産の額その他一切の事情を考慮して」定められます（民法768条３項）。

具体的には，(1)清算的財産分与において夫婦共有財産の清算が，(2)扶養的財産分与において離婚後の扶養が，(3)慰謝料的財産分与において，離婚に伴う慰謝料が，(4)過去の婚姻費用の清算において，未払及び既払の婚姻費用の清算の要素がそれぞれ考慮されています。最高裁判所も，財産分与には，清算的財産分与及び扶養的財産分与の他，慰謝料的財産分与も対象とすることができるとし（最判昭和46年７月23日民集25巻５号805頁），過去の婚姻費用の清算も考慮できるとしています（最判昭和53年11月14日民集32巻８号1529頁）。

裁判例においては，それらを積算して，財産分与額を算出するものやそれらを総合考慮して，財産分与額を算出するものがあります（文献判例ガイド96頁～133頁）。

2 清算的財産分与

夫婦が婚姻時に形成した財産を清算する財産分与です。婚姻後の形成した夫婦共有財産について，双方の財産形成に対する経済的貢献度，寄与度を考慮して，実質的に公平になるように分配することが基本的な考え方です。かつては，妻が専業主婦であり，夫婦の主たる収入源が夫であった家庭において，妻の寄与度を３分の１とするなど夫の寄与度より低く捉えられていました。しかし，最近は，原則として２分の１とみる考え方が裁判例，家裁実務の主流です。これを「２分の１ルール」といいます。もっとも，夫婦の一方が，特別の才能や努力によって多額の収入を得ているときなど，２分の１ルールは変更されることもあります。

清算的財産分与は，財産分与の中核的なもので，様々な論点があるので，それらについては後の問で詳述します。

3 扶養的財産分与

離婚後の扶養という観点から決められる財産分与を扶養的財産分与といいます。扶養的財産分与は，清算的財産分与，慰謝料的財産分与及び過去の婚姻費用の清算としての財産分与を受領しても，離婚後の生活に困窮する場合に，補充的に命じられます。扶養ですから，権利者の要扶養状態，義務者の扶養能力が審理されます。

高齢の専業主婦，病気に罹患している者，未成熟子を監護している主婦及び無収入の妻又は低収入の妻に，義務者の扶養能力も考慮して，一定期間の定期金又は一括金の支払を命じる裁判例があります。

4 慰謝料的財産分与

財産分与において慰謝料を考慮することができます。なお，財産分与で考慮されたときは，後に，そのことを理由に不法行為に基づく損害賠償請求をすることはできません。

離婚訴訟においては，人事訴訟法17条によって，離婚訴訟と請求原因を同じくする損害賠償請求訴訟を併合することができ，離婚調停においても同様です。そこで，財産分与においてこれが主張されるのは，慰謝料的財産分与を認めないと希望する現物給付が認められない場合が主です。なお，既に離婚が成立した後，財産分与調停又は審判を申し立てているときは，一回的解決のために，そこで慰謝料的財産分与についても問題とされる場合も少なくありません。なぜならば，既に離婚が成立した後は，家事調停であれば，別個に一般調停である慰謝料請求調停を申し立てる必要があり（これは，家庭裁判所でも地方裁判所でも可能です。），それが不成立であるときには，不法行為に基づく損害賠償請求訴訟は民事訴訟なので，地方裁判所に訴えを提起する必要があるのですが，財産分与の中で問題としておけば，不成立であるときも，審判移行し（家事法272条４項），家庭裁判所において一回的解決が可能であるからです。

5 過去の婚姻費用の清算

過去に支払うべき婚姻費用を，義務者が支払わなかったときは，義務者の財産が権利者の損失によって増加していることとなるため，財産分与において考慮されます。過去の過当な婚姻費用の分担についても事案によっては，考慮されます。

未払の婚姻費用をどの程度考慮すべきかですが，裁判例においても，全額が加算されることもありますが，常に当然全額を加算すべきとまではされていません。婚姻費用の分担額を算定する際の算定方式により未払婚姻費用を算定し，それを上限として，当事者双方の資産，収入及び生活状況並びに婚姻費用の分担がされなくなった経緯等一切の事情を考慮して，加算すべきか及び加算すべき額を定めることになります。

過当な婚姻費用の分担については，裁判例は，考慮の対象とはしていますが，過当かについて厳しく判断していて，標準的算定方式によって算定した額を上回ることのみからは過当とは認められないとした例や円満時の過払はいわば贈与の趣旨であるとした例があり，容易にその考慮を認めていません。

【参考文献】

・ＬＰ170頁～173頁，186頁～189頁

・判例ガイド96頁～133頁

・離婚調停325頁～326頁

清算的財産分与は，どのように算出されますか。

一般的には，次のような方法で具体的に定めます。複数の夫婦共有財産があるときは，夫婦共有財産ごとにこのように算出する方法と夫婦共有財産全体としてこのように算出する方法があります。

⑴　夫婦共有財産の特定
⑵　夫婦共有財産の評価
⑶　分割割合（財産形成に対する寄与度）

解　説

1 はじめに

財産分与は，分与対象となる夫婦共有財産を特定した上，それを評価し，分割割合を定め，どのように分与するのが相当かを判断します。

複数の夫婦共有財産があるとき，夫婦共有財産ごとに，上記⑴ないし⑶の作業をした上で，それらを加算して全体の財産割合を算出し積算する方法と，全体として⑴ないし⑶の判断をする例があります（判例ガイド96頁〜103頁）。

2 夫婦共有財産の特定

原則として，同居するなどして夫婦が協力して形成した財産を夫婦共有財産として，そのすべてを清算対象とします。そして，婚姻期間中，厳密には，同居するなどして夫婦が協力関係にあった期間（以下，単に「同居中」といいます。）に夫婦それぞれが得た財産（例えば給料など）についても夫婦共有財産と推認し，別居後に得た財産については，原則として分与対象財産から外します。なお，別居後に財産が処分されても，それが夫婦の共同のために用いられたときでなければ，分与対象財産となります。

例外として，同居中に得た財産であっても，その原因が配偶者の寄与がないもの（例えば相続）であれば，夫又は妻の固有財産となり，財産分与の対象となりません。また，別居後に得た財産であっても，それが同居時に形成されたものであれば，夫婦共有財産として分与対象財産となります。この点，退職金，積立保険金及び住宅ローンによって購入された不動産などで問題となります。

また，例外として，同居前から有していた財産や同居中相続によって取得した財産などの夫婦の一方の固有資産であっても，他方がその維持管理に寄与したときは，それも財産分与の対象財産となります。その場合，後記の分割割合は低いものとなります。

3 夫婦共有財産の評価

上記のとおり夫婦共有財産の特定は原則として別居時となりますが，その評価は，離婚時とされています。別居後の夫婦共有財産の値上がり値下がりによる利益と損失は，等しく両当事者において享受し，引き受けるべきものであるからです。もっとも，夫婦共有財産を別居時と離婚時の間に処分したときは，原則として，その処分価格となります。

4 分割割合（財産形成に対する寄与度）

分割割合は，財産の形成に当該配偶者が寄与した割合によります。これについては，前の問（299頁）で述べたように原則２分の１とされています。

もっとも，一方当事者の寄与度が高い特段の事情があるときは，その割合は修正されます。具体的には，次のような事情があります。

ア　一方当事者が特別の努力や才能で高額な収入を得ている場合。

イ　一方当事者が他方当事者と同等以上の収入を得るのみならず，家事労働も担っている場合。

ウ　例えば，婚姻後自宅を購入するに際し，一方当事者の同居前から存在した貯蓄を充てた場合など，一方当事者の固有財産が夫婦共有財産の形成に寄与している場合。この場合は，固有財産の寄与の程度によって，割合が大幅に変動します。

エ　固有財産の維持管理に他方当事者が寄与した場合。この場合は，他方当事者の寄与割合は，１，２割など，かなり低いものとなります。

【参考文献】

・判例ガイド96頁～103頁

婚姻時（同居と同時）に際し，夫は1,000万円貯金を有しており，妻の貯金が０円であって，別居時に，夫は3,000万円の自宅を有しており，妻は1,000万円の貯金を有していました。現在，夫は3,000万円の自宅の他1,000万円の貯金を，妻は4,000万円の貯金を有しています。そのような夫婦が離婚するに際し，財産分与は，どちらからどちらにいくら支払われるべきですか。なお，婚姻時及び別居時とも，双方とも他に財産は有しておらず，債務もありません。

A　次の計算のとおり，夫から妻に500万円が支払われるべきこととなります。なお，別居後の財産の増減は，それが夫婦の共同の原因に基づくもの以外については，考慮しません。

夫の，婚姻によって増加した夫婦共有財産の額

3000万円（別居時の財産）－1000万円（婚姻時の財産）＝2000万円

妻の，離婚時に有している夫婦共有財産の額

1000万円（別居時の財産）

それぞれが離婚時に取得すべき夫婦共有財産の額

(2000万円＋1000万円) $\times \frac{1}{2}$ ＝1500万円

夫から妻に支払われるべき額＝夫が妻に支払うべき額

1500万円－1000万円＝2000万円－1500万円＝500万円

婚姻中に夫婦の共同生活のために負った債務は，財産分与においてどのように考慮されますか。例えば，次のような事例では，どちらがどちらにいくら財産分与すべきでしょうか。

⑴　婚姻中，夫が500万円の貯金をし，自動車を購入しその時価が財産分与時500万円で，夫婦の生活維持のため500万円の債務を負ったのに対し，妻が債務負担はないのに，共同生活中に100万円の貯金をし，宝石を購入しその財産分与時の時価が100万円であるとき

⑵　婚姻中，夫が財産形成をしていないのに500万円の債務を負ったのに対し，妻が婚姻中に債務負担をしていないのに900万円の貯金をし，自動車を購入し，その財産分与時の時価が100万円であるとき

財産分与額を算定するには，婚姻中に夫婦の一方がその生活維持のために負担した債務，すなわち夫婦共同債務の負担も考慮に入れます。

⑴　夫婦共同財産額合計

500万円＋500万円＋100万円＋100万円－500万円＝700万円

妻の取得すべき夫婦共同財産額

700万円×$\frac{1}{2}$＝350万円

妻の受け取るべき財産分与額＝夫が支払うべき額＝150万円

妻側から見ると　350万円－(100万円＋100万円)＝150万円

夫側から見ると　350万円－(500万円＋500万円－500万円)

＝－150万円

⑵　夫婦共同財産額合計

900万円＋100万円－500万円＝500万円

夫の取得すべき夫婦共同財産額

500万円×$\frac{1}{2}$＝250万円

夫の受け取るべき財産分与額＝妻が支払うべき額＝750万円
夫側から見ると　250万円－（－500万円）＝750万円
妻側から見ると　250万円－（900万円＋100万円）＝－750万円

解　説

1 債務が存在するときの財産分与額の算定方法

夫婦が同居中にその生活維持のために負担された債務があるときは，夫婦共同財産の総額を考える際に，それも考慮します。具体的には，夫婦共有財産から，夫婦共同債務を控除して，それが夫婦に寄与度に応じて分与されるように財産分与額を考えることになります。その具体的な算定方法は，A記載のとおりです。

2 債務引受の可否

財産分与において公平な分配を徹底するのであれば，夫婦共同債務の引受けを認めることも考えられます。しかし，債権者の関与しないところで債務者を変えることは取引の安全を害すること，そもそも財産分与についてはプラスの財産について考えられていることから，実務上，人事訴訟及び家事審判において債務引受をさせることは認められないとの考え方が一般的です。

3 債務超過の場合

なお，夫婦共同債務額が実質的夫婦共有財産より高く，債務超過であるときには，財産分与は考えられないと述べられることがありますが，それは正確とはいえないでしょう。次のＱ２(3)記載の事例のように，夫婦共有財産があるときには，全体としては債務超過であっても，当事者の公平な財産全体の分配を考えるのであれば，夫婦共有財産の分与を認めるべきであると考えます。その場合，徹底すれば，計算上負担すべき額すべてを清算すべきとの考え方もありそうですが，実務上，清算的財産分与においては，夫婦共有財産の限度で清算するとの見解が一般的です。

その考え方を踏まえ，下記のＱ２⑷記載の事例のように，実質的夫婦共有財産がなく，夫婦共同債務しかないときには，財産分与は認められないとされています。

Q2

次のような事例では，どちらがどちらにいくら財産分与すべきでしょうか。

⑶　婚姻中，夫が財産形成をしないのに夫婦の生活維持のため1,000万円の債務を負ったのに対し，妻が債務負担をしてないのに合計500万円の財産を形成したとき

⑷　婚姻中，夫が財産形成をしていないのに夫婦の生活維持のため1,000万円の債務を負ったのに対し，妻が財産形成も債務負担もしていないとき

A　夫婦共同債務を財産分与によって他方当事者に引き受けさせることは，離婚訴訟や家事審判において，一般的には，認められていません。また，夫婦共有財産を超えた財産分与も認められていません。

⑶　債務引受もあり得るとすれば，計算上は，下記のとおり，妻が夫に750万円支払うべきことになりますが，財産分与は，夫婦共有財産の限度で考慮するとの考えが一般的で，それによると妻に属している500万円が上限ということになります。

夫婦共有財産額合計

500万円－1000万円＝－500万円

妻が負うべき夫婦共同債務（計算値）

-500万円$\times\frac{1}{2}=-250$万円

妻が夫に支払うべき額（計算値）

500万円－（－250万円）＝750万円

妻から夫の財産分与額

500万円（妻の有する夫婦共有財産の限度）

(4)　債務引受もあり得るとすれば，計算上は，下記のとおり，妻が夫に500万円支払うべきことになりますが，妻に夫婦共有財産がないため，認められないことになります。

夫婦共有財産額合計

－1000万円

妻が負うべき夫婦共同債務（計算値）

－1000万円$\times\frac{1}{2}$＝－500万円

妻が夫に支払うべき額（計算値）

500万円

財産分与

妻が夫婦共有財産を有していないので，認められない。

【参考文献】

・ＬＰ182頁～186頁

・判例ガイド124頁～126頁

次の財産を有しているとき，財産分与において，実務上どのような点が問題とされ，どのように解決されていますか。

⑴　預貯金
⑵　生命保険契約等における解約返戻金
⑶　株式
⑷　退職金
⑸　一方当事者が経営している会社の資産
⑹　年金

実務上，次の財産においてしばしば問題とされる点は，次のとおりです。

⑴　預貯金については，名義と実体的な権利者のずれ，固有財産か夫婦共有財産か，固有財産の混入などが問題となります。

⑵　解約返戻金については，評価，固有財産の寄与などが問題となります。

⑶　株式については，評価などが問題となります。

⑷　既に支払われた退職金については固有財産の寄与が問題となり，将来の退職金請求権においては，加えて，評価や支払時期が問題となります。

⑸　一方当事者が経営している会社の資産は，原則として財産分与の対象となりません。

⑹　いわゆる年金分割の対象となるものについては，そこで考慮されますが，企業年金や退職年金などは財産分与の対象となります。

解　説

1 財産分与の対象財産

一般的には，当該財産が夫又は妻の財産か，夫又は妻の財産であったときに夫婦共有財産か固有財産か，夫婦共有財産であったとき固有財産の寄与があるか，あるとしてどの程度か，当該財産をどのように評価すべきかが問題とされます。

そして，財産によって主として問題とされる点が異なるので，ここでは，財産ごとにしばしば問題となる点とそれについてどのように考えられているかをまとめておきます。

2 預貯金

別居時の，実体的な夫婦共有財産が財産分与の対象となります。

まず，実体的権利者が誰かが問題となります。原則的には名義人が権利者と考えられますが，親族などが名義貸しをしている場合もあり，その点が争われたときは，原資が誰から出たか，通帳の管理を誰がしているかなどを総合して判断します。また，実務上，子の預貯金が実体的に子のものか，夫婦共有財産かが問題となることもあります。例えば，子が両親又は祖父母等から贈与を受けた小遣いやお年玉などを預貯金したのであれば，子のものとなりますし，父母が，自分たちの財産を子名義で預貯金しているのであれば，夫婦共有財産となります。

次に，実体的権利者が，夫婦のいずれかであったときは，それが固有財産（例えば，婚姻前の定期預金が自動更新されたもの，相続した金銭のみが預けられたものであること）であるかが問題となります。

さらに，夫婦共有財産であっても，固有財産の混入がある場合があります。このような場合には，全体としては夫婦共有財産ということになりますが，財産分与算定の際，①対象財産の評価に際して混入相当額を控除する，②寄与度の割合で考慮するなどして公平を図ります。もっとも，固有資産の混入額が少額であるとか，その後，長期間が経過し，預貯金に多くの出入りがあるときなどは，寄与は誤差の範囲内であるとして，寄与度を修正するほどではないと判断される場合もあります。

3 生命保険契約等の解約返戻金

夫婦が婚姻中に保険料を支払った生命保険契約等の解約返戻金は，夫婦共有財産として財産分与の対象財産となります。

その評価ですが，別居時の解約返戻金額ということになります。

なお，婚姻前から保険料を支払っていたときや親族に保険料の一部を支払ってもらったときは，その期間分については，固有財産の寄与があると考えられます。そこで，財産分与算定の際，①対象財産の評価に際して，保険料の支払額で按分し考慮する，②寄与度の割合で考慮するなどして公平を図ります。

4 株式

夫婦が婚姻中に株式を取得したときは，それも夫婦共有財産として分与の対象となります。別居時に夫婦に帰属している株式が財産分与の対象で，その評価は分与時ということになります。もっとも，分与までに処分がされたときは，その処分価格となります。

上場会社の株式は，取引価格が公表されているので，評価が容易です。これに対し，非上場会社の株式の評価には困難が伴います。厳密には企業価値を算出し，それを株式総数で割って算出するべきこととなります。

株式を取得した対価が固有財産であったときや固有財産の混入があるときについては，基本的に預貯金において述べたと同様の考え方となります。

5 退職金

婚姻期間中に支払われた退職金は，財産分与の対象となります。もっとも，退職金を支払う企業に婚姻前に勤務を開始した場合や別居後も勤務を継続したときが多いため，退職金については，固有財産の寄与の程度がしばしば問題となります。財産分与に際して，例えば，分与対象財産の評価に際して，①勤務期間のうち別居までの婚姻期間の割合で比例的に評価する方法や②寄与度で考慮する方法があります。

将来の退職金請求権については，傷害，疾病及び懲戒解雇の当事者の事情や勤務先の経営状況など流動的な要素があるため，その評価が困難です。また，各企業によってその支払の見通しも異なるばかりでなく，高額となることも少なくないため，現に支払を受けることができていない時点での支払を強制することが適当かなど様々な問題があります。

退職までの期間が比較的短く，勤務先が公的機関や大企業であるときには，支払の蓋然性が高いとして，別居時に退職したとして受け取れる額のうち同居期間分について対象とする例が多いものの，退職までの期間が長いとき，勤務先が中小企業であるときなど支払の蓋然性があるとまでいえない場合には，考慮要素に止める例もあります。なお，最近は，定額又は計算方法を示した上で将来の支給時を支払時期とする裁判例もあります。

6 一方当事者が経営している会社の資産

一方当事者が経営している会社の資産は，その会社はその当事者と別人格なので，原則として財産分与の対象となりません。

もっとも，事実上，その当事者の資産と同視し得るとまでいえる事情があるときは，それも分与対象財産となります。

また，一方当事者が経営しているときは，その会社の株式を有していることが多く，それが夫婦共有財産であるときは当然財産分与の対象となります。また，婚姻前からその株式を有していたとしても，他方配偶者が，その会社の発展に寄与し，純資産などが増加して，株式価値が上がったのであれば，その上昇分について，寄与に応じた財産分与が認められるでしょう。また，株式価値が上昇していなくとも，維持に寄与した場合は，それが考慮されることもあるでしょう。

7 年金

公的年金については，いわゆる年金分割において解決されることとなったので，財産分与の対象とはなりません。

退職年金，企業年金及び確定拠出年金などは，公的年金ではないので，財産分与に当たって考慮されるべきものです。そこで，考慮の方法ですが，退職年金については，一時金を選択していたら受領できたはずである金額を参考に同居期間に按分して計算する方法が考えられます。もっとも，退職年金でも上記のような考慮が困難なときもあり，企業年金及び確定拠出年金などは，将来の支払が流動的で，評価が困難であって，加算事情的に考慮するほかないことも考えられます。いずれにしても，どのような制度かは様々だと思われますので，その点を認定した上で，認定された事実にふさわしい判断がされることになります。

【参考文献】
・離婚調停313頁～317頁
・判例ガイド111頁～121頁

婚姻中に，頭金を支払い，夫名義で住宅ローンを組み，夫名義で自宅を購入しました。離婚に際し，夫が，自宅の取得を希望し，妻もそれを認めています。自宅の財産分与時の時価は3,000万円で，自宅関係以外に夫婦共有財産も，夫婦共同債務もありません。次のような場合，財産分与はどのようになりますか。

(1)　頭金は全額夫婦共有財産から支払われており，別居時の住宅ローン残高が1,000万円であるとき

(2)　頭金は全額夫婦共有財産から支払われており，別居時の住宅ローン残高が3,000万円であるとき

(3)　頭金は全額夫婦共有財産から支払われており，別居時の住宅ローン残高が4,000万円であるとき

(4)　頭金1,000万円は全額妻の固有財産から支払われており，夫が別居時までに支払った住宅ローンは3,000万円で，別居時の住宅ローン残高が1,000万円であるとき

(1)　(3000万円－1000万円)×$\frac{1}{2}$＝1000万円

夫が妻に，1000万円を支払う。

(2)　3000万円－3000万円＝０

夫に，分与すべき財産がないので，財産分与はなし。

(3)　3000万円－4000万円＝－1000万円

夫に，分与すべき財産がないので，財産分与はなし。

(4)　(1)を妻の固有財産の寄与を考慮することによって，修正すべきですが，その方法は，様々です。

例えば，自宅の現在価値を，時価から住宅ローン残高を引いたものと考えた上で，夫婦のそれぞれがその形成のために負担した金額で按分する方法によると，妻が取得すべき額は，次のようになります。

$(3000万円-1000万円)\times(1000万円+3000万円\times\frac{1}{2})/(1000万円+3000万円)=1250万円$

夫が妻に1,250万円を支払う。

解　説

1 住宅ローン付き不動産の扱い

住宅ローン付き不動産が財産分与の対象のとき，不動産の時価を評価し，他の預貯金等の資産と合算して，住宅ローンを控除した後，分割割合を乗じる方法と，不動産のみ別枠で計算する方法があります。

ここでは，単純化するために住宅ローン付き不動産のみが財産分与の対象であるときの計算方法を説明します。

2 固有財産の寄与が問題とならない場合

この場合は，一般的な夫婦共有財産と夫婦共同債務があるときと同様な扱いとなります。

すなわち，上記(1)のように，夫婦共有財産額が，夫婦共同債務額より大きいときには，前者から後者を控除して，それを２分の１ずつ取得するよう分与することになります。

また，上記(2)のように，夫婦共有財産額が夫婦共同債務額と同じときには，分与すべき財産もありません。

そして，上記(3)のように，夫婦共同債務額が夫婦共有財産額を上回り，その帰属者が同一であるときには，分与は認められません。

3 固有財産の寄与が問題となる場合

自宅を購入するに際して，夫婦の一方が婚姻前から貯めていた預貯金やその親族からの援助金を頭金に充てることや，別居後，夫婦の一方が住宅ローンを支払うことはままあります。このようなときには，夫婦の固有財産が自宅の形成に一定程度寄与していることとなるので，その点をどのように評価するかが問題となります。そして，自宅は，経年劣化することや不動産市況によって価格が上下することもあるため，購入価格と時価が一致しないことが多いので，固有財産の寄与の評価には難しいものがあります。それには様々な方法があり，判決や家事審判によって，各裁判官が，合理的な裁量に基づき，それぞれの事案に即した判断をしているのが実務の現状です。

例えば，自宅の現在価値を，自宅の時価から住宅ローン額を控除した額とした上で，それに対し，現実に支払われた額のうち充てられた固有財産の額の割合をもって，その自宅の現在価値に乗じ，固有財産の寄与の割合を出す方法で算出するとＡのとおりとなります（判例ガイド104頁）。

【参考文献】
・判例ガイド103頁～106頁
・離婚訴訟303頁～313頁

第２節　家事調停の進行

⑴　財産分与調停の手続はどのようなものですか。合意ができなければ，どのようになりますか。

⑵　離婚調停において，財産分与が問題となるときの手続はどのようなものですか。合意ができなければ，どのようになりますか。

⑶　財産分与が問題となる調停の一般的な進行はどのようなものですか。

⑴　財産分与調停は別表第２調停です（家事法別表第２の４の項，150条５号）。したがって，調停が不成立になると，当然，家事審判に移行します（家事法272条４項）。

⑵　離婚調停は一般調停です。したがって，調停が不成立になると事件は終了します。その解決のためには，離婚と共に，家庭裁判所に人事訴訟を提起し，そこで附帯処分の申立てをすることが必要です（人訴法32条１項・２項）。

⑶　財産分与が問題となる調停においては，原則として，家事審判や人事訴訟での見通しに従った進行がされます。もっとも，離婚調停においては，他の対立点と総合的な検討がされることもあります。

解　説

1 財産分与調停及び離婚調停の各手続

財産分与調停は別表第２調停です（家事法別表第２の４の項，150条５号）。したがって，調停が不成立となると，当然家事審判に移行します（家事法272条４項）。

他方，離婚調停は，主たる対立点が財産分与であっても，一般調停であることには変わりがありません。そうすると，調停が不成立となると事件は終了し，審判移行をすることもありません。したがって，解決をするには，家庭裁判所に人事訴訟を提起し，離婚請求の附帯申立てとして，財産分与に関する処分を申し立てる必要があります（人訴法32条１項・２項）。なお，離婚調停において調停離婚する，又は，協議離婚するなどして離婚をした後，離婚後２年以内に財産分与調停又は財産分与審判を申し立てる方法もあります（民法768条２項）。

2 財産分与が問題となる調停の原則的な進行

互いが互譲して円満に合意に至るときは格別，財産分与調停において対立点があるときや，権利者や義務者が法に従った財産分与としたいと考えているときは，家事審判や人事訴訟での見通しを前提に協議が行われます。なお，財産分与が主として問題となる事案については，心情的な対立がある場合でも，最終的には一回的な給付が問題となり，義務者に資力があることが多く，執行も想定されるので，当事者においても，心情的な点より家事審判や人事訴訟での見通しを重視する傾向が強いようです。特に，高額な財産分与が認められるべき事案においては，手続代理人弁護士が委任されている事案が多いため，家事審判や人事訴訟の先取り的な進行がされる事案が少なくありません。

したがって，財産分与が問題となる調停の原則的な進行は，大まかに，夫婦共有財産の清算（夫婦共有財産の特定，評価及び分割割合）を中心に，慰謝料的要素，過去の婚姻費用の清算及び扶養を加味して，当事者それぞれの言い分を踏まえ，対立点について互いに資料を開示し，家事審判や人事訴訟での見通しを踏まえ，分割の方法を協議するということになります。

なお，そうはいっても，これは家事調停であって，裁判手続そのものではないので，事実の調査に限界もあり，早期の円満な合意解決という趣旨から，それぞれの対立点を解消するに当たっての資料ややり取りについて，必ず，家事審判や人事訴訟ほど詰める必要があるわけではありません。それぞれについて，どこまで徹底すべきかも，当事者の協議によって定められるべきでしょう。

3 離婚調停において財産分与が問題となるときの進行

我が国においては，協議離婚が認められるなど，当事者に離婚自体を処分する権限が認められていること，離婚調停においては，財産分与以外に協議すべき対象が多々あり，その中には慰謝料など当事者の処分に委ねてよいものもあることから，当事者の主体的で合理的な合意があるときは，財産分与について家事審判や人事訴訟の見通しと異なるものとすることは可能であって，現実にもそのような例は少なくありません。例えば，有責配偶者であって離婚訴訟において認容判決を得ることができるかが不透明で，経済力のある夫が妻に離婚を求める場合に，夫から妻に手厚い財産分与がされる例，経済力のある非監護親が監護親に対し，離婚によって子に不利益を与えたくないとの趣旨から裁判の見通しを超えた財産分与をする例，早期に離婚したい経済力のある配偶者が本来求めることができる財産分与を減額する例などがあります。しかし，親権や面会交流など子の監護に関する処分は，専ら子の利益のためのものですから，財産分与の取引材料とすることは厳に慎まなければなりません。

家事審判や人事訴訟の見通しと大きく違う合意がなされるときは，調停委員会としては，当事者が合意の意味を充分理解しているか，及び，その合意の動機を聴取して，当事者が主体的・合理的に合意をしているかの確認をする必要があります。

家事調停で財産分与が問題となるときの詳細な進行は，一般的には，どのようなものですか。

家事調停で財産分与が問題となるときは，裁判（家事審判及び人事訴訟）の見通しを踏まえた調整が一般的なので，裁判と同様に，次のような点を確認検討して進行をすることが一般的です。

(1)　夫婦共有財産の特定（原則として，別居時）
(2)　夫婦共有財産の評価（原則として，現時点）
(3)　分割割合（財産形成に対する寄与度）
(4)　過去の婚姻費用の清算の考慮，慰謝料的財産分与の要否の検討
(5)　扶養的財産分与の要否の検討
(6)　財産分与の方法の検討

解　説

1 家事審判及び人事訴訟の見通し―原則

前問で述べたとおり，家事調停で財産分与が問題となったときは，概ね裁判（家事審判及び人事訴訟）の見通しを踏まえるため，それと同様な進行をすることが一般的です。

したがって，当事者は，家事調停において，財産分与を判断するのに必要な項目についての言い分を述べ，その裏付けの資料を提出し，調停委員会も，各項目について，当事者の言い分を聴取し，対立のある点とない点を確認して，対立がある点については，速やかな資料提出を促すことになります。そして，両当事者が，他方当事者の言い分を聴き，資料を検討した上でも，それぞれの対立点又は全体解決の方向について合意に至らないときは，調停委員会が，家事審判や人事訴訟の見通しを示唆する，又は，見通しを踏まえた提案をするなどして，積極的に調整することが求められるでしょう。もっとも，財産分与は，裁判体ごとで合理的裁量が認められており，特に，訴訟においては，当事者尋問などの

人証調べを経て，心証が形成される点も多く，過去の婚姻費用の清算をどの程度考慮すべきか，扶養的財産分与を認めるべきか，その額と方法をどのようにすべきかなどは，裁判例も分かれている分野なので，その見通しには限界があることも意識されるべきでしょう。

それでは，以下で，各項目とで問題となるべき点や資料について，具体的に説明します。

2 夫婦共有財産の特定

第１節（302頁）で述べたとおり，清算的財産分与額を算定する前提として，まず，夫婦共有財産を特定する必要があります。そのため，両当事者は，別居時の自らの所有・管理していた夫婦共有財産を資料と共に開示し，他方当事者の所有・管理していると考えられる夫婦共有財産についても知り得る限りの言い分を述べ，手持ち資料を提出するほか，他方当事者が所有・管理していると考えられる財産について指摘し，釈明を求めることになります。このとき，一方当事者において，合理的根拠に基づいて，他方当事者に財産があると判断しているのに，他方当事者がそれを否定したり，あることを認めながらその具体的な内容や資料の開示を拒んだりするときがあります。このようなときは，調停委員会は，まず，相手方に，夫婦共有財産を任意に開示するように粘り強く説得します。次に，一方当事者が，具体的に，相手方の財産を把握しており，調停委員会の説得の後に，他方当事者がその任意開示に応じないときは，申立人に手続代理人弁護士がいるときは，その手続代理人弁護士において，金融機関などに，弁護士会による照会手続（弁護士法23条の2）を用いて報告を求める方法があります。また，家庭裁判所が事実の調査として金融機関等に調査嘱託をすること及び証拠調べとして金融機関等に調査嘱託や送付嘱託をすることもあります（家事法258条，62条，64条１項，民訴法186条，226条）。これらの方法も，一方当事者において他方当事者の預金先の金融機関の特定がなければ実施することは困難です。なお，最近は，家事調停においても，裁判の見通しについての意識が高まり，調査嘱託や送付嘱託がされることが増えてきています。

別居時に当事者が有する財産であっても，固有財産であったり，固有財産の寄与があったりするものもあります。そのような言い分が出された財産については，他方当事者に確認し，他方当事者が認めないときには，その言い分を述べた当事者に資料の提出を求めます。

3 夫婦共有財産の評価

第１節（302頁）で述べたとおり，清算的財産分与において，夫婦共有財産が特定した後は，各財産の評価が問題となります。財産の種類に応じた評価については既に述べました。預貯金については，別居時の額で特定しますが，不動産や株の評価は，現時点の時価ということになります。争いがあるときは，家事調停段階であっても，その算定のために鑑定をすることが可能です（家事法258条１項，64条１項，民訴法212条ないし218条）。なお，鑑定には，時間と費用を要するので，当事者が提出する資料を基に，調停委員会の示唆の下，その点の合意ができるかも検討されるべきでしょう。

4 分割割合（財産形成に対する寄与度）

第１節（299頁）で述べたとおり，清算的財産分与における分割割合は，２分の１が原則とされている（２分の１ルール）ため，それを出発点として，第１節（303頁）で述べたとおり，夫婦の一方が特別な才能によって高収入を得ているとき，夫婦の一方が夫婦の収入及び家事に対し他方に比して大きく寄与しているとき，夫婦共有財産の形成に一方の固有財産が一定以上寄与しているとき，夫婦の一方の固有財産の維持・管理に他方配偶者を寄与したときなど，寄与度を変更すべき事情について，当事者が言い分を述べ，裏付け資料を提出することになります。

5 慰謝料的要素及び過去の婚姻費用

慰謝料的財産分与が問題となるときは，両当事者は，その原因事実についての言い分を述べ，対立点があるときは裏付け資料を提出することになります。調停委員会は，それを基に，裁判での見通しを立て，調整すべきことになります。もっとも，家事調停において人証調べがされることはほとんどないので，他方当事者において慰謝料の原因である事実（多くは不貞行為です。）を認めている事案や裏付け資料からして明らかな事案を除けば，裁判の見通しを立てることが困難なものが多いと考えられます。そのような場合は，当事者に考慮を求められても，調停委員会として，その時点で立てることのできた見通しの程度もよく説明し，当事者に，離婚訴訟や民事訴訟で請求することとのいずれがよいかの検討を促すことも考えられます。

過去の婚姻費用については，理論上は，未払分及び過払分も考慮される可能性がありますが，第１節（300頁）で述べたとおり，過払分が考慮されることは少なく，未払分についても，分担額を算定する際の算定方式によって算定した未払婚姻費用全額が加算されるべきとされているわけではなく，それを上限として，当事者双方の資産，収入及び生活状況並びに婚姻費用の分担がされなくなった経緯等一切の事情を考慮して，加算すべきか及び加算すべき額を定めることとされています。したがって，家事調停においても，過去の婚姻費用を算出するための両当事者の過去の収入のほか上記で指摘した事情についての双方の言い分を聴き，対立点については資料の提出を促すこととなります。もっとも，過去の婚姻費用を考慮するか，及び，その程度は裁判体によって判断が分かれることが考えられるので，裁判の見通しにも，限界があります。調停委員会は，調整に際し，その点も両当事者に伝えるべきでしょう。

6 扶養的財産分与

第１節（299頁）で述べたとおり，清算的財産分与，慰謝料的財産分与及び過去の婚姻費用としての財産分与を受領しても，離婚後の生活に困窮する場合に，離婚後の扶養という観点から，補充的に扶養的財産分与が命じられることがあります。扶養ですから，権利者の要扶養状態，義務者の扶養能力が審理されます。そこで，両当事者から，権利者の要扶養状態，義務者の扶養能力に関する事情を聞き取り，対立点があるときには，資料の提出を求めることとなります。この点も裁判体によって判断が分かれることが考えられるので，裁判の見通しにも限界があり，調停委員会は，調整に際し，その点を両当事者に伝える必要があるでしょう。

7 財産分与の方法の検討

財産分与の方法を決めるには，まず，当事者の意向を聞き，それが一致すればそれにより，一致しなければいずれが相当かという方向で検討します。ここで，家事調停においては，家事審判及び人事訴訟と異なり，様々な方法を採用することが可能です。例えば，家事審判においては，困難とされている債務引受も可能ですし，親族などの第三者の連帯保証や物的保証，第三者弁済など様々な方法も考えられます。そこで，両当事者と調停委員会は，両当事者が一次的に求める方法に拘泥するのではなく，両当事者がその方法を求める動機や背景事情を考慮し，柔軟に，合理的で，最善な方法を共に考えていくことが重要です。

例えば，中学生の子の親権者を妻として離婚をする事案で，妻は子の監護環境を変えたくないとして，裁判の見通しとしては取得することができない高価な自宅の取得を求めており，夫も子の監護環境の変更を必ずしも望んでいないものの，自宅を与えるほど資力がない事案については，例えば，夫が自宅の所有権を取得した上で，子が高校を卒業する頃まで，妻の何らかの利用権を認め，その利用権の財産価値を踏まえ，夫の妻に支払うべき財産分与額を定める方法が考えられます。

Q　**離婚調停において，離婚と子の監護関係等については合意をしたのですが，財産分与については合意ができる見込みが立ちません。このような場合，財産分与以外についてのみ定めた離婚調停を成立させてもよいですか。**

紛争の一回的解決の観点からは，離婚調停において，財産分与を含むすべての点について合意を成立させることが望ましいことはいうまでもありません。

もっとも，事案によっては，財産分与について定めず，段階的に解決することが，緊急の必要性に対応でき，最終的な，事案全体の適正・迅速な解決を図ることにつながる場合もあります。そのような場合に，当事者がその意味を十分理解し，希望すれば，財産分与について合意をせず，離婚調停を成立させることが相当です。

そのような場合には，当事者と調停委員会で，合意をした点と合意をしない点について共通認識を持ち，調停条項に明記することが必要です。

解　説

1 紛争の一回的解決の要請

当事者間の紛争は，抜本的，一回的に解決することが望ましいことはいうまでもありません。特に，離婚訴訟において附帯処分の裁判とされている財産分与は，離婚と密接な関連を有するものなので，原則として離婚調停における一回的解決が目指されるべきであって，財産分与について合意ができない以上，離婚調停全体を不成立とし，人事訴訟に委ねることも考えられます。

2 段階的解決が適切な場合―合理的な理由に基づく当事者の真摯な希望

もっとも，当事者が，緊急の課題に対応したいなど，合理的な理由によって，真摯に，段階的な解決，すなわち，財産分与以外の点についての離婚調停の成立を望む場合については，段階的な解決も検討されるべきでしょう。

例えば，互いに経済的に余裕があるので，早期の財産分与の解決や支払までは強く望んでいる訳ではない夫婦双方が，新たな生活，例えば，子の監護の便宜などのため早期の離婚を望んでいるものの，財産分与についてだけ折り合わないときには，離婚，親権及び子の監護等について合意し，離婚調停を成立させることを希望することがあります。その希望は合理的なので，そのような場合は，財産分与を定めない離婚調停を早期に成立させることも検討されるべきです。そして，財産分与について，引き続き協議を要する事案においては，その成立と同時に，財産分与調停を申し立ててもらうことによって，引き続き，それらを継続して協議し，遠くない解決を図ることも可能です。

3 合意をした点と合意をしなかった点の明確化

このように，当事者が希望し，納得した上で一部だけの合意をする場合には，合意をした点と合意をせず，後の家事調停，又は，家事審判などに委ねた点については，当事者及び調停委員会で同じ認識を持たなければなりません。この点，申立人と相手方が異なる認識であるときには，家事調停が成立する前提である合意の効力さえ問題となります。また，将来，どの点について合意をし，どの点について合意をしていないかについての紛争を予防することも必要です。したがって，調停条項において，どの点において合意をし，どの点について合意をしないかについて，明文化しておくことが望ましいと考えられます。

具体的には，その調停において，財産分与について定めていないときには，調停条項に，「財産分与については，別途解決する。」の１項を加えることが考えられます。

妻が，財産分与において，夫名義で，妻が連帯保証している住宅ローンが残っている夫名義の自宅を取得することを希望し，夫も，妻が将来的に住宅ローンを支払うのであれば，それを認めるとしています。

どのような内容の家事調停が考えられますか。

A

(1)　当事者間において，住宅ローンを妻において負担すること（債務の負担者の変更），妻が自宅を占有使用することを約束した上で，所有権については夫が妻に移転するものの，登記名義の移転は，妻が住宅ローンを完済したときとする方法

(2)　住宅ローンの債権者の承諾を受けた上で，自宅の所有権，登記名義及び住宅ローンの名義（免責的債務引受）を妻に移転する方法

(3)　当事者間において，住宅ローンを妻において負担すること，妻が自宅を占有使用することを約束し，所有権については夫が妻に移転させるとした上で，妻において，それらについて債権者の承諾を受けることを約し，夫がその承諾に協力する方法（免責的債務引受の約束）

(4)　妻が，住宅ローンを借り換え，従前の住宅ローンを完済し，自宅の所有権及び登記名義を妻に移転する方法

などがあります。

解　説

1 住宅ローンの扱い

自宅を財産分与するに際して，住宅ローンの扱いが問題となります。既に述べたとおり，家事審判及び人事訴訟においては，債権者の関与ができないこともあって，住宅ローンの債務者を変更することができません。しかし，家事調停などの当事者の合意によって，少なくとも当事者間において，債務の負担者や支払者を合意することは可能です。また，

債権者の合意が得られれば，債務者自体を一方当事者から他方当事者に変更することも可能です。したがって，住宅ローン付き不動産について，紛争を抜本的に解決するためには，裁判によるのではなく，家事調停によることが望ましいと考えられます。

2 債務の負担者の変更

A(1)は，当事者間において，住宅ローンの債務の負担者（支払者）及び所有権を移転する方法です。この方法は，債権者の承諾が不要であるという利点がありますが，現実に，住宅ローンの負担者（本問では，妻です。）が支払わなかったときは，元配偶者に対して，住宅ローンの請求がされる可能性があるなど，紛争が残る可能性があります。したがって，この場合は，妻が住宅ローンを支払わなかったとき，どのような清算方法とするかも定めておく必要があります。例えば，家事調停成立後，夫が負担した住宅ローンについては，妻に同額を請求できるなどが考えられます。このような場合であっても，自宅の価値が住宅ローン残高を大きく上回り，強制執行がされても，余剰があると解される場合には，結局，妻が取得するものがその余剰金となり，計算上，夫はそこから現に負担した住宅ローンの支払を受けることは可能であって問題は大きくはないのですが，オーバーローンであるなど，自宅の強制執行後も債務が残る場合は，夫に現実にその請求がきてしまうこととなり，大きな問題が生じます。

また，住宅ローン契約においては，自宅の登記名義変更を住宅ローンの期限の利益喪失事由としていることも少なくないので，その場合は，債務者の変更がされていない時点で，自宅の登記名義の変更を約束することは不合理です。また，債務者が妻と変更されていない時点において，自宅を夫の名義のままとすることは，妻の住宅ローン支払を担保する効果があります。

3 免責的債務引受

A(2)は，債権者の承諾を得た上で，住宅ローンの免責的債務引受をする方法です。自宅の価値が住宅ローン残高を大きく上回っているとか，妻の資力が夫と同程度認められるとか，妻において新たに資力のある保証人を付けることができるとかいった場合には，債権者が承諾することもあります。この方法が可能であれば，抜本的な解決となります。

4 免責的債務引受の約束

もっとも，債権者によっては，最終的には債務引受に承諾するとしても，家事調停の成立を条件とする場合もあります。そのような場合は，金融機関に内諾を取り，A(3)のような調停条項を作成した上で，その金融機関において手続することになります。

また，金融機関に内諾を取らない段階であっても，妻の今後の経済力の改善の見込みや今後の金融機関との交渉で承諾を得ることができる見通しがあるときにも，両当事者がその趣旨を理解し，納得すれば，A(3)のような調停条項によって，家事調停を成立させることもあり得るでしょう。

5 住宅ローンの借り換え

妻又はその親族などの関係者など支出や保証を依頼できる者に資力があるときは，住宅ローンを支払ってしまうのが最も端的です。そこまでの資力がなくとも，免責的債務引受において記載したように妻側に信用があるときには，住宅ローンを借り換えすることも考えられます。そのようなときは，A(4)のような調停条項によって解決することも考えられます。

第３節　調停条項

第１　一般的な財産分与調停における調停条項

1 金員の支払を約した調停条項（一括払）

> １　相手方は，申立人に対し，財産分与として1,000万円の支払義務があることを認める。
> ２　相手方は，申立人に対し，前項の金員を，平成28年７月15日限り，相手方名義の○○銀行○○支店の普通預金口座（口座番号○○○○○○○）に振り込んで支払う。
> （３　相手方が，前項の支払を怠ったときは，相手方は，申立人に対し，第１項の金員から既払金を控除した残金及びこれに対する平成28年７月16日以降支払済みまで年５％の割合の遅延損害金を付加して支払う。）

１項は支払義務を認める条項です。２項は，その期日を定めた上，その支払に執行力を与える条項です。

相手方が，支払を遅延したときは，債務不履行となり，支払日の翌日から年５分の割合の遅延損害金の支払義務を負います（民法419条１項）。３項は，その点を確認した上で，それについて執行力を与える条項です。３項が定められなければ，相手方は，民法419条１項によって，そこに記載されたと同様の義務を負いますが，それについては，執行力は認められないので，執行するには，別途，民事訴訟に訴えるなどして，判決などの債務名義を取得する必要があります。

2 金員を調停期日に支払ったことを確認した調停条項

> １　相手方は，申立人に対し，財産分与として1,000万円の支払義務があることを認める。
> ２　相手方は，申立人に対し，前項の金員を本調停期日において支

払い，申立人は，これを受領した。

3 金員の支払を約した調停条項（分割払）

1　相手方は，申立人に対し，財産分与として100万円の支払義務があることを認める。
2　相手方は，申立人に対し，前項の金員を次のとおり分割して，申立人名義の○○銀行○○支店の普通預金口座（口座番号○○○○○○○）に振り込んで支払う。ただし，振込費用は，相手方の負担とする。
(1)　平成28年１月31日限り50万円
(2)　平成28年２月から６月まで毎月末日限り10万円
3　相手方が前項(1)記載の金員の支払を怠ったとき，又は，前項(2)記載の金員の支払を２回以上怠りその合計額が20万円に達したときは，当然に期限の利益を失い，相手方は，申立人に対し，第１項の金員から既払金を控除した残金及びこれに対する期限の利益を喪失した日の翌日から支払済みまで年５％の割合の金員を付加して支払う。

２項のとおり，分割払で支払うときには，債務者に分割の利益を与えていることから，その支払を怠ったときは，一定の条件を満たしたときに，残金をまとめて支払うべきとの条項（懈怠条項）を付けることが一般的です。３項がそれに当たります。

4 相手方の不動産を申立人のものとすることを約した調停条項

1　相手方は，申立人に対し，別紙物件目録記載の不動産（以下「本件不動産」という。）を財産分与する。
2　相手方は，申立人に対し，本日付け財産分与を原因とする所有権移転登記手続をする。登記費用は申立人の負担とする。

3　相手方は，申立人に対し，平成28年9月30日限り，本件不動産を明け渡す。
4　相手方が，平成28年9月30日まで，前項の明渡をしなかったときは，相手方は，申立人に対し，平成28年10月1日から明渡済みまで1日当たり1万円の損害金を支払う。

1項は，本件不動産を財産分与する旨の条項です。2項は，その移転登記手続をする旨の条項です。執行力があるので，この調停調書を用いて，申立人のみで移転登記手続をすることが可能です。登記手続費用は，一般的には，登記権利者が負担します。もっとも，当事者が合意すれば，折半としたり，権利者が負担したりすることも可能です。

3項は，明渡しをする旨の条項です。執行力があるので，申立人は，この調停調書を用いて，強制執行をすることは可能です。もっとも，強制執行には，費用も時間もかかるので，任意の明渡がされることが望ましく，それを促すために，明渡条項については，遅滞に際して，遅延損害金を支払う旨の合意がされることが一般的です。4項は，それに該当します。

5 相手方の不動産を申立人のものとすることを約したときに，申立人が代償金を支払うことを約した調停条項

当事者間で，不動産の取得を申立人とすることには対立がないものの，それでは，本来の財産分与額より多額な財産を申立人が取得することとなって，適当でない場合は，不動産を申立人の取得とする一方，申立人において相当な代償金を支払うこととすることも可能です。そのような場合は，次のような条項とします。

1　前記**4**の1項と同じ。
2　相手方は，申立人に対し，平成28年7月31日限り，6項の金員の支払と引換に，本日付け財産分与を原因とする所有権移転登記手続をする。登記費用は申立人の負担とする。

3，4　前記**4**の3項，4項と同じ
5　申立人は，相手方に対し，代償金として500万円の支払義務があることを認める。
6　申立人は，相手方に対し，平成28年7月31日限り，2項の移転登記手続と引換に，前項の金員を相手方名義の○○銀行○○支店の普通預金口座（口座番号○○○○○○○）の口座に振り込んで支払う。振込手数料は，申立人の負担とする。

2項と6項は，お互いの債務の履行を担保するため，同時履行としています。

第2　住宅ローンの扱いが問題となるときの調停条項

1 自宅の住宅ローンの債務者であって，所有者である夫（相手方）が，妻（申立人）に，自宅を財産分与した上で，その住宅ローンの支払が終わるまで支払うことを約束する調停条項

1　相手方は，申立人に対し，別紙物件目録記載の不動産（以下「本件不動産」という。）を財産分与する。
2　相手方は，申立人に対し，相手方（借主）と○○銀行（貸主）との間の，平成20年4月1日付け消費貸借契約に基づく貸金債務（以下「本件貸金債務」という。）を債務の本旨に従って弁済することを約束する。
3　相手方は，申立人に対し，（本件貸金債務を完済したときは，）本件不動産について，本日付け財産分与を原因として，所有権移転登記手続をする。登記手続費用は，申立人の負担とする。
（4　申立人が，本件債務の全部又は一部を支払ったときは，相手方は，申立人に対し，その支払額及び支払った日の翌日から支払済みまで年5％の割合による遅延損害金を支払うことを約束する。
5　相手方が，本件債務の支払を怠り，本件不動産が競売されたと

きは，相手方は，申立人に対し，本件不動産が競売されたときの時価を支払うことを約束する。）

2項は，相手方と申立人間で，住宅ローンの負担者を相手方とすることを合意した条項です。これは，当事者間の合意なので，債権者を拘束するものではありません。3項は，登記簿上の所有名義を相手方から申立人に移転する旨の条項です。当事者間では，調停成立後直ちに登記名義の移転条項とすることが望ましいのですが，銀行等の金融機関によっては，所有権を債務者以外のものとしたことが，期限の利益喪失事由とされていることもあるので，そのようなときには，移転登記を住宅ローンの完済後とする必要が生じます。

4項は，本来，相手方が支払うべき住宅ローンを，競売を避けるなどのため，申立人が金融機関に支払ったときに，相手方に対し，その負担額の支払を請求できるとする条項です。5項は，相手方においてその支払を怠って，競売されてしまったときに，不動産の時価を支払う旨の規定です。3項までの約束があれば，その債務不履行に基づいて，4項，5項の効果は生じると考えられますが，その点を明らかにしたものです。一般的には，1項ないし3項の約束で止めることが多いと思われます。

2 自宅が共有で，夫婦が住宅ローンの連帯債務者であったところ，夫（相手方）が妻（申立人）に夫の共有持分を財産分与し，妻において住宅ローンの負担を約する調停条項

1　相手方は，申立人に対し，別紙物件目録記載の不動産（以下「本件不動産」という。）の相手方持分を財産分与する。

2　相手方は，申立人に対し，本件不動産の相手方持分を，本日付け財産分与を原因として，持分移転登記手続をする。登記手続費用は，申立人の負担とする。

3　申立人は，相手方に対し，申立人及び相手方（いずれも借主）と

○○銀行（貸主）の平成15年７月１日付け金銭消費貸借契約に基づく借入金返還債務（以下「本件債務」という。）を申立人において債務の本旨に従い支払うことを約束する。
４　相手方が，本件債務の負担を余儀なくされたときは，申立人は，相手方に対し，その負担額及び負担をした日の翌日から支払済みまで，年５％の割合の遅延損害金を支払うことを約束する。

３項についても，申立人と相手方の内部的な関係においてのみ効力が生じ，債権者である金融機関に対しては，効力は生じません。

また，４項は，相手方が，本件債務を支払う，又は，本件債務を被差押債権として差押えを受けるなどして，その債務を負担したときに，その負担額と遅延損害金を申立人が支払うことを約したものです。

3 前記２の例で，申立人が，相手方に，夫を住宅ローンの連帯債務者から脱退させる方向の約束をした場合の調停条項

１～４　前記２と同じ。
５　申立人は，相手方に対し，申立人及び相手方（いずれも借主）と○○銀行（貸主）と間の平成15年７月１日付け消費貸借契約に基づく借入金債務について，速やかに，相手方を連帯債務者から脱退させることを約束する（脱退するように，○○銀行と交渉することを約束する。）。

５項は，申立人と相手方間で，相手方を住宅ローンの連帯債務者から脱退させることを約束したものです。これも，○○銀行の同意がない限り，現実に相手方が連帯債務者から脱退することはできません。このような条項を作るには，申立人が事前に○○銀行と相談して，脱退について内諾を得ていることが望ましいと考えられます。もっとも，相手方において，その見込みまでは立っていないことを十分理解しながら，あえて，この条項を入れることを希望するときは，かっこ内記載の形のものを入れることもあり得るでしょう。

なお，連帯債務者からの脱退の履行を確保するために，所有権の移転登記と脱退の履行を同時履行とすることも考えられます。現実にも，具体的に金融機関の内諾が取れているときは，相手方，申立人及び新たな連帯保証人が，金融機関に一同に介して移転登記手続や連帯債務者の脱退・変更に必要な書類に同時調印することも少なくありません。その場合の条項は，次のとおりです。

1　前記**2**と同じ。
2　相手方は，申立人に対し，本件不動産の相手方持分を，５項の連帯債務者の脱退と引換えに，本日付け財産分与を原因として，持分移転登記手続をする。登記手続費用は，申立人の負担とする。
3，4　前記**2**と同じ。
5　申立人は，相手方に対し，申立人及び相手方（いずれも借主）と○○銀行（貸主）と間の平成15年７月１日付け消費貸借契約に基づく借入金債務について，２項の移転登記手続と引換えに，相手方が連帯債務者から脱退させることを約束する。

4 前記２の例で，相手方が，従前の住宅ローンを弁済し，借り換えする場合の調停条項

1，2　前記**2**と同じ。
3　申立人は，相手方に対し，申立人及び相手方（いずれも借主）と○○銀行（貸主）と間の平成15年７月１日付け消費貸借契約に基づく借入金債務について，速やかに弁済することを約束する。

３項は，申立人と相手方の間で，申立人が住宅ローン債務を完済することを約束するものです。自宅の時価が高く，担保力が大きく，申立人の収入が高く，保障されたものであって，別途，信用力のある保証人を立てることができるときには，住宅ローンの借り換えが可能な場合があり，そのようなときに用いられる方法です。このような条項での合意

は，形式上は当事者間にしか効力はありませんが，具体的な金融機関の内諾を得た上で交わされることが通常ですし，望ましいでしょう。なお，上記**3**と同様に，弁済と移転登記手続を同時履行とすることも考えられます。その際の条項は，次のとおりです。

> 1　前記**2**と同じ。
> 2　相手方は，申立人に対し，本件不動産の相手方持分を，３項の弁済と引換えに，本日付け財産分与を原因として，持分移転登記手続をする。登記手続費用は，申立人の負担とする。
> 3　申立人は，相手方に対し，前項の移転登記手続と引換えに，申立人及び相手方（いずれも借主）と○○銀行（貸主）と間の平成15年７月１日付け消費貸借契約に基づく借入金債務を弁済することを約束する。

第９章　年金分割

第１節　人事訴訟・家事審判の実務

第１　年金分割の制度の概要

離婚に際して認められるようになった年金分割とは，どのような制度ですか。

どのような手続によって，年金分割を求めることができますか。

⑴　年金分割とは，厚生年金保険の被用者年金に係る報酬比例部分の年金額の算定の基礎となる標準報酬等について，定められた分割割合に基づいて，夫婦であった者の一方の請求により，厚生労働大臣が，標準報酬等の改定又は決定（以下「改定等」といいます。）を行う制度です。

年金分割がされることによって，標準報酬等が改定され，分割を受けた配偶者は，改定等によって増額された標準報酬等に基づき，増額された年金を受給することになります。

⑵　年金分割を求めるためには，夫婦であった者の一方が，原則として離婚をした日の翌日から２年以内に，厚生労働大臣に標準報酬等の改定等を求める必要があります。平成20年４月１日以降の離婚においては，同日以降の標準報酬等は当然夫婦で２分の１ずつに分割されます（「３号分割」といわれています。）が，同日以前の標準報酬等については，夫婦の私的な合意，家事調停，家事審判又は人事訴訟の附帯処分によって，定められる必要があります（「合意分割」といわれています。）。

（全体について厚年法第３章の２，第３章の３）

解　説

1 年金制度の概要

我が国の公的年金は，国民年金（基礎年金，国民年金法（１階部分）），厚生年金（厚年法（２階部分）），並びに，確定給付企業年金等（厚年法（３階部分））のいわば３階建ての構造となっています。

国民年金は，生活の基本的な部分に対応する年金で，被保険者は，①日本国内に住所を有する20歳以上60歳未満の者であって，後記②，③のいずれにも該当しない者（「第１号被保険者」といわれています。），②被用者年金法（厚年法）の被保険者，組合員又は加入者（「第２号被保険者」といわれています。）及び③第２号被保険者の配偶者であって主として第２号被保険者の収入により生計を維持するもの（第２号被保険者である者を除く。「被扶養配偶者」といわれています。）の３種類に分類されます。国民年金法には，すべての種別の被保険者のための基礎年金として老齢基礎年金（平成28年４月分からは満額で年額78万100円）が定められています。

厚生年金は，一定の規模以上の適用事業所に使用される70歳未満の者を被保険者としています。この被保険者は，第２号被保険者として国民年金にも加入することとなります。厚生年金法には，老齢厚生年金が定められていますが，年金の額は被保険者であった期間の報酬等との関係で比例的に算出されます（そこで，「報酬比例部分」といわれています。）。厚生年金保険の被保険者の被扶養配偶者であって，20歳以上60歳未満の者は，第３号被保険者として国民年金の被保険者となるものの，厚生年金制度の被保険者とはならないので，老齢厚生年金の給付を受けることができません。また，第２号被保険者であった期間があり，給付が受けられるときでも，使用されていた期間が短く，報酬が低いことが多く，報酬比例部分の額が十分でないことが多くあります。

なお，平成27年10月１日より前は，国家公務員，地方公務員及び私立学校教員については，それぞれの共済組合制度に則った年金制度がありましたが，同日，厚生年金に一本化されました。

2 年金分割制度の概要

上記の年金制度からは，我が国で一般的なサラリーマンや公務員家庭においては，配偶者の一方（多くは妻）が，いわゆる現役時代の経済格差を反映して，受給できる年金額が少額となることが多くありました。婚姻が継続しているときは，夫婦間で年金給付額の格差があっても，夫婦の扶助義務（民法752条）及び婚姻費用の分担義務（民法760条）によって解決されます。しかし，近年，中高齢者の比較的婚姻期間の長い夫婦の離婚件数が増加した関係で，年金の格差の問題が顕在化することとなりました。

裁判実務では，その格差の解消のため，離婚時の財産分与で一定の対応を図っていましたが，年金という将来の不確定な継続的給付に対して，財産分与で対応するには限界があります。

そこで，年金分割制度が導入され，夫婦双方の厚生年金保険等の標準報酬総額について，夫婦であった者の合意又は裁判等により分割割合を定め，その定めに基づいて，夫婦であった者の一方の請求により，厚生労働大臣等が，標準報酬等の改定又は決定を行うこととしました。この結果，対象期間標準報酬総額が減少する方を第１号改定者，増加する方を２号改定者といいます。そして，夫婦双方は，改定等された標準報酬等に基づいて，受給資格に応じた年金を受給できるようになりました。

3 年金分割の種類

年金分割には，①３号分割と②合意分割があります。

① ３号分割

平成20年４月１日以降の離婚において，夫婦の一方が被用者年金に加入し，他の一方がその被扶養配偶者として厚生年金保険法上第３号被保険者と認定されていた期間（第３号被保険者期間。平成20年４月１日以降の部分に限ります。）があるときは，その期間について，被扶養配偶者から厚生労働大臣等に対する年金分割請求により，保険料納付記録等を当然に２分の１の割合で分割することとされています（厚年法78条の14）。これを３号分割といいます。したがって，平成20年４月１日以降に婚姻し，離婚した夫婦については，以下の合意分割は問題となりません。

② 合意分割

平成19年４月１日以降の離婚で，平成20年４月１日以前に婚姻した夫婦について，夫婦であった者の一方が厚生労働大臣に対し当該離婚等について年金分割を請求するには，その前提として，夫婦の対象期間標準報酬記録等の合計のうち，２号改定者に割り当てるべき割合（これを「請求すべき按分割合」といいます。）を定める必要があります。この請求すべき按分割合は，夫婦であった者の合意によって定めることが原則ですが，合意のための協議が調わないとき又は協議することができないときは，家庭裁判所は，夫婦であった者の一方の申立てにより，請求すべき按分割合を定めることができます。このように離婚等をした当事者又は家庭裁判所が分割の割合を定めて，当事者の一方から厚生労働大臣等に対する年金分割の請求により，保険料納付記録等を定めた割合により分割することを合意分割といいます。

請求する按分割合を定めるために，按分割合の範囲を正確に把握し，分割に必要な情報を把握する必要があります。このため，夫婦であった者の双方又は一方の請求により，厚生労働大臣が，年金分割請求を行うために必要な情報を提供する制度が設けられています（厚年法78条の４第１項)。その情報提供は，書面によって行われますが，その書面は，「年金分割のための情報通知書」（一般的に単に「情報通知書」といわれています。）といいます。情報通知書には，１号改定者と２号改定者の氏名，生年月日，婚姻期間等，対象期間標準報酬総額及び按分割合の範囲等が記載されています。ここで，按分割合とは，分割後における２号改定者が分割を受ける持分をいい，この按分割合の範囲内で定められなければなりません。

4 請求すべき按分割合を定める手続

合意分割における請求すべき按分割合を定める手続としては，私的な合意（当事者双方又は代理人が自ら署名した書類を厚生労働大臣（年金事務所）に直接持参する方法，公正証書若しくは公証人の認証を受けた私署証書），別表第２家事調停若しくは家事審判，又は，離婚訴訟における和解若しくは判決があります（厚年法78条の２，人訴法32条１項）。

5 離婚時年金分割の具体的手順

合意分割の場合は，前問のとおり，離婚した夫婦の一方は，当事者間で合意，家事調停又は家事審判を経るなどして，請求すべき按分割合を定めた上，厚生労働大臣（年金事務所）に対し，請求をします。平成20年４月１日以降に婚姻し，離婚した夫婦においては，請求すべき按分割合を定めなくとも当然に２分の１となるので，請求すべき按分割合を定めることなく，直ちに，厚生労働大臣（年金分割）の請求をすることになります。

ここで，厚生労働大臣に対する年金分割の請求は，離婚等をした日の翌日から起算して２年以内に行わなければなりません（厚年法78条の２第１項ただし書）。もっとも，２年を経過する前に家庭裁判所に対し，請求すべき按分割合に関する処分等の申立てをすれば，事件の進行中に２年を経過しても請求権は失いませんが，その場合は，家事審判・判決の確定後又は家事調停・和解の成立後１か月以内に年金分割の請求をする必要があります（厚年規78条の３第２項）。

第2　年金分割審判の手続・進行

年金分割審判については，どのような手続が定められていますか。また，一般的には，どのような進行となりますか。

(1)　年金分割審判は，別表第2審判ですが，当事者からの審問の申出について定める家事事件手続法68条2項の規定は適用されません（家事法233条3項）。もっとも，別表第2審判ですから，家事事件手続法66条（合意管轄），67条（申立書の写しの送付），68条1項（必要的陳述聴取）及び69条ないし72条（審問の期日への立会い，事実の調査の通知，審理の終結及び審判日）の規定は適用されます。

(2)　夫婦の一方が申立人となり，他方が相手方となります。申立てに際しては，自らの求める請求すべき按分割合のほか，その理由を記載し，情報通知書を添付します。

(3)　申立てがあったときは，相手方に申立書の写しを送付するとともに，審問期日は入れず，期限を決めて答弁書等の書面の提出を催告し，書面が出た段階で，裁判官がそれを事実の調査をし，当事者に事実の調査の通知，審理の終結日及び審判日を通知した上で，審判をするという運用が一般的です。

審理の対象は，主として次問で述べる特段の事情の有無なので，答弁書等の書面などによって，特段の事情に該当する事実がうかがわれたときには，さらに審理をすることになりますが，そのような場合は，例外的です。

解　説

1 一般的な別表第2審判の手続

別表第2審判は，申立人と相手方の間に利害対立があるのが通常で，そのため，当事者それぞれが自らの主張を述べ，その主張を裏付ける裁判資料を提出する機会を十分保障する必要があります。そこで，家事事件手続法においては，別表第2審判について，合意管轄（家事法66条），申立書の写しの送付（家事法67条）の制度を定め，当事者からの陳述の聴取を必要的とし（家事法68条1項），当事者からの申出があれば審問の期日を開くこととし（家事法68条2項），原則として当事者に立会権を与え（家事法69条），事実の調査の通知（家事法70条）を必要的として，審理の終結の制度を定め（家事法71条），審判日を定めるべきこととされています（家事法72条）。

2 年金分割審判の手続

年金分割審判は，別表第2審判事件ですが，基本的に客観的な資料に基づいてされるものであって，当事者の陳述の内容によって左右されることは少ないといえます。そこで，当事者からの陳述の聴取の方法として，審問の機会を保障することまでは必要がないと考えられることから，当事者からの審問の申出について定める家事事件手続法68条2項の規定は適用されないこととされています（家事法233条3項）。

もっとも，別表第2審判事件ですから，家事事件手続法66条（合意管轄），67条（申立書の写しの送付），68条1項（必要的陳述聴取）及び69条ないし72条（審問の期日への立会い，事実の調査の通知，審理の終結及び審判日）の規定は適用されるので，注意を要します。

3 年金分割の申立て―情報通知書の添付

夫婦の一方が申立人となり，他方を相手方とします。申立てに際しては，自らの求める請求すべき按分割合のほか，その理由を記載し，情報通知書を添付します。情報通知書に記載されている按分割合の範囲で請求すべき按分割合が定められます。

4 年金分割審判の進行

年金分割審判の申立てがあったときは，相手方に申立書の写しを送付するとともに，審問期日は入れず，次問記載の特段の事情の有無について審理をするため，相手方に対し，期限を決めて，請求すべき按分割合をどのように考えるか，及び，その根拠を記載した答弁書等の書面の提出を催告し，書面が出た（又は期限が途過した）段階で，それを事実の調査をして，特段の事情がうかがわれるかを判断し，うかがわれなければ，当事者に事実の調査の通知，審理の終結日及び審判日を通知した上で，原則どおり，請求すべき按分割合を0.5とする審判をするという運用が一般的です。

特段の事情に該当する事実がうかがわれたときには，更に審理をすることになります。審理の方法は，事案に応じて，書面又は審問によることになるでしょう。もっとも，そのような場合は，例外的です。

【参考文献】
・一問一答家事法119頁～122頁，218頁

第3　請求すべき按分割合の判断基準

(1)　年金分割審判や人事訴訟における附帯処分において，請求すべき按分割合はどのように定められていますか。

(2)　特に，長期間の別居をしているときには，どのように定められていますか。

(1)　年金分割制度の趣旨から，特段の事情がない限り，0.5と定められています。

(2)　年金分割の趣旨からは，長期間別居しているからといって，当然には，特段の事情に該当するものではありません。

解　説

1 年金分割制度の趣旨

老齢厚生年金は，その性質及び機能上，基本的に夫婦双方の老後等のための所得保障としての社会保障的意義を有しています。そして，3号分割において，「被扶養配偶者を有する被保険者が負担した保険料について，当該被扶養配偶者が共同して負担したものであるという基本的認識の下に」（厚年法78条の13），当然2分の1の割合で分割される制度（同法78条の14）とされている趣旨からすると，老齢厚生年金は，離婚時年金分割制度との関係においては，婚姻期間中の保険料納付は，夫婦の互いの協力により，それぞれの老後等のための所得保障を同等に形成していくものとされていると解されます。

2 原則的な請求すべき按分割合

請求すべき按分割合については，「対象期間における保険料納付に対する当事者の寄与の程度その他一切の事情」（厚年法78条の2第2項）を考慮して定めるとされています。ここで，上記の年金分割制度の趣旨からすると，請求すべき按分割合は，原則として0.5とし，特段の事情があるときに限って，それを修正することが相当です。

なお，財産分与は，夫婦共有財産の清算のためのものなので，財産形成の寄与について厳密に捉え，同居期間に形成した財産について２分の１の割合で清算することが原則です。これに対し，離婚時年金分割は，老後の所得保障としての意義を有しているので，財産分与と異なって，同居期間・別居期間の区別なく，当然0.5とすることを原則とし，それを超える特段の事情があるときにのみ修正すると考えられています。裁判例においても，別居のみで特段の事情としたものは見当たりません。

3 特段の事情の例

したがって，長期間の別居があるからといって，請求すべき按分割合が0.5から修正をされないことが原則です。もっとも，例えば，有責配偶者である妻が，夫と長期間別居をし，新たな家庭を営み，夫婦間の子も夫が育てたような場合など，例外的な事情があるときには，修正をすることも考えられるでしょう。

【参考文献】

・ＬＰ214頁～216頁

・判例ガイド147頁～149頁

第２節　家事調停の進行

第１　年金分割調停（別表第２調停）の進行

申立人が相手方に対し，請求すべき按分割合を0.5とすることを求めています。これに対し，相手方が，別居期間があるなどの理由で，年金分割をすることを拒み，又は，年金分割をすることは認めながら，その割合を0.5より低い割合とすることを求めています。

このような場合，どのような家事調停の進行が考えられますか。

A　請求すべき按分割合を0.5から修正すべき特段の事情がない限り，調停委員会は，相手方に，0.5を認めるよう調整することになるでしょう。

特段の事情がないのに，相手の理解を得ることが困難で，円滑な調整が図れないときは，調停委員会としては，申立人側を調整するのではなく，早期に，家事調停を不成立とし，審判移行（家事法272条４項）させることが望ましいと考えます。

解　説

1 年金分割の趣旨及びその説明

年金分割は，既に述べたとおり，配偶者間の収入格差を反映した従前の年金支給額の格差を是正し，収入の低かった配偶者（多くは妻）の老後の所得保障が目指されており，婚姻期間中の保険料納付は，夫婦双方の老後等のための所得保障としての意義を有しているものと理解されています。このことから，特段の事情がない限り，家事審判や人事訴訟においても，請求すべき按分割合については，0.5と判断されています。

そこで，調停委員会としては，特段の事情の有無の聴取をした上で，特段の事情が認められないときは，上記の年金分割の趣旨を相手方に丁寧に説明して，0.5を認めるよう調整を図ることになります。

2 別居期間が長い場合

当事者には，財産分与と同様，別居期間については，保険料納付に対する具体的貢献がないと考え，年金分割の対象期間とすべきでないと考える向きもあります。このような場合には，調停委員会としては，相手方に，上記の年金分割制度の趣旨を説明し，配偶者の保険料への具体的な貢献までは問題としないものであることの理解を求めることになるでしょう。

もっとも，その別居が，申立人である妻の不貞などの有責事由により，別居期間も長期間で，その間の子の監護をしていたのが夫であったなどの事情があるときは，特段の事情があると考えられ，当事者間で，0.5より低い合意をすべきこともあり得るでしょう。

3 特段の事情がないのに相手方が0.5に応じないとき

特段の事情が認められないのに，調停委員会の説明や調整によっても，相手方が0.5に応じないときは，上記の年金分割制度の趣旨からすると，申立人側を調整して，0.5を下回る合意をすることは適切ではありません。このような場合は，早期に，家事調停を不成立として，審判移行し，家事審判をすることが，年金分割制度の趣旨にかないます。

なお，年金分割審判は，別表第2事件ではあるものの，上記の趣旨から，家事事件手続法においても，簡易な審理方式が認められていることは，前記のとおりです。

第２　離婚調停における進行

離婚調停において，申立人である妻が，不貞行為を働いた，相手方である夫に対し，離婚，財産分与，慰謝料及び年金分割を求めています。相手方は，離婚を認めた上で，財産分与と慰謝料を十分払うものの，年金分割には応じられないとしています。どのような進行が考えられますか。

A　特段の事情がない限り，請求すべき按分割合は，原則として0.5と合意されることが望ましいと考えられます。

もっとも，離婚調停において様々ある協議事項との関係で，0.5と異なる合意をする，又は，場合によっては，年金分割の申立てをしない旨の合意をすることが不合理とはいえない場合も想定できます。

本問においても，相手方が，年金分割は認めないとしながら，財産分与と慰謝料に関し，裁判の見通しに照らして申立人に有利な提案をしているのであれば，申立人においても，それらを総合的に検討することが合理的でしょう。

解　説

1 原則的な按分割合

既に述べたとおり，年金分割制度の趣旨からすると，請求すべき按分割合は，特段の事情がない限り，原則として0.5と合意されることが望ましいと考えられます。したがって，年金分割を求められる側が，それより低い按分割合や年金分割の申立てをしないことを求めるときには，調停委員会としては，原則として，年金分割制度の趣旨を説明しながら，請求すべき按分割合を0.5とする調整に努めることが望ましいと考えます。

2 他の協議事項との総合考慮

もっとも，請求すべき按分割合は，当事者の合意によって定められるべきもので，離婚調停においては，子の利益によって定められるべき親権者，養育費及びその他の子の監護に関する処分を除いても，離婚の成否，財産分与額及び慰謝料額など，当事者の自由処分が許されている協議事項が多々あります。そこで，当事者が，それらを総合考慮し，他の協議事項との関係で，請求すべき按分割合について0.5以下とすることや年金分割の申立てを認めないことを求めることが必ずしも不合理でないことも想定できます。

3 本問の検討

本問において，相手方は，年金分割を認めないとしながらも，財産分与及び慰謝料については，十分な提案をしているということです。この十分な提案が，離婚訴訟等の裁判での見通しを超えるものであれば，たとえ，年金分割を得ることがなくても，総合的に考えると，申立人に有利となることも考えられます。そのような場合であれば，申立人において，請求すべき按分割合が0.5とされたときと比べ減少すべき年金額と離婚訴訟で見込まれる財産分与及び慰謝料の額を総合的に考慮していずれが経済的に有利か，現在の収入と将来の収入とどちらを重視するかなどを検討すべきでしょう。調停委員会としても，申立人にその旨助言する調停進行が望ましいでしょう。

離婚調停を成立させるとき，年金分割の按分割合について定めを置かず，最後に，「当事者間に，本調停条項に定めるほかは，何らの債権債務がないことを相互に確認する」という清算条項を定めました。この場合，当事者は，後に年金分割の申立てはできますか。

このような合意をしたときであっても，年金分割調停又は審判の申立ては，可能です。これを妨げるためには，別途，年金分割の申立てをしない旨の合意をすることが必要です。

解　説

1 年金分割請求権の性質と放棄

年金分割請求権は，厚生労働大臣等に対する公法上の請求権であって，私法上の請求権ではありません。したがって，これを私人である相手方に対して，放棄することはできません。したがって，「当事者間には，本調停条項に定めるほかは，何らの債権債務がないことを相互に確認する」との合意をしたからといって，効力はなく，後に年金分割の申立ては可能です。

2 年金分割調停又は審判の申立てをしない約束

もっとも，年金分割請求権を有する申立人が，それを行使するため按分割合を定める家事調停又は家事審判の相手方となるべきものに対して，その行使をしないとの約束をすることは可能です。

このような約束をした上で，申立人が重ねて年金分割調停又は審判を申し立てたときは，相手方としては，申立人が約束に反したとして損害賠償請求ができるかが問題となりますし，そもそもそのような申立ては，約束に反するものですから，家事調停においてはなさず（家事法271条）とされるべきでしょうし，家事審判においては不適法な申立てとして却下されるべきと考えます。

3 ３号分割について

平成20年４月以降の婚姻期間分に関しては，３号分割の対象となるので，配偶者の一方が厚生労働大臣等に申し立てることによって，２分の１の割合となりますので，上記の調停条項の対象とはならないことに注意を要します。

【参考文献】

・離婚調停368頁，369頁

第 3 節　調停条項

1 按分割合について，合意が成立した場合の調停条項

> 申立人と相手方の間の別紙記載の情報に係る年金分割についての請求すべき按分割合を，0.5と定める。

年金分割調停においても離婚調停においても，このような条項となります。なお調停調書に情報通知書を添付する必要があります。

2 年金分割がされないようにすることを合意した場合の調停条項

> 申立人は，年金分割事件の申立てをしない。

年金分割請求権は公法上の請求権ですから，当事者は，それを放棄する旨の合意をしても効力がありません。もっとも，上記のように合意をすれば，当事者の意思に反して，年金分割がされることを防ぐことができます。なお，３号分割については，当事者間での合意，家事調停の成立や家事審判は必要ないので，家事調停において，上記のような合意をしても，被扶養配偶者から厚生労働大臣等に年金分割請求をすれば，当然に２分の１の割合で分割されるので，このような家事調停の定めは意味がないことになります。

資料　養育費・婚姻費用算定表

表1　養育費・子1人表（子0～14歳）

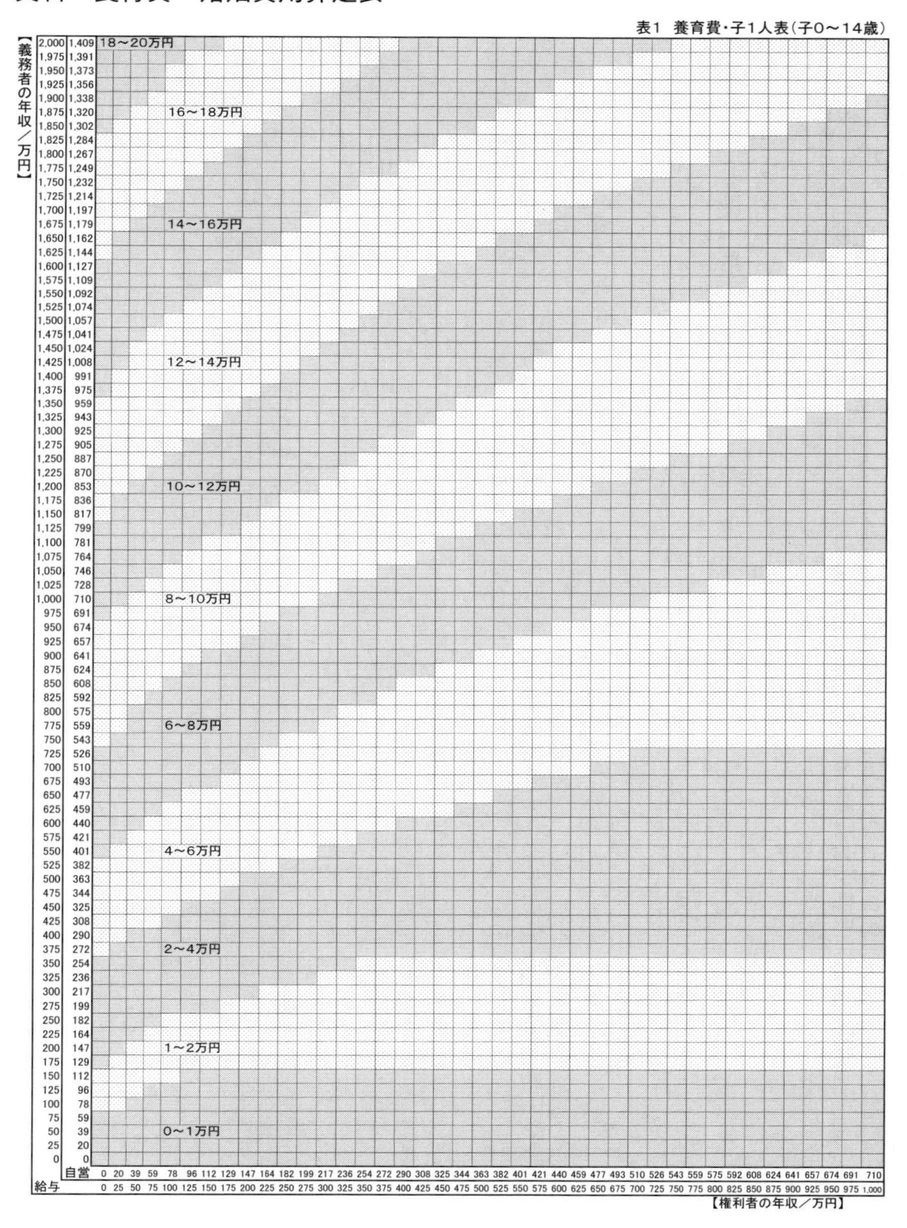

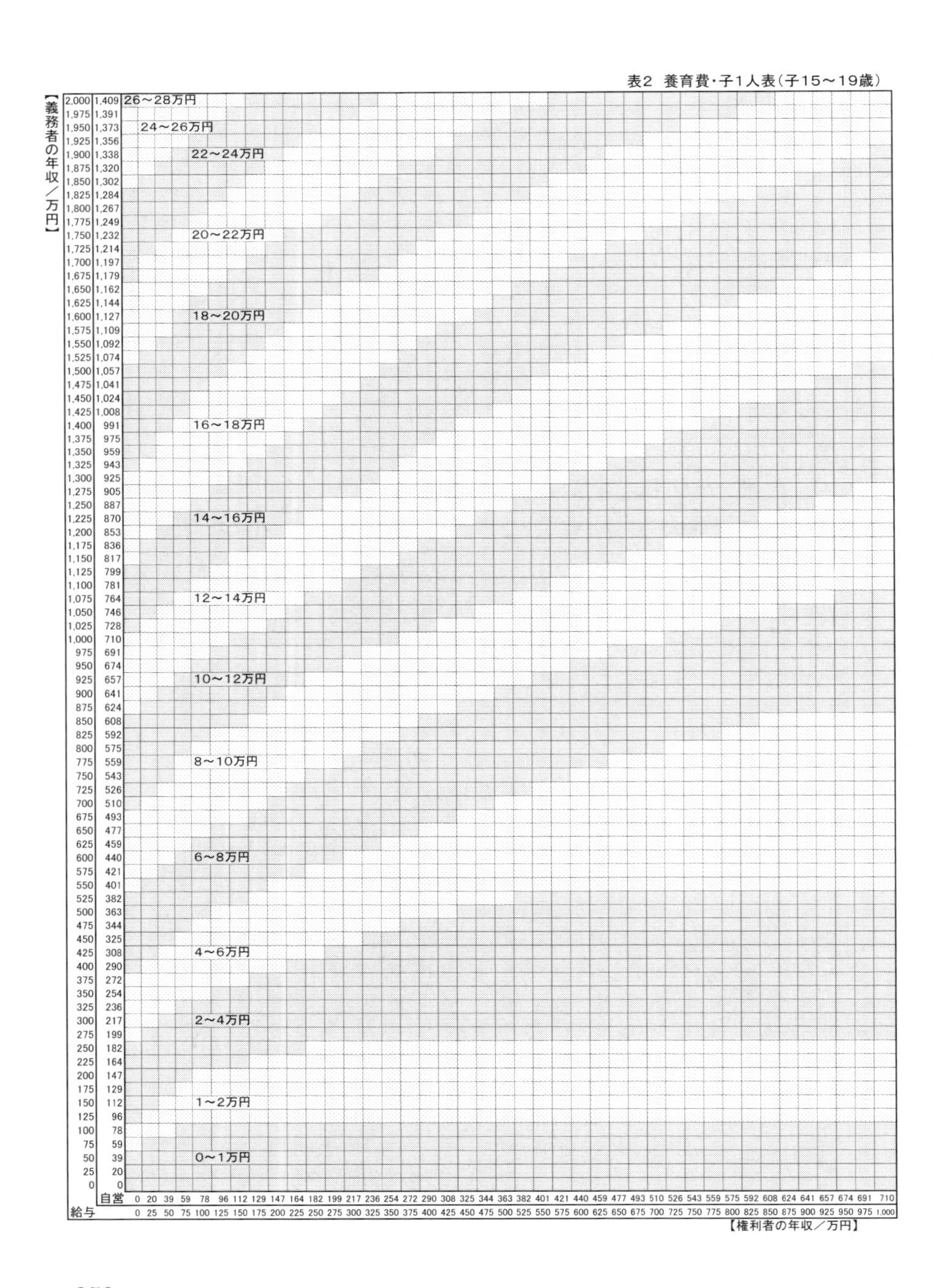

表2　養育費・子1人表（子15～19歳）

表3　養育費・子2人表（第1子及び第2子0～14歳）

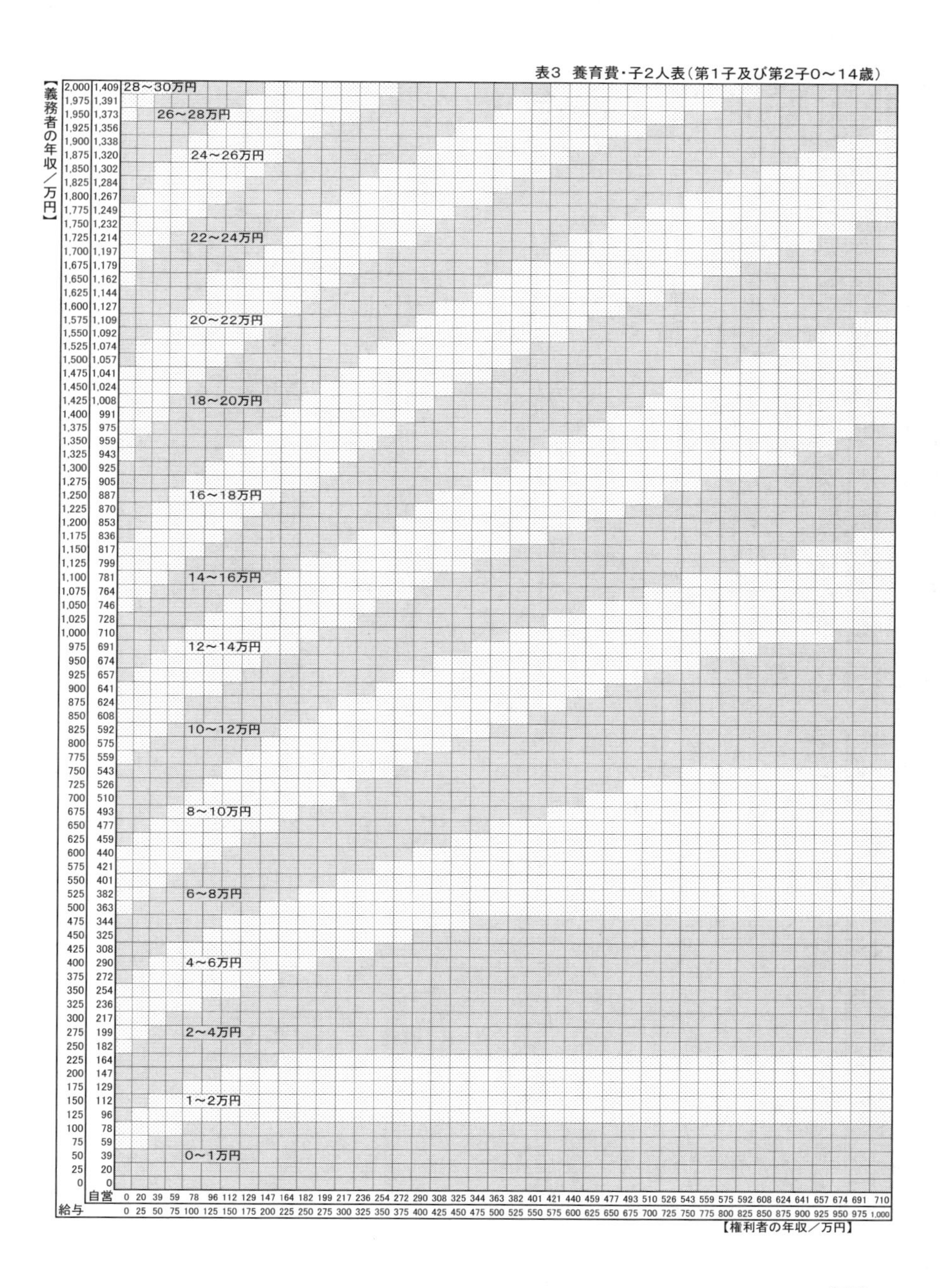

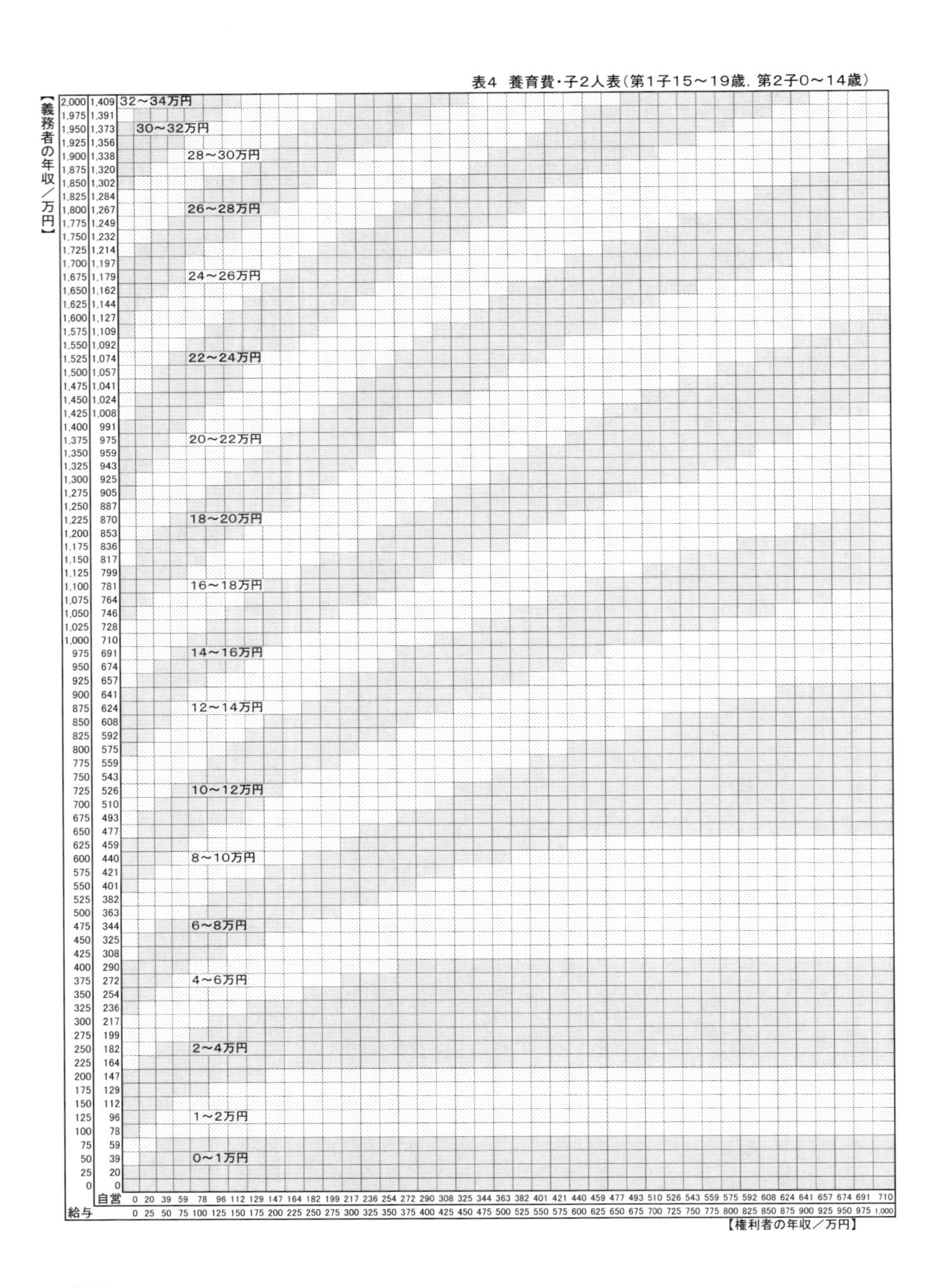
表4　養育費・子2人表(第1子15～19歳, 第2子0～14歳)
【義務者の年収／万円】
32～34万円
30～32万円
28～30万円
26～28万円
24～26万円
22～24万円
20～22万円
18～20万円
16～18万円
14～16万円
12～14万円
10～12万円
8～10万円
6～8万円
4～6万円
2～4万円
1～2万円
0～1万円
給与 2,000 1,975 1,950 1,925 1,900 1,875 1,850 1,825 1,800 1,775 1,750 1,725 1,700 1,675 1,650 1,625 1,600 1,575 1,550 1,525 1,500 1,475 1,450 1,425 1,400 1,375 1,350 1,325 1,300 1,275 1,250 1,225 1,200 1,175 1,150 1,125 1,100 1,075 1,050 1,025 1,000 975 950 925 900 875 850 825 800 775 750 725 700 675 650 625 600 575 550 525 500 475 450 425 400 375 350 325 300 275 250 225 200 175 150 125 100 75 50 25 0
自営 1,409 1,391 1,373 1,356 1,338 1,320 1,302 1,284 1,267 1,249 1,232 1,214 1,197 1,179 1,162 1,144 1,127 1,109 1,092 1,074 1,057 1,041 1,024 1,008 991 975 959 943 925 905 887 870 853 836 817 799 781 764 746 728 710 691 674 657 641 624 608 592 575 559 543 526 510 493 477 459 440 421 401 382 363 344 325 308 290 272 254 236 217 199 182 164 147 129 112 96 78 59 39 20 0
自営 0 20 39 59 78 96 112 129 147 164 182 199 217 236 254 272 290 308 325 344 363 382 401 421 440 459 477 493 510 526 543 559 575 592 608 624 641 657 674 691 710
給与 0 25 50 75 100 125 150 175 200 225 250 275 300 325 350 375 400 425 450 475 500 525 550 575 600 625 650 675 700 725 750 775 800 825 850 875 900 925 950 975 1,000
【権利者の年収／万円】

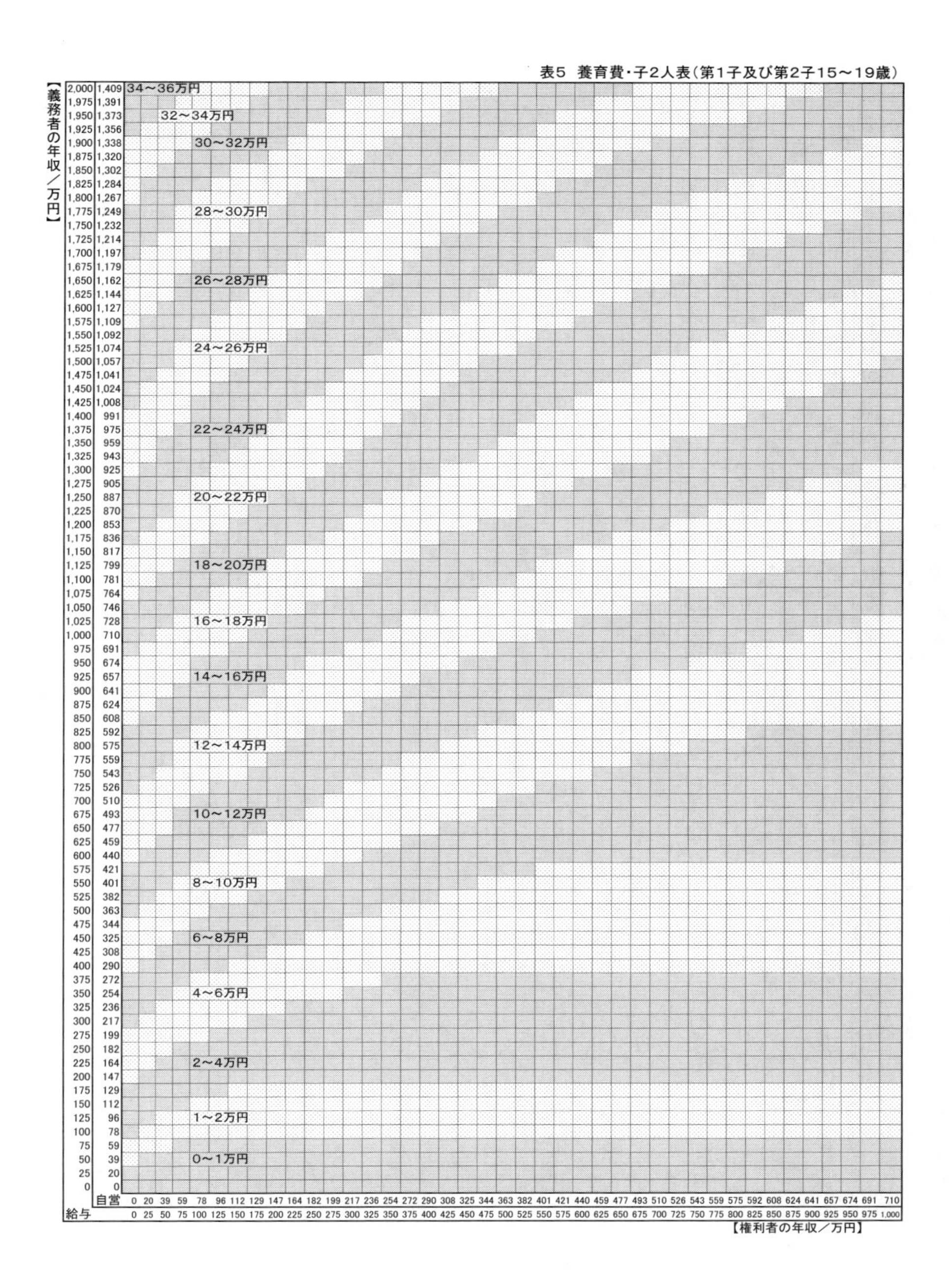
表5　養育費・子2人表（第1子及び第2子15～19歳）
【義務者の年収／万円】
34～36万円
32～34万円
30～32万円
28～30万円
26～28万円
24～26万円
22～24万円
20～22万円
18～20万円
16～18万円
14～16万円
12～14万円
10～12万円
8～10万円
6～8万円
4～6万円
2～4万円
1～2万円
0～1万円
給与 2,000 1,975 1,950 1,925 1,900 1,875 1,850 1,825 1,800 1,775 1,750 1,725 1,700 1,675 1,650 1,625 1,600 1,575 1,550 1,525 1,500 1,475 1,450 1,425 1,400 1,375 1,350 1,325 1,300 1,275 1,250 1,225 1,200 1,175 1,150 1,125 1,100 1,075 1,050 1,025 1,000 975 950 925 900 875 850 825 800 775 750 725 700 675 650 625 600 575 550 525 500 475 450 425 400 375 350 325 300 275 250 225 200 175 150 125 100 75 50 25 0
自営 1,409 1,391 1,373 1,356 1,338 1,320 1,302 1,284 1,267 1,249 1,232 1,214 1,197 1,179 1,162 1,144 1,127 1,109 1,092 1,074 1,057 1,041 1,024 1,008 991 975 959 943 925 905 887 870 853 836 817 799 781 764 746 728 710 691 674 657 641 624 608 592 575 559 543 526 510 493 477 459 440 421 401 382 363 344 325 308 290 272 254 236 217 199 182 164 147 129 112 96 78 59 39 20 0
自営 0 20 39 59 78 96 112 129 147 164 182 199 217 236 254 272 290 308 325 344 363 382 401 421 440 459 477 493 510 526 543 559 575 592 608 624 641 657 674 691 710
給与 0 25 50 75 100 125 150 175 200 225 250 275 300 325 350 375 400 425 450 475 500 525 550 575 600 625 650 675 700 725 750 775 800 825 850 875 900 925 950 975 1,000
【権利者の年収／万円】

表6 養育費子3人表（第1子，第2子及び第3子0～14歳）

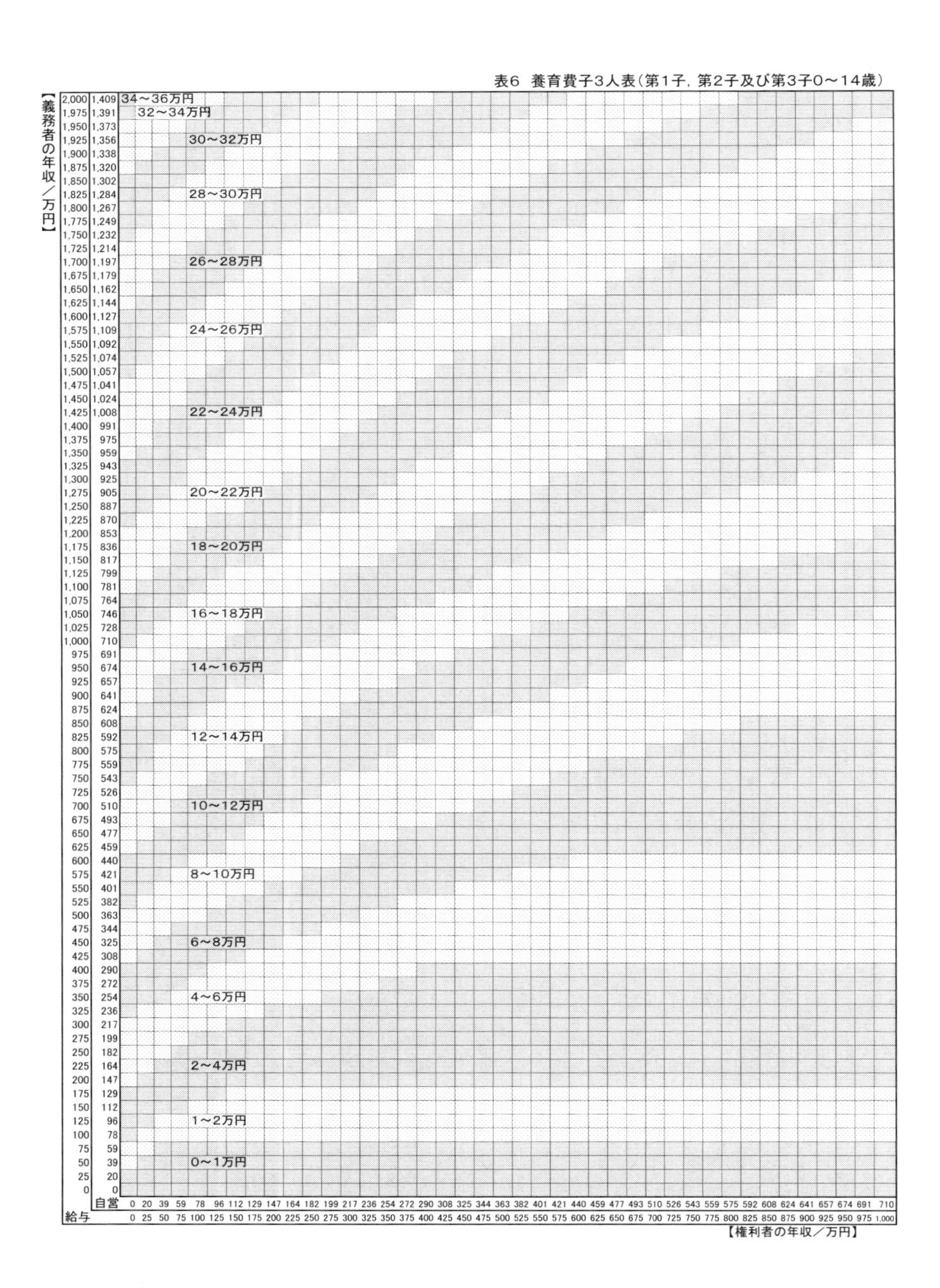

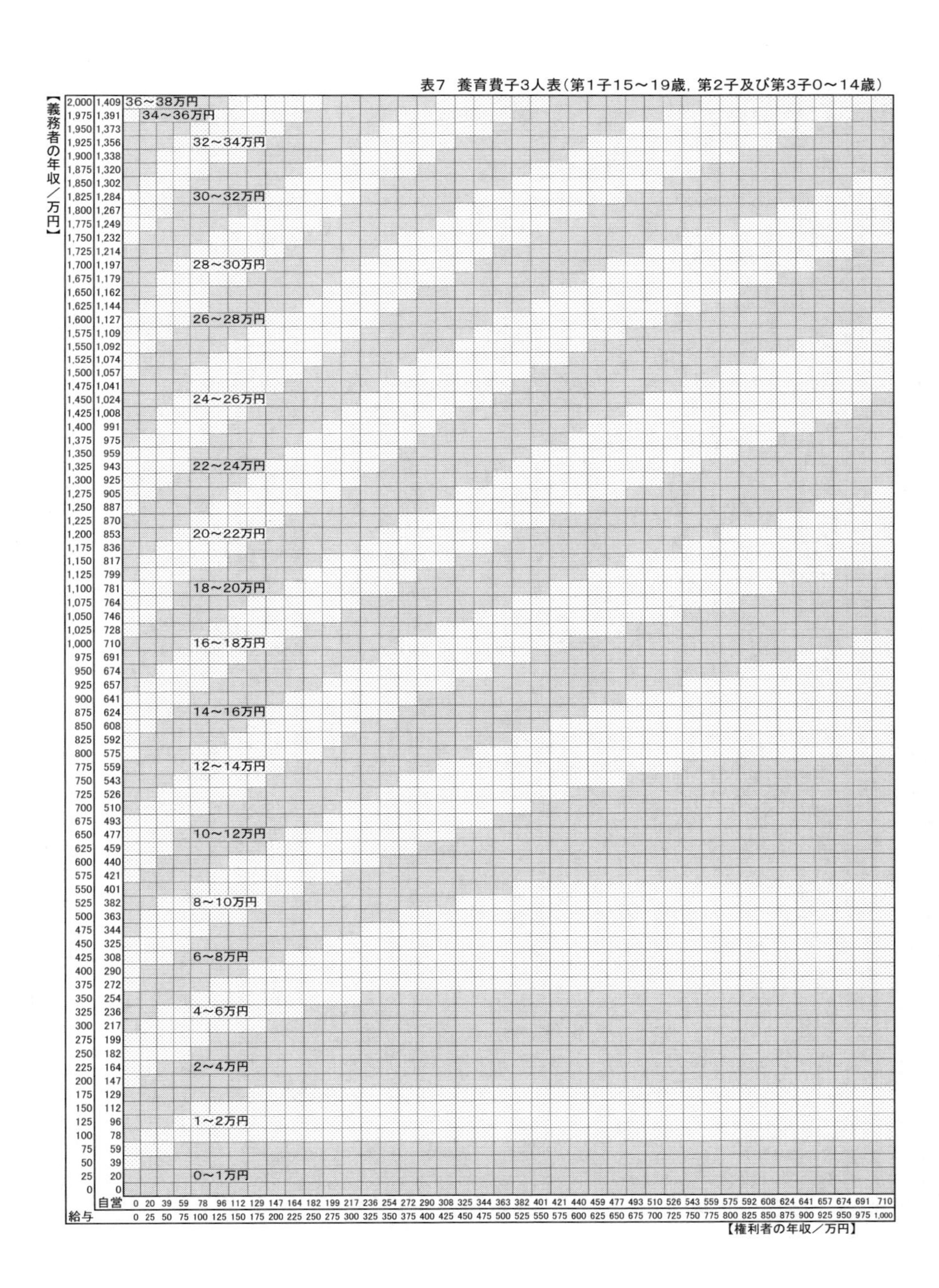
表7　養育費子3人表（第1子15～19歳，第2子及び第3子0～14歳）
【義務者の年収／万円】
2,000 1,409
1,975 1,391
1,950 1,373
1,925 1,356
1,900 1,338
1,875 1,320
1,850 1,302
1,825 1,284
1,800 1,267
1,775 1,249
1,750 1,232
1,725 1,214
1,700 1,197
1,675 1,179
1,650 1,162
1,625 1,144
1,600 1,127
1,575 1,109
1,550 1,092
1,525 1,074
1,500 1,057
1,475 1,041
1,450 1,024
1,425 1,008
1,400 991
1,375 975
1,350 959
1,325 943
1,300 925
1,275 905
1,250 887
1,225 870
1,200 853
1,175 836
1,150 817
1,125 799
1,100 781
1,075 764
1,050 746
1,025 728
1,000 710
975 691
950 674
925 657
900 641
875 624
850 608
825 592
800 575
775 559
750 543
725 526
700 510
675 493
650 477
625 459
600 440
575 421
550 401
525 382
500 363
475 344
450 325
425 308
400 290
375 272
350 254
325 236
300 217
275 199
250 182
225 164
200 147
175 129
150 112
125 96
100 78
75 59
50 39
25 20
0 0
36～38万円
34～36万円
32～34万円
30～32万円
28～30万円
26～28万円
24～26万円
22～24万円
20～22万円
18～20万円
16～18万円
14～16万円
12～14万円
10～12万円
8～10万円
6～8万円
4～6万円
2～4万円
1～2万円
0～1万円
自営 0 20 39 59 78 96 112 129 147 164 182 199 217 236 254 272 290 308 325 344 363 382 401 421 440 459 477 493 510 526 543 559 575 592 608 624 641 657 674 691 710
給与 0 25 50 75 100 125 150 175 200 225 250 275 300 325 350 375 400 425 450 475 500 525 550 575 600 625 650 675 700 725 750 775 800 825 850 875 900 925 950 975 1,000
【権利者の年収／万円】

表8 養育費・子3人表（第1子及び第2子15～19歳，第3子0～14歳）

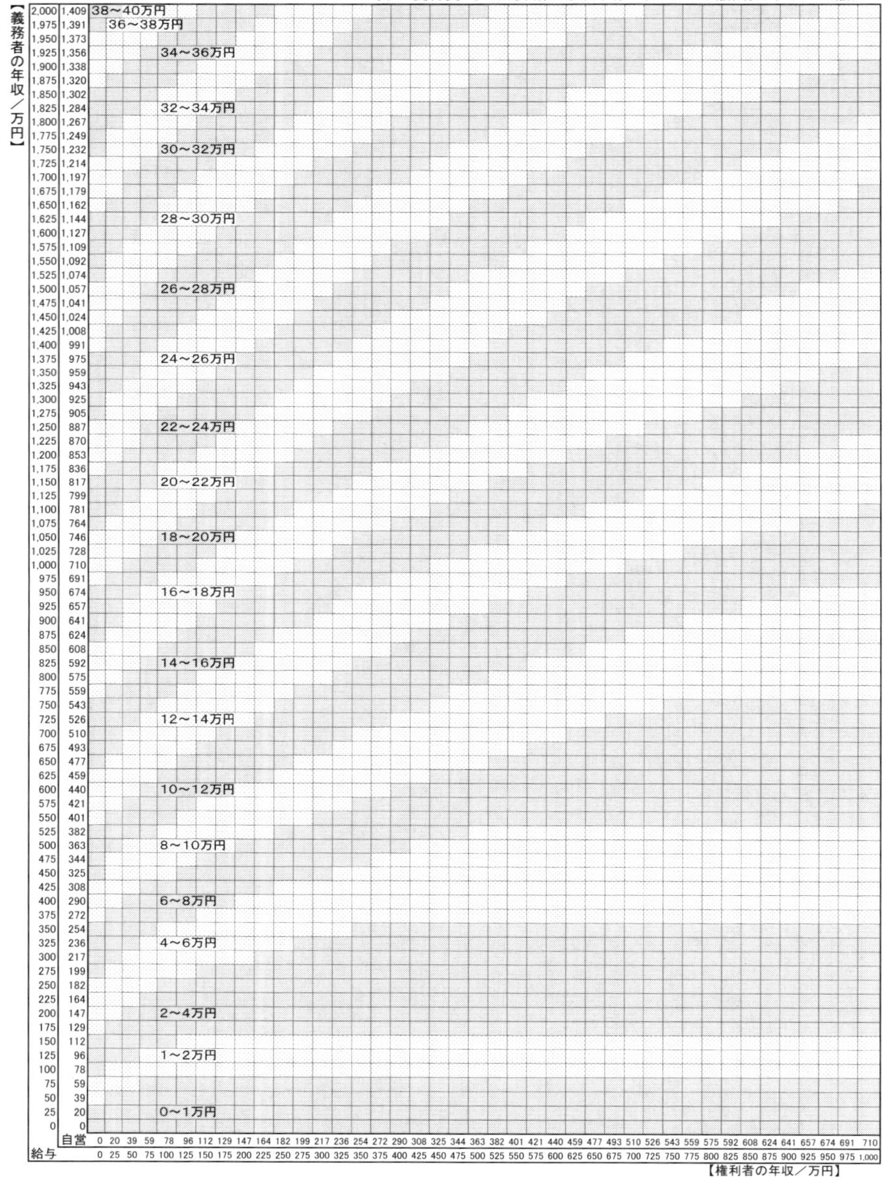

【義務者の年収／万円】

給与	自営	
2,000	1,409	38～40万円
1,975	1,391	36～38万円
1,950	1,373	
1,925	1,356	34～36万円
1,900	1,338	
1,875	1,320	
1,850	1,302	
1,825	1,284	32～34万円
1,800	1,267	
1,775	1,249	
1,750	1,232	30～32万円
1,725	1,214	
1,700	1,197	
1,675	1,179	
1,650	1,162	
1,625	1,144	28～30万円
1,600	1,127	
1,575	1,109	
1,550	1,092	
1,525	1,074	
1,500	1,057	26～28万円
1,475	1,041	
1,450	1,024	
1,425	1,008	
1,400	991	
1,375	975	24～26万円
1,350	959	
1,325	943	
1,300	925	
1,275	905	
1,250	887	22～24万円
1,225	870	
1,200	853	
1,175	836	
1,150	817	20～22万円
1,125	799	
1,100	781	
1,075	764	
1,050	746	18～20万円
1,025	728	
1,000	710	
975	691	
950	674	16～18万円
925	657	
900	641	
875	624	
850	608	
825	592	14～16万円
800	575	
775	559	
750	543	
725	526	12～14万円
700	510	
675	493	
650	477	
625	459	
600	440	10～12万円
575	421	
550	401	
525	382	
500	363	8～10万円
475	344	
450	325	
425	308	
400	290	6～8万円
375	272	
350	254	
325	236	4～6万円
300	217	
275	199	
250	182	
225	164	
200	147	2～4万円
175	129	
150	112	
125	96	1～2万円
100	78	
75	59	
50	39	
25	20	0～1万円
0	0	

【権利者の年収／万円】

自営	0	20	39	59	78	96	112	129	147	164	182	199	217	236	254	272	290	308	325	344	363	382	401	421	440	459	477	493	510	526	543	559	575	592	608	624	641	657	674	691	710
給与	0	25	50	75	100	125	150	175	200	225	250	275	300	325	350	375	400	425	450	475	500	525	550	575	600	625	650	675	700	725	750	775	800	825	850	875	900	925	950	975	1,000

表9 養育費・子3人表（第1子，第2子及び第3子15～19歳）

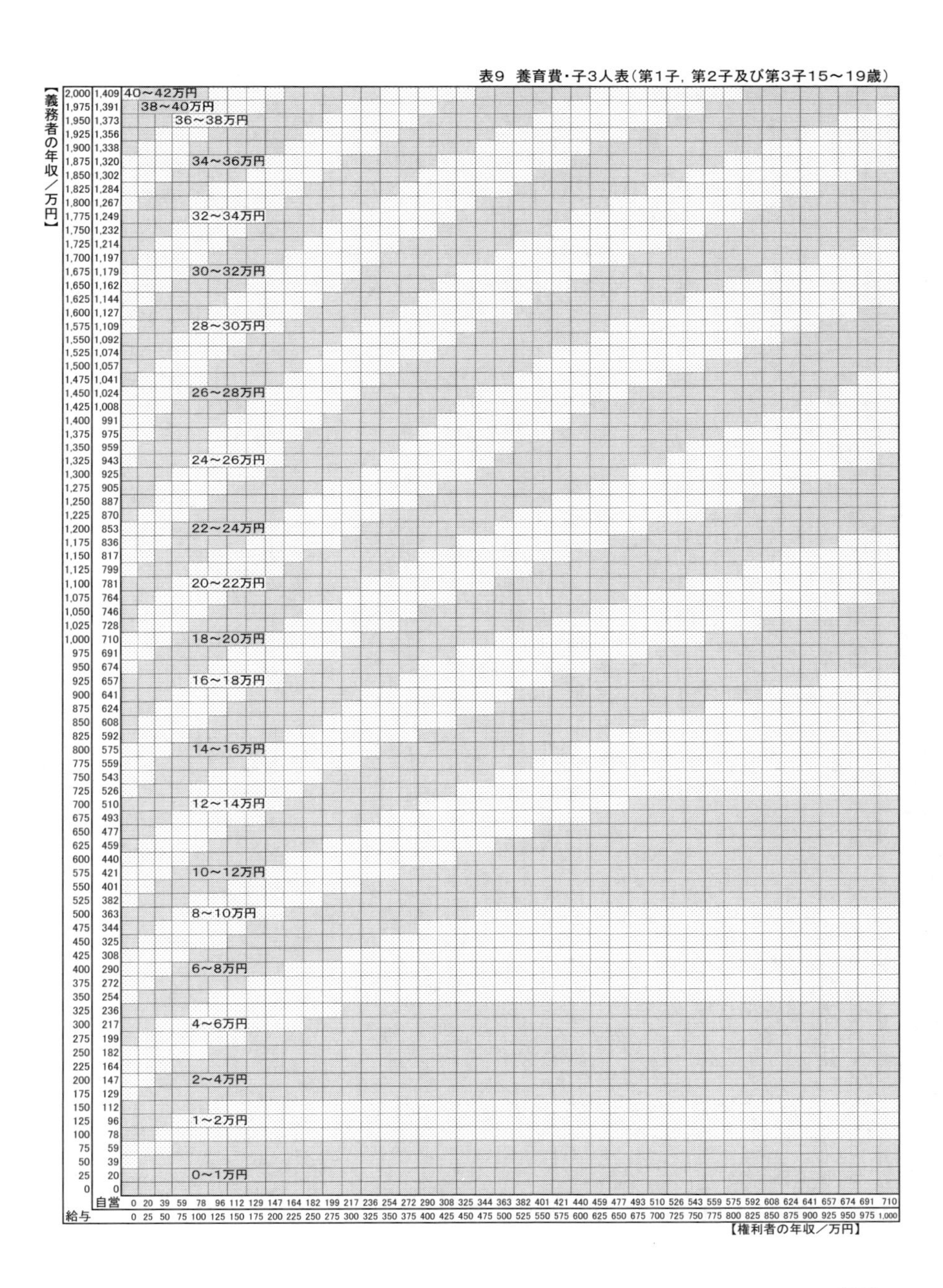

表10 婚姻費用・夫婦のみの表

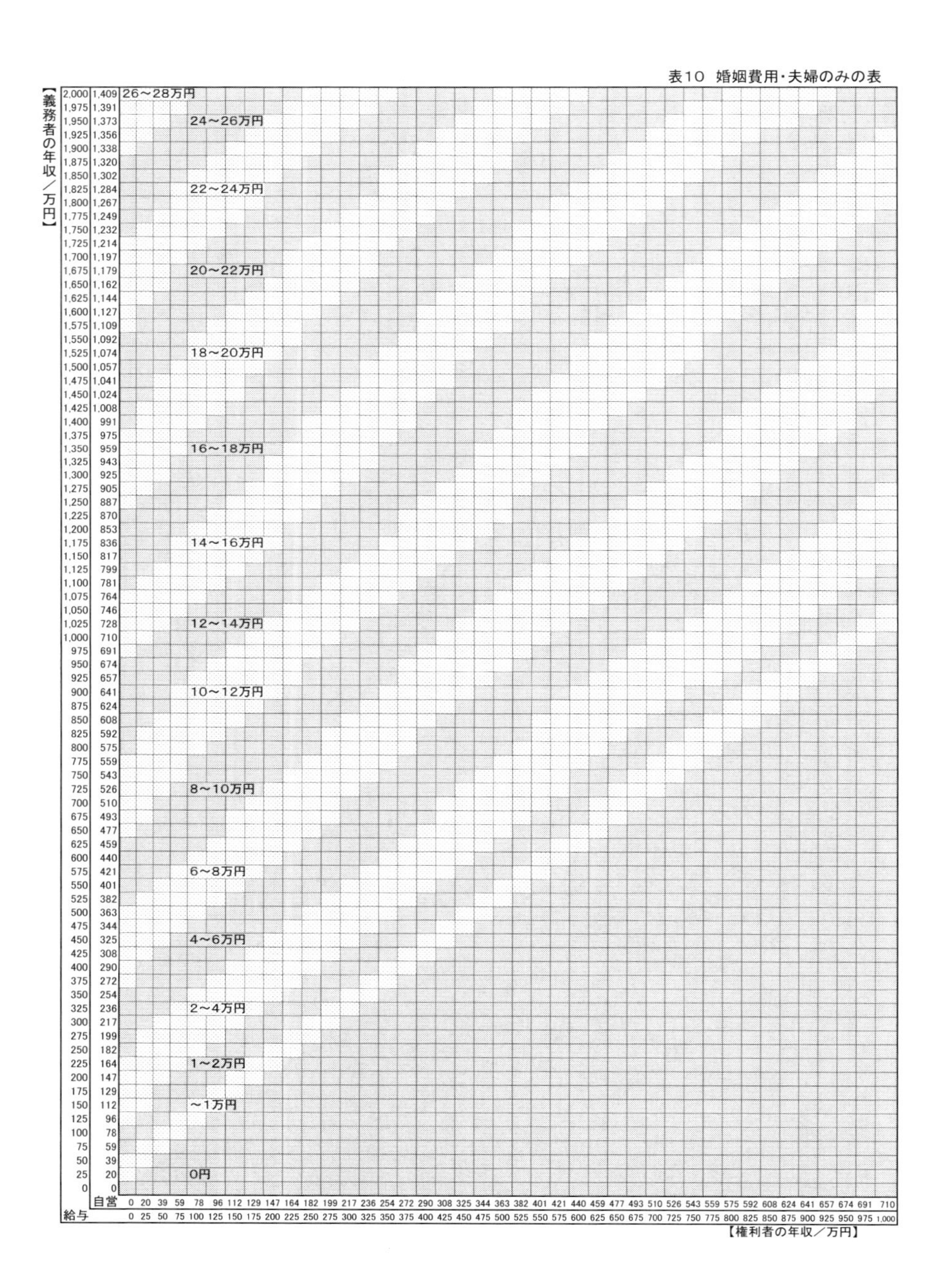

表11　婚姻費用・子1人表（子0～14歳）

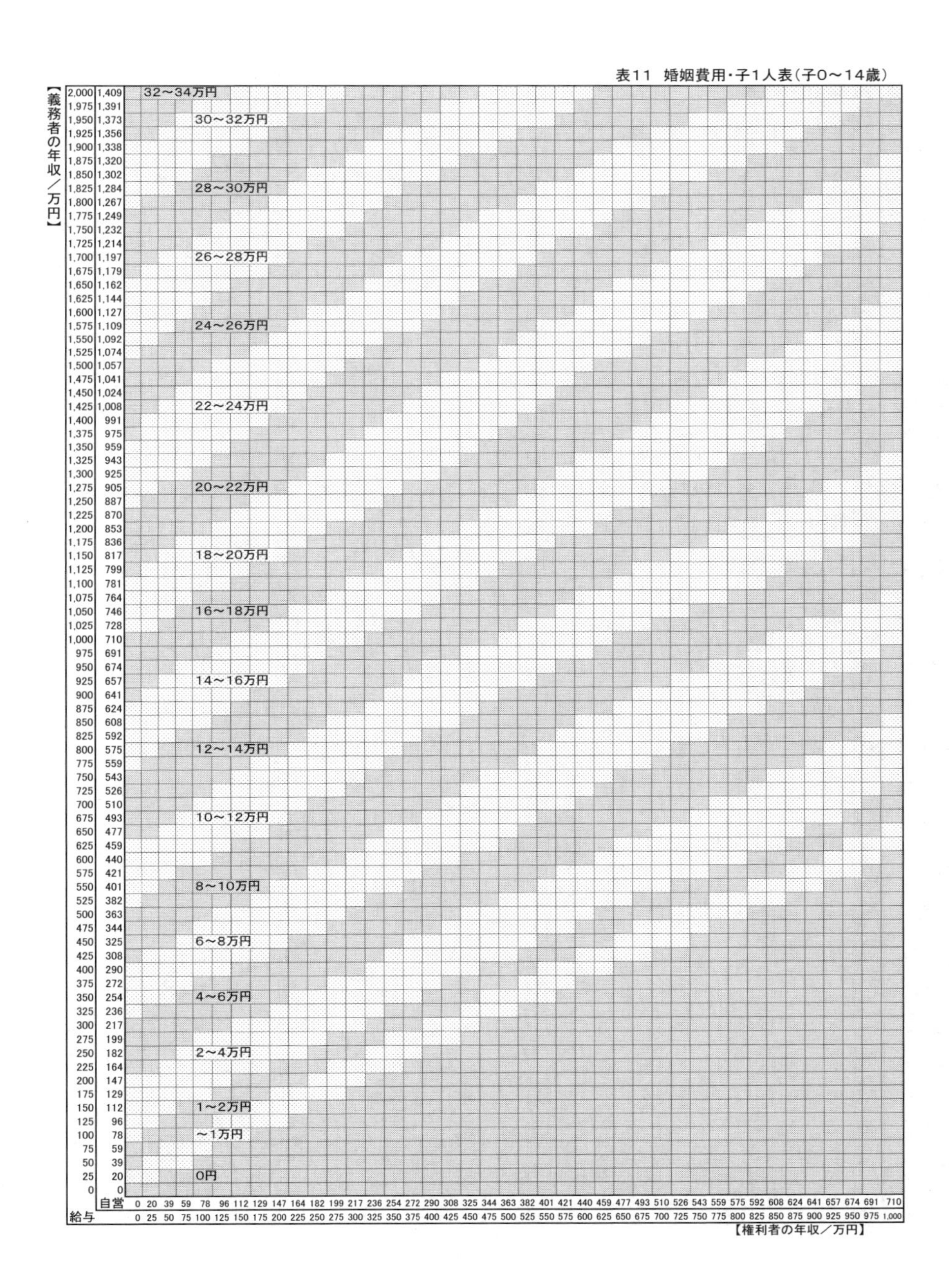

表12　婚姻費用・子1人表（子15～19歳）

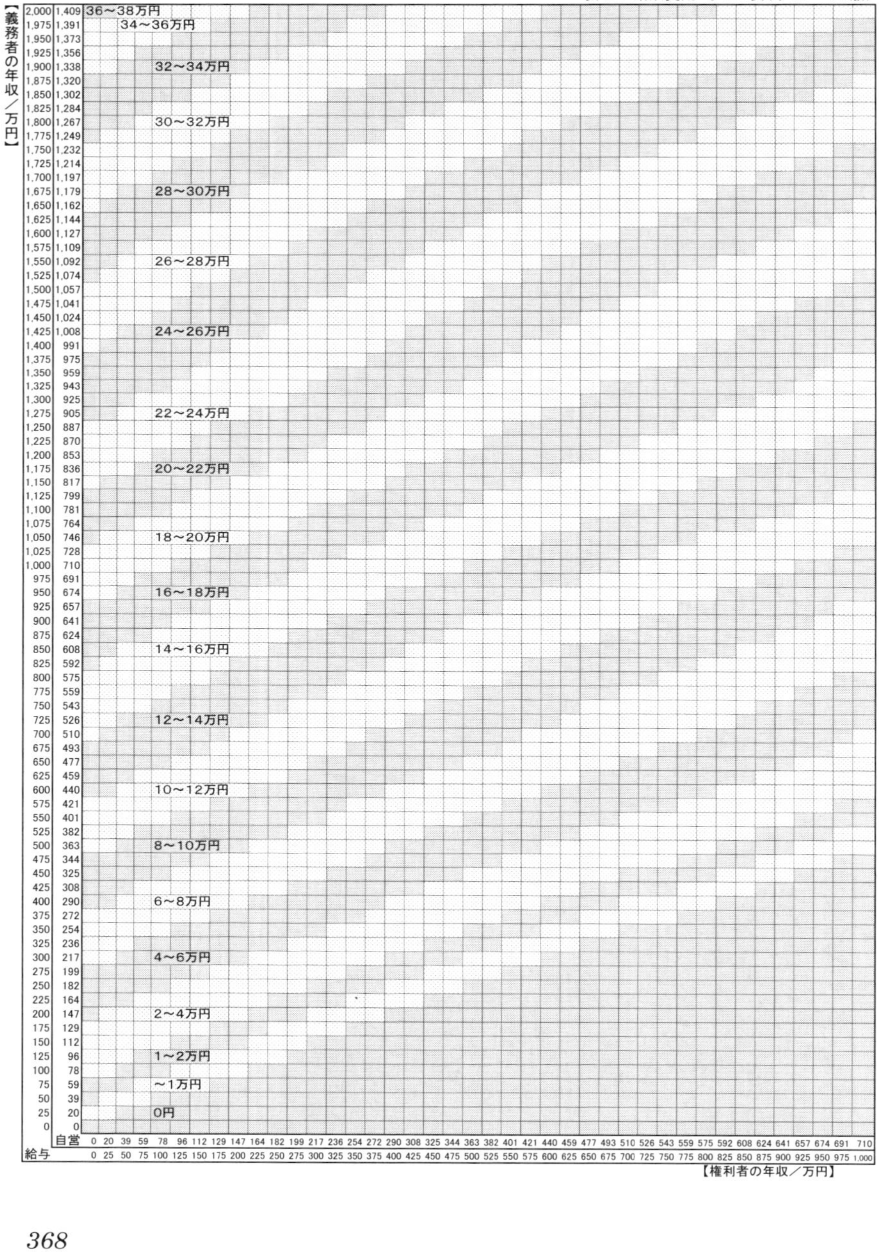

【義務者の年収／万円】

給与	自営	
2,000	1,409	36～38万円
1,975	1,391	34～36万円
1,950	1,373	
1,925	1,356	
1,900	1,338	32～34万円
1,875	1,320	
1,850	1,302	
1,825	1,284	
1,800	1,267	30～32万円
1,775	1,249	
1,750	1,232	
1,725	1,214	
1,700	1,197	
1,675	1,179	28～30万円
1,650	1,162	
1,625	1,144	
1,600	1,127	
1,575	1,109	
1,550	1,092	26～28万円
1,525	1,074	
1,500	1,057	
1,475	1,041	
1,450	1,024	
1,425	1,008	24～26万円
1,400	991	
1,375	975	
1,350	959	
1,325	943	
1,300	925	
1,275	905	22～24万円
1,250	887	
1,225	870	
1,200	853	
1,175	836	20～22万円
1,150	817	
1,125	799	
1,100	781	
1,075	764	
1,050	746	18～20万円
1,025	728	
1,000	710	
975	691	
950	674	16～18万円
925	657	
900	641	
875	624	
850	608	14～16万円
825	592	
800	575	
775	559	
750	543	
725	526	12～14万円
700	510	
675	493	
650	477	
625	459	
600	440	10～12万円
575	421	
550	401	
525	382	
500	363	8～10万円
475	344	
450	325	
425	308	
400	290	6～8万円
375	272	
350	254	
325	236	
300	217	4～6万円
275	199	
250	182	
225	164	
200	147	2～4万円
175	129	
150	112	
125	96	1～2万円
100	78	
75	59	～1万円
50	39	
25	20	0円
0	0	

自営	0	20	39	59	78	96	112	129	147	164	182	199	217	236	254	272	290	308	325	344	363	382	401	421	440	459	477	493	510	526	543	559	575	592	608	624	641	657	674	691	710
給与	0	25	50	75	100	125	150	175	200	225	250	275	300	325	350	375	400	425	450	475	500	525	550	575	600	625	650	675	700	725	750	775	800	825	850	875	900	925	950	975	1,000

【権利者の年収／万円】

表13　婚姻費用・子2人表（第1子及び第2子0～14歳）

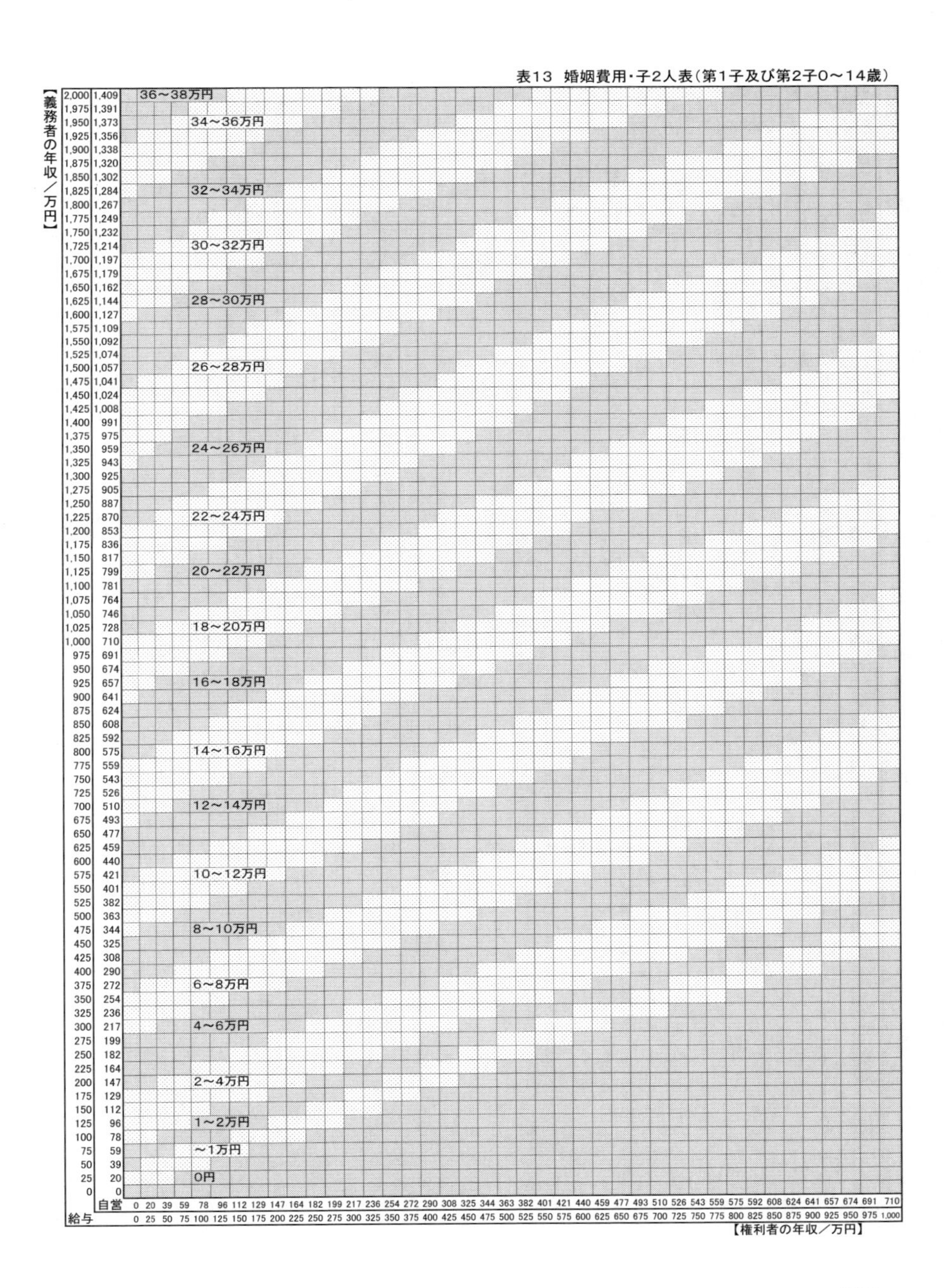

表14　婚姻費用・子2人表（第1子15～19歳，第2子0～14歳）

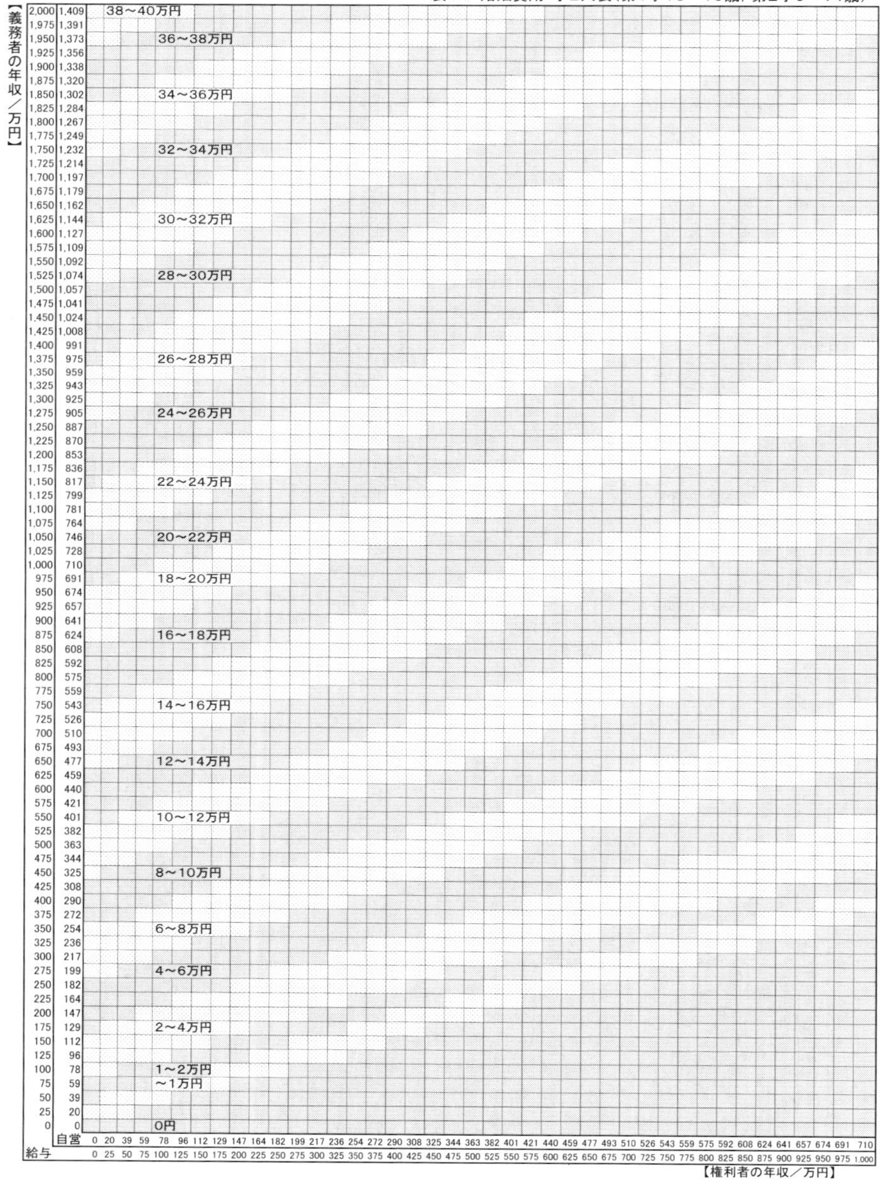

【義務者の年収／万円】

給与	自営	
2,000	1,409	38～40万円
1,975	1,391	
1,950	1,373	36～38万円
1,925	1,356	
1,900	1,338	
1,875	1,320	
1,850	1,302	34～36万円
1,825	1,284	
1,800	1,267	
1,775	1,249	
1,750	1,232	32～34万円
1,725	1,214	
1,700	1,197	
1,675	1,179	
1,650	1,162	
1,625	1,144	30～32万円
1,600	1,127	
1,575	1,109	
1,550	1,092	
1,525	1,074	28～30万円
1,500	1,057	
1,475	1,041	
1,450	1,024	
1,425	1,008	
1,400	991	
1,375	975	26～28万円
1,350	959	
1,325	943	
1,300	925	
1,275	905	24～26万円
1,250	887	
1,225	870	
1,200	853	
1,175	836	
1,150	817	22～24万円
1,125	799	
1,100	781	
1,075	764	
1,050	746	20～22万円
1,025	728	
1,000	710	
975	691	18～20万円
950	674	
925	657	
900	641	
875	624	16～18万円
850	608	
825	592	
800	575	
775	559	
750	543	14～16万円
725	526	
700	510	
675	493	
650	477	12～14万円
625	459	
600	440	
575	421	
550	401	10～12万円
525	382	
500	363	
475	344	
450	325	8～10万円
425	308	
400	290	
375	272	
350	254	6～8万円
325	236	
300	217	
275	199	4～6万円
250	182	
225	164	
200	147	
175	129	2～4万円
150	112	
125	96	
100	78	1～2万円
75	59	～1万円
50	39	
25	20	
0	0	0円

自営	給与
0	0
20	25
39	50
59	75
78	100
96	125
112	150
129	175
147	200
164	225
182	250
199	275
217	300
236	325
254	350
272	375
290	400
308	425
325	450
344	475
363	500
382	525
401	550
421	575
440	600
459	625
477	650
493	675
510	700
526	725
543	750
559	775
575	800
592	825
608	850
624	875
641	900
657	925
674	950
691	975
710	1,000

【権利者の年収／万円】

表15　婚姻費用・子2人表（第1子及び第2子15～19歳）

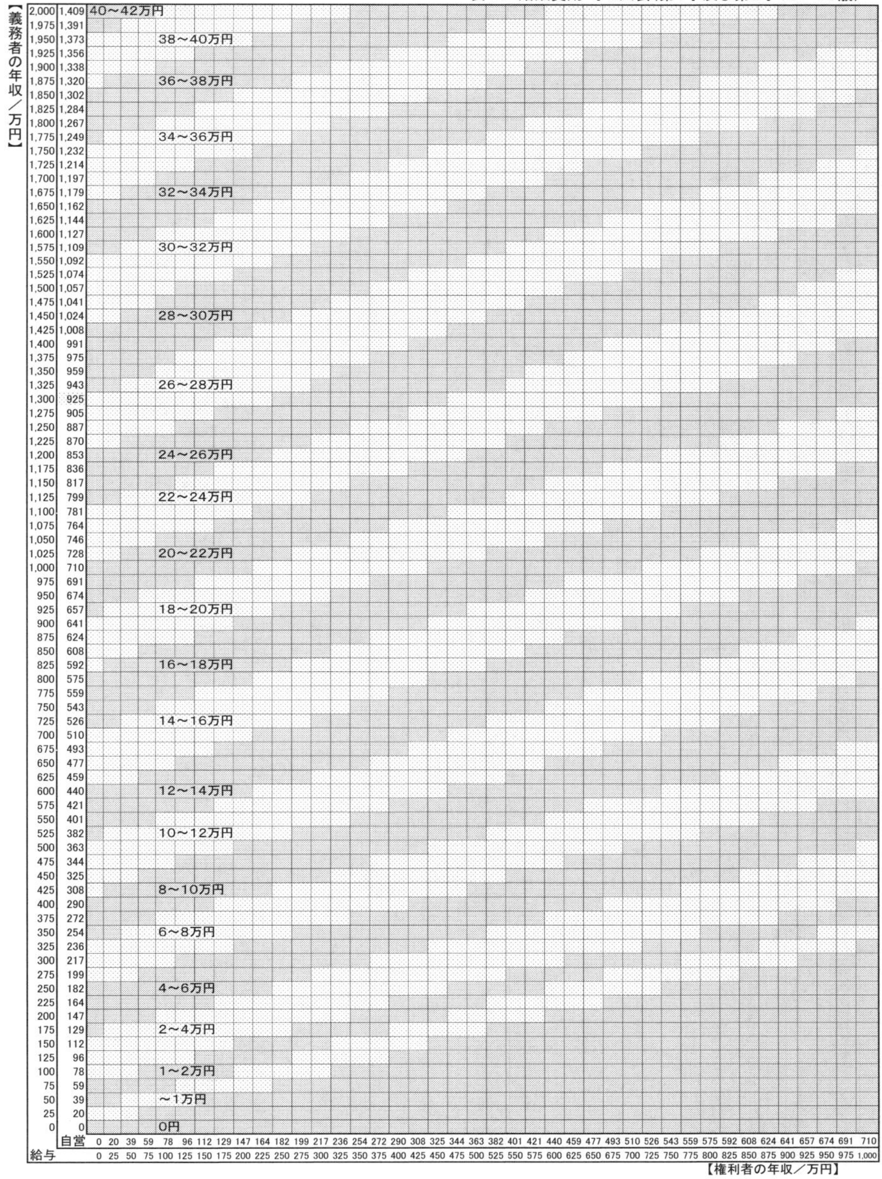

【義務者の年収／万円】

給与	自営	婚姻費用
2,000	1,409	40～42万円
1,975	1,391	
1,950	1,373	38～40万円
1,925	1,356	
1,900	1,338	
1,875	1,320	36～38万円
1,850	1,302	
1,825	1,284	
1,800	1,267	
1,775	1,249	34～36万円
1,750	1,232	
1,725	1,214	
1,700	1,197	
1,675	1,179	32～34万円
1,650	1,162	
1,625	1,144	
1,600	1,127	
1,575	1,109	30～32万円
1,550	1,092	
1,525	1,074	
1,500	1,057	
1,475	1,041	
1,450	1,024	28～30万円
1,425	1,008	
1,400	991	
1,375	975	
1,350	959	
1,325	943	26～28万円
1,300	925	
1,275	905	
1,250	887	
1,225	870	
1,200	853	24～26万円
1,175	836	
1,150	817	
1,125	799	22～24万円
1,100	781	
1,075	764	
1,050	746	
1,025	728	20～22万円
1,000	710	
975	691	
950	674	
925	657	18～20万円
900	641	
875	624	
850	608	
825	592	16～18万円
800	575	
775	559	
750	543	
725	526	14～16万円
700	510	
675	493	
650	477	
625	459	
600	440	12～14万円
575	421	
550	401	
525	382	10～12万円
500	363	
475	344	
450	325	
425	308	8～10万円
400	290	
375	272	
350	254	6～8万円
325	236	
300	217	
275	199	
250	182	4～6万円
225	164	
200	147	
175	129	2～4万円
150	112	
125	96	
100	78	1～2万円
75	59	
50	39	～1万円
25	20	
0	0	0円

【権利者の年収／万円】

自営	0	20	39	59	78	96	112	129	147	164	182	199	217	236	254	272	290	308	325	344	363	382	401	421	440	459	477	493	510	526	543	559	575	592	608	624	641	657	674	691	710
給与	0	25	50	75	100	125	150	175	200	225	250	275	300	325	350	375	400	425	450	475	500	525	550	575	600	625	650	675	700	725	750	775	800	825	850	875	900	925	950	975	1,000

表16　婚姻費用・子3人表（第1子，第2子及び第3子0～14歳）

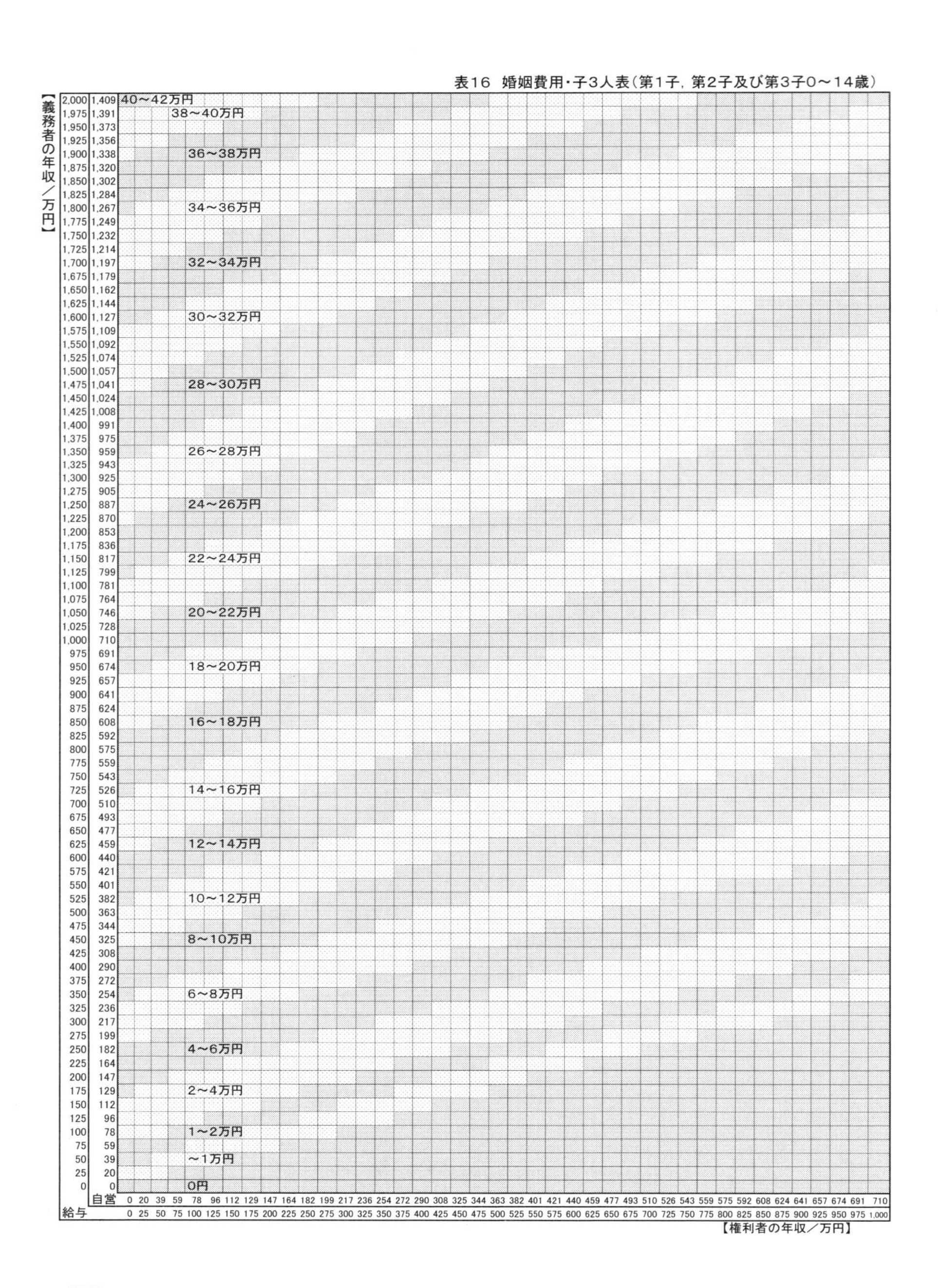

表17　婚姻費用・子3人表（第1子15～19歳，第2子及び第3子0～14歳）

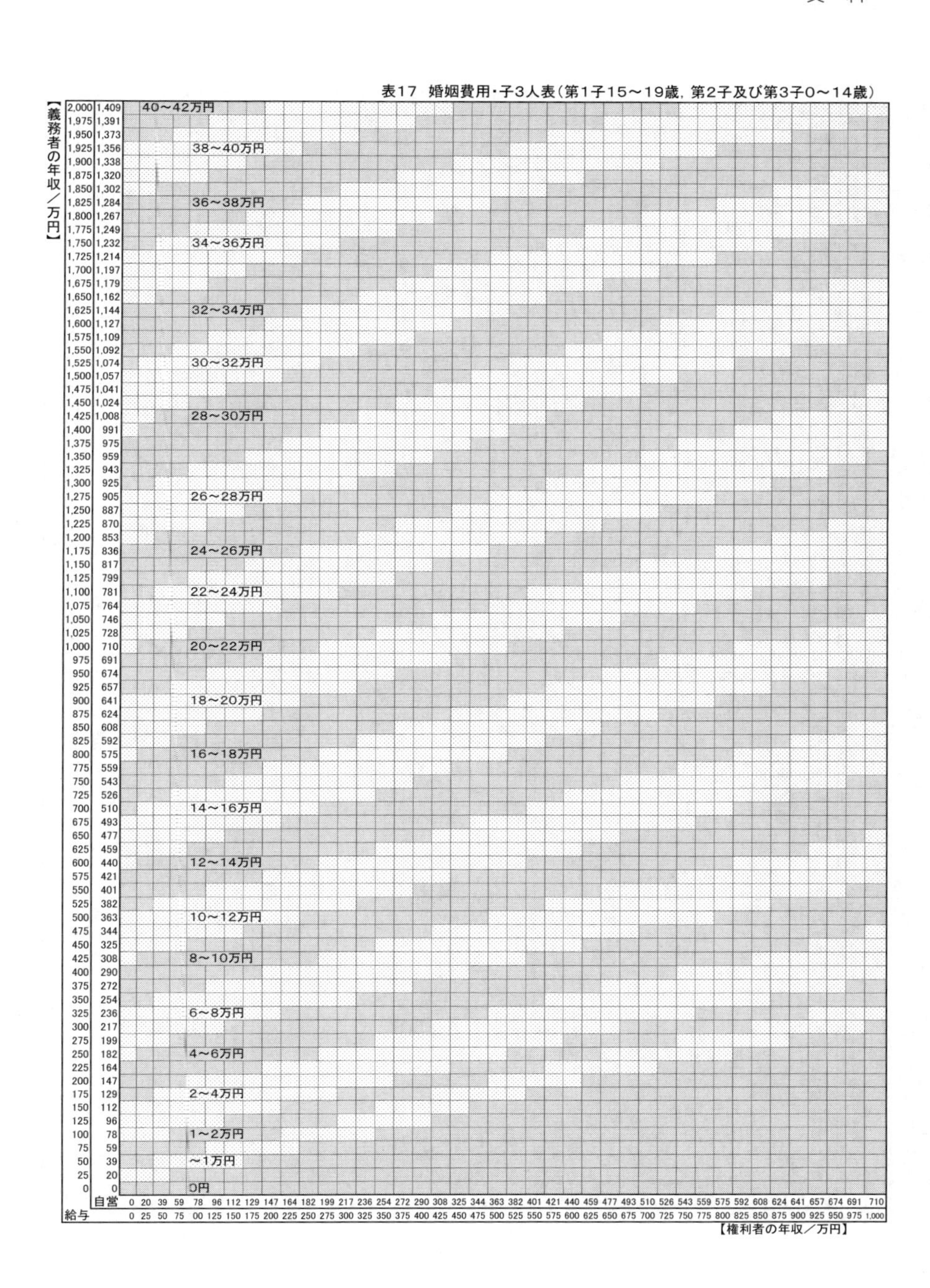

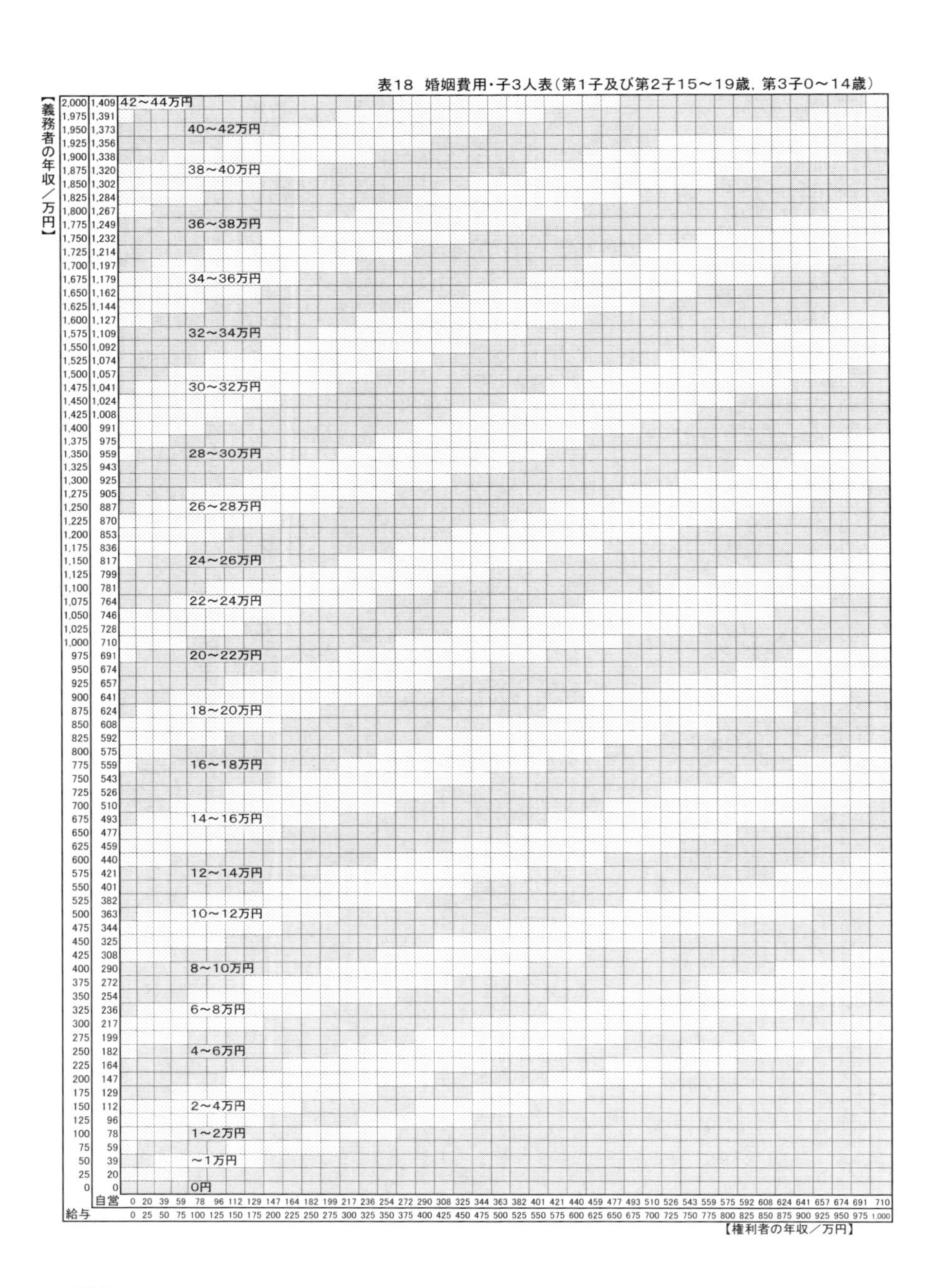

表18　婚姻費用・子3人表（第1子及び第2子15～19歳，第3子0～14歳）

表19　婚姻費用・子3人表（第1子，第2子及び第3子15～19歳）

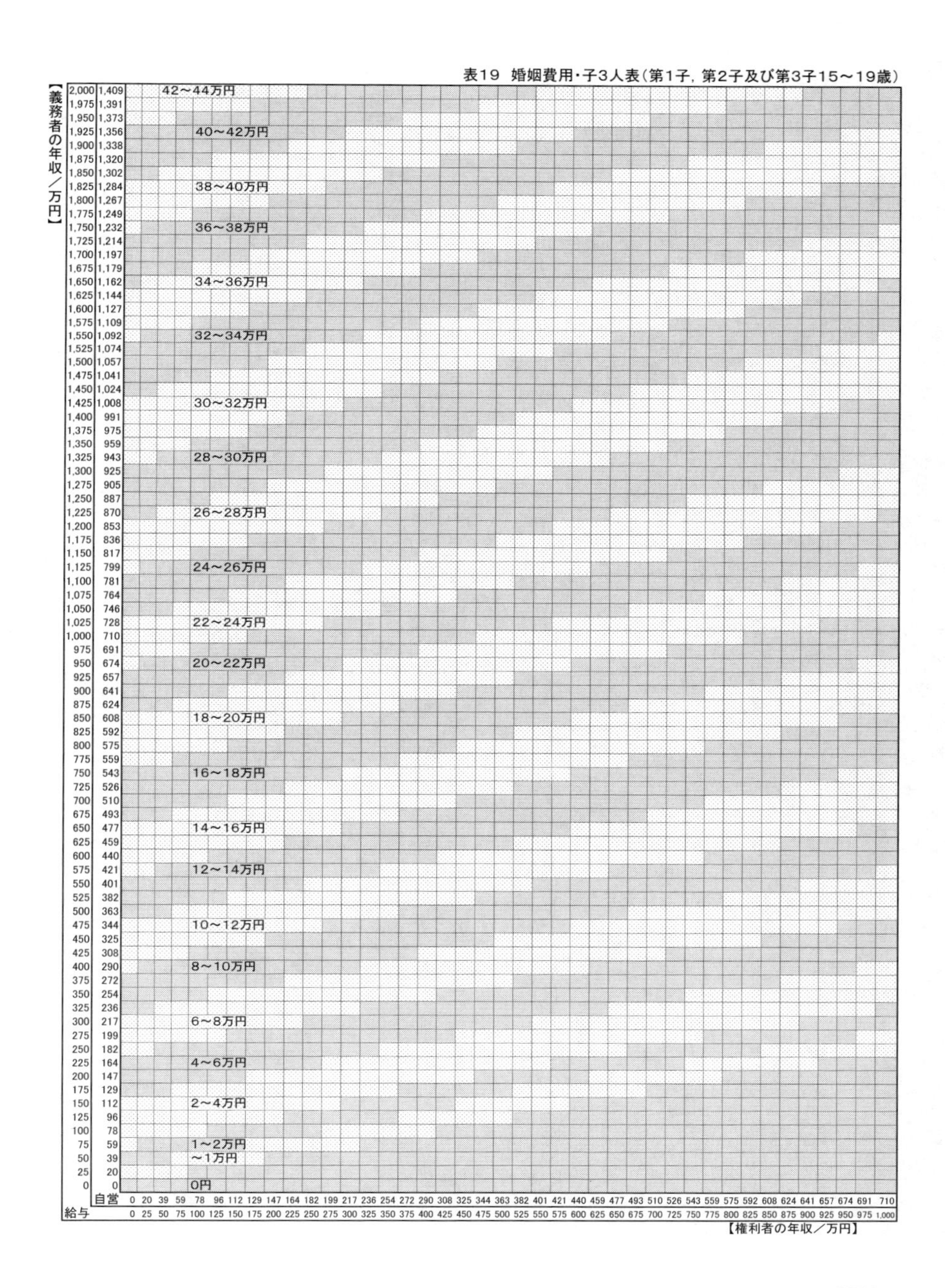

判例索引

〔最高裁判所判例〕

〔高等・地方・家庭裁判所判例〕

事 項 索 引

［に］

［ね］

［は］

［ひ］

［ふ］

［へ］

［ほ］

［み］

著 者 略 歴

水野有子

昭和36年生　広島県尾道市出身
昭和61年　　京都大学法学部卒業
昭和63年　　横浜地方裁判所判事補任官
　静岡地方家庭裁判所判事補，大阪地方裁判所判事補，宮崎地方裁判所判事補，福岡高等裁判所宮崎支部判事（補），神戸地方裁判所判事，東京地方裁判所判事を経て
平成19年　東京家庭裁判所八王子（立川）支部判事（人事訴訟担当）
平成22年　横浜地方裁判所判事
平成24年　東京家庭裁判所部総括判事（通常家事事件担当）
平成26年　東京地方裁判所部総括判事
平成27年　法制審議会相続法部会臨時委員（上記と兼務）

〔主著〕

『弁護士専門研修講座　離婚事件の実務』（共著，ぎょうせい，平成22年）
『渉外家事・人事訴訟事件の審理に関する研究』（共著，法曹会，平成22年）
『ＬＰ離婚調停・離婚訴訟【改訂版】』（共著，青林書院，平成25年）
『人事訴訟の実務』（共著，新日本法規，平成25年）
『家事事件・人事訴訟事件の実務』（共著，法曹会，平成27年）

Q&A家事事件手続法下の離婚調停
―人事訴訟と家事審判を踏まえて―

定価：本体3,300円（税別）

平成28年6月30日　初版発行

著　者　水　野　有　子
発行者　尾　中　哲　夫

発行所　日本加除出版株式会社
本　社　郵便番号 171-8516
東京都豊島区南長崎3丁目16番6号
TEL　(03)3953-5757（代表）
(03)3952-5759（編集）
FAX　(03)3953-5772
URL　http://www.kajo.co.jp/
営業部　郵便番号 171-8516
東京都豊島区南長崎3丁目16番6号
TEL　(03)3953-5642
FAX　(03)3953-2061

組版・印刷・製本　㈱倉田印刷

落丁本・乱丁本は本社でお取替えいたします。

ISBN978-4-8178-4320-3 C2032 ¥3300E